大 路 朝 天

董立勃 著

新疆美术摄影出版社

新疆电子音像出版社

图书在版编目（ＣＩＰ）数据

大路朝天 / 董立勃著. -- 乌鲁木齐：新疆美术摄影出版
社：新疆电子音像出版社, 2010.8
ISBN 978-7-5469-0771-0

Ⅰ.①大… Ⅱ.①董… Ⅲ.①长篇小说 – 中国 – 当代
Ⅳ.①I247.5

中国版本图书馆 CIP 数据核字(2010)第 159570 号

书　　名	大路朝天	
作　　者	董立勃	
责任编辑	武夫安　张好好	
封面设计	王　芬　轩　辕	
封面绘图	轩辕文慧	
出　　版	新疆美术摄影出版社	
	新疆电子音像出版社	
地　　址	乌鲁木齐市西虹西路 36 号	
邮　　编	830000	
电　　话	0990-4690475	
发　　行	新华书店	
印　　刷	三河市华晨印务有限公司	
开　　本	700×1000mm　1/16	
印　　张	20	
字　　数	293 千字	
版　　次	2010 年 8 月第 1 版	
印　　次	2010 年 9 月第 1 次印刷	
书　　号	ISBN 978-7-5469-0771-0	
定　　价	36.00 元	

目 录

第一章　血像火一样在燃烧

　　这一年,大部分中国人都在打鬼子。一座大山,在北方,有高有低,一条小路,在山中,弯弯曲曲。天是蓝的,可不断有黑烟掠过,还不时有枪炮声,从某个方向传来。八路军一个班的人,在小路上走。走在前边的是班长,叫周子汉。他走得快,像小跑。不一会,就把别人落下了。看别人没有跟上,他停下来,吼叫,同志们,快一点,慢了,鬼子跑了,就捞不着打了。机枪手扛着机枪。机枪重,同样走路,要多花力气。满头是汗,还落在了最后。周子汉走到他身边,没有说他,伸出手,要他的机枪。来,我扛一会。机枪手说,班长,很重。周子汉说,我知道重,要不,我也不会帮你。我帮你,不是怕累着了,是怕你把劲用光了,真打起鬼子来,没力气去扣扳机了。机枪手说,放心吧,班长,机枪一响,鬼子心慌;一阵横扫,鬼子死光。周子汉说,还编上顺口溜了,说得好听没用,等会儿,打给我看。机枪手说,你就瞧好吧! 扛着机枪,周子汉还是走在前边。天上的黑烟,越来越多了,枪炮声不但大了,也密集起来了。

　　山谷间,一条小河流淌着。河水不清,有血团,有脏绷带漂浮。河边立着几顶帐篷,不断有担架抬着伤员,走进或走出帐篷。又一个伤员抬过来,抬进了帐篷。帐篷里有两个女人,一个叫叶可楠,一个叫胡小兰,全穿着军装。胳膊上戴着白袖标,上面印了红色的十字。撕开伤员衣服,伤员疼得叫,叶可楠不管,继续撕,直到伤口完全露出。胡小兰用药棉和酒精,清洗伤口。叶可楠拿着手术刀和镊子,很快从伤口里,取出了一个子弹头,已经变了形。也就是十分钟,一个伤员就处理完了。看得出,两个人经常配合,而且配合得很好。

　　离枪炮声越来越近了,小路上的一班人,在周子汉带领下,不是在走了,而是在跑了。只是跑了没有一会儿,就不得不停下来。不是他们想停下来,是被一个骑马的拦下来了。这个骑马的人是连长。周子汉说,连长,再不快点,就赶不上打鬼子了。连长说,这年头,别的事赶不上,想打鬼子,没有赶不上的。周子汉说,有一个月没和鬼子照面了。连长说,行,这次让你照个大面。周子汉说,那还不赶快让我们上。连长说,马上就会有场恶仗。周子汉说,再恶,也不怕。连长下马,拿出地图,铺开在一块石头上,给周子汉布置任务。连长说,这里,小河边,有个战地医院,很重要。没有它,很多人受伤了,就会死。但这会儿,它遇到了麻烦。一个小队的鬼子,正在逼近。而现在,就你们离它近,这个任务只能你们去完成了。你们要挡住鬼子,消灭鬼子,保证咱们的人全都安全转移,尤其伤员和医护人员,一定要保护好。周子汉站直了,说明白了。连长说,好,快去吧! 周子汉走了几步,又回过头,问连长,我们什么时候撤出来? 连长说,你自己看,任务完成了,就撤。

小河边战地医院,这会儿有些忙乱,一个大卡车停在帐篷门前。院长指挥大伙儿,把伤员往卡车上抬。一个哨兵跑过来,对院长说,前边小树林里,发现了鬼子,好大一群。院长有些急了,叫喊着,让大家动作快点。很快,伤员全都装上了卡车。卡车太小,医护人员只有一小部分能上车。大部分要走路,院长让不能上车的人,把该带的东西带上,马上转移。帐篷里,叶可楠和胡小兰把各种药品装进了药箱。胡小兰说,快点。叶可楠说,仔细点,别把药品落下了。胡小兰慌乱说,还是快点走吧,要是落到鬼子手上,可就惨了。叶可楠往包里装药说,药品不能落下。胡小兰说,行了,药没有了,可以买,人没有了,可就啥都没有了。叶可楠说,药对咱们来说,就是士兵的武器,丢了可怎么能行。胡小兰收拾起了一包药,拉着叶可楠往外走。胡小兰说,走,快走,别让鬼子活捉了。叶可楠说,你管的药,全拿上了? 一颗子弹打穿了帐篷,吓得胡小兰趴在了地上,叶可楠拉着胡小兰跑出了帐篷。

站在山头上的哨兵,已经和鬼子接上了火,他边朝鬼子射击,边朝河边喊叫,让院长他们快逃。他一个人挡不住鬼子,没有打几枪,就被鬼子一颗子弹打中了胸膛。看到哨兵倒下了,院长拔出手枪,同志们,鬼子来了,跑不掉了,只能拼了。胡小兰慌张起来,抱住了叶可楠胳膊说,这可咋办? 叶可楠说,怕有什么用,别怕。说着,拿出了一把手术刀,大不了,拼了。就在这时,周子汉从另一边的坡下呐喊着冲了上来,他冲在最前边。看到周子汉他们,院长他们呆住了,他们不知道,这些战士怎么会突然出现,可他们知道,他们不会死了。周子汉让战士扔掉了行李,只拿上武器弹药,往山头上冲。山的另一边,鬼子也在往上冲。这个山头,变得很重要,谁先占上了,谁就占有了主动。也就快了那么一点点,周子汉他们先到了山头上。12个人一齐开火,把正在往上冲的鬼子给了打了下去。转过头,看到小河边发呆的一群人,周子汉朝他们挥手,让他们赶紧走。院长这才醒了过来,急忙对大家说,快走。走了几步,院长回头对周子汉说,你们是哪一个连队的?谢谢你们,你们来得太及时了。周子汉说,我们是独立团三营一连六班,奉命掩护你们转移。请你马上带领伤员和医护人员离开。院长说,我们马上转移。

一群医护人员,有男有女,往后方走。走着走着,胡小兰突然记起了什么,对叶可楠说,糟了,那些青霉素忘拿了。叶可楠说,你怎么搞的,那么重要的药品,怎么能丢下,伤员感染了怎么办,那可是救命的药啊!胡小兰说,当时太紧张了。叶可楠说,你先走,我回去拿。胡小兰说,这不行,太危险。叶可楠不听,转过身向后跑。院长看见了,朝她喊了起来。院长说,快回来,干什么去?叶可楠说,我没事,马上就回来。胡小兰说,院长,有一盒子药忘拿了。院长说,什么药?胡小兰说,青霉素。院长说,那可不能丢,叶可楠,小心点。叶可楠朝河边帐篷飞快地跑着。

鬼子再次发起了起攻,又被周子汉打退了,鬼子用迫击炮轰击。周子汉无意中回头,看到了叶可楠,她正往帐篷跑,炮弹在不远处落下。周子汉说,快走,别过来。叶可楠不理会,跑进了帐篷。周子汉不知道叶可楠要干什么,赶紧跑过去,叶可楠抱着个药箱出了帐篷。周子汉说,你怎么回事,不想要命了?叶可楠说,这药太珍贵,不能丢了。正说着,一颗炮弹呼啸着飞过来。周子汉一下子把叶可楠推在地,护住了她。炮弹在身边爆炸,尘烟乱飞。周子汉爬起来,拉起叶可楠。周子汉说,没受伤吧?叶可楠说,我没事,你呢?周子汉说,没事就好,快走。叶可楠觉得手上有点湿,一看是血。再一看,血正从周子汉身上滴落,他的胳膊被弹片划伤了。叶可楠说,你受伤了。周子汉看了一眼。周子汉说,划了个皮,没事,你快走,还能追得上他们。叶可楠说,不行,流血呢!没有绷带,一急,从口袋里掏出了一个手绢,给周子汉包上了。周子汉说,行了,没事的,我得赶紧过去,打过炮,鬼子就会往上冲了。叶可楠说,我不走了,留下来,和你们一起打鬼子。周子汉,别瞎胡闹,你是医生,不是战士。叶可楠说,我也会打枪,不怕死。周子汉急了,把枪一端。周子汉说,我是班长,我命令你,快走。叶可楠只得抱着药箱,转过身,又回头问,你叫什么名字?周子汉说,你这个人,怎么这么□嗦?叶可楠顺手捡起一支步枪,要参加战斗。周子汉火了说,你这个同志,怎么这么不听话,你这样干,不是帮我,是害我。你不能安全转移,我就不能撤退,你要是受了伤,出了事,我就不能完成任务,领导就会批评我。你说,你该怎么办?叶可楠,我是担心你们……周子汉说,别再婆婆妈妈了,快点走。告诉你们院长,让他放心,有我们挡着,你们不会有事的。边说着,边向阵地跑去。叶可楠朝远处的同伴跑去。跑出很远了,还是忍不住回过头望了一眼,看到周子汉的身影,在烟雾中晃动。

一条临时挖出的战壕里,周子汉他们趴着。不打炮了,可鬼子也没有露头,很安静。机枪手说,真怪,鬼子怎么不往上冲了?一个战士说,他们人少,害怕死,不敢上了。另一个战士说,这么打,真不过瘾。周子汉说,等战地医院的的同志们安全了,把这几个鬼子消灭了,咱们就去找大部队,去打大仗、硬仗。正说着,机枪手叫起来,说,班长,你看。周子汉朝着山下树林方向一看,从里面走出的鬼子,不是十几个,而是一大群,至少也有一百多个。周子汉和战士们都愣住了,互相看着。他们只有 12 个人,别说是消灭这些鬼子,就是要挡住他们,也会很难。周子汉说,不是嫌不过瘾吗?这一下,可以好好过个瘾了。做好准备,等走近了,一齐开火。火力一定要猛,要一下把鬼子打得屁滚尿流。听周子汉说完,大家都不说话了,把子弹推上膛,把手榴弹保险盖打开了。这个时候,他们知道了,连长要他们打一场恶仗,不是乱说的。

枪炮声越来越远了,战地医院的人已经离开危险了。院长松了一口气,对大家说,可以走慢一点,省点力气,等会还要抢救伤员。放慢了脚步,还有点气喘。胡小兰说,可楠,刚才你跑回去拿药,把我紧张死了。叶可楠说,告诉你吧,差一点,我就没命了。胡小兰说,真的啊。叶可楠说,要不是那个同志把我推倒在地,保护我,这会儿,我可能已经成烈士了。胡小兰说,他叫什么名字?可真了不起。叶可楠说,问了,没说。为救我,他还受了伤。胡小兰说,你这个人也太差劲了,人家救了你的命,连名字都不知道。叶可楠说,你不知道,他好凶,不让我问,一个劲赶我走。胡小兰说,那是为了你好,怕你有危险。叶可楠说,其实,他们更危险。院长走过来,院长说,叶可楠,这次你立了功了。那些药,是许多人冒着危险从大后方送来的,这种抗菌素,很宝贵的。叶可楠说,那个班长让我告诉你,让你放心,有他们挡着,我们不会有事的。院长说,他们真了不起。叶可楠说,也不知道那个班长叫什么?院长说,他们是独立团三营一连六班的。

　　一阵血肉四溅的厮杀后,周子汉清点人数。挨个喊名字,只有五个人答应。周子汉说,同志们,鬼子的七次冲锋都被打退了,医院的同志们也转移了。可以说,我们的任务,已经完成了。机枪手说,班长,我们是不是可以撤了?周子汉说,当然。他带着五个人,正要撤,又响起枪声。再一看,一群鬼子又往上冲。一个叫井田的指挥官挥舞着战刀,带着鬼子往上冲。他已经从望远镜望过了,八路只有几个人,再不拿下,也太丢皇军的脸了。他举起指挥刀喊着,八路,统统死拉死拉的。井田喊的什么,周子汉没听到,可从井田的表情上,看得出来,鬼子这回是死拼了。周子汉想,拼就拼吧,打死鬼子已经有几十个,多干掉一个,就赚一个。这么一想,周子汉踏实了。对其他人说,走近了再打,一定要一颗子弹消灭一个人。周子汉拿出了酒壶,大喝了一口。又说,来,一人喝一口。五个人,一人喝了一口。再回到周子汉手里,酒壶空了,周子汉五把它扔到了空中。正撞上飞来的子弹,被打碎了。周子汉大叫了一声,让小鬼子见鬼去。

　　鬼子不停地往上冲,倒下了一批,后面又跟上了,一点儿也不怕死。当然,周子汉他们更不会怕死。不怕死不等于不会死。这时周子汉再往战壕里看,五个人就剩机枪手一个人了,并且已经负了伤。周子汉朝鬼子扔出了几颗手榴弹后,跑过去,要给机枪手包扎伤口。一看机枪手是胸脯中了弹,已经只有最后一口气了。机枪手说,班长,对不起了,我要先走了,不能和你一块打鬼子了。机枪手头一歪,死了。这时,鬼子已从从四面围上来,手榴弹没有了,子弹没有了,周子汉只能端起一支上刺刀的步枪,迎着鬼子冲上去。一颗炮弹在周子汉身边爆炸,周子汉被炸得飞起来后,又落到了地上。

一个小村子，百姓都跑了，军人来了，住了下来，到处走着军人，看上去，像一个军营。水井边，医院的女同志在洗着东西。看到有队伍走过来，叶可楠起身走过去，拉住一个战士问，你们是独立团的吗？战士说，不是，我们是第三师的。叶可楠摇摇头，回到了水井边。胡小兰说，你干什么去了？叶可楠说，我想知道那个班的战士怎么样了？胡小兰说，知道了又怎么样？叶可楠说，人家救了我，我总得知道人家叫什么名字吧！胡小兰说，那倒也是。

还是一个小村子，不过相距有几十里地，那里还在打仗，是国民党的兵在和鬼子打。打了好几天了，一个团的人，已经被打散了。一个叫赵明义的排长，带着几个士兵，利用断墙残壁，边打边跑，每跑一段就停下来，朝鬼子还击。最后，被穷追不舍的鬼子逼进了一个农家大院。一个士兵说，赵排长，我只有五发子弹了。另一个士兵说，我这，也只有七发了。还有一个士兵说，我一发都没有了。赵明义说，能抵挡多久，就抵挡多久。妈的，说好了，要来增援的，到了最后，变了，说过不来了。真他妈的太不像话了，还不是怕被消灭？围住了农家的鬼子喊叫起来，你们跑不掉了，投降吧，只要投降了，保证你们不死。士兵们看着赵明义。赵明义说，只要还有一颗子弹，就不放弃抵抗。看准了打，一个子弹要一个鬼子命，别浪费。赵明义和士兵趴在院墙上，朝鬼子射击，又有几个鬼子倒下了。赵明义和士兵们没有了子弹，只能停止了射击。赵明义和士兵靠在院墙上站了一排，他们做好了死的准备。鬼子冲了进来，一排枪对准了他们。鬼子说，举起手来。赵明义看了鬼子一会儿，脸色很平静地慢慢举起了手臂。他好象在说，投降并不意味着屈服，只要活着，就有机会继续杀鬼子，继续报仇。

像圈牲畜一样，在铁丝网围起来的空地上，一群男人被关在里边。这群人中，全穿着军装，军装很破，沾有血和泥。军装看上去，差不多，可并不是一个部队的，有国民党部队的，有共产党部队的。国民党部队的人多，共产党部队的人少。不过，不管是人多人少，这会儿，都是一个身份，这个身份就是俘虏，鬼子的俘虏。铁丝网四周站着鬼子，拿着枪，牵着狼狗。有一个门，可以进去，但极少会打开。就是打开了，里边的人，也不能出去。有人试过，往里边送饭，门打开了。几个人趁机往外跑，可是没跑几步，就被打死了。再以后，就没有人敢跑了。这一天，门又打开了，进来的，不是送饭的人，是井田队长和几个鬼子。看到他们，不知道他们要干什么，俘虏们紧张起来，全站着，不说话。井田不凶，脸上还带着笑。把枪和刀交给旁边的鬼子，脱掉了衣服，只穿着白色的衬衣。走进了俘虏中，他挨个看着。看到一个俘虏，指了一下，俘虏脸白了，以为井田要杀他。可井田却说，摔跤。俘虏不敢和他摔，后退。井田这才说，不摔，就死了死了的。井田一挥手，旁边鬼子端起枪，一枪就把那个俘虏打死了。许多俘虏被吓住了，井田再要和谁摔，没有人不敢不摔了。井田学过跆拳道，加上俘虏怕把他摔了，不知会遭到怎么样的报复，心里发虚，和他摔时也不敢真摔。结果，不断有俘虏被摔倒，每摔倒一个，井田就大笑一阵。井田说，你们统统的，东亚病夫。说这个话时，还伸出了小拇指头，朝俘虏们晃动着。井田大佐说，你们，谁，不服气的，出来。没有人吭声，也没有人出来。井田说，你们，统统的胆小鬼。

井田的话，像小刀子一样，在俘虏营中乱飞，往大家心窝里扎。这时，一个人慢慢举起了手，并从俘虏中走出来，站到了井田面前。井田一下子认出了他，说，你打仗，很厉害。这个人就是周子汉。周子汉说，我摔跤，也很厉害。说着，周子汉脱掉了上衣，光着上身摆出了架势。井田大佐一伸手抓住了周子汉的衣领，想给周子汉一个背摔。可周子汉料到了这一招，腿下使了绊子，让井田差一点栽倒在地。井田大佐再冲过来，这次周子汉用了个背摔，把井田实实在在地摔倒了地面上，摔得一下子爬不起来。俘虏们噢地一声叫起好来。几个鬼子端着枪朝周子汉冲过来，要用刺刀扎周子汉。俘虏中再次站出了一个人，这个人就是赵明义。他一把抓住了要刺向周子汉的步枪，挡在了周子汉前面。赵明义问井田，你们这样做，还算是真正的武士吗？井田举起手枪对住了赵明义的脑门。俘虏们一看，全都喊叫了起来。鬼子们有点慌了，连铁丝网外的鬼子也拉动了枪栓。井田放下了手枪，挥了一下手，对周子汉说，你等着。说完，带着几个鬼子走出了俘虏营。

没有风，也没有云，太阳在天上，一动不动。俘虏营里，俘虏们也一动不动，在暖洋洋的阳光里，有的站着，有的躺着，有的坐着。周子汉坐着，赵明义走过来，也坐下。拿出了一支烟，让周子汉抽。周子汉摆摆说，说不抽。赵明义说，听口音，你是北方人。周子汉说，山东人。赵明义说，我是南京人。周子汉说，南京丢了。赵明义说，鬼子打下南京，挨家挨户杀人，父母把我藏在米缸里，躲了过去，可父母没有能躲过去，都被打死了。周子汉说，我也和你差不多，鬼子围住了村子，把一村子人赶到了大庙里，把门锁起来，堆上了麦草玉米杆，点着了，火烧了半天，全烧成了灰。我正好在山上放羊，鬼子没有发现。赵明义说，当时，我12岁，就想着一定要当兵，把去打鬼子。周子汉说，是啊，看着一村人一家人被火烧杀，心里啥都不想了，就想着报仇。赵明义说，告诉你吧，我已经打死了76个鬼子了。我有一个小本本，打死一个，记一个，我的目标是打死500个鬼子。周子汉说，我倒没数过，不过，每打死一个鬼子，我都在心里喊一句，爹，娘，你们看到了吧，儿子给人报仇了，又一个鬼子给你们偿命了。赵明义说，一看，你就是个好汉，那天，你可给中国人长了脸了，你太厉害了。看你身手，不是光凭胆子。那个鬼子，也是经过训练的。没有两下子，是拿不下的。周子汉说，小时候，在村子里，跟爷爷练过武术。赵明义说，怪不得呢！干什么都得有真本事，光凭蛮劲不行。周子汉说，也不能想太多，想得太多了，就不敢干了。赵明义说，当时，你就没想过，你那么干，鬼子会杀了你。周子汉说，看鬼子那个样子，太生气了。一气，就不想那么多了。不过，再一想，反正做了俘虏，早晚是死，这样死，倒比枪毙砍头更痛快。赵明义说，好样的。周子汉说，你也了不起，上去给我挡刺刀，不怕刺刀扎了你。赵明义说，你都那样了，我还不站出来，还算是中国人吗？和你一样，想着，大不了是个死，没什么了不起。周子汉说，死倒不怕，只是不能打鬼子了，像畜牲一样被关着，太憋屈了。赵明义说，倒是。咱不怕死，可不能随便死。一死，就报不了仇了，就打了不鬼子了。周子汉说，有没有想法？赵明义说，你是说跑。周子汉说，是啊！赵明义说，当然有啊！两个人靠得更近了，说话的声音也变得很小了。

铁丝网外边有一个岗楼，是用木头搭起来的。上边有一个探照灯，还有一个哨兵。井田走了过来，爬到了岗楼上，朝着俘虏营里看了一会，从哨兵手里拿过步枪。举起枪，朝铁丝网中的俘虏瞄准着。突然，井田手中的枪响了。就在周子汉和赵明义跟前，一个站着的俘虏，扑通一下栽倒在了地上，鲜血从胸口喷出。周子汉和赵明义朝岗楼望过去，看到井田拿着了一支步枪，枪口正冒着白烟，旁边的鬼子朝他伸出了大拇指。他冷冷地笑着。他说，我，每天三个，练枪法。看着岗楼上的鬼子井田，赵明义说，真是禽兽。周子汉说，一定要逃出去。

一个北方农村的大院,变成了临时战地医院。叶可楠走到了一个伤员跟前,察看他小腿的伤情。伤员说,医生,什么时候能好,我实在等不及了。叶可楠说,我也想让你早点好,可你的伤口还在化脓。伤员说,别人都在打仗,我在这里养伤,好象我是个怕死鬼。叶可楠说,你的伤口,证明了你是个勇敢的战士。伤员说,我不算勇敢,六班的人,那才叫勇敢。叶可楠说,你是哪个部队的?伤员说,我是独立团。叶可楠说,你真的是独立团的?伤员说,当然是啊!叶可楠说,你是几连的?伤员说,一连的。叶可楠说,几班的。伤员说,一班的。叶可楠说,你认识六班长吗?伤员说,认识。叶可楠说,太好了。叶可楠高兴得一下子跳了起来。伤员说,你认识他?叶可楠说,当然认识他,对了,快告诉我,他叫什么名字?伤员说,你不是认识他吗?叶可楠说,我认识他,可不知道他的名字,你快告诉我。伤员说,还有这样的事,他叫周子汉。叶可楠说,周子汉,周子汉,这个名字有意思。伤员说,他是你什么人?叶可楠说,什么人都不是,快告诉,他还好吗,他现在在什么地方?伤员说,这个事,怎么说呢,不太好说。叶可楠说,有什么不好说的,我是医生,让你说什么,就要说,要不,我就不让你出院了。伤员说,好,我说,我说了,你可不要难过啊!叶可楠说,你说吧,我不难过。伤员,刚才我说,那些比我勇敢的人,说的就是周子汉那个班。他们 12 个人,和一百多个鬼子打了半天。打死了五十多个鬼子,可全班的人都没有了。叶可楠说,你是说,他们全牺牲了?伤员说,差不多吧!叶可楠说,差不多是什么意思?伤员说,不过,我们只找到了 11 个人,还有一个人没有找到。叶可楠说,他是谁?伤员说,就是班长周子汉。叶可楠说,那就是说他可能还活着?伤员说,也可能已经死了。叶可楠说,不,他不会死,他一定还活着。叶可楠的声音很大,胡小兰听见走了进来。胡小兰说,什么事,这么大声?叶可楠说,我知道他叫什么了。胡小兰说,你这是说谁呀?叶可楠说,那个救了我们的班长。胡小兰看着叶可楠,觉得叶可楠的激动有点过分。

月光如水。几个俘虏往铁丝网跟前爬。爬到铁丝网蹲着,刚站起来,想爬过铁丝网,探照灯一下子亮了。机枪响了,几个俘虏全被打死了。周子汉和赵明义看到了,两个人躺下了。赵明义说,硬跑不行。周子汉说,不跑更不行。赵明义说,要活着跑出去。周子汉说,只有跑,才可能活下去。

一个鬼子押着周子汉和赵明义去河边提水。也就是说,两个人走出了俘虏营。从关进去后,还是头一次走出来。周子汉朝着赵明义握了一下拳头,赵明义也握了一下,并且交换了一下眼神。走到了河边,赵明义喊了一声鬼子,并指了一下远处。赵明义说,太君,那边有一个人。鬼子转过头去看。周子汉趁机举起了手中的铁桶,狠狠地砸在了鬼子的头上,鬼子一下子被打晕在地。赵明义抢过鬼子手中的步枪,把刺刀扎进了鬼子的胸膛。两个人把鬼子抬起来,扔到了河里。拿着鬼子的枪,两个人顺着河边的树林跑了起来。没有跑出很远,身后就传来叫喊声和枪声。

有了一点空闲,叶可楠和胡小兰去洗衣服。穿了一个月了,再不洗,就会长虱子的。她们各端了一个盆子,里边放满衣服,往村边一条小河走去。快到了河边时,看到了一座庙,叶可楠想起了什么。叶可楠说,等我一会儿。叶可楠放下盆子,朝小庙跑去。胡小兰说,你干什么去?叶可楠没说干什么去,只说等我一会儿。说着,跑进了庙里。进到庙里,叶可楠拿了一根香,点着了,插在了香炉里。站在一尊菩萨前,双手合在一起。叶可楠说,菩萨菩萨,大慈大悲,保佑周子汉,平安无事。过了一会,叶可楠从庙里走出来。胡小兰说,跑到庙里干什么?叶可楠说,祈求菩萨保佑周子汉。胡小兰说,你还讲迷信。叶可楠说,不是讲迷信,是表达心愿。胡小兰说,你不会是爱上他了吧?叶可楠说,反正我觉得他是个英雄,是以前我从来没有遇到过的英雄。胡小兰说,女人都爱英雄。叶可楠说,难道不爱英雄,还要爱狗熊啊!胡小兰说,我知道,自古少女爱英雄。叶可楠说,这个年头,少女会更爱英雄。胡小兰说,可这个周子汉,你一点儿也不了解。叶可楠说,有些人,天天在一起,也不会了解,可有一些人,只要看一眼,就会了解。胡小兰说,那叫一见钟情。叶可楠说,你说,那个周子汉现在在什么地方?胡小兰说,我怎么知道,这个年头,不好说呀,每天不知有多少人会从这个世界消失。叶可楠说,反正,像周子汉这样的人,不会消失,这个世界需要英雄。胡小兰说,但愿他还活着。

一片树林,不深也不密,周子汉和赵明义奔跑着,后面的鬼子越追越近了。周子汉停下来,把枪架到树上,朝追来的鬼子射击,不断有鬼子倒下。就在这时,鬼子射来的一颗子弹打中了周子汉的腿。赵明义看见了，过来扶起跪在地上的周子汉，扶着周子汉，边跑边向鬼子射击。射出了几颗子弹后，赵明义一扣板机，枪没有响。赵明义说，妈的，没子弹了。赵明义把枪上的刺刀取下，插在腰里，就把枪扔掉了，背起了周子汉向前跑。周子汉说，赵明义，把我放下。赵明义说，不行。周子汉说，这么跑，鬼子一会就追上了。赵明义说，把你放下，等于把你交给了鬼子。周子汉说，总比把两个人都抓住好。赵明义说，没事，你瘦，我可以背得动。周子汉说，把我放下吧，你一定要跑出去，跑出去，别忘了替我多打死几个鬼子就行了。赵明义说，我们要一块打鬼子。周子汉说，我也这么想，可鬼子害怕，不让咱们一块。赵明义说，那就更不能让鬼子得逞了。跑着跑着，跑到了一条河边。河岸长着大片的芦苇，一直延伸到河中间。周子汉和赵明义从河岸上滚了下来。赵明义把衬衣脱下来，撕成了长条，给周子汉包扎伤口。赵明义说，不算严重，没有伤到骨头。周子汉说，别瘸了就行，一瘸，走不成路了，会影响打仗。鬼子追了过来，听得出离得很近了。赵明义说，你会水吧？周子汉说，家门口，就有一条河。赵明义说，那好，咱们躲到水里去。周子汉说，好主意。周子汉和赵明义各折了一根苇子，把一段可以通气的苇管含在了嘴里后，慢慢地潜进了水里，露了一点头的苇管在水面上移动着。鬼子追到了河边，井田大佐带着人面对大片芦苇，搜了一阵，什么也没有搜到，只能无可奈何地离开了。听不到鬼子的脚步响声了，两个人从水里探出了头，取下了含在嘴里的苇管，两个人相互看了一眼，脸上露出了笑容。

一座大山，有多少洞，没人知道。赵明义扶着周子汉，在山里走了一会，看到了山洞，就走了进去。找了一块石头，让周子汉靠着洞壁先坐下，自己又出去抱了一捆干草，再进到洞里铺在地上，让周子汉躺在上面。赵明义说，你先歇着，我去整点吃的。周子汉说，当心点。赵明义晃了晃手中的刺刀。赵明义说，我没事。倒是你，让我放心不下。不过，我看了一下，洞口被树草遮盖，好象没有人来过。周子汉说，只要鬼子找不到这，就不会有事。赵明义说，你躺下，好好歇着，等我回来。

一个刚被鬼子扫荡过的村庄，看不到一个人影，赵明义走了进去。村头有一间房子，门大开着，明显被抢掠过。这好象是富人家，房子一间连着一间，很多，里边的东西也很多。没有人，人可能躲出去了。赵明义翻箱倒柜找着可用和可吃的东西，看到一瓶子酒，也装进了口袋。不一会，赵明义提了一袋子东西从屋子里跑了出来。路过一块玉米地，赵明义跑进去掰了几个青色的玉米棒子。背着一袋东西的赵明义，快走到山洞时，在草丛里发现了一条蛇。他把袋子放下，拿出了刺刀，把那条很粗的蛇杀死了。一进山洞，赵明义就叫了起来，都说，大难不死，必有后福，真是一点儿也不假。说着，把袋子里的东西倒在了地上，有锅碗瓢盆，还有盐巴和火柴。赵明义说，有了这些东西，我们可以在这过日子了。你猜，我还找到了一样什么东西，你现在最用得着的。周子汉说，不会是药吧？赵明义说，怎么会不是药，不但是药，还是好药，云南白药，治伤口灵得很。来，先把药涂上，再弄吃的。赵明义给周子汉的伤口涂上云南白药。赵明义说，涂上这个药，保准不出十天，你的腿就会好了。周子汉说，赵明义，谢谢你了。赵明义说，不用谢，这是天意，老天在帮我们，刚才我还打了一条蛇。今天，咱们不但有吃的了，还有下酒菜了。周子汉说，好久没喝酒了，想死我了。

一个土炕上，一盏小油灯亮着。叶可楠和胡小兰都躺下了，却都没有睡。叶可楠在看书。胡小兰说，看的什么书？叶可楠说，《钢铁是怎么炼成的》。这本书是苏联人写的，刚翻译过来。胡小兰说，好看吗？叶可楠说，你知道我是怎么参加革命的吗？胡小兰说，不知道。叶可楠说，当时，我正在上中学，看了这本书，就再也不想上学了，只想去革命，去为国家的解放、为民族的独立而战斗。胡小兰说，母亲想让我给一个财主当小老婆，我一生气，就跑了出来，只想着，不管干什么都行，只要不给别人当小老婆就行了，正好遇到了八路军。叶可楠说，你运气好，要是遇到土匪，可就惨了。胡小兰说，我的长相，没有那么倒霉吧？哎，你看的这本书，写的什么，这么厉害，让你连学都不上了，要参加革命。叶可楠说，这个书里有，有一个主人公，叫保尔，可了不起了。不管遇什么困难，从来都不怕，不管遭受到什么打击，都不屈服，哪怕是眼睛瞎了，也一样还要为革命继续奋斗，真的就像钢铁一样坚强，是个真正的英雄。胡小兰说，你喜欢这样的英雄？叶可楠说，当然啊！那个冬妮娅，一开始，喜欢上了保尔。可她太娇气，太任性，有点小资产阶级，最后没能坚持住，失去了保尔。每次看到这，我都为冬妮娅惋惜，为冬妮娅难受，唉！我要是遇上喜欢的英雄，一定不会像冬妮娅一样。胡小兰说，啊，这本书里还有爱情啊？快让我看看。

山洞里,周子汉和赵明义坐在火堆旁。赵明义在火上烤着蛇,烤好了,递给周子汉。周子汉接过来,吃了两口。周子汉说,真香。看到赵明义在啃玉米棒子,拿过刀子,把整条蛇割成两半,一半给赵明义。赵明义说,我不吃了,你全吃了吧!周子汉说,这怎么行,来,一人一半。赵明义说,我不用,真的,你受伤了,需要补养。周子汉说,涂上了你搞来的药,好多了。再说了,我这是个轻伤,没有那么严重,用不着特别照顾。男人不吃肉不行,给,你要是不吃,那我也不吃了。赵明义说,行了,你是伤员,就听我的吧!你以为我想让你的伤快点好,身体恢复快点光是为了你呀?我也是为了自己。你好了,没事了,我们就可离开这里,就可以回到部队,拿起枪,重上战场了。周子汉端起了碗,碗里不是水,是酒。周子汉说,赵明义,你我的亲人,都没有了,我们能在鬼子的俘虏营中认识,又能一块逃出来,不是老天安排,咋可能呢!赵明义说,是不可能。啥叫缘份,这就叫缘份。以后,你就把我当亲人,我也把你当亲人。周子汉说,你多大?赵明义说,二十。你呢?周子汉说,我比你大一岁。以后,我就是兄,你就是弟。赵明义说,以后,我就是兄弟,不是亲生,胜过亲生。周子汉说,来,干一碗,以后,不管天怎么变,地怎么变,咱们的兄弟情不变。赵明义说,谁要变,天打五雷轰。赵明义举起了一碗酒,和周子汉碰。碰过后,两人一口喝干了。

快半个月过去了,这天早上,周子汉和赵明义走出了山洞,站在一块岩石上,看着起伏的群山,还有那正在升起的太阳。赵明义说,国破山河在,城春草木深啊!周子汉说,我的家乡,早上起来,也能看到这样的太阳,这样的山。赵明义说,还有水。一片片的湖水,像镜子一样,把天下的云全照了下来。周子汉说,你说,日本在什么地方?赵明义朝东指了一下说,很远,在大海中的一个小岛上。周子汉说,他们有自己的地方,为什么还要跑来占咱们的地方?赵明义说,他们是海盗,什么东西都要从别人手中去抢,包括人家的地盘。周子汉说,那他们至少也会有爹、有娘,有兄弟姐妹吧?赵明义说,那肯定会有,他们不可能是从石头缝子里蹦出来的,也得他娘十月怀胎把他生下来。周子汉说,那也就是说,他们也是人?赵明义说,当然是人。周子汉说,可为什么,他们是人不做人事呢?赵明义说,人坏起来,真的比畜牲都不如呢!周子汉说,我老家靠海,日本人坐着炮艇来的。刚开始,这些日本人装得还挺像。敲着鼓,吹喇叭,像过节一样。走过村子时,看到小孩子,逗着玩,还拿出水果糖,给我们吃。可突然有一天,脸子一下子变了,把村民赶到了庙里边,说藏了八路,让交出来。实际上,有一队八路,夜里过了一下,没有住,连饭都没有吃,就走了。村民交不出来,鬼子就开始杀人。后来,嫌一个个杀太麻烦就把庙门一关,把庙点着了。一村子的人,差不多,全都烧死在了里边。赵明义说,日本人干的坏事,要是说啊,三天三夜都说不完。我这个人,有点信命,相信报应。干坏事的人,迟早会倒霉的。杀人的人,一定会不得好死,咱们就是老天派来要鬼子小命的。周子汉说,已经打了五六年了,你说这仗还会打多久?赵明义说,我看,鬼子是兔子的尾巴长不了了。国民党和共产党联合起来一块打,这个力量多大啊!中国有四万万人,鬼子才有几个人?就算武器差点,也没什么了不起,虎猛架不住狼多。我们全扑上去,就是用嘴咬,也能把他们咬碎、咬死。周子汉说,赵明义,照你这么说,再过二年,就能把鬼子打败。你说,那了那个时候,没有仗打了,我们干什么去呀?赵明义说,嗨,只要活着,没有人只想打仗,不想干别的。我呀,不想种地,也不想开机器。在南京城里,在街道上走,看到好多商铺。就想,有一天,也有个大商铺,做个大老板,挣好多钱。你呢?周子汉说,我祖辈都是种地,可我也不想种地。不过,我没有什么本事,也干不了别的。可我喜欢牛羊,喜欢马,喜欢狗。老想着,能有一个地方,很大,大得望不到边,长满了青草。我骑一匹马,带着一只狗,赶着牛群和羊群,奔跑在天地间。多来劲啊!赵明义说,你这个想法好是好,只是这样一来,我在城里,你在荒野,咱兄弟俩就不能在一起了,也不能常见面了。周子汉说,没事,过年过节,我骑上马,带上牛羊肉,去看你。赵明义说,不,不,还是我去看你。我在城里,方便。有车,坐上就去了。城里东西多,你在荒野,缺什么东西,我就从城里给你送去。周子汉说,真有意思,好象你已经在城里当了大老板了,我已经在荒野里放牧了。赵明义说,瞎想,瞎说。以后的事,还是以后再说吧!眼下,咱们还是想办法得赶紧回部队去。周子汉说,那咱们现在就走。赵明义说,不急,你的腿真的好利索了?周子汉站起来,走了几步,又跳了几下说,一点事没有了。这会儿,要是打冲锋,保准不会被落下。赵明义用刀子削了根木棍,给周子汉说,拿着,上下坡用得着。周子汉接过棍子说,走,出发。周子汉和赵明义往山下走去。

山下是一片平原,是一片黄土地,周子汉和赵明义走到了一条土路上。周子汉的伤全好了,走路,一点儿也看不来了。走过了一座木桥,一条路分成了两条路。一条向北,一条向南。走到了岔路口,周子汉往北走,赵明义向南走。两个人走了几步,看到没有走在一起,不约而同地全停了下来。周子汉说,你走错了,往这边走才对。赵明义说,我没错,是你走错了。周子汉说,你要去哪里呀?赵明义,当然是回部队了。周子汉说,你要回哪个部队?赵明义说,六十三军呀!周子汉这才明白过来,两个人为什么会走到两条道上去。周子汉说,你不能再回去了,你得跟我走。赵明义说,为什么?我看,倒是你不该回去,该跟我走。周子汉说,这样吧,走了这么久,也累了,坐下歇一会,商量商量吧!周子汉和赵明义走到了一棵大树下面,靠着大树坐了下来。

第二章　歌声在硝烟中飘荡

大树下，一条路分成了两条路，朝着不同的方向。按说，朝什么方向走，两个男人都是大人，不用问别人，自己想朝什么方向走，就朝什么方向走。可两个男人已经成了朋友，成了兄弟，有了感情，就不想再分开，想着不管往什么方向走，都能一块走。周子汉说，赵明义，跟着我，去当八路军。赵明义说，我看，你还是跟着我去，当国军。周子汉说，国军打日本鬼子，不如八路军打得狠，打得坚决。赵明义说，国军人多，枪炮多，性能也好。要打败小日本，还得靠国军。周子汉说，国军不行，要是国军行，东三省也不会丢了，南京也不会丢了。赵明义说，一开始，日本人太凶，没挡住，可现在不一样了。最近，打了好几个胜仗。正是有了国军，日本人想占领中国，连门都没有了。周子汉说，不错，你们是打了几个胜仗。可没有共产党的部队，在敌人后方，搞得鬼子不得安宁，把鬼子的兵力牵制住，你们别说是打胜仗了，怕是整个中国都会让日本人占了。赵明义说，我不是说共产党不好，八路军不好。只是我觉得，国军是国家的军队，咱们要保卫祖国，还得靠国家的军队，国军是正规军。周子汉说，你不该这么想。不管是什么军，打的什么旗号，正规不正规，其实并不重要。重要的是要看它是不是为了国家好，为了老百姓好。赵明义说，我可没想那么多，不管啥军队，只要打鬼子就行。当时，从南京城里跑出来，没啥想法，就想当兵，拿起枪，去打鬼子。出城走了六七天，遇到一群当兵的，要抓我当兵，我就问，你们打不打鬼子？他们说，当然打。我说，只要打鬼子，不用抓我，我愿意当兵。当兵好几天了，才知道，这个部队，是老蒋的部队。周子汉说，你运气不好，我从村子跑出来，和你一样，也是一样到处找地方当兵。可没走多远，就遇到了八路军。当了八路军，才知道八路军有多好。我问你，你当兵，挨过打没有，当官的欺负过你没有？赵明义说，那免不了。刚一当兵，不懂规矩，被打被骂，正常得很，算不了个什么。周子汉说，可在八路军里就不一样,大家在一起,平等得很,全是同志,全像兄弟,互相帮助,互相爱护,就像是一家人一样。当官的对士兵,就像父母对、孩子一样。赵明义,真的是这样啊!周子汉说,还不光是这些。自古以来,兵匪一家,祸害百姓。你们那个部队,是不是有这样的事?跑到老百姓家里,抢吃的,抢喝的,不给就打人,老百姓要是反抗了,还会把人打死。赵明义说,这样的事,是有,我也看不惯。别的兵管不了,我手下的人,不敢干这样的事,谁要是干了,我是不会放过的。周子汉说,可你只能管一个排,管几十个人,管不了一个师,一个军,管不了整个部队,老百姓还是会被祸害的。你想过,为什么会发生这样的事情吗?赵明义说,这可真的没有好好想过。不过,当兵的,用不着想那么多,只要有仗打就行了。我想,我还是要回六十三军,都打鬼子,在哪都一样。周子汉说,我说了这么多,你还没明白过来呀,真的是不一样的。你过来了,当了八路军,就知道有多大不一样了。不要说,太阳在东边,只要往东边走就是阳关道。路选不好,一样往东走,也会走到瞎路上,走到绝路上去。赵明义说,有这么玄乎啊,那我可得好好想想啊!周子汉说,知道你就没有好好想过,你要是好好想过了,你就不会再往那条路上走了,你就会跟着我往另一条路走了。赵明义说,都是当兵的,差不多吧!周子汉说,尽管都是兵,也都打鬼子,可军队和军队,差别可是太得很呢!你知道,八路军为什么从来不欺负老百姓吗?赵明义说,不知道。周子汉说,你听着,因为八路军是老百姓的军队。共产党闹革命,和国民党对着干,是为了什么?就是为了让老百姓不再受苦,不再受难,让老百姓能过上好日子。你想啊,老百姓的军队,怎么会欺负老百姓呢?赵明义说,倒是这么个理。周子汉说,知道了这个理,你就知道,我为啥让你跟我走了吧?我是为了你好,当八路军,跟着共产常干革命,不但可以打鬼子,等打完了鬼子,还可以过上好日子。你知道吧,共产党的理想,就是要让天下的人,人人都有饭吃,有衣穿,有房子住,当家作主。赵明义说,听你这一说,好象我真该去当八路军。周子汉说,不是好象,是一定要当。咱们是兄弟,我不会害你的。赵明义说,我知道,你是为我好。再说了,咱们兄弟,好不容易认识了,遇在了一起。那就该一块干咱们想干的事,相互之间也好有个照应。说真的,到了这会儿,要让咱兄弟俩分开,我还真是舍不得呢!周子汉说,是啊,我一个劲劝你,也是到了这个情分,舍不得啊!赵明义说,行,那我就听你的了,跟着你去当八路军。周子汉拍着赵明义的肩膀,高兴极了。周子汉说,你放心,跟着我去,参加八路军,你一定不会后悔的。周子汉和赵明义重新上路，一起走到了通往北边的土路上。

　　一个八路军的营地，一群战士正在操练，对着草靶子练刺杀。连长亲自教士兵刺杀，端着一支步枪做演示。连长说，对付日本鬼子，不会拼刺刀不行。子弹经常会打着打着，就没有了。没有子弹了，就得拼刺刀，还有发出冲锋时，冲到了跟前，离得太近了，再拉枪栓扣扳机就晚了，来不及了，只能拼刺刀。鬼子很凶，尤其是拼刺刀时，要想把鬼子刺倒，除了有胆量，不怕死以外，还要有技术。练好了技术，对付鬼子就不会怕了。俗话说，艺高人胆大，想要多杀鬼子，就得练好拼刺刀。正说着，连长停了下来，不说了。眼睛朝大家后面的一个地方看过去。发现连长在看什么，战士不由得转过了头，顺连长望的方向看过去。战士中有人叫了起来说，周子汉班长回来了。连长朝周子汉和赵明义走过去。周子汉和赵明义也朝连长走了过去，周子汉和连长把手握在了一起，战士们又惊又喜地围住了周子汉和赵明义。

　　跟着连长，周子汉和赵明义走进了连部，连长给两个人倒了一杯水。连长说，真没有想到你还活着，都以为你也牺牲了。周子汉说，差一点，被炸昏了过去，让鬼子给捉走了。连长说，怎么，当俘虏了？周子汉说，像畜牲一样，被关了半个多月，想办法逃出来了。连长说，能活着回来，真不容易。周子汉说，连长，多亏了他。要不是他，我跑不掉的。连长说，这位同志是？周子汉说，他叫赵明义，是友军的一个排长，在俘虏营认识的。我们一块跑了出来，我受了伤，是他帮着我把伤养好了，是个好样的。我动员他参加八路军，给他说了八路军有多好，他一听，就来了，也要当八路军。连长说，好啊，欢迎欢迎。不过，这个事，还要给上级报告一下，以为你牺牲了，花名册上把你的名字都划掉了。周子汉说，这怎么行，我还活着呀！连长说，看来这是个误会。周子汉说，不会有麻烦吧？从门口传来说话声说，有什么麻烦，看我能不能解决？随着说话音，张团长走进了连部。一看到张团长，连长和周子汉一下子站起来，朝他敬礼。赵明义也跟着站起来，敬了个礼。连长说，张团长，他就是六班长周子汉。张团长说，我知道，就是你，带着一个班，掩护战地医院安全转移了，还挡住了一百多鬼子的进攻，很了不起。连长说，当时，以为他牺牲了，没想到，是被敌人抓了。张团长说，能从鬼子手里跑出来，不容易啊，你是好样的。连长说，我想让他继续当班长。张团长说，立了功，是英雄，应该重用，我看，可以让他当排长。周子汉说，谢谢张团长。张团长看着到了赵明义说，这个同志，好象有些面生。连长说，他是周子汉带来的，是36军的，也被鬼子抓了，和周子汉一块跑了出来。周子汉说，他已经打死了七十多个鬼子。张团长和赵明义握手说，看来，也是一条好汉。欢迎你投身革命，参加八路军。赵明义说，谢谢长官。张团长说，我们不可兴喊长官哟！赵明义说，是，长官。大家笑了起来。

到了夜里，一张土炕上，周子汉和赵明义并排躺着。赵明义说，真的和那边不一样。周子汉说，没哄你吧！赵明义说，长官一点架子没有。那个张团长，多随和。周子汉说，别再喊长官，要喊同志。赵明义说，一会半会，不好改口。周子汉说，你的事，我会给连长说的。赵明义说，什么事？周子汉说，你在那边是排长，到了这边，不能啥也不是了。赵明义说，这个我不在乎，只要有鬼子打就行了。周子汉说，这你放心，八路军打鬼子，可从来不含糊。

一个向阳的土坡上，周子汉带着战士们在练习瞄准射击。看到连长走过来，周子汉走了过去，对连长说，周子汉说，连长，赵明义在那边是个军官，过来了，不能让他只当个兵。连长说，什么意思？周子汉说，我是说，也让他当个排长。连长说，没有空缺。周子汉说，要不，我这个副排长，让他干。连长说，亏你想得出，让谁干什么，不干什么，是组织上考虑的事，就不用你操心了。周子汉说，我只是提个建议。连长说，你的建议，我会考虑的。

当兵的，如果没有仗打，一般情况下，是没有什么事的。没有事，就擦枪。坐在木凳上擦枪，可以听到从远处传来的隆隆炮声。擦着擦着，赵明义不擦了。周子汉说，怎么不擦了，枪擦亮了，擦干净了，才好用。赵明义说，来这里快一个多月了。周子汉说，是啊，过得真快。赵明义说，可连一次仗还没有打过。周子汉说，不用着急，马上就会有仗打了。连部通讯员跑过来，喊周子汉说，六班长，连长喊你去，有任务。周子汉兴奋了，朝赵明义说，肯定是有战斗任务了。

到了连部，连长对周子汉说，给你一个任务。周子汉说，我们都等就不及了。连长说，你带十名战士，今天晚上去护送一位首长，一定要保证首长安全穿过封锁线。没有想到是这个任务，周子汉愣了一下。连长说，有困难吗？周子汉说，没困难，保证完成任务。连长说，回去准备一下，一个小时后就出发。周子汉说，明白了。周子汉转身要走，又被喊住。连长说，对了，那个赵明义，这次行动，就不要让他参加了。周子汉说，赵明义能打能杀，是个猛将。连长说，这是上面的要求，一定要找政治上可靠的、经过考验的同志去。这个首长不是一般的人，不能出一点差错。周子汉不解地看着连长。

周子汉走进房间，一群战士围了上来，问周子汉接受了什么战斗任务？周子汉说，大家注意了，喊到名字的，带上武器，跟我出发。正在说笑的战士安静了下来，周子汉喊名字。喊到名字的战士，拿起枪往门口走。喊了十个名字后，周子汉不喊了。赵明义过来扯了一下周子汉。赵明义说，还有我，你怎么漏掉了。周子汉犹豫了一下说，这是个小任务，你就不用去了，在屋子里好好休息。养足精神，等着打大仗。赵明义说，要是去打仗，可不能不让我去。周子汉说，不是打仗，要是打仗，我能不让你去吗？赵明义说，再不打仗，非憋出病不行。周子汉带着人走了，赵明义站在门口望着，不明白周子汉为啥不喊他一块去。

帐篷外边的空地上，叶可楠和胡小兰在晾晒洗过的布单，叶可楠嘴着哼着歌。胡小兰说，这几天，怎么听你老哼这支歌？叶可楠说，刚学会，觉得好听，就老想唱。哎，你听着是不是好呀！胡小兰说，我唱歌不行，没有音乐细胞。叶可楠说，好听不好听，还是给听出来吧！这几天，这些伤兵伤一好，就有了精神头，非要让我唱歌给他们听。胡小兰说，我们又不是文工队的，唱什么唱呀！叶可楠说，药可以治病疗伤，歌也可以让人心情愉快。他们的要求不过分的。胡小兰说，不是说不能唱，我是真的不会唱歌。叶可楠说，你说唱什么歌，他们喜欢听。胡小兰说，我看呀，情歌，他们准喜欢听。叶可楠说，对，情歌，这首歌，就是情歌。胡小兰，真的是情歌呀，那先唱给我听听。叶可楠说，我也是刚学会，唱不好。说完，就唱了起来：一条小路曲曲弯弯细又长，一直通向迷雾的远方，我要沿着这条细长的小路，跟随我的爱人上战场。纷纷雪花掩盖了他的足迹，没有脚步也听不到歌声，在那一片宽广银色的原野上，只有一条小路孤零零……

田野上，月色像白雾。周子汉顺着一道田垄，爬到了一道铁丝网跟前，用剪刀剪开了铁丝网。周子汉朝后挥了一下手，一位首长在几个战士的护卫下，走出了青纱帐。周子汉在前边开路，一队人马穿过了鬼子的封锁线。在一片树林前，周子汉吹了一声口哨，有几个人从树林里走出来。首长和周子汉握手后，一行人就走进树林。周子汉带战士转身往回走，走着走着天就亮了。不远处，出现了一个村庄的影子。周子汉想带着人进去找点吃的。刚走到村边，听到村子里响起了枪声，周子汉立刻让战士们隐蔽到了路边。不一会，几个农民跑过来，手里拿着斧子和刀，几个鬼子在后边追着。鬼子边追，边举起枪射击，不断有农民倒下。看着老百姓被杀，不能不管。再不管，都得被鬼子杀掉。一个青年跑着跑着摔倒了，被鬼子围住了。一个鬼子举起了步枪，对着青年的脑袋，青年绝望地闭上了眼睛。枪响了，青年没有倒下。连着响了几枪，青年旁边的鬼子还没明白是怎么回事，全倒下了。周子汉从路边的草丛里走出来，手中步枪的枪口还在冒着青烟。周子汉让战士把鬼子的尸体拖到路边的草丛里他走到青年身边，青年好象还没有缓过神。周子汉说，我们是八路军，鬼子已经打死了，你没事了，快回家去吧！周子汉挥了一下手，几个战士跟着他继续往前走。走了一段，一个战士告诉周子汉说，有人跟着我们。周子汉回头，看到了那个青年果然跟在他们身后。周子汉说，大家休息一会。战士们在树林里坐了下来。青年站在不远处，不敢往前走，周子汉走到青年跟前。周子汉说，为什么跟着我们？青年说，我要当八路。周子汉说，我们在执行任务，想当兵，去招兵处。青年说，你就把我收下吧！周子汉说，我可没这个权利。青年说，我们几个从学校跑出来，就是想当八路，打鬼子。没想到，八路还没有找到，就遇上了鬼子。我们拿着斧子和菜刀，和鬼子打。周子汉说，你们倒还挺不怕死的。青年说，可光不怕死，还不行。我们人少，也没有枪，打不过鬼子。几个同学全被打死了，要不是你，我也被打死了。我要参加八路军，给同学报仇。周子汉说，你的心情，我理解。不是不让你参加八路军，我只是个小排长，谁能不能当八路，我说了不算。青年说，那谁说了算？周子汉说，至少也得连长点头。青年说，那你带我去见连长吧！周子汉说，我在执行任务，不能带你。青年说，你已经救了我，帮人帮到底，再帮我一下，带我去见连长吧！你说，这个年头，什么地方可以安身？再遇到鬼子，还是一样会没命的。男子汉大丈夫，要死也得战死沙场，为国捐躯才不枉到这世界上走了一趟。周子汉说，看样子，你好像读过不少书。青年说，上过几年学，在村子里当老师。周子汉说，还是个有文化的，真想当兵打鬼子？青年说，真想。周子汉说，这样吧，我给你指个路。从这往北走，穿过一片黄土坡，有一条河，过了河，再往西走。那里有许多八路军部队。青年说，太谢谢你了，大哥。我叫郑其山。周子汉说，别谢。看来，你这个人，运气不错，你一定会找到八路军，当上兵的。青年说，还要托大哥的福。大哥，你叫什么？周子汉说，我叫周子汉。

青草地上，坐着正在疗伤休息的伤员，叶可楠和胡小兰走过来，伤员让叶可楠唱歌。叶可楠很大方，没有推辞。就唱了起来：他在冒着枪林弹雨的危险，实在叫我心中牵挂，我要变成一只伶俐的小鸟，立即飞到我的爱人身旁。在这大雪纷飞的早上，战斗还在残酷地进行，我要勇敢地为他包扎伤口，从战火中救他出来。一条小路曲曲弯弯细又长，我的小路伸向远方，请你带我领我吧我的小路啊，跟着爱人到遥远的边疆。叶可楠的歌，打动了伤员，都一动不动地听着，连胡小兰也被歌声吸引了。

上级下了命令，要把鬼子新修的一个机场炸掉。接受了任务后，连长带着全连出发了，周子汉主动要求担任主攻。连长同意了，周子汉让赵明义跟在他身边。经过了几个小时的急行军，半夜时分靠近了日军机场。鬼子防得严，机场四周到处都是鬼子的哨兵。确定了突破地点后，大家趴在草丛里慢慢向前移动。接下来，要干的一件事，就是要把那个哨兵干掉。不把哨兵干掉，偷袭就难成功。赵明义不等周子汉说，自己提出让他去。知道这会儿，全连人都在看着，周子汉也想让赵明义去。问赵明义，怎么样，有没有把握？赵明义很说，你就看好吧！周子汉说，你去吧！赵明义像条蛇，在草丛里游动着，一会儿就摸到了鬼子哨兵旁边。鬼子好象听到了动静，朝赵明义走过来。赵明义动作很快，一跃而起，不等鬼子反应过来，就用短刀割断了鬼子的脖子。然后朝周子汉挥了挥手。周子汉知道赵明义成功了，连长也看到了。连长说，这小子，干得不错。周子汉带着全排人，从赵明义打开的缺口冲了进去，用手榴弹把停在机场上的飞机全炸了。

打了胜仗，返回营地，大家心情好，不停地有笑有唱。周子汉和赵明义走在一起，周子汉说，怎么样，我说会有仗打的，就会有打的。赵明义说，那么多鬼子的飞机，都被炸了，太来劲了。周子汉说，不是你把鬼子哨兵干掉，不会有那么顺利。当时，我可真是为你捏了一把汗。赵明义说，其实那个事，谁都能干，你让我干,是给我机会,让我过一下杀鬼子的瘾。周子汉说,连长当时就夸了你。赵明义说,当兵的,杀敌人,该做的事,有什么夸的。周子汉说,这不一样。我让你去干这事,就是想让连长看见,让他夸你。赵明义说,用不着。周子汉说,得让连长了解你,了解你了,你就可以更有用武之地了。只是让你当兵,实在有点委屈。赵明义说,只要有鬼子杀,就不委屈。

回到了驻地,周子汉找到连长,对连长说,赵明义怎么样,你看到了吧!连长说,看到了。周子汉说,是个好样的吧!连长说,是的。周子汉说,用不着再考验了吧!连长说,什么意思。周子汉说,要是用不着考验了,连长,你看,是不是让他当个排长?他是个带兵打仗的料。用他,错不了。连长说,行吧,等到有空缺,就让他当排长。周子汉说,就让他当我们排的排长。连长说,那你呢?周子汉说,我当副的。连长说,你这样的人,倒是少见。好,我答应你。周子汉说,谢谢连长。周子汉刚要走,又想起了什么说,连长,你说,打了那一仗,就让我入党。连长说,噢,这个事,我记着呢!这一阵子,太忙,等忙过了,闲下来,就给你解决这个事。周子汉说,那就让连长太操心了。

回到屋子里,周子汉对赵明义说,我给连长说了。赵明义说,说什么了?周子汉说,让你当排长的事。赵明义说,要官当,不好。周子汉说,不是要官当,是让你发挥作用。赵明义说,连长怎么说?周子汉说,连长同意了,说很快就会安排。赵明义说,真的?周子汉说,我还骗你。赵明义说,我怕干不了。周子汉说,你又不是没干过,有什么干不好的。赵明义说,不一样,你们这边规矩多,我不太了解。周子汉说,没事,干一阵子,就熟悉了。赵明义说,不过,你放心,真让我干,我不会给你丢脸的。周子汉说,你肯定能干好。来,喝口酒,庆祝一下。周子汉掏出一瓶子酒,先喝了一口,又递给了赵明义。赵明义也喝了一口。两个人都有些高兴。

连部门口,一辆吉普车开过来停下。车上跳下了三个人,全戴着红袖章。前边一个人戴着眼镜,叫吴文乔,三个人走进了连部。不远处,周子汉和几个战士在操练,看到了吉普车和三个人,没有在意。过了一会,连部的门开了,吴文乔先走了出来。后边,另两个人握着手枪押着连长走了出来。周子汉看到了,往跟前去,赵明义和另外几个战士随后。吉普车发动着了,要开走,被周子汉等拦住了。周子汉说,为什么抓我们连长? 吴文乔说,我们是特别行动组的,负责肃反锄奸。我叫吴文乔,是组长,请你们不要妨碍执行公务。周子汉说,连长不是反革命,不是奸细,你们不能抓他。吴文乔说,是不是你说了不算,我说了不算,要事实说了才算。周子汉说,你们有事实吗? 吴文乔说,我没有权利告诉你。我再说一遍,我是在执行上级的命令,请你们配合一下。吴文乔拿出了一个红皮子的工作证,晃动着。连长说,大家放心吧,可能是有点误会,去说明一下,就没事了。你们不用担心,我很快就会回来的,听我的,快点把路让开。周子汉他们让开路,吉普车开动了。周子汉他们看着吉普车越走越远,不明白到底发生了什么事?

地里的麦子熟了,战士们不操练了,去帮助农民收割麦子。割了半天,有些累了,坐在割倒的麦捆上歇息。赵明义说,咱们是兵,是打仗的,怎么干起了农活? 周子汉说,别忘了,咱们是老百姓的兵,老百姓有困难,不能不帮。这些麦子熟透了,不抓紧时间收回来,就会落到地上,浪费了。赵明义说,近来,眼皮子老跳,好象要出什么事。周子汉说,你还迷信。赵明义说,连长说很快就会回来,可已经过去十几天了。周子汉说,可能回不来了。听说,他老早坐过牢,在牢里写了自首书,是个叛徒。赵明义说,当了叛徒,怎么还会回来,还会跟着共产党,还会干革命? 周子汉说,说的也是。赵明义说,你说,我当过国民党的兵,不会有事吧? 周子汉说,你别乱想,你怎么会有事? 你是打鬼子的英雄,又是我带你来的,再有事,也不会找到你头上的。赵明义说,我想也不会。周子汉说,不知新连长会是谁? 赵明义说,谁来都一样,只要能带着打鬼子就行。周子汉心想,不管谁来了,得把让赵明义当排长的事给他说说。

在麦田里干完了活,往驻地走,走在一条土路上,走着走着,看到迎面过来几个人。走在中间的那个人,不是个生人,前些天见过,就是他把连长带走的。对了,他说他叫吴文乔。想到如果不是他把连长带走,赵明义这会儿没准就当上排长了,周子汉有些生气。看到他走过来,打算不理他。可没有想到,他不想理,可人家要理他。站到了两个面前,把他们拦住了。问周子汉,你是不是叫周子汉? 周子汉说,是。又问赵明义说,你是不是叫赵明义? 赵明义说,是的。吴文乔说,有些事,想找你们落实一下。周子汉说,什么事? 吴文乔说,这里说不方便,还是到了师部再说吧! 周子汉说,我去就行了,他就不用去了。吴文乔说,不行,你们两个都要去。吴文乔在前边走,周子汉和赵明义跟在后边。在周子汉和赵明义身后,还跟着几个人,身上全带着枪。

　　一个农家小屋里,叶可楠边收拾着衣服边哼唱着歌,胡小兰在一旁听着。叶可楠唱的还是那首苏联歌曲。胡小兰说,这歌太好听了,我一定要学会。叶可楠说,行啊,你想学,我教你。胡小兰说,你现在就教我。叶可楠教胡小兰唱歌,叶可楠唱一句,胡小兰跟着唱一句。纷纷雪花掩盖了他的足迹,没有脚步也听不到歌声,在那一片宽广银色原野上,只有一条小路孤零零。唱着唱着,叶可楠把目光投向窗外,想起了什么,不再往下唱了。胡小兰说,下一句是什么,快教我呀! 叶可楠好象没有听到,仍然呆呆地看着窗外。胡小兰走到叶可楠跟前说,叶可楠,你怎么了,你哭了。叶可楠用手抹了一下眼睛说,没有。胡小兰说,我知道,你又想那个勇敢的战士了。叶可楠说,真是怪,怎么也打听不到他的消息。胡小兰说,到外都在打仗,乱成这个样子,想找到一个人是没有那么容易。

　　周子汉和赵明义被吴文乔带到师部后,直接关进了一间很黑的房子里,只有一个小窗户,透进一点亮。一关进来,两个人还没来得及说什么,就把周子汉带走了,带进一间房子,里边有一张办公桌,办公桌后面坐着吴文乔,还有几个人,站在旁边,样子都很严肃。吴文乔说,你是怎么被俘的? 周子汉说,炮弹把我炸昏了。吴文乔说,谁可以作证? 周子汉说,没有人可以作证,别的人都牺牲了,就剩我一个人了。吴文乔说,别的人都牺牲了,你怎么还活着? 周子汉说,我也不知道。吴文乔说,难道说,子弹长了眼睛,就是不往你身上打? 周子汉说,这怎么可能呀! 吴文乔说,对呀,既然不可能,你怎么会没被子弹打中? 周子汉说,我怎么知道呀,我又不会躲子弹。吴文乔说,你会不会在别人往前冲时,你没有冲。周子汉说,你是说我会贪生怕死? 吴文乔说,这可是你自己说的。周子汉说,我要真是怕死,我就不会再回来了。吴文乔说,你是怎么回来的? 周子汉说,逃跑回来的。吴文乔说,据我们了解,被鬼子抓住的人,没有能活着出来的。周子汉说,你不会怀疑是鬼子故意把我放掉的吧? 吴文乔说,在没有搞清楚事实以前,任何可能性都有。周子汉说,你这话是什么意思? 吴文乔说,极个别不坚定的人，被敌人抓去后，为了活命，就卖身投靠，和敌人成了一伙。在最近的肃反锄奸运动中，我们已经拔掉了好几个打进革命伍内部的钉子。周子汉说，我可不是这样的人。吴文乔说，光嘴说不行，你拿出证据来，证明你不是这样的人。周子汉说，赵明义可以证明。吴文乔说，他不行。周子汉说，为什么不行？吴文乔说，因为他也是被怀疑的对象。周子汉说，你们可不能怀疑他，他是一条好汉。

同样一间房子，还是那些人，几乎没有什么变化。只是有一个木凳上，坐着的人换了，周子汉换成了赵明义。吴文乔说，为什么要参加八路军？赵明义说，为了打鬼子。吴文乔说，这以前，在什么部队？赵明义说，国民党的63军。吴文乔说，打过鬼子没有？赵明义说，打过。吴文乔说，一样打鬼子，在国民党部队一样打，为什么要来这里打？赵明义说，其实不来也可以。吴文乔说，那为什么还要来？赵明义说，周子汉说，共产党好，八路军好，就来了。吴文乔说，周子汉说好，你就来了，就这么简单。赵明义说，就这么简单。吴文乔说，当国民党兵时，跟红军打过仗没有？赵明义说，没有。吴文乔说，怎么会呢，国民党是一直要消灭共产党的。赵明义说，我当兵晚，一当兵，国共就合作了，所以，只和日本鬼子打仗，没有和共产党打过仗。吴文乔说，你是怎么看八路军的？赵明义说，只听周子汉说好，还不太了解。不过……吴文乔说，不过什么？赵明义说，不过，纪律很严明。吴文乔说，你对国民党恨不恨？赵明义说，不恨。我恨日本人。吴文乔说，不恨，为什么要离开国民党？赵明义说，我说过，是周子汉……吴文乔说，你为什么会听周子汉的？赵明义说，我们一块逃出了鬼子的俘虏营，还结拜了兄弟。吴文乔说，作为一个少尉军官，作出这样选择，是不是还应该再有一个理由。赵明义说，什么理由？吴文乔说，比如说，一个更重要任务。赵明义说，你的话，我听不明白。吴文乔说，只怕是揣着明白，装做糊涂。赵明义说，你不会怀疑我是特务吧？吴文乔说，在没有把问题完全搞清楚以前，我不会排除任何可能性，除非你能有足够的事实证明，你说的一切都是真的。赵明义说，你可以问周子汉。吴文乔说，他不能证明你，就像你不能证明他一样。赵明义说，除了他，没有人可以证明。吴文乔说，那就对不起了，作为可疑分子，你不能不失去活动的自由。

很黑的屋子里，到了夜里，小窗子里射进来的那点光亮没有了，就更黑了。不过，再黑，不会影响说话。赵明义说，这是怎么回事呀？周子汉说，我也不知道。赵明义说,怀疑我是特务。周子汉说,怀疑我是叛徒。赵明义说,不会把咱们冤枉了吧?周子汉说,不会。赵明义说,那干吗要把咱们关起来?周子汉说,咱们刚从鬼子那里跑出来,一些事,组织上要落实一下,也是正常的。等搞清楚了,肯定就会把咱们放了。赵明义说,要是搞不清楚呢!周子汉说,怎么会搞不清楚呢?赵明义说,我有些怕。周子汉说,别怕,千万别怕。你不知道,我们这里最讲公道,从来都不会冤枉一个好人,也不会放过一个坏人的。咱们堂堂正正的,没做什么亏心事,有什么怕的。赵明义说,理是这么个理。周子汉说,有我在,你放心吧,不会有事的。

在那间审问过周子汉和赵明义的房子,吴文乔抱着手摇电话,和不知是一个什么样的人通着电话。吴文乔说,是的,我知道,在鬼子大扫荡前,要把内部的敌人先消灭掉……是的,是……可他们不承认……可也说不清楚……也没有什么有力的证据……明白……要防患于未然……好的……坚决完成任务,放心吧,会抓紧时间的……

一片树林里,周子汉和赵明义被十几个人推着往深处走。不推着,他们没法走,因为他们的手臂被绳子捆了起来,眼睛也被黑布蒙了起来。周子汉说,吴组长,这是要干什么去呀?吴文乔说,你就别问了。周子汉说,你要不说,我就不走了。吴文乔说,到时候,你就知道了。周子汉说,不会是要我们的命吧?吴文乔不说话,不过,他的表情,让周子汉明白了,周子汉站下了。周子汉说,吴组长,我想跟你说几句话。吴文乔让别的人往前走,他站下了,跟周子汉说话。周子汉说,是不是要枪毙我们?吴文乔说,这是上级的命令,我也没有办法。周子汉说,我们真不是叛徒,不是特务。吴文乔说,你们连长也这么说,可当年他确实写了自首书。周子汉说,连长他后来怎么样了?吴文乔说,还能怎么样,罪有应得。周子汉说,这么说,没有办法了。吴文乔说,想想那些兄弟,一个班,全战死了,你也该战死的。那会儿没死,这会儿死,也不冤。周子汉说,我死了,不冤。可那位兄弟,赵明义,他真的很冤啊!吴文乔说,他有什么冤?周子汉说,本来他是不来这边的,是我硬把他拉来的。吴文乔说,现在说什么都没有用了。周子汉说,求你了,吴组长,把赵明义放了吧!吴文乔说,我可没有这个权利。周子汉说,要说错,全是我的错,要枪毙,就枪毙我,别把赵明义捎带上了。吴文乔说,不存在你捎带谁的问题，你们两个，各是各的罪。周子汉说，赵明义没有罪，真的没有罪，求求你，把他放了。吴文乔说，别这婆婆妈妈的，男子汉大丈夫，怎么搞得像个怕死鬼。周子汉说，不是怕死，是不想这么去死。吴文乔说，好了，你再不要说什么了，说什么都没用了，走吧，像个汉子，别像个狗熊。

　　一座塌了一半的破庙前，周子汉和赵明义靠墙站立，在周子汉的要求下，蒙在脸上的黑布被拿掉了。七八个人举起了枪，对着周子汉和赵明义。吴文乔看了一下手表，举起手要发布口令。赵明义说，等一等。吴文乔说，你要说什么？赵明义说，你们说我是特务，我说我不是，没法证明，那就算是特务吧！可他，周子汉，真的不是叛徒。在鬼子的俘房营中，他表现得真的很勇敢，把鬼子井田大佐摔倒在地，给中国人长了面子，长了志气。他真的是很了不起，你们不该枪毙他的。吴文乔说，好啊，你承认你是特务了。看来，枪毙你是没有错的了。准备射击。周子汉说，吴组长，他不是特务，真的不是。要枪毙就枪毙我，别枪毙他。吴文乔说，看得出来，你们是好兄弟。还是成全你们，让你们不要分开了。吴文乔再次举起了手说，子弹上膛。响起子弹上膛的声音。不过，吴文乔射击的口令还没有喊出来，枪声就响了起来。枪响后，周子汉和赵明义没有倒下，倒是他们对面的行刑队的士兵却有两个倒在了地上，同时，还能看到一群鬼子喊叫着冲过来。打了太多的仗周子汉和赵明义，马上明白发生了什么，他们一下子就滚到了破庙里。看到吴文乔和几个人趴在地上，胡乱地射击，周子汉喊着，快，到庙里来，到庙里来。听到叫喊声，吴文乔他们跑了进来。周子汉顺着地面滚到了吴文乔身边，周子汉说，吴组长，快把我们的绳子解开。吴文乔说，不行，你是犯人。周子汉说，等把鬼子打退了，再把我捆起来。吴文乔说，你不会跑吧？周子汉说，这个时候，我往什么地方跑呀，不把鬼子打退了，等会儿，连你们也一块没命了。吴文乔给周子汉解开了绳子。吴文乔说，你是要敢跑，罪加一等。解开绳子的周子汉，从牺牲的战士手中拿过枪，又过去把赵明义的绳子解开了，给了赵明义一支枪。周子汉说，每个人守住一个窗子，不让鬼子冲进来。窗子像个大的射击孔，攻起来很难，守起来却要容易些。赵明义的枪法很准，不断有鬼子倒在他的枪口下。在周子汉的指挥下，鬼子的一次冲锋很快打退了。

　　等着鬼子再次发动攻击，周子汉对我吴文乔说，你得赶通知张团长，让老乡们转移，让部队来支援我们，把鬼子消灭掉。吴文乔说，那这里怎么办？周子汉说，有我呢，我带着大家还再抵挡一阵。吴文乔想了想，看看周子汉，有点犹豫。周子汉说，这里很危险，说死就会死的。吴文乔不犹豫了，说，那我就去找张团长了。说着，吴文乔真的就走了。看吴文乔走了，赵明义来到了周子汉跟前，对周子汉悄声说，怎么办？周子汉说，什么怎么办？赵明义说，这可是个机会。周子汉说，你什么意思？赵明义说，跑啊，不能等着被枪毙啊！周子汉说，等把这些鬼子消灭了再说吧！赵明义说，把鬼子消灭了，怕是就跑不掉了。周子汉说，可这个时候跑，那真的就是叛徒了。赵明义说，到别的地方，也一样打鬼子啊！周子汉说，鬼子又冲上来了，快，把他们干掉。

赵明义在接连打死了几个鬼子后，朝四周看了看，发现没有人注意到他，他提起枪，转过身，溜出了门。赵明义钻进了一片树林里，跑了两步，觉得不对劲，又停下来，找了块岩石，躲在了后边。他还是不想把周子汉一个人扔下了，自己跑掉。他又回过身，想把周子汉拉出来，一块跑。回头没跑几步，站了下来，就在他离开这么一会，庙里的情况已经发生了很大变化。庙里的人太少，鬼子太多，抵挡不住了，枪里又没子弹了。周子汉急了，大喊了一声说，跟小鬼子拼了。周子汉端着刺刀冲向了鬼子。周子汉和鬼子拼刺刀，刺死了几个鬼子以后，他也被鬼子刺倒在地。一个鬼子举起刺刀，要扎向周子汉的胸膛。赵明义在树林里朝着鬼子举起了枪。一颗子弹射过来，把鬼子打倒了。赵明义从树林里冲出来，跑到周子汉跟前，抱着周子汉，喊着周子汉的名字。周子汉浑身是血，好象已经没有了气息。就在这时，军号声响起，支援的部队从远处冲了过来。

大部队冲过来，追得鬼子往山里跑。赵明义没跟着去追鬼子，抱着周子汉，大声喊着，卫生员。没有卫生员赶来，赵明义背起了周子汉，往山下走，边走边对周子汉说，坚持住，兄弟，一定要坚持住。没有走多远，就看到了一支担架队跑过来。和担架队一块跑过来的还有叶可楠和几个救护兵。赵明义喊，这里有个伤员，快来抢救。先跑过来一个卫生兵，看了一眼说，已经死了，不用救了。赵明义把周子汉放在草地上，用手试了一下鼻息说，没有死，他还没有死，还有气，你们快来救他呀！看到叶可楠，喊叶可楠说，同志，他真的没有死，你来看看。叶可楠走过来，蹲下来看，周子汉满脸是血，看不出长的样子。叶可楠说，他叫什么？赵明义说，他叫周子汉。叶可楠说，真是周子汉呀！赵明义说，你认识他呀，太好了，快救他，他还有救。叶可楠叫过来一个担架，说这里有个重伤员，快抬去抢救。担架抬着周子汉往前走，赵明义跟在后边，叶可楠说，你就不用跟着了，交给我们就行了。赵明义不说话，还是跟着。叶可楠紧随着担架，边走边给周子汉做简单的救治，用绷带包扎着伤口。没走多远，一颗流弹飞过来，一个担架队员被打死了。赵明义马上跑过去，接过担架，继续抬着周子汉往前跑。在去战地医院的路上，叶可楠不断呼喊周子汉的名字。叶可楠说，周子汉，坚持住，马上就到了，一定要坚持住。

到了临时搭建起来的战地医院，看着周子汉被抬进了一间房子，赵明义想随着进去，被站在门口的胡小兰拦在了门外。胡小兰说，对不起，请你不要干扰我们抢救伤员。说着，把门关上了。赵明义只好走开了，没有走远，走到了一边的田埂上，坐了下来。赵明义点着了一根烟，边抽烟边在想自己接下来怎么办？想了一会，拿出一张纸，掏出一截铅笔，在上面画着什么写着什么。

屋子里的手术台上，周子汉躺着一动不动。叶可楠说，院长，他是独立团的那个班长。院长说，是吗？来，过来，让我看看。院长拿起了手术刀，亲自做起了手术。不大一会，从周子汉身上取出了一颗子弹。院长说，失血太多，得输血。站在一边的叶可楠说，我是O型血，我来输。院长说，还是找男同志来输吧！叶可楠说，院长，时间不等人，抢救他的生命要紧。说着，叶可楠挽起胳膊，让胡小兰给她抽血。血从叶可楠的身体流进了粗大的针管，又从针管流进了周子汉的身体。叶可楠说，院长，他不会有生命危险了吧？院长说，没完全脱离危险期，还要特殊护理。叶可楠说，让我来负责护理。院长说，你是医生，还是让护士来负责吧！叶可楠说，院长，上次，他可是救了我们全院啊！院长说，那好，从现在起，你的工作就是护理周班长，直到他完全康复。

叶可楠走出了帐篷，摘下了口罩。看到叶可楠走出来，赵明义从田埂上站起来，快步走向叶可楠。赵明义说，怎么样？叶可楠说，暂时没有生命危险了。赵明义说，太好了，太谢谢你了。叶可楠说，你是谁，是他什么人？赵明义说，我叫赵明义，是他兄弟。叶可楠说，亲的吗？赵明义说，比亲的还亲。叶可楠说，你放心吧,我们会让他完全康复的。赵明义说,麻烦你一个事。叶可楠说,说吧,只要我能做到。赵明义说,等周子汉醒过来,告诉他一下,我去了别的地方,如果有缘,我们还会相见的。叶可楠说,为什么要离开他?赵明义说,你只要告诉他我叫赵明义就行了,他什么都会知道,还有,你把这张纸交给他,谢谢你了。说完,赵明义转身走了。叶可楠接过那张折叠起来的小纸,看着赵明义的背影,在黄色土丘间一点点变小,有些不解。

周子汉还在昏迷中,叶可楠给周子汉打针,给周子汉换药,用毛巾给周子汉擦着脸上的汗,还拿着草扇给周子汉送去凉意,同时,把想靠近周子汉的蚊虫赶走。没有人了,只有叶可楠一个人,她会对着周子汉说一些话。她说,周子汉,周子汉啊,你睡了好多天了,已经睡好了,该醒过来了,周子汉,周子汉啊,睁开眼吧,看看天空有多蓝,看看阳光有多好,看看河里的鱼游得有多欢,看看草地上的花开得有多鲜,看看你的同志们战友们,是多么盼望你赶紧拿起武器参加战斗。周子汉,周子汉,快醒来吧,快醒来吧……类似这样的话,在不知说了多少句后,周子汉眼皮子动了,眼睛真的慢慢睁开了。看到周子汉醒过来,叶可楠叫起来,周子汉醒了,周子汉醒了。听到叶可楠的叫声,胡小兰和院长跑了进来。周子汉睁开眼睛,看到了身边的人。周子汉说,这是什么地方,我咋会在这里?叶可楠说,这里是战地医院,你负伤了,一直昏迷。周子汉说,你们……叶可楠说,你不认识我们了?周子汉眨巴着眼睛,一时想不起的样子。叶可楠说,你忘了,上次,你带着人,掩护我们撤退,炸弹落下来,要不是你,我就被炸着了。周子汉说,你是叫,什么……什么……楠。叶可楠说,我叫叶可楠。

叶可楠扶着周子汉走出房子。草地上横着一截树干,叶可楠让周子汉坐在树干上。叶可楠说,好多天,没有见太阳了,好好晒晒太阳吧!周子汉说,真没有想到能见到你,有一样东西,该还给你了。叶可楠说,什么东西?周子汉拿出了那条手绢。周子汉说,你用它给我包扎了伤口。叶可楠说,我以为你早把它扔了。周子汉说,不好意思,想洗干净了给你,可装在口袋上,顾不上。叶可楠说,没有扔掉我就很高兴了,不用洗了。叶可楠从周子汉手里拿过了手绢。叶可楠说,你的伤好得真快,当时,看你的样子,真怕你活不过来了。周子汉说,真活不过来,也没有啥。叶可楠说,真正的英雄,首先要顽强地活着。只要活着,就会有可能,就会有希望。周子汉说,是啊,是要活着。叶可楠说,你是不是有个兄弟,叫赵明义?周子汉说,是啊,你怎么认识?叶可楠说,那天,你负伤了,是他把你背下来,遇上我后,喊我救你,这才把你抬到医院。如果不是他,肯定会耽搁抢救时间。院长说,再晚一会儿,救你就很难很难了。周子汉说,他在哪?快告诉我。叶可楠说,他给我说,你要是醒过来,告诉你,他要去另外一个地方,还说,如果有缘,你们一定还会相遇的。周子汉说,他去了什么地方?叶可楠说,他没说。他一直等我告诉他,你没有生命危险了,他才离开。周子汉脸色有了点变化,有些暗淡。叶可楠说,你好象不高兴了?周子汉笑了一下说,他怎么走了,他不该走的啊!有人喊叶可楠说,叶可楠医生,有伤员来了。叶可楠说,你在这晒一会太阳,等一会我再来看你。周子汉说,你忙吧,我没事的。叶可楠走了,周子汉坐在木头上,看着远方有些发呆。

第三章　漫天雪花飞扬在天地间

周子汉好了,看不出是个伤员了,可他好象并不高兴。一个人没事时,会靠在床头,想着什么,手里还会提一瓶子酒,过一会,就喝上一口。叶可楠走进来,闻到了酒味,问,你是不是喝酒了?周子汉说,喝了一口,没事。叶可楠说,什么没事,你的伤还没有完全好,喝酒会很伤身的。周子汉说,我已经好了,可以喝酒了。叶可楠说,我是医生,你是伤员,你得听我的,我说不给喝,就是不能喝。来,把酒给我。周子汉不给。叶可楠说,你这个人,怎么不知好歹,我这是为你好,快,把酒给我。等伤全好了,再给你喝。周子汉说,不要以为你救了我,就可以这样对我说话。叶可楠说,听你这意思,我还不该救你了?周子汉说,是的,你不该救我,你该让我去死的。叶可楠说,没想到,你会说出这样的话。叶可楠生气了,转过身跑了出去。出门遇到胡小兰,胡小兰看到叶可楠生气了,问怎么回事,谁欺负你了?叶可楠不说话,从胡小兰身边跑了过去。胡小兰走了进来。问周子汉,是不是你欺负叶可楠了?周子汉说,谁欺负她,是她自找的。胡小兰,你怎么可以这样!你知道,你是怎么活过来的吗?周子汉说,我知道,是你们把我抢救过来的。胡小兰说,不,你不知道,你流血太多,眼看不行时,是叶可楠把自己的血输给你,你才活过来的。周子汉有些意外。胡小兰说,你一定也不知道,这些日子,自从见过你以后,叶可楠一直念叨着你,牵挂着你,到处打听你,还到庙里为你祈祷,这些天,为了让你早日康复,她从来没有好好睡过一觉。没想到,她对你这样,你还会惹她生气。周子汉听了胡小兰的话,抱着头,不说话。

河边,叶可楠坐在一块大石头上,看着水流。水很清,能看到游动的鱼。她顺手摘了一片草叶,把它撕碎了,扔到河里,几条鱼去抢着吃。看到鱼儿快活的样子,叶可楠不那么生气了,听到身后有脚步声,没有回头。不过,没回头,也想到了是谁。果然，一会儿，周子汉站到了他的面前。周子汉说，是我不好，你不要生气了。叶可楠不说话。周子汉把一瓶子酒拿了出来说，我不喝酒了。叶可楠看了看周子汉，一把拿过酒瓶子说，知错就改，就是好同志。周子汉说，你不生气了？叶可楠说，医生怎么可能生病人的气呢？周子汉说，我这人脾气不好。叶可楠说，男人没有脾气，还叫男人呀！不过，我觉得，你不会随便发脾气的。如果我猜得没有错的话，你心里一定有什么病，不然，你不会这样的。周子汉说，你这个医生，可真厉害，不但能看身体上的病，别人心里有病，你也能看出来。叶可楠说，别人的心里有病，我看不出来，你心里有病，我能看出来。周子汉叹了一口气。叶可楠说，有什么事，能告诉我吗？周子汉说，你知道，我为什么会说，你不该救我，该让我去死吗？叶可楠说，不知道。周子汉说，怎么给你说呢，算了，还是不说了吧！叶可楠说，不行，你一定要说，我最讨厌说话说一半就不说了。

不是不想说，是怕说出来了，会让叶可楠害怕。可要是不说，叶可楠就会觉得他把她当外人，真的就生气了。再说了，为了救他，人家把血都输给他了，他还有什么话不能对她说呢。正要说，几个伤员走了过来，他们没事，到河边来转转。周子汉不想让他们听到，他说，咱们边走边说吧！叶可楠站起来，和周子汉一块，朝另一个方向走。走到了一块庄稼地边上，周子汉说，你被冤枉过吗？叶可楠说，没有。周子汉说，那次掩护你们转移，全班人都牺牲了，就我被炮弹震昏，被鬼子抓去了。叶可楠说，落到鬼子手里，可没有好啊！周子汉说，鬼子一个队长，叫井田，和俘虏摔跤，都不敢和他真摔。我上去了，把井田摔倒了。叶可楠说，你可真不怕死。周子汉说，差一点就要死，是那个赵明义站了出来，带着一大群俘虏，挡住了鬼子的刺刀。叶可楠说，赵明义真是好样的。周子汉说，我们认识了。并且一块商量，一定要跑出来。后来，我们就找了机会，把看守的鬼子打死，跑了出来。我负了伤，躲进了山洞，是赵明义照顾我，养好了伤，才回到了连队。叶可楠说，这是生死之情。周子汉说，我们结拜了兄弟。叶可楠说，这样的兄弟该拜。周子汉说，他是国民革命军的排长，要回去，我不让他回，硬把他拉来，参加了八路军。叶可楠说，好啊，让他走上革命的道路。周子汉说，可就在前不久，把我俩抓了起来，那个姓吴的姐长，非要说我是叛徒，说赵明义是特务，还要枪毙我们。你说我们冤不冤？叶可楠说，真是太冤了。周子汉说，你知道吗，就是在要枪毙我们的时候，鬼子出现了。当时，一看到鬼子，我高兴了。叶可楠说，你高兴什么呀？周子汉说，高兴可以不死自己同志的枪口下，可以死在打鬼子的战场上。叶可楠说，我明白了，结果你没有死掉，被我们救活了，你就又想起了要被枪毙的事。周子汉说，不是想起了，是马上就要面对的事。叶可楠说，我不相信，像你这样的英雄，会被枪毙？周子汉说，要不，天底下，怎么会那个大大的冤字。叶可楠说，我去给你做证明，证明你不是叛徒，是英雄。周子汉说，你这么相信我，让我好受了许多。其实这会儿，让我去死，也没什么了。这两天没事，算了一下，这些年，打死的鬼子，少说也有一百多个了。可以说，给亲人已经报了仇了，只是不想这么死，不想被自己人打死。要死，再赚两个鬼子去死。这样，就是到了阴曹地府，见了那些牺牲的兄弟，也好有个交待。叶可楠说，别老说死死死，你不会死。你这样的英雄，人民需要，国家需要。还有……叶可楠不说了，好象想到了什么，有些不好意思。周子汉说，那个赵明义，就是怕被枪毙，离开了。叶可楠说，哎呀，你看我这记性，当时，他还写了一个纸条给你。一忙，就把这事给忘得影子都没有了。叶可楠跑回帐篷拿纸条。过了一会，叶可楠跑了出来，手里拿着一个纸条。

两个人坐在一条田埂上，周子汉打开了纸条。纸上画着曲曲弯弯的线路，在一些拐弯处打标注着地名。纸条上有一行字说，活不下去，来找我。周子汉说，赵明义知道，我会遇到麻烦，让我去找他。叶可楠说，什么意思？周子汉说，让我跟他去干，当国民党的兵。叶可楠说，那怎么行，我就是从国统区跑出来的，国民党太腐败了。周子汉说，我不会去的，可等着被枪毙，又心不甘。叶可楠说，我就不信，像你这样的人会被枪毙？如果真发生这样的事，我还会救你。周子汉笑了起来说，你救我？叶可楠说，看不起我这个弱女子啊！周子汉说，不是的，只是不想给你带来麻烦。说真的，这会儿，让我出院，我都不知该往什么地方去？我总不能跑到肃反锄奸组去报到吧？让他们再接着继续枪毙我。叶可楠说，你就不要想那么多，等把伤完全养好了再说了。周子汉活动了一下身子骨说，已经没有一点疼痛感了，完全好了。叶可楠说，好不好，你说了不算，得我说了才行。

帐篷里，院长给医务人员开会。院长说，前一阶段收治的伤员，现在差不多都康复了。能出院的，尽快安排出院。最好在下次战斗打响前，能把床位都腾起来。这样才可以接受更多的新伤员。有那些不能马上出院的,各位医生说一下情况。叶可楠说,院长,我这有个伤员,暂时还不能出院。院长说,哪一个伤员?叶可楠说,周子汉。院长说,他的伤情,我看了,好象没有什么问题了,应该可以出院了。叶可楠说,我是他的主治医生,他的伤,主要是内伤,外表看,看不出来,他有时胸口会疼得很厉害。院长说,那你就抓紧治疗,尽早让他返回部队。叶可楠说,请院长放心,我会抓紧治疗的。

早上,太阳刚出来,周子汉出来了,站到了一片草上,活动着肢体。他学过武术,就打起了拳,叶可楠站在一边看。叶可楠说,你还会武术?周子汉说,小时候,跟着我爷爷学过几年。叶可楠说,能用得上吗?周子汉说,用得上,要不,那个鬼子井田怎么会被我摔得嘴啃泥。周子汉摆出了一个架势,一下子停住了,不往回收了,好象突然发生了什么意想不到的情况。叶可楠看出来了,问,你怎么了?周子汉用手指了一下远处说,他们来了。叶可楠说,谁来了?周子汉说,抓我的人来了。叶可楠说,真的呀!叶可楠朝远处看,看到一辆吉普车开过来,扬起了老高的烟尘。周子汉说,怎么办?叶可楠指了一下不远处的庄稼地说,你先躲到里边去。周子汉说,这怕不行吧!叶可楠,如果他们真是抓你的,你就躲着别出来。如果不是,我就喊你,我就向你挥动这个袖章。叶可楠指了一下她戴的红十字白袖章。

一条路上,一个小车开过来。叶可楠站在门口,看着小车开过来。小车开过来,停在了叶可楠面前。吴文乔从车上下来,看到叶可楠,同志,向你打听一个人。叶可楠说,打听谁?吴文乔说,你们这,是不是有个伤病员叫周子汉?叶可楠说,你们找他干什么?吴文乔说,找他有事。叶可楠说,什么事,能告诉我吗?吴文乔说,你是谁?叶可楠说,我是医生,叫叶可楠。吴文乔说,吴叶医生,请你配合我们一下,告诉我们周子汉在什么地方?叶可楠说,我为什么要告诉你们?吴文乔说,我叫吴文乔,是军部肃反锄奸组的组长。叶可楠说,你就是那个吴组长呀!吴文乔有点惊喜说,你也认识我?叶可楠说,不认识,只是听说。吴文乔说,噢,那也算熟人了。吴文乔伸出手,要和叶可楠握手,叶可楠却没有把手伸出来,弄得吴文乔不好意思。叶可楠说,我问你,你们是不是把周子汉抓起来了?吴文乔说,是有过。叶可楠说,说他是叛徒?吴文乔说,是有这么回事。叶可楠说,还要枪毙他？吴文乔说，确实发生过。叶可楠说，我真的想不通，像他这样的人，为了掩护同志，为了消灭鬼子，连命都可以不要，怎么可能会是叛徒？吴文乔说，你误会了。叶可楠说，不是我误会了，是你们误会了。把一个勇敢的战士冤枉成了可耻的胆小鬼，把一个杀鬼子的英雄当做了狗熊。叶可楠对吴文乔的态度，让吴文乔有些恼火。他拿出了红色的工作证说，请你配合的我们的工作。叶可楠说，对不起，你的这个工作，我是不会配合的。吴文乔不理叶可楠，走到屋子去找周子汉。

透过密密的玉米杆的缝隙，周子汉看到了吴文乔和叶可楠在说着什么，只是离得有些远，听不到声音。周子汉一会站起来，一会坐下来，一会儿又躺了下来。他拿出了赵明义留给他的纸条，盯着看。周子汉想，不走，可能会被枪毙；离开，去找赵明义，那就真的是叛变了。怎么办呢？活这么大，还没有遇到过这么难办的事。

在屋子里边转了一圈，没有找到看到周子汉，吴文乔又走出来，走到叶可楠跟前。吴文乔说，这么说，你是知道周子汉在什么地方，故意不告诉我了？叶可楠说，是又怎么样，你总不能把我也抓起来吧？告诉你吧，如果你们真的是来抓周子汉的，我是不会告诉你周子汉在什么地方的。吴文乔说，如果我们告诉你，我们不是来抓周子汉的呢？叶可楠说，那你们是干什么来了？吴文乔说，叶可楠同志，不要用这样的口气跟我们说话，好象我们是敌人似的，其实我们都一样，都是在为党的事业在工作，工作是难免会有失误的。失误并不可怕，只要发现失误，及时地给予纠正就行了。叶可楠说，你说话，能不能不拐那么多弯，吴文乔说，其实我们这会儿，对周子汉同志的看法是一致的。周子汉确实像你说的一样，不是叛徒，而是个勇敢的战士，一个了不起英雄。实话告诉你，我们来到这里，就是为了告诉他，他不再是个要被枪毙的罪犯了。叶可楠惊喜，真的，你们真的不是来抓周子汉的？吴文乔说，当然是真的。叶可楠正在要转过身去喊周子汉，想起了什么，又转过身。叶可楠说，口说无凭，有什么证据，能证明你说的是真的？吴文乔笑着说，小李，把文件让她看看。随行叫小李的人从公文包里拿出一份文件，递给了叶可楠。叶可楠看到文件上边写着，经调查证实，独立团三营一连六班班长周子汉，在被停期间无背叛行为，并在战斗中勇敢杀敌，出色地完成了阻击任务。特给予表彰嘉奖，授予战斗英雄称号。吴文乔说，再看看上面的那个大红公章。叶可楠相信了，说等着，我这就把周子汉找来。叶可楠转过身朝玉米地跑去。边跑，边喊，周子汉，周子汉，你没事了，可以出来了。叶可楠把印有红十字的白臂章取了下来，朝着玉米地方向使劲挥动着。

　　玉米地里的周子汉听到了喊声，也看到了奔跑过来的叶可楠，可他对要不要走出去，还是有些犹豫。叶可楠走进了玉米地，看到了周子汉。叶可楠说，你怎么不出来？周子汉说，我真的没事了？叶可楠说，我看到文件了，真的没事了。不但给你正了名，还给了你嘉奖。周子汉说，真的啊？叶可楠说，不信，你亲自去看啊！周子汉和叶可楠一块往玉米地外面走。

　　看到周子汉走过来，吴文乔远远地迎上去，握住了周子汉的手。吴文乔说，周子汉同志，你受委屈了，我代表组织向你道歉。周子汉说，我……吴文乔说，已经搞清了，你是个好同志，是个好战士，是个真正的英雄。周子汉说，我还做得很不够。吴文乔把决定拿过来，交到了周子汉手里。吴文乔说，这是关于你的最后处理决定。周子汉接过来，认真地看着，越看越激动，手有些抖。看完了以后，周子汉再次握住了吴文乔的手。说，谢谢你了，真是太谢谢你了。吴文乔说，不要感谢我，要感谢，就感谢组织，感谢党。周子汉说，感谢组织，感谢党。吴文乔说，对了，那个赵明义，怎么也找不到了，你知道他去了什么地方吗？周子汉迟疑了一下说，我当时昏死过去了，等我醒过来，赵明义就不见了，会不会是牺牲了？吴文乔说，不会的，打扫战场时，没有看到他的尸体。周子汉说，不知道他的事是怎么处理的？吴文乔说，他和你一样，经查实，他不是特务，也是个英雄，也下了个文件，给他正了名。周子汉说，真的？吴文乔说，小李，把文件拿给老周看看。小李把文件递给周子汉，周子汉一样认真看着。周子汉说，赵明义要是能看见这个文件，一定会很高兴的。吴文乔，可惜，找不见他了。周子汉说，没准，他是害怕被枪毙，躲到了什么地方。吴文乔说，这么说，你还有可能见到他？周子汉说，这没准，很难说。吴文乔说，这样吧，这个文件，你拿上，如果能见到赵明义，把它交给他，不要让他对组织、对党有什么误解。周子汉说，好吧，这个文件交给我，如果能见到他，我一定会交给他的。吴文乔说，不打不相识，希望你不要为这件事，对我有什么看法，我也是在为党工作啊！周子汉说，不会的，我真的很高兴认识你。自己的舌头，有时还会被牙齿咬一下哩！这么多人，又是在打仗,都很忙,难免会有误会,不算什么的。吴文乔说,你能这样想,很好。伤好了吗?周子汉说,好了。叶可楠说,还没有完全好。吴文乔说,不要着急,全好了,再回部队,会有更重要的任务交给你的。张团长对我说,你要回去,直接去找他报到。周子汉说,请转告张团长,我很快就向他去报到。吴文乔和周子汉握手说,我们先走了。又和叶可楠握手说,你这个女同志,很有个性啊!好好。以后,有什么事,去军部找我,记住我的名字了吧?叶可楠说,记住了,你叫吴文乔。周子汉和叶可楠目送吴文乔坐着吉普车远去。周子汉和叶可楠同时收回目光,两个人对视。叶可楠说,真的为你高兴。周子汉说,在玉米地里,我差一点跑掉。叶可楠说,为什么没有跑?周子汉说,这么跑了,对不住你。叶可楠,你还算有良心。周子汉说,瞧你把我说的,人要没有良心,还叫人吗?真没有想到,会是这样……可惜了,赵明义要知道会这样,他一定会跑的。周子汉的样子有些激动。叶可楠说,我知道你这会儿想干什么?周子汉说,你说我想干什么?叶可楠说,喝酒。周子汉说,你可真了解我。叶可楠说,我陪你喝。

　　一个不黑的夜,天上月亮很大,星星很多。一块大石头,放了几个小菜,旁边树上挂了一盏马灯,周子汉和叶可楠坐在石头两边。叶可楠拿出了没收的那一瓶子酒,倒在一个喝水的碗里。叶可楠举起了碗,递给周子汉。叶可楠说,你全好了,可以喝酒了。这碗酒,也算我敬你的。祝你身体康复,祝你祸去喜来,祝你来日再立新功。周子汉接过叶可楠敬的酒,一口喝干了。自己拿起酒瓶子,往碗里倒了一些,举起了装酒的碗。周子汉说,叶可楠,谢谢你了,如果不是你,没准这会儿,我已经睡在黄土里了。这碗酒,敬给你。周子汉把酒递给叶可楠,叶可楠接过酒说,说句祝福我的话。周子汉说,我嘴笨,说不好。叶可楠说,不行,说不好,也得说。周子汉想了想说,祝你这辈子,不受苦,不受罪,想什么,就有什么。叶可楠说,这还叫不会说,说得人想掉泪。周子汉说,想掉泪的不是你,而是我。叶可楠说,好了,都不说掉泪的话了,你立了功,成了战斗英雄,这是高兴的事,还是让咱们高兴点吧!周子汉说,对,高兴点。叶可楠说,今天的月亮,可真圆。周子汉说,星星也很多,很亮。叶可楠说,你说月亮上真的会有人吗?周子汉说,听说上面有个女的,叫嫦娥。叶可楠说,知道,说嫦娥偷吃了不死的药,成了仙,就飞到了月亮上。周子汉说,月亮上不知是什么样子的?叶可楠,不知是什么样子,肯定没有许多人,不然的话,嫦娥不会受不了冷清,总想着要回到人间来。周子汉说，听说是想她的丈夫。叶可楠说，就是因为她，才有了中秋节。大家觉得这个女人成了仙，还不忘自己的男人，是个有情有意的好女人。为了迎接她，每到了这一天，大家摆上了月饼水果，摆上好吃的，等她从天上飞下来吃。周子汉说，看来，做神仙也并没有那么好。叶可楠说，其实也不在于是做人还是做神仙。周子汉说，那在于什么？叶可楠说，只要是和自己喜欢的人在一起，不管是在天上还在地上，都不会冷清孤单的。周子汉说，你说的太对了，我现在一个亲人都没有了，可是生活在这个集体里，大家在一起，互相帮助，互相爱护，为了一个理想，一块儿干事，真的是从来没有觉得冷清孤单过。还有你，这些天，你作为医生，总是陪着我，给我那么多关心、关怀，让我的心有一种从来没有过的温暖，叶可楠说，我可不会对每个伤病员都这样。周子汉说，我知道，是院长安排你特别照顾我的。叶可楠说，现在你的伤好了，不用再照顾了。周子汉说，真想伤口好得慢一点，能在这里多呆一段日子。叶可楠说，这可不像个英雄说的话。周子汉不好意思地说，我也不知道为什么会这么想。叶可楠说，是勇士就得拿起刀枪，是英雄就要拼杀在战场。其实，我也不想让你走，可你不能不走。你是祖国母亲的儿子，祖国母亲需要你去保卫她的纯洁和尊严。周子汉说，明天我就出院回部队。叶可楠说，你要走了，没有什么送给你，就送给你一首歌吧！周子汉说，还没有人给我送过歌。叶可楠唱了起来：一条小路曲曲弯弯细又长，一直通向迷雾远方，我要沿着这条细长的小路，我送我的我爱人上战场……飘荡在月光下的歌声听起来是那么动人，月光里的叶可楠看上去是那么的美丽，周子汉不知道嫦娥长的是什么样子，可他想此时的叶可楠一定比月亮上的嫦娥还要好看。

周子汉要走了，大家都来送。周子汉说，谢谢大家了。院长说，你能这么快康复，叶可楠同志起了很大作用，要谢得谢她呀！叶可楠说，是大家的努力。周子汉说，回到前线，我一定要努力杀敌，报答同志们。院长说，立了功，别忘了告诉我们。周子汉说，有空了，我回来看大家。胡小兰说，是看大家，还是看叶可楠呀！大家笑了。叶可楠说，我是大家中的一个，来看大家，当然要看我了。院长说，时间不早了，周子汉同志还要走很远的路，我们还是和周子汉同志说再见吧！周子汉说，一定会再见的。院长说，不过，最好换个地方，别在医院手术台上再见。周子汉说，打鬼子，难免会受伤。不过，受了伤，有了你们，也不怕。院长说，还是别受伤。胡小兰说，我看，让叶可楠替我们送周子汉一段吧！叶可楠一听，没推辞，马上说，好，我来送。

一条乡间小路上，叶可楠和周子汉边走边说着话。看到周子汉脸上有汗，叶可楠拿出手绢给周子汉擦汗，擦过了，叶可楠没有把手绢装进口袋，她说，没个手绢怎么行？这条手绢，你还是拿去用吧，我已经洗干净了。周子汉接过手绢，闻了一下说，真香。叶可楠说，可别丢了，丢了，就别来见我了。周子汉说，就是把我丢了，也不会把它丢掉的。叶可楠说，怕你丢了，我把名字绣在上面了。周子汉摊开了，看到手绢上果然绣着叶可楠的名字，说，这么漂亮的手绢，用来擦汗太可惜了。说着，周子汉把手绢揣到了怀里。叶可楠说，这一走，不知什么时候才能见到你。周子汉说，不管什么时候，我们一定会见面。叶可楠说，不过，就算我想和你见面，我也不希望你是被担架抬到了我的面前。周子汉说，我一定会骑着马，戴着立功的勋章来看你。叶可楠说，那我一定会手捧鲜花来迎接你。周子汉说，昨天晚上，你唱的那首歌真的很好听。叶可楠说，还想听吗？周子汉点了点头。叶可楠又唱了起来，一条小路曲曲弯弯……在叶可楠的歌声中，周子汉越走越远，不过，在这个过程中，周子汉多次回头，向一直唱着歌的叶可楠挥手。

肃反锄奸扩大化的错误很快得到了纠正，吴文乔作为相关工作人员也受到了处理，从师部下放到了独立团。来报到时，张团长也批评了吴文乔。张团长说，我不反对要纯洁队伍，尤其是不能让敌人钻到我们的心脏里，那样对革命造成的危害是不可估量的，但决不能搞扩大化，不管事实情况如何，只要是出身不好的，读过书的，给国民党做过事的，坐过监狱的，都是怀疑对象，都要进行审查，还搞什么严刑逼供。上次三连的那个连长，是怎么死的？就是被逼的，不信任他，绝望了，用腰带把自己吊死了。吴文乔说，这个事，是做错了。不过，这个错误已经纠正了。张团长，你放心，这样的事，再也不会发生了。张团长说，错误可以纠正，可冤死的同志不能再活过来了。人的生命只有一次啊，关系到人命的错误不能犯啊！吴文乔说，是的，人命关天。张团长说，要从根本上找原因，不然的话，同样的事情的还会发生。吴文乔说，其实一开始，大家的出发点是对的，也真的是为了革命事业的健康发展，也确实挖出了几个特务，消灭了一些蛀虫，只是有些操之过急。工作不够细致，调查研究不够，今后，我们一定会注意的。张团长说，这个事不能说，越说越让人生气。那两个同志，叫什么周子汉和赵明义的。一个当俘虏，拼命逃了出来，一个不跟国民党干了，投奔了咱们。结果，不信任人家，非要把人家当叛徒和特务，还要枪毙人家。吴文乔说，张团长，这个事多亏你，你及时地找上面反映问题，已经彻底纠正了，我亲自去跟周子汉道了歉。张团长说，那个赵明义呢？吴文乔说，不知道跑到什么地方去了？也给他作了新的结论。张团长说，如果不是那天鬼子出现了，他们用行动证明了自己对党的忠诚，你说，结果会怎么呢？吴文乔说，是我工作失误，请首长批评。吴文乔的认错显得很真诚。张团长说，你以后要汲取教训，好好工作。吴文乔说，张团长，有你作为我的领导，我肯定再不会犯错误了。

回到部队，周子汉按吴文乔说的，直接去了团部。刚走到门口，遇到了吴文乔从里边走了出来。看到周子汉，吴文乔马上跟周子汉握手。吴文乔说，伤完全好了？周子汉说，完全好了。吴文乔说，刚和张团长谈了一下工作，还谈到了你，你放心，组织上会作出让你满意的安排的。周子汉说，不用安排，只要让我上前线打仗就行了。吴文乔说，这怎么行，我们向来有罪必罚，有功必奖必赏的，我可是在张团长跟前说了你许多的好话啊！对了，还有一个事，要向你祝贺，经过党支部讨论，认为你经受了各种考验，同意你入党了。周子汉有些激动说，谢谢吴组长了，我还要努力，不辜负党对我的希望。吴文乔说，我不是组长了，我现在是团里的政工干事，好了，不多说了，张团长正等着你去呢！吴文乔走了，周子汉走了进去。看到是周子汉，说，啊，我们的英雄来了。和周子汉握手说，坐，坐下。周子汉不肯坐，张团长拍着周子汉肩膀，让他坐下了说，刚出院是吧！全好了吧。周子汉说，张团长，全好了。张团长给周子汉倒了一杯水，递给了周子汉说，太好了，回来的很及时。周子汉站起来说，是不是有任务？张团长说，任务当然有，不过不用着急，先坐下。那天，在破庙子，我用望远镜全看到了。是你和那个赵明义，把鬼子给挡住了。就挡那么一会儿，可不得了，我们就有了时间，转移老乡，组织部队反攻，让鬼子突然袭击的扫荡没有能得逞。你真的是立了大功了。周子汉说，这不算什么，我是个战士，只要活着，只要遇到敌人，就该拿起枪战斗。张团长说，是啊，像你这样的好同志，本来该是我们的宝贝，可实际情况是，你差一点死在我们自己同志的手上。周子汉说，这是个误会，吴组长已经给我说了，他给我表示了道歉，已经没有什么了。张团长说，没有什么就好，真怕你，为这个事，心里有啥想法。做一个革命者，重要的一点就是信念。不管发生了什么事，不管受了多大的委屈，哪怕是命都要丢掉，心里边相信的那个东西，都不能变，不能丢。我有个堂兄，我当红军，是他带我参加的。后来，遇上搞清查，他被怀疑了。那一次，扩大化很厉害，他拒不认错。被枪毙时，还告诉我，要相信组织，听组织的话，还要我对革命一定要忠诚。周子汉说，我的信念一点儿也没有变。张团长说，不能变，决不能变。我们这个党，这支军队，从几个人开始，到几千人，几万人，到几十万人，几百万人，经历了多少磨难，经历多少曲折。再难，再曲折，不回头，还是朝前走。革命的理想，正在不断实现。周子汉，你知道，我们不但要赶走日本鬼子，我们还要建设一个新社会。这个社会，人和人是平等的，没有剥削，没有压迫，民主而自由，不缺吃，不缺穿，个个身体健康，个个生活幸福。周子汉神往地说，像天堂一样。

张团长说，我们的理想，就是要让这个社会，这个国家变得像天堂一样。要不，我们流血牺牲，拼死拼活为了什么？我们就是为了理想在革命，在战斗。周子汉说，张团长，听你这一说，我的信念就更坚定了。你赶紧给我分配任务吧，我真的很想马上就投入到工作中去。张团长说，一连的连长出事了。什么事，你就不要问那么多了。现在一连没有连长了，团党委经过研究，决定让你去一连去担任连长。周子汉说，我原先只是个排长，一下子去当连长，不知能不能干得了，能不能干好？张团长说，相信你，不但能干好，还会干得很好。像你打过那么多仗，经历各种战斗场面的同志，不少已经牺牲了。你的经验和你的勇敢，还有最重要的，是你的忠诚，都会让你成为一个优秀的指挥员的。周子汉说，我会竭尽全力的。张团长说，你的那个伙伴，那个叫赵明义的，怎么不见了？周子汉说，他可能……走了，回他原来的部队了。张团长说，该让他留下来的，那也是个猛将。他要不走，我也一样给他一个连，让他在战场大显身手的。周子汉说，那我替他谢谢你了。

当了连长的周子汉，正在连部里在擦试一把新发给他的手枪。屋外有人喊说，报告。周子汉说，进来。门开了，进来一个年轻的新兵。周子汉说，你找谁？新兵说，找连长。周子汉抬起头说，我就是。新兵看到周子汉的脸，有些惊喜地说，你不认识我了？周子汉看着新兵，觉得有点面熟，可怎么也想不起有什么地方见过。新兵提醒说,你忘了,几个鬼子追杀我们,是你带着人把我救了。周子汉有点想起来了。新兵说,你给我指了一条路,让去找报名参军。周子汉想起来了说,你是叫郑什么?新兵说,我叫郑其山。周了汉说,对,想起来了,郑其山。郑其山说,我可是一直记得你的名字,你叫周子汉,当时是排长。周子汉说,这么说,你真的去参了军,当了八路?郑其山说,顺着你指的路,走了三天,找到了招兵处。周子汉说,那你怎么又会跑到这里来?郑其山说,新兵训练结束,要往各个连队分。我知道你在独立团,在一连,我就找了一下负责分配的干部,给他说了一下,他就让我来了。没想到,一来,就看到了你,真是太巧了,好象是老天早就安排好了似的。说着,郑其山把带来的证明的递给周子汉。周子汉看着说,是有些巧。想干什么?郑其山说,你是连长,我听你的。周子汉说,你好象读过几年书。郑其山说,上过几年私塾。周子汉说,这样吧,我这里还缺一个文书,你就先留在连部当文书兼通讯员吧!郑其山说,我一定好好干。周子汉说,先干一段试试。郑其山说,周连长,我比你小一点,你就把我当你的小兄弟,什么地方没干好,你就只管骂,只管打。周子汉说,我们这可不兴打人。郑其山说,打我,是为我好,我愿意。周子汉说,这你放心,你要是干不好,我不会对你客气的。隔壁房子有一个空铺,你先去把行李放下吧。郑其山说,是。郑其山走了,周子汉拿出来了那张对赵明义的处理决定,看了一会,又折起来放进了公文包。周子汉自言自语说,赵明义,你真的不该走啊!你要是不走,这会儿,咱两一人带一个连,可以杀鬼子杀个痛快了。周子汉走到窗前,朝远处看,好象能看见赵明义在什么地方,正在干什么似的。

早上,天刚亮,连部的门就被推开了,郑其山提着水瓶悄悄推开门走进来。郑其山把水瓶里的倒进洗脸盆和刷牙用的水缸子,拿起牙刷把牙膏挤在上面,又拿起抹布去擦办公桌上的灰土,接着,又轻轻地用扫帚清扫地面。郑其山做过了上面的事情后,又拉开门走了出去。里间的门开了,周子汉走出来,看到干净的房间还有准备好的洗脸水和挤好牙膏的牙刷,先是一愣,后又笑了。郑其山端着馒头稀饭和咸菜进来,放到桌子上。看到周子汉洗完了脸说,连长,吃饭吧!周子汉坐下来吃早饭,招呼郑其山说,来,一块吃。郑其山说,不了,连长,我已经在炊事班吃过了。电话响。郑其山接电话说,是,是一连……是……明白……一定准时赶到。郑其山放下电话说,连长,团部电话,张团长召集连级以上干部会议,请你十点钟赶到榆树镇准时参加会议。周子汉看了一下怀表说，还有一个半个小时。郑其山说，这里离团部有十里地，骑马半个小时就能到，我去给你备马。周子汉说，行，跟我一块去开会。

　　弯弯曲曲的山路上，周子汉和郑其山骑着马赶路。太阳高照，有些热，郑其山拿出水壶。郑其山说，连长，喝点水吧！周子汉说，我这有。周子汉取下身边的水壶，一摇是空的。周子汉说，走得急，忘灌了。郑其山说，喝这个。周子汉拿过郑其山的水壶喝了几口说，喝这个不行，不解渴。郑其山说，那喝什么解渴？周子汉说，喝酒。郑其山说，那你的水壶里装的不是水，而是酒啊！周子汉说，当然。周子汉把水壶递给郑其山，郑其山打开闻了一下说，真的是酒。周子汉伸手要拿回水壶，郑其山没给说，连长，这个水壶，不，酒壶，以后就交给我保管吧！我保证不管什么时候，都不会是空着的。周子汉说，要打酒，榆树镇，那个杨记酒铺，酒好。郑其山说，知道了。

　　周子汉开会，郑其山在外边等，牵着两匹马，在小镇的街道上走。走着走着，就看到了挂着杨记招牌的酒铺。郑其山走过去，拿出了酒壶说，来，掌柜的，打壶酒。掌柜的接过酒壶说，这个酒壶不是你的吧？郑其山说，你怎么知道？掌柜的说，这个酒壶的主人，应该是姓周吧？郑其山说，是的。掌柜的说，他是个又会喝酒，又懂酒的人，好酒就是要给他这样的人喝的。他还是个兵时，就在我这打酒喝。上次来，说升了，是排长了。郑其山说，他现在是连长了。掌柜的说，不得了，不得了，看看，好酒，给人带来好运，不是升官，就是发财。掌柜的把水壶灌满了，递给郑其山。郑其山给掌柜的给钱，掌柜的不要，你们打鬼子，连命都舍出去了，喝这点酒，还给什么钱啊！不用给了，算是我犒劳周长官的。郑其山说，这可不行，钱还是要给的。掌柜的说，看不起是不是？不是你们打鬼子，挡着鬼子，不让鬼子来祸害，我这酒铺还能开吗？别说开酒铺了，怕是连命都没有了。一壶酒算个啥，回去告诉周连长，以后他喝的酒，我包了。让他喝个够，一分钱不收。郑其山说，那我就替我们连长谢谢你了。

　　把两匹马拴在树干上，坐在树下的石头上，看着报纸等周子汉。周子汉开完会走出来，郑其山牵着马迎上去。周子汉有些激动对骑到马背上说，走，回连队。郑其山拿出酒壶，要不，来一口。周子汉接过酒壶大喝了一口说，好酒。又把酒壶递给了郑其山说，还是一元钱一壶吧？郑其山说，掌柜的没要钱，说是犒劳你的。周子汉说，没给钱，那怎么行？走，多少钱，还给他。拨转马头，朝杨记酒铺走。郑其山说，连长，一壶酒，没几个钱的，下次补上不就行了。周子汉说，没当场付钱，已经不对，再拖着不给，就更不对了。周子汉拨转马头，朝酒铺奔去。到了酒铺前，周子汉下马，走到掌柜的面前。看到是周子汉，掌柜有些意外说，周连长，祝贺你高升了。周子汉吊着脸说，可我一当连长，你就不支持我，和我过不去？掌柜的不解说，没有呀，我真的是为你高兴，还送给了你一壶酒。周子汉说，我找你，就是为这壶酒。你知道，我们是有纪律的。掌柜的说，我知道，不拿群众一针一线。周子汉说，一壶酒抵多少根针，多少条线？掌柜的说，不一样，不一样的，你这不是拿的，是我送。周子汉说，性质是一样的。这壶酒，我要是白喝了，就是违反了群众纪律，就要受到处分。凭这一条，就可以撤掉我的连长。你说，你这不是害我吗？掌柜的说，这么严重啊！周子汉拿出了一个铜板，放到了柜台上，又指了一下郑其山说，记住，以后，他再来买酒，再不许不收钱的。掌柜的说，我明白了。唉，要是天下的兵，都能像你们这样，老百姓的日子不知会有多好过呀！

回连队的路上，郑其山说，连长，今天这个事，我错了，以后，再也不会了。周子汉说，这个错，不大，以后注意就行了。同样是兵，不一样，老百姓支持，拥护，不是没条件的。要想群众说好，就得对群众好。郑其山说，是的。不管是爱，还是恨，都是有原因的。周子汉说，记住，咱们是人民的子弟兵。这时，从远处传来隐隐约约的炮声。周子汉说，郑其山，过打过仗吗？郑其山说，没有。周子汉说，要打仗了，怕吗？郑其山说，不怕。周子汉说，不怕是假的，一开始，都会有点怕，打上几仗，就不怕了。你知道，为什么不怕了吗？郑其山说，不知道。周子汉说，打仗这事，说到底，是死人的事。敌人死，自己的人也得死。刚才还一块吃着饭，一块聊着天，一转眼，死了。一看，死，这么容易，这么快，来不及想，想也没用。只能啥也不管，该冲往上冲，该杀就去杀，结果，没死，活了下来，成了英雄。明白了，再上战场，就不想那么多了，不想那么多了，当然就不怕了。郑其山说，那天，要不是你带着人救了我，我早死了。这个命是你给的，你让我冲，我就冲，让我杀，我就杀。活着干，死了算。周子汉说，当兵的，什么都可以怕，就是不能怕死。

郑其山说,死在战场上,不叫死,叫光荣。周子汉说,对,叫光荣。

日本鬼子快完了,可还没有完,还要继续打仗。操场上,一群列队站立的士兵前,站着周子汉,他说,同志们,要打仗了。这个仗,和一般打法不一样。这一次,我们要到敌人的后方去,也就是说,像一头狮子一样,钻到狼群里去,要把那些豺狼,一个个咬死。就像一把钢刀一样,一下子扎到鬼子的心脏里去。就算一下子扎不死,也得扎得狠一些,让他们疼,疼得像热锅上的蚂蚁。让他们流血,遍体都是伤口,受尽折磨。我们就是要用勇敢和机智,让鬼子偿还血债,让他们知道咱中国人不是好欺负的。

周子汉带着一连兵,走了几天,走到了一座山跟前。看到这座山,周子汉让大家停了下来,带着郑其山爬到了山半腰,看到了一块岩石。走到岩石跟前,周子汉站了一会,又朝前走了几步,看到了一个山洞。周子汉走进了山洞,郑其山跟在后边,能看到烧过的灰烬,还有破损的锅碗及铺在地上的麦草。周子汉说,半年前,从俘虏营里逃出来,我在这里养过伤。郑其山说,你一个人?周子汉说,不,还有一个人。郑其山说,他是谁?周子汉说,他叫赵明义。我腿伤了,不能动,吃的喝的,都是他去找。没有他,我活不了。郑其山说,他现在在哪?周子汉说,不知道。郑其山说,怎么会呢?周子汉说,这是个很长的故事,有空我会说给你听的。从山洞里走出来,周子汉朝着远处看了一会,说,把地图拿出来。郑其山把地图拿出来,摊放在了岩石上。周子汉看了一会说,我们不朝北走了,朝西走。郑其山说,西边有鬼子的重兵。周子汉说,不去不行,我有一笔帐要跟鬼子算。

大家正在草坡上休息,一个哨兵跑过来,对周子汉说,来了一队鬼子。一听有鬼子,周子汉一个打挺站了出来,拔出手枪说,有多少人?哨兵说,不多,和我们差不多。周子汉说,送到嘴边的肉,不能不吃,同志们,准备战斗。路两边的密密的庄稼丛间,伸出了许多乌黑的枪管,周子汉用望远镜向道路的远处观察。看了一会,他摆了一下手说,没有我的命令,谁也不能开枪。尘土飞扬,钢盔和刺刀在阳光下闪着亮光。周子汉还在用望远镜看,旁边的郑其山急了,说,连长,再不开枪就来不及了。周子汉说,别急,再等等。四周响起了子弹推进枪膛的声音。周子汉放下望远镜,对郑其山说,告诉大家,没有我的命令不要开枪。郑其山传达了周子汉的话。战士们保持着随时射击的姿态,等着周子汉的口令。可这时的周子汉,却做出了谁都没有想到的举动,他从埋伏藏身的地方走了出去,走到了路上,迎向了一片刀枪和钢盔,郑其山和战士们用惊异的目光看着周子汉。他们知道他不怕死,可再不怕死,也不能去白白送死呀!郑其山上去拉了一下周子汉,没有拉住。行走的队伍看到周子汉,停了下来,许多支枪同时举了起来。走在最前边的军官看了周子汉一会后,朝身后举起的枪摆了一下手,举起的枪放下了。军官一个人朝周子汉走了过去。这个军官正是赵明义。

在一个姓陈的地主的庄园里。一张桌子前坐着两个人,一边是周子汉,一边是赵明义,两个人一块举起了手中的酒杯。周子汉说,没有想到,会碰上你。赵明义说,想着早晚会碰上,没有想到这会儿,在这个地方能碰上。周子汉说,老天安排的。赵明义说,老天也知道我们是兄弟。碰了一下,喝干了。郑其山拿个酒壶进来,倒酒。周子汉说,郑其山,他就是我给你说过的赵明义。郑其山惊喜地说,真的?赵明义说,说我什么,不会说我是个逃兵吧?郑其山说,说你是个了不起的大英雄。赵明义说,要说英雄,他才是个真英雄。在俘虏营里,谁都不敢把小鬼子摔趴下,就他敢摔。郑其山说,你们两个都是英雄,都是我学习的榜样。赵明义说,挺会说呀!郑其山说,两位英雄,好久不见了,好多话要说,我就不打扰了,我去让他们多炒几个菜。郑其山倒了酒,放下了酒壶说,我把酒壶放下了,你们慢慢喝。郑其山退了出去。看到郑其山走出门,赵明义问周子汉说,这位是……周子汉说,我的文书、通讯员。赵明义说,挺机灵的。周子汉说,鬼子在追他,正好遇上了。给他指了条路,让他去当兵,他真的去了。也是巧,新兵训练结束,分到了我这个连上。赵明义说,是巧,无巧不成书。周子汉说,也是缘份。听话,还很能干,难得。赵明义说,说说你,身体怎么样了?周子汉说,全好了。赵明义说,看着你被救过来了,我才走。留了一句话,给那个女的。她给你说了吧?周子汉说,说了。他说你一直在救我。赵明义说,我救你没用,我不是医生,救人不行。要说救,还得说那个女的。不是那个女的救你,你的命可能就没有了。当时,我喊别人,别人一看,说你已经没命了,不想救了。那个女的,不一样,一看是你,拼了命的要救你。不是她,你活也难。抢救你时,我一直在外面等。边等,边给老天爷说话,让老天爷保佑你。后来,那个女的出来了,说你没事了,命保住了。对了,她叫什么名字?那一阵子,只想着你了,忘了问了。周子汉说,她叫叶可楠。赵明义说,她好象认识你,和你是不是亲戚?要不,咋会急成那个样子?周子汉说,见过一次面,不怎么熟。赵明义说,那就更了不起了。不怎么熟,都对你那个样子。要是熟了,不知会是什么样了。那后来呢,后来她对你怎么样呢,对你一定很好吧?周子汉说,人家是医生,对伤员都好。赵明义说,不说算了,说真的,当时知道你不会死了,可还是放心不下。周子汉说,还有什么不放心的。赵明义说,担心鬼子没有把你打死,那个姓吴的组长也会要你的命呀!看到我给你写的纸条了吧?周子汉说,看到了。赵明义说,要是那样死掉,真的太冤了。我给你画了图,让你来找我,是真的担心你还会受到要命的怀疑。周子汉说,我早说过了,是个误会嘛!误会是可以消除的嘛!来,来,我给你看一样东西。周子汉找公文包,没找着,说,郑其山,公文包。郑其山拿着公文包进来。周子汉从公文包里取出那份处理决定说,你看,你看,其实你不走,也不会有事的,现在照样会给你一个连,让你带着打鬼子。赵明义拿过处理决定,看着,好一会不说话。周子汉说,真的,你不该走的。后来,张团长见了我,给我提到你,一个劲夸你呢!听他的口气,很想找到你,让你回部队,重用你。赵明义点起一支香烟,烟点着了后,顺便用点烟的火柴,把这张处理决定烧了。周子汉说,你怎么烧了?赵明义说,怎么,你觉得我还会用得着它吗?周子汉说,赵明义,你看,你是不是跟我回去?这次我保证,你不会再受委屈了。赵明义笑了说,我现在挺好的。回来,就给了我一个连,让我带着到处打鬼子。周子汉说,那你真不想……赵明义说,投八路,为了啥,为了打鬼子。现在,不用投八路,也可以打鬼子,再跑来跑去,就没必要了。周子汉说,不过,看到你现在这个样子,我也放心了。别的话就不说了,来,为了咱兄弟的相见,为了多打鬼子干一杯。两个人又喝干了。

房子外边,郑其山坐在一条木凳上,端着枪守在门口。庄园主人陈地主端着一盘红烧的鸡肉走了过来,被郑其山拦住。郑其山说,你有什么事?陈地主说,长官辛苦了,慰劳一下长官。郑其山看了一眼盘中的鸡肉,目光有些疑惑。陈地主一看,明白了郑其山在想什么,拿起了一块鸡肉吃进了肚子说,放心,没事的。郑其山推开门说,周连长,这家主人送了一盘菜。周子汉说,让他进来吧!陈地主端着一盘鸡肉走了进来。陈地主说,二位长官,到了鄙人府上,就像到了自己家,千万别见外。抗日杀敌,劳苦功高,你们就喝个痛快,来个一醉方休。周子汉说,这个地方,好象离鬼子的据点并不远啊,一醉方休怕是不行吧?陈地主说,没事,鬼子不会来这里的,你们就放心吧!已经把床铺给你们准备好了,吃好了,喝好了,再好好睡一觉。赵明义说,好啊,我们就在这里休整一天,不过,这会麻烦你的。陈地主说,能为抗日出力,是我求之不得的事啊!周子汉说,那就谢谢你了。陈地主说,不用谢,不用谢,应该的,应该的。陈地主点头哈腰退了出去。

屋里只有周子汉和赵明义了。周子汉说,你怎么会在这里?这里是敌人后方,你们的部队不是在前线作战吗?赵明义说,我们有一个师长,被鬼子捉了。鬼子不知道,看他穿着士兵服,以为他是个士兵,就把他和许多俘虏关在了一起,我要把他救出来。周子汉说,这么说,你是冲着俘虏营去的?赵明义说,是的,你呢?周子汉说,和你一样,也是冲着俘虏营来的。只是不为了救谁,而是想把那个俘虏营毁了,把那个井田杀了。赵明义说,那正好可以一块干了。周子汉说,老天为啥让我们遇到一块,就是为了让我们一块干成这个事。赵明义说,那咱们就好好干一把。

第四章　谁也不知什么时候会相见

房子里边,两个兄弟在说话;房子外边,郑其山在守卫。不知过了多久,郑其山觉得肚子饿了。正想着,要不要去找点什么吃,陈地主送来一碗面。陈地主说,小兄弟,辛苦了,吃碗面吧！郑其山说,倒是真有些饿了。陈地主说,那就快吃了吧！郑其山说,好,那我就不客气了。郑其山接过面,大口吃起来。陈地主说,你们就这么多人,再没有了吧？郑其山说,你问这些干吗？陈地主说,知道人数,好给你们安排吃住呀！郑其山说,就这么多,再没有了。陈地主说,那打算在这呆多久啊？郑其山说,这我可不知道,得问我们连长。陈地主说,不问了,不问了,住得越久越好,有你们在,鬼子就不敢来祸害了。郑其山说,鬼子不来,我们还呆在这干啥,我们是来打鬼子的,不是来躲鬼子的。陈地主说,小兄弟印堂发亮,日后有大福啊！郑其山说,我一个小兵,有什么大福啊？陈地主说,大将都是从小兵开始的啊！屋子里的两个长官,好象不是一个方面的,怎么会坐到了一起？郑其山说,他们是好兄弟。陈地主说,我知道,都是抗日英雄,了不起,慢慢吃,好好休息。陈地主转身离开了。

桌子上摊开了一张地图,周子汉和赵明义商量着一块打鬼子的事。赵明义说,这里离俘虏营,只有20里地。周子汉说,这里是敌占区,到处是鬼子的炮楼。赵明义说,我派人侦察过了,一共有五个炮楼。周子汉说,我们的人加起来,有二百多人,分成五个突击队,把它们全都端掉。赵明义说,最好不要硬攻。周子汉说,我看,这个陈地主可以利用一下。赵明义说,我也是这么想的。周子汉大声说,郑其山。郑其山推门进来说,周连长,有什么事？周子汉说,去把那个陈地主喊来。郑其山说,是。郑其山去喊陈地主。周子汉说,这个陈地主,就算不是个汉奸,也会跟鬼子关系不错。赵明义说,要不,他的庄园不会连一点破坏都没有。

周子汉说,在我们面前,他有些紧张,看得出,他心里发虚。赵明义说,不做亏心事,不怕鬼敲门,他害怕我们收拾他。正说着,郑其山带着陈地主走了进来。赵明义掏出手枪,啪地一下拍在了桌子上。赵明义说,说,想死还是活?陈地主愣了说,我可是对你们很好的呀!周子汉说,你对鬼子也不错吧?赵明义说,我敢肯定,就在这张桌子上,你一样好酒好肉招待过鬼子军官。陈地主的脸色白了,说,我那是没有办法,要不,他们就会杀我的全家,烧我的房子。周子汉说,有多少中国人的房子被烧了,家人被杀了,可他们没有低过头。赵明义说,你知道,你犯的什么罪?通敌叛国罪。凭这一条,我现在就可以要你的命。赵明义抓起手枪,把子弹推上膛。陈地主跪在地上求饶说,饶了我吧,饶了我吧,我也恨小鬼子,也是一直支持抗日的。周子汉说,不想死也行,那你得证明你恨小鬼子,支持抗日。陈地主说,你们想要我干什么,尽管吩咐。

一群庄稼汉挑着粮食和干柴走着。陈地主骑在毛驴上,走在最前边。周子汉和赵明义挑着粮柴跟在陈地主后边,再后边是穿了老百姓服装的士兵,武器全都藏在了粮柴中。站在炮楼前,陈地主喊了一声说,我们是张家屯的,给你们送粮食和干柴来了。吊桥放了下来,挑着粮草的人马跟着陈地主走进了炮楼。鬼子的一个小队长迎了出来,看见送来了那么多粮食和干柴,朝着陈地主竖起了大拇指说,你,大大的良民,大大的好。跟在陈地主后边的周子汉和赵明义,从柴捆和粮袋里抽出了刀和枪。几乎同时,其他人也抽出了刀和枪。周子汉和赵明义同时举枪干掉了鬼子小队长,炮楼里顿时响起了枪声和杀声。没有过多大一会,穿着农民衣装的周子汉和赵明义带着陈地主和士兵们走了出来。赵明义拍了一下陈地主的肩膀说,不错,剩下的几个炮楼,就这么干。周子汉说,把五个炮楼全拿下了,你就是抗日英雄。陈地主说,不敢当,你们才是真正的抗日英难,我不算,我不算。

站在炮楼前,陈地主喊了一声。吊桥放了下来。周子汉和赵明义带着人跟着陈地主进了炮楼。炮楼里响起枪声杀声。不大一会,进去的人又全都走了出来,炮楼在大火中倒塌。

士兵们在草地上休息。周子汉和赵明义商定下一步的行动,郑其山站在一边,周子汉想喝一口了,郑其山把酒壶递了过去。赵明义想抽烟了,找不到火柴,郑其山划着火柴,给赵明义把烟点上。周子汉和赵明义用望远镜观察敌情,看到了鬼子的营地,看到了关押着俘虏的俘虏营,看到了井田骑在马上带着一群鬼子在巡逻。陈地主走了过来说,长官,你们看,我是不是可以回去了?周子汉说,那个叫井田的鬼子你认识不认识?陈地主说,天地良心,和他,从来没有打过交道。周子汉说,那你走吧,记住,以后再不能帮鬼子干什么事了。陈地主说,长官放心,再帮鬼子,天打五雷轰。陈地主转身朝山坡下走去。看着陈地主的背影,赵明义拿过了郑其山手上的步枪,朝着陈地主瞄准了。陈地主正好回身,原本想打个招呼告别,看到了赵明义的步枪,一下子软瘫了。周子汉伸出手,把赵明义手上的步枪朝上抬了一下。枪响了,子弹飞到了天上。赵明义说,不要相信他,这种人,是没有骨头的,别看这次他帮我们,鬼子去找他了,他照样还会帮鬼子。周子汉说,算了,不管怎么说,他也是中国人,再说了,人家刚帮了我们的忙,答应过不杀他的,怎么可以说话不算数呢!赵明义说,对这样的人,不用讲信义。周子汉说,还是让他走吧!郑其山大声对陈地主说,还不快走。陈地主连声说着谢谢长官,连滚带爬地跑下了山。赵明义说,你心太软。周子汉说,那要看对谁,对鬼子,我可不会心软。

　　井田骑着马,带着几个鬼子走在街道上,老百姓看到他纷纷躲开。井田勒住马,说了几句日语,让翻译说给老百姓。翻译说,井田太君说了,你们大大的良民,他要和你们高兴高兴,玩一个游戏。玩什么游戏呢?就是摔跤。他保证不要赖,能把他摔倒的,有奖赏。奖什么呢,他的大洋马。井田下了马,拍拍马头说,这个马,大大的好。翻译说,这个马有劲得很,一个马,拉一个车,跑得飞快。想要的站出来,只要把太君摔倒就行了。不用怕,太君保证说话算数。井田看到了一个壮汉,一把扯了过来。拍拍壮汉的肩膀,把马缰绳给壮汉。壮汉不敢要,往后退。井田等不及了,不管壮汉愿意不愿意,扯过来,就摔了起来。说是游戏,井田摔起来,却把壮汉往死里摔,很多人围着看。周子汉和赵明义带着一群人,穿着便装,凑过了过来。眼看要把壮汉摔死了,周子汉站了出来。井田没有认出周子汉,当然没有把周子汉放在眼里。周子汉把井田摔倒了两次,井田发现周子汉有些面熟,问周子汉说,你是谁?周子汉说,我是中国人。井田说,我好象见过你?周子汉说,中国人都长得很像。周子汉再一次狠狠地把井田摔在了地上,四周的老百姓鼓起了掌，井田狼狈地从地上爬起来。周子汉扯过井田的大洋马说，这个马，我是不是可以牵走了？井田变脸了，说，八格牙路。井田掏出手枪，对准了周子汉。周子汉大笑起来说，日本人，小鬼子，男人的不是，统统地死了死了的。告诉你，井田，不但这匹马你得给我，还有你的枪，你的命都要给我。周子汉一挥手，藏在人群中的赵明义和士兵们马上亮出了刀枪，立刻把十几个鬼子摁倒在地。周子汉看着四周的老百姓说，乡亲们，这些鬼子，没啥了不起的。只要不怕他，敢和他拼命，他一样也会害怕得发抖。他们才几个人，咱中国多大，人有多少？他们来了，就是老鼠掉进了火海，不用别的家伙，光用脚也能把他踩成泥巴。郑其山站在周子汉身后，敬佩地看着周子汉。

一群士兵把井田和十几个鬼子推到了树林里。不一会儿，树林里响起了一阵枪声。鬼子的翻译官没有被打死，但吓得整个人都瘫掉了，跪在地上救饶。翻译官说，我不想干，但不干就要打死我，没有办法啊，求你们了，不要杀我啊！周子汉说，给你个机会。赵明义说，带我们去俘虏营。

周子汉骑在大洋马上，穿着井田的衣服，帽沿子压得很低。赵明义和郑其山走在旁边，也穿着鬼子的军装，翻译官在前边牵着马。再后边，没有穿军装的士兵，排成了长队，看起来好象被抓的俘虏，其实全是我们的战士。他们走到了俘虏营跟前，不等守在进门处的鬼子哨兵盘查，翻译官大声喊起来，井田大佐凯旋归来，还不赶紧开门迎接。走进了门，站岗的哨兵察觉出了不对劲，端起枪刚喊了一句，井田太君的不是，就被赵明义挥起战刀砍掉了脑袋。所有的人拿起了武器，冲向了守卫在俘虏营四周的鬼子。周子汉骑着马冲在最前边，举枪把岗楼上的鬼子干掉了。

赵明义带人打开了俘虏营的铁门，一直冲到了那个国民党的将领跟前说，刘师长，我是赵明义，奉委员长的命令救你。刘师长说，谢谢你了，那个井田打算这两天要把所有的俘虏都杀掉，你们来得太及时了。赵明义说，让师长受惊了。刘师长说，我会给你重奖的。周子汉带着郑其山和几个人跑过来说，赵明义，怎么样，你要救的人找到了没有？赵明义说，找到了，这位就是刘师长。周子汉向刘师长敬礼说，刘师长好！我是八路军独立团三营一连连长周子汉。赵明义说,他勇敢,还有智谋,正是有了他的相助,我才能完成救你的任务。刘师长握住了周子汉的手说,了不起。

刘师长过意不去,要请周子汉吃饭。当然,吃饭时,不能没有赵明义。刘师长说,这顿饭,是我请二位英雄,感谢你们救了我,也感谢你们杀鬼子,为国人雪耻。赵明义说,应该做的,不用感谢。周子汉说,国难当头,只要是男人,都该冲杀在战场上。刘师长说,说的好,敬你一杯。三个男人,一口喝掉了杯中的酒。刘师长说,从军数年,像周老弟这样的汉子,还极少见到,不知可否愿意跟我一起征战?定会给予重用。赵明义说,周兄,刘师长这是真诚邀请你,我看你就别推辞了,咱们一起跟着刘师长,一定会战无不胜,把鬼子杀个痛快。周子汉说,多谢二位这么看得起我,只是我已经在共产党的旗帜下宣过誓,方向和道路都不能再改变,我说了,要为一个目标去奋斗终身。说了,就得做到。不过,虽然不能跟你们走,可我们都是中华民族的儿女,都有一个共同的母亲,我们还是好兄弟,还一样都是为了祖国的解放而战斗。来,谢谢你们看得起我,让我们为了早日把鬼子赶出中国干杯。刘师长说,说的好,中国人,如果个个都像你这样的,八国联军就进不了中国了,小日本也不会把大半个中国都给占了。赵明义说,有咱们这样一群男人,胜利早晚都是咱们中国人的。三个人再次干杯。

太阳快要出来时,天边飘悬着一朵朵红色的云。原野在湿雾中,像一幅水墨画,周子汉和赵明义坐在一块大石头上看着远处。赵明义说,大好的河山,可惜还在日寇的铁蹄下。周子汉说,你说,如果没有战争,我们会在干什么?赵明义说,我想,我会开一个很大的店铺,里边什么东西都有,谁需要什么东西,都可以在我的店铺里买到。我的父亲就是开店铺,可他的店铺太小,他一直想有一个南京城里最大的店铺。你呢,你会在干什么?周子汉说,我不想呆在屋子,爱在野地里奔跑。我想,我会放一群羊,或者是一群牛。我骑在马上,赶着牛羊,在看不到边的草地上游荡。赵明义说,我知道了,你是想当个牧人。那你该到塞外去,那里的天大地大,水多草多,那里的人不种地,靠着放羊放牛,过着自由富足的生活。周子汉说,多好啊,说起来,都那么让人向往。不打仗了,我就去当个牧人。赵明义说,行啊,你要去,我就不开店铺了,跟你一块去。赵明义的通讯兵跑过来说,赵连长,刘师长命令你马上出发。赵明义朝着周子汉无奈地笑了笑说,将在外不由帅啊,我得走了。周子汉说,这一分别,不知什么时候会再见面? 赵明义说,等赶走了鬼子,咱兄弟俩一定会再见面。周子汉说,到时候,我去找你。赵明义说,还是我去找你。周子汉说,那个时候,谁知谁会在什么地方,怎么找啊? 赵明义说,没准那个时候,国民党共产党成一家了,不用找,就会在一起的。周子汉说,要是那样就太好了。赵明义说,真不想和你离开。这段日子,咱兄弟俩打的这几仗,多痛快呀! 周子汉说,那咱们就把两个连队合在一起,就叫兄弟连,做一面大旗,扛着四处走,让鬼子看看,中国男人是怎么样的。赵明义说,是啊,要不,跟我走吧,我跟刘师长说说,咱们成立个兄弟连。周子汉说,这个事,我也做不了主,得跟上级请示啊! 实话告诉你,我也接到了上级的命令,赶到太行山参加一个战役。赵明义说,我知道,共产党最讲组织纪律,不难为你了,好了,我走了,你多保重。周子汉说,你也多保重。赵明义说,还有,见了医院那个女的,问一声好,说我感谢她救了你。周子汉说,一定把你的话带到。周子汉和赵明义又握了手,握了手后,两个人分开了。

周子汉和赵明义带着各自的连队,朝着不同的方向行进,郑其山跟在周子汉身边。郑其山说,你和那个赵连长,真是好得像兄弟。周子汉说,不是像,就是兄弟,一块经历过生死,就是亲兄弟。郑其山说,可惜,这么好一个人,当了国民党的兵。周子汉说,跟着国民党,也一样抗日。郑其山说,可国民党兵,欺负老百姓,我家就被他们抢过好几次,哪比得上咱八路军,对老百姓真好。周子汉说,赵明义不一样,他可不会欺负老百姓。郑其山说,和你是兄弟,肯定像你。周连长,你是不是渴了? 周子汉说,嗯,有一点。郑其山把水壶递过去,周子汉喝了一口说,你这不是水,是酒啊! 郑其山说,酒更解渴。周子汉说,没错,是更解渴。

郑其山用砍刀砍树,用砍下的树权树枝搭建成了一个棚子。周子汉靠在一棵树下打盹,连续的征战,他确实有些累了。郑其山走到了周子汉跟前说,周连长,棚子搭好了,到棚子里休息吧! 周子汉睁开眼睛说,什么棚子,怎么会有棚子? 郑其山说,随手搭了一个,不成样子,周连长你就凑合着住吧,外面风大,容易着凉。周子汉跟着郑其山走到了棚子跟着说,你干的? 郑其山不好意思说,干得不好。周子汉说,你挺有本事的,这么快盖了一间房子。好好。周子汉钻进了棚子,地上铺了一层草,周子汉躺下了说,真舒服,好几天没睡过一个好觉了,我得好好睡一觉了。郑其山说,你就放心睡吧,外边有我呢,有什么情况,我会喊你的。郑其山走出了草棚,抱着枪守在了草棚外边。

·

新搭的棚子里,周子汉的手无意中伸进了口袋,摸出了叶可楠送给他的手绢,在脸前摊开了,凝望着绣在手绢上叶可楠的名字,周子汉慢慢地把手绢盖在了脸上, 耳边响起了叶可楠的歌声, 一条小路曲曲弯弯一直通向迷雾的远方……周子汉看到叶可楠戴着红十字的袖章,奔跑在炮火纷飞的战场上。正在和鬼子拼刺刀的周子汉,看到了叶可楠,把鬼子刺倒后,转过身去追叶可楠。可叶可楠像只小鹿,周子汉怎么也追不上。叶可楠突然停了下来,给一个中弹的士兵包扎伤口,但周子汉并没有能抓住这个机会,一个死了的鬼子好象突然活了过来,抱住了他的腿。几个鬼子端着刺刀,从后边悄悄地逼近了叶可楠。周子汉要冲过去救叶可楠,但那个鬼子真的像个鬼一样,死死缠住了他,他用什么法子都不能摆脱。周子汉一直喊叫,他想用声音通知叶可楠,让叶可楠躲开鬼子逼过来的刺刀。但他嘴巴可以一张一合,却发不出声音。眼看刺刀要刺进叶可楠的身体了,周子汉终于喊出了叶可楠的名字。

……

周子汉的喊声传了出来,把正在棚外打盹的郑其山惊醒了。他不知发生了什么,赶紧跑进了棚子里。周子汉坐在那里,手里拿着手绢,整个人在发愣。郑其山说,连长,你没事吧? 周子汉说,我做了个梦。郑其山说,是不是个恶梦? 周子汉说,是,也不是。郑其山把水壶递给周子汉说,喝口酒吧! 周子汉接过水壶喝了一口。周子汉说,你跟我多久了? 郑其山说,快两年了。周子汉说,你不能老跟我当通讯员。郑其山说,我愿意。周子汉说,二排长牺牲了,你去当排长吧! 郑其山说,我还是给你通讯员吧! 周子汉说,你是军人,要服从命令。郑其山说,是,我服从。不过,我可以兼你的通讯员。周子汉说,也行,但前提是当好排长。郑其山说,你放心,你指到哪,我就打到哪。周子汉说,去看看你的士兵吧! 我想一个人呆一会儿。郑其山走了,棚子里只有周子汉一个人了。周子汉拿出了缴获井田大佐的手枪,拉开枪栓,从里边退出了一颗子弹。周子汉盯着子弹看了一会儿,拿出了一把小刀子,在子弹上刻字,一点点刻出了叶可楠的名字。

时间过得真快,转眼一年又过去了,周子汉带着他的士兵,大仗小仗不知打了多少个,这次又围住了一个鬼子的炮楼。正要进攻,炮楼里伸出一面白旗。什么意思? 鬼子投降了。不可能。周子汉不信。没法信。打鬼子,打了这些年,很少有鬼子不战而降的,肯定是圈套。这时,一匹马奔来,送来一份电报。一看电报,周子汉明白了,也笑了。电报上说,日本天皇已经向盟军投降。也就是说,战争结束了。以后,可以不再打仗了。这一天,只要是中国人,都笑了。每一个地方,都敲起了锣鼓,放起了鞭炮。这天晚上,周子汉喝酒了,喝了很多,差不多喝醉了。他跑到炮楼上,对着夜空喊出了两个人的名字。一个是赵明义,一个是叶可楠。

很想马上看到两个人,有一个人不知在什么地方,想看到,没办法看到。另一个人,想看,马上就可以看到。周子汉骑上马,去看可以看到的那个人。在经过一片草地时,看到一片开放的野花。他下了马,采了一大把野花,他想把这些花送给马上要见到的一个人。

和许多地方一样,这个战地医院的人也在庆祝和平的到来。大家挨个表演节目,轮到叶可楠了。她朗读了自己刚写的一首诗:这一天,黄河在欢笑,这一天,长江在舞蹈。这一天,整个中国大地,像一面大鼓,被四万万人激动地擂敲。这一天,祖国解放了,民族自由了,国家独立了,这一天,我们的新生活开始了。和平像太阳,让寒冷消失,爱情像月亮,把黑暗赶跑。这一天,我们每个人的双臂,都应该大大地张开,去和美好的未来拥抱。正在朗读时,周子汉走了进来。他站在门口,听叶可楠朗读。叶可楠看到了周子汉,有些激动,朗读的声音一下子大了,整个人明显激动了起来。读到最后一句时,叶可楠朝着周子汉走了过去。周子汉把手中的花给了叶可楠,大家鼓起了掌。

一棵倒伏的树干上,坐着周子汉和叶可楠。叶可楠朝周子汉伸出手,周子汉不知叶可楠要什么? 叶可楠说,礼物。周子汉从口袋里掏出一粒子弹说,这颗子弹,是一颗手枪子弹,手枪是鬼子一个大佐的,我要了他的命,把他的枪缴了过来。拿出了一颗子弹,把你的名字刻在了上面,算是一个特别的礼物,送给你。叶可楠说,我喜欢这个礼物,一看到它,我就会想起一个英雄,一个打鬼子的民族英雄。过了一会,叶可楠问,我送给你的礼物还在吗? 周子汉从胸口处掏出了那条手绢说，从来没让它离开过我的心口。叶可楠说，这还差不多。周子汉说，我睡觉时，常把它放在脸上，很怪，用它蒙着脸，常常会睡得很香。不知是一种什么味道，那么好闻。叶可楠说，什么味，臭汗味。周子汉说，一点也不臭，很香。不信，你闻闻。放在叶可楠鼻子前，让叶可楠闻，叶可楠不闻，说，汗味，有什么好闻的，我不闻。周子汉说，不过，有一次，我放在脸上睡觉，却做了一个恶梦。叶可楠说，真的，什么恶梦，快说给我听听。周子汉说，梦见，在战场上，遇到了你，可你跑得飞快，我怎么也追不上你。后来，你让鬼子围住了，你不知道，刺刀马上扎进你的身体了，你还不知道，把我急得，快要急死了。叶可楠说，结果呢？周子汉说，结果，我一声大叫，醒了。醒了，知道是梦，不那么急了。叶可楠说，这么说，你做恶梦，是我给你的手绢害的？那把手绢还给我，免得让你再做恶梦了。周子汉说，这不能给你，给了你，我可能不会做恶梦了，但可能连觉都睡不着了，这不是要我的命吗？不管是什么梦，有梦做，总比没梦做好。叶可楠说，这么说，我给你的礼物，你还挺喜欢。周子汉说，当然喜欢。叶可楠拿出了子弹，看着说，可你给我的子弹，我有点不喜欢。周子汉说，为什么？叶可楠说，上面只刻了我一个人的名字，有什么意思呢！周子汉说，那你的意思？叶可楠说，得把你的名字刻上才行。周子汉说，行啊，我马上刻。其实一开始，我就想把自己的名字也刻上，可怕你不愿意，就没有敢刻。叶可楠说，你好象不是胆子那么小的人吧？周子汉拿过子弹壳，用小刀把自己的名字刻在了上面。周子汉刻字时，叶可楠看着周子汉，目光里，跳动着火苗。

走在河边，周子汉弯腰捡起一粒石子，打出了一串水漂。叶可楠看到后，也捡起了粒石子，也学着周子汉的样子，投出去，一个漂也没有打出来，沉了下去。叶可楠不服气说，为什么你能打出水漂，我打不出？周子汉捡起了一粒石子，让叶可楠打说，你打，这次你一定能打出水漂。叶可楠拿过石子弯下腰，用力投出去，果然打出了一串水漂。叶可楠看着周子汉说，怎么回事？这些石子好象懂你的话，你让它们漂就漂起来了。周子汉说，不是石子听我的话，是打水漂的石子，和别的石子不一样。叶可楠说，怎么不一样法？周子汉说，要扁一些的，越扁越好。周子汉变腰从地上选了不同形状的两颗，给叶可楠看说，像这一颗，能打出水漂，另一颗就不行了。叶可楠一试，果然和周子汉说的一样。叶可楠说，看来，做什么事，要做好都不容易。周子汉，我发现你不但勇敢，还很聪明。周子汉说，这算什么聪明，其实我是个笨人，心眼有时很死。叶可楠说，诚实的人，心眼都死。周子汉说，对了，我还没有告诉你，从医院出去后，我就带了一个连上了前线。叶可楠说，一定打死了不少鬼子吧？周子汉说，不多，我们连，一共打死了有一百多个鬼子。本来还可以再多打死一些，结果鬼子就投降了，想打打不成了。叶可楠说，看鬼子那个凶狠劲，以为他们还要再猖狂几年的，没想到说完蛋就完蛋了。周子汉说，坏人干坏事，再厉害，也干不长的。叶可楠，打死那么多鬼子，一定有好多有意思的故事吧，快说给我听听。周子汉说，对了，那个赵明义，让我问你好。叶可楠一时没想起。周子汉说，你见过的。当时，我昏迷了，是他背我下来，遇到了你。叶可楠说，噢，想起来了，给你留了信，就走了。你们怎么会遇上？周子汉说，也是巧，打埋伏，想袭击鬼子。不想，他带着队伍走了过来。叶可楠说，当时，他跑到哪里了？周子汉说，回了原先的部队，又成了国军。提了一级，和我一样，也当了连长。叶可楠说，他要是不走多好，你们就可以在一起了。周子汉说，不过，我们一块打了好几仗，每一仗都打得很漂亮，最痛快的是把那个井田干掉了。我给你说过，这个家伙太坏了，当时在俘虏营里，他拿着枪站在炮楼上，把我们当活靶子打。周子汉掏出了井田的手枪说，这把枪，就是他的。叶可楠拿过手枪，翻来覆去的看着。周子汉说，打过枪吗？叶可楠说，还没有。周子汉说，来，打一枪。叶可楠说，我不会。周子汉说，我教你。周子汉站在叶可楠背后，手把手地教叶可楠打枪，说，握紧，端起来，放平就行了。这个指头，扣着扳机，闭起一只眼，河那边有一棵树，瞄准了，慢慢扣，好好，就这样……枪响了，惊飞了对岸树林里一群鸟。周子汉和叶可楠的笑声，也像鸟儿在河面上飞来飞去。

树很多很密，阳光透不进来，空气像水一样凉爽。一道小沟，周子汉跨过去了，叶可楠跨不过去。周子汉伸出手，拉住叶可楠的手，一用劲，把叶可楠扯了过来。用的劲大了，扯过小沟的叶可楠没能收住脚，一下子撞到了周子汉身上。两个青春的躯体撞到了一起，像两块磁铁，吸住了再分开，就没那么容易了。周子汉怕叶可楠摔倒，几乎是抱住了叶可楠。叶可楠站住了后，也没有把周子汉推开，只是把头低下去了一些，周子汉也低下了头。不是害羞，是被身体里升腾起的一股强大的力量驱使，像干渴太久的人，看到了一眼清泉，周子汉吸住了叶可楠的唇。叶可楠没有躲开，而是迎了上去。双臂紧紧地搂住了周子汉的腰。他们闭上了眼，觉得天和地都在旋转。

草地上，周子汉和叶可楠各摆了一个大大的人字，并排躺在绿色的青草上，他们伸出的手抓在了一起。周子汉说，我识字不多，不是有知识有文化的人。叶可楠说，可你懂很多道理，做起事来一点儿也不比别人笨。周子汉说，我是个粗人，祖祖辈辈都是农民。叶可楠说，可你心底善良，从来不会做害人的事。周子汉说，我是个穷人，没有房子没有地也没有钱。叶可楠说，可你是个勇敢的男人，没有什么困难会让你克服不了的。周子汉说，我真的没有你说的那么好。叶可楠说，有时候一个人有多好，自己是不知道的。只有旁边的人才能看得到。周子汉说，我想我的父亲和爷爷还有祖爷爷一定没有做过昧良心的事。叶可楠说，你为什么要这么说？周子汉说，要不然，老天爷怎么会让我遇上你这么好的姑娘啊！叶可楠说，我发现你还是个挺会说好听话的男人。周子汉说，不是好听话，是实话。叶可楠躺在草地上闭上眼睛说，那就再说些实话，我喜欢听。周子汉说，想过了吗，不打仗了，去干什么？叶可楠说，没太去想。就算不打仗了，我也不会改行，还一样当医生。不管啥时候，人只要活着，就会生病。只要生病，就得找医生看。我想，不管到了啥时候，医生都是有事干的。周子汉说，不打仗了，医生有事干，当兵的就不行了。没有仗打了，养那么多兵是个负担。让这些兵，去干别的事。叶可楠说，这个事，你不用操心。不打仗了，要干的事更多。社会要发展，大家要过好日子，不是件容易的事，要流许多汗，出许多力。到了那个时候，不知会有多忙，你不用愁没事干。周子汉说，我知道，要干的事，很多。可一个人干不了很多事，有些事，也干不了。只能干些自己能干的事，想干的事。叶可楠说，你想干的事是什么。周子汉说，说出来，你可别笑我。叶可楠说，我怎么会笑你，笑你，就是笑我自己。周子汉说，要说我最想干的事，还真的不太好说。叶可楠说，什么事，对我还不好说。周子汉说，就是对你不太好说。叶可楠说，不行，你不说，我就不理你了。叶可楠的手从周子汉的手里抽开了，做了生气的样子。周子汉说，好，好，我说，我说。叶可楠高兴了，双手托在下巴上，认真看着周子汉，听周子汉说。看得出，她的内心里，周子汉以后要干什么，已经和她有很大的关系了。周子汉说，那就说说我最想做的事情吧！我最想做的事情啊，就是找一个我喜欢的女人，娶她做我的老婆。叶可楠伸手打了周子汉一下说，没出息，以为你想干的是什么事呢，原来就是这个事啊！这不算个事啊，只要是人都会想到这个事。周子汉说，那你也想到了。叶可楠说，当然想到了。周子汉说，那你是怎么想的？叶可楠说，不告诉你。叶可楠的样子，让周子汉越看越喜欢，不由得脱口而出，说，叶可楠，嫁给我吧！叶可楠没说行，也没说不行，只是抓过周子汉的手，放在了起伏的胸口上。这个动作，比话语更坚决，更有力，周子汉明白。周子汉说，过两天，我们就写结婚报告，好吗？叶可楠还是不说话，可是扭动了身子，整个地贴住了周子汉。分明在说，别问我，我是你的，整个人都是你的，你愿意怎么做，就做吧！周子汉明白了，更激动了。一激动，就有点管不住手脚了。一只手像只馋猫，闻到了香香的肉味，直往叶可楠衣服里钻。叶可楠也不管，任那只猫去闹。某个地方，猫摸不着，叶可楠还会故意放开些，让猫进去。看得出，周子汉高兴，叶可楠也高兴。这种高兴，不是想有就有的。只有一男一女，相互喜欢到某个程度才会出现。正高兴着，准确地说，是周子汉的手像一只猫，正在叶可楠胸前的衣服里解馋时，从远处传来了枪炮声和爆炸声。打过仗的人，听到这种声响，不管在做什么事，都会停下来。周子汉和叶可楠坐了起来，吃惊地相互着看，不明白发生了什么事情？周子汉说，不是战争已经结束了吗？叶可楠说，不该再有枪炮声了啊！他们跑出了树林，向远处看着，看到了一股升起的浓烟。天空飞过一架涂着青天白日标志的轰炸机，一串炸弹从飞机上扔了下来，在河滩上爆炸，一阵紧急集合的军号声传来。周子汉说，一定出事了，我得马上赶回部队去。叶可楠说，枪炮一响，必有死伤，我也得回医院去。周子汉说，等着我，下次来，我会把结婚报告带来的。叶可楠说，我等着。上马前，叶可楠在周子汉脸上亲了一下。

一群士兵站在一片开阔地上，周子汉和郑其山站在第一排。已经由团长升为师长的张师长向士兵们讲话说，本来我们以为打败鬼子，就可以不打仗了，可以和平了，过上好日子了。但是，大独裁者蒋介石，不愿意实行民主，不愿意建立联合的政府，咱们的领袖毛泽东，冒着多大风险去了重庆，去和蒋介石谈判，可蒋介石一点诚意都没有，一边谈判，一边调集军力向解放区发起进攻。该说的都说了，该做的都做了，现在，我们没有别的选择了，只能和蒋介石奉陪到底了。他想消灭共产党，消灭解放军，让中国人民继续生活在蒋家王朝统治的黑暗里，我们能答应吗？士兵们一齐喊了起来说，决不答应。张师长说，对，决不答应。我们共产党，从井岗山到延安，走了几万里，死了多少人，我们为了打败日本鬼子,牺牲了多少勇士。我们这么干,为了什么? 就是为了推翻三座大山,就是为了打倒独裁政权,就是为了让每一个老百姓,有吃有穿,并且能在政治上,享有真正的民主和自由。眼看这样的好日子就要来到了,蒋介石却用枪用炮,不让我们的理想变成现实。为了美好的未来,我们愿意再去拼命,再去流血,再去牺牲。士兵们喊起了口号,打倒蒋家王朝,解放全中国。张师长说,好,同志们,别看蒋介石有八百万军队,又有美国佬的支持,人比我们多,枪比我们好,但他们缺少的是我们英勇的不怕牺牲的精神。有伟大的共产党和英明的领袖毛主席的领导,最后的胜利一定是我们的。现在,我代表中央军委命令你们立刻开赴前线,与国民党的军队展开决战。明天中午,你们必须到达黄河东岸,击退向我解放区进攻的国民党的先头部队。

在某个村庄的农舍里,周子汉和郑其山在收拾行李。郑其山很快把行李捆好了,周子汉却还没有把东西收拾好,郑其山去帮周子汉的忙。郑其山说,周连长,你有事,先去忙,我来帮你捆行李。周子汉说,这个仗打得太突然了,让人一点思想准备都没有。郑其山说,是太突然了,打就打吧,咱们也不怕。周子汉说,日本鬼子都不怕,国民党还怕什么! 不是怕,是没想到。郑其山,离出发时间还有多久? 郑其山说,还有三个小时。周子汉说,三个小时,来得及。郑其山说,周连长,有什么事,我就去办吧,我在这里,会把要带的东西准备好的。周子汉说,那行,我去看一个人,去告一个别。郑其山说,那你快走吧。周子汉走出门。

还是那个地方,草地和小船和树林都在,可医院不在了,只有一些扔弃的药瓶药棉,证明着战地医院的消失。周子汉大声喊着叶可楠的名字,只有回声,没有叶可楠的回应。

一场战斗结束后,部队又开往新的战场。周子汉挎着手枪,郑其山背着冲锋枪,两个人边走边说着话。周子汉说,郑其山,这一仗,你表现不错,看来,选你当排长,是选对了。昨天那一仗,要不是你带着人,从左边的山坡抱抄过去,我们不会那么快取得胜利的。郑其山说,周连长,还是你指挥得好。打仗这个事,当兵的是要勇敢,可再勇敢,要是指挥没有指挥好,还是打不了胜仗的。周子汉说,进步很快呀,能总结出经验和规律了。郑其山说,跟着你,想进步慢,都慢不下来。周子汉笑了起来说，不过，不知为什么，看到那些国民党兵，总是有些不下了手。不管怎么说，都是中国人，不久前，还一个战壕里打鬼子呢！现在，要你死我活的拼刺刀，总有种说不出的别扭。郑其山说，这个事，可不能这么想。这个世界上，什么都是会变的。敌人有时也会变成朋友，朋友也会变成敌人。打鬼子时，是兄弟，不打鬼子了，就变成敌人了。周子汉说，可变得太快，有些不适应。郑其山说，不适应也得适应，要不，指挥打仗时，心可能就会变软。心一软，手就会软。手一软，就可能会打败仗。周子汉说，你知道，我现在最怕的是什么事？郑其山，我想不出会有什么事让你怕。周子汉说，你知道吗，每一次发起冲锋时，我都害怕会迎头撞上赵明义。郑其山说，你这一说，倒也是，真碰上了，确实挺让人为难的。周子汉说，说是怕碰上，可又想能碰上，最好不要在阵地上，不要在战壕里碰上，能换一个场合碰上就好了。郑其山说，我想，要是再能碰上赵明义，他一定会跟我们走。周子汉说，我也是这么想的。那个时候，他跟着国军干，是为了打鬼子。现在不打鬼子了，他就没必要再跟着国民党了。再说了，蒋介石变成了这么坏的一个东西，他更没有道理再为蒋介石卖命了。郑其山说，你分析得太有道理了。可是这么大一个中国，到处都在打仗，要想碰上，实在是太难了。

天下大得很，什么事都会发生。也就是说，打仗时，打着打着，周子汉和赵明义碰上了，也不是没有可能。同样，怎么打，就是碰不上，也有可能。不过，周子汉一直想着，肯定可以碰上，想着碰上了，该怎么办？他甚至想了，这一次，死活也得把赵明义拉过来。他怎么也没有想到，这个仗一直打了三年多，他真的没有碰上赵明义。同样，他也没有想到，三年多了，他也没有再见到叶可楠。赵明义是敌人一方的，碰不上还说得过去。可叶可楠和自己是一个大部队的，怎么会也碰不上呢？不过，再一想也想通了。这几年，周子汉带着部队，从南到北，从北到南，到处跑着打仗，差不多打遍了整个中国。再说一句不好听的话，是不是都还活着，都不好说。不过，周子汉想，这两个人，不会死的，不会的，肯定不会。正因为这样，每捉到了一批俘虏，他都会亲自打听，问人家知道不知道赵明义？同样，只要看到一个战地医院，他都会走进去，看有没有叶可楠。

就这么打啊打啊，一直打了一九四九年，周子汉的部队也从北到南，又从南到西，一直打到了兰州。这时的周子汉，已经是营长了。而郑其山进步也很快，跟着周子汉，入了党，从排长到连长，一直到副营长。别看当了副营长，可在周子汉跟前，还把自己当通讯员。不管啥时候，都听周子汉的。一些吃喝拉撒的小事，不用周子汉操心，他全会安排好。这让周子汉，也格外看重郑其山。心里边，不但把郑其山当同志，还当成兄弟。打到兰州时，大势已明，国民党败了，大家都很兴奋。郑其山写了一段顺口溜：同志们，快快走，前边不远是兰州。马家军，再凶残，见了咱们也吓破胆。彭老总，会指挥，横刀立马显神威。过黄河，渡长江，大片河山已解放。往西走，不怕难，献份厚礼给党中央。风在吹，马在叫，革命的红旗天下飘。同志们，迈大步，最后的胜利马上到。写好以后，先给周子汉看。周子汉一看，连声说好。就给了宣传队。宣传队打着快板，到处说。

　　这年十月一日，一个新国家成立了。大家都高兴，周子汉和郑其山也很高兴。周子汉说，找个地方，喝几杯。郑其山说，走。两个人就进了一家小酒馆。小酒馆里人很多，都在喝酒。别人喝得差不多了，就走了。周子汉和郑其山一直在喝，不但在喝，还在说。说到了赵明义，说到了叶可楠。喝了很多酒，说了很多很多话。到后来，小酒馆里只剩他们两个人了，他们还没走的意思，还在喝，还在说。说不打仗了，干什么去？干什么？要干的事，太多了。打江山难，坐江山更难。都是党员了，要听党的话，党要干什么，就干什么。自己呀，压根儿不用想那么多。不想那么多，不等于一点也不想。喝完酒，回到屋子里，躺到床上，拿出了手绢。看着绣在手绢上的名字，睡不着，怎么也睡不着。如果说，周子汉这会儿最想干什么事，那就是见到叶可楠，和她结婚。没有事时，两个人骑上马，在城里转，转的时候，看到女军人，就会仔细看，看是不是叶可楠。遇到医院，也会去打听，还是没有找到叶可楠。这么一来，周子汉就会乱想，想着叶可楠是不是出事了？不过，就算出事了，也要找到她，得知道她的下落。其实这会儿，叶可楠就在兰州城，在城边上。在找的过程中，有那么几次，差一点就找着了。近的一次，只有几十米远。叶可楠刚走进一家商店，周子汉就从商店门口走过去。也就是说，叶可楠如果不进商店，继续在街上走，就会和周子汉遇上。

　　接到通知去开会，周子汉去了。进了礼堂，里边坐满了人，都是部队干部。会开始了，张师长上到台子上，做起了报告。张师长说，同志们，大家辛苦了。不过，没有白辛苦，老蒋被打败了，跑了。跑到了一个小岛，这会儿，没准正伤心地掉泪呢！敌人不高兴，我们高兴。当然要高兴了，死了那么多人，流了那么多血，为了什么，不就是为这一天吗？新国家，新社会，新生活。全不是做梦，全是真的。我知道，这会儿，大家在想什么？打了这么多仗，好累啊。该放个假，休息一下了。去看看父母，看看家里人。特别是有老婆的，有对象的，就更想去看看了。我是这么想，也是这么安排的。可是今天早上，彭老总把我找了去，给了我一个任务，让我们马上去新疆。新疆，可能听说过，但没有几个人去过。很远，离这还有两千多公里。为什么要马上去新疆呢？很简单，虽然 9 月 25 号，那里的国民党部队起义了，但我们的部队还没有到，形势不稳定。特务、反动分子还有土匪活动很厉害，还有些人，想趁机搞民族分裂。新疆很远，可很大，是国土六分之一。它不能乱，也不能丢，要让它和全国其它地方一样，得到解放。没有别的办法，只有赶紧让解放军去，维持治安，恢复秩序，建立新政府，这是个重大的，光荣的使命。你们能有幸承担，你们的名字，将会写入共和国的历史。同志们，大道理，我就不说了。大家都明白。我就直接下命令了。各位干部，回去立刻动员组织战士，朝新疆进军。

　　开完会，周子汉回到营部，郑其山赶紧倒了一杯水，递给周子汉。周子汉拿起茶杯，大喝了几口。他放下茶杯，对郑其山说，知道新疆这个地方吧？郑其山说，听说过。好象很大。有沙漠、雪山。好象水果很吃好。还有许多人，长的和我们不一样，说的话也和我们不一样。周子汉说，想不想去新疆？郑其山说，那么远，怎么可能呢？周子汉说，怎么不可能，古代好多英雄都去过那里。郑其山说，是的，民族英雄林则徐就去过。周子汉说，古人能去，我们怎么就去不了？郑其山说，就算能去，没有事，去那里干吗？周子汉说，如果革命需要你去，你去不去？郑其山说，你去不去？周子汉说，我当然要去。郑其山说，你去我就去。周子汉说，那好，集合全营的同志们，让同志们做好准备，明天早上出发去新疆。郑其山说，老周，这是真的吗？周子汉说，我会开这个玩笑吗？郑其山说，太突然了。周子汉说，看来，还会有许多意想不到的事情，在等着我们。

第五章　黑烟掠过宁静的黄昏

街上很热闹,叶可楠和胡小兰也上了街。到街上,看到一群女学生在扭秧歌,也加入了进去一块扭。两个人,很会扭,比女学生扭得好看。她俩扭了一会,出了汗,退了出来,站到路边。路边,有几个军人在刷标语。其中一个人,自己不干,指挥别人干。看着面熟,想了一会,想起来了,这个人姓吴。叶可楠主动走过去,跟他打招呼,他一下子就想了起来,他就是吴文乔。叶可楠说,吴组长,你还认识我呀!吴文乔说,认识,当然认识。胡小兰也跟着跑了出来。吴可楠说,这是我同事,胡小兰。吴文乔和胡小兰握手说,你好。胡小兰说,你好。吴文乔说,能遇到你们,实在是太让人高兴了。吃饭了没有,要不,我请你们吃个饭?叶可楠说,我们不饿。吴文乔说,兰州的牛肉面,可是天下有名啊!我请你们吃牛肉面,走走走,别客气。叶可楠看看胡小兰。胡小兰说,光听说兰州牛肉面好吃,有多好吃,还没吃过呢!吴文乔说,叶可楠,你也没有吃过吧?叶可楠说,没有。吴文乔说,那还客气什么?走走走。

兰州牛肉面馆多,隔不了多远,就会有一家。牛肉面端上来,吴文乔拿起装醋的壶,往叶可楠和胡小兰的碗里倒醋,说,倒点醋,会更好吃。叶可楠不让倒,别给我倒,我不吃醋,怕酸。胡小兰说,给我倒,给我倒,我喜欢吃醋。吴文乔说,一般女的,都爱吃酸的。看来,你是不一般了。叶可楠说,什么不一般了,只是口味不一样罢了。吴文乔说,那年在医院看见你,一直再没见过,有三个多年头了,能在这里碰到你,实在是太巧了。叶可楠说,是够巧的。让人一点儿也没有想到。吴文乔说,打完仗了,对你们有什么安排?叶可楠说,有什么安排,还不是和大部队一样,战地医院,部队往什么地方去,我们就会往什么地方去。吴文乔说,大部队正在往新疆开。胡小兰说,什么,去新疆?吴文乔说,先头部队已经出发了。叶可楠说，新疆可是很远的啊！胡小兰说，这个地方，已经够偏的了，新疆就更偏僻了，要去那个地方，实在太可怕了。吴文乔说，你们要是不想去，我可以给你们说说。我在政治部工作，和首长比较熟。胡小兰说，好啊，如果真派我们去新疆，我们就找你，让你给首长说。吴文乔说，没问题的。叶可楠说，吴组长，想问你个事？吴文乔说，别叫我吴组长，叫我老吴就行了，咱们是熟人了，就别客套了。叶可楠说，老吴，向你打听一个人。吴文乔说，你说，谁？叶可楠说，就是周子汉。吴文乔说，噢，周子汉呀！见过，见过。叶可楠说，你真的见过周子汉？吴文乔说，我到独立团工作过一段，见过他。后来，我调到了师里，就再也没有见过了，有两年了。不过，如果他还在独立团，现在肯定去新疆了。叶可楠说，为什么？吴文乔说，要去两个军，在兰州的部队，没有特别任务的，都得去。叶可楠说，这么说，他去新疆了。

医院的墙上贴着一张纸，用毛笔写着赴新疆工作人员的名单，好几个人围着看。叶可楠挤过去看，看到了胡小兰的名字，没有看到自己的名字。一个人对叶可楠说，叶可楠，恭喜你，可以不去新疆了。叶可楠没有理他，转过身跑去找院长，遇到了胡小兰。胡小兰说，叶可楠，你说，我没有报名，为什么也会派我去，这不是故意欺负人吗？叶可楠说，你真不想去，把名额让给我，我替你去。胡小兰说，你真的想去呀？叶可楠说，你知道吗，现在我只想去新疆，别的地方都不想去。走，我们找院长，让他把咱俩换换，马上跑去找院长。院长说，这么安排，主要是出于工作上的考虑，这个地方也是刚解放，也需要一批医务人员。叶可楠说，可以让别的同志留下，我去新疆。院长说，这是组织决定，你要服从。叶可楠说，可以让胡小兰留下，我愿意和她调换一下。院长说，已经定了，你就不要多说了。叶可楠一下子流出了眼泪说，院长，我求你了，让我去吧！院长一看叶可楠哭了，有点怪，叶可楠，不至于吧？新疆又不是什么好地方，不去也没有什么可遗憾的。叶可楠说，不管它是什么地方，哪怕是刀山火海，我也要去。院长说，新疆条件差，真的很艰苦，你要去，可要有思想准备啊！叶可楠说，我要是怕苦，我就不去延安了，不参加革命了。院长说，那行，如果你真是这么坚决，你就和胡小兰同志换一下吧！没想到站在一边的胡小兰马上说，不行，我不同意。叶可楠说，胡小兰，咱们不是说好了吗？胡小兰说，你这个人可真是差劲，一点情义都不讲，和你是那么好的姐妹，你就舍得把我扔下，一个人跑到新疆去。叶可楠说,院长说了,那里条件很差。胡小兰说,什么意思,条件差,你能受得了,我就不行了,你是不是小看我,革命的意志没有你坚强啊!叶可楠说,胡小兰,你不知道,你要是愿意和我一去新疆,我不知会有多高兴啊!院长,就让我们一起去吧!我们保证会把工作干好,不给你找一点麻烦。院长说,见困难不后退,你们能这样,我巴不得啊!都是好同志啊,行,你们俩都去。

往西走,往新疆走,有一个关口要过,就是嘉峪关。到了嘉峪关,停了一会,周子汉和郑其山一块爬到了城墙上。周子汉说,从这里再往前走,就是古人说的真正的塞外了。郑其山说,古时候,一些大臣做错了事,皇帝就把他们发配到塞外去。周子汉说,可老百姓,不用发配,一遇到了什么灾害,就往塞外跑。郑其山说,这里地多,东西多,人少,随便干点什么,就会有饭吃,好活。周子汉说,这么一块宝地,不管是哪个朝代,都不愿丢掉。有一个叫左宗棠的,为了收复新疆,硬是让别人抬着他的棺材往西走。横了一条心,不把新疆收回来,就不活了。郑其山说,左宗棠真了不起。周子汉说,中国的男人,都要学左宗棠,每一代都要学。郑其山说,咱们现在往西走,和当年的左宗棠没有啥两样。

大路上尘土飞扬,拉着部队的大卡车排着长队在行驶。其中一辆大卡车上,坐着叶可楠和胡小兰。胡小兰快要睡着了,靠在叶可楠肩膀上打盹。叶可楠没有一点睡意,看着远处。看着看着,叶可楠又拿出了那个子弹壳。有人喊,快看,那是什么?大家都抬起头去看,看到一群奔跑的野羊。叶可楠晃了一下肩膀,把胡小兰弄醒了说,胡小兰,快看。胡小兰睁开眼说,看什么呀!叶可楠说,羊,一大群羊,跑得好快呀!胡小兰说,羊有什么好看的。叶可楠说,是野羊。一听是野羊,胡小兰挺起了身子说,野羊是什么样的,我得看看。胡小兰一挺身子,把叶可楠手中的子弹壳碰掉了。子弹壳在车厢里随着车子的晃荡胡乱地滚动起来,叶可楠伸手去抓了两次都没有抓住。滚到了别人的脚下,怕顺着车缝掉下去,叶可楠叫了起来说,快,我的子弹壳,别让它掉下去了。一个人说,子弹壳多的是,掉了就掉了,不算个什么。叶可楠说,这个子弹壳,和别的子弹壳不一样。一个人抓住了滚动的子弹壳说,我看看,这个子弹壳和别的子弹壳,有什么不一样?叶可楠一把抢了过来说,不让你看。一个人说,一个子弹壳有什么不能看的。叶可楠把子弹壳紧紧地握在了手,生怕再会掉下去。胡小兰凑过来,小声说，不让别人看，让我看看总可以吧？叶可楠俏皮地歪着头说，不行，你也不能看。胡小兰说，不让看，就算了，有什么了不起的。

边城的南城门前，很多人挥着小旗，欢迎解放军进城，其中还有一群小学生。带着学生的老师，是个姑娘，姓田。看到队伍走过来，她带着学生，上去献花，献到了周子汉跟前。田老师拿出了一个本子和笔，让周子汉签名。周子汉不签，说字写不好。郑其山在一边说，他是我们营长。田老师说，能当上营长，一定是英雄，英雄的字，怎么写，都是好的。看推不掉，周子汉就签了个名。田老师说，把你们部队的名字也写上吧！等你们住下来后，我们要请你们来给我们做报告。周子汉说，做报告不行，我们这些人，只会打仗，不会说话。田老师说，周营长，可真是谦虚。他们边说边走，走进了城里。更多的人涌来，说不成话了。周子汉挥了挥手，就见不到了。

比周子汉晚了一天，叶可楠和胡小兰坐的大卡车也驶进了城门。大卡车停在了一所医院的门口，门口站了一些军人迎接她们。还没有下车，胡小兰叫了起来说，叶可楠，你看，那个老吴也在这。叶可楠正埋头收拾行李说，哪个老吴？胡小兰说，就是那个吴组长，戴眼镜的。叶可楠抬起头，朝站医院门口的人群看了看，一看，真的看到了站在人群里的吴文乔。她愣住了说，怎么可能呢！吴文乔也看到了叶可楠和胡小兰，挥着手跑了过来说，叶可楠，你们也到了，真是太好了，一直为你们担心。吴文乔帮着叶可楠和胡小兰把行李接了下来。下了车，三个人站在医院门口说话。也没说什么，吴文乔说，他在军部工作，有什么事要帮忙，可以找他，还说有时间会来看她们。叶可楠让他打听一下周子汉，看他在哪个部队，在什么地方？吴文乔说，行。

战士在街上走，不是玩，不是看热闹，是在执行任务。刚解放，坏人还很多，社会还不安定，周子汉带着人，到处巡逻。路过一家医院时，周子汉不由自地放慢了脚步，看着走过的穿着白大褂的女医生。郑其山说，老周，要不进去问一问，没准叶可楠就在里边？周子汉摇摇头说，大白天说梦话，你以为这是什么地方，这是新疆啊，离内地好几千公里呢！郑其山说，没准，叶可楠也到了新疆。说着，郑其山一个人跑进了医院。看到郑其山跑进医院，周子汉站在门口等他。过了一会，郑其山走了出来。一看郑其山的脸色，周子汉就知道是什么结果了。周子汉说，给你说，你别进去问。不可能的，她不会来的。来的人，都是能打仗的兵，她只会给人看病，还轮不到让她来。郑其山说，老周，你这么说，我可不同意。只要打仗，就会受伤，只要是人，就会得病，不管啥时候，在啥地方，医生都是不可缺少的。周子汉说，理是这么个理，我也想叶可楠能来新疆啊！郑其山，给你说实话吧，这次到新疆来，真有点不想来，不是别的，就是怕一来，离叶可楠更远了，再也见不着叶可楠了。郑其山说，要不，咱们去军部问问首长，打听一下叶可楠在什么地方。周子汉说，为这么个事，去问，不好。郑其山说，有什么不好的，我去问。两个人正说着话，前边走过来一群人。一群年青人，簇拥着一对新人，唱着歌跳着舞走过来。目送着一群人往远处走，郑其山说，他们真幸福啊！周子汉说，中国人吃了太多年的苦头，该过好日子了。郑其山说，老周，你说，好日子该是什么样的？周子汉说，要不挨饿，不受冷，还有一点最重要。郑其山说，哪一点？周子汉说，要有一个家，有一个自己喜欢的人，天天伴随在身边。郑其山说，还有一点，也很重要。周子汉说，什么？郑其山说，生几个孩子呀！周子汉说，你这个家伙，可真行，连媳妇的影子还没有呢，就想到生孩子了。郑其山说，要不，干吗结婚？结婚就是要生孩子。周子汉说，我可没有想那么远。郑其山说，我知道，你就想着，怎样能找到叶可楠。老周，我想问你，如果找不到叶可楠，你怎么办？周子汉说，只要她还活着，我会一直找下去的。郑其山说，你真死心眼。周子汉说，我和叶可楠说好了，我不能说话不算数。郑其山说，打了这几年仗，什么事都会发生，你也得有个思想准备啊！周子汉说，你这话是什么意思，你是说她会遇到什么意外？郑其山说，这些年，谁都可能遇到意外。周子汉说，谁都可能，但叶可楠不可能。这种话，你再也不说了。郑其山说，好好，好，我再不说了。

两个当兵的，在酒馆喝酒，已经喝了不少了，喝得有些醉意了，还在喝。兵说，老板，再来一瓶。老板说，老总，你们喝了不少了，可以了。兵说，什么意思，怕我们不给钱呀，让你来一瓶，就拿一瓶，少囗嗦。老板不说话了，拿了一瓶子酒给了他们。两个人划起了拳，嗓门很大。几个走进门的客人，看到这两个人喝醉的样子，摇了一下头，退出去了。老板想把这个些客人留住说，哎，朋友，进来坐，进来坐，吃什么有什么。一个正在吃饭的客人嫌他们猜拳的声音太大，说，喂，你们能不能声音小点？兵说，我们嗓门大，关你什么事？客人说，怎么不关我事？吵着我了，让我吃不下去了。另一个站起来，走到客人跟前说，吃不下去，是你不饿。饿你三天，大炮响着，你照样吃得很香。你小子准是没有上过战场，没有打过仗。客人说，打过仗，有什么了不起，就可以撒野呀！兵说，谁撒野啊，我们打完了鬼子，又跑到新疆来守边关，有点累有点乏，来喝点酒放松一点，还受你的白眼，也太欺负人了。兵说，你小子真是太不懂事了，看来，得给你点教训，让你知道，对我们当兵的要放尊重点。说着，卷起袖子逼了过去。客人说，怎么，你们还敢打人？别忘了，已经解放了，干什么都要讲道理。兵说，是解放了，是要讲道理。不过，对你这号人，讲道理，不能用嘴讲，要用这个讲。说着举起了拳头，朝客人砸过去，打在了客人脸上，客人叫了起来。老板过来劝说，别打了，别打了，要打你们到街上去打，不要我在我饭馆里打。可兵不听，不但打客人，还连老板一块打了起来。老板大叫了几声，周子汉就带着人走了进来。

周子汉把两个打人的兵，带回了营部。周子汉问，郑其山拿了个本子记。周子汉说，听着，不管我问什么，你们都要老实回答。兵说，知道了。周子汉说，你们真的是解放军吗？兵说，当然是了。周子汉说，那解放军的纪律你们不知道吗？甲说，不太知道。周子汉说，说是解放军，又不知道解放军的纪律，怎么可能呢？甲说，我们是新兵。周子汉说，新兵？看你们的样子，不像新兵啊！乙说，兵不是新兵了，可当解放军是新兵。周子汉说，这话怎么讲？甲说，九月二十五日以前，我们是国民党的兵，九月二十五日以后，我们才成了解放军了。周子汉说，你们是国民党起义部队的啊！乙说，是啊！不过，现在已经改编成解放军好几个月了。周子汉说，是这么回事啊！甲说，这一下，误会解除了吧，咱们真的是一家人。兵说，是不是可以放我们走了，周子汉说，不行，不能放你们走，凭什么让我们相信你说的真的。这样吧，告诉我们，你们是哪个部队的，叫什么名字？等落实了后，让你们部队的干部来把你们带走。甲说，为这么个小事，惊动我们长官不太好吧，你们就行行好吧，放了我们吧，我们保证不做欺负老百姓的事了。周子汉说，不行，你们不说，就不放你们走，还要关你们的禁闭。兵说，我们是骑兵三师二团一营的。周子汉说，郑其山，按他们说的，打个电话，看有没有这两个人？有的话，让他们派个干部来，把他们带回去。郑其山走过去打电话。一会儿，走过来说，打通了，他们的人一会儿就到。

果然,过了一会,他们就到了。只是他们是一群人,并且都骑着马,拿着枪。下了马后,就把枪举了起来,大喊着把人交出来。这边的人,全是打过仗的,一看这么多人,拿着枪冲进来,几乎是下意识地抓起了枪,在营部门口,站成了好几排,一样把枪口对着了这群人。一边说,快,把我们的人交出来! 不交出来,我们就开枪,就抢人了。另一边说,你们敢,手下败将,还不老实点。一边说,老子在这守边疆,吃了多少苦,你们来了,坐收果实。另一边说,快放下武器,不然的话,把你们全都抓起来。一边说,不把抓走的我们的兄弟交出来,我们就和你们拼了。这时,周子汉走出营部。一看这种情况,站到了两群人中间,把手一挥说,全都把枪放下。一边是他的兵,听他的话,他让把枪放下,就放下了。另一边不听,继续举着枪,怒视着周子汉。周子汉说,都是自己人,有什么话好好说,让你们领导出来。一阵马蹄声,由远而近,由小变大。一匹马飞奔过来,一个军官从马上跳了下来。当周子汉和军官面对面时,两个人都像被震了一下,站着不动了。两个人都睁大了眼睛,看着对方。周子汉轻轻喊了一声,赵明义。赵明义也是轻轻喊了一声,周子汉。一听两个人彼此互喊出了名字,举起的枪全放了下来。

太阳西斜,柔和又温暖,一段倒塌的旧城墙上,坐着周子汉和赵明义。周子汉说,看着你,老觉得不是真的,你怎么会跑到新疆来呢? 赵明义说,和你分别后,没打几仗,新疆这边就出事了。一些家伙,要成立什么斯坦共和国,在新疆搞分裂。这还得了,国家的领土,不能让日本人占领,更不能分裂出去。当时,我正在黄浦参加军官短训班,说新疆这边需要军官,就把我派来了,打那些搞民族分裂的家伙。周子汉说,说真的,这几年,老想着你,为你担心。赵明义说,我也是一样,心想咱们兄弟没有死在日本人手里,千万别死在中国人自己手里啊! 一听说让我到新疆,很高兴,马上就来了。这样,就不会在战场遇到你了。周子汉说,我也是怕遇到你啊! 赵明义说,死这个事,说容易,也容易,说不容易,也不容易。咱们俩啊,看来,命都挺大。日本鬼子那么凶,都没有把咱们打死。看来,很难有什么东西,能让咱们死了。赵明义说,都说大难不死,必有后福,咱们是不是应了这句话啊! 周子汉说,我看,是这么个理。老天爷对咱俩不错,不但没有让咱们死,还要让咱兄弟分分合合,到了最后,还是要走到一起。赵明义说,你这一说,我倒想问你了。不用打仗了,你们怎么还要到新疆呢?新疆是很重要,可确实还很贫困的。你们该去更好的地方,过更好的日子。周子汉说,我们早就是党的人了,让去哪里,就去哪里,没想那么多。再说,新疆虽然和平解放了,可有些反动派,不想让共产党掌权,会捣乱破坏。赵明义说,是啊,你们不来,光凭我们这些起义部队,是镇不住的。周子汉说,再说了,我们要是不来,咱们怎么能见面呢?赵明义说,这到也是。

医院分房子时,一开始没把叶可楠和胡小兰分在一起。胡小兰找了管理员,非要和叶可楠住在一起,管理员把她们两个分到了一间房子。好朋友住在一起,有一点好,不管什么时候,总会有话说。叶可楠说,胡小兰,这几天来看病的军官有点怪。胡小兰说,怎么怪了?叶可楠说,好象并没有得什么病的人,也来看病。胡小兰说,谁说没有病,都有病,而且得的是一种病。叶可楠说,什么病呀?胡小兰说,想女人了。叶可楠说,别胡说八道。胡小兰说,我说的是真的,这些军官,这么多年一直在打仗,现在仗打完了,他们干什么?一个个年纪都不小了,都想找个女人成家了。叶可楠说,这么一说,倒有些道理,可来看病,也解决不了问题呀!胡小兰说,你真傻,你以为人家是来看病啊,人家是来看你来的。叶可楠说,我有什么可看的呀?胡小兰说,你是女人啊!听说好多军官,现在没事了,就往医院跑,医院里,女人多啊!叶可楠说,原来是这么回事。突然,响起了敲门声。叶可楠和胡小兰互相看了看,猜不出会是谁来了。叶可楠说,谁呀?门外说,我。叶可楠说,你是谁呀?门外说,吴文乔。叶可楠打开门,吴文乔走了进来。叶可楠说,欢迎欢迎。吴文乔说,不打搅吧?胡小兰说,没事,我们正瞎聊呢!叶可楠说,你有什么事吗?吴文乔说,没事,来看看你们。胡小兰说,谢谢了,这么关心我们。吴文乔说,咱们是老朋友了,用不着这么客气。叶可楠问,你不是说帮我找周子汉吗?有消息了吗?吴文乔说,打听了,没有打听到。可我知道,他们那支部队,不是坐飞机来的,也不是坐汽车来的,是一路走着过来的。好象光是在路上,就走了一个多月。路太难走了啊,没有想到有那么难。据说,光是饥饿、炎热、疾病,就夺走了好几百人的生命,还不时地要和土匪、叛乱分子交战,流血牺牲的事,也是经常发生。说不上周子汉会怎么样,这么长时间没有消息。我看,弄不好已经在路上为革命牺牲了。一听这个话,叶可楠脸色变了,一下子坐到了床上。胡小兰说,你这个人,不知道情况,怎么瞎说呢?吴文乔一看叶可楠变了脸色,赶忙说,我是瞎说,你别往心里去,这样吧,我明天再去你打听,一打听到消息,马上告诉你。

青石板上,摆着茶壶,周子汉和赵明义一块喝着茶。郑其山提了一壶开水过来,往茶壶里倒水。周子汉说,郑其山,你也搬个凳子一块来坐,老赵也不是外人,你也认识的。郑其山说,你们兄弟俩好不容易见了面,不知有多少话要说,你们还是好好聊个痛快。这个水我就放这了,等会你们自己往茶壶里续啊!郑其山说完,转身走了。赵明义看着郑其山的背影说,你这个副手,真不错,机灵,还有眼色。周子汉说,是不错,有他在,我省不少心。赵明义说,我身边可没有这样的人,有的全是无情无义的家伙,动不动就把你给出卖了。周子汉说,那怪不得你,你是掉进了狼窝,到处都是狼,你能不被咬吗?赵明义说,看来是这么回事。这么些年来,除了你以外,我真的再没有遇上一个让我愿意掏肝子拿肺的人。周子汉说,女人也没有?赵明义说,我好象没有女人缘,女人倒是见过不少,但没有一个有故事。哎,那个女医生,和你怎么样了?周子汉说,你说叶可楠啊!赵明义说,就是在战场把你救下来,给你献了血,让你又活过来的那个女人。周子汉说,内战一爆发,就失去了联系,再没有见过。赵明义说,那样的女人,天底下难找啊,你可不能舍弃啊!周子汉说,我想好了,只要她还活着,我就要找到她,只要她还没有嫁人,我就要娶她。赵明义说,你放心,她是重情重义的女人,只要她还活着,她就会等着你的。周子汉说,如果不是后来和蒋介石打仗,我们已经结婚,现在怕是孩子都好大了。赵明义说,战争不知耽误了多少人的幸福生活啊!周子汉说,再不要打仗了。赵明义说,尤其是中国人和中国人再不要打仗了,都是一家人,有啥事,不能坐下来商量解决,非要打得头破血流。周子汉说,这个事,可不能怨别人,要怨就得怨蒋介石。赵明义说,现在看来,好象是他的事。周子汉说,不是好象,确实就是。赵明义说,我真是想不明白,像他那么聪明的人,怎么能办出这么糊涂的事?周子汉说,你要是想不明白,等有了空了,我给你说。郑其山端了一盘子西瓜过来说,两位营长,请吃西瓜。周子汉和赵明义一人拿了一牙瓜吃起来。周子汉说,新疆的好,别的不说,就这西瓜,没有地方可以比。赵明义说,新疆的水果,天下第一。

胡小兰对着镜子,在挤脸上的一个小疙瘩,叶可楠打开门进来了。胡小兰说,叶可楠,我这脸怎么回事,老是长疙瘩。叶可楠说,说明你年轻,那叫青春痘。胡小兰说,听别人说,是憋出来的。一谈恋爱,一结婚就没有了。叶可楠说,你还等什么,快找一个不就行了。胡小兰说,有你在,我怎么找?叶可楠说,你这是什么话,好象我碍你事了。胡小兰说,不是你碍事,是你长得太好看,别人一来,只顾看你了,看不到我,我怎么会有机会呢!叶可楠说,以后别人来了,我就躲起来。胡小兰说,你不能躲,你一躲起来,别人连来都不会来了,我就更没有机会了。叶可楠说,你这张嘴可真够贫的。叶可楠掏出了一包葵花籽,嗑了起来,房子里马上有了一股香味。胡小兰不挤脸上的疙瘩了,说,什么东西,这么香,快让我尝尝。叶可楠抓了一把葵花籽给胡小兰。胡小兰说,真香。谁送给你的?叶可楠说,别瞎想,是个老大妈,两个人坐到了床边嗑了起来。有人敲门,她们马上想到了吴文乔,一开门,果然就是吴文乔。吴文乔刚提了科长,保卫处一个科的科长,来报喜。给他瓜籽吃,算是祝贺。叶可楠看他,没问。他知道,叶可楠为啥看他。他说,正在打听。问胡小兰有没有书,想借一本看。胡小兰说,我没有,叶可楠有。叶可楠说,我只有一本《钢铁是怎样炼成的》。吴文乔说,还没有看过。叶可楠说,你拿去看吧!吴文乔说,你放心,我不会搞丢的,看完以后,我会很快还给你的。叶可楠从床头枕头下拿出了书,给了吴文乔。拿了书,吴文乔走了。叶可楠说,没想到这个吴干事,还喜欢看小说。胡小兰说,看小说是假,看人是真。叶可楠说,什么意思?胡小兰说,什么意思?找个借口,还再来看你呗!叶可楠说,没准是来看你的。胡小兰说,不可能,有你,我就没戏。叶可楠说,少胡说。

月光从窗子落到屋里,雪一样铺在地上。周子汉睡不着,靠在床头,拿了叶可楠送给他的手绢看着。看了一会,下了床,走到窗前,看着天上的月亮。拿过放在桌子上的酒壶,大喝了一口酒。

营部里,周子汉和郑其山正在商量事。郑其山说,近来巡逻时,抓了几个违犯群众纪律的兵,都是刚起义过来的。周子汉说,起义,其实就是投降,是失败后没有办法的选择,落到了这地步,心情不好,是可以理解的。郑其山说,可他们违犯纪律,败坏的是整个解放军的形象。周子汉说,所以,对他们一定要严惩。郑其山说,不过,赵明义手下的人,没有再违纪过。周子汉说,那天的事,让赵明义很生气。回去就把两个兵给关了禁闭，还各打了五十皮鞭，没有人敢再违纪了。郑其山说，要是起义过来的军官都和赵明义一样，就好了。通讯员进来了，带了个女同志，是田老师。一看田老师来了，郑其山给她倒水。周子汉有些意外，以为当时只是客气，没想到她真来了。郑其山有眼色，马上说，去安排饭菜。田老师不让，说坐一会就走，不要安排饭菜。可郑其山还想走，田老师来找周子汉，他在一旁站着不好。刚想走，被周子汉喊住，说招待田老师是工作。也确实是工作，田老师来找他们，没有别的事，是让他们讲故事。学生们爱听故事，通过听故事，让他们热爱解放军，热爱新中国。这个事，不能推，马上定下了时间。

叶可楠一个人在屋子里，躺在床上看一本医学书，吴文乔敲门。叶可楠坐了起来说，进。吴文乔推门走了进来。叶可楠说，吴干事呀！坐。吴文乔坐在了胡小兰的床上。吴文乔说，书看完了，来给你还书。吴文乔从挎包里拿出了书，递给了叶可楠。叶可楠接过了书说，好看吗？吴文乔说，挺好看的。叶可楠说，那个保尔真是了不起。吴文乔说，革命者都该像他那样。正说着话，胡小兰进来了。一看吴文乔在，想退回去，说，不好意思，你们聊。看到胡小兰想躲开，叶可楠喊住了胡小兰说，胡小兰，太不像话了，老吴来了，你还不赶紧坐下来，陪着说说话。胡小兰有点不知所措。吴文乔说，没事的，胡小兰同志，如果有事，可以去忙，我不用陪的。叶可楠说，她没事，已经下班了，什么事都没有了。是吧，胡小兰，快，来，坐在这。叶可楠把胡小兰扯到了自己身边坐了下来。叶可楠说，没进疆时，听说这儿乱得很，来了一看，好象也没有那么乱嘛！吴文乔说，十万大军进来了，就算有人想捣乱，也不敢捣乱了。叶可楠说，这么多人进来，要吃要喝，也是个事啊！吴文乔说，这一点，党中央已经想到了。已经有许多部队，开到了新疆各地，在那里边生产边守卫。古时的将士就是这么做的，叫屯垦戍边。胡小兰说，那是不是我们要去种地呀？吴文乔说，你们不会去的，医院人员什么时候都是需要的。胡小兰说，你呢，你在忙什么呀？吴文乔说，我还是老本行，主要是从事保卫工作。虽然没有仗打了，明的敌人看不见了，但暗地里，搞破坏的敌人还是有的，还有一些国民党潜伏下来的特务。前几天，我们保卫部门就抓了一个。胡小兰说，那你的这个工作，很重要，也很危险啊！吴文乔说，危险有一点，但没有事。我们打了那么多年仗，对付敌人，还是有一套的。他们想和我们斗，是斗不过我们的。胡小兰说，你可真行啊！叶可楠打起了呵欠，看得出来，对这样的谈话，她没有什么兴趣。看到叶可楠打哈欠，吴文乔说，不早了，你们睡吧！叶可楠说，不好意思，早上起得挺早，中午没休息，有点瞌睡了。吴文乔说，那就早点睡吧！吴文乔起身往门外走，叶可楠说，胡小兰，你送送吴科长，我得收拾一下，早点睡，明天我要上早班。吴文乔说，谁也不用送，老朋友了，讲客气就见外了。等有空了，我再来看你们。吴文乔走了，胡小兰说，我看你，有点没礼貌。叶可楠说，我真的是瞌睡了。再说了，他也没有什么事，坐一会就该走了。胡小兰说，他干什么来了？叶可楠说，还书来了。胡小兰说，你以为他只是为了还书？叶可楠说，那还能为了什么？胡小兰说，如果我猜得没有错，那本书里一定会夹着什么东西。叶可楠说，你不要在那里瞎猜了。胡小兰说，很可能会夹着一张写字的纸条。叶可楠拿起了吴文乔还回来的书，翻了几下，真的从里边掉出一张纸条。叶可楠拾起纸条，看到纸条上写着说，叶可楠同志，我喜欢你，如果找不到周子汉，我们可以交个朋友吗？叶可楠说，这个吴文乔真是可笑，本来就是朋友吗，还用得着写个纸条问一下。胡小兰说，你傻啊，人家说的这个朋友，可不是一般的朋友，说的是对象。叶可楠说，开什么玩笑，这样的朋友，我已经有了，他又不是不知道。胡小兰说，你又没有结婚，再说了，好几年了，周子汉都没有出现了。人家追求你，也没有什么错。叶可楠说，不可能的。别说是已经有周子汉了，就是没有周子汉，我也不会看上他的。胡小兰说，这为什么？叶可楠说，我不喜欢男人戴着眼镜。胡小兰说，戴眼镜有什么不好，说明有知识，斯文。叶可楠说，是不是你喜欢他呀！胡小兰说，可惜，人家不喜欢我。叶可楠说，那可不一定。

周子汉讲完故事，从学校出来。田老师说，周营长，你讲得真是太好了。周子汉说，不好，我讲得不好，我不太会讲话。田老师说，你说话实实在在，听起来特别可信。周子汉说，不过，我说的全是真的，没有一句是编的。田老师说，听得出来，所以学生们才会不停地给你鼓掌，我的手都拍疼了。尤其是那一段，你把那个鬼子军官摔倒的事，真是太长中国人的志气了。周子汉说，我学过武术，知道能摔过他，才敢上去摔的。田老师说，不过，挺危险的，鬼子可不讲理，恼羞成怒，真会把你杀掉的。周子汉说，当时，没有想那么多，只是想教训他一下。过后想了一下，确实也有点后怕。田老师说，英雄也是人，也会害怕。你这么诚实，说明你是个品格高尚的人。周子汉说，什么高尚不高尚，也就是不会讲假话。田老师说，今天时间短，你肯定还有好多故事没有讲。我想过一段日子，再请你来学校讲一次。周子汉说，打鬼子的事，好多人都经历过。下次我就不讲了，换一个同志讲，孩子们有新鲜感，听起来，会更喜欢听。田老师说，那你推荐一个也行。周子汉说，行，我给你找一个。

一片很大的草滩上，周子汉和赵明义各骑了一匹马。赵明义脸色不太好。周子汉说，赵明义，发生了什么事，让你好象不太高兴？赵明义说，部队有些不太好管，大家有点不安心。周子汉说，都是解放军了，待遇都一样的，有什么不安心的。赵明义说，听说，要让我们去开荒种地。周子汉说，是有这么回事。赵明义说，分明是对我们不放心，才把我们弄去种地的。周子汉说，这你就误会了，去开荒种地，是为了更好的保卫边疆，守卫边疆。这么多人来了，要吃要喝要穿，会给老百姓增加负担的。解放军从来不会给老百姓找麻烦的，所以就要组织部队去开荒种地，自己养活自已。赵明义说，那也不能只让我们起义部队去呀！周子汉说，谁说是光让起义部队去呀，据我了解，进疆的大部分部队都去开荒了。这些部队好些是从井岗山走过来的，是当年的红军部队，是打天下立下过汗马功劳的。赵明义说，要真是这样啊，那我就是多虑了。周子汉说，老赵，现在有些家伙，恨共产党，恨解放军，明着干，不敢干，也干不过，就搞些挑拨离间的名堂，咱们可不能上他们的当。赵明义说，好坏我还是分得清的，只是我不但是个起义过来的，当年还逃跑过，和别人不太一样。周子汉说，当年那个事，也不能全怪你。当时就给你平反了，你就别当个事了。赵明义说，我是怕别人会当个事。周子汉说，这你放心好了，你那个事，张师长也知道，不会有麻烦的。共产党心胸大，那些陈芝麻烂谷子的事，不会去计较的。赵明义说，现在看来，共产党是了不起。说真的，到现在，我都没有想明白，国民党怎么会输给共产党？蒋委员长也是个伟大领袖啊，国民党的军队人多，枪炮也好，怎么也不该那么快就失败，而且失败得那么惨。周子汉说，国民党失败的原因很多，不过，我认为最主要的原因，将介石太独裁，国民党政权太腐败，不得人心啊！不管什么党执政，什么人当领袖，如果得不到广大人民群众的拥护，早晚都会垮台。赵明义说，周子汉，你不但打仗行，还有政治头脑，看问题，能看到本质，这方面，我可不如你呀！周子汉说，我原来也是啥也不懂，也是共产党的教育，让我明白了一些道理。赵明义说，看来，我以后也要多学习呀！周子汉说，不但要多学习，还要积极要求进步,争取早日加入共产党。赵明义说,加入共产党,我可不敢想。周子汉说,有什么不敢想,郑其山,才当兵几年了,不但入了党,还当副营长,进步可快了。赵明义说,听说,要给我们派个教导员来,要是能派你来,就好了。周子汉说,去找上级说说,没准能成。赵明义说,咱俩一块去说。周子汉说,行,一块去说。

吴文乔没去房子,约了叶可楠,说出去聊聊。叶可楠来了,在一个公园里,一条长凳上,两个人坐下了。说到书,说到书里的信,说不到一块了。叶可楠不说吴不好,说和周子汉早定好了,要不是打内战,早就结婚了。还说,如果不是想着周子汉会在新疆,她可能就不会来新疆。吴文乔说,这个情况,他知道。他写那个信,一是真喜欢叶可楠,二是周子汉真的可能不在了。叶可楠,就算死了,也得有个墓吧! 吴文乔说,一生就这么长,不能老是等。叶可楠说她愿意等。知道叶可楠喜欢周子汉,但喜欢到这种程度,他没有想到。不过,他不死心,只要周子汉不出现,他就不会死心。

一群列队的士兵,士兵前边站着周子汉、赵明义和郑其山。赵明义说,兄弟们,不,同志们,上级为了加强我们营的干部力量,给我们派来了一个教导员和副营长。现在,我来给大家介绍一下。这位是周子汉教导员,这位是副营长郑其山,大家欢迎。士兵们鼓掌。赵明义说,现在欢迎周教导员讲话。大家对周教导员,可能还不了解,我们一块打过鬼子,他是个真正的男人。以后,都要听他的,谁要是不听他的,看我怎么收拾他。士兵们又鼓掌。周子汉说,同志们,兄弟们!我们是同一个祖先,不管我们出生在什么地方,在什么地方长大,说着什么样的方言,我们都是有着同样血缘的兄弟。现在,我们又为了一个共同的革命理想,为了保卫边疆,建设边疆,组成了一个大集体,又成了互相帮助互相爱护的同志,能和你们在一起我非常高兴。你们赵营长和我多年前就认识,他是一位了不起的英雄。英雄手下无弱兵,相信你们也和你们赵营长一样,也是了不起的英雄。我相信大家,一定会成为我党的优秀战士的。周子汉的话,让士兵们激动地鼓起了掌。周子汉说,按照上级的安排,最近,我们要开展一系列的控诉活动。我们每一个战士都是苦大仇深,都有满肚子苦水。我们要通过控诉活动,让大家明白只有打倒和推翻反动地主阶级的统治,建立起民主平等自由的社会主义国家,我们才能真正地过上祖祖辈辈渴望的幸福生活,才能真正热爱共产党,听共产党话,才成为共产党的忠诚战士。赵明义和战士们一起鼓掌。没有想到,不但相遇了,还能在一块工作,实在太高兴了,尤其是赵明义。说真的,起义后,心里一直不踏实,担心还会像那一年被肃反。可周子汉的出现,让他有了底。他知道,别人会害他,周子汉不会。以后,就跟着周子汉,跟着共产党好好过日子吧!

赵明义正趴在桌子写着什么,周子汉走了进来。周子汉说,老赵,在写什么呢? 赵明义说,这几天,你搞的控诉活动,不要说,战士们受到了很大教育,连我也受到了很大教育呀! 上次你给我的那个事,我好好想了想,也明白了,决定按你说的去做。周子汉说,你的事是……赵明义说,就是入党的事啊! 周子汉说,好啊,好啊,写好了,交给我,我来当你的入党介绍人。赵明义说,这个介绍人,怕是别人想当,都没有机会当。郑其山进来了说,老周,那个田老师来了,说要见你。周子汉说,田老师来了,赶紧让她进来呀! 田老师走了进来。周子汉说,田老师,快坐,快坐下。田老师坐下,郑其山给田老师倒了一杯茶。周子汉说,田老师,我来介绍一下,这位是赵营长。田老师说,营长不是你吗? 周子汉说,我现在不是营长了,我是教导员了,我们两个搭档。他管军事,我管政治思想工作。田老师说,思想工作重要。我这次来,就是请你帮忙,做做学生们的思想工作。周子汉说,好好,这是我们应该做的,我答应过,给你推荐一个人。田老师说,最好是你能去。周子汉说,放心,我给你推荐的人,比我要强。老赵,田老师要找一个人去他们学校去讲打鬼子的战斗故事,你说让谁去? 赵明义说,当然是你去呀! 周子汉说,我去过了。赵明义一时想不出该让谁去,挠起了头。周子汉说,你就别再想了,除了你,没有再合适的了。赵明义说,我不行,给孩子们讲故事,我可不行。周子汉说,谁说你不行,让田老师说,你行不行? 田老师说,行,赵营长,一看,就是个英雄,准行。周子汉说,好了,就这么定了,老赵,你就别推了。

叶可楠下班往宿舍走,快走到宿舍门口时,停了下来,贴着门听里面的声音,听到吴文乔和胡小兰在说话。吴文乔说,叶可楠性格好。胡小兰说,是好,和她一块工作了这么久,从来没见她和别人脸红过,也没见她发过脾气,真是个温柔的南方女子啊! 吴文乔说,你是北方人吧? 胡小兰说,看我这么五大三粗的,说话像放鞭炮,肯定是北方人了。吴文乔说,叶可楠什么时候下班啊? 胡小兰说,这个时候该下班了。吴文乔说,那我就再等一会。胡小兰说,你有什么急事吗？要不，我去喊她一声。吴文乔说，没事，我再等一会。叶可楠贴着门听了一会，不听了。改变原来进到屋子里休息的想法，又顺着过道朝前走去，走到了大门外。叶可楠站在了街道边，看着来来往往人群，一时不知朝什么地方走。看到路边有一个石凳，走过去坐了下来。一个少妇带着个小孩子走过来，小孩子不听话，挣脱了妈妈的手，朝前乱跑，跑到了叶可楠跟前，差一点摔倒。多亏叶可楠及时把他扶住才没有摔倒。妈妈走过来，扯过孩子说，这孩子，太调皮了，谢谢你了，同志。叶可楠说，不用谢，这个孩子，真可爱。妈妈说，快，谢谢阿姨。孩子说，谢谢阿姨。叶可楠忍不住在孩子的脸上亲了一口。少妇带着孩子走了好远了，叶可楠还在看。看着看着，叶可楠从口袋里摸出了那个周子汉送给她的子弹壳。

赵明义把一束鲜花，插到了一个玻璃瓶子里。周子汉走进来说，嗨，老赵，怎么对有花草有了兴趣。赵明义说，给学生做完报告，学生们献给我的，这么好看的花，不能丢掉啊？周子汉说，不光好看，还很香呀！有了这束花，房间马上就变得亮堂了。赵明义说，是啊，我们也需要美丽的花啊！周子汉说，你的报告，田老师还满意吧？赵明义说，她说了，咱们俩讲得一样好。我主要讲了咱俩怎么逃出俘房营，又怎么样一块打鬼子的事。讲完了，非要把我送出校园，送过马路，好象我也成了小学生，需要她照顾一样。周子汉说，田老师，一看就是温顺的姑娘。赵明义说，长得也很好看。周子汉说，老赵，我看，田老师不错。你可以考虑一下，发展发展。赵明义说，我一个大兵，田老师肯定看不上。周子汉说，大兵怎么了，没有大兵，就没有和平安宁的生活。赵明义说，田老师的眼光肯定很高。周子汉说，你要是愿意，我去给你说。赵明义说，这不太好吧？周子汉说，有什么不太好，男大当婚，女大当嫁。仗打完了，要过好日子，就得找个喜欢的人成个家。赵明义说，是啊，谁不想有个美满的家啊！

叶可楠给一个女病人看病。叶可楠说，你肚子疼，没有别的毛病，主要是胃有些发炎，要注意不要吃太辣有刺激性的东西。我给你开几片胃药，吃过后，如果还疼，再来找我，好吗。女病人说，好的，好的，谢谢医生了。女病人站起来走了。进来一个男人，是个军人。一看军衔，是个上校。这个上校，姓陈，是个刚起义过来的军官。叶可楠说，这位首长，要看什么病？陈上校说，这几天，老是头疼,睡不好觉。陈上校说着,坐到了叶可楠跟前。叶可楠说,看你气色,是不太好。陈上校说,有没有能睡好觉的药,给我开一点。叶可楠说,失眠这个病,光用药不行,精神作用很重要。陈上校说,什么精神作用?叶可楠说,要心平气和,不能太急、太躁,想得太多。陈上校说,明白。叶可楠说,这样,给你开几片安定,会有作用的。陈上校说,那就太谢谢了。叶可楠拿了一小瓶子药,给陈上校说,不要吃多了,睡觉前吃半片就行了。陈上校拿了药,站起来走了。

　　周子汉去找田老师,田老师在上课,等了一会,田老师下课了。看到周子汉,田老师有些意外。他那么忙,没事不会来。问有什么事,周子汉说找个地方说。田老师说,同屋的去上课了,屋子里没人,去屋子里说。进到屋子里,他们坐下来,没说几句,就说到了赵明义。周子汉在说,田老师在听。听了一会,听出意思了,是给她介绍对象,对象就是赵明义。对赵明义,田老师不算熟,可也不陌生,上次来做报告,聊过一会。一看,也是条汉子。她一直想找个军人,有这么个机会,不能不动心。可觉得怪,周子汉为什么要介绍赵明义,难道他看不上她?田老师也大方,这么想了,马上就问了。周子汉就说了她和叶可楠的事。这么一说,田老师也就明白了。明白了,就答应周子汉,说愿意和赵明义交往。

第六章　鲜花遍野开放有多美

胡小兰拿了一件花布衬衣在身上比试着,叶可楠还是穿着白衬衣,下摆扎进了腰带,正在叠着刚洗好的军装。胡小兰说,叶可楠,院长说了,根据形势的变化,医院不再是野战医院了,改成地方医院了,我们以后可以不穿军装了,你去买一件带花的衣服穿一穿吧!叶可楠说,穿军装穿惯了,穿别的衣服,有些不适应。胡小兰说,有什么不适应?女人天生就该穿花的,鲜艳的,这件衣服你穿上准好看。说着,胡小兰走过来,硬把一件花衣服套到了叶可楠身上。叶可楠说,别闹了,还是你穿上好看。胡小兰说,谁说的,你自己看看,你穿上多好看呀!简直是变了一个人,漂亮得不行。胡小兰拿了镜子,站在叶可楠前面,照给叶可楠看。叶可楠看了一眼说,我觉得不好,你穿上好看。说着,叶可楠脱下衣服,还给了胡小兰,又坐在床边有些发呆。胡小兰说,叶可楠,你不能老是这样,如果永远找不到周子汉,你就一直等着他呀!叶可楠说,我说过了要等他,当然要等他了。胡小兰说,你可真死心眼。叶可楠说,不是死心眼,你要是真的喜欢上了一个人,也会这样的。胡小兰说,那吴文乔怎么办?叶可楠说,什么怎么办?我已经给他说清楚了。胡小兰说,可他还是一次次来找你,你可倒好,每一次都跑掉,让我替你来应付。叶可楠说,其实,吴文乔也是不错的,只是我有对象了,和他就没有可能了。胡小兰,你如果真的喜欢他,这对你来说,就是个机会。胡小兰说,说不上有多么喜欢,可也确实不讨厌。叶可楠说,这就行了。女人如果对一个男人不讨厌,那就说明是有些喜欢他了。胡小兰说,可他好象心全在你身上。门外有人喊,开会了,在小礼堂开会了。叶可楠说,走,开会去。

一群医务人员坐在板凳上,叶可楠和胡小兰坐在一起,院长站在前边的台子上讲话,同志们,上级给我们安排了一个重要的任务,让我们马上组织一支医疗队,去天山南北的偏远农村牧区巡回医疗。那里的老百姓本身缺少看病条件,同时,还缺乏对共产党的了解,很容易被一些反动的民族分裂分子所利用。我们要走到他们中间去,把党的关怀和温暖带给他们,让他们切实地感受到社会主义的好处,打心眼里拥护共产党的领导。所以,这是个具有重要政治意义的任务,是光荣的,但也是艰巨的。要去的地方还很落后,各方面条件都比较差,是要做好吃苦的准备的。每个同志想一想,想好了尽快去院办报名,医疗队三天后出发。

回到屋子里,叶可楠说,胡小兰,你报不报名?胡小兰说,你呢?叶可楠说,我当然要报名了。胡小兰说,你报,我就报。叶可楠说,好,咱们一块去。都说新疆大,这次出去,就可以看看新疆有多大了。胡小兰说,听说,还要进到天山里。天山里的风景一定好看得不行。叶可楠说,肯定是这样的。吴文乔来了,听说她们要去巡回医疗,说出了他的担心。他说现在还很乱,土匪没有完全消灭,说不上会遇到什么事。这一说,把胡小兰说怕了,劝叶可楠别报名了,吴文乔也帮着劝。可劝不住,不但劝不住,不等劝完,叶可楠就跑了出去,说现在就去报名。她去了,胡小兰没去。她不想去,再说了,也不好去。吴文乔在这,不管怎么说,人家是客人,不能两个人一块跑了,把他一个人扔在屋子里。胡小兰只好留下了,和吴文乔说话。

大街上,又脏又乱。一个男人穿着黑色长袍,走到了一个水果摊前,拿起一个水果看着。一个穿着便装的男人走过来,是陈上校,也拿起一个水果看。看了水果,两个男人互相看。看了一眼,黑袍男子走了。走了没几步,陈上校也跟走了,跟在黑袍后面。两个人,一前一后,走进一条小巷,穿军装的男子跟在了身后,最后,两个人一块走进了一间低矮的土房子。

另一条街上,士兵们在巡逻,周子汉和郑其山一块走着。一辆大卡车开过来,又开过去,带起的灰土乱飞。周子汉他们让了一下,让大卡车开过去。卡车上坐着几个人,其中一个是叶可楠。卡车开过去后,叶可楠朝后边看了一眼,看到了几个当兵的。车子开得快,没有看清脸。

赵明义和田老师好了，没有事时，两个人常见面。开始见面，往人多的地方走。见了几次，往人少的地方走。再后来，见了面，看哪里没人，就往哪走。没人的地方，多半没有路，不好走。走着走着，遇到了一个坑。田老师只顾说话，没看见。赵明义说，小心点。说晚了，田老师一只脚，差一点要掉进坑里。赵明义忙伸出手，拉了一下田老师。小坑躲过去了，可拉住的手，再没有松开。走了一会，找了一块草地，两个人坐了下来。田老师说，抽空去见一下我母亲吧！赵明义说，不知你妈会不会喜欢我？田老师说，会的，一定会的。赵明说，你怎么知道？田老师说，妈妈就是想让我找个高大的、可以靠得住的男人，最好是个军人。赵明义说，妈妈怎么会这么想？田老师说，我家是老新疆人，几百年前就到了新疆。我爷爷是个秀才，会写字会画画，还会写文章。那一年伊犁发生暴乱，一群暴徒砸开了我家的门，冲了进来。爷爷一点还手之力都没有了，结果，奶奶和爷爷就活活让这群暴徒给打死了。当时，还是孩子的妈妈钻进了床底下，躲过了这场灾难。可怕的记忆，让妈妈离开了那个地方来到迪化。妈妈自己找丈夫时，就找个会武术的，还让我找一个能保护我的男人。赵明义说，你说的那些事情，只能发生在以前那个年代，现在这个社会，不会再有这样的事情了。当然，就算万一发生了，你就放心好了，有我们强大的军队，有我保护你，你的妈妈和你都不会有事的，不会有坏蛋能伤害到你们的。田老师说，我要找的，就是这样的男人。田老师说着，把头靠在了赵明义的胸膛上。赵明义也用了点劲，搂住了她的肩头。

周子汉在看报纸，郑其山给周子汉泡了一杯茶，放到了周子汉跟前。周子汉的拳头在桌子上砸了一下说，太好了，太好了。郑其山说，什么事，让你这么高兴？周子汉说，咱们志愿军真是太厉害了，一个胜仗接着一个胜仗，硬是把美国佬赶过了三八线。郑其山说，要说打仗，这世界上，怕是没有什么人能打过咱解放军的。周子汉说，可惜，咱们离朝鲜太远了，到朝鲜打仗，怕是轮不到咱们了。郑其山说，报纸上说了，搞好自己的工作，就是支援了抗美援朝。周子汉说，说得对。咱们打了胜仗了，是不是要庆祝一下啊！郑其山说，老周，是不是又想喝酒了。周子汉说，好几天没喝了，真有点想了。赵明义走到门口，听周子汉说喝酒就说，我也想喝酒了？周子汉说，晚上我请客。赵明义说，不，这个客我来请。周子汉说，凭什么？赵明义说，没有你，我认识不了田老师，我得感谢你呀！

周子汉说，怎么，田老师好吧！赵明义说，好，好，太好了。周子汉说，这个客你该请。去什么地方，马上走。赵明义说，你们来新疆时间不长，有些好吃的，你们还没有吃，我带你们去吃。周子汉说，好，去吃民族风味的。郑其山说，老周，我就不去了。周子汉说，不行，你也要去。老赵的喜事，就是我们的喜事，我们要和老赵一起高兴。

　　这天夜里，很黑，很静。赵明义在灯下写着什么，听到敲门声。赵明义说，谁？门外说，我，老陈。赵明义说，哪个老陈？门外又说，我是陈上校。一听是陈上校，赵明义打开了门。陈上校关门时，朝门外看了看，才把门关上。赵明义说，来来，快坐。好久没见了，在忙什么呢？陈上校说，能忙什么，天天学习开会，洗脑子。赵明义说，时代变了，一些想法也得跟着变。陈上校说，隔壁住的什么人？赵明义说，隔壁是武器库，没有人。什么事啊，搞得这么神秘兮兮的。陈上校坐下，赵明义拿出香烟，给了陈上校一支。陈上校说，怎么样，这一段过得开心吗？赵明义说，还挺好。陈上校说，可很多兄弟们都不开心。赵明义说，不会吧，对咱们又没有另眼相看，他们说话是算数的。陈上校说，他们说的好听，可对咱们还是不信任。赵明义说，我倒没看出来。陈上校说，许多事，是明摆着的。听说，很快，大部队去开荒种地，什么意思？解除武装。还派干部来，他们一来，咱们就没权了，什么都是他们说了算。这叫什么，说是掺沙子。等到有一天，咱们什么都没有了，枪没了，兵没了，他们就会收拾咱们了。赵明义说，我了解他们，他们不会这么做。陈上校说，赵明义，你可不能忘了你是在黄浦受过训的，是和委员长握过手的，我们是一块宣过誓的。赵明义说，发过的誓，当然不会忘，可我们发誓，要为了国家富强，民族复兴，抛头颅，洒热血。陈上校说，这就对了。赵明义，你是一个有血性的汉子，你是不会背叛的。我们黄浦出来的，一定要永远忠于委员长。赵明义说，委员长自己跑到了台湾，把我们丢下不管了，让我们怎么忠于？陈上校说，你错了，委员长并没有忘记我们。他已经安排了我们去台湾的路线，一些兄弟也商量着选个日子，离开这里，回到党国的怀抱。赵明义说，这可不行吧，我们已经是共产党的人了，他们不会让我们这么干的。陈上校说，别忘了，我们还有兵，手里还有枪。赵明义说，这样干，不就成了叛乱了吗？陈上校说，这不叫叛乱，这叫冲破黑暗，奔向光明。赵明义说，可现在这个社会，明明是一片阳光灿烂啊，没有黑暗啊！陈上校，你一定劝劝兄弟们，不要胡来，既然起义了，成了共产党的人,共产党对咱们又挺好,又能让国家好,民族好,为什么不跟着共产党做事,过好日子呢! 你们想想,咱们那么多军队,都给打败了,现在闹事,不是自寻死路吗? 不行,不行,决不能这么干。陈上校说,别这么激动,兄弟们也只是有这么个想法,也就是凑在一起喝酒时,心里不平衡,发发牢骚罢了,并不一定真会干什么。赵明义说,这就好,千万别闹什么事。陈上校说,赵明义啊,想不到啊,你这么快就和共产党有了感情。赵明义说,谁让我觉得好,对我好,对国家好,对民族好,我就对谁有感情。陈上校说,你别忘了,当年共产党是怎么对待你的。赵明义说,这个事是个误会,人家已经给我道歉了。陈上校说,你是不是害怕他们了。赵明义说,不是害怕,是佩服他们。陈上校说,时间长了,你就会明白了,我了解他们。他们革命起来,认真起来,是不讲情面的,为了达到他们的目的,是什么事都可以干得出来的。赵明义说,这要看什么目的。为了理想,许多东西是可以牺牲的。陈上校说,看来,你是中毒太深了,等你在残酷的现实面前,撞得头破血流,你才会明白,你做错了什么。赵明义说,我赵明义走南闯北,风风雨雨,该走什么路,我还是知道的。实话告诉你,你知道我在写什么吗? 陈上校说,不知道。赵明义说,我在写入党申请书。赵明义拿起桌子上的一张纸,让陈上校看。陈上校说,赵明义,你以为你这么做,共产党就把你当自己人了? 告诉你吧,共产党是永远都不会相信你,重用你的,你还是要头脑清醒些。赵明义说,我看,头脑不清醒的,不是我,是你,还有那些想闹事的兄弟。输了就要认输,错了就改正。大丈夫能屈能伸,没什么了不起的。陈上校说,看来,想法不一样,是很难说到一块了。行吧,那我就不多说了,你好自为之吧! 赵明义说,给兄弟带个话,千万别干糊涂事,把自己的好日子给毁了。陈上校说,我知道,你是为了兄弟们好,我会给他们说的。赵明义说,陈上校,哪天把咱们几个黄浦短训过的同学喊来,聚一下,我请客。陈上校说,是啊,黄浦一日,情谊一生啊! 不管发生什么事,咱们都是兄弟啊! 赵明义说,兄弟情是永远的。陈上校说,没有什么事,我就走了。赵明义说,那你慢走,我就不送了,兄弟们聚会的事,你别忘了张罗一下。陈上校说,如果有可能,我会去张罗的。赵明义说,这还有什么可能不可能的,招呼一下就行了。陈上校走到了门口,又转过了头说,刚才的话,也就是随口一说,你别当真。还有,我到过你这的事,也不要给别人讲。说出去不太好,会把我当落后典型抓去的。赵明义说,这你放心,出卖兄弟的事,我是不会干的。陈上校走出门说,别忘了,黄浦的精神。陈上校消失在夜色中。

赵明义看着陈上校走得没有了影子,摇摇头,又坐到了桌子前,看着那份刚写了个开头的入党申请书,又拿起了笔。

营里召开会议,周子汉主持,赵明义坐在他身边。他刚去师里参加会回来,先传达了会议精神。周子汉说,同志们,张师长讲了话。张师长说,不打仗了,大家要有思想准备,不当兵,去干什么? 现在有一部分同志,已经去开荒种地了。当然,他们开荒种地,和农民不一样,他们还是兵,还穿军装,还不能丢武器。还有一部分人要作好准备,去地方上工作。江山打下来了,要坐江山,要守江山,要把江山建设得更好。这个事,并不比打仗容易,需要知识,需要头脑,需要懂经济,懂管理。不过,目前,一部分部队的主要任务,还是维护社会稳定。我们营,就属于这样的部队。就是说,我们还要随时做好准备,和敌人战斗。张师长说,现在虽然解放了,明处的敌人看不见了,但不等于敌人没有了。近来,有一些仇恨共产党的家伙,可能会搞些名堂。特别是一些起义过来的官兵,一定要头脑清醒,不要上坏人的当。这个话,大家要记牢了。回去后,各个连都要多做些工作,要管好自己的人,看好自己的门,做好自己的事。保证不管在什么时候,都能拉得出去,不但能打,还要做到打必胜。我就说这些了,赵营长,你有什么,就给大家说说。赵明义说,周教导员都说了,很全面,我就不多说了,我就强调一点。我们这个营,包括我在内,多数都是起义过来的。过去,我们是国民党的兵,我们忠诚国民党,为国民党卖命,那也没有错。但现在不同了,我们起义了,是共产党的人了。这些日子来,共产党对咱们怎么样,我不多说,大家都能感受到。共产党是真心了解老百姓,为了国家,为了咱们民族。我们做人要有原则,有良心,决不能干伤天害理的事。大家回去,一定把这个道理给战士们说明白。我就说这些。两个主要领导讲了话,别的人就不讲了。散会了,大家都走了,只剩三个人了。周子汉说,老赵,有些话,考虑到保密,会上我没有讲。碰到一个在安全部门工作的干部,他说,近来情况有些不太好,说有些人想闹事,包括个别起义过来的反动军官。这方面,你没有听到过什么吧? 上级要求我们注意这方面的动向。赵明义说,这个情况,我有些了解。不过,我认为没有那么严重,顶多只是有个别人发发牢骚,他们大势已去,他们不会干什么的,也干不了什么。周子汉说,有我们这么强大的政权在,他们当然干不了什么。不过,找一些麻烦,他们还是可以做到的。赵明义说,再麻烦也不会比日本鬼子麻烦吧? 周子汉说,这倒也是,日本鬼子都被我打败了,我们还怕什么呢!桌子上的电话响了。郑其山去接电话说,喂,是,三营,找谁?找赵营长啊,好,你等等。郑其山说,老赵,你的电话。赵明义说,谁呀。郑其山说,一个女的。一听说是个女的,赵明义赶紧站起来去接电话。赵明义说,噢,噢,好好,我马上过去……赵明义放下电话说,是田老师打来的,说她妈病了,突然晕倒了,要送医院。周子汉说,那你等什么,快去呀!赵明义急忙跑出了营部。郑其山说,赵营长这段日子,啥时候都是神采飞扬的,一看就是心情特别好。周子汉说,能遇上自己喜欢的女人,谁的心情都会好。郑其山说,我觉得那个田老师,其实是喜欢你的。周子汉说,别这么说,她和赵明义更般配。郑其山说,老周,你真打算一直等叶可楠?周子汉说,难道我还有别的选择吗?郑其山说,天下女人多得很。周子汉说,等你真的爱上一个女人后,你就会明白,你的眼里只能看见了一个女人,再也看不见别的女人了。

　　医院里,田老师的母亲躺在床上,田老师坐在母亲身边。胡小兰给田老师母亲看病,赵明义站在田老师身边。田老师说,医生,是什么病,要紧不要紧?胡小兰说,阿姨有点高血压,一犯会头晕,就摔倒了。好在送来得及时,打了针,现在看来不会有什么事了。等会就可以出院了,以后要注意,不管干什么,不能着急,不能激动。田老师说,妈,你听,医生说了,好了,不会有什么事了,刚才真是把人吓坏了。母亲说,没事,妈命大。田老师说,这是赵明义,多亏了他,一口气把你背到了医院。母亲说,让你受累了,年青人。赵明义说,阿姨,我年轻,力气大,没事。胡小兰说,让阿姨再休息一会,就没事了,你们可以带阿姨回家了。田老师说,谢谢你了,医生。胡小兰说,应该做的,不用谢,这是降血压的药,走的时候,别忘了带上。说着,胡小兰转身往外走。看着胡小兰的背影,赵明义突然想起了什么。赵明义说,医生,你叫什么?胡小兰说,我叫胡小兰。赵明义说,我想问一下,你们医院,有没有个姓叶的?胡小兰说,有啊!赵明义说,她是不是叫叶可楠?胡小兰说,是啊!赵明义一子冲过去抓住了胡小兰的手说,真的有个叫叶可楠的医生?胡小兰说,我骗你干吗,她就和我住一个屋子。赵明义说,你带我去见见她吗?胡小兰说,不好意思,她去巡回医疗了。赵明义说,她不在?胡小兰说,你是她什么人,找她有什么事?赵明义说,我不是她什么人,找她也没有什么事。胡小兰说,那你激动个什么?赵明义说,太好了,太好了。田老师,你等会送你母亲回去,我有个重要的事要办。胡小兰医生,你别走啊,我带一个人来见你。说着,赵明义跑出了急救室。田老师说,什么事把他急成这个样子? 母亲说,他是公家人,事多,也重要,你以后可不要拖他后腿呀! 田老师说,妈,女儿可不是个不懂事的女人啊! 母亲说,妈是怕你不知道珍惜啊! 田老师说,妈,他真的行吗? 母亲说,妈就想让你找这样一个人。

周子汉和郑其山带一队全副武装的士兵巡逻在大街上,边走边警惕地地看着来来往往的人群,赵明义跑了过来。赵明义上气不接下气说,周子汉,快,快。周子汉说,什么事,急成这样。赵明义说,快,叶可楠,叶可楠,找到了。周子汉一把抓住了赵明义说,你说什么? 赵明义说,我找到叶可楠了。周子汉眼睛亮了,说,你真的找到叶可楠了? 赵明义说,我还能骗你? 周子汉说,在什么地方? 赵明义说,在第一人民医院。周子汉说,郑其山,你带队继续巡逻。郑其山说,你去吧,这里有我,放心吧! 周子汉和赵明义往医院跑去。跑的时候,周子汉有点不放心说,你见到叶可楠了? 赵明义说,没有见到,可他的同事给我说了,医院有一个医生叫叶可楠。周子汉停下来说,这能说明什么,万一是同名同姓的呢,算了,还是不去了吧? 赵明义说,哪有那么巧的事? 这个叶可楠准是你的那个叶可楠。周子汉说,算了,还是不去了吧? 赵明义说,去落实一下,要真的不是,就算了罢,也不损失什么。周子汉说,万一不是,反而会更难受。赵明义说,那个医生叫胡小兰,说是和叶可楠一个宿舍的。周子汉说,胡小兰? 胡小兰,胡小兰,快走,快……还是往医院跑。不过,这次是周子汉跑在了前边。

医院过道里,下了班的胡小兰往宿舍走,遇到了跑过来的周子汉和赵明义,周子汉先看到了胡小兰。看到胡小兰,周子汉站了下来说,胡小兰,真是胡小兰。听到有人说她的名字,胡小兰停下来看,看到了周子汉。胡小兰愣住了,他一眼就认出来了。胡小兰说,太好了,真是周子汉啊! 叶可楠一直都在找你。周子汉说,她在哪里,快带我去看她。胡小兰说,她去巡回医疗了。刚走了几天,可能还要十天才能回来。周子汉说,她不在呀? 胡小兰说,你怎么才找她呀,要是你早点来找她,她不会去的。周子汉说,要是知道她在这,我早就来找她了。

大家一块进了房子,胡小兰指着一张床说,这是叶可楠的床。周子汉摸着床,有点不敢坐,好象怕把床压坏了。胡小兰说,没事,坐吧! 周子汉坐下了说,叶可楠,她还好吧?胡小兰说,还好。周子汉说,没受过伤吧?胡小兰说,没有。周子汉说,没得过病吧?胡小兰说,放心吧,身体健康着呢!要说病,也不是一点没有。周子汉说,什么病?胡小兰说,心病。周子汉说,什么心病?胡小兰说,想你呀,想你的病呀!周子汉不好意思地笑了笑。胡小兰说,要是叶可楠知道你来找她了,不知会高兴成什么样子。周子汉说,她这会儿在什么地方?胡小兰说,那可不好说,听说这一出去,要转大半个新疆。没法联系,只能等她巡回医疗回来了。周子汉说,她要是一回来,你就告诉她,我来看她了。胡小兰说,这你放心吧!准保她一听说你来了,连屋子都不会进,就去找你了。你住在什么地方,写给我,好去找你。周子汉说,我没带笔。胡小兰说,叶可楠这有笔,她可爱学习了。在叶可楠床头拿了笔和纸,把地址和电话写在了上面。

从医院里走出来,赵明义在门口等着周子汉。周子汉说,胡小兰,多亏了你,才找到了叶可楠。胡小兰说,不是我,是这个同志,不是他主动问叶可楠,我怎么也想不到他会和你是搭档。赵明义说,我也是随口一问,根本没有想到会问到叶可楠。周子汉说,不管怎么样,是靠了你们两个。这样吧,我高兴,晚上我请你们吃饭。胡小兰说,吃饭就算了,等到叶可楠回来,你再请我们一块吃,好好庆祝一下。周子汉说,那也行,等叶可楠回来。这时,吴文乔走了过来,他围着三个人转了一圈,三个人只顾说话,起先没有注意到他。吴文乔说,周子汉,是你呀,真是你呀,我一直在找你,把你得好苦呀!周子汉说,是吗,都是一个部队的,真要找,没有那么难吧?吴文乔说,好多事情都是这样,怎么找,都找不到。一转头,碰上了。一旁的赵明义说,你不认识我吗?吴文乔这才注意到赵明义,看着赵明义,一时有些想不起。赵明义说,你忘了,把我和周子汉抓起来了,要枪毙我。吴文乔想起来了,大叫着,握手。真是没有想到,英雄,我们的英雄。周子汉说,我们一个营,他是营长,我是教导员。吴文乔说,好啊,这就叫分久必合。赵明义、周子汉和这个姓吴的,不想多说话。说了几句后,说还有事,他们就走了。看他们走远,吴文乔脸色变得很难看。胡小兰说,吴科长,现在你死心了吧!吴文乔叹了一口气。

一片泥土屋,交错起落,叶可楠和几个医疗队员走在其间。一个老太太跑过来,拦住了叶可楠他们,并又哭又喊着说,快,求求你们吧,救救我的儿媳妇吧！叶可楠说，大妈，别着急，有什么事，慢慢说。大妈说，我媳妇，生孩子，生了一天多了，还没有生下来，再生不下来，媳妇和孩子都会没命了。叶可楠说，大妈，快带我去看看。叶可楠跟着大妈走进一间土屋。其他人站在门口。过了一会，叶可楠走了出来。叶可楠说，难产，要赶紧做剖腹产，马上手术，我来主刀，大家做好准备。

　　天窗一线阳光照进来，照在产妇的床上。叶可楠给产妇做手术，其余人员递着剪刀等手术器械，配合着叶可楠做手术，大妈和儿子及家人又祷告着。突然，从屋子里传出了婴儿的哭声。大妈和家人听到婴儿的哭声，激动地喊叫起来说，生了，生了，孩子生出来了。叶可楠从屋子里走出来，摘下来了口罩。叶可楠说，大妈，你媳妇没事了，给你生了个孙子，恭喜你了。大妈说，天啊，你们一定是胡大派来的，是来救我们的。大妈要跪下来感谢叶可楠他们，被叶可楠扶起。叶可楠说，别这样，大妈，我们就是来帮助你们的，这是我们应该做的。

　　黄昏时分，大街上安宁平静。田老师挽着母亲的胳膊，慢悠悠地走在路边的林荫道上。母亲说，田子，定下了没有？田老师说，什么定下了没有？母亲说，结婚的日期啊！田老师说，妈，你着什么急呀？母亲说，妈想抱外孙呀。田老师说，你也想得太远了。母亲说，不远。人这一辈子，过得快得很。明天你们结婚，明年这个时候，妈妈就可以当姥姥了。田老师说，妈，这哪像母亲说的话。母亲说，妈说的是实话。那个赵明义，是个靠得住的男人，你就不要三心二意了。他对你是不是还不够好。田老师说，妈，你就别瞎操心了。人家对我好着呢！我们已经商量好了，过　段日子就去办理结婚手续。母亲说，妈替你高兴。

　　三个男人，骑着马，像是在逛街，实际上却是在执行任务。路过一家照相馆时，赵明义提议去合个影。三个人就走了进去，一块照了个相。出来后，又骑上马，往前走，一直到了城边。把马交给了郑其山，两个人走到了宽厚的城墙上。郑其山在城墙下的一片草地上，牵着三匹马，让马吃着鲜嫩的草。赵明义说，这个郑其山，对你可真够忠的了，当了副营长了，还像勤务兵一样，对你照顾得那么周到。周子汉说，是啊，我也说过好多次，不要让他这样，可他不听，真没办法。赵明义说，好啊，这样的人，现在少了。多少人，一得志就会狂起来。周子汉说，郑其山是个好苗子,很能干。什么事交给他办,放心。赵明义说,不过,老周,有一句话,不知该讲不该讲?周子汉说,咱们俩谁跟谁呀,只要有话,就要讲。赵明义说,感觉郑其山还是很有心计的。周子汉说,那不叫心计,叫聪明。赵明义说,聪明一点好,不会吃亏。咱俩是不是有时不够聪明啊?周子汉说,不太聪明,也不太傻,和一般人一样。赵明义说,说的好,一般人,就该过一般人的日子。老周,给你说句心里话,我现在真的不想再东跑西颠打打杀杀了,只想着能和平常人一样过着平常人的日子。周子汉说,我知道,你这会儿最想的就是和田老师赶紧举行婚礼,去享受人间最大的天伦之乐。赵明义说,这么想,也没有错吧!难道你不想,我看,你比我想的还厉害,要不,怎么打着仗,就搞起了对象。要不,知道了叶可楠的下落,你怎么会那么激动啊!周子汉说,是啊,一想到很快能见到叶可楠,我的心跳就会加快。赵明义说,老周,我有个想法,你看行不行?周子汉说,说。赵明义说,见到叶可楠后,你给叶可楠说一声,咱们两个的婚礼放在一块办。周子汉说,好啊!这个想法太好了,叶可楠肯定会愿意。赵明义说,你这就去给田老师说去。周子汉说,不过,得丈母娘同意。赵明义说,那是个开明的老人。突然传来枪声,他们站在城墙上,往枪响的地方看,看到浓烟翻滚。周子汉说,出事了。赵明义说,一定是发生骚乱了。周子汉说,郑其山,快把马牵来,赶紧回去集合部队。郑其山牵着三匹马跑过来,三个人骑到马上朝着城里飞奔而去。

师部里,电话铃不停地响,参谋们接电话接不及。张师长黑着脸,在屋子里来回走。参谋长放下电话说,张师长,许多用黑布蒙着脸的人,从各个小巷冲出来,见了汉族人开的店就砸、就抢、就烧,见了汉族人就打就杀,已经有多名路上的行人被打伤,还有人被打死。

张师长不来回走了,坚决地说,立即向各个部队发布命令,命令所有作战单位,在十分钟内进入各条街道,实行军事管制,尽最大的能力保护人民群众的生命财产安全。这是一场性质严重的暴乱,必须给予无情的镇压,对于正在行凶的暴徒,可当场击毙。参谋长说,师长,是不是再等一等,等到上级有了明确的指示,再下达可以开枪的命令?张师长说,多等一分钟,就会有一条或几条无辜的生命没有了。人民的生死就是命令,马上发布我的命令,有什么后果,我来承担。参谋长说，是，我马上传达你的命令。

太阳还没落下去，可已经被黑色的浓烟遮蔽。一群用黑布蒙着脸的家伙，拿着棍棒石头砖块，疯狂地追打着行人。他们几个人或十几个人，围着一个人往死里打。不管老人还是小孩子，不管是男的还是女人，只要看见了，就一个都不放过，不断有路人倒在血泊里。看到了几个路人被打倒后，田老师拉着母亲跑进了一条小巷，两个人靠在墙上，刚以为躲过了灾难，一转脸，又看到了十几个人从小巷子里冲过来。田老师和母亲又往大街上跑，又被一伙人堵住，母女一点退路都没有了。朝着举起棍棒的人，田老师大声喊着说，我们和你们无冤无仇，你们为什么要这样对我们？母亲说，女儿，别跟他们说了，他们是野兽，听不懂人话，快去找赵明义，只有他能救咱们。母亲的话还没有说完，棍棒朝着母亲打下来。母亲倒在地上，女儿去救母亲，又遭到棍棒的猛击，母女俩同时大声喊着救命。喊声传出了很远，被正骑马赶来的赵明义听到了。他的马像鸟一样飞了起来，朝着田老师的喊声飞过去，就在一个暴徒朝着田老师的头部再次举起木棍时，赵明义手中的枪响了。暴徒倒下了，棍棒落到了地上。几乎就在同时，整个一条街上，周子汉和他的士兵们，愤怒地举起了枪，朝着那些挥动着刀棍的暴徒扣动了扳机。随着一阵骤密的枪声响过，一些暴徒被击毙，一些暴徒被抓捕，大街的秩序马上得到了恢复。群众走上大街喊着口号，朝解放军鼓掌，周子汉让士兵们赶紧把受伤的人往医院送。这时，他看到了赵明义朝他招手，马上带了几个人跑过去，看到赵明义怀里抱着母女俩。昏迷中的田老师在说，快救我母亲。周子汉马上指挥士兵，用最快的速度送到医院。这时，黑色的烟雾正在消散，一直被遮蔽的太阳又出现了，只是太阳变成了一个鲜红的血滴。

营部里，周子汉放下了电话。周子汉说，首长打电话来，表扬了我们，说正是我们的勇敢迅猛，及时制止了暴行，让更多无辜群众免遭伤害。赵明义说，不，我们是有愧的，我们应该做到不让一个老百姓死。田老师的母亲，她不该死，那么动乱的岁月她都活下来了。到了和平年代，眼看要过上好日子，她却离开了这个世界。作为军人，我们对不起人民和手中的枪啊！周子汉说，不要自责了。赵明义，很多时候会发生什么，我们无法知道。但是不管什么事情，只要发生了，我们就要知道怎么做。现在，我们还没有时间来分析这件事是怎么发生的，敌人并没有被我完全消灭。昨天的暴乱，一部分反动的官兵也参加了。不过，他们更狡猾，在杀害了一些派进的干部后，逃窜进了天山，打算是越过边境线跑到国外，再跑到台湾。赵明义说，你是说，一些起义过来的官兵也和这场暴乱有关？周子汉说，是的。其中一个主要的头目，姓陈，是个上校。赵明义说，陈上校，我认识，不但认识，关系还很不错。他……不可能，不可能……周子汉说，他是主要的组织者和领导者。赵明义说，老周，如果真是这样，那我就犯了个错误，一个大错误。周子汉说，怎么回事？赵明义说，前些日子，他来找过我，给我说过这个事，要拉我一起干。我劝了他，让他不要这么干。他当时也同意了，我想着，这个事就过去了。没想到，他骗了我。那个时候，他其实正在组织策划，准备发动暴乱。周子汉说，你当时应该告诉我呀！赵明义说，他说了，让我别给别人说。我也怕说了，会影响他进步。没想到，结果会是这样，我真是太傻了。当时，我如果告诉你这个情况，也许他就会暴露，暴乱就不会发生了，田老师的母亲就可能不会死了。赵明义后悔得抱住了脑袋。周子汉说，不能全怪你，是坏人，就要干坏事，这一阵不干，下一阵子还要干。不这样干，也会那样干。我们能做的就是，在他们干坏事时，把他们抓住，把他们消灭。赵明义抬起头，那我们还在等什么，赶快出发去消灭他们呀！周子汉说，走，出发。赵明义说，我一定要亲手抓住陈上校这个王八蛋。周子汉说，去给田老师告个别吧！

病房里，胡小兰正在给田老师喂大米粥。赵明义走进来，从胡小兰手里把碗接过去，给田老师继续喂饭。胡小兰说，赵营长，你看，田老师，已经好多了。看到赵明义，田老师的表情有些激动。赵明义说，田老师，多吃一点，吃得多，就好得快。田老师点点头，吃了一大口赵明义喂的粥。赵明义说，田老师，那些坏蛋，还没有完全被消灭，我要去打仗了，去为你和母亲报仇。田老师又点点头。门口走进来一个战士说，赵营长，部队已经出发了。

赵明义把饭碗递给了胡小兰说，田老师，我走了，等打了胜仗回来，我再来看你。田老师脸上有了笑，眼睛里涌出了泪水，朝着赵明义又点了点头。田老师低声断断续续地说，早点回来，我等你。

天山山谷里，有一条河；河边，有一条路。路上，一辆大卡车在行驶，车上坐着叶可楠和医疗队员。十天了，去了许多村庄。看过的病人，有几百个了。按照计划，穿过天山到北坡去，再工作十天，就可以回去了。叶可楠不想回去，乡下空气好，有一种气息，吸到身体里，会有力量长出来。再说了，这些地方，真需要他们。这种被需要，让他们觉得，活着没有白活。大卡车很破，走不快。不过，没人着急。走得慢，正好可以看风景。两边山坡上，有草，有树，有牛，有羊，还有奔跑的黄羊。再高一些的山顶上，还有白雪。阳光下，分外明亮。雪是冬天下的，下得太多，夏天再热，也化不完。多少年下来，就积成了雪山。路边的河里，流的就是雪水。雪水很凉，也很清，很干净。大卡车好几次停下来，给车加水。人也下车，到河边洗脸喝水。这种行走，不会觉得路远，也不会觉得难走，更不会想到会有不好的事发生。起初是几个牧人，拿着枪，骑马走过来大家没当回事。山里有狼，好多牧人手里有枪。别看他们有枪，在看到卡车后，他们先是有些慌，掉转了马头往回跑。没过多大一会，他们又出现了。只是这一次，和他们一块出现的是群军人。他们穿着军装，拿着武器。看到这些军人，大卡车上的人，知道事情不好了。不是因为他们是军人，也不是因为他们拿着枪，主要是他们的军装，虽然破烂，却完全可以说明他们的身份。和穿着这种军装的人，打了好几年的仗，大卡车上的人知道遇上麻烦了。

　　大卡车想冲过去，没有冲成。冲出了不远，轮胎就被一枪打爆。车子一头撞到了路边的岩石上，一群叛匪围了过来。为首的不是别人，正是陈上校。给他看过病，叶可楠认出了他。她很惊讶，当时他来看病，说他是团长，她还称她是首长。那会看他，一点儿也不像个坏人，可这会儿再看他，怎么看，怎么都像坏人了。车上的人被赶下了来，陈上校也认出了叶可楠，他走到她跟前，说真没有想到，会在这里遇到你。叶可楠说，我也没想到。你不该这么做，你们是在搞叛乱！陈上校说，你一个女人，什么都不懂，不要胡说，我们是在为自由而战斗。同时，欢迎你们一起参加，我们也一样需要医生。叶可楠说，和反革命叛乱分子同流合污，我死都不会干的。陈上校说，如果不是看你曾经给我看过病，我现在就一枪崩了你。一叛匪走过来报告，上校，车上有食品，还有药品，怎么处理？陈上校说，兄弟们跑了一天，还没吃饭，能吃的先吃。吃不完的，等会带上。对了，先把这几个共匪捆上。叛匪们用绳子捆绑着叶可楠他们，其中一个队员挣脱捆绑，想逃跑，被一个蒙着脸的汉子举枪打死。陈上校说，沙地克，别乱开枪。沙地克说，对这些家伙，除了杀,没有别的办法。陈上校说,你就知道杀杀杀,干不成大事。沙地克说,我的使命,就是要杀掉这些异教徒。陈上校说,我也是异教徒,你也要杀?沙地克说,你不一样,你是我们的朋友,是我们的兄弟。陈上校说,谁和你是兄弟,你一点儿也不听我的。让你在城里闹事,下手的目标是共产党的军人和干部,没想到你尽选妇女儿童老人下黑手。沙地克说,没有办法,军人和干部年轻力壮,手里还有枪。和他们对着干,没准,他们没倒下,我们先没命了。这样的傻事,我们才不会干呢!陈上校说,可你们这样干,就把自己逼上了绝路,国际上知道了,就不会支持我们了。沙地克说,不会有人知道的,再说了,别人不支持没事,有你支持就行。你不是说,要带着我们走上一条光明的大道吗?陈上校说,行了,别说废话了,等跑出去,跑到国外再说吧!沙地克说,兄弟,多吃点,吃饱了,才能有劲赶路,才能多杀异教徒。陈上校说,别说什么杀异教徒,咱们要杀的是共产党。沙地克说,都一样,共产党也是异教徒。陈上校说,大家抓紧时间,别让共产党追上了。

一直紧追叛匪的周子汉和赵明义带着一队骑兵追进天山,来到了一个山坡上,看见了放牧的牧民,让郑其山向放牧的牧民打听。郑其山跑过去向牧民打听。郑其山说,老乡,见过一帮拿着刀枪的人没有?老乡说,见过。郑其山说,什么时候?老乡说,今天上午,他们凶得很,把我的好几只羊都杀了吃了,还不给钱。郑其山说,他们往什么地方跑了?老乡指了一下说,朝那边跑了。郑其山说,谢谢了。郑其山从草坡上骑马跑下来,跑到了周子汉和赵明义跟前说,老乡说,上午还有一帮人从这里经过,往那边跑了。周子汉说,同志们,胜利就在眼前,再加把劲,追上叛匪。一队骑兵跟着周子汉朝前飞奔。

树林里,叛匪们横躺竖卧地在树阴下休息。一个叛匪爬到了树上,用望远镜朝远处望,望了一会,突然朝下面喊了起来说,共军,共军来了。叛匪顿时慌乱起来。陈上校说,慌什么,还远着呢!快,准备撤退,别忘了,把药品带上。沙地克说,那几个俘虏怎么办?陈上校看了看叶可楠他们。陈上校说,把那个女的带上,剩下的几个,你看着处理吧!沙地克说,没想到陈上校还好色,不错,水灵鲜嫩,留着能解个渴。陈上校说,你知道个屁,万一遇到了什么情况,可以拿她当人质。沙地克说,对,至少可以让她来挡子弹。两个叛匪走过去把叶可楠拖起来,架到了一匹马上。沙地克走到其它几个队员跟前,举起枪扣动了扳机。一阵枪响。陈上校说,谁让你开枪了?沙地克说,你不是让我们处理吗?陈上校说,你是不是怕共军不能很快追上我们?沙地克说,没事,我们骑着马,他们追不上。陈上校一群叛匪顺着树林,朝山的另一边逃跑。

周子汉他们听到了枪声。周子汉站下听了一会,拨转了马头,调整了方向,朝着枪响的地方跑去。赵明义和郑其山紧随着周子汉之后,山谷间响起急剧的马蹄声。

周子汉带着人赶到了,可是已经晚了,他们看见了被毁的大卡车和牺牲的医疗队员,可没有见到叛匪。周子汉说,这些家伙已经疯了。赵明义说,只有快点把他们消灭,罪恶才能被制止。周子汉弯腰用马鞭子拨拉一下一团马粪说,还湿着呢,他们刚离开不久,抓紧时间,不用多久,就能把他们追上。郑其山说,这些牺牲的同志们怎么办?周子汉说,留下一个班,把他们埋了,立个牌子。郑其山说,好,我来安排。周子汉说,其他同志,继续前进。

沙漠边缘,灌木丛间,烧着一堆火,叛匪们围坐在篝火边又吃又喝。叶可楠被绑在一棵干枯的胡杨上,篝火的亮光照着她,陈上校和沙地克吃着馕啃着羊腿。沙地克说,穿过这片荒漠,就到了边界线了。陈上校说,还有多少公里?沙地克说,顶多还有三十公里。陈上校说,千万别把路线搞错了,路线错了,我们就完了。沙地克说,错不了,当年带着驼队,从这里走过好多次。陈上校说,太好了,好好睡一觉,明天早上出发,到中午就可以出国了。沙地克说,那个时候,我们就自由了。陈上校说,不过,不能睡得太死,还得小心共党。这些家伙,我了解,狡猾得很,经常会出其不意,搞偷袭。沙地克说,我们走的这条路,很少有人知道,他们找不到我们的,你就放心睡觉吧!陈上校说,还是要多安排几个哨兵。沙地克说,好的。

月光下,周子汉带着骑兵走着走着,看到远处闪动的隐隐约约的火光,他让队伍停下来。周子汉挥了一下手说,停止前进。口令通过郑其山迅速传达了下去,整个部队停了下来。周子汉说,夜晚很安静,马蹄声可以传得很远。怕是不等我们看到叛匪,他们就会听到我们的马蹄声。赵明义说,有一个办法,把马蹄子包上布,这样马走起来就没有声音了。周子汉说,行,就这么干!郑其山,告诉各个连,把马蹄子用布包起来,尽量不要发出声音。郑其山骑着马,往队伍里走,边走边说,把马蹄子包起来,不要发出声音。士兵们下马,拿出毛巾和随身带的衣服,把马蹄子包上了。马队再往前走时,果然悄无声息。

陈上校拿着一块馕和一个水壶,走到了叶可楠跟前。陈上校说,把绳子给她解开。过来一个叛匪,把绑着叶可楠的绳子解开。陈上校让一个叛匪看住叶可楠说,看住她,她要是敢跑,用刀劈了她。记住,别用枪。叛匪说,是。叛匪拿着刀站在了叶可楠身边。陈上校说,饿了吧,这壶水和馕是你的。陈上校把水壶和馕放到了叶可楠身边,叶可楠抓起来了,扔到了一边。陈上校说,你不要敬酒不吃吃罚酒,我告诉你,这些人里,好多是野兽,我只要点个头,他们就会把你当个香喷喷的大面包撕扯着吃了。叶可楠朝着陈上校啐了一口,说,快把我放。陈上校说,到了这会儿,你就死心吧!听我的话,我会让你少吃苦头的。叶可楠说,你这么干,一定会受到惩罚的。叶可楠把头扭到一边,不看陈上校。陈上校回到了火堆边,沙地克凑了过来。沙地克说,什么打算?真把她一块带出国?陈上校说,带个女共党俘虏,也是献给党国的礼物。沙地克说,这个女人,样子挺好看,但不听话,别对她抱希望了。陈上校说,没有人会把自己活活饿死的。沙地克说,我看,走到这里了,不会有事了,还是把她交给兄弟们,兄弟们这么辛苦,也算是给兄弟们一个慰劳。陈上校说,别胡说八道,我们国军是有纪律的。沙地克说,你们的纪律,全是摆设。你们要是有纪律,也不会败得那么惨了。陈上校说,胜败乃兵家常事,你知道个屁!很快,蒋委员长就会反攻大陆,到时候,中国还是国民党的天下。沙地克说,到时候,能不能给委员长说说,让新疆独立行不行?陈上校说,你就别做梦了。新疆从古到今,都是中华版图上的一块,谁要是把新疆丢了,就是民族的罪人,谁要是想搞分裂,那是门都没有的。沙地克叹了一口气说,唉,是难啊!

一队人马,在戈壁上走,不留下点什么痕迹很难。一个马蹄印,一个破水壶,一泡屎都能说明点什么。周子汉他们边看边走着,又走了两天两夜,翻过一道沙丘,看到了远处的火光。赵明义让部队停下来,周子汉拿出了望远镜。远远的火光,一下子拉近了,变成了一堆大火,包括被大火照亮的人和物,都看到了。周子汉说,都在睡觉。他移动望远镜,往别处看,看到了一棵树,停下不动了。不是树吸引了周子汉，是绑在树上的一个人，让周子汉没办法把望远镜挪开了。同时，周子汉的身子不由得抖了一下。赵明义注意到了，觉得怪，就问，老周，发现什么情况了？周子汉说，我看到叶可楠了。赵明义说，别胡说了，叶可楠怎么会在这里？周子汉说，真的是叶可楠，我不会看错的。周子汉放下望远镜，有些激动，叶可楠，真的是叶可楠！赵明义拿过望远镜，看了一会，也有些激动，说确实是叶可楠，真是让人没有想到。郑其山没有见过叶可楠，很想看看叶可楠的样子，马上拿过了望远镜看了起来。叶可楠头靠在树上，尽管有些憔悴，但仍然是那么清秀。周子汉说，这些叛匪一定是袭击了医疗队。赵明义说，山谷里牺牲的同志，一定是叶可楠的同事。郑其山说，一定要把叶可楠救出来。赵明义说，废话。周子汉说，既要把叶可楠救出来，还要把这些叛匪全部消灭掉，这个任务有些艰巨。赵明义说，再艰巨也要完成。周子汉说，要分两步走：先派人去把哨兵干掉，把叶可楠救出来，再发起进攻。郑其山说，让我去，我去把叶可楠救出来。赵明义说，你不行，缺少实战经验，还是我来。郑其山说，我怎么不行，鬼子的哨兵我也干掉过好几个。周子汉说，好了，你们别争了，救叶可楠这个事，只能是我去。来，咱们商量一下，如何行动？三个人退回到沙丘下面，商量营救和进攻的具体办法。周子汉说，老赵，我去救叶可楠的同时，你们带领部队朝不同方向运动，从四面围住叛匪。当我救下叶可楠后，你们就发起进攻，假如营救失败，你们同样也要发起进攻。总之，不能让一个叛匪跑掉，不管是死是活。郑其山说，你一个人去，太危险，还是让我跟你一起去吧！周子汉说，你是副营长，不是我的警卫员。你们放心，我一定会把叶可楠救出来的，别忘了，我会武术。赵明义说，你去吧，我会安排好的，我保证会把这些叛匪全部消灭。周子汉说，同志们，这很可能是我们在一起打的最后一仗，一定要打好，三个人把手握在了一起。

士兵们弯着腰，在沙丘上运动着，像猫一样没有声音，在不同的位置士兵们分别停下来，并爬上沙丘顶伸出了手中的枪，对准了正在篝火旁睡觉的叛匪，一个对叛匪的包围圈形成了。周子汉利用灌木丛的掩护，不断朝篝火处靠近，离篝火越来越近了。陈上校好象感觉到了什么，醒了过来。他站了起来，问哨兵说，有什么情况没有？哨兵说，没有，上校。陈上校说，千万别打瞌睡。哨兵说，上校，你放心吧！陈上校看到叶可楠睁着眼，走过去说，叶医生，你也应该睡一会，明天还要赶路呢！你放心，我会把你带到台湾去的。叶可楠说，我死也不会去。陈上校说，我不会让你死的，你是个不错的医生，还是个不错的女人，男人需要你这样的女人。叶可楠说，可这个世界，不需要你这样的男人。陈上校说，如果不是看在你给我看过病的份上，我早就一刀要了你的命。叶可楠说，早知道你是这样的人，我就该让你把一瓶子安眠药全吃掉，让你睡过去，再也醒不过来。陈上校不理叶可楠了，他走到了火光照不到的暗处，撒了一泡尿。他站着撒尿的地方，离周子汉只隔了几棵灌木，空气顿时变得紧张。周子汉握紧了刀子，如果陈上校再走近，他只能先把陈上校杀了。要不，他就会被发现。陈上校尿了尿，又回到了火堆边，躺了下来。连着跑了几天，担惊受怕的，他实在太困乏了。

火堆旁，哨兵有些累了，还有些冷了，他靠近火堆，烤起了火。烤火时，还顺手朝火里扔了几根干柴。周子汉摸到了胡杨后边，他用手中的刀子，把绑着叶可楠的绳子割断了。叶可楠胳膊一下子没有束缚，变得轻松了。觉得奇怪，一回头，看到了周子汉，眼睛一下子瞪得老大，刚要发出声音，周子汉朝她使了个眼色，告诉她千万别出声。周子汉轻轻扶着叶可楠，把叶可楠拉进了树后，慢慢地往后退，退到了火光照不到的暗处。叶可楠一下子扑进了周子汉的怀里，刚要说什么，却一下子因为饥饿和激动晕了过去。周子汉抱起叶可楠，朝沙丘那边跑去。火堆边烤火的哨兵，一回头，没有看见叶可楠，忙站了起来，围着胡杨树转了一圈，没有看见叶可楠，知道坏事了。哨兵说，不好了，俘虏跑了。哨兵一喊，陈上校和沙地克醒了。陈上校说，什么事？哨兵说，那个女的跑了。陈上校起身，走到树边，看到割断的绳子，大声说，不好了，有共军了，快，马上离开。躺着的叛匪们纷纷起身，可已经晚了，几乎就在同时，骤密的枪声响起，一道道子弹的亮光掠过夜空。好些叛匪不等站起来，就被子弹打得躺在地上，喊叫声呻吟声爆炸声响成了一片，一场激烈的厮杀在黎明前的黑暗里残酷地展开。

东边，太阳升起，穿过薄雾，战斗结束。打败的叛匪，死了的，躺在地上，还活着的，举着手，抱着头，做了俘虏。俘虏排着队，被士兵押送着，走过来。赵明义走近俘虏，挨个儿察看。一个帽子压得很低的俘虏，走过赵明义跟前，把头低了下来。赵明义注意到了，上前打掉了他的帽子，果然是陈上校。赵明义说，你骗我，你说你们只是说说，不会干什么的。陈上校说，你不干，我们不能不干。赵明义说，你们为什么要杀害那些无辜群众？陈上校说，那不是我们干的，是那些要搞独立的家伙干的。赵明义说，可没有你们支持，他们是不敢干的。陈上校说，我真的没有想到他们会那么干。赵明义说，我太了解你们了，为了达到自己的目的，你们是什么事都干得出来的。陈上校说，赵明义兄弟，看在黄浦兄弟的份上，救救我吧！赵明义说，没有人会救你，你就等着接受审判吧！陈上校还想说什么，被赵明义制止住，说，告诉你吧，别跟我套近乎了，从你发动叛乱那天起，我们就不是兄弟，而是敌人了。

周子汉站在土丘顶上，看着赵明义和郑其山带着士兵们打扫着战场。在周子汉的身边，站着叶可楠。喝了水，吃了干粮，一抹阳光照着她，显得精神多了。郑其山跑过来说，老周，打死了 30 人，活捉了 25 个，没有一个逃脱的。周子汉说，好。你负责把死的敌人埋掉，缴获的武器，还有一些文件，都要收好，交给有关部门，都是罪证，要处理他们，都会用得着。郑其山说，明白。郑其山刚要走，周子汉又喊住说，郑其山，来，给你介绍一下，这就是叶可楠。郑其山朝叶可楠点了点头，有些不好意思地说，听老周经常说起你，名字早熟了。周子汉说，叶可楠，他叫郑其山，我的副手。很能干，还懂事。叶可楠说，一看就很能干。赵明义押着俘虏走过来，周子汉指着赵明义说，叶可楠，你看，就是他。叶可楠眯起眼睛看，是有点面熟。周子汉说，好好想想，在什么地方见过？赵明义看到了周子汉和叶可楠，朝他们笑着挥了挥手。叶可楠说，想起来了，你被鬼子打伤了，眼看不行了，是他把你背下来，遇到我，才把你救下了。你们的故事，我一直没忘，他叫赵明义。周子汉说，是的，就是他。叶可楠说，他不是跑了吗，怎么你们又遇到了一块？周子汉说，这就是缘份。有了缘份，不管发生了什么事，天地有什么变化，总是能走到一块的！叶可楠说，好象真是这么个理。周子汉说，走，过去看看。

周子汉带着叶可楠走到了赵明义跟前。叶可楠主动伸出手说，赵明义，你好。赵明义说，你还记得我，我太激动了。叶可楠说，你和周子汉的故事，周子汉给我说了好多，让我很感动。赵明义说，没有周子汉，就没我的今天。周子汉说，别这么说，没有你，我连命都没了。叶可楠说，我知道了，你们的兄弟情，是拿命换来的。赵明义说，老周，我负责押送俘虏，你负责把叶可楠安全带回去。叶可楠说，我没事的，你不用管我。赵明义说，开什么玩笑，你现在对我们来说，比谁都重要,那些俘虏全加起来,也没有你重要。叶可楠说,瞧你说的,我有什么重要。赵明义说,你不但和周子汉的幸福相关,还和我们的幸福相关啊!叶可楠说,这话,我有些听不懂。赵明义说,现在没时间说这些,以后日子长着呢,到时候会告诉你,我为什么要这么说。赵明义说完,刚要转身走,郑其山过来了,手里拿了个公文包。郑其山说,老周,这是那个陈上校的公文包,他扔到了草里,被我们找到了,你看怎么处理?周子汉说,一个破公文包,你自己处理吧!赵明义说,你不是正好没有公文包,拿着用就是了。周子汉说,包里有什么?郑其山说,我查了一下,除了一个本子,再没什么了。赵明义说,那就不用上交了。郑其山从包里拿出本子说,赵营长,你要不要看看?赵明义一摆手说,哪有时间看它,我不看了。我得走了,俘虏押运,我来负责,你们就不要操心了。周子汉说,那你就辛苦了。赵明义说,咱们还说这种话,见外。对了,你可要把叶可楠照顾好,照顾不好,我会不愿意的。赵明义说着,转身走了。郑其山拿着本子说,老周,你要不要看了。周子汉说,你都看过了,我还看什么了,行了,我不看了,要是没有什么东西,就一把火烧了。郑其山说,行,那就我处理了。郑其山转身离去。叶可楠说,他很听你的。郑其山说,是啊,我的运气很好,不但让我遇到了一个好女人,还让我遇到了两个好兄弟。叶可楠说,看把你美的。

打了胜仗,往回走,一匹马上,坐了两个人。周子汉坐在前边,叶可楠坐在后边,抱住了周子汉的腰。侧着脸,紧贴在周子汉宽厚的后背上。叶可楠说,周子汉,你是周子汉吗?周子汉说,你看我不像吗?叶可楠说,你转过脸,让我看看。周子汉转过脸,叶可楠用手在周子汉脸上摸了一下说,好像是你。周子汉说,什么好象,就是我。叶可楠说,你不知道,我以为再也遇不着你了。周子汉说,我也是一直在找你。叶可楠说,没有想到会在这里找到我吧?周子汉说,没有。叶可楠说,我也是没想到会在这里遇到你。周子汉说,抱紧了,别摔下来了。叶可楠使了使劲说,周子汉,我咋觉得这不是真的?周子汉说,你看,太阳升起来了,我们正迎着太阳走呢!叶可楠说,像在做梦。周子汉说,你累了,闭上眼歇一会。叶可楠靠在了叶可楠身上,闭上了眼,像真的睡着了一样,而且还睡得很香甜。

赵明义从马上跳下来,站到了一个高出地面的土包上,看着俘虏队伍经过。

赵明义说，快，都走快点，你们不是凶得很吗，能跑得很吗？这会儿咋像霜打的茄子，一点精神都没有了？士兵们催促俘虏快走。陈上校走到了赵明义跟前，停了下来。赵明义说，你怎么不走了？陈上校说，我太累了，想抽根烟。赵明义说，好吧，给你抽一根。赵明义拿出了一根烟，给了陈上校，还划着火柴，给他把烟点上了。陈上校说，能让我坐下来休息一会吗，我太累了。赵明义说，行行，你坐下歇一歇吧！陈上校坐到了土包上，赵明义站在了他的对面。赵明义说，我说你这个人，并不笨呀，怎么干了这件糊涂事啊？陈上校说，我是对党国和委员长太效忠了。赵明义说，对党国和委员长效忠，也不能杀人放火啊？陈上校说，那不是我干的，是沙地克干的。我给他说了，不能那么干，可他们不听我的。赵明义说，他们是一帮民族分裂分子，你和他们同流合污，就是中华民族的罪人啊！委员长知道，一样也不会愿意的。陈上校说，没有办法，是共产党把我逼到了这个份上。赵明义说，共产党逼谁了，那么多起义的兄弟，都不反，就你们几个要反。陈上校说，你们是让共产党灌了迷魂汤。赵明义说，我们都是男人，我们有眼睛，好，还是不好，行，还是不行，可以看出来。我们也有脑子，干还是不干，我们也一样可以自己拿主意。你拍拍胸膛想一想，共产党有没有亏待过你？陈上校说，这一阵子，他们刚来，还没立住脚，等站稳了，看咱们没用了，就会来收拾咱们了。赵明义说，我看共产党不会这么卑鄙。你知道，咱们为什么打不过共产党吗？就是因为咱们这边，卑鄙的小人太多。陈上校说，你说，共产党这次会怎么处理我？赵明义说，怎么处理还用问？自古以来，欠债还钱，杀人偿命。那么多老百姓死了，不能白死。陈上校说，你说共产党要枪毙我？赵明义说，这也不一定，共产党的政策，向来是坦白从宽，抗拒从严。你要是态度好，没准也不会掉脑袋。陈上校说，共产党不会放过我的，我知道。赵明义，看在党国的份上，看在黄埔同学的情谊上，你救救我吧！赵明义说，我怎么能救你？再说了，就算能救你，我也不会救你。你知道为什么吗？我爱人的母亲，多么善良的一个老人，就死在你发动的这场暴乱中。陈上校说，我对不起你，赵明义，求你了，救我一次吧！我到了台湾，见了委员长，会给你请功的。委员长一直对你是不错的，你别忘了。你那次和共党相通，要不是委员长救你，你早就没命了。赵明义说，委员长的大恩，我一直会记着的。我想，委员长也是个深明大义的伟人。你这么做，他也一样不会原谅的。其实，不管是国民党的三民主义，还是共产党的社会主义，都是为了中华民族好。现在吃共产党的，穿共产党的，就要对共产党忠诚，这是一个男人最基本的品德。陈上校说，这么说，你是不会救我了？陈上校说，你现在既不是我的兄弟，又不是我同志，你是我的敌人，我怎么可能救你呢？好了，不要说那么多废话了，赶紧归队赶路吧！陈上校一根烟吸完了，把烟屁股扔掉，从土包上站了起来。突然，他朝正准备上马的赵明义一头撞了过去，把赵明义撞到了一边。不等赵明义明白是怎么回事，他从赵明义的手中抢过了马鞭子，跳到了马背上，拨转了马头，朝荒野的另一个方向跑去。一个士兵跑过来说，营长，我们骑马去追吧？赵明义说，我的马，跑得快，你们的马，追不上。把枪给我。士兵把手中的步枪递给了赵明义。赵明义朝着骑马飞奔的陈上校的瞄准，枪响了，陈上校从马上一头栽下来，赵明义和士兵们朝栽下来的陈上校跑过去。跑到陈上校跟前，赵明义蹲下去，把趴在地上的陈上校的身体扳过来，看到陈上校已经死了。赵明义说，罪有应得。郑其山跑过来说，出什么事了？赵明义说，陈上校逃跑，被我开枪打死了。郑其山说，你把他打死了？赵明义说，是啊，不能让他逃跑啊！郑其山说，明知道跑不掉，还要跑，真傻。赵明义说，他要是不傻，就不会发动叛乱了。听到枪声，周子汉也骑马赶了过来。问明白是怎么回事后，说，老赵，你干得好。

一回到城里，赵明义就去看田老师。田老师坐在床边上，青春的气色已经恢复，只是有点弱，看见了赵明义走进来，她想站起来。赵明义赶紧走过去，扶住了她，顺手把一束鲜花给了她。田老师接过鲜花凑近闻了一下，说真香。赵明义说，全是野花，我自己去采的。田老师说，野花好。赵明义说，看到你恢复得这么好，我真高兴。田老师说，心里想着你，伤痛就好得快了许多。田老师把鲜花放在了桌子上，转过身看着赵明义。田老师说，你瘦了，黑了，吃了不少苦吧！赵明义心里一热，不由得伸出了胳膊，把田老师搂到了怀里。赵明义说，你也吃了不少苦。田老师说，以后，我们都不会再吃苦了。赵明义说，是的，不会再吃苦了，我决不会再让你吃苦了。

背着那个缴获的公文包，郑其山走在大街上，从一家照相馆门口过，想起三个人曾经一块在这照过相，就走了进去。不大一会，他就走了出来，手里拿着三张照片。街道边有一个石凳，郑其山在上面坐下来，看起了照片。看了一会，看完了，想装进包里。包里还有东西，不好再往里装。郑其山把里边一个黑皮子的本子拿出来,放到了身边,把相片往里装。装到了第三张相片时,吴文乔出现了。一把拿过了相片说,谁的照片啊?吴文乔坐到了郑其山身边,看着照片说,噢,三个大男人,表情都还不错嘛,全美滋滋的。就是你,笑得有点不自然,也难怪啊!人家两个,一个是教导员,一个是营长,你只是个副的。副官,副官,没权没钱,吃饭转圈。郑其山一下子把相片拿了回来说,什么正的,副的,你胡说什么呢!吴文乔说,我是为你鸣不平。周子汉就不说了,一路打过来,受过伤,流过血,为革命出过力,立过功,当什么官都是应该的。可那个赵明义,又凭什么呀?昨天的敌人,摇身一变就成同志了。还让他当营长,对于打江山的人来说,实在有点不公平。郑其山说,赵明义打鬼子也很厉害的,打死了许多鬼子。吴文乔说,那解放战争呢?那个时候,他在干什么,他在和我们做对,是我们的敌人。没准,他还打死过我们不少人。这样的人,到了今天,还要得到重用,实在没有道理,让人想不通。郑其山说,想不通,你就慢慢想吧!我还有事,你就在这再坐一会吧!吴文乔说,急什么呀,我还有话没说完呢!郑其山站起来,刚要走,看到放在凳子上的本子,想去拿,又没有去拿。吴文乔看见了那个本子说,郑其山,你落了东西了。郑其山说,没用的,不要了。郑其山走了以后,剩吴文乔一个人坐在石凳上,没有事干,随手打开了本子,翻着看了起来。看着看着,他的表情认真起来,严肃起来。

师部打来电话,表扬了周子汉这个营,让他赶紧把立功的人员报上去。放下电话,周子汉说,老赵,师部打来电话表扬了我们,说这一仗,我们打得好。让我们好好总结一下,突出的战士和干部,要赶快把他们的事迹报上去。赵明义说,你是教导员,这个事归你管,你说报谁,就报谁,我没有意见。周子汉说,也行,战士让各个连报。干部,我看就报你。赵明义说,不行,不行,怎么能报我?那么多干部,都很突出,我就算了,不要报我了。周子汉说,不是因为你是营长才报你的,也不是因为你是我兄弟,这一仗,你表现得确实突出。不但指挥战士们消灭了叛匪,还亲手打死了叛匪头目。不报你,报谁呀?赵明义说,我是营长,干的事,都是我该干的。我看还是你上吧,这个仗,真正的指挥者,其实是你。周子汉说,老赵,别再推了。你的入党申请书,我已经交给支部了,过几天就开会讨论。立个功,也算是你献给党的礼物。赵明义说,要是这么说,那就听你安排了。不过,这个事,该问问郑其山。周子汉说,郑其山怎么想,我知道,不用问他,我可以做他的主。赵明义说，那行，这事我就不管了，要是没有别的事，我就去看看田老师。周子汉说，田老师情况怎么样了？赵明义说，已经完全好了，回学校上课了。周子汉说，田老师刚失去了母亲，有空就多陪陪她。赵明义说，我也是这么想的。周子汉说，这两天忙过去了，咱们找个地方聚一下，你把田老师带上，我把叶可楠带上，让她们也熟悉熟悉。赵明义说，很有必要。再说了，打了胜仗，你和叶可楠重逢，都是大喜事，也该庆贺庆贺。这个事，你就不要管了，我来安排。我在新疆多呆了几年，什么地方好玩，我知道。周子汉说，行，这个事，你来安排。赵明义说，到时候，也得把郑其山喊上。周子汉说，少了他当然不行。赵明义说，那我先走了。周子汉说，你走吧！

郑其山回到营部，拿出照片，给了周子汉一张，给了赵明义一张。看着照片，周子汉和赵明义都说好。赵明义装起了照片，说去看田老师，先走了。他走了以后，周子汉给郑其山说，这一仗打得好，上级表扬了，让我们报一批人的材料上去，进行嘉奖。刚才你不在，我就自己定了。干部里，就报赵明义。他这次，表现好，是立了功的。报他，你不会有什么意见吧？郑其山说，意见倒是没有，只是有一点看法。周子汉说，说，有看法就说，还头一次听到你说有看法。郑其山说，只是看法，不一定对。周子汉说，嘿，就别拐弯了，竹筒子倒豆子，痛快点。郑其山说，赵明义是表现不错，不过，如果要报一个干部，我倒觉得，还是报你比较合适，整个仗是你指挥的。没有你，不可能打得这么好。周子汉说，我不合适，我主要去救叶可楠了。别的事，主要是你和赵明义干的。赵明义打死了叛匪头目，你是看到的。郑其山说，老周，有一句话，一直想给你说。周子汉说，什么话？郑其山说，对赵明义，我觉得，不能走得太近。周子汉说，为什么？郑其山说，不管怎么说，他是起义过来的。原来是咱们的敌人，尽管身份变了，可心里怎么想，咱们不知道啊！周子汉说，赵明义和别人不一样，他心里想什么，我全知道。对老赵，你千万不要想那么多。时间长了，你就会知道，赵明义是怎么一个讲义气的人了。郑其山说，我也没有什么更多的看法，只是想提醒你一下。周子汉说，你是不是听到什么了，还是发现什么了？郑其山说，没有。没有。周子汉说，我知道你是为了我好，不怪你。不过，这种话，千万不能让老赵知道，他现在最怕的是咱们对他不信任。我想，不但让上级嘉奖他，还要让他加入共产党，让他成为咱们的兄弟和同志。我们一起生活，一起工作，互相帮助，互相关心，多好啊！郑其山说,我知道,我听你的,就报赵明义吧,我没意见。周子汉说,我就知道你不会有什么意见的。

赵明义找的地方,叫乌拉泊,有一片水。水边有树林,还有草地。大家来了,全喜欢得不行,都说赵明义选的这个地方好,画一样。赵明义不但安排了地方,还拉了一车东西,吃的喝的,什么都有。看到那么多东西,周子汉说,老赵,你的任务完成了,接下来的事,就交给我们吧,你去陪田老师吧!叶可楠也在一边说,做饭的事,就交给我们了。等我们准备好,喊你们。田老师一听,说这不好。说着,要和大家一块干活。被拦住,说她刚出院,不能受累。大家坚决不让她干,她也不再坚持。转了身,朝湖边走。赵明义看到,也就跟了过去。叶可楠看着田老师的背影,夸田老师,说她长得好,气质也好。

田老师走到湖边,看着一片水,水里一对天鹅在游。赵明义走过去,站到田老师旁边。赵明义说,昨晚上睡得还好吧?田老师说,不好。赵明义说,怎么回事?田老师说,老做梦。赵明义说,什么梦?田老师说,恶梦。赵明义说,慢慢会好的。田老师说,老是梦到母亲,梦到有人举起着棍棒朝我冲过来。赵明义说,你不用害怕了,打你和母亲的那些暴徒已经被我们消灭了。田老师说,老赵,我们结婚吧!我真的不想一个人呆在黑夜里了。赵明义说,好的,我们结婚,结婚,马上就结婚。田老师说,马上是多久?是不是一个星期就可以。赵明义说,一个星期怕不行,要办手续,经过批准,至少要一个多月。田老师说,为什么要那么久,结婚是我们俩的事,只要我们俩愿意就行了嘛!赵明义说,你放心,我一定会尽快安排的。其实我比你还着急,恨不得明天咱们就举行婚礼,和你入洞房。田老师说,什么入洞房呀,你就不会含蓄点。赵明义说,军人说话,直来直去,不会拐弯。

一大块白色的布单上摆放了许多吃的喝的,还有大块的等着加工的新鲜羊肉。周子汉说,这些羊肉,一部分要煮,做成手抓肉。还有一部可以做成烤肉。郑其山说,老周,煮肉和烤肉都烧火,需要干柴。我看,你和叶可楠去那边树林子里捡些干柴,我和胡小兰把肉切出来,再用黄瓜西红柿辣椒拌个凉菜。周子汉说,做饭你行不行啊?郑其山说,要是不打仗,我就去饭店当厨师了。周子汉说,你说的可是真的啊，要是做得不好吃了，我们可是要收拾你的。郑其山说，要是不好吃，你就撤我的职。胡小兰说，我给他当下手，他肯定行。周子汉说，你头一回见到他，他有什么本事，你哪里知道？胡小兰说，有些人，有没有本事，一眼就能看出来。周子汉说，行啊，连胡小兰都这么说了，看来，我和叶可楠只能是去捡柴火了。走，叶可楠，我们去干些粗活吧！叶可楠说，胡小兰，别让郑副营长一个人干，你也多干些。胡小兰说，郑副营长让我干什么，我就干什么。周子汉提了一把斧子，和叶可楠一起朝树林那边走去。

树林子里有许多老树，有许多干枯的树枝，斧头轻轻一砍就砍下来了。周子汉说，这个郑其山倒挺会安排的，好象他成了我们的领导了。叶可楠说，他还不是想让我们能单独在一起多呆一会，多说说话。这个郑其山，真的很懂事。周子汉说，是啊，没见到你以前，不知想了多少话，等到见面时说给你。真见了面，倒一下子不知说什么了。叶可楠说，就只想着和我说话了，就没有想别的？周子汉正砍树枝的斧头停了下来，看着叶可楠。叶可楠也看着他，周子汉的斧头掉到了地上。叶可楠说，想说什么就说呀！周子汉说，我什么都不想说了。说着，周子汉一把扯过叶可楠，把叶可楠抱在怀里亲了起来。叶可楠推开了周子汉说，那边还等着我们的柴火煮肉呢！周子汉笑笑说，不急，柴火多得很，遍地都是。

马车边，郑其山在切羊肉，胡小兰给皮芽子剥皮。胡小兰说，看不出，你心还挺细啊！郑其山说，大老粗一个，细什么呀！胡小兰说，安排得多好啊，一对一对的，不知别人心里有多欢喜。郑其山说，没多想，干这个活，我一个人就够了。胡小兰说，那你的意思，我也是多余的，那你也给我安排个别的事。郑其山说，你可不多余，没你帮忙，那可不行。胡小兰说，我真的有那么重要吗？郑其山说，重要，没有你，我一个人在这忙乎，连个说话的人都没有，多没意思了。胡小兰说，敢情你是拿我当成给你解闷的人了。我不干了，太伤自尊了。郑其山一看胡小兰生气了，有点急了说，胡小兰同志，你别生气，我不会说话，你可不要见怪啊，要不，我给你道歉。胡小兰说，好，给我道歉。郑其山说，对不起，胡小兰同志，我……胡小兰说，行了，给你开玩笑呢，你还当真了。郑其山说，你不生气就好。要不，周教导员知道我惹你不高兴了，一定会收拾我的。胡小兰说，为什么呀？郑其山说，你是叶可楠的姐妹呀！你不知道，周教导员有多看重叶可楠。胡小兰说，他们俩是有情人终成眷属啊！郑其山说，还没有成眷属呢！胡小兰说，也就是这些日子的事，我敢说，没有什么东西，可以再让他们俩分开了。老周真有福气啊！郑其山说，男人能找到自己喜欢的女人就是福气。胡小兰说，那你是不是也很有福气啊？郑其山说，我不行，到现在，还没有女人喜欢我。胡小兰说，那有没有你喜欢的女人呢？郑其山嘿嘿一笑，不说话了。

周子汉和叶可楠各抱着一捆柴火走了过来。周子汉说，你看，这个郑其山和胡小兰说得多热火啊！叶可楠说，胡小兰性格开朗，爱说话，不管和谁，自来熟。周子汉说，郑其山也老大不小了，要是你们医院有合适的，给他介绍一个。叶可楠说，什么叫有合适的，胡小兰难道还不行吗？周子汉说，是啊，你这一说，胡小兰是挺合适的。叶可楠说，有空了，我探探胡小兰的口气。不过，前一阵子，她有点喜欢上了一个人。周子汉说，谁呀？叶可楠说，吴文乔。周子汉说，喜欢上他呀，不行，不行，你得劝劝胡小兰，那个家伙不行。叶可楠说，怎么不行了？周子汉说，具体说，不好说，反正感觉上，他有点阴，和一般男人不太一样。叶可楠说，就是的，他还追过我。我就告诉他，我有你了，不会再和别的男人好。周子汉说，他还敢追你，也不拿镜子照照自己。就是没有我，你也不能和他好。叶可楠说，要是没有你，这一辈子我就不嫁了。周子汉说，那看来，我非得娶你了。叶可楠说，你敢不娶。

一堆干柴点着，火苗窜了起来，肉放进了锅里，一股香味飘了起来。布单子上摆着好几盘的凉菜，还有几只小碗，里边都倒了酒。周子汉说，老赵和田老师跑哪去了，怎么还不回来？叶可楠说，你就让人家单独多呆一会吧？周子汉说，日子长着呢，要在一块呆一辈子呢，还在乎这几天。郑其山说，我知道，老周是闻到酒味了，馋了。周子汉说，还是你了解我，快，把老赵喊来。郑其山站了起来，大声喊起来说，老赵，吃饭□！赵明义和田老师从湖边走了过来。叶可楠把田老师拉到身边坐下，看到田老师头上沾了一根草叶，叶可楠帮着拿掉了，田老师有点不好意思。赵明义说，喊什么喊，怎么一点也不理解人。郑其山说，老赵，可不是我要喊，是老周想喝酒了，非要让我喊的。赵明义说，他说什么，你都要听。郑其山说，他是教导员，说什么，我就得听。一样，你是营长，你说什么，我也一样听。赵明义说，好，我命令你，给我端一碗酒。郑其山说，是。郑其山端起了一碗酒，递给了赵明义，也端了一碗给了周子汉。郑其山说，你们兄弟俩，干一碗。赵明义说，老周，这个酒，咱俩得喝。周子汉说，是得喝。赵明义说，为什么喝，我就不说了。周子汉说，不用说，话在酒中。喝完了，郑其山倒酒。郑其山说，今天这个日子，看来，得多喝几碗酒了。周子汉说，那是。这么高兴，不喝酒怎么行，喝少了怎么行？叶可楠说，那也不能往醉里喝。周子汉说，高兴的酒，怎么喝，都不醉。来，每个人都把酒端起来，咱们刚刚打一个胜仗，为咱们今后的好日子，干。六个人用碗碰着。赵明义问田老师说，你行不行？不行，我替你喝。田老师说，这个酒，我怎么样都要喝掉。田老师真的把一碗酒喝掉了，大家全为田老师叫起了好。叶可楠说，我可不如田老师，喝酒，我真不行，老周。周子汉说，来，全倒给我。叶可楠说，想得好，一点儿不让我喝，可不行。这可是幸福的美酒啊！来，给你一半。周子汉喝了自己的一碗，又替叶可楠喝了一半。胡小兰说，看来，我这一碗，我得自己喝了。周子汉说，你要是不行，我替你喝一点。胡小兰说，那我可不敢，我可不想让叶可楠骂我。叶可楠说，当然，让老周替你喝酒，可不行。不过，另一个人可能帮你喝一点。郑其山，你怎么样，这可是英雄救美的机会啊！郑其山为难说，我喝酒，可真是不能和老周老赵比。胡小兰说，他想替我喝，我还不让呢，凭什么呀？胡小兰也把一碗酒喝完了。郑其山赶紧递了水壶过去，让胡小兰喝，说，喝点水，别呛着了。赵明义说，不能光喝酒啊，肉煮熟了吧？郑其山说，你们坐着，我来。郑其山去把锅里煮熟的肉，捞到了一个大盘子里。郑其山说，来，来，手抓肉，香得很呀！

湖边有一条路，一辆吉普车行驶着，车里坐着吴文乔。透过车窗，看到了周子汉他们。他让司机改了方向，把吉普车朝热闹的地方开过去。郑其山先看到了一辆吉普车开过来。说，老周，你看。周子汉说，这是谁呀，还有小车坐？赵明义说，咱们认识的人，好象还没有能坐上小车的。周子汉说，该不是那位首长吧？一说首长，几个人站了起来。吉普车停了下来，门打开，吴文乔从里边走了下来。一看是吴文乔，大家有些意外。赵明义说，他怎么来了？郑其山说，没人让他来呀！周子汉说，这说明他和咱们有缘份呀！叶可楠悄声说，真扫兴。周子汉说，别这么说，不管怎么说，他是咱们的老朋友。吴文乔走过来说，你们全在这啊！周子汉说，我们还以为是哪位大首长呢，原来是老吴呀！吴文乔说，不像话，你们出来玩，也不喊我老朋友一声。周子汉说，想你工作忙，不敢打搅啊！吴文乔说，再忙,也得劳逸结合啊!吴文乔想往叶可楠和胡小兰中间坐,被赵明义一把拉了过去。赵明义说,来来,坐这,喝一碗。郑其山,给老吴倒酒。郑其山倒了酒,给吴文乔。吴文乔说,我可喝不了这么多。赵明义说,一个男人,来,喝这点酒,算什么!来,喝掉。吴文乔说,这……我真是喝不掉。胡小兰说,不会吧,我们几个女的都喝了,你不会还不如我们吧?吴文乔没有办法,把一碗酒喝掉了。郑其山说,吴科长,现在出门也有车坐了? 吴文乔,科长怎么能有车,主要是最近工作有了些变动,我现在调到安全保卫处当副处长了。周子汉说,这么说,老吴是高升了,我提议大家一起举杯,祝老吴高升。郑其山说,这碗酒,你怎么也得喝掉。吴文乔说,好好,我喝掉。吴文乔有些头晕了,坐在那里吃起了肉。郑其山说,今天,我们其实还有更高兴的事。什么事呢,那就是老周和老赵的终身大事定下来。我有个提议,老周和老赵还有叶可楠还有田老师,你们四个,一起喝个订婚酒。胡小兰鼓起了掌说,太好了,这个提议太好了。叶可楠说,喝就喝,郑其山,倒酒。来,田老师。四个人拿着碗,要碰。胡小兰说,这样喝不行,要喝,就得喝交杯酒。周子汉说,交杯酒,怎么喝的,没有喝过呀!胡小兰说,叶可楠知道怎么样喝,叶可楠做个样子。叶可楠就大大方方地和周子汉喝了个交杯酒,田老师有些不好意思,是赵明义主动挽过她的胳膊喝了交杯酒。看着喝交杯酒的场景,郑其山和胡小兰很高兴,而吴文乔的表情有些复杂。郑其山说,订婚酒喝了,接下来,就该办另一件大事了。周子汉说,没有想到你的花花点子可真多。胡小兰说,还有什么大事,快让他们办。郑其山说,不过,这个大事,不能马上办,在这办不了。胡小兰说,办不了,你还说什么。郑其山说,事不能马上办,可办事的日子可以马上定下来。胡小兰说,我知道了,你说的是结婚的日子。郑其山说,订了婚,就要结婚。结婚是个大事,要选个好日子。不如,我们现在就把你们结婚的日子定下了。胡小兰说,对,要定下来,定下来了,就可以准备了。郑其山说,现在刚过八月,我看,就定在十一国庆节。胡小兰说,国庆节好,你们结婚,全国人民都高兴,都为你们庆祝。郑其山说,老周,老赵,你们有没有意见?周子汉说,这个事,光我们说了不算。赵明义说,是啊!这个事,得女士说了算。郑其山说,叶可楠,你说呢。叶可楠说,我看行,就这么定了。田老师,你说呢?田老师羞涩地点了点头。胡小兰说,这一碗酒,我们都要喝掉。都喝掉了,只有吴文乔没有喝掉。吴文乔说,太苦了,我真的喝不掉了。

赵明义把马套进四轮马车里，大家往马车上坐。吴文乔说，谁来坐我的车？我的车上，还有两个座位。郑其山说，我们不坐了，你走吧！吴文乔说，要不，叶可楠和胡小兰来坐我的车吧！叶可楠说，你说什么呀，我可是要和周子汉坐在一起的。吴文乔说，那胡小兰，你过来，坐我的车。胡小兰说，我不去。吴文乔说，人家有人要陪，你陪谁呀？胡小兰说，我陪叶可楠。赵明义驾的一声，马车走动了。大家高兴，想唱歌，叶可楠起了个头，全跟着唱了起来，社会主义好，社会主义国家人民地位高。反动派被打倒，帝国主义夹着尾巴逃跑了。全国人民大团结，社会主义建设掀起新高潮。看着马车在歌声中远去，吴文乔气得脸色发白，他晃动着身体，朝吉普车走去，边走嘴里边含糊不清地说，我知道，你们高兴……你们高兴得很……你们看不起我……不要太高兴了……谁能笑到最后，只有天知道……小看我吴文乔？我会让你们知道我也不是草包一个……

营部里，周子汉说，这个郑其山可真行，把咱俩的终身大事都给安排了。赵明义说，人家是好意，咱们得领这个情啊！周子汉说，你打算什么时候去领证？赵明义说，打算这两天就去。周子汉说，我把证明都给你开好了，田老师学校再出个证明就可以去办证了。赵明义说，你呢？周子汉说，我这容易，公章在我手上，想去办证，盖个章子就行了。赵明义说，咱俩的婚礼要一块办的，你可要抓紧啊！周子汉说，放心吧，耽误不了你当新郎倌。赵明义说，老周，不怕你笑话，当了这么多年光棍，真的很想有个老婆啊！周子汉说，你以为就你想啊！赵明义说，咱们不能光顾自己高兴，郑其山个人的事，咱们也得帮忙啊！周子汉说，是啊，我和叶可楠商量过，想把胡小兰介绍给他，也不知行不行？赵明义说，我看行。他俩挺合适。周子汉说，老赵，再告诉你个好消息，你的入党申请，支部已经通过了。赵明义说，真的啊，太好了。周子汉说，还有一个好消息。赵明义说，这么多好消息啊！周子汉说，政治部打来电话，让我们营级以上的干部做好准备，去参加一个干部培训班。赵明义说，去学习，算什么好消息？周子汉说，白让你去学习啊，学习完了，要重新安排。赵明义说，怎么安排？不会让我们去开荒种地吧？周子汉说，学习培训过后，全去地方上工作。听说，营一级的干部，全会安排到县处级的岗位。赵明义说，也就是说，要高升了。周子汉说，什么高升，是革命工作需要。赵明义说，不管是啥需要，反正是好事。这又要结婚，又入党，又升官，好事一个接一个，让我有点头晕了。看来，是我祖上积了德了。周子汉说，还有,你是跟共产党跟对了。赵明义说,这还得感谢你,老周,我发现,你是我的福星。周子汉说,可不能这样说。要说福星,毛主席才是我们的福星。赵明义看着墙上的毛泽东的画像说,嗯,确实,比蒋委员长伟大。

医院里,叶可楠说,胡小兰,你个人的事,有什么打算?胡小兰说,我能有什么打算,顺其自然呗!叶可楠说,你不是觉得吴文乔还不错吗?胡小兰说,刚一开始,觉得还行,可现在看他,越看越不顺眼。叶可楠说,他是不招人喜欢。胡小兰说,再说了,他也不喜欢我,他喜欢的是你呀!叶可楠说,那你觉得郑其山怎么样?胡小兰说,我就知道你会说他。叶可楠说,是不是我说到你心上了?胡小兰说,对郑其山,不太了解,不过,印象还行。叶可楠说,接触一下,了解了解,周子汉的兄弟,不会差的。胡小兰说,你这是给我说媒啊?叶可楠说,是又怎么样?胡小兰说,那我就谢谢你了。

办公室里,只有郑其山一个人,正在擦着办公桌,响起敲门声。郑其山说,进来。进来的是叶可楠。一看是叶可楠,郑其山有点吃惊。郑其山说,是叶可楠啊,老周去师部开会了。叶可楠说,我不找老周。郑其山说,那你找谁?叶可楠说,我就找你。郑其山说,找我?好啊,有什么事,尽管说,我去给你办。叶可楠说,好啊,我要你办的事,就是你坐下,听我说话。郑其山说,我给你倒一杯水。郑其山倒了一杯子水,放到了叶可楠面前。叶可楠看到了郑其山的衣袖处划了个口子,说,把外套脱了,我给你把那个口子补一下。郑其山说,不用了,有事你就说吧!叶可楠说,还跟我客气。快,补口子,不耽误说话。郑其山说,那多不好意思。叶可楠说,你是老周的兄弟,也就是我的兄弟,你比老周小吧?郑其山说,小两岁。叶可楠说,那我就是你嫂子了,跟嫂子就别见外。你要不让我补,就是不认我这个嫂子。郑其山把外套脱下来说,嫂子,让你受累了。叶可楠拿出针线,给郑其山缝起了衣服。叶可楠缝衣服的姿态,显得那么优美,让郑其山目光落在上面,不肯挪开。叶可楠说,郑其山,你没有对象吧?郑其山说,老周知道的。叶可楠说,我也知道,想不想找一个?郑其山说,这还用问呀!叶可楠说,想找个什么样的?郑其山说,我没啥条件,能赶上嫂子一半就行了。叶可楠说,这是啥话,一点志向都没有,要找个比嫂子好的才行。郑其山说,那我可不敢想。叶可楠说,你看胡小兰怎么样?郑其山说,挺好的。叶可楠说,真是这么想的。郑其山说，真的。叶可楠说，当你对象，行不？郑其山说，只怕人家不愿意。叶可楠说，人家不愿意，我能给你说吗？好了，穿上吧！叶可楠扯掉针线，把军装还给了郑其山。郑其山说，叶可楠，这个事是不是……叶可楠说，你是不是有啥别的想法？郑其山说，我看她是不是有点凶？叶可楠说，那是性格爽朗，不是凶。好了，你们还是接触一下，行不行，一接触就知道了。觉得不行，给我说一声就行了。想把胡小兰抢到手的男人，至少有一个排，你可要抓紧啊！郑其山说，那我就试试。叶可楠说，好了，我的任务完成了，我走了。郑其山说，要不，坐一会，等老周回来，他去开会，可能快回来了。叶可楠说，我还要回去上班，就不等了，他回来，给他说一声就行了。叶可楠走了，郑其山送到门口，叶可楠走出很远了，还目送着叶可楠的背影。

一个大教室里，坐着一群穿着军装的男人。讲台前，挂着横幅：地方干部培训开学典礼。张师长坐在主席台上讲话。张师长说，同志们，刚才我进来时，几个同志都喊我张师长。我要告诉大家，我已经不是师长了，而是自治区党委的一个书记了。不是犯了什么错误，不让我当师长了，而是党的安排，是社会主义建设的需要。在座的你们，不是团长就是营长，你们也和我一样，过一段日子，就会离开部队去地方当书记当县长局长。听说有些同志想不通，还想继续带兵打仗。同志们，我知道，大家都是打仗打出来的，个个都是英雄，是猛将，但现在和平年代了，不打仗了。我们的工作重点转移了，从夺取政权到掌握政权了。打仗是打江山，打下了江山，现在要让大家坐江山了。坐江山和打江山不一样，是完全崭新的工作，所以才把大家集中起来，学习一下，培训一下，要让大家明白，怎么从一员武将变成一个文官。同志们，这同样是光荣而艰巨的任务。我们决不能像国民党那样，把国家搞得那么贫困，那么落后，老受别人欺负，更不能像蒋家王朝那样，只知道自己寻欢作乐，不管老百姓死活。我们要建设一个民主自由人人平等人人幸福的社会，需要方方面面的人才，你们就是人才，干部人才，领导人才。很重要啊！你们一定要有责任感和使命感，象打鬼子一样像解放全中国一样，为我们的社会主义建设再立新功。张师长讲完了，响起了一片热烈的掌声。张书记讲完话，走到了台下，大家全站了起来，和走过来的张书记握手。握到了周子汉跟前时，张书记认出了周子汉，说，周子汉，英雄，立了很多功，了不起。像打仗一样去搞建设，也一定能搞得好。周子汉说，张书记，你放心，我会努力的。握到了赵明义,说,面熟,见过面。对了,想起来了,受了委屈了,跑了。赵明义说,我叫赵明义,我错了。周子汉说,现在他和我一个营,是营长,这次打叛匪,他立了功。张书记说,错了,不算个啥。错了,改了一样是好同志。浪子回头还金不换呢,好好干。走到了郑其山跟前,郑其山说,张书记,我叫郑其山。您的讲话,太鼓舞人了,我一定认真学习领会。

第七章　春天的风有时也会像刀子

叶可楠去周子汉那里,帮着周子汉洗衣服。洗着洗着,从周子汉口袋里洗出了自己送给他的手绢。叶可楠拿着手绢看着说,这个手绢还没有丢啊! 周子汉说,丢,把它丢了,我的魂就丢了。叶可楠说,你要是那么在乎,也不会这几年连个音讯都没有了。周子汉说,只要见到一个医院,我都会去问。叶可楠说,每一次看到一个伤病员被送进来,都会想到你。盼着是你,又怕是你。周子汉说,想你了,就把手绢放在脸上,做个梦,你别说,还真灵验,手绢蒙在脸上,一梦就梦到你了。叶可楠说,我梦里的样子是不是很难看? 周子汉说,不,梦里更好看。叶可楠说,那是不是现在看着,就不好看了。周子汉说,嗨,说错话了。叶可楠说,这样的错话我爱听。周子汉说,对了,叶可楠,我的证明,已经开好了。你看,哪天,我们去把结婚证领一下。叶可楠说,报告写好了,就等着院长签字呢! 可院长去北京开会了,说要半个月才能回来。没有领导签字,领不成呀! 周子汉说,那就再等一等。主要是老赵,你没见他,想当新郎,急得像猴子似的。叶可楠说,好象你不急似的。你要是不急,那就等到明年国庆。周子汉说,这我可等不了。

听到敲门声,胡小兰打开门,吴文乔提着一串葡萄走了出来。胡小兰说,叶可楠去值班了。吴文乔说,她值班和我有什么关系,我不是来找她的。胡小兰说,你不是一直追她吗? 吴文乔说,谁追她了,也就是看她可怜,帮帮她罢了。来,胡小兰,尝尝葡萄。吐鲁番的葡萄,甜得很。胡小兰说,我牙齿不好,不能吃甜的。吴文乔说,女的都要吃甜的。再说,这是水果,吃了对皮肤好。胡小兰说,我和别人不一样,不爱吃甜的,我爱吃辣的。吴文乔说,胡小兰,你怎么对我这种态度? 胡小兰说,那你说,我该对你什么态度? 吴文乔说,胡小兰,这段日子,我发现你挺好的。胡小兰说,什么意思?吴文乔说,我想我们的友情是不是可以再往前发展一步?胡小兰说,你的意思,是不是想和我谈对象?吴文乔说,你真聪明,我是有这个想法。胡小兰说,噢,追别人追不上了,再回过头找我,你把我当什么人了?吴文乔说,那一阵子,我糊涂了,有眼无珠。胡小兰说,不好意思,我不喜欢戴眼镜的。吴文乔说,胡小兰,你不过是个一般的医务人员,要实际一点。胡小兰说,我知道,你是处长,是领导。吴文乔说,虽然官不大,可一般的人,也是当不上的,你还是再考虑考虑吧!胡小兰说,我已经考虑好了,你走吧!吴文乔说,胡小兰,你以前对我可不是这样的,你是不是看上别的什么人了?胡小兰说,我看上谁,是我的事,和你也没有关系。吴文乔说,你说,他是谁?胡小兰说,凭什么要告诉你?你走吧,我要睡觉了。吴文乔没办法,往门外走。胡小兰把他带来的葡萄又给了他,说,把这个带走,反正我也不吃,别浪费了。

街上,吴文乔走在昏暗的路灯下,把手中的葡萄狠狠地摔在了路面上。吴文乔想,连胡小兰都看不上了我了,她算个什么,长得那个样子,说话那个嗓门,和叶可楠相比,叶可楠是鲜花,她就是一棵野草。我能看上他,是她的福份,是抬举她,她真是不识好歹的女人。要是我连她这样一个女人,都征服不了,我吴文乔活得也太不像个男人了。不,不,胡小兰,我一定要娶你。

培训班结束后,很快每个人都分配了工作。很巧,周子汉他们三个人又分到了一个单位,是城市建设局。赵明义当局长,周子汉是书记,郑其山呢,当上了副局长。听到这个安排,三个人全高兴得不行,马上跑到了一个餐馆,搞了个庆祝。赵明义说,党组织真是英明啊,知道我们是兄弟,让我们搭档。周子汉说,团结就是力量,我们三个可以心往一处想,劲往一处使。赵明义说,真是太让人高兴了,来,干一杯。周子汉喝完了,郑其山没喝完。赵明义说,郑其山,你怎么只喝了一半?郑其山说,我真不能喝。赵明义说,是不是有想法?郑其山说,能作为你们的副手,是我的荣幸,我一定会配合你和老周,把该干的工作干好。赵明义说,那就喝完。周子汉说,算了,他确实不能喝。赵明义说,有这么句老话,男人不喝酒,白在世上走啊!郑其山说,我可没听说过。周子汉说,郑其山,你和胡小兰的事怎么样了?如果行,也抓紧点,到时候,咱们三个一块把事办了。郑其山说,八字还没有一撇呢!我就不凑这个热闹了,还是先喝了你们的喜酒再说吧！周子汉说，那也行，先喝我们的，再喝你的。你说呢，老赵。赵明义说，郑其山还年轻，不着急，再等个一二年也不晚。

　　野外，一辆吉普车在飞奔。车上坐着周子汉、赵明义和郑其山。周子汉坐在前边，赵明义和郑其山坐在后边一排。三个人都换掉了军装，穿上了中山装。周子汉说，别说，坐小车子，我还是头一次呢！郑其山说，我也是头一次。赵明义说，我比你们强一点，坐过几次。郑其山说，那不一样，你坐的是国民党的小车，我们坐的是共产党的小车。赵明义说，这倒是，坐共产党的小车，我也是头一次。周子汉说，坐小车子，是比骑马舒服，往后一靠，像躺在床上一样。赵明义说，要不，当官怎么都要坐小车不骑马呢！车子开进了城区，慢了下来。周子汉说，组织把这座城市交给了我们，责任重大啊！赵明义说，这些破房子，要全部拆掉，盖起楼房。郑其山说，还有马路，要全部铺上柏油，不能像现在这样，老是尘土飞扬的。周子汉说，还要拓宽些，现在太窄了。正说着，后面响起了汽车喇叭声，一辆吉普车开得太快，把行人吓得纷纷躲向路边。赵明义说，谁的车，这么狂，压到了人怎么办？郑其山说，挡住他，警告他一下。周子汉说，这个事，我们城建局有权管。丁师傅，挡住他的车。丁师傅把车挡在了路中间，后面的一个劲打喇叭，让他把路让开，他就是不让。赵明义说，把车子停下，教训他一下，车子停了下来。三个人一块下了车，后面的车上下来了司机。司机说，干什么你们，为什么挡我们的路？赵明义说，这是闹市区，你们开那么快，还乱摁喇叭，这是扰民行为，你知道吗？司机说，我们在执行任务，快把路让开。周子汉说，你这位同志怎么这样，明明错了，还这么横。郑其山说，你们是哪个单位的？车子上下来了一个人，是吴文乔。吴文乔说，噢，是你们三位呀，行啊，也有车坐了，看来也高升了。郑其山说，我们是城建局的，有权对你的司机提出批评。吴文乔说，不要批评他，是我让他开这么快的。赵明义说，你为什么这么做。吴文乔说，不好意思，我们正在执行特别的任务。郑其山说，什么特别任务？吴文乔说，这是机密，具体内容不能说，只能说关系到社会稳定国家安全，请你们马上把路让开。不然的话，很可能就会让敌人的阴谋得逞。到时候，怕是我和你们都负不起这个责任的。周子汉说，把路让开吧，让老吴过去吧！吴文乔说，还是老周讲党性，讲政治。你们俩，要多向老周学习。不要觉得当了个局长副局长，就了不起了。吴文乔回到了车上，车子卷起了一阵尘土，从他们身边开了过去。赵明义说，这个家伙,也太狂了。郑其山说,就是的,在安全部门工作就了不起啊!周子汉说,算了,别和他计较了,人家也是为了工作嘛!赵明义说,这个人有一种味道,让人看了难受。周子汉说,谁都有缺点嘛,我们要宽容一点。赵明义说,老周,你的心肠就这么好,人家差一点把你枪毙,你也不记仇。周子汉说,他也是执行命令,不怨他的。郑其山说,不说他了,这样的人,不用理他就行了。我们干我们的事,他干他的事,他怎么样也不会影响我们的。周子汉说,郑其山说的对,咱们还是商量一下,这街道怎么修,老房子怎么改造。

古树林里,周子汉靠在一棵古树上。叶可楠半躺着,靠在周子汉身上,手里拿着周子汉送给她的那个子弹壳,放在嘴边,不时吹出一阵好听的声音。周子汉说,南征北战,还没有丢,真不容易。叶可楠说,好几次差一点丢掉,我都想办法找回来了。找的时候,就想着老天啊,千万让我找到啊!这么一念叨,还真灵验,不管多难找,都找到了。周子汉说,一个子弹壳,又不是贵重的东西,丢了就丢了,不算什么。叶可楠说,有些东西,贵不贵重,不在于值多少钱。我当时觉得,要是把你给我的子弹壳丢掉了,我就会再也找不到你了。周子汉说,你还这么迷信。叶可楠,我有点信命,你看,我没有把它丢掉,就和你重新相遇了。周子汉说,你们院长还没有回来呀,这两天赵明义又在问我了。叶可楠说,还没有回来。这个赵明义也是的,两个人一辈子都会在一起,时间长着呢,不在乎早晚这么几天的。周子汉说,他和田老师的结婚证已经领了。叶可楠,要不,让他们先结吧!不要等到十一,就把事给他们办了。周子汉说,这倒是个好主意。

当了局长就不一样了,三个人一人一间房子。叶可楠来了,不是一个人,还带着胡小兰。她不进周子汉的房子,进了郑其山的房子。郑其山说,坐,坐,瞧,房子太小,也没地方坐,要不,你们俩坐床上。叶可楠说,行了,都是自己人,不用客气,我们就坐床上了。郑其山说,喝水吧,我这还有茶,你们泡点茶,茉莉花茶。叶可楠说,给胡小兰倒一杯行了,不用给我倒了,我坐一会,要去老周那里,泡了就浪费了。郑其山说,那你就多坐一会,喝了茶再走。叶可楠说,那胡小兰可就不高兴了,是吧,胡小兰。胡小兰说,去,去,去,再说,我走了。叶可楠说,那还是我先走了。胡小兰,我去老周那里坐一会,哎,两天没见面了,还挺想的。胡小兰说,你脸皮可真厚。叶可楠说,没办法,喜欢一个人,脸皮就会变厚,你的脸皮早晚也会变厚的。叶可楠拉开了门出去了。郑其山泡了茶,放到了胡小兰面前。郑其山说,口渴了吧,喝点茶。胡小兰说,你在干什么呢? 郑其山说,在看书,城市建设方面的书。胡小兰说,你是城建局的领导,城市以后的建设,就全靠你了。郑其山说,我是个副的,说了不算,只是个干活的,少说话,多干事就行了。胡小兰说,我发现你这个人很低调,很随和。郑其山说,我就是个平常人,要不是老周关照提拔,现在如果没有死在鬼子手里,顶多也就是个村干部。胡小兰说,我发现你很听老周的。郑其山说,老周不但救了我的命,还给了我新的活法。要说,我心里边,除了生我的父母外,再有一个位置,就是老周了。胡小兰说,老周是个好人。郑其山说,不是好,是太好。胡小兰说,怪不得叶可楠会把他喜欢成那个样子。郑其山说,叶可楠也很好。胡小兰说,当然啊,好人才会喜欢好人的。郑其山说,医生都是好人。胡小兰说,为什么? 郑其山说,医生干的是救死扶生伤的事,人不好,就干不了这个事。胡小兰说,你说的挺有道理。这么说,我也是个好人了? 郑其山说,你不但是医生,还和叶可楠这么好,你怎么可能不是好人呢! 胡小兰说,那你是什么人? 郑其山说,我,不好说,说自己不好说,但至少有一点可以肯定,我不是坏人。胡小兰说,不是坏人,就是好人。郑其山是好人,郑其山喜欢的人,也一定是好人。郑其山说,那我们都是好人了。胡小兰说,那你刚才说什么? 郑其山不好意思地笑了笑。胡小兰说,没谈对象吧? 郑其山说,没有。胡小兰说,我也没有。

赵明义和田老师站在一座墓前,他们把一束鲜花放在了墓前。田老师说,妈,女儿来看你来了。不光是女儿来了,还有赵明义也来了。妈,我们来看你,来告诉你一件喜事,我和赵明义已经领了结婚证了,再过一个月,我们就会举行婚礼了。赵明义说,妈,我知道,你一直想听我这样喊你一声。我也知道,尽管我的喊声,你不能答应,但你在九泉之下一定听到了。田老师说,妈,这么些年,你一直为我担心,怕我会没有依靠,受人欺负,现在你终于可以放心了吧,从今以后,我有人保护了,再也不会过担惊受怕的日子了。赵明义说,妈,还有一件事,也要告诉你,杀害你的凶手,已经被我们消灭了。生养你的这片土地,从此就不会再有这样惨无人道的杀戮发生了,因为伟大的共产党已经成为领导者,强大的政权会让所有的分裂分子胆寒的。田老师说,妈,你不能亲自来参加我们的婚礼了,就让我们现在朝你跪拜,感谢你的养育之恩,同时恳求你为我们祝福。赵明义和田老师跪下磕了三个头。田老师说，赵明义，我再也没有亲人了，从今以后，你就是我最亲最亲的人了，我以后可是要全靠你了。赵明义把田老师拥到怀中说，从今以后，你就是我的爱人了，我会像爱我的生命一样爱你的，我不会让你再受苦了，更不会让你再受到伤害了。田老师说，我们快结婚吧！

赵明义说，很快，很快，我们就会结婚的。

把田老师送到了学校门口，赵明义说，时间不早了，我就不进去了。田老师说，进去坐一会吧。赵明义说，宿舍里还有别人，不方便的。田老师说，小袁老师回家去了，今天晚上就我一个人住。赵明义说，你真想让我留下？反正，我们也领了结婚证了。田老师想了想说，算了，你还是回去吧，还是等到结婚那天吧！赵明义转身走了几步，听到田老师喊他说，老赵。赵明义转过身，以为田老师有什么事说，你还有事？田老师走过来，在赵明义脸上亲了一下，推开赵明义说，回去吧，做个好梦。赵明义说，你也做个好梦。田老师说，放心吧，这些天，我做的尽是好梦。

赵明义走进办公室，说，老周，告诉你一个好消息，动工了。周子汉说，这么快就动工了。赵明义说，一听是要修建新的又宽又平的街道，各方面都很支持，解放军的一个工兵团承担了工程的主要部分。周子汉说，好啊！让老百姓一看，还是社会主义好，多少年破马路，共产党一来，就变了样了。赵明义说，我这就去工地上，搞工程也像打仗，也要各方面协调。你要是不忙，咱们就一块去。周子汉说，这是大事，是首要的工作，别的事，再忙，也可以先放下。走，一块去，把郑其山也喊上。赵明义说，老周，再问你个人的事，结婚证扯上了没有？周子汉说，那个院长，还没有回来，还得再等一等。我看，要不，你和田老师先把事办了。赵明义说，那怎么行，说好了，一块办的。周子汉说，也就是一说，用不着那么死板。叶可楠也是这个意思。赵明义说，还是要一块办。咱兄弟俩，不能同年同月同日生，能同年同月同日结婚，也不枉咱们兄弟相识一场啊！周子汉说，那我就让叶可楠抓紧办。

吉普车里，三个人都坐在里边。车子边走，三个人边商量着工作。赵明义说，把路修好了，下一步，就把路边的破土房子扒掉，盖砖瓦房，盖大楼房。用不

了多久，边城，就是又一个上海。周子汉说，看来，让你当城建局的局长是选对
了人。郑其山，你这个副局长，可要跟着多学点。郑其山说，不知老赵肯不肯教
我这个学生？赵明义说，什么学生，都是同事，没有你们两个支持，我干什么都
干不成的，能这么快开工，郑其山也是出了力的。材料供应这一块，就是郑其山
负责安排的。周子汉说，团结一心，不管干什么工作，没有干不好的。一辆吉普
车超了过去，停在了周子汉他们坐的车前边，从车上跳下几个穿着便衣的人。
其中一个伸出手，拦住周子汉他们的车。赵明义说，怎么回事？周子汉说，不知
道。郑其山说，我下去看看。郑其山下车说，你们有什么事？便衣说，我们是安全
局的，在执行公务。郑其山说，有证件吗？便衣拿出了工作证，让郑其山看。郑其
山看了说，我们好象没有业务来往。便衣说，请问，赵明义局长是不是在车上？
郑其山说，是啊！便衣说，有些情况，我们想找他了解一下。郑其山回到吉普车
跟前，拉开车门说，老赵，找你的，说有事要了解。赵明义说，找我了解什么事？
说着，赵明义下了车。便衣说，你就是赵明义吗？赵明义说，是啊！便衣说，我们
安全局的，有些情况想跟你了解一下。赵明义说，我还有工作，能不能在这说？
便衣说，还是请你跟我们走一趟。赵明义说，不会很长时间吧！便衣说，可能吧！
周子汉下车说，怎么回事？赵明义说，老周，你们先去，我忙完了就过去。周子汉
说，什么事，不能在这说。便衣说，我们是在执行公务，请你们配合。周子汉说，
你们的领导是谁？便衣说，是吴文乔处长。周子汉说，那就好办了，要不，老赵，
你就去一下吧，估计不会有什么事。赵明义说，肯定不会有什么事。好，我就去
一下，你们到工地上看看，有什么问题，当场解决掉，要保证工程的质量和速度。
郑其山说，那我们在工地上等你了。几个便衣拥着赵明义上了车。周子汉和郑
其山上了自己的车，车子开动了。郑其山说，我怎么觉得这个事没有那么简单。
周子汉说，会有什么事，不会有什么事的。咱们就在工地上等他，中午咱们吃手
抓肉，我请客。

　　街道上，工人们在干活，用碎石渣铺路。周子汉有些着急地看着手表说，老
赵怎么还没有来？郑其山说，什么事，要问这么久？周子汉说，不行，我得去看
看。郑其山说，不会有啥事，没准再等一会，他就来了。周子汉说，马上就该吃中
午饭了，我去看一下，顺便把他接回来。郑其山说，那我就在工地上了。周子汉
说，行，你在这，有什么事，你来解决。等一会，把老赵接上了，再来接你。咱们一

块吃饭去。郑其山说，行。

周子汉赶到了公安局，要往里进，门卫拦住了说，请问，有证件吗？周子汉说，什么证件？门卫说，工作证。周子汉说，忘带了。门卫说，没有工作证，不能进。周子汉说，我找吴文乔。门卫说，找吴处长，你等等。门卫打电话说，吴处长，有人找你。又问周子汉说，你叫什么？周子汉说，我叫周子汉。他说他叫周子汉。好，好。门卫说，吴处长让你进去，二楼二零五号房间。

看到周子汉，吴文乔说，老周，你怎么来了，来，坐，坐坐坐。周子汉说，老赵是不是在你这？吴文乔说，是在我这。周子汉说，咋还没走？吴文乔说，事还没有问完。周子汉说，什么事，还没有问完？吴文乔说，这是机密，按说我是不能告诉你的，但咱们是老朋友，你是书记，有些情况，是该给你通报。本来打算上门去通知你的，没想到你来了，来了也好，我就不用去了。周子汉说，什么意思，你这些话，我怎么听不明白。吴文乔说，老周，你先坐下，听我慢慢说，听我说完，你就明白了。周子汉坐下了。吴文乔说，老周，我知道，我说出的话，你可能不会接受，但不管你接受不接受，我都必须我要告诉你，并且希望你能接受。周子汉说，你就不要再拐弯抹角了，快说吧，急死我了。吴文乔说，赵明义是个国民党的反革命特务。周子汉说，你说什么，再说一遍。吴文乔说，赵明义是个国民党的反革命特务。周子汉一拍桌子说，胡说。吴文乔说，你看，你看，又急眼了吧！周子汉说，我能不急吗，我的兄弟，我的同志，我的搭档，一下子成了反革命特务了，我能不急吗？吴文乔说，说他是反革命特务，不是随便说的，是有真凭实据的。周子汉说，什么证据？吴文乔说，对不起，案子还在进行中，证据属于保密，我不能说，这是我的工作原则。周子汉说，搞错了，一定是搞错了。吴文乔说，组织从来不会冤枉一个好人，也不会放过一个坏人。周子汉说，可赵明义真的不是坏人。吴文乔说，老周，相信组织，听组织的，永远不会有错。周子汉说，赵明义是什么人，我了解。赵明义在什么地方，让我见见他。吴文乔说，不行，案子没有了结以前，谁都不能见。周子汉说，老吴，就算我求你了，行吗。吴文乔说，唉，没办法，我这个人就是心软。这样吧，我就破个例，老周，你见见赵明义，可以劝劝他，让他不要再抗拒了，这样对他是没有好处的。周子汉说，我知道该对他说什么。

看守所铁门打开，周子汉走进来，隔着一道铁栏杆，看到了赵明义戴着手铐，蹲在那里，看到周子汉，像看到救星一样，马上扑了过来，可铁栏杆拦住了他，他只能和周子汉隔着铁栏杆相望。赵明义说，老周，你来了，我就知道，你会来的。周子汉说，等你你不来，我当然要来看看，发生了什么事呀！赵明义说，到底发生了什么事，我到现在还不知道。周子汉说，老吴说你是国民党的反革命特务。赵明义说，老周，你是了解我的，我怎么会是特务呢？周子汉说，我要不是了解你，我要是相信你是特务，我就不会来到这里见你了。赵明义说，他们肯定是搞错了，你给他们好好说说，把我带出去，我是局长，街道才刚开始修，好多工作还在等着我去干呢！周子汉说，你的心情我理解，你放心吧，老赵，有我在，我不会让你受冤枉的，你就先在这里委屈一下，顶多两天，等他们搞清楚了，你就会没事了。赵明义说，我知道，老周，你不会不管我的，你这一来，我心里踏实多了。周子汉说，我每天都会过来的，直到把你从这里接出去。赵明义戴着手铐的手从铁栏杆里伸出来，握住了周子汉的手说，老周，还有，这事可千万不能让田老师知道，要不，她会担心的。她心里一有事，就睡不成觉。周子汉说，我知道。这个事，我不会让田老师知道的。好了，我先走了。你放心，不会有事的。很快，就可以出来了，咱们再好好好聚聚，好好喝几杯。

和郑其山商量工作，说着说着说到了赵明义身上。周子汉说，你说，老赵怎么摊上了这么个事？郑其山说，可能是误会了。周子汉说，肯定是误会，老赵是什么人，我们都清楚。郑其山说，那就不用担心了，等误会消除了，就没事了。周子汉说，问题是要等多长时间呢？郑其山说，不会很长时间吧！周子汉说，呆在那个地方，对老赵来说，一天就像一年一样。

郑其山说，可我们只能等啊！周子汉说，不能等，不能等，我们得去催有关部门快点把事情搞清楚。郑其山说，这么做，合适吗？周子汉说，有什么不合适的，老赵是我们的干部，是局长，他的事，我这个当书记的理应去管。这样，郑其山，这段日子，工作上的事，你去抓，我的任务就是去办老赵的事。早点让老赵回到工作岗位上，也是工作，而且是很重要的工作。郑其山说，行，就按你说的办。周子汉说，要是田老师来找老赵，就说，老赵出差了，去北京开会了，很快就回来了，别让她为老赵担心。郑其山说，好的。

郑其山在指挥工人铺路。田老师顺着街道走过来，看到郑其山，喊了起来。郑其山迎过去说，田老师，你上街了。田老师说，刚才我去找老赵，他不在办公室。我想，他是不是在工地上，就过来了。郑其山说，哎呀，这个事，是这样的。昨天，上级来了个紧急通知，让他去北京开会，时间太紧，他没有来得及给你打招呼。田老师说，什么事，这么急，连打个招呼都来不及？郑其山说，当然是很重要的事了。田老师说，没说什么时候回来？郑其山说，也就是几天吧？田老师说，这我就放心了。郑其山说，老赵一回来，肯定马上就会去看你的，你放心吧。田老师说，还是让他先忙工作吧，我无所谓。郑其山说，田老师，老赵不在，有什么事，需要办的，你就打个招呼，千万别客气。田老师说，谢谢了。你忙吧，我先走了。郑其山说，田老师，慢走，走好。

就在这个时候，在另一个地方，赵明义遭到审问，审的人是吴文乔。吴文乔说，你叫什么？赵明义说，我叫什么，你还不知道吗？吴文乔说，我问什么，你就回答什么，不许反问。赵明义说，为什么？吴文乔说，因为你是嫌疑人。赵明义说，你们是乱怀疑。吴文乔说，问你，就是要把事情搞清楚，你应该积极配合才对。赵明义说，你问吧！吴文乔说，你叫什么？赵明义说，赵明义。吴文乔说，工作单位？赵明义说，城建局。吴文乔说，职务？赵明义说，城建局局长。吴文乔说，起义前，是什么军衔？赵明义说，少校。吴文乔说，起义后，什么军衔？赵明义说，营长。吴文乔说，共产党对你不错吧？赵明义说，不错。吴文乔说，那你为什么还要反对共产党，参加叛乱？赵明义说，我没有反对共产党。我没有参加叛乱。吴文乔说，他们找过你没有？赵明义说，找过。让我参加，我没有参加。吴文乔说，当时为什么没报告？赵明义说，我劝了他们，他们说，只是有这个想法，不会真的叛乱，我就没有报告。吴文乔说，你是怕报告了，会把他们抓起来吧？赵明义说，他们骗了我，我要是知道他们会叛乱，我一定会报告的。吴文乔说，你没有参加叛乱，是不是有另外的任务？比如说，让你长期潜伏，作为定时炸弹，安放在共产党内部？赵明义说，从来没有人给我布置过这个任务。吴文乔说，我知道，你是不会轻易承认的，但我想告诉你的是，那么多起义的军官，为什么就把你抓起来了？不掌握一定的事实，我们是不会这么做的，抗拒不交待，对你是没有好处的。赵明义说，我真的不知道要交待什么？我是真心实意要跟着共产党，为国家为民族出力的。这一点，周子汉是可以给我作证的。吴文乔说，作什么证，你是不是特务，他怎么知道？赵明义说，我要是特务，我就不会亲自把叛匪头子给打死了。吴文乔说，这个事情，我正要问你呢，据我了解，当时你是已经把他抓住了，你为什么还要把他打死呢？赵明义说，因为他要逃跑，才不得不把他打死的。吴文乔说，真是这样吗？赵明义说，不信，你可以问周子汉啊，问郑其山啊！吴文乔说，不用问他们，我也知道你为什么要打死叛匪头子？赵明义说，你说为什么?吴文乔说，因为，他知道你是潜伏下来的特务，你担心他被抓获后，会把你供出来，所以你把他打死，杀人灭口，以方便你的长期潜伏和活动。赵明义说，你怎么能这样想？吴文乔说，难道说，我这样想，没有道理吗？赵明义说，有道理，可不是事实。吴文乔说，你非要我讲出事实吗？赵明义说，请你讲出来，我实在不想再受这种折磨了。吴文乔说，赵明义，我要讲出来，是很容易的。我不讲，让你讲出来，是为了你好。不管怎么说，咱们曾经是朋友，曾经是同志，还一块喝过酒，感情不能说没有。我这么做，不是和你过不去，不是在害你，我是在帮你。我们的政策，你是知道，同样一件事，我说出来，和你说出来，结果会是很大的不同的，它会关系到你是死，还是活。赵明义说，压根儿没有的事，我就是编，也编不出来啊！吴文乔说，我是把该说的话都说了，怎么做是你的事。不过，我还想再给你个机会。你再好好想想，我还是希望你自己坦白。赵明义说，老吴，我确实是被冤枉了。吴文乔说，我知道，你曾经被冤枉过一次，但这次和上次不同，这次决不会冤枉你的。赵明义说，我要见周子汉。吴文乔说，你现在谁也不能见。

周子汉别的事不想干，就想着赵明义的事，又跑去找吴文乔。周子汉说，老吴，老赵的事怎么样了，要是搞清楚了，就放他出来吧！吴文乔说，他一直不配合，我也没有办法。周子汉说，怎么样不配合了？吴文乔说，不承认呗！周子汉说，压根儿没有的事，你让他承认什么？吴文乔说，你这么说，就不对了，难道说我们是在给他栽赃了？周子汉说，栽不栽赃，我不好说，反正，我知道赵明义不是特务。吴文乔说，这个事，你说了不算，我说了也不算，咱们都要相信组织。周子汉说，我相信组织，可我不相信你。吴文乔说，我和赵明义无冤无仇，我怎么会和他过不去？周子汉说，老吴，你知道的，我们已经冤枉过赵明义一次，不能再冤枉他了。吴文乔说，老周，你说话要注意一点，我们都是共产党员，都要讲党性。周子汉说,党性没有让我们可以乱怀疑人。吴文乔说,这一次不是怀疑,我们有充分的证据。周子汉说,你把证据拿出来呀！吴文乔说,还不到时候,到时候你就会看到证据的。周子汉说,我想见见老赵。吴文乔说,不行呀,老周,上次我讲交情,让你见了,已经是违反纪律了,再让你看,我就得犯错误了,你就体谅我一下吧！周子汉说,见都不让见,你也太过分了。吴文乔说,老周,咱们是老朋友了。有一句话,我想提醒你一下。赵明义的事,你就不要再过问了,就让组织去处理吧！周子汉说,别人我可以不过问,可老赵我不能不过问。吴文乔说,你这个人,就是太犟了,不讲原则,不听别人劝,是要吃亏的。周子汉说,我不知道你说的做人原则是什么,反正我有我的做人原则。

郑其山办公室里,墙上也挂着三个人的合影照片。

郑其山在打电话,他说,进度要保证,质量更不能马虎,要夯实基础,至少得保证修好的路,几十年不会坏。我会亲自验收的,没有我签字,不能完工。周子汉拿着一份文件进来了,脸色不太好。郑其山放下电话说,老周,你坐。有些工程队,光图速度,不讲质量,让我收拾了一顿。周子汉说,我这里有一份文件,和你有关。郑其山说,什么文件？周子汉说,文件上说,赵明义被隔离审查,由你先代理局长。郑其山说,这不太合适吧！周子汉说,这是组织的决定,你就挑起这个担子吧！郑其山说,我怕干不好。周子汉说,你已经在干了,并且干得很不错。郑其山说,那我听组织的,先干着。周子汉说,等老赵回来了,再让老赵接着干就是了。郑其山说,这我知道。那老赵什么时候能出来呀！周子汉说,我准备亲自去一趟组织部,找一下刘副部长,当面和他们谈一谈,把老赵的情况给他们反映一下。郑其山说,你是不是再等一等,看看吴文乔那边的结果？周子汉说,什么意思,不管了？郑其山说,不是不管了,而是现在这个情况,不太好管。周子汉说,你是不是也怀疑老赵有什么问题？郑其山说,我倒不是怀疑,只是老赵毕竟是起义过来的,跟国民党干了那么多年,和国民党还是有感情的。周子汉说,那个时候和现在不一样,老赵这个人,一旦拿定了主意,是不会随便改变的。这些日子,你也看到了。你说,他哪个地方和咱们不是一心一意的？郑其山说,那倒是一点也看不出来的。周子汉说,咱们可不能不相信老赵啊！咱们要是不相信他了,那就真的没有人相信他了。

周子汉一个人在屋子里，拿了一瓶子酒，不时喝上一口。叶可楠进来，看到周子汉一个人在喝酒，说，怎么一个人喝起了酒？周子汉说，有点累，解解乏。叶可楠说，忙什么去了，累成了这样，怪不得这几天都见不到你的影子了。周子汉说，几句话说不清。叶可楠说，说不清就别说了，给你说个高兴的事。结婚报告，院长同意了，在上面签字了。她拿出了结婚报告，让周子汉看。周子汉看了一眼，就放下了。叶可楠说，过两天，咱们抽个时间，去把结婚证领了。周子汉说，行吧！叶可楠说，你好象并不太高兴？周子汉说，我没有不高兴。叶可楠说，你好象有什么心事？是不是咱俩的事，你有啥想法了？有啥想法，现在说，还来得及，反正证还没有领。周子汉说，叶可楠，你别生气，我是为老赵着急。叶可楠说，为他急什么？周子汉说，老赵被抓起来了。叶可楠说，老赵被抓起来了，为什么呀？周子汉说，说他是国民党的特务。叶可楠说，他是吗？周子汉说，当然不是，他怎么可能是特务。叶可楠说，不是特务，不就没有事了吗？周子汉说，可只有我说他不是特务，别人不这么说，那个吴文乔非说他是。叶可楠说，这个事，怕是他说了也不算，还得有证据。周子汉说，吴文乔说有证据，可又不让我知道。叶可楠说，田老师知道吗？周子汉说，还瞒着她呢！叶可楠说，这事能瞒得住吗？周子汉说，你抽出点时间，去看看田老师，陪陪她。叶可楠说，她和老赵已经领了结婚证了，实际已经是老赵的妻子了，要知道老赵遇到了这个事，她肯定经受不住的。周子汉说，她一直以为老赵是去北京开会了。叶可楠说，田老师那里，你就不要多担心了，我会去多陪陪她的。周子汉说，叶可楠，我想做点努力，让老赵早点出来。叶可楠说，我知道你们的情谊，我支持你。结婚证咱们就晚几天去领，说好了，和老赵一块举行婚礼的。老赵不出来，就算结婚证领了，也结不成啊！周子汉说，就是为了咱们早点结婚，也得快些把老赵弄出来。说得叶可楠笑了。

还是同一间房子，还是同样两个人。吴文乔说，想好了没有，赵明义？赵明义说，想好了。吴文乔说，说吧！赵明义说，我不是特务。吴文乔说，这么说，你决定不主动坦白了？赵明义说，不是不坦白，是我确实没有什么坦白的。吴文乔说，好吧，既然怎么问，你都不说，那就别说我不给你机会了。赵明义说，身子正不怕影子斜，你就快说吧！吴文乔说，你是不是认识一个姓陈的国民党上校？赵明义说,是的,他就是发动叛乱的头子。吴文乔说,他是不是去找过你? 赵明义说,是的,他让我参加叛乱,我没有参加,还劝说他不要胡来。吴文乔说,谁能证明你这么说了? 赵明义说,当时,只有我们两个人,没有第三个人。吴文乔说,他给你说过让你潜伏下来的事吗? 赵明义说,没有。吴文乔说,还是没有证明,陈上校死了,死无对证。赵明义说,确实没有。吴文乔说,你说没有,没有证据,但说你是潜伏下来的特务,却有证据。赵明义说,不可能。吴文乔拿出了一个本子,放在了桌子上说,这个本子是陈上校的,上面有一份潜伏特务的名单,上面有你的名字。赵明义说,不可能,决不可能。吴文乔拿着本子走到赵明义跟前说,你真是不见棺材不掉泪啊! 赵明义看着本子上的自己的名字,整个人一下子傻了。赵明义说,这怎么可能呀,我从来不知道有这回事啊! 吴文乔说,这一下,你还有什么可说的。赵明义说,不,这是他的阴谋,看我不跟他发动叛乱,就栽赃陷害我。吴文乔说,是的,我们也考虑到了这一点,如果光凭这个死人的本子上的名单就把你定为特务,确实有可能冤枉你,但实际的情况是,我们通过有关情报部门获得了一份国民党在西北潜伏的特务名单,上面也有你的名字。赵明义说,不,这不是真的,全是假的,我冤枉啊! 吴文乔说,赵明义,你就再别喊冤了,你就等着人民的审判啊! 看在我们一块打过日本鬼子的份上,我会把你的情况如实上报,会请求上级对你宽大处理的。赵明义双眼一闭,整个人好象瘫了一样。

　　田老师正在收拾箱子里的东西,不断从里边拿出衣服,在身上比试着。听到了敲门声说,谁呀? 叶可楠说,我,叶可楠。田老师赶紧放下衣服去开门,叶可楠提了个甜瓜站在门口。田老师说,叶可楠,快进来,快进来,你可是个稀客啊! 叶可楠说,早就想过来看看你,一直忙得抽不出空。田老师说,该是我去看你的。叶可楠说,也没有什么好买的,看到街上有卖瓜的,就买了一个。卖瓜的说是哈密瓜,甜得很,不知是不是真的。田老师说,新疆的瓜,不管什么地方的都很甜。雨水少,又是沙土地,种的瓜果都很甜。叶可楠说,你在忙什么呢? 这么多衣服呀! 田老师说,多什么呀,没有几件能穿得出来的。叶可楠说,这些年,当兵,穿的衣服,都是发的。除了黄军装,就是白衬衣。田老师说,要不,你从我这挑两件,只要你看得上眼,就拿去穿。叶可楠说,不用了,穿惯了军装,穿别的衣服,还一下子穿不惯。田老师说,你这身材,穿什么都会好看。等到休息了,我陪你上街,去买几件去。平常穿军装行,结婚就不能穿军装了。叶可楠说,这倒也是,都说结婚要穿红衣服,吉利喜庆。田老师说,我倒是有一件,是妈妈给我准备的,让我当新娘时穿的。叶可楠说,什么样的,快拿出来看看,肯定好看得很。田老师说,是件旗袍。老师把旗袍拿出来,放在身上比试着。叶可楠说,太好看了,就穿这个。田老师说,你穿上,肯定比我穿着还好看。说着,田老师把旗袍披在了叶可楠身上。田老师说,你看,多合适,多好看。说好了,到了那一天,咱俩都穿红旗袍。叶可楠说,可我没有红旗袍啊!田老师说,我认识一个做旗袍的,这两天,我带你去,让他给你做一件。叶可楠说,行,我也去做一件,结婚是女人这一辈子最大的事,一定要把最好看的衣服穿上,打扮得漂漂亮亮的。田老师说,你们的结婚证领了没有? 叶可楠说,结婚报告已经写好了,领导也签了字了。周子汉说忙过了这两天,就去领。田老师说,周子汉在忙什么呀? 叶可楠说,谁知道呢,还不都是工作上的事。田老师说,男人就是这样,一说工作,就啥也不管了。老赵去开会,走的时候连招呼也不打。叶可楠说,等到结婚了,就会天天在一起了。田老师说,说一句不怕你笑的话,这些天,老做梦,自己当了新娘,进入了洞房。叶可楠说,都一样,我也做过这样的梦。

周子汉又来到了吴文乔办公室。吴文乔说,我就知道你会来,你来得正好,赵明义的案子有结果了。周子汉说,我是不是可以带赵明义走了? 吴文乔说,你不可能把他带走了,他也不可能再回到原来的工作岗位上了。周子汉说,什么意思? 吴文乔说,证据确凿,赵明义是国民党潜伏在我们内部的特务。周子汉说,这不可能。吴文乔拿出了本子说,你看看写在这个本子上的名单吧! 周子汉看了名单说,这个名单,一定是假的,是敌人的阴谋。吴文乔说,不管你怎么想,赵明义的案子已经定了,我这也是代表组织通知你了。周子汉说,你们要把赵明义怎么样? 吴文乔说,他将等待法律的宣判。周子汉说,老吴,赵明义不应该得到审判。吴文乔说,他的案子已经转到了法院,你对我说什么都没有用了。周子汉说,老吴,请你让我见一见赵明义。吴文乔说,不行,这是有规定的。周子汉说,我求你了,老吴。

在看守所里,周子汉见到了赵明义。赵明义完全变了样子,像霜打过的茄子一样。看到周子汉说,赵明义,老周,我完了。周子汉说,那个名单是怎么回事？赵明义说，我不知道，我什么都不知道。周子汉说，你确实不是特务？赵明义说，你难道也不相信我？周子汉说，我要得到你肯定的回答。赵明义说，我真的是被冤枉了。周子汉说，共产党从不冤枉好人。赵明义说，我相信。周子汉说，就算被冤枉，也不会长久的。赵明义说，有你，我一定不会被冤枉的。周子汉说，你就不要想那么多，多注意身体健康。赵明义说，田老师怎么样了？周子汉说，她还什么都不知道，叶可楠昨天还去看过她，她挺好的，挺高兴的，正做着和你结婚的准备呢！赵明义说，这个婚不知能不能结成了。周子汉说，别胡说，不但要结，咱们还要一块结，要热热闹闹地结。结了婚，还要生孩子，最好是咱们各生一男一女，到时候，咱们就结成亲家。赵明义说，老周，得让你辛苦了……周子汉说，咱们兄弟俩，就别说这个话了。

周子汉趴在办公桌上写着什么，郑其山走进来说，老周，有空吧，我想把工程的事给你汇报一下。周子汉说，你来得正好，工程上的事，你就自己看着办吧！现在，我只想怎么样能把赵明义从看守所弄出来。郑其山说，赵明义怎么样了？周子汉说，移交法院了。郑其山说，那就是定案了嘛！周子汉说，是啊，所以得抓紧时间，要是法院一判就完了。郑其山说，那你……周子汉说，我在写一份报告给上级组织，替赵明义申诉。你看，我写了个开头，行不行？周子汉念了起来说，我们以党性和人格保证，赵明义同志自起义后，积极要求进步，靠拢党组织，在与叛匪的斗争中，立场坚定，勇敢顽强，在叛匪头目逃跑时，果断将其击毙，充分表现出了对革命的忠诚。所以，我们认为，赵明义决不可能是国民党的特务，希望组织上能尽快把赵明义的问题搞清楚，让赵明义早日回到工作岗位上，为社会主义建设贡献力量……郑其山说，老周，我知道，老赵很可能是被冤枉了，但我们是不是可以用另外一种方式来处理这个事？周子汉说，什么方式？郑其山说，你不是说，什么事都要相信组织吗？周子汉说，是啊！郑其山说，那咱们就在这个事上，也相信组织，让组织去处理，组织肯定是不会让赵明义受冤枉的。周子汉说，那你的意思，我们就不要管了？郑其山说，让组织去处理，也许会更好些。周子汉说，可组织有时候不了解情况，我们得把情况反映上去。郑其山说，可你这样写，组织上会不会觉得这是在庇护他？周子汉说，赵明义是个好同志，应该受到包庇。郑其山说，我担心我们这么做，会让组织上为难。周子汉说，有什么难，错了，就错了，纠正了就行了吗？郑其山说，这样，组织会不会有看法。

周子汉说,什么看法,对组织要说实话。郑其山说,要是你这个信写上去,不起作用怎么办? 周子汉说,怎么会不起作用呢,我以一个共产党员的身份向组织表达意见,怎么会不起作用呢? 看来,你虽然是共产党员了,可对我们的党还不太了解。郑其山说,这方面,我是还有很大差距。老周,你看,你的这封信上,如果需要我签名,我也是愿意签名的。周子汉说,那好啊,我就知道,你不会反对的,也是一样不想让老赵受委屈的。不过,算了,你就不要签名了,我一个人反映上去就行了。

第八章　天上落雨也会落石头

几个干部站在办公楼前聊天。田老师来找赵明义，从几个干部身边走过，听到几个干部说到赵明义。听说了吧，赵局长是国民党特务。真的吗，赵局长看上去，可一点儿也不像啊！特务都会装，当然看不出来呀，阶级斗争真是激烈啊！听说已经送到法院了，马上就会宣判了。那赵局长就会蹲监狱了？弄不好还会枪毙呢！对特务，当然不会客气了。说了一会，几个干部就走开了。没有别人了，只有田老师还站在那里。过了一会，突然想到了什么，拔腿朝办公楼里跑进去。

门被推开了，田老师脸色苍白地走了进来。周子汉没有想到田老师会来，有些发愣。田老师说，老周，老赵到底去什么地方了？周子汉说，去北京开会了呀！田老师说，你骗我。周子汉说，我怎么会骗你呢？田老师说，老赵是不是被抓起来了。周子汉说，你听谁说的？田老师说，他是不是国民党的特务？周子汉说，他不是。不是。田老师说，那为什么要把他抓起来？周子汉说，你听我说，事情是这样的，老赵是被抓起来了，田老师说，老赵抓起来了，我可怎么办啊？田老师一阵晕眩，要摔倒在地，被周子汉扶住。

田老师躺在床上，周子汉和叶可楠守在旁边。田老师醒了过来，叶可楠握着田老师的手。叶可楠说，田老师，你不要着急，听老周给你说。周子汉说，田老师，这个事情是这样的，是个误会，是搞错了，我已经找了有关部门，他们正在调查落实。老赵很快就会没事了，你放心吧！田老师说，老周，老赵真的不是特务？周子汉说，我们是兄弟，他是不是特务，我能不知道吗？他是个好同志，好干部。田老师说，那你说，老赵不会有事。周子汉说，不会有事。田老师说，我信你，老周。周子汉说，有我在，你就把心放宽些。田老师说，我听你的。

吴文乔来找胡小兰，眼看着和叶可楠没戏了，他又打起了胡小兰的主意。没有办法，找不上叶可楠，只能找胡小兰，他这么大了，再不找一个，就要打光棍了。对胡小兰，他还是有把握的。没想到，事情并没有像他想的那样。他约胡小兰去公园转转，胡小兰说，已经有人约他了。吴文乔问是谁，胡小兰不说。过了一会，胡小兰看了看表，说时间到了，不能让人家等我。说着，把吴文乔一扔，拉开门走了出去。吴文乔跟了出去，看到郑其山站在街道边，胡小兰正笑着向他走去。原来，是郑其山和胡小兰好了，这让他没有想到，也觉得更气恼。

田老师要带叶可楠去做旗袍，叶可楠不太想去。叶可楠说，我不想做旗袍，社会变了，不兴旗袍了。田老师说，旗袍好，你这个身材，穿上旗袍不知会有多好看。叶可楠说，我妈妈结婚时，穿的就是旗袍。田老师说，中国女人，老早就穿旗袍了。叶可楠说，行，就做旗袍，到时候，咱们一块穿着旗袍举行婚礼，别的女人保准会羡慕死。田老师说，还有半个月，我们就可以当新娘了。叶可楠说，周子汉和赵明义是亲兄弟，咱们以后也就是亲姐妹了。田老师说，我早就把你当亲姐妹了。走到了一拐弯处，看到了一个裁缝铺，同时，还看到了一群人在往墙上看。两个人路过，顺便看了一眼。本来只打算看一眼，就去裁缝铺，可看了一眼后，两个人一下子走不动了。墙上是一张刚贴出的布告，布告上写着，反革命分子、国民党特务赵明义，被判处无期徒刑。叶可楠看过布告，急忙去看田老师，田老师还在盯着布告看，好象还没有清楚上面写着什么。叶可楠说，田老师，田老师。田老师像是没有听到叶可楠在喊，还是盯着布告在看。叶可楠边喊边拉田老师，田老师看着叶可楠，像是不认识她了，一张脸白得像纸一样。

周子汉的拳头狠狠地砸在桌子上。周子汉说，冤案，冤案，天大的冤案。郑其山说，老周，你冷静点。周子汉说，面对这样的结果，我怎么冷静？郑其山说，也许赵明义真的是特务。周子汉说，不，他决不是特务。郑其山说，你说过的，要相信组织。周子汉说，不行，这个事不能就这么算了。郑其山说，那你还要干什么？周子汉说，继续替赵明义申诉。郑其山说，你不是找过刘副部长了吗，材料也交上去了。周子汉说，刘副部长官太小了，我要去找张书记。郑其山说，张书记那么忙，不知要操心多少事，咱们就不要去麻烦人家了。周子汉说，什么意思？

郑其山说，该做的，你都做了，也尽了心了。再往下做，我担心，组织会对你有看法。周子汉说，什么看法？郑其山说，会认为你立场不坚定，不相信组织，不讲党性，不讲原则。周子汉说，我是个党员，有权向上级组织提出意见。郑其山说，老周，你就听我一句劝吧！别忘了，你是书记。周子汉说，正因为我是书记，我才要这么做。赵明义是我的搭档，他的事，就是我的事，我说什么都不能不管，这也是我的工作职责。郑其山说，你真的没有想过，如果赵明义真是特务，你这么做，对你来说，会是什么结果？周子汉说，没有想过。郑其山说，你该想想。周子汉说，想什么想，你说的这个如果压根儿就不存在，我去想什么呀！叶可楠推门进来说，老周，你们在争什么呢，快去看看田老师吧！她那个样子，让我害怕。

大红的旗袍摊开在了床上，田老师呆呆地望着它。叶可楠说，田老师，你要是难受，就哭出来吧！田老师说，我不哭。周子汉说，田老师真坚强。田老师说，你是谁？周子汉说，我是赵明义的兄弟。田老师说，你是个骗子。周子汉说，我没有骗你。田老师说，你说赵明义过几天就没事了。周子汉说，我……田老师说，可他进了监狱，要在里边呆一辈子了。周子汉说，田老师，你放心，我不会让他在里边呆一辈子的，我一定会努力，让他尽快放出来的。田老师说，你又骗我。周子汉说，相信我，田老师，我会说到做到的。田老师说，我不想听你说话，请你出去吧！我想和叶可楠单独说一会话。周子汉不想走，叶可楠朝他使了个眼色，周子汉转身走了出去。叶可楠说，田老师，有什么对我说吧！田老师说，叶可楠，看来，我们不能一起举行婚礼了。叶可楠说，别这样说，赵明义很快就会被放出来的。田老师说，你也骗我，他判的是无期，不会再出来了。叶可楠说，他是被冤枉的，会被平反的。田老师说，我不相信，再也不相信了。叶可楠说，我和周子汉商量好了，要等着赵明义出来，咱们一块举行婚礼。田老师说，不了，我已经不做这个梦了。那天去给你做旗袍，没有做成，这个旗袍，我已经用不上了，就送给你，你举行婚礼那天可一定要把它穿上。叶可楠说，不，不能这样……田老师说，咱俩身材差不多，你穿上会合适的。叶可楠说，田老师，你不能这样想。田老师笑了说，我已经什么都不想了，就想见见赵明义。

隔着铁栏杆，赵明义和田老师的手紧紧地抓在了一起。田老师说，你瘦了，胡子也长了。赵明义说，你也瘦了。田老师说，以后，我再也不能照顾你了。赵明义说，是我连累了你，我不该催着和你去办结婚证。田老师说，是我要办的，幸亏早办了，要不，这会儿就办不成了。赵明义说，可我不能再陪着你了，你去把我们那个证退了吧！田老师说，办了证，就是夫妻了。我已经是你的妻子了，这个证退不了了。赵明义说，可以的，我进监狱了，可以退的，他们都会支持你这么做的。田老师说，我不后悔和你领证，我只后悔，为什么不一领上证，我们就举行婚礼？为什么非要等到十月一日，十月一日对我们来说，有什么意义？赵明义说，这些天，我天天想的都是你，越想越觉得对不起你啊！田老师说，我还后悔，那个晚上，你送我回宿舍，我为什么不让你留下来？现在想想，我真的是太傻了。赵明义说，幸亏那天晚上我没有进去，不然的话，今天我就会更觉得对不起你了。田老师说，你真的是个好人。赵明义说，这么说，你相信我不是反革命分子，不是特务了？田老师说，我要是相信，这会儿，我就不会站在你的面前了。赵明义说，听了你这句话，我心里好受多了。田老师说，可我却很难受。赵明义说，听我的话，忘掉我。天下好男人很多，你一定会再找一个比好我许多倍的。田老师说，不可能了。赵明义说，为什么不可能？离开我，你就可以想找谁就找谁了。田老师指了指心口说，你已经跑到这里边了，没法再离开了。赵明义说，你这样，会让我很痛苦的。田老师说，痛苦会过去的，一定会过去的。赵明义说，我不在，你怎么办啊？田老师说，你放心吧，我会把自己安排好的。赵明义说，有什么事，找老周和叶可楠，他们会帮你的。田老师说，不，老麻烦他们，这样不好，他们工作也很忙。赵明义说，我和老周的关系，不是一般的关系，你可不要见外。田老师说，不要牵挂我。劳改队里的日子不好过，你要多保重。看守走过来说，好了，时间到了。看守扯着田老师的胳膊，让田老师离开。田老师朝着赵明义挥了一下手，笑了笑。赵明义却怎么也笑不出，眼角处有泪水闪动。

周子汉去看赵明义，在公安局门口，遇到了吴文乔，周子汉说，是你把赵明义送进了劳改队。吴文乔说，是谁把他送进去的，并不重要。重要的是，我们清除了一颗安放在革命队伍内部的定时炸弹。周子汉说，就算他真是特务，也不该判无期徒刑。吴文乔说，他要感谢我，我替他说了好话，包括你写的材料，都起了作用。不是看他当年打过鬼子，像他这种情况的，肯定是要被枪毙的，可没让他死，他得感谢党组织的对他的宽容。周子汉说，四三年，你就冤枉过他。这一次，你又冤枉了他。吴文乔说，四三年，只是怀疑，没有证据。这一次，是有了证据。周子汉说,证据也有假的。吴文乔说,到了现在,你还认定赵明义是冤枉的,看来,你的老毛病还是没有改啊!周子汉说,不管你说什么,我都不会把赵明义当敌人的。我会为他申诉的。吴文乔说,那么,你也会跟着倒霉。周子汉说,再倒霉,不至于也把我判个无期徒刑的。吴文乔说,倒霉的方式,有许多种,不一定非要判无期徒刑。周子汉说,行了,不跟你说这些了,说了也没有用,你也当不了家。吴文乔说,那你来找我,不会是来找我聊天的吧?周子汉说,我去看赵明义,不让我看,说要让你批准。吴文乔说,算了,还是别看了吧?明天就会送到劳改队了,他会在那里一直呆到死的,你们不会再有什么关系了。周子汉说,给我办手续。吴文乔说,行行,我给你办,我是为你好,真是不知好歹。

吉普车在看守所门前停下来,周子汉走出来,拿出吴文乔开的证明给哨兵看。哨兵看了看证明说,你要见的这个人不在了。周子汉说,他干什么去了。哨兵说,押送去劳改队了。周子汉说,什么时候走的?哨兵说,刚走。哨兵朝一个方向指过去,可以看到一个卡车的影子在晃动。周子汉跳上吉普车说,快,追上前边那个大卡车。司机说,好的。司机发动车子踩油门,车子一下子窜了出去。

大卡车行驶着,车是老车子,跑得不快。赵明义和几个犯人站在车上,旁边站了几个拿枪的军人。一辆吉普追上来。吉普是小车,跑得快,没有太费劲就追上了。追上后,吉普车放慢了速度,和大卡车并排行驶。大卡车上的还没有弄明白怎么回事,周子汉从吉普车里探出了头。周子汉说,老赵。赵明义看到了周子汉,又惊喜又意外地说,老周,怎么是你啊?军人端起了枪,指着周子汉说,你是干什么的?快离开,要不,我们就开枪了。周子汉说,同志,别误会,我是城建局的书记,和赵明义说几句话,他是我们城建局的局长。军人说,什么局长,他以后就是劳改犯了。周子汉说,我知道,我不干什么,就说几句。赵明义说,老周,你这么危险,还是别这么跟着了。周子汉说,老赵,本来想来送送你的,结果去开证明耽误了时间。赵明义说,我知道,你会来送我的,谁不会来,你都会来的。周子汉说,老赵,我没有想到会是这样的结果,我找了组织部的刘部长,还替你写了申诉书,我想上面会调查清楚的。赵明义说,我知道你尽了心了,也尽了力了。这个结果不怨你,是我太倒霉了,让我摊上了这个事。周子汉说,你不要灰心,我还继续替你申诉的,我会去找张书记的,他了解你的情况,找到他,一定会解决问题的。赵明义说,你就别去为我东奔西忙,我看不会有用的。我现在最担心的还是田老师,我不在,你和叶可楠就多操点心了,替我多照顾照顾田老师。周子汉说,田老师这边你就不用多担心了,我和叶可楠会把她照顾好的。问题是你在劳改队,得把自己照顾好,我会想办法让你早点出来的。赵明义说,老周,我这次又指望你了。等到我出来那一天,我请你喝酒。周子汉说,我等着,到时候,你一定要请我喝酒,喝茅台酒。军人说,好了,你快走吧,你再这样跟着,我们就对你不客气了。周子汉说,赵明义,一定要保重啊!赵明义说,你也要保重啊!周子汉示意了一下司机,让吉普车慢下来,给大卡车把路让开了。周子汉坐在吉普车里,头靠在了座椅上,闭上了眼睛。低声说,赵明义,你要受苦了。

　　郑其山一个人在办公室,秘书进来,说组织部的人来了。郑其山正想让他们进来,看到了挂在墙上的合影。他让秘书等一等。把合影照片取下来后,放进了抽屉,才让秘书出去让组织部的人进来。秘书出去了,郑其山把照片塞进了抽屉。组织部的两个人走了进来,一男一女。郑其山说,请坐,请坐。小于,倒茶。男干部说,不用了,我们坐一会就走了。郑其山说,你们来一次不容易,多坐一会。男干部说,我们没有别的事,主要是赵明义的事,想了解些情况。郑其山说,你们问吧,我知道的,一定会说。女干部拿出了本子和笔,做出了记录的准备。男干部说,你和赵明义什么时候认识的?郑其山说,一直不认识,就是到了新疆,一块工作了才认识的。男干部说,你对他的印象怎么样?郑其山说,那倒没看出什么,好象开始是有些牢骚,后来就变得很积极起来了,还写了入党申请书。男干部说,这次他被判刑,你对这个事有什么看法?郑其山说,再次提醒了我,受到了一次教育,阶级斗争是尖锐复杂的。敌人有时会把自己伪装得很好,我们一定要提高警惕,不能让敌人钻进我们革命队伍内部。男干部说,这么说,你是支持政府对他的惩治了?郑其山说,当然了,坚决拥护。对这样的人不严惩,我们的胜利果实就很可能会保不住的。男干部说,好了,你的态度我们知道了,今天谈话就到这里吧!我们再去周书记那里看一下。郑其山说,周书记去办事了,下午才能回来,这样吧,你们下午来,我让他在办公室等你们。男干部说,那也行,我们下午过来。

　　看到周子汉回来了,郑其山马上赶了过去,给周子汉说了组织部的人来谈话的事。周子汉说，谈什么话？郑其山说，谈赵明义的事。周子汉说，好啊，我正想和他们谈一谈呢！郑其山说，我说你不在，我让他们下午来。周子汉说，我明明在，你说不在，你这不是骗人家吗？郑其山说，我是怕你没有思想准备。周子汉说，有什么可准备的？怎么想，怎么说就是了。郑其山说，我看，老周，有些话，还是不要说了。周子汉说，什么意思？郑其山说，他们好象就是来看我们能不能和赵明义划清界限？周子汉说，赵明义又不是坏人，我为什么要和他划清界限？郑其山说，老周啊，听我一句吧！你看能不能把墙上的那张照片取下来？换个地方也行，不一定非要挂在墙上，让别人看见了不太好。周子汉说，我就要挂在那里，我不想做的事，谁让我做，我都不会做的。郑其山无可奈何地摇了摇头。

田老师站在母亲墓前。站了一会，田老师又跪了下来，脸贴在了冰凉的石碑上。田老师说，妈妈，你在天堂里，生活得还好吗？女儿想给你说个事，你喜欢的那个小伙子，那个叫赵明义的军官，被抓了起来，判了无期徒刑，说他是特务，我不相信。他不是特务，他是个好人，不会再有他这么好的男人了。我和他已经领了结婚证了，已经做好了所有的准备，准备做她的新娘了，想好了，穿着你留给我的那件红旗袍走进婚礼的殿堂。可是，现在这一切都不可能了，他被判了无期，他将一辈子关在劳改队。妈妈，你说我该怎么办呢？我知道，女儿说的话，你都听见了，你就告诉我吧，不管你说什么，我都会听你的话的，你知道的，我一直是听话的孩子……

组织部的人进了周子汉的办公室，一进去就看到了挂在墙上的照片。男干部说，你的墙上的那张照片，是和赵明义的合影吧？周子汉说，是的。男干部说，现在再挂着这张照片，是不是不太合适了？周子汉说，我们是兄弟，是战友，没有什么不合适的。男干部说，你不会不知道，他已经被判了无期徒刑？周子汉说，知道。男干部说，知道，你为什么还要这么做？周子汉说，因为我知道，他不是国民党的特务，他对党和人民是忠诚的。男干部说，那你的意思把赵明义判错了？周子汉说，是的，是判错了。男干部说，你对这个事还有什么看法？周子汉说，我写了份材料，给了你们刘副部长，你回去问他吧！男干部说，来以前，刘部长给我们说了，说你那份材料是在没有宣判赵明义以前写的，可以不算数，你可以谈谈你新的看法。周子汉说，请你们告诉刘部长，我的看法没有发生改变。希望刘部长能重视我的意见，能够给赵明义改判，宣布他无罪，还他一个公正。男干部，说，你是认为这个宣判不公正了？周子汉说，当然是不公正了！明明是个好人，说成是特务，怎么能公正呢？男干部说，我们一定会把你的看法向领导如实转达的。

周子汉只顾忙赵明义的事，没去看叶可楠了。他不去，叶可楠自己来了。周子汉赶紧问，这段日子，你还好吧？叶可楠说，你还知道问我呀，我以为你已经把我忘了呢！周子汉有点不好意思了。叶可楠说，赵明义成了这个样子，田老师怎么办呀？周子汉说，赵明义不会一直呆在劳改队的，要让田老师有这个信心。叶可楠说，你真的有这个把握吗？周子汉说，想亲自去找一下张书记。张书记了解我和赵明义，他要说句话，赵明义就不会有事了。叶可楠说，把你的想法再去和田老师说说，这两天，我值班，我没去陪田老师。要不，咱们一块去看看田老师。周子汉说，等把赵明义的事解决了，我就什么都不干了，哪儿都不去了，天天守在你身边，看着你，到时候，你别烦就行了。叶可楠说，你这话，打死我都不信。周子汉说，真的，我真是这么想的。叶可楠说，我知道，在你心里边，什么东西最重要。一说到工作，一说到兄弟，你就顾不上我了。周子汉说，其实，我心里，最重要的，还是你。叶可楠说，不管是不是真的，这个话我爱听。走，去看看田老师，喊上她，一块去吃个饭。

到了田老师宿舍门口，看门开着，推开门进去，却没有人。叶可楠说，田老师不在。周子汉说，要是出门了，应该把门锁上的啊！叶可楠说，是啊！是不是没走远，一会就回来了。周子汉说，要不，咱们坐下等一会。叶可楠走到了床头跟前，看到桌子上放了一张纸，低头一看，急忙抓了起来。叶可楠说，老周，田老师的信。周子汉赶紧凑过来看，信是写给叶可楠的。叶可楠，对不起了，不能和你一起举行婚礼了。我要走了，这个世界，既然不想让我和亲爱的人在一起，那么我就到另一个世界和我的母亲过幸福安宁的日子了。周子汉说，这话是什么意思？叶可楠说，她是不是已经出事了？她这会儿，会在什么地方呢？周子汉说，走，我知道她会在什么地方。

河边，天空中乌云翻滚，眼看要下雨，田老师却走在河边。在田老师的身后不远处，是她母亲的墓地。走着走着，下起了大雨。河边有一棵大树，田老师没有走到树下躲雨。田老师仰起头，任大雨冲刷，围巾掉在了地上，也没有管。河水暴涨起来，翻腾着浑浊的波浪。田老师走到了一座小木桥上，在小木桥上站了一会，纵身跳进了河水里。

大雨已经停下了，天空出现了一道彩虹。周子汉和叶可楠来到了田老师母亲的墓地跟前，没有看到田老师。周子汉和叶可楠从墓地走下来，叶可楠看到了泥水中的头巾。叶可楠跑过去，拿起了围巾。叶可楠说，这是田老师的头巾，我认识，我见她围过。周子汉看了一眼奔流的大河，一种不祥之感涌上心头。周子汉说，田老师可能出事了。周子汉和叶可楠顺着河流往前跑，边跑边喊说，田老师，田老师。田老师的名字在旷野上回荡，但一点儿回应都没有。

水浪拍打着河岸。田老师的身体漂浮在河边的浅水中，周子汉和叶可楠从远处跑过来。

田老师母亲的坟墓旁又添了一座新坟墓，叶可楠和胡小兰把大把的花草放在了田老师的坟前。叶可楠说，田老师，你不该这样，真的不该这样。国家才刚刚解放，生活才刚刚开始，你还这么年轻，还没有享受爱情，你就走了，还有你喜爱的学生，他们正等着你去上课呢，你怎么这么舍得啊！我们说好了，要一块举行婚礼的，你走了，我们的婚礼怎么举行啊！我知道，你失望了，你绝望了，你以为老赵遭遇到了这个事，你就再也不会有幸福了。不是这样的，我不是告诉过你，老周正在为老赵的事奔波吗？他说了，他不会让老赵长久蒙冤的。他是个说到就会做到的男人，你怎么不相信他呢？你就这么走了，让我们怎么对老赵交待啊？周子汉站在旁边，一直不说话，可他的脸色阴沉得像一块铁。郑其山站在周子汉旁边，也是满脸灰暗。一辆吉普车开了过来，吴文乔从车下跳了下来，看到吴文乔走过来，大家都不理他。吴文乔走过来说，你们都在这啊！胡小兰说，你看看吧，就是你干的好事。吴文乔说，这和我有什么关系，是她自己要死的。胡小兰说，要不是你判了赵明义，田老师会去死吗？吴文乔说，你知道个啥！我只是奉命把赵明义抓了，审判赵明义，是法院的事，和我没有关系。吴文乔走到坟前，看到吴文乔走过来，叶可楠退到了后面，站到了周子汉身边。吴文乔到了坟墓前说,可惜啊,可惜啊,这么年轻,就走了,不该这么做啊,也太死心眼了。天下好男人多得很嘛,没有了赵明义,还有别的男人,还可以去爱,去过好日子呀!一死,什么都没有了,真是太傻了,太傻了。周子汉说,我们走。几个人跟着周子汉离开,把吴文乔一个人剩在了墓地前。吴文乔看着周子汉他们的背影,脸上掠过一阵冷笑。

山坡上,劳改犯们在打石头,把各种形状的石头打成长方形的,不远处站着哨兵。赵明义穿着一身黑色的劳改服装,在烈日下用铁锤敲打着石头,汗水湿透了他的衣服,两个劳改犯凑到了赵明义跟前。劳改犯说,赵营长,你认识我们不?赵明义看了看他们,摇摇头。劳改犯说,你的记性可真不好,我们是陈上校的部下,最后一仗,我们就是和你打的。赵明义说,噢,就是你们发动了叛乱,劳改犯说,我们不是叛乱,我们是为了自由和民主在战斗。赵明义说,杀人放火,还说什么民主自由。劳改犯说,对!我们杀人放火,有罪,该受惩罚。那你没有杀人放火,为什么也会被劳改呢?赵明义说,你们管得着吗?滚开,懒得和你们说话。劳改犯说,凶什么呀,你现在和我们一样,不是营长了,也是劳改犯了。赵明义说,就算我是劳改犯,也和你们不一样。哨兵在远处喊了起来说,你们干什么呢,不许说话,赶紧干活。两个劳改犯从赵明义身边走开了,走到一边打起了石头。

山坡上,劳改犯们在休息,管教送来了一封信。赵明义拿到信,拆开了看,一看是田老师的信。亲爱的赵明义,我的丈夫,在你读到这封信时,我已经不在这个世界上了。自从你离开我走进了劳改队以后,我几乎天天夜里都会梦到我的母亲。母亲说她一个人在天堂里虽然很安宁,但却很冷清很寂寞,她说她很想让我在她身边。陪着她。本来我想陪着你一起好好过日子的,但没有想到会发生这样的事情。既然老天不让我陪你活在尘世,我只能去天堂陪母亲了。我想我这么做,你一定不会太生气的。你不是也说过吗,让我离开你去开始新的生活吗?请不要为我担心,和母亲在一起,母亲会很疼爱我的,我不会受委屈的。我走了,你千万不要难过,你是个坚强的男人,和我不一样,我是个弱女子,太重的打击我没法承受。你是我唯一爱过的男人,这个爱已经没法改变了。我知道,你是被冤枉的,我也知道,老周一直在为你奔波呼吁。总有一天,你会被平反走出劳改队的,只是这一天会什么时候到来,我真的不知道,我没有力气再等下去了。请你原凉,我的不辞而别。不过,好在我去的地方,大家迟早都要去的。我会在天堂等你的,到那个时候,我一定还会做你的妻子,与你终日相伴。好了,不多说了,母亲在喊我了,我得走了。再见了,亲爱的,劳改队很苦,你一定要多保重。赵明义捧着信,双手捂住了脸。

周子汉去找张书记,费了不少劲,终于见到了张书记。还没有开口说话,秘书进来了,说,张书记,中午还有一个宴会,招待中央新闻单位的采访团。张书记说,这可是个大事,那些记者,是无冕之王啊,得罪了可不得了。秘书说,这位同志,你看,是不是改日再来?张书记说,别,这位同志,是我们的英雄,对他也一样不能慢怠啊!说,有什么事,需要我帮你解决?周子汉说,张书记,不是我的事,是赵明义的事。张书记说,赵明义,噢,想起来了,起义过来的。周子汉说,当年我们一块打过鬼子。张书记说,他怎么了?周子汉说,他被冤枉了。张书记说,怎么会被冤枉了?周子汉说,说他是国民党特务,被判了无期徒刑。张书记说,噢,有这样的事?周子汉说,张书记,我写了份材料,你看看,只有你能救赵明义了。张书记说,不要这样,我们党从来都不会放过一个坏人,也不会冤枉一个好人的。电话响了,秘书接电话说,好好,张书记马上过去。放下电话说,张书记,宣传部同志在催你了。张书记说,周子汉同志,这个事我知道了,我会认真处理的。一定要相信组织,不管发生了什么事,都要听党的话。周子汉说,张书记,你放心,对党我永远是一颗忠心。

胡小兰一个在屋子里,吴文乔进来了。胡小兰说,怎么,你想见叶可楠吗,我去喊她。吴文乔说,谁想见她呀,我想见的就是你呀!胡小兰说,我有什么好见的,真是的。吴文乔说,你真的要嫁给郑其山?胡小兰说,是的,我们已经订婚了。吴文乔说,小兰,我真的喜欢你,你能不能……胡小兰说,这是不可能的,老吴,你别瞎耽误工夫,有这个时间,去追别的姑娘早就追上了。姑娘多得很,你何必非得找我,我又不是长得多漂亮。吴文乔说,我看你,长得比别的姑娘都漂亮。胡小兰说,谈对象是两个人的事,不能一个人说了算。吴文乔说,我不会逼你的。胡小兰说,这种事,你也逼不了的。吴文乔说,不过,你会嫁给我的。胡小兰说,你凭什么这么有把握?吴文乔说,不信,你就走着瞧。胡小兰说,可笑。

再见到郑其山，胡小兰说了吴文乔纠缠的事。郑其山说，看来，你是个香饽饽，大家都抢呀！胡小兰说，你还开玩笑。昨天晚上，他又跑来了，缠着我，说什么，只要我一天不嫁人，他就会追我。还说，我肯定会嫁给他。郑其山说，这个老吴，太不像话了。胡小兰说，是啊，他明明知道咱俩在谈对象，还这个样子，好象不把你当回事，有点欺负人。郑其山说，我会去找他算帐的，再对你胡搅蛮缠，我对他不客气。胡小兰说，没让你去跟他打架。郑其山说，你看他那个样，瘦得像个麻杆一样，怕是一脚踢过去，他的腰就得断。胡小兰说，用不着动武的，说几句厉害的话，准就把他吓住了。郑其山说，明天我就去找他。

说去找，真的去找了，郑其山找到了吴文乔。一看郑其山来了，吴文乔一点儿也不紧张，好象早就在等着他了。吴文乔说，正想去找你，你就来了。郑其山说，你找我有什么事？吴文乔说，不要这么气势汹汹的嘛，都是领导干部，说话是要注意方式的，要有修养嘛！郑其山说，你还有修养啊？吴文乔说，当然啊，你看，一些男人有的坏毛病，我就没有，什么抽烟呀，喝酒啊，抽得牙齿黄黄的，喝得醉熏熏的，很不成样子。郑其山说，我不抽烟，也不喝酒。吴文乔说，这一点，你比赵明义和周子汉强，一个是烟鬼，一个是酒鬼。郑其山说，抽烟喝酒，也不算是什么坏毛病，毛主席抽烟就很厉害的。吴文乔说，好了好了，不说这些了，你找我有什么事，先说吧！郑其山说，我来，只是告诉你，我和胡小兰已经定婚了，希望你不要再缠着胡小兰。吴文乔说，就是这个事？郑其山说，你再去纠缠胡小兰，我会对你不客气的。吴文乔说，说完了？郑其山说，完了。吴文乔笑了起来说，如果我不按你说的做呢？郑其山说，那就别怪我对你不客气了。吴文乔说，哎，有些话，原来我是不想说的，我想你会自己明白的。看来，事到如今，我不说是不行了。郑其山，不管你说什么，反正是你不要再纠缠胡小兰了。吴文乔说，其实，我也不想去纠缠胡小兰的，天下的女人多得很，可是这些日子，我到处走了走看了看，竟然发现别的姑娘都没有让我动心。没有办法，就看上胡小兰了，并且决心把她娶了。郑其山说，我觉得你这个人真有意思，你想和胡小兰谈对象，也得胡小兰同意才行。吴文乔说，其实，在你没有出现以前，胡小兰对我是很不错的，那一阵子他是很有些喜欢我的，可是你来了以后，她就变了，不理我了。郑其山说，这说明胡小兰就没有真正喜欢过你。吴文乔说，女人是爱变的,什么真正不真正,她们的目光是很短浅的。要是你不出现,我这会儿,可能已经和胡小兰洞房花烛夜了。郑其山说,这么说,倒是我坏了你的好事?吴文乔说,差不多吧!郑其山说,那我就向你表示歉意了。胡小兰要和谁好,是胡小兰的自由,我想咱们作为男人,还是尊重胡小兰自己的选择吧!吴文乔说,我和你的看法相反,不是胡小兰作出选择,而是你要作出选择。郑其山说,笑话,我作什么选择?倒是你该检点一下你的行为,再不要做那死皮赖脸的事了。吴文乔说,这么说,你是打算要和胡小兰一直好下去了?郑其山说,为什么不呢?吴文乔说,我劝你还是离开胡小兰好。郑其山说,为什么?吴文乔说,因为,这样对你也许会更好些。郑其山说,我不明白。吴文乔说,那好吧,我们都是男人,应该打开窗子说亮话。你当然可以坚持不离开胡小兰,那我一点办法都没有。郑其山说,我不会离开胡小兰的。吴文乔说,不要先把话说绝,还是听我把话说完,你再做决定。郑其山说,不管你说什么,也不可能改变我的决定。吴文乔说,听说你最近已经正式任命为局长了,祝贺你呀!郑其山说,谢谢你的祝贺。吴文乔说,不是谢谢我的祝贺,而是要谢谢我让你当上了这个局长。郑其山说,我的局长是组织部任命的,和你没有关系。吴文乔说,看起来是没关系,可是也许听我说完了,你就不会这么认为了。郑其山说,你别再□嗦了,我还有别的事要办。吴文乔说,好吧,我问你,陈上校的那个本子,是不是落到了你的手上?郑其山说,是的。吴文乔说,那个本子你看过了没有?郑其山说,没有。吴文乔说,不,你看过,你不但看过,而且上面写的什么,你全知道。郑其山说,这是你瞎想的。吴文乔说,你看到了那份名单,看到了赵明义的名字,你觉得这是个机会。因为,赵明义要是出了什么事,你就可以当局长了。郑其山说,完全是胡说八道。吴文乔说,你想过把本子交给上级,又怕落个出卖兄弟的坏名声,你就故意把本子丢在了街边的椅子上。这样,不管是谁把本子捡到了,看到了里边的内容,都会交给有关部门,赵明义就会得到应有的处罚,你的目的就可以达到了。郑其山说,我再一次告诉你,我不知道本子里的内容。退一步说,就算我知道了,我这么做,也没有什么不对吧?吴文乔说,作为一般的人,这么做了,没什么不对。可作为一个党员,一个干部,你这么做,就是大错特错了。郑其山说,我错在哪里了?吴文乔说,你错在知情不报,敌我不分,明知赵明义是特务,还不马上向上级报告,就凭这一条,你就要受到组织处理,轻则撤你的职,重则判你的刑。郑其山说,你别在这吓唬人了。吴文乔说,如果你觉得我是在吓唬你,你可以不把我的话当回事,你想干什么,可以接着继续去干,只是到时候,你不要后悔就行了。郑其山说,你这是造谣,无中生有。吴文乔说,你先不要激动,这是个大事,你回去好好考虑考虑,如果你不想丢掉你的官,或者说,不想进监狱,你就离开胡小兰,我保证你不会有一点事,凭着你的本事和地位,你还可以找一个更好的。郑其山坐在凳子上,看着吴文乔,一时不知说什么好了。吴文乔说,不用马上作出决定,我给你两天时间。你是个明白人,该怎么做,不用多说,你也会知道的。

一群工人正在施工。郑其山坐着的吉普车一停下,就有工程负责人走过来,替郑其山把门打开。负责人说,郑局长,您又来视察工作了。郑其山说,能在国庆节前保证完工吗？负责人说,工人们的劳动热情很高,怕的是一些材料供应不及时。郑其山说,主要是沥青。负责人说,至少还差一吨,供应科说要增加得你签字批示才行。郑其山说,把报告拿来。负责人把报告递给了郑其山,郑其山在上面写了几个字说,快拿去办,不能耽误工程。负责人说,郑局长,你放心吧,耽误了进度,你撤我的职。负责人走了,郑其山站在那里,显然负责人撤职的话,触动了郑其山。一个老人走过来说,同志,你是个大官吧？郑其山说,噢,管点小事。老人说,不,我一看,你像个官。郑其山说,不管是不是官,我们都是为人民群众服务办事的,老人家,你要是有什么事,可以给我说。老人说,你们在这修路,我天天过来看。我是在这里出生长大的,这条路一直是这个样子,没有人修过。郑其山说,现在不一样了,现在共产党领导了,共产党办的事,就是老百姓想办的事。老人说,共产党好啊,共产党好啊！一个背着照相机的女记者走了过来,他先是和负责人说了几句什么,负责人给他指了一下郑其山,他就走到了郑其山跟前。女记者说,郑局长,我是边城日报的记者,你作为城建局长,请谈谈你们正在进行的城市改造工程,对边城经济社会发展的意义。郑其山说,我以为,道路对一个城市是最重要的,道路宽敞平坦了,大家出门就会方便,车子的速度也会加快。它就是一个人身体的脉络,脉络畅通了,就有精神了,有了活力了。女记者说,说的太好了,郑局长。来,让我给你拍张照片吧,我会把你的这段话,和你的照片一块登出来的。郑其山说,还要拍照呀,算了,不拍照了。女记者举起了照相机,郑其山不得不摆出姿势,让女记者拍。女记者说,我叫欧阳芳,负责城建这方面的报道宣传,以后还会经常麻烦郑局长的,希望郑局长多多支持我的工作。郑其山说,都是为了革命事业,应该的。

一条流淌的小河旁边，周子汉和叶可楠坐在青草地上。看着河水还有河边的风景，两个人好一阵子都不说话。叶可楠说，老周，你在想什么？周子汉说，想……没想什么。叶可楠说，你不说我也知道，你又是在想赵明义了。周子汉说，谁说我想他了，我没想他。不过，你这一说，我就想起来了。哎，可楠，你说赵明义这会儿怎么样了？叶可楠说，我也没有去过劳改队，我怎么知道。周子汉说，真想去看看他呀！叶可楠说，还说没有想他，一说起他，你就马上有话说了。周子汉说，不知为什么，赵明义落到这个田地，我总觉得和我有很大关系。叶可楠说，你不要太自责了，对赵明义你该做的都做了。还是多想想工作上的事和你自己的事吧！周子汉说，工作上有郑其山在，不用操那么多心了。自己的事，有你替我想着，我也不用多费心了。叶可楠说，这一说，你倒是没事干了。周子汉说，我干需要我干的事。叶可楠说，我看现在就有两件事需要你干。周子汉说，你说，只要我能干的，我马上就干。叶可楠说，作为城建局的领导，这个时候，面对这样一条小河，你就没有什么想法吗？周子汉说，想法？想法很多，不知你说的什么想法？叶可楠说，你的想法再多，我敢保证你没有想该对这条河做点什么。周子汉说，做什么？叶可楠说，在小河两边铺上路，路边栽上树，各种各样的树，一定要有许多的果树。树下再修上长凳，当然，如果能立一些雕塑就更好了。市民们没事干了，来到这里乘凉，散步，孩子们来嬉戏，青年来谈对象。周子汉说，这不就变成了公园吗？叶可楠说，是公园，滨河公园，多好啊！周子汉说，这个想法好，给郑其山说说，郑其山肯定也会同意。谢谢你了，可楠，我们工作上的事，还让你操心。叶可楠说，城市建设是每个市民的事，我当然要操心了。周子汉说，我会把你的想法，放进明年的城市规划中。对了，你说我需要干两件事，还有一件是什么？叶可楠说，你就这么笨呀，什么事都要说出来呀！周子汉说，我也觉得自己是个很笨的人。叶可楠说，唉，我的运气真不好，碰上这么个笨男人，还让我喜欢得不行。周子汉说，可我的运气好，这么笨，却遇上一个又漂亮又聪明的女人。叶可楠说，老周，这段日子，我老做梦，和你举行婚礼了。周子汉说，国庆节马上就到了，到了，咱们就举行婚礼。结婚是大事，还要收拾房子，做各种准备。叶可楠说，我想在什么都不想了，就想早点和你结婚，早点生孩子。你想过生孩子的事吗？周子汉说，这个事，还用想呀！不用想的，到时候自然就会有孩子了。叶可楠说，不，一定要想的。我问你，你想要几个孩子？周子汉说，孩子？几个？几个都行吧？叶可楠说，一个就不行。周子汉说，那你的意思，是一个都不要，叶可楠大笑起来说，我是说，一个不行，至少也得五个，十个也不多。周子汉说，十个孩子，我可没想到。叶可楠说，你想想，就是现在，就在我们身边，要是十个孩子，在这小河边的草地上，围着我们，又蹦又跳，又唱又闹，天真活泼，那是一件多开心的事啊！说着，叶可楠站了起来，在草地上转起了圈，像是有十个孩子正拉着她的手，在阳光里旋转着。周子汉看着叶可楠，觉得自己真的很幸运。同时，又不能不想到赵明义，越发觉得自己不能忘了赵明义，不能忘了对赵明义负的责任。

吴文乔打电话来，告诉了赵明义服刑的地方，周子汉一听，决定马上去看赵明义。他原想拉上郑其山一块去，可再一想，他是局长，好多工作上的事，离开了他不行，就没有拉他去，只是给他说了一声。郑其山也没说什么，马上安排车，送周子汉去看赵明义。车子开来了，要走时，郑其山又跑到吉普车跟前，手里拿了一条烟。郑其山说，老周，见了老赵，一定要代问声好，说我工作离不开。这一条烟给老赵带上，他爱抽烟。周子汉说，你比我想得细，我倒把他爱抽烟的事给忘了。行了，有了这条烟，他不知会有多高兴，我先替他谢谢你了。

屋子里，叶可楠正在试穿田老师留给她的旗袍。穿好以后，对着镜子照看，门推开了，胡小兰走了进来。胡小兰说，哎呀，你穿的什么呀！叶可楠说，旗袍呀！胡小兰说，你胆子可真大，敢穿它。叶可楠说，衣服有什么不敢穿的。胡小兰说，这种衣服，过去都是小姐太太穿的，现在哪还有人穿了。叶可楠说，谁说都是小姐太太穿，我妈那会儿，是个女学生，就穿旗袍了，我妈穿旗袍的照片可好看了。胡小兰说，我们家是工人，没有人穿过旗袍。叶可楠说，你穿上试试，真的可好看了。胡小兰说，我不穿，大腿都露出来了，太难看了。叶可楠说，真是不知道什么是美。我才不管让穿不让穿呢，反正我举行婚礼那天，我是要穿上它的。胡小兰说，你就不怕别人说。叶可楠说，能说个啥呀！我就举行婚礼那一会穿。平时不会穿的。再说了，田老师临走时留下了话，让我穿着旗袍结婚，也算是了却她的一个心愿。胡小兰说，定下哪一天了吧？叶可楠说，老周说，十一。哎，你们和郑其山商量的怎么样了？不是咱们都定在十一吗？胡小兰说，郑其山非要说，老周比他大，是他的兄长，他不能和兄长一块儿办这个事。一定要老周先把事办了,他才能办,说这是规矩。叶可楠说,什么规矩,封建社会那一套。胡小兰说,不过,周子汉倒同意郑其山这么安排。叶可楠说,为什么?胡小兰说,你想呀,咱俩一块结婚,谁来给咱们当伴娘呀?这么一错开,咱们就可以互相当伴娘了。叶可楠说,我还真没有想到这一点。你给我当伴娘行,可我给你当伴娘怕就不行了。胡小兰说,怎么不行,你不愿意?叶可楠说,我不是我不愿意,是当伴娘的,一定是没结婚的。我先结了婚了,怎么能给你当伴娘呢?胡小兰说,怎么那么多规矩,反正,我结婚时,就要你当伴娘。

山坡上,一群劳改犯在敲打着石块,远远能听到叮叮当当的敲打声,一辆吉普车从远处驶过来。哨兵看到远处有车开过来,警惕地端起了手中的枪。吉普车越开越近,哨兵伸出手,让吉普车停下。吉普车停下来了,周子汉从车里走出来,一个管教模样的人走过来。管教说,你们是干什么的,怎么跑到这里来了?周子汉说,我们是来看一个人的?管教说,有证件吗?周子汉把工作证拿了出来,管教看着说,还是个首长呀!首长,我们这有规定,这些犯人是不能随便见的。周子汉说,同志,看得出来,你也是当过兵的。管教说,是的,我是三师的。周子汉说,我是独立团的。管教说,我知道你们独立团,打仗老厉害了。周子汉说,你们三师也行,打马步芳你们立功了。管教说,首长,你说要看人,要看谁呀?周子汉说,这里边,有一个叫赵明义的吧?管教说,有,有呀!周子汉说,他怎么了?管教说,身体还行,就是精神不太好,整天一句话都不说。周子汉说,我想见见他。管教说,你们是什么关系?周子汉说,他是我兄弟。管教说,兄弟?怎么不一个姓。周子汉说,表的,表兄弟。管教说,按规定,表的是不能看的。不过,看在咱们一块打过江山的份上,我就让你看了。这样吧,那边有一个临时办公室,你在里边等一会,我去把他喊来。不过时间不能长,顶多半个小时。周子汉说,行行,只要能见上面就行。

让周子汉等着,管教去带赵明义。不大一会,门开了,管教带着赵明义进来了。才一个多月的时间,赵明义的样子已经发生了很大变化,人一下子老了许多,让周子汉差一点认不出来。周子汉说,老赵……赵明义说,你来了?周子汉说,一直想来,找不到你在什么地方,快,坐下来。赵明义还是直挺挺地站着。周子汉说,管教同志,你让他坐下来吧!管教说,坐下来吧!赵明义坐到了凳子上了,身板还是很紧张地挺着。周子汉说,郑其山因为工作离不开,不能来,他给你带来了一条烟。周子汉拿出烟,撕开了,拿出一支,递给了赵明义。赵明义没有马上接,看看管教。管教说,抽一根吧!周子汉划着火柴,给赵明义点着了烟,外边有人喊管教。管教出门说,首长,外面有事,我出去一下,你要注意自己的安全。周子汉说,我不会有事的,你去忙吧!管教走了出去,周子汉上去一把拉住了赵明义的手。赵明义说,我知道你一定会来的,你再不来,我真的有点坚持不住了。周子汉说,老赵,已经见了张书记了,把你的情况给他说了,还有材料,也交上去了。用不了多久,你的事情肯定会解决的。赵明义说,老周,这个地方真的不是人呆的,你快点把我救出去吧!周子汉说,我知道,你受了很多苦,你一定要相信,我会全力帮助你的。赵明义说,我相信,只是因为相信你,我才一直等着你来,不然的话,我可能就会跑了。周子汉说,你可千万不能跑。一跑,本来没有罪,反而就会有罪了。不但不能跑,你还要配合劳改队的干部,帮助他们做工作。赵明义说,可他们不信任我,真的把我当特务了。周子汉说,这个管教是不错的干部,我会把情况给他说说,让他多多的关照你一下,没有人和你过不去的。赵明义说,有两个家伙,参加过叛乱,对我很恨,也一直想逃跑。周子汉说,把这些情况报告给管教。老赵,不管在什么情况下,咱们对革命、对党都要忠诚啊!赵明义说,我听你的。管教走了进来说,好了,时间到了。赵明义,回去干活吧!赵明义站起来往外走。周子汉说,让我们再说会话吧?管教说,我们也是有纪律的,你总不能让我犯错误吧?看到赵明义没拿烟,周子汉说,烟,把烟拿上吧!赵明义停下来,回头看了一眼说,回去替我谢谢郑其山。管教说,烟就放我这里吧,拿回去,他也抽不了几根,我两天给他一盒,这你就放心吧?周子汉说,老赵,一定要多保重,相信我,相信组织。赵明义看一眼周子汉,点了点头,走了出去。周子汉说,管教同志,我想给你说几句话,行吗?管教说,你是首长,能听到你的指教,是我的荣幸。周子汉说,我想给你说说赵明义的事……

第九章　什么季节都有树叶凋零

听到敲门声,胡小兰说,谁呀?郑其山回答说,我,郑其山。一听是郑其山,胡小兰惊喜地去开门。胡小兰说,你这个大忙人,也有空来看我呀!郑其山说,近来是有点忙。胡小兰说,我知道,大局长事多,顾不上俺这小女子。郑其山说,你还好吧?胡小兰说,你看呢?喝茶吧,我给你泡杯茶。胡小兰给郑其山泡茶说,你这一点好,不抽烟。那些抽烟的男人,身上有股臭味,难闻得很。郑其山说,我学着抽过,学不会,烟的辣味,让我受不了。胡小兰说,千万别学,抽烟是坏毛病,学它干吗?来,喝茶。郑其山接过茶杯,好象有话说,又不知说什么。胡小兰说,你是不是有什么事呀?郑其山说,胡小兰,咱俩的事,你是怎么想的?胡小兰说,你这话问的,还能怎么说,啥时候,把结婚证领了,就把事办了。郑其山说,是不是太急了一点?胡小兰说,你这话是什么意思,你是不是有啥想法?郑其山说,我觉得我这个人毛病太多,配不上你。胡小兰说,你是局长,我是个护士,要说配不上,只能是我配不上你,怎么会是你配不上我呢?郑其山说,这几天,我把咱俩的事好好想了想,觉得有些不合适。胡小兰说,有话就直说,是不是看不上我了,还是看上了别人,觉得我不合适了?郑其山说,你别误会,我不是看不上你,我是不想结婚。胡小兰说,难道你想打光棍?郑其山说,打不打光棍,我不知道,反正是我现在不想考虑个人问题,所以,我也不想耽误你的终身大事,你还是另找一个吧!胡小兰说,我明白了,你这是来告诉我,咱俩吹了。你不用拐那么多弯,看不上我,就直说,我也不会缠着你,要死要活的嫁给你。郑其山说,这我知道,你这么出色,喜欢你的男人会很多的,你一定会找个比我要好的。胡小兰说,郑其山,你说的是混蛋话,你给我滚。郑其山放下茶杯,站起来往外走。胡小兰说,这么说,你已经想好了?郑其山说,是的。郑其山拉开门,回过头说,胡小兰,我对不起你,请你别恨我。胡小兰说,那你是不是还要我感谢你?郑其山说,我想再对你说一句话,你要是嫁人,嫁给谁都行,就是不要嫁给吴文乔。胡小兰说,你既然不娶我,我就是嫁给马,嫁给牛,也不用你管。郑其山刚离开,胡小兰就一下子趴到了床上抽泣起来。

昏暗的人行道上,郑其山走着走着,停了下来,把身子靠在了路边的一棵树上。他把手握成了拳头,狠狠地朝着自己的脑袋打了一下。

叶可楠走进来,看见胡小兰在哭。叶可楠说,胡小兰,你哭什么呀?胡小兰还是很伤心地抽泣。叶可楠说,好象认识这么久了,还没有见你哭得这么伤心过,快告诉我,发生了什么事?胡小兰一下子坐起来,擦了一把眼泪说,郑其山,他,他他,他说他不和我好了。叶可楠说,你说什么呀,我怎么听不明白?胡小兰说,郑其山说我和他不合适,还说他不想结婚,让我去找别人。你瞪着眼睛干什么,好象我的话你听不明白似的,郑其山把我甩了。叶可楠说,开什么玩笑?胡小兰说,真不是开玩笑,郑其山就是个不会开玩笑的人,他不是随便说说的,他是想好了以后,才来告诉我的。叶可楠说,你们吵架了?胡小兰说,从来没有。叶可楠说,是不是发生了什么别的事?胡小兰说,什么事都没发生过呀!叶可楠说,那个郑其山搞的是什么名堂?胡小兰,你不用那么伤心,这个事交给我了,我去找郑其山。胡小兰说,别去找他,好象我离开他就活不成似的。叶可楠说,我是你们的介绍人,我怎么能不管呢?我和老周的话,他还是会听的。胡小兰说,算了,这种事,是强求不得的。叶可楠说,郑其山是头脑发昏了,才会干出这样的事,我明天就去找他。这个事,别说我不愿意,连老周也不会愿意的。

叶可楠吊着脸子走进郑其山宿舍,郑其山赶紧起身倒水给叶可楠。叶可楠说,我问你,你和胡小兰是怎么回事?郑其山说,天挺热的,先喝口水吧!叶可楠说,我不喝。郑其山说,你生气了?叶可楠说,我能不生气吗?郑其山说,这是我俩的事,你就别管了。叶可楠说,胡小兰和我是姐妹,她的事,我不管谁管?郑其山说,我俩不合适。叶可楠说,怎么不合适了?郑其山说,我不喜欢她。叶可楠说,胡小兰这样的你不喜欢,还喜欢啥样的?郑其山说,她各方面都比不上你。叶可楠一愣说,胡说,她比我能干多了。郑其山说,反正我俩的事,没有可能了。叶可楠说,你是铁了心不和胡小兰好了?郑其山说,婚姻是一辈子的事,不可心,过不好。叶可楠说,我看你是当了局长,变了。是不是喜欢上别的女人了?郑其山说,没有,绝对没有。叶可楠说,我知道,婚姻这个事,要两厢情愿,别人劝是没有用的。不过,我还是想劝你一句,胡小兰是个好女人,你错过了,会后悔的。郑其山说,叶可楠,你的好意,我领了,和胡小兰的事,我想就这样了。叶可楠说,唉,看来我是白来了,白说了。郑其山说,你和老周的事,啥时候办呀?叶可楠说,老周这一阵子为赵明义的事,忙得啥也顾不上,不着急。郑其山说,叶可楠,你也给老周说说,赵明义的事,他该做的都做了,该说的全说了,已经对得起赵明义了。要相信组织,别老给组织找麻烦,这样对他不好。叶可楠说,他的脾气,你还不知道,认准要干的事,谁说了也不行。郑其山说,别人说了不行,你说了,他不会不听的。叶可楠说,怎么说着说着,说到老周这来了?郑其山,胡小兰的事,你再想想,你在胡小兰的心里,还是很有位置的。郑其山说,叶可楠,你就帮我个忙吧,劝劝胡小兰,让她另找一个吧!不过,别让她找吴文乔。叶可楠说,为什么?郑其山说,那个家伙,让人讨厌。叶可楠说,这就是你不对了,你不要人家了,人家找谁,你还要管。郑其山说,我不管,我也就是给你说说,想让胡小兰找个好男人。叶可楠说,你的心肠还挺好。郑其山说,比起老周和你,差远了。叶可楠说,唉,你要是和胡小兰成一家,多好啊!你呀,真不知你的脑瓜里想的什么?我可告诉你,我再也不会给你介绍对象了。郑其山说,那我就打一辈子光棍。叶可楠说,你真能这样,我倒佩服你了。郑其山说,不过,有你和老周,我不会打光棍的。叶可楠说,你还赖上我们了。郑其山说,谁让你们对我这么好啊!叶可楠说,少贫嘴,老周去看老赵,回来了吧?郑其山说,应该回来了。我还没见他呢!这个老周,太不像话,回来,也不先去给你报个到。叶可楠说,人家都是男的追女的,就我反过来了,去追男的。好了,不跟你口嗦了,好几天没见老周了,我得去看看他。叶可楠走出门。郑其山站在窗子前,凝望着叶可楠的背影自语,好女人啊,真正的好女人啊,天下不知有没有第二个呢?

从劳改队回来,周子汉马上找到了郑其山,把看到的情况给郑其山说了。周子汉说,我差一点没能认出他来,又黑又瘦。郑其山说,他受苦了。周子汉说,看他那个样子,我真是难受死了。对了,烟给他了,他让我谢谢你。郑其山说,老赵的命不好。周子汉说,不全是命,这是国民党特务搞的鬼,知道老赵真心跟了共产党,就变了个法子惩罚他。郑其山说,这些家伙可真够卑鄙的。周子汉说,他们那些坏蛋，为了达到目的，什么手段都可以使出来的。郑其山说，早晚有一天会水落石出的。周子汉说，只能早，不能晚。再晚了，我怕老赵会在劳改队受不住的。郑其山说，可眼下也没有什么好法子，能让他出来呀！周子汉说，只能是找组织。郑其山说，我们这样老找组织，组织会不会不高兴的？周子汉说，我们是组织的人，遇到了问题，不找组织找谁呀？郑其山说，你不是找过张书记吗，怕是很快就会有结果了。周子汉说，但愿会是这样。郑其山说，你和叶可楠的事，十一办了吧？我找几个工人，把你的这间房子收拾一下，粉刷一下，再买些家具来，就成新房了。两个人正说着话，秘书进来说有个记者来了。郑其山说，让她进来吧！欧阳芳走了进来。郑其山说，噢，欧阳记者啊！欧阳芳说，你的访谈出来了，在头版，还配了照片，你看看，满意不满意？郑其山说，我把这个事都忘了。周子汉说，什么访谈，我看看。郑其山说，欧阳记者，我给你介绍一下，这是我们书记周子汉同志。欧阳芳伸出手和周子汉握手说，周书记，你好，我是《边城日报》记者，叫欧阳芳。周子汉说，谢谢你对我们城建工作的关注。欧阳芳说，城建工作和老百姓关系密切，当然要关注啊！郑其山说，以后，你要多采访我们周书记，不管打日本鬼子，还是解放全国，他都是立过功的英雄。欧阳芳说，打仗的英雄，搞建设一定也是英雄，哪天周书记有空了，我一定好好采访一下，写一个专题报道。英雄的故事，一定很精彩。周子汉说，工作主要是局长做的，采访局长就行了。来，郑其山，让我看看你上了报纸是什么样子？周子汉拿过报纸看。郑其山说，不上相，看上去傻。周子汉说，谁说的，很精神嘛，像个局长，不错，不错。欧阳芳说，啥时候，让我给周书记拍一张，保证也会更有风度。周子汉说，我怕照相，一照相，就紧张。

穿着白大褂的胡小兰走过医院走廊时，看到吴文乔站在那里。胡小兰想不理他，走过去，吴文乔喊住了她说，胡小兰，没看到我呀！胡小兰站下了说，噢，吴处长呀，你怎么来到这里来，是不是病了？吴文乔说，我是病了，不过这个病不用吃药打针。胡小兰说，有什么事，你就说，我正在值班，还忙着呢！吴文乔说，几点下班？胡小兰说，八点下班。吴文乔说，下班后，跟我去参加一个活动。胡小兰说，什么活动？吴文乔说，机关小礼堂举行迎国庆晚会，我带你去看节目。胡小兰说，那把叶可楠也喊上。吴文乔说，不行，只多出一张票，只能带一个人去，军区文工团的节目，好看得很。胡小兰说，我不去。吴文乔说，好了，一天呆在医院里,把人都闷坏了。九点半,我准时在小礼堂门口等你啊!胡小兰说,我没说要去。吴文乔说,去不去,你自己看,反正我会在门口等你的。有人喊护士长,胡小兰说,我得去忙了。吴文乔对着胡小兰背影说,不见不散。

小礼堂里,舞台上,一个演员在唱着《在那遥远的地方》。台下,吴文乔和胡小兰坐在一块朝台上看着。吴文乔拿出了块东西,给胡小兰。胡小兰说,什么东西? 吴文乔说,水果糖。胡小兰接过来,剥了糖纸,放进了口中,吴文乔抓住了胡小兰的手。胡小兰挣了一下,想把手抽出来,没有抽出来,就不抽了。

月光如水,看完节目的胡小兰和吴文乔走在林阴道上。吴文乔说,那首歌,在那遥远的地方,好听吧? 胡小兰说,当然好听,在内地时,打日本时,就听到过这首歌。吴文乔说,你知道唱这首歌的那个青年是谁吗? 胡小兰说,不是个演员吗?吴文乔说,他就是这首歌的词作者和曲作者,北京学完了音乐,来到了西北,就再也没有离开。胡小兰说,他可真了不起。吴文乔说,我们也来到了新疆,我们也了不起。胡小兰说,和人家咋比,人家是艺术家,是音乐家。咱们算个啥?吴文乔说,咱们是保卫边疆建设边疆者。吴文乔伸出胳膊要去搂胡小兰的肩膀,胡小兰躲开了说,吴文乔,我问你,你是不是真的看上了我? 吴文乔,不看上你,我还带你看节目? 胡小兰说,你觉得我咋好了? 吴文乔说,你长得不赖,性格豪爽,工作也好。胡小兰说,工作有什么好的? 吴文乔说,好,会照顾人,还有你穿上白大褂,变得更好看了,像是天使一样。能和一个天使生活在一起,会是多么幸福啊! 胡小兰说,你嘴巴倒是挺甜的。吴文乔说,刚吃了糖嘛! 胡小兰说,那你以后,对我可真心实意? 吴文乔说,我对你真心实意,怕是有一个人不愿意。胡小兰说,谁? 吴文乔说,郑其山呀! 他不是一直和你好着的吗? 胡小兰说,以后再不要提他了。吴文乔说,为什么? 胡小兰说,他是个骗子。吴文乔说,那就再也不要理他了。吴文乔说着,又把胳膊伸了出来,这次胡小兰没有把吴文乔的胳膊推开。

周子汉和叶可楠走到一个大门前,门上挂了个牌子,上面写着民政局的字样。再一看,铁门是锁着的。一个看门的老头从院子里走出来说,你们有什么事呀? 周子汉说,大爷,我们来办结婚证。大爷说,今天不办公。周子汉说,为什么不办公呀，现在是上班时间啊！大爷说，你这个同志，怎么对形势一点儿也不了解？现在全国都大炼钢铁，要赶上美国，超过英国，机关干部去参加大炼钢铁了。叶可楠说，那也得留下办事的人啊，别人要办理结婚证怎么办啊？大爷说，结婚的事，有大跃进、大炼钢铁的事重要吗？你看起来也像是干部，怎么连这点觉悟都没有呀？周子汉说，大爷，是我们不对，那我们就等他们上班再来办吧！大爷说，这就对了，结婚吗，个人的事，早一天晚一天不要紧的。周子汉说，好了，我们走了，谢谢大爷了。没有领上结婚证，两个人没有不高兴。不就是早一天晚一天的事吗？不用当回事。回到了街上，两个人还找了个小饭馆，一块吃了个饭。吃过饭，路过照相馆，还进去照了张相。都快结婚了，连张相都没有照过，有点不像话。照相时，叶可楠像只小鸟，靠在周子汉肩膀上，一脸的幸福。

　　山坡上，赵明义在打石头，身边放着一垛打好的方方正正的石块。一辆大卡车开过来，两个做过叛匪的劳改犯，把赵明义打好的石头，装运到卡车上。大卡车拉着石块走了，两个劳改犯凑到了赵明义跟前。劳改犯说，老大，有烟吗？抽一支。赵明义说，没有。劳改犯说，当年的大营长，如今落到了这个地步，真是够可怜啊！赵明义不理他们。劳改犯压低了声音说，老大，与其在这受罪，不如另找一条路，去过几天好日子。赵明义说，你们想干什么？劳改犯说，离开这里，过自由的日子。咱们一块走。赵明义说，你们这样做，要罪加一等的。劳改犯说，你的本事我们知道，只要你带着我们跑，肯定能跑掉。赵明义说，往哪跑？劳改犯说，往边境线跑，先跑到国外，再跑到台湾去。到了老蒋那里，咱们就成了英雄，保准能吃香的喝辣的。赵明义说，怎么跑？劳改犯说，我们注意到了，那个来拉石头的大卡车，出入时没有人检查。装好石头后，我们躲在石头中间，没有人会发现。车子只要开出去，我们就自由了。赵明义说，别做梦了。我不干，你们也别干。

　　门诊部里，叶可楠正在给病人看病，郑其山走了进来。病人走了。叶可楠说，郑其山，你来了。郑其山说，来找你有点事。叶可楠说，不是找我看病吧？郑其山说，真想得个什么病，能你让看一下。叶可楠说，你傻啊，想得病。我是医生，我最不愿意做的事，就是给自己的亲人和熟悉的朋友看病。郑其山说，有你这个医生在，就算得了病，也不用怕了。叶可楠说，我可没有那么神，医生也不是什么病都能看好的。行了，不说废话了，有什么事？郑其山说，新房子收拾好了，想请你去看看。叶可楠说，老周看过了吗？郑其山说，他太忙了，说让你去看看。再说了，就算他看过了，你也得看看呀！叶可楠说，行，我马上就下班了，我去看看。郑其山说，那好，我在门口等你一会。

　　医院门口，郑其山站在那里等叶可楠，吴文乔走了过来。吴文乔说，郑局长，你好啊！郑其山说，你好。吴文乔说，在等谁呀？郑其山说，等叶可楠，带他去看一下她和老周的新房。吴文乔说，你真的是个很懂事的人啊！郑其山说，谢谢你的表扬。吴文乔说，我来找胡小兰，噢，顺便给你说一声，我和胡小兰也快要结婚了。郑其山说，那就祝贺你了。吴文乔说，你一定要多喝几杯喜酒。郑其山说，我不喝酒。吴文乔说，别的酒不喝，这个酒是一定要喝的。

　　办公室里，欧阳芳在采访周子汉。采访了一阵后，周子汉说，好了，不说了，说的够多了。欧阳芳说，说的太好了，你的经历，确实够传奇的，可以写一部书了。周子汉说，没什么的，那个年代，好多人都是这么过来的。和别人比，我的经历实在是太平常了。欧阳芳说，不过，说得还不够详细。等有时间了，再听你好好说说。周子汉说，从来还没有给别人说过那么多。欧阳芳说，看来，我们是挺投缘啊！周子汉说，不说我了，有个事，我想问问你，看你能不能帮上忙？欧阳芳说，你说，什么事？周子汉说，都说你们记者本事大得很。欧阳芳说，也没有那么牛，不过，和各级领导接触的机会多一些。周子汉说，这就好了，你看，我有个兄弟，叫赵明义，他被冤枉，判了个无期徒刑。你要是有机会见到有关方面的领导，把这个事给反映一下，看能不能把他这个冤案给纠正了？欧阳芳看了一下表说，不好意思，我还约了个采访，是交通局的领导。这样吧，等有时间了，我再来，听你把这个事情好好说一说。周子汉说，行，希望你能快一点，他现在在劳改队，很受罪的。欧阳芳说，我知道，我会尽快安排时间的。

　　一间房子，很干净，家具虽然简单，可该有的全都有了。郑其山带着叶可楠边看边说，这是客厅，平常来了个人，可以安排在这里见面。叶可楠说，连沙发都有了。郑其山说，这是卧室，大木床是新做的。叶可楠说，好好，太好了，从来没有想到自己会有这样一个家。郑其山说，辛苦了那么多年，该有这么个家了。

叶可楠说，你可真能干，我和老周得好好谢谢你了。郑其山说，老周是我的恩人，我为老周做多少事、做什么事都是应该的，都报答不了他对我的恩。叶可楠说，怪不得老周老说你的好话，像你这么好的人，确实不多。郑其山说，人是要知恩图报的，不然的话，老天都不会愿意的。叶可楠说，不过，你也不能老是为别人操心，自己的事，也要当个事啊！郑其山说，我还年轻，不急的。叶可楠说，年轻什么呀，比我还大几个月呢！郑其山说，我参加革命时间短，还是要多把精力用在工作上。叶可楠说，这是对的，啥时候，工作都最重要。唉，你和胡小兰多合适呀，到现在，我都没有想明白，好好的，和胡小兰你怎么就不成了？郑其山说，缘纷，缘份，我和胡小兰可能命里边，没有这个缘份。叶可楠说，缘份这个东西，按说不该相信。可好多事，过后看，又让人没法不信，就说我和周子汉吧！郑其山说，你和老周，就是有缘份。叶可楠说，那几年，天天打仗，多乱呀！一天不知死多少人，和老周，断了联系了，一点消息都没有。可不知为什么，就是相信，老周不会有事，老周一定还活得好好的，和老周一定会再见面的。结果，真的是这样。郑其山说，老周也是老念叨你，你们俩这么好，你俩要是不能见面，不能在一起，老天是不会愿意的。叶可楠说，也没有那么玄。不过，这一辈子，和老周是不可能再分开了。郑其山说，你们真是太让人羡慕了。叶可楠说，不用羡慕，每个人都会有自己的缘份。郑其山说，就算有缘份，也得有机会遇到才行啊！叶可楠说，只要是缘份，就一定会遇到，要不，就不叫缘份了。郑其山说，有你在，我相信我也会有我的缘份的。叶可楠说，这你放心，发现和你有缘份的姑娘，我不会让她跑掉的。郑其山说，谢谢嫂子了。叶可楠说，别乱喊，还没领结婚证呢。郑其山说，领不领，你是我嫂子，这一点，不会有变的。

吴文乔走进来，胡小兰不理吴文乔。吴文乔说，明天咱们去把结婚证领了吧！胡小兰说，要领，你去领，我不去。吴文乔说，你这是怎么了，是谁惹你生气了？嘴巴嘟得可以挂个油瓶子了。胡小兰说，真是气死了。你说得了病，哪有不难受的，哪有不疼的？一个大老粗，一点文化都没有，啥也不懂。开了刀，刀口疼，非要说是我们搞的，故意要害他。还骂人，骂得可难听了。吴文乔说，这种人，太可恶了，我去把他抓起来，关他几天，他就老实了。吴文乔说着站起来，要往外走，被胡小兰拦住说，行了，行了，你好象有多大权力似的，什么人都能管得了。吴文乔说，权力不权力不说，反正谁要是调皮捣蛋，我是有办法收拾的。胡小兰说,你要是有办法,就给我换个工作。我再不想在这个地方了,干的活又脏又累,还要看别人的脸子。什么病,一次没看好,你就犯了多大错误似的,明明有些病,是不可能治好的。吴文乔说,换个工作?我怎么没想到啊?对,咱们不在这干了。以后,你就不用伺候别人了,就伺候我一个人,给我一个人看病就行了。胡小兰说,我不是开玩笑,我说的是真的。你要是不把我从这里调出去,我就不跟你领结婚证。吴文乔说,这算个什么事呀?行了,包在我身上了,保证很快就让你去机关当干部。胡小兰说,真的?吴文乔说,我要让你们医院的同事看看,你找的这个男人,是个什么样的男人。胡小兰笑了,抱住了吴文乔,在吴文乔的脸上亲了一下说,明天,咱们就去领结婚证。

　　周子汉接到电话,组织部让他去一趟。想着是不是赵明义的事有了眉目,周子汉马上就跑了过去。一坐下,就问是不是赵明义的事有结果了?刘部长说,不是早有结果了,判了个无期嘛!接下来,周子汉还想问这个事,被刘部长打断了,说这个事过去了,就不要再说了。周子汉说,不是过去的事,半年还不到呢!刘部长说,这年头,变化快呀,大跃进,一天等于一百天。周子汉说,这个事,不是别的事,它是这么回事,他叫赵明义,打日本鬼子的时候,他就……刘副部长说,好了,打日本鬼子的事,以后再说吧,现在还是说说眼前的事吧!今天找你来,是要给你安排一个新的任务。周子汉愣了一下说,新任务?刘部长说,你可能还不知道,最近,边界线上出了一点事,不少人跑了,跑到外国去了,这是叛逃行为,是不能允许的。上级决定,在边境线一带建农场,这些农场,不但要开荒种地,还要守边防。去建农场的人,要政治可靠,对党忠诚,所以,决定从现有的干部队伍中抽调出一批久经考验的同志,担负起这个重要的光荣使命。周子汉说,让我去边界线开荒种地?刘副部长说,不但开荒种地,还要守边防。周子汉面露难色说,这……刘部长说,怎么,是不是有困难啊?周子汉说,没有想到,一点儿也没有想到。刘部长说,这不要紧,你现在可以想嘛,你是个老同志,这个问题对你来说,不是个问题。周子汉说,我知道,这是组织对我的信任。刘副部长说,这么说,你接受这个任务了?周子汉说,作为党员,我服从组织的安排。

　　从组织部走出来的周子汉,神情有些迷茫。显然,组织部的这个安排,对他来说,有些太意外了,他有些缓不过神来。遇到了吴文乔。周子汉不想理他,也没心思给他说话，打算不打招呼走过去，吴文乔却喊住了他。吴文乔说，老周，去组织部了？周子汉说，噢，有点事。吴文乔说，是不是要升官了？周子汉说，升什么官呀，是办别的事。吴文乔说，有什么好事，也说一声，让我们也替你高兴高兴，不会是给叶可楠办调动吧？周子汉说，什么意思？吴文乔说，医院那个活，太辛苦了，责任还很大，你没想着给叶可楠换个工作？周子汉说，我看，在医院工作就挺好的，叶可楠自己也挺喜欢的。吴文乔说，这一点，胡小兰就比不上叶可楠了，嫌工作不好，非要给他调工作。换就换吧，要娶人家当老婆，就得让人家高兴啊！周子汉说，你和胡小兰的事定了？吴文乔说，定了。你和叶可楠怎么样了？周子汉说，也定了。吴文乔说，祝贺你呀！周子汉说，也祝贺你了。吴文乔说，到时候，你一定要来喝喜酒啊！周子汉说，叶可楠和胡小兰那么好，肯定要去喝喜酒的。吴文乔说，反正，你的喜酒，我是一定要去喝的。不请我，我也要去。周子汉说，瞧你说的，怎么会不请你呢？吴文乔看了一下手表说，好了，我得去见部长了，给部长说好了，去晚了，可不太好。说完，吴文乔转过身匆匆走进了办公楼。周子汉在大街上走着，自言自语，去开荒种地，去开荒种地……

周子汉一个人在屋子里喝闷酒。郑其山进来了，说，老周，你怎么一个人在这喝开了？周子汉说，有点想不通。郑其山说，什么事？周子汉说，你知道组织部找我去是什么事吗？郑其山说，不是赵明义的事吗？怎么样，有结果了吗？周子汉说，人家早就把赵明义的事忘了。郑其山说，那找你是什么事？周子汉说，让我去开荒种地。郑其山说，什么，去开荒种地，不可能吧？周子汉说，连我一开始也不相信。郑其山说，为什么要这么安排？周子汉说，说边界线出了点事，需要人去在那里边开荒边守卫。郑其山说，那么多人，为什么要让你去呀？周子汉说，我也不知道。郑其山说，你是我们的书记，你走了，怎么行呢？周子汉说，这就不用我们操心了。郑其山说，再说了，你走了，叶可楠怎么办呢？你们马上就要结婚了。我看这个事，你不能去干。开荒种地，谁都能干的事，让你这样一个干部去干，分明是大材小用。周子汉说，革命工作都一样，没有大小之分的。郑其山说，可这分明是下放嘛！好象你犯了什么错误似的。周子汉说，我也是有这么一点感觉，所以心里有些不舒服，就喝了几口闷酒。郑其山说，你答应了？周子汉说，组织的安排，我能不答应吗？郑其山说，那你也可以讲出自己的理由嘛！干部也是要讲政策的嘛！不能乱安排的。周子汉说，讨价还价总是不太好的。郑其山说,你不好说,我去说,就说我们城建局,现在离不开你这个书记。周子汉说,这样不太好吧?郑其山说,都是为了革命工作,有什么不太好。周子汉说,我怕组织会对我有看法。郑其山说,我去说这个事,和你没有关系。周子汉说,说真的,我也不想离开现在的岗位,不想离开你,还有叶可楠。郑其山说,你等着,我去找组织部。

郑其山真的去了组织部,找了刘副部长。郑其山说,他是我们的书记,不能走啊!刘部长说,书记的事,我们已经有考虑了。你正好来了,我就把这个变动正式通知你。老周去边境农场,他的书记职务暂时由你兼上。郑其山意外地说,这,我又是局长,又是书记,不太好吧?刘副部长说,只是让你兼一段,说不定,过一段日子,老周还会继续回来当书记的。郑其山说,你是说,老周不是这一去,就在农场一直干下去了?刘副部长说,我们的用人政策,向来都是根据表现安排干部的,只要老周在下面表现好,还是要用的。郑其山说,老周可是为革命立过大功的人。刘部长说,这一点,我们很清楚的,但是在最近一段日子,他在有些事上,表现得不太好。郑其山说,你是说……刘副部长说,实话告诉你,我们对他在赵明义事情上的表现,是不满意的。尤其是赵明义被判了刑定了性是国民党特务后,他还在为他奔波翻案,完全忘记了自己该站在什么立场上。这一点,你的表现就比他好得多。郑其山说,其实老周这个人,他对党,对革命,是很忠诚的。刘部长说,知道他是思想糊涂,不是故意的,才没有对他进行追究。这么安排,就是给他一个机会,让他能清醒一点,反省自己的错误行为和想法。郑其山说,是不是他对赵明义的态度转变了,就可以不下去了?刘副部长说,如果能认识到自己的错误,组织上不是不可以考虑他的实际情况的。听说他马上就结婚了?郑其山说,是的,他是马上就要结婚了。如果让他下农场,就会影响到他结婚的。刘部长说,其实,我也很为他感到可惜的。郑其山说,刘部长,能不能不要让他去边境农场啊?刘部长说,我说过了,这不取决于我,而是取决于他。郑其山说,我知道,我知道,我会把你的意见向他转达的。刘部长说,郑局长,组织上对你的工作和表现,一直是比较满意的,你还要继续努力啊!城建局的工作,以后主要是靠你了。郑其山说,我会全力去搞好工作的。刘部长说,对于周子汉,你要多帮助,他这个人,什么都好就是有时候不能坚持原则。郑其山说,请刘部长放心,我知道我该怎么做。

在叶可楠的宿舍里，周子汉看着叶可楠，不知怎么说？叶可楠说，有什么事，快说吧？周子汉说，没什么事。叶可楠说，别骗人了，你是个不会撒谎的人。一看你的脸色就知道，你不但有事，还有很为难的事。周子汉说，说不上为难。叶可楠说，为难不为难，你说呀！你不是去了组织部吗？说说，找你干什么去了？周子汉说，给我换了个工作。叶可楠说，换到什么地方了？周子汉说，农场。叶可楠说，什么地方的农场？周子汉说，边境线上的农场。叶可楠说，去干什么？周子汉说，去干荒种地。叶可楠瞪大了眼睛，看着周子汉。周子汉说，边境线需要人。叶可楠说，去多久？周子汉说，不知道。叶可楠说，周子汉，你给我说实话，你最近干了什么坏事？周子汉说，坏事，我没有干什么坏事。叶可楠说，不可能。周子汉说，我干了什么，你还不知道吗？叶可楠说，我也没有24个小时都跟着你，你干了什么事，我怎么能知道呢？周子汉说，我真的是没有干什么，你怎么能不相信我呢？叶可楠说，你要是没干什么，好好的，怎么会让你去边境农场？周子汉说，不是给你说了嘛，是工作需要嘛！叶可楠说，那么多人，为什么不让别人去，要让你去呢？如果不犯错误，是不可能让你去的。你知道这叫什么吗？周子汉说，叫什么？叶可楠说，发配。犯了错误的官员，受到的一个惩罚，就是发配到边远的地区去，这个方法从古代就开始用了。周子汉说，你说的是封建社会的一套，咱们社会主义可不兴这一套。叶可楠说，反正让你去边境开荒种地，肯定是因为你犯了错误。周子汉说，我真想不出我犯了什么错误？叶可楠说，你这个人可真够糊涂的，这么大个事，连是怎么回事都没有搞清。周子汉说，我看是你胡乱猜疑，对组织不信任。叶可楠说，我不是对组织不信任，我是对你不信任。周子汉说，我从来没有对你说过假话。叶可楠说，那好，就赶紧告诉我，你到底犯了什么错误。周子汉说，我真的没有犯错误。叶可楠说，不，你撒谎，撒谎。你肯定犯错误了，不然的话，你不会受得这样的处理。周子汉说，我要怎么说，你才相信我呢？叶可楠说，老周，你干了什么，就说吧，我又不是外人。周子汉说，你要是不相信我，我也没办法。叶可楠说，老周，两个人相处，可以吵架，可以脸红，但不能相互隐瞒。如果你只是说，工作需要，要让你去边境开荒种地，我是不能接受的。周子汉说，你怎么能这么不讲理啊？我明明没犯错误，你非要让我说出犯了什么错误，你这不是为难我，和我过不去吗？叶可楠说，你这是什么话，好象我成了个泼妇了。周子汉说，你现在这个样子，真的有点像泼妇。叶可楠说，没想到,你会这么看我。既然我是个泼妇,你还理我干吗? 周子汉说,你这是什么意思,你想让我不理你呢? 叶可楠说,我看不是我想,是你想。周子汉说,行,就算我想,行了吧! 叶可楠说,好好,既然你不想理我,那你就别再理我了。叶可楠说完,拉开门走了出去。周子汉说,不理就不理,有什么了不起。

叶可楠走在街上,脸色很难看。走了一会,她回头看了看,想着周子汉会追上来,可是没有看到周子汉的影子,脸色就更难看了。

周子汉躺在草地上,看着天空中南飞的大雁。初秋的草已经不那么绿了,有点凉意的秋风吹过来,周子汉的脸色像霜打过的草。一辆吉普车开了过来,在离周子汉不远的地方停了下来。郑其山从车上走了下来,走到了周子汉跟前。看到郑其山走过来,躺在地上的周子汉好象没有看见一样。郑其山说,老周,你怎么跑到这里来了,我到处找你都找不到。周子汉说,找我干什么? 我已经不是局里的书记了,不管事了。郑其山说,你可别这么说,我去组织部了。周子汉坐了起来说,真的,组织怎么说? 郑其山说,组织对你的工作还是很肯定的。周子汉说,这么说,让我去边境开荒种地,不是因为犯了错误,对我的一种处分? 郑其山说,这个事……周子汉说,刚才叶可楠和我吵了一架,吵得很厉害,我们还没有这么吵过,她非要说我犯了大错误,让我承认,可我真的不知道自己犯了什么错误,怎么承认啊? 郑其山说,你没有犯什么大错误。周子汉说,不过,我刚才躺在这里好好想了想,觉得叶可楠问得不是没有道理的。按一般的情况来说,这么安排一个干部,一定是因为这个干部做错了什么事,组织上对他不满意了,用这种方法教育教训他,让他能很快地把错误改正掉。郑其山说,你这么想,也不是没有道理的。周子汉说,可我真的是不知道自己干了什么错事? 其山,实话告诉你,我真的不想去边境农场,倒不是怕苦怕累,我是舍不得离开叶可楠呀! 打仗那会儿,太乱了,顾不上,现在和平了,过稳定日子了,我不想再和叶可楠分开了。郑其山说,是啊,结婚的房子都准备好了,叶可楠天天都盼着和你结婚,你要是真的去了边境,叶可楠不知会有多伤心啊! 周子汉说,更要命的是,叶可楠认为我是犯了错误,被下放到边境农场的。这件事,已经影响到了我俩的关系了,刚才我们都说了分手的话了。郑其山说,这个话可不能乱说。周子汉说,但目前这个情况,好象也只能是这样了。组织部说,三天后,就会有专车送我去边境农场。郑其山说,也不是非要去的,我和刘部长谈了一下,他说事情不是没有回旋余地的。如果你能在某些方面主动表个态,就可能让事情发生转机。周子汉说,真的,你是说,还是可以不去开荒种地的? 如果真的是这样,就太好了,至少叶可楠不会对我乱怀疑了,我就可以和叶可楠在一起了。你说,怎么做,可以改变组织部的这个安排? 只要我能做到的,我一定会去做。郑其山说,只要你去做,一定能做到。这不是个大事,你只要说几句话,表示个态度就行了。周子汉说,好了,你就不要再绕圈子了,我已经等不及了,快告诉我怎么办吧? 郑其山说,老周,你真的一点儿也没有想到为什么要把你下放到边境农场吗? 周子汉说,我要是能想到,还会一个劲地问你吗? 郑其山说,你不觉得你在赵明义的问题上,有点太固执了吗,有点太让上级为难了吗? 周子汉愣了一下说,我不就是觉得他有点冤枉,帮他向组织申诉了一下吗? 郑其山说,已经判了刑了,你还为他喊冤,别人会怎么想? 周子汉说,怎么想,不是我喊冤,是他真的冤啊! 郑其山说,我问了组织部了,他们主要是对你不分敌我,重哥们义气,不重阶级立场的做法很恼火。周子汉说,这我可真的没有想到。郑其山说,刘部长说了,只要你能认识到错误,去表个态,他们可以考虑对你采用另外的处理的方式。也就说,可以不让你边境农场去开荒种地。周子汉不说话了。

一群劳改犯在打石头。一辆大卡车开过来,两个劳改犯往车上装石头,装好了石头。就在大卡车马上要开动时,两个劳改犯跳到车上,藏到了大石头的空隙中。他们的举动,只有在不远处打石头的赵明义看见了。赵明义一直看着大卡车往外开,手里的铁锤没有打在钢凿子上,打在了石头上,石头冒出了火花。大卡车慢慢行驶着,很快就要驶出警戒区域了。赵明义站了起来,朝着持枪的警卫走了过去。赵明义对着警卫说了几句什么,警卫拉动枪栓,朝着拉石头的大卡车跑了过去,边跑边喊说,有犯人逃跑了。警卫朝天鸣枪,尖锐的枪声,在山谷间回荡。听到枪声,大卡车停了下来。两个劳改犯从车上逃下来,但被追上来的警卫给抓住了。

郑其山劝说周子汉,不管是为了自己的工作政治前途,还是为了和叶可楠的爱情,他都该认这个错。周子汉说,让我去说,赵明义,判得好,是罪有应得? 郑其山说,是的。周子汉说,让我去说,我再也不为赵明义喊冤了,不替赵明义上诉了？郑其山说，眼下，不想去边境农场，就得这么做。周子汉说，让我想一想，想一想。说着，周子汉又躺到了草地上，顺手抓了一把野草盖到了脸上。好象这些野草可以告诉他，他该怎么做似的。郑其山说，你说过，不管干什么，都要听组织的。组织让你这么说，你就说吧！只是一句话嘛，说说也没有什么大不了的。周子汉一下子把脸上的野草抓起来，朝天上扔去。周子汉说，不，我不说假话。让我去说赵明义是坏人，赵明义没有被冤枉，我说不出口。就算是把我流放到多么偏远的地方去开荒种地，我也不能说我不想说的话。郑其山说，为了叶可楠，你是不是能退一步？周子汉说，不，就是叶可楠让我这么做，我也不会做的。郑其山说，老周，中国有一句老话，叫好汉不吃眼前亏。我知道，你是条好汉。周子汉说，什么叫眼前亏，我不知道，我只知道，只要是好汉，昧良心的话不能说，亏良心的事不能做。郑其山说，那你就得去边境农场。周子汉说，去就去，别人能去，我为什么不能去？只要对革命忠诚，在什么样地方都可以干事情。郑其山说，你要去了，叶可楠怎么办？周子汉说，她已经说了，不让我理她了。郑其山说，你怎么像个孩子，你们之间的感情，怎么可能一两句话就能了结的？周子汉说，那你说，我该怎么办？郑其山说，为了叶可楠，你不能离开，你得留下。周子汉说，可让我去说我错了，我做不出来。郑其山说，有什么不能做的，不就是一句话吗？周子汉说，话是从嘴里说出来的，可说出的得是心里话。郑其山说，不过，不管怎么样，你和叶可楠都不该分开，都要在一起。周子汉苦笑了一下说，你是了解我的，你说，我能不想和叶可楠在一起吗？可这个事，是两个人的事，不能全由着我。看叶可楠那个样子，她是不能接受我要去边境农场这个现实的。郑其山说，不要说他不能接受了，就是我也不能接受了。如果你真的要去，我也就跟你一块去。周子汉说，你这才说的是孩子话，你现在什么人，是局长，是有组织的，挑着很重的担子。你要干什么，不干什么，不能由着性子来的，一定要听组织的安排。郑其山说，那组织不想让你再为赵明义的事上诉，你为什么不听？周子汉愣住了。愣住了一会说，这不一样，我们的组织还是讲民主，有意见是可以通过正常的程序向上级反映的，我做的并没有什么错啊！郑其山说，说道理，我说不过你，可我真不想和你分开，有你在我旁边，我工作起来，心里就会有底。周子汉说，我已经发现了，你是当干部的料，没有我在你身边，你一样会干得很好。郑其山说，我还差得远了，只想在你的帮助下，进步得更快些。周子汉说，你进步得够快了，现在比我强了。郑其山说，没有你，哪有我的今天？周子汉说,这个话,你就不要再说了。你应该说,没有党没有组织,你就没有今天才对。郑其山说,老周,好,我不说了。可你和叶可楠的事,我还是要说的。周子汉说,叶可楠的性格我知道,柔里带刚,拿定了主意,也是不会随便改变的。郑其山说,我去给叶可楠说。周子汉说,算了,郑其山,强扭的瓜不甜。郑其山说,叶可楠是个好女人,你不能随随便便就放弃。

胡小兰在房子里收拾东西,叶可楠走进来看见了,问她,你这是干吗? 好象要搬家一样。胡小兰说,我就是要搬家。叶可楠说,往什么地方搬? 胡小兰说,可楠,告诉你,我调单位了。叶可楠说,什么,你不在医院干了? 胡小兰说,干够了,天天围着有病的人转,还老上夜班,辛苦不说,还不能出一点错。叶可楠说,调什么单位了? 胡小兰说,卫生局。叶可楠说,那是管医院的,以后,你就是我们的领导了。胡小兰说,什么领导啊,就是个小干事。叶可楠说,你可真有本事,想调,马上就调走了。胡小兰说,我有什么本事,是吴文乔办的。他找了组织部的人,就办成了。可楠,你也换个工作吧? 叶可楠说,我可没有这个本事。胡小兰说,你不用管,让老周去办就行了。他的官比吴文乔还要大一点,想把你调到什么单位,都可以办到。叶可楠说,他呀,自己的事都办不好,还能办我的事。胡小兰说,你怎么这么说老周,他可是个难得男人啊! 叶可楠说,办这个事,他不行。胡小兰说,他不办,就不嫁给他,看他办不办? 叶可楠说,你和吴文乔的结婚证领了? 胡小兰说,领了。叶可楠说,什么时候办事? 胡小兰说,到了新单位,就办事。你呢,你们的结婚证早领了吧? 叶可楠说,还没有呢。胡小兰说,怎么会呢? 你俩的事不是早定下了吗? 叶可楠说,他太忙了。胡小兰说,谁信呀,再忙,也不会忙到连结婚都顾不上吧? 叶可楠说,顾不上也没什么,结婚结不好,还不如不结。听了叶可楠的话,正收拾东西的胡小兰,不收拾了。坐到叶可楠这边。胡小兰说,哎,叶可楠,这话可不像你说的,你可是个爱情至上主义者。早就给我说,人活着要是没有爱情,就像饭菜里没有放盐,一点味都没有。要不是你,我不会懂得爱的,至少不会那么早就懂得。叶可楠说,那会儿,太年轻,还不懂事。胡小兰说,这会儿,你老了? 你看,这脸,花朵一样,一掐准出水。说着,真的用手去掐叶可楠的脸。叶可楠一把打开了胡小兰的手说,讨厌。看叶可楠吊着脸子,胡小兰问叶可楠说,是不是出什么事了,我看你的情绪不太对头呀,你可是从来没有这样的表情啊! 叶可楠说,我不是神,我是人,就不能有不高兴的时候啊? 胡小兰说,你就是神,是女神。说真的,离开医院,唯一让我舍不得的就是你。我好多次就想,我要是男人,就娶你做老婆。叶可楠说,去去去,胡说八道什么呀!屋子外面响起了汽车喇叭声。胡小兰说,是吴文乔来接我了。胡小兰提起了东西往外走,还有一些东西没有提完,叶可楠帮着提起来,送出了门。

在医院门口,叶可楠看到了吉普车和吴文乔。吴文乔迎上来,从叶可楠手上接过东西。吴文乔说,想不想换个工作呀,我可以帮忙的。叶可楠说,算了,我还是在医院当医生吧,我喜欢这个工作。胡小兰说,我会常来看你的。叶可楠说,你要是来得少了,我就不理你了。胡小兰和叶可楠有点伤感,相互拥抱了一下。吴文乔说,都在一个城市,卫生局离医院,只隔了两条马路,近得很,来往方便得很。胡小兰说,你不知道我们的感情有多深。叶可楠说,结婚时别忘了通知我呀!你的喜酒,我是一定要喝的。胡小兰说,你不光要喝喜酒,你还要当我的伴娘。叶可楠说,这要看老吴愿意不愿意了。吴文乔说,愿意,太愿意了。叶可楠,你的脸色不好,有什么事需要我帮忙,告诉我,我会尽力的。叶可楠说,我没什么事,谢谢你了。胡小兰和吴文乔上了车,车子开走了。叶可楠看着车子走远没有马上回到屋子里,而是靠在了路边的一棵树上,仰起脸看着天空。手伸进口袋,摸出了周子汉送给她的那个子弹壳,久久地凝望着。

第十章 不知走在路上会遇到什么

郑其山敲门,叶可楠想着是周子汉。去开门,进来的是郑其山,叶可楠有些失望。叶可楠说,你来得正好,我想问你个事。郑其山说,是老周的事吧?叶可楠说,你来,还有别的事?郑其山说,你真厉害。叶可楠说,你要对我说实话。郑其山说,对你,我从不说假话。叶可楠说,那你告诉我,老周到底出了什么事?郑其山说,没出什么事?叶可楠说,没出事,怎么会把他下放农场?郑其山说,怎么说呢?叶可楠说,郑其山,你就直接告诉我,他到底犯了什么错误?是不是作风上的,你告诉我,他是不是和别的女人……郑其山说,这我敢保证,老周作风上,一点毛病都没有,除了你以外,他和别的女人没有任何来往。叶可楠说,那就是政治上的,他是不是做了损害党的利益的事?郑其山说,不可能,老周对党是很忠诚的。叶可楠说,那是不是经济上的,干了什么贪污腐败的事?郑其山说,公家的便宜,老周是一分钱都不会占。叶可楠说,那就是老周什么事都没有,就要让他去边境农场,去开荒种地?郑其山说,要说一点事都没有,那也不是。叶可楠说,到底是什么事,你快告诉我呀,你是要把我急死呀!郑其山说,说起来,确实是没什么大不了的事。实话告诉你,主要是赵明义的事,让老周受了牵连。叶可楠说,怎么受牵连了,你给我说明白一点。郑其山说,你知道,他一直在为赵明义的事,到处奔跑。赵明义被判了刑,他还为他喊冤,还给他申诉,还去劳改队看他。这些事,让有关部门对他很不满意。把他派到边境农场去开荒种地,就是为了这个事。叶可楠说,真的是为了这个事?郑其山说,我去了组织部,他们都告诉我了。他们还说,如果老周能转变态度,可以考虑取消这个安排。叶可楠说,真的是这么回事?郑其山说,是的,我劝老周了,让他去认个错,可他不干。可楠,你去给他说说,他会听你的话的。叶可楠说,我知道我该怎么做。叶可楠转过身往外走。郑其山说,叶可楠,需要我做什么?叶可楠说,不需要,谢谢你把真相告诉了我。郑其山说,你去干什么?叶可楠说,我去找老周。郑其山说,他不在办公室,也不在宿舍。叶可楠说,我知道去什么地方找他。

河边,周子汉坐在草地上,望着河里的流水,叶可楠从远处走过来。叶可楠走到了周子汉跟前,周子汉坐在那里一动不动,好像不知道叶可楠已经站在了他的身边。叶可楠说,老周。周子汉说,你来了。叶可楠伸出手,放到了周子汉的肩膀上,周子汉把叶可楠的手拿开了。叶可楠说,还在生我的气呀!叶可楠坚决地把手放到了周子汉的肩上。周子汉说,不是你让我不要理你了吗?叶可楠整个人贴到了周子汉后背上,胳膊绕到了周子汉胸前,抱住了周子汉。叶可楠说,郑其山给我说了,我全知道了,是我不好,错怪了你。周子汉转过身,也抱住了叶可楠,两个人紧紧地抱在了一起。叶可楠说,老周,我支持你,赵明义是个好人,他不该进劳改队。你做的没有错,你不该因为这个受到任何惩罚。我不知道你是因为这个事被下放,我以为你犯了别的什么错误,是我不好,我冤枉了你。周子汉显然被叶可楠的话感动了,他不知说什么才好,只是把叶可楠抱得更紧了。叶可楠说,赵明义是个好人,我们应该帮他的,你做得是对的。周子汉说,这么说,你不生气了?叶可楠说,不生气了。周子汉说,愿意和我在一起了。叶可楠说,当然啊,从来就没想和你分开过。周子汉说,听说,边境线那边,的确是很艰苦啊!叶可楠,是啊,我想,我们没有必要去那里。周子汉愣了一下,看着叶可楠。叶可楠说,咱们的新房你去看了吗?周子汉说,看了。叶可楠说,我太喜欢那个房子了。好几次做梦,在里边,养了一大群孩子。周子汉说,那个房子,我们可能住不上了。叶可楠说,为什么?周子汉说,你知道的,我得去边境线。叶可楠说,郑其山说了,你只要表示一下态度,可以留下,不用去那么远的地方。周子汉说,你也让我去认个错?叶可楠说,就算为了我,去认个错吧!周子汉说,不,我不去。叶可楠说,为了我,你也不去?周子汉说,为了谁,我都不去。叶可楠松开了周子汉,两个人面对面看着。叶可楠说,老周,你真的爱我吗?周子汉说,这还用问。叶可楠说,不,我看你并不爱我。周子汉说,我真的爱你。叶可楠说,你爱我,就可以为我什么事都做。周子汉说,我可以为你去死,可我不能说假话。叶可楠说,你还是不爱我。周子汉说,你爱我吗?叶可楠说,当然。周子汉说,那你就会跟着走,我去什么地方,你都跟着。叶可楠说,你为什么这么自私?周子汉说,你不自私吗?叶可楠说,我是女人,你不该这样对我。周子汉说,如果你嫌边界线苦,你可以不去。

叶可楠说，你想让我们分开。周子汉说，不是我想分开，是你不跟我去。叶可楠说，我算明白了，你是一点也不为我着想。周子汉说，你可以留在城里，没有人逼着你去的。叶可楠说，你是说，你是决不会因为我想办法留在城里的。周子汉说，我得听组织安排。叶可楠说，组织是关心每一个人的，只要把咱们的实际情况告诉组织，组织一定会照顾咱们的。你别忘了，你身体受过伤，受过很重的伤，已经很难胜任体力活了。周子汉说，向组织讨价还价，我可不会。叶可楠说，为了我，你就不能受点委屈？周子汉说，那你为了我，也可以受点委屈呀！叶可楠说，既然你不肯为我留下，凭什么我就非跟你去开荒呢，我又不是农民。周子汉说，你不是农民，你是个大医生，是知识分子，可我是个农民，没有别的本事，就会开荒种地。你不想开荒种地，可以不去呀，没有人让你去的。叶可楠说，我不去，你去，那我们不就又要分开了？周子汉说，分开就分开呗，又不是没有分开过。叶可楠说，我算看透了，你心里边，一点也没有我。那好吧，你去吧，我可告诉你，你非要去的的话，我可是坚决不会跟你去的。说完，不等周子汉再说什么，叶可楠转过身跑开了。周子汉看着叶可楠的背影，心里有种说不出的苦。

周子汉在收拾自己的东西，他把墙上的三个人合影取了下来，对着照片看着，心想，老赵，你最近怎么样了？本来想看看你的，但现在看来是去不了了，我又接到新的任务了，要去很远的地方了。你的事，我一直在给你办，但现在看来，一时半会儿还难有什么结果。没有办法，你还得要在劳改队里，再吃一段日子的苦了。有人敲门。周子汉说，进来。进来的是欧阳芳。没有想到是她，周子汉有点意外。欧阳芳说，你这个大书记，真是够忙的，来了好几次你都不在。周子汉说，瞎忙，没有忙到点子上。欧阳芳说，上次采访你，我写了报道，你来审审稿吧！欧阳芳把稿件放在了周子汉面前。周子汉只是随便地扫了一眼，就拿起来，慢慢把它撕碎了。欧阳芳说，你怎么把它撕了，这是我的劳动成果，熬了半夜才写出来的。周子汉说，不好意思了，让你辛苦了，可不管怎么样，这个稿子不能再发了。欧阳芳说，你至少得看一看，如果是我写得不好，你可以提出意见，帮助我嘛！不过，我写的稿子，还没有人说过不好呢！周子汉说，你误会了，不是你的稿子写得不好，你这么能干的人，怎么会写不好，是我的情况有些变化。欧阳芳说，什么变化？周子汉说，我调动工作了，不在这个岗位上了。欧阳芳说，那一定是高升了，这个职位一定更重要。周子汉说，是更重要，去守边境线，你说重要不重要？欧阳芳说，重要是重要，可你不是兵了，怎么去守边境线？周子汉说，说守边境线，一般情况下，不用拿着枪站岗，平常还是开荒种地。欧阳芳说，我知道了，那叫屯垦戍边。周子汉说，对，就是屯垦戍边。欧阳芳说，真的是这样啊？周子汉说，我还会骗你。这不，我正在收拾东西，再过几天，就出发了。欧阳芳说，这么说，你就要离开城市，去戈壁滩了。我知道那些农场，条件是很差的，要吃很多苦的。周子汉说，我们这些人，流血牺牲都不怕，吃点苦算什么？欧阳芳说，这可有点不公平，像你这样打江山的英雄，不应该受到这样的待遇。周子汉说，你这么说，我可不同意，大家都想着呆在城里享福，那地谁来种，边界谁来守？欧阳芳说，你说得太好了，这样吧，原来那篇报道就算我白写了，现在我再给你写一篇。英雄不贪图享受，到祖国最需要的荒原去，很有新闻价值，我们社会也需要这种榜样。周子汉说，别写我，什么都没有干，就上报纸，算什么？不行，决不行。欧阳芳说，那好，我不写了，我们就随便聊聊吧！我冒昧地问一句，你有爱人吗？周子汉说，你怎么想起问这个事？欧阳芳说，我想知道，你似乎很乐意离开都市，去偏远的荒野去，但你的亲人，准确说，你的爱人，她也是和你一样的态度吗？周子汉说，这是私人问题，我能不说吗？欧阳芳说，看来，你还是没有把我当朋友。这样吧，如果不想谈自己，那你是不是有别的什么事，需要我帮忙的。周子汉说，上次说到了一件，刚开了个头。你就因为要去参加一个活动，没有说下去。欧阳芳，我知道，你说的是朋友的事。周子汉说，是的。欧阳芳说，好吧，你说吧，今天，我没有别的安排，你可以把想说的全说了。欧阳芳拿出本子记录。周子汉说，他叫赵明义，现在在劳改队……

叶可楠在病房值班，胡小兰来了。没有病人，叶可楠在发呆，胡小兰进来，好像没看见。胡小兰说，叶可楠，你怎么了？叶可楠说，噢，胡小兰，你怎么来了？胡小兰说，想你了，来看看你。叶可楠说，上班时间，你没事干呀！胡小兰说，到了机关，我才知道，为啥大家都想进机关，都想当干部。叶可楠说，当干部有什么好？胡小兰说，别的不说，就说和医生比，不知有多轻松呀！叶可楠说，再轻松，也得干事情呀！胡小兰说，是要干事情，一上班，擦桌子，打开水，泡杯茶，打开报纸，喝着茶，看报纸，这就是要干的事情。叶可楠说，别胡说了，那是你，好多干部不但很忙，还很操心。胡小兰说，那倒也是，我说的是我，我这个干部，没管什么事，所以也就没有事干。给同事打了个招呼，就跑来看你了。叶可楠说，到了新单位,要注意影响。胡小兰说,好多人都这样,没事的,你不为我担心。倒是你自己要注意点,你看你的脸色,真的很难看的。医生这个活,不但累,还操心,把病人治好了,是应该的,没有治好,就要负责任,问题是有些病,压根儿是治不好的。叶可楠说,好了,不说治病的事了,你这件衣服可真好看。胡小兰说,我们上班,没有规定要穿什么,想穿什么,就穿什么。不像医生,非要穿白大褂。叶可楠,真的听我一句话,换个工作吧!要不,让吴文乔给帮个忙。叶可楠说,老吴这个人本事可真大。胡小兰说,别看老吴戴个眼镜,但一点儿也不书生气,领导喜欢什么,他全知道。他说,要想办法让领导高兴,领导一高兴,你想办什么事,都好办。叶可楠说,你们家老吴真有那么大本事,那就帮我一个忙。胡小兰说,他呀,在我跟前,不知夸你多少次。你说要让他办事,他保证跑得比兔子还要快。叶可楠说,我和老周遇到了一点麻烦。胡小兰说,什么麻烦?叶可楠说,要让老周去开荒种地了。胡小兰说,为什么?叶可楠说,说边境农场需要人。胡小兰说,需要人,就非要老周去呀。开荒种地的事是农民干的,老周可是革命的功臣啊!叶可楠说,说真的,我不想让他去,他也不该去。胡小兰说,让他去找组织说呀!叶可楠说,他一直听组织的,他才不去说呢。胡小兰说!你就是为这个事愁的。叶可楠说,我实在不想跟他去开荒种地。胡小兰说,那当然不能去,水往低处流,人往高处走。打仗那会儿,没有办法,在山沟野外跑。革命胜利了,凭啥还要去那些地方?叶可楠说,老周可不这么想,还要让我和他一块去。胡小兰说,这个老周,真不知道心疼女人。叶可楠说,心疼?不惹你生气就行了。我就说了几句,让他不要去,人家就要和我分手。胡小兰说,这个老周真是身在福中不知福,和你分手?他是不是脑子有毛病了。叶可楠说,其实,他说的也是气话,我不会当真。他听组织的,只要组织说不让他去了,他保准就不会去了。胡小兰说,我知道了,这个事,你交给我,我去让老吴办。我可不是为了老周,我是为了你。让你去受苦,老周愿意,我还不愿意呢!叶可楠说,不过,我也只是说说,老吴能办,就帮着办一下,不能办,就算了,就当我没有说。胡小兰说,你早就该给我说。

　　周子汉把赵明义的事全说给了欧阳芳,可她听了后,并没有马上就信。相反,她还提出了不少疑问。她说,按你说的这种情况来看,赵明义是够冤枉的。不过,老周,我给你说一句老实话,我觉得你对赵明义判断,其实并没有很充分的证据证明赵明义不是特务,你对赵明义看法,完全是出于你对赵明义的感情。周子汉说,是的,我对他是有感情,对他没有感情,我不会这么做。人和人在一起,是要讲感情的,人要是不讲感情,那就不是人了。欧阳芳说,可不能光讲感情,不讲原则。周子汉说,你这么说,我是同意的。如果说,赵明义真的是特务,不用别人说,我会马上就把他抓起来的。欧阳芳说,你凭什么说他不是特务?周子汉说,是特务就要干坏事。可赵明义从起义以后,从来没有干过坏事,对咱们的党可忠诚了。欧阳芳说,特务可是很伪装的呀!周子汉说,是不是装的,可以看出来的。真正的坏人,装一阵子可以,整天在一起,是装不下去的,怎么都能看得出来的。欧阳芳说,行,就算我信你,可你的说这个事,我不能在报纸上登出来的。周子汉说,为什么?欧阳芳说,我们的报纸,主要是正面宣传,你说的这个事,属于批评稿件范畴的,总编是不会让登出来的。周子汉说,你看有没有什么法子,帮一下赵明义?欧阳芳说,我可以写成内部参考资料,报到有关部门,但愿哪个领导能看见,看见了,能怎么样来处理这个事,我就不知道了。周子汉说,那也行,没准哪个领导看到了,一重视,赵明义就可以从劳改队出来了。欧阳芳说,这种可能性是不大的。周子汉说,但眼下,好像也没有更好的办法了。欧阳芳说,赵明义的事没有好的办法了,但你的事,去开荒种地的事,我有办法让你不去。周子汉说,什么办法?欧阳芳说,我给你写篇文章,先写你当年打仗,多么英雄,写了身体受过多么厉害的伤,现在伤还没有好,又要去开荒种地,流汗又吃苦。大家敬佩你,又同情你,领导看了,保证会说,这么样的同志,怎么还能让他去干那么重的活?不行,不行,不能让他去开荒种地。周子汉说,这怎么行,这不是变相地向组织发难吗?这可是不对的,这个事千万不能干。再说了,去开荒种地,确实是革命的需要。我不能因为身体受过伤,就不去呀!你看我,身体很棒的。除了下雨天,伤口有些疼,平常一点感觉都没有。欧阳芳说,反正我认为让你去农场工作是不合适的,也是不公平的。周子汉说,和赵明义比起来,我这算什么。上次我去看了他,不成样子了,我头一眼差一点没有把他认出来。到现在,只要想起他在劳改队的样子,我就难受得不行。欧阳芳说,你这样一个大男人,看不出心肠这么软。周子汉说,不是心肠软,主要是我们有感情了。欧阳芳说,是啊,你和郑局长都是好人,交往才几次,就成了朋友。作为朋友,真不想刚认识就分开。你难道真的不再打算做些努力,留在城里吗?我愿意帮你的。周子汉说,不用了,我还是要听组织的安排。欧阳芳说,就算你的真的要去,也要让你爱人和你一起去,这样你就有人照顾了。周子汉说,可她不愿意去。欧阳芳说,如果她是爱你的,她一定会去的。周子汉说,还是让她自己拿主意吧!欧阳芳说,我还一直没有见过你爱人,我想去见见她。周子汉说,她就在市人民第一医院。

劳改犯们在打石头,赵明义挥动铁锤敲凿着石块。赵明义听到背后有铁链子的响动,转过头去看,看到了那两个没逃掉的劳改犯也在打凿石头。看到赵明义看他们,两个劳改犯恶狠狠地盯着他,并朝他晃动着手中的铁锤。赵明义脸上没有什么表情,像没有看见他们一样。

欧阳芳去找叶可楠,在过道里遇到一个护士,问了一下,护士把她直接带到了医生办公室。叶可楠说,你找我?欧阳芳说,是的。叶可楠说,是要看病吗?欧阳芳说,不是。叶可楠说,可我不认识你呀!欧阳芳说,可我认识你。叶可楠说,你是……欧阳芳说,我是边城日报记者,叫欧阳芳。叶可楠说,你不是来采访我的吧,我可是没有什么可采访的。欧阳芳说,和工作没有关系,我只是想来看看你。叶可楠说,我有什么可看。欧阳芳说,你长得这么好看,不要说男人喜欢看,女人一样喜欢看,是人都爱美嘛!叶可楠说,你来,不会是为了看我的样子吧?欧阳芳说,当然不是,只是想和你认识认识。叶可楠说,一个普通医生,不值得你这么做。欧阳芳说,谁说你普通,战争年代,多少次在火线上抢救伤员,你是女英雄。叶可楠说,上了战场,大家都那样。欧阳芳说,尤其是你和周子汉的故事,很动人的。我听了以后,眼泪都流下来了。叶可楠说,也就是那么回事吧!哎,这些事,你怎么知道的?欧阳芳说,我和郑局长还有周书记都认识,他们一说就会说到你。叶可楠说,他们就没有说我的毛病?欧阳芳说,没有,绝对没有。叶可楠说,其实我的毛病很多的。你要是没有别的事,我就去查房了。欧阳芳说,不,你稍等一会,我想给你说一句话。叶可楠说,说吧!欧阳芳说,老周要去开荒了。叶可楠说,我知道。欧阳芳说,你真不想和他一块去。叶可楠说,我为什么要和他一块去?欧阳芳说,因为你们深深地相爱着,你应该和他一块去,不管去什么地方都不要分开。叶可楠说,是他让你来劝我的,还是你自己想着要来的?欧阳芳说,老周的个性,你是知道的,他不会说软话,可他心里边是很在乎你的。叶可楠说,这么说,是你自己要来劝我的。欧阳芳说,主要是我觉得你是个了不起的女人，我佩服你，想和你交个朋友。作为朋友，我想看到你和老周幸福美满。叶可楠说，你倒底是老周的什么人，这么为老周操心？欧阳芳愣住了。叶可楠拉开门，走出了办公室。

周子汉走在街道上，一辆吉普车在周子汉身边停下了，吴文乔从车里走出来。周子汉像没有看见一样，继续往前走。吴文乔说，老周，你这是干什么去？周子汉说，没事，转转。吴文乔说，怎么回事嘛，怎么能这么安排你，真是太不像话了！周子汉说，你在说什么呀！吴文乔说，我全知道了，叶可楠给胡小兰都说了，作为老战友，这个时候我不能不管。周子汉说，你怎么管？吴文乔说，我认识一个首长，很有权威的，我给他联系了一下，把你的情况说了，他也很为你抱不平，答应和你见一面，听你把情况说说。周子汉说，哪个首长？吴文乔说，等见了面，你就知道了。这个首长，爱喝酒，你也爱喝酒，把他喝高兴了，什么事都好办了。这样吧，你安排一个地方，我负责把首长接来，让胡小兰和叶可楠一块参加，保证能把这个事搞定。周子汉说，我为什么要这么做？吴文乔说，你不是不想去边境农场开荒种地吗？周子汉说，谁说不我想去？吴文乔说，叶可楠说的呀，她让胡小兰给我说，让我帮你忙的。周子汉说，我和她没有关系了，你就别瞎操心了。吴文乔说，你不会说，你和叶可楠吹了吧？周子汉说，吹了，我们已经吹了。吴文乔说，不可能吧，你又不是个傻子，怎么能干出这么傻的事情呢？周子汉说，我就是个傻子，你这个精明的人，还是少和我来往吧！吴文乔说，就算是个傻子，也不能和叶可楠那样的女人，说吹就吹的。再说了，喜欢一个女人，就要听她的话。周子汉说，那也不能什么话都听。周子汉不想再和吴文乔说话，转身走开。吴文乔说，老周，你别那么犟。大丈夫能伸能屈，该弯腰就弯腰，该低头就低头。周子汉说，我就是不想弯腰，不想低头。周子汉一直往前走，吴文乔看着周子汉的背影直摇头。吴文乔说，真是个犟熊，不知好歹。

周子汉想着去了农场，回来一趟不容易，就找张书记，想去问一下赵明义的事。上次给他说了，是不是他工作忙，把这个事忘了？要是不忘，赵明义不会判无期的。走到了政府门口，正为怎么进去发愁，张书记正好从里边出来了。周子汉往张书记跟前走，警卫看见了，忙上前挡住了他。他喊了一声张书记。张书记听到了，让他走到了跟前。周子汉知道张书记忙，开口就说了上次那个报告的事,张书记还真想不起了。报告太多,每个报告都能记住是不可能的,周子汉就说是赵明义被冤枉的事。这一说,张书记有了一点印象。张书记说,想起来了,想起来了,这个事,我很重视,安排专人去处理了,并把处理结果告诉了我。事情好像和你说的不太一样,那个赵明义被判刑劳改,是有确凿证据的。周子汉说,张书记,我对他很了解,他确实不会是特务。张书记说,那这样吧,陈秘书,把这个事记下来,再去落实一下。周子汉说,赵明义真的是被冤枉的。张书记说,你还是要相信组织,一般来说,我们是不会冤枉一个好人的,也不会放过一个坏人的。周子汉说,我坚信组织。张书记说,还有别的什么事吗?周子汉犹豫了一下说,没有了。张书记说,好好干,像当年打仗一样,为社会主义建设做贡献。周子汉说,请张书记放心,我一定好好干。说完,张书记上车走了。周子汉本来想说说自己去农场的事,可话到嘴边,又咽了回去。

　　叶可楠靠在床头发呆,听到敲门声。叶可楠说,进来。想着可能是周子汉,进来的却是郑其山。叶可楠说,你来了。郑其山说,吃饭了吧?叶可楠,在食堂随便吃了一点。郑其山说,你看,你和老周……叶可楠说,好了,别说了,我知道你要说什么了。郑其山说,行,行,不说了,老周过两天就走了,明天晚上,我想为老周送个行,你到时候一定要来呀!叶可楠说,我为什么一定要来呀?郑其山说,看你说的,你和老周什么关系,你不来怎么行呢?叶可楠说,我和他有什么关系,现在怕是连个同志关系都不如呢!郑其山说,别说气话了,老周是个什么样的人,你还不了解吗?叶可楠说,本来以为是了解他的,现在看来,我真的是不太了解他了。郑其山说,我问了一下,这次去边境农场,还有许多人。说是去干一年,还要回原单位的,老周不会一直呆在农场。叶可楠说,我倒不是坚决不让他去农场,而是他对我的态度,让我没法接受,一点儿也不为我着想,不考虑我的感受。郑其山说,老周怎么可能不为你着想啊?叶可楠说,为我着想,他就不会这么做了。这几天,全是别人来找我说这个事,他是一次都没有来,好像没我这个人似的。郑其山说,他是想来的,还不是怕你不理他。叶可楠说,理不理是我的事,来不来是他的事。他不来,就说明了他的态度。郑其山说,叶可楠,这个事,老周心里也不好受,他马上就离开了。要去很远的地方,不管怎么说,咱们都该好好为他送个行。叶可楠说,只怕是我去了,他的酒反而会喝得不痛快。郑其山说,不会的,你要是不来,他会很伤心的。说定了,明天晚上八点,在鸿春园,不见不散。叶可楠说,到时候看情况吧！郑其山说,不管什么情况,你都要到。

周子汉要走了,听说边境线上很苦,什么东西都没有。一些生活用品,不能不准备一些。周子汉去了百货大楼,打算买一些东西,没有想到在百货大楼里,遇到了欧阳芳。欧阳芳说,老周,你怎么来了？周子汉说,要走了,过来买些东西。要打仗,就得有装备呀！你呢。欧阳芳说,没有牙膏,正好路过,打算进来买一管。没想到会碰上你,正好我也没有什么事,你要买什么,我给你当参谋。周子汉说,那太好了,我正发愁呢。这百货大楼,还没有进来过,东南西北我都分不清。欧阳芳说,走,进去。欧阳芳拉一下了周子汉的胳膊。欧阳芳说,买完东西,正好去鸿春园吃饭,老郑已经安排好了,为你送行,给你说了吧？周子汉说,说了。两个人在里边转着买东西时,被胡小兰看见了。要结婚了,这几天,没事她就往大货大楼跑。先看到了周子汉,想过去打招呼,又看见了欧阳芳,她站着不动了。看着两个又说又笑,她心里生气,不想买东西了,只想赶紧去见叶可楠,把看到的情况告诉她。

叶可楠正在屋子里,想着是去还是不去。去吧,面子上有点下不来;不去吧,人情上说不这去。再说了,好几天没见周子汉,心里也挺难受。这时,胡小兰和吴文乔来了。胡小兰说,刚才我去百货大楼买东西,你猜我们看到谁了？叶可楠说,看到谁了？叶可楠说,谁？胡小兰说,老周。叶可楠说,看见了就看见了,这有什么？胡小说,要是只看到老周,也就没啥说的了。问题是老周不是一个人,而是两个人。叶可楠说,和郑其山？胡小兰说,是个女的。叶可楠说,女的？胡小兰说,那女人,年轻,还挺好看,好象还很有文化。叶可楠说,不可能吧？胡小兰说,你连我都不信,我能编这个谎呀！你让老吴说。吴文乔说,是真的。两个人一块进的大楼,那女的还扯着老周的胳膊。叶可楠一听,一屁股坐到了床上,脸色变得很难看。胡小兰说,你没事吧？吴文乔说,叶可楠,这种事,想开点。凭你,比老周强的随便找。胡小兰说,就是的,老周有啥好的,非要吊死在他那棵歪脖树上？叶可楠说,别说了,你们走吧,我还有事。不再想那么多了,叶可楠梳洗起来,决定去给周子汉送行。

酒店里人不多,屏风隔起了一个角,里边坐着周子汉、郑其山和欧阳芳,桌子上摆着菜。郑其山说,叶可楠该到了呀!周子汉说,算了,别等了,我们开始吧!欧阳芳说,不,一定要等。这时,叶可楠走了进来,走到了屏风跟前。听到里边说话声音,她站下了,想了一会,没有走进去,在屏风旁边找了个座位,坐了下来。屏风有一条细小的缝,叶可楠可以看到里边的人,里边的人却看不到她。屏风里周子汉说,咱们吃。郑其山说,再等一会吧!欧阳芳说,要不,我出去看看。周子汉说,我说吃,就吃。你们要是再等,我就走了。你们这是给我送行,还是要请她吃饭?说着,周子汉站了起来。郑其山扯一下周子汉说,坐下,坐下,老周,行,咱们边吃边等。周子汉端起一杯酒说,谢谢你们给我送行,我高兴。说着,一口把一杯酒喝了。欧阳芳赶给周子汉倒酒说,老周,慢慢喝,不着急。周子汉说,慢慢喝干什么,等叶可楠呀?告诉你们吧,她不会来了。我们自己喝,喝个痛快。说着,又把一杯酒喝掉了。欧阳芳说,这么喝,可不行,这么喝,一会就醉了。郑其山说,老周的酒量大,没事。欧阳芳说,等会儿,叶可楠来了,他醉了,怎么行呀?周子汉说,我知道,你们想的是什么。告诉你们吧,叶可楠不会来了。一说去边境开荒,把她吓住了,怕跟我受苦,就不理我了。不理就不理,有什么了不起。革命人,连死都不怕,还怕女人不理?周子汉边说边喝,像喝白开水一样。屏风外边,叶可楠听着周子汉的话,很生气。站起来想离开,可是想了想,又坐了下来,察看屏风里边的动静。郑其山说,老周,叶可楠也是为了你好,想让你过安宁幸福的日子。周子汉说,什么是为了我好,是为了她自己。女人就是目光短浅,看不到革命的远大目标,我去开荒的意义可重大了。林则徐,你们知道,民族英雄,到了伊犁,干什么,就是屯垦戍边,开荒种地,和这些前辈比起来,我算什么呀!告诉你们吧,我已经把坎土镘都准备好了。不管叶可楠跟我不跟我去,我都是要去的。欧阳芳说,老周,我见了叶可楠,一看她,就是个善良懂事重情意的女人。正因为她是太爱你了,才不想让你去艰苦的地方受罪。周子汉说,你们说的不对,我知道,她已经不爱我了。要是爱我,我要走了,她怎么连送一下都不肯来?欧阳芳说,她一定会来,可能是有什么事给耽误了。郑其山说,是的,她会来的。周子汉说,好了,你们别安慰我了。现在这会儿,谁也安慰不了我,只有酒才能安慰我。看到周子汉不停地喝,欧阳芳心疼了说,老周,你要是难受,说出来,别这么闷着头使劲地喝。周子汉有点醉了说,我心里难受呀,真的很难受呀!你们不知道,叶可楠在我心里边,有多么重要啊!她说不和我好了,就是拿刀子扎我的心呀，扎破了，流出了血，我还不能让人看见。我硬撑着，不说软话。可我这些天，没睡过一个好觉。一闭上眼睛，就看见了叶可楠在我的面前晃来晃去。我大声喊她，可她就是不理我……她为什么会这么心狠呀，她不是这样的，她对我多好啊，没有她，我早就死了，我受了伤，她把我从战场上抬下来，还给我输血，是她给了我一条命啊！我真的离不开她呀，离不开她呀！你们看，这条手绢，就是她送给我的。不管什么时候，我都揣在心窝子里，我就是把命丢了，也不会把它丢了。周子汉说着说着，眼窝子湿了。屏风外的叶可楠听着周子汉的话，心里也不由得发酸。周子汉醉得厉害了说，叶可楠呢？叶可楠怎么没有来？你们骗我，你们说叶可楠要来，可叶可楠没有来，你们骗我。你们去给我把叶可楠找来，我要看见叶可楠，看不见她，我活着还有什么意思呢？你是谁？你是个女的，可你不是叶可楠？没有一个女人，可以和叶可楠比。郑其山，你说，我说的对不对？郑其山说，叶可楠很优秀，欧阳芳也很优秀，都很优秀。周子汉说，不，不能和叶可楠比，谁也不能和叶可楠比。欧阳芳说，老周，你说的对，叶可楠是个好女人，没有人可以比得上，我们谁都比不上。郑其山说，欧阳芳，你别生气，老周有点喝多了。欧阳芳说，酒后吐真言呀！老周说的话，要是叶可楠能听到就好了。叶可楠从屏风后边走出来说，老周的话，我都听到了。看到叶可楠，郑其山和欧阳芳都惊喜地站了起来。只有周子汉还在醉意中，对于出现的叶可楠像没有看见一样。郑其山说，老周，叶可楠来了。欧阳芳说，老周，你快看，是叶可楠来了。周子汉说，你们骗我，叶可楠没有来，她不会来的，她已经离开我了，再也不会理我了。叶可楠说，他醉了，这样吧，你们别管了，把老周交给我吧！郑其山说，那我们先走。叶可楠说，要是你们吃好了，就先走吧！欧阳芳说，叶可楠，真的不需要我们帮忙？叶可楠说，当年在战场上，他受伤了，整个人死过去了，我硬是把他从山上背了下来。郑其山说，可楠，你就和老周好好说说话。

从酒店出来，郑其山说，欧阳记者，你往哪走？欧阳芳说，报社在北边，往北边走。郑其山说，我住在南边，不能同道。欧阳芳说，你可真不够男子汉，这么黑天，你就让我一个人走？郑其山说，那我送送你。欧阳芳说，你当然要送我了。刚喝了一点酒，走走路，可以醒醒酒。郑其山说，你没有喝多。欧阳芳说，你以为就男人能喝酒呀！郑其山说，我就喝不过你。欧阳芳说，我看，你就是喝不过我。不信，哪一天，咱们单独喝一下，赛赛酒量。郑其山说，女人敢说喝的，一般男人都喝不过。欧阳芳说,你被吓住了。郑其山说,行啊,等忙过了这段日子,我请你喝。欧阳芳说,说话算数?郑其山说,不算数,再别理我。欧阳芳说,不知为什么,我就喜欢和你们这些打过仗的男人交往。你和老周身上,都有一种一般男人没有的英雄气。郑其山说,比起老周,我差得远了,老周也是我心目中的英雄。欧阳芳说,可老周好象没有你老成沉稳。郑其山说,你这是批评我?欧阳芳说,有这么批评人的,那你也批评我几句。郑其山说,我想批评,可是眼力不行,怎么挑,也挑不出你的毛病。欧阳芳说,你可真会说话。

屏风内,周子汉说,给我酒,怎么不给我酒,给我倒酒。叶可楠倒了一杯水,递给周子汉。周子汉喝了一口,马上嚷了起来说,这是什么酒,这不是酒,是水,想蒙我,没门,快给我倒酒。叶可楠说,老周,别再喝了。周子汉说,你是谁?你凭什么管我?叶可楠说,我是叶可楠。周子汉说,叶可楠,胡说,你不是叶可楠,叶可楠没有来,她变心了,不理我了。叶可楠拿了一杯子凉水,泼到了周子汉脸上。叶可楠说,你睁开眼,好好看看我是谁?周子汉被凉水泼了后,还是不醒。服务员过来说,同志,我们要关门了。叶可楠说,好好,我们这就走。

大街上,郑其山和欧阳芳一块走着。欧阳芳说,你说,老周和叶可楠会不会和好?郑其山说,他们的感情是很深的,我想他们肯定是会和好的。欧阳芳说,确实,他们的故事让人感动。郑其山说,让人羡慕啊!欧阳芳说,光听你说老周和叶可楠,也说说你自己的故事吧?郑其山说,我可没有故事。欧阳芳说,不会吧,你也不差呀!郑其山说,这个事,不是想有就有的,得有机遇,还要缘份。欧阳芳说,这么说,你还没有遇到过?郑其山说,一直打仗,身边全是男人,遇上一个太不容易了。欧阳芳说,现在容易了,又是局长,身边追的女人会很多的。郑其山说,女人是不少,可没有看得上我的。欧阳芳说,是你看不上别人吧?给我说说,要什么条件的?我的女朋友可不少,全是素质很高的。郑其山说,我能有什么条件,差不多就行了。欧阳芳说,行,我给你瞅着,觉得条件差不多,就给你介绍。郑其山说,想给我当红娘啊,那我先谢谢你了。

从酒店出来,叶可楠扶着周子汉坐到了路边的一条长凳上。月亮很大、很亮,周子汉的酒还是没有醒。叶可楠说,老周,我是叶可楠,你醒醒。周子汉说,你不是叶可楠,我明天就要走了,我再也看不到叶可楠了,我心里难受啊!你不知道,我是多么喜欢她呀!可她知道我要走了,连来见我一面都不来。叶可楠说,老周,我是叶可楠,我来了,就在你身边。周子汉说,你不是,你不是,你不是叶可楠。周子汉靠在长凳椅背上仰面朝天,满脸的痛苦。叶可楠心疼得把周子汉搂住了,望着天空洁白的月亮,轻声地唱起了曾给周子汉唱过的一首歌:一条小路曲曲弯弯细又长,一直通向迷雾的远方,我要沿着这条细长的小路,跟随我的爱人上战场。纷纷雪花掩盖了他的足迹,没有脚步也听不到歌声,在那一片宽广银色原野上,只有一条小路孤零零……歌声中,仰面朝天的周子汉慢慢地抬起了头,眼神也缓缓地恢复了正常,目光渐渐地落到了叶可楠的脸上。叶可楠的歌声,让周子汉从醉酒中完全醒了过来。周子汉说,叶可楠,真的是你呀!叶可楠说,难道不是我,还会有另外一个女人陪着你吗?周子汉说,我不敢想啊,以为你再也不理我了。叶可楠说,你真傻。周子汉说,我明天就要走了。叶可楠说,我知道。周子汉说,有你来送行,再远再苦的地方,我都不怕了。叶可楠说,光想着让我给你送个行。周子汉说,别的不敢想了。叶可楠说,亏你还是个勇敢的英雄。周子汉说,说真的,我好多次做梦,把你抢到了马背上,带着你走南闯北。叶可楠说,把我抢走吧,我是你的。周子汉说,叶可楠。周子汉把叶可楠紧紧地搂在了怀里。叶可楠说,明天我跟你一块走。周子汉说,别说傻话,咱们都是有单位的人,想去什么地方,不可能自己说了算。叶可楠说,那我怎么办?周子汉说,得先向组织写报告,写明要去的原因,等组织批准了以后,你才能去。叶可楠说,还要这么复杂呀!周子汉说,当然,公家的人,就得听公家安排。叶可楠说,那我就不能跟你一块走了。周子汉说,这样吧,我先去,先安顿下来。至少得让你去了,有地方住,有饭吃,还要有活干。叶可楠说,你可得快点,我可不想一个人呆在城里。周子汉说,怎么是你一个人呢?郑其山还在,胡小兰也在。叶可楠说,谁在,也不能顶替你呀!周子汉说,我对你真的这么重要。叶可楠说,那你说,我对你重要不重要。周子汉说,我不能没有你。叶可楠说,我也一样。两个人靠得更紧了。

早上,薄薄的一层雾,像纱一样飘动着。几辆大卡车停在路边,不断涌来一些青年男女,先把行李放到了车上,接着人又跳上去。一辆吉普车开过来,周子汉和郑其山从车上下来。周子汉扛着坎土镘,郑其山帮他扛着行李,两个人走到卡车前,把行李放到了车上。车上的人喊周子汉快上车。周子汉却没有马上跳到车上去,他在等叶可楠。郑其山说,这个叶可楠,怎么还没有到?周子汉说,这么早,她可能赶不过来了。郑其山说,她一定会来送你的。车上人说,快,同志,上车吧,路很远的。过来一个干部模样的人,拿了一个名单说,这个车上的同志请注意,现在我点名。干部喊一个名字,一个人说到。喊到了周子汉,周子汉说,到。干部说,这个车,你负责。都来了,全交给你,你要把他们一个不少地带到农场。周子汉说,明白。干部说,现在,你们可以走了。周子汉说,你看,能不能再等一会。干部说,人都齐了,还等什么?正说着,叶可楠从不远处的湿雾里跑过来,手里提了个袋子,气喘吁吁。郑其山说,叶可楠,你可来了,再来晚一点,车就开了。周子汉说,看把你累的,说了,太早了,你不用来了。叶可楠说,真不想让我来送你呀!周子汉笑了笑。叶可楠说,这个袋子里的东西,都是你用得着的。周子汉接过了袋子。叶可楠说,到地方了,马上给我写信。周子汉说,我知道。车子发动着了,车上人喊,领导,快上车吧,再不上来,车子就开了,周子汉跳上车,车子开动了。周子汉朝着叶可楠和郑其山挥手,叶可楠和郑其山也朝周子汉挥手,叶可楠还边挥手边跟着车子跑了几步。车子上的青年男女唱起了歌:毛主席的战士最听党的话,哪里需要那里去,哪里需要那安家,祖国要我守边卡,扛起枪杆我就走,打起背包就出发……渐渐地,歌声远了,听不到了,也看不到车子了。郑其山说,叶可楠,我送你回去吧!叶可楠擦了一下眼角的泪花,上了郑其山的车子。车子快到医院门口了,郑其山说,叶可楠,有什么事要我做的,给我说。叶可楠说,你和周子汉是什么关系,我知道有了事,当然要找你。郑其山说,老周那边,你不用担心,没有什么困难他克服不了的。叶可楠说,我不担心他有什么困难克服不了,我是担心他只管克服困难,不管自己的身体。郑其山说,等他安顿下来后,我们一块去看他。叶可楠说,不是去看他,而是去和他结婚,再也不和他分开了。郑其山说,叶可楠,你真是个了不起的女人。叶可楠说,女人为了爱,什么事都可以做的。郑其山说,也不是每个女人都可以做到的吧?叶可楠说,郑其山,你的个人问题怎么样了?郑其山说,我的情况,你还不知道呀,还是光棍一条。叶可楠说,胡小兰多好啊,没成。不过,凭你,多好的,都能找到。郑其山说,你找到你这么好的,我就烧高香了。叶可楠说,我看那个欧阳芳挺不错的。郑其山说,你就别乱点鸳鸯谱了,人家是记者,走南闯北,见多识广,怎么能看上我们这样的人呢?叶可楠说,记者有什么了不起,再牛的女人,也得找个男人过日子呀! 要不,我给你撮合撮合? 郑其山说,还是别说,这种事,还是顺其自然吧! 本来是朋友,说不好,就成了仇人了。你看,那个胡小兰,现在见了我,脸子可不好看了。叶可楠说,胡小兰心直口快,肚子里不藏事。郑其山说,我想近期抽个时间,去看看赵明义,这也是老周的意思。叶可楠说,我也去。郑其山说,我安排一下,这几天咱们就去。叶可楠说,让欧阳芳也一块去。郑其山说,也行,问问她,看她去不去?

第十一章 鲜湿的泥土散发着清香

月光从窗子里照进来，赵明义躺在大通铺上，透过窗子看着天上的月亮。两个黑影站到了他的面前，把射进来的月光挡住了。赵明义说，你们要干什么？黑影说，我们要惩罚你这个可耻的告密者。赵明义说，你们这些恶棍，就该永远呆在劳改队。黑影说，看看是你的嘴硬，还是我们的拳头硬。两个黑影，朝着赵明义扑过来，黑暗中，响起一片心惊肉跳的打斗声。早上，劳改犯集合。劳改犯从房间陆续走出来，赵明义最后一个走出来，走路是一瘸一拐的，脸上明显有伤痕。管教走过来问，怎么回事？赵明义，告诉我，谁把你打成这样的。赵明义说，天太黑，看不清脸。管教看着一群劳改犯说，你们谁打的？劳改犯都不吭声。管教说，都去干活去，赵明义，跟我去医务室。赵明义跟着管教往医务室走。管教说，那两个家伙是杀人犯，心狠手辣。赵明义说，没有什么了不起的，大不了是个死。管教说，你死了，我就麻烦了。你那个兄弟给我说了，让我照顾你。赵明义说，你怎么照顾，总不能把我放了吧？管教说，当然不能放你。不过，要抽调一批劳改犯去修水库，我可以安排你去，离开那两个家伙。赵明义说，随便你安排吧，我是个劳改犯，没有要求什么的权利。

满载着开荒者的大卡车，行驶在大戈壁滩上。青年说，刚才来送你的，是你的女朋友吧？周子汉说，是我的未婚妻。青年说，你的未婚妻，长得可真漂亮。周子汉说，漂亮什么，一般化。青年说，她给你送的什么呀，是不是好吃的？要是好吃的，也拿出来让我们尝尝呀！青年把叶可楠给的包拿了过去，打开一看，里边有手套袜子，还有两条短裤。青年说，想得可真周到呀，连短裤都给准备好了，你可真有福气。周子汉说，女人吗，就是婆婆妈妈的。这些东西，用不着带的。青年说，你可真是生在福中不知福啊，有这样的女人相伴，走到什么地方也不会怕的。认识一下，我叫杜大胜。你呢？周子汉说，我姓周。我比你们大一点，就叫我老周吧！周子汉把叶可楠给他的包抢了过来说，小伙子，好好干，每个人前边，都会有一个好女人在等着你们，看看咱们车上的几个姑娘，个个都是那么好看。杜大胜说，只是太少了，只有几只羊，一群狼怎么能够吃呢！姑娘说，那就要看哪一只狼勇敢又可爱了。杜大胜说，你说，我们车上，哪只狼勇敢又可爱？姑娘说，他。姑娘指着周子汉说，大家一听哄地笑了起来。杜大胜说，可惜人家有爱人了。姑娘说，说明人家好啊有人爱呀！杜大胜说，不过，那就轮不到你了。姑娘说，那也不一定，只要没有结婚，谁都可以追求。老周同志，我叫虎妮，喜欢开玩笑，你别当真。老周说，你这个人，就像你的名字一样，好。杜大胜说，老周，我就不明白，那么多人，怎么就让你负责呢？虎妮说，人家老周，一看，就和你们不一样。为啥不让你们负责，要让他负责呢，我看老周的样子，就像是个领导。周子汉说，什么领导呀！我已经把坎土镘带上了，准备去当一个能干的开荒者。杜大胜说，这种干活的农具，去了以后，是要发的，你怎么自己就带上了。周子汉说，对于开荒者来说，坎土镘就是枪。一个战士想要多杀敌人，就要有一把好枪。虎妮说，看到了吧，这就是勇敢。同志，你打过仗吧？周子汉说，打过。虎妮说，那你给我们讲你打仗的事吧！周子汉说，没什么可讲的，谁都愿意打仗，可赶上那个年代，不打不行，不打就得当亡国奴，不打就不能翻身得解放。就像现在一样，咱们就要去屯田去开荒，你看，这么大的戈壁滩，不开荒，怎么能长出庄稼，不屯田，怎么能守卫边疆？杜大胜说，听你讲话，太像领导了。虎妮说，人家本来就是咱们的领导呀！周子汉说，我也是随便说说，什么领导不领导的，咱们都一样，都是来屯田开荒的。

大卡车跑了三天三夜，停了下来。两匹马奔过来，两个干部从马上跳下来。干部喊，到地方了，大家下车吧！杜大胜说，这什么地方，什么都没有呀！虎妮说，这么荒凉呀！大家边说着，边从车下跳了下来。干部说，大家站好，谁是负责的，让大家排好队。周子汉站出来说，我。干部说，你叫什么名字？周子汉说，周子汉。干部说，你就是周子汉呀！来。干部把周子汉拉到另一个男人跟前说，王场长，他就是周子汉。王场长和周子汉握手说，周子汉同志，你的情况，我们已经知道了。你是为革命立过功的，你能来到这里工作，是对我们的大力支持。周子汉说，我听从王场长的安排。王场长说，让大家排好队。周子汉说，同志们，听我的口令，按个头高矮，排成五列纵队。在周子汉的指挥下，大家站好了队。干部说，同志们，我来介绍一下，这位是王场长，现在请王场长讲话。王场长说，同志们，欢迎你们加入屯垦戍边的大军。我们这个农场叫西屯农场，从这往西走，不到十公里，就是国界线。我们在这里建农场，不光是为了吃，为了穿，更是为了国家的安全。所以，同样是开荒种地，意义是很不一样的，大家一定要认清这一点。我知道，你们中间，许多人是打过仗的。让你们到这里来，就是要让你们为革命继续贡献力量。现在我宣布，西屯农场第七开荒队成立，队长由周子汉同志担任。周子汉同志，是位战斗英雄，得过很多勋章，由他带领大家，一定还会打出很多胜仗。这位就是周子汉同志，现在请他给大家说几句话。周子汉说，没想当队长，只想着当个开荒者。不过，组织信任我，让我当队长，我一定会努力当好。队员们鼓掌。王场长说，大家把行李搬下来吧！杜大胜说，没有房子，我们住在什么地方啊！王场长说，怎么会没有房子呢，房子已经给你盖好了。大家四处看，看不到一间房子。杜大胜说，房子在什么地方，我们怎么看不见啊？王场长指了指坡上的一排微微露出一点地面的房门说，房子在地底下，是看不见。这种房子，叫地窝子，住进去，冬暖夏凉，你们保证喜欢。

队部里，一张桌子一张床，有一个手摇电话机。墙有一张领袖画像，还挂着一支老步枪。王场长说，这是个新建的农场，各方面条件都很差，一切都要从头开始。周子汉说，再苦也不会苦过打鬼子那会儿吧？王场长说，这倒也是，只是这个年头，大家吃苦的精神不如以前了。周子汉说，不管怎么样，只要是上级交给我们的任务，我保证完成。王场长说，对你，我们是很放心的，你的情况，上级给我们说了，我们知道你是个什么样的人。上面也说了，只要你干得好，还是要继续重用你的。周子汉说，让我当队长，已经是对我很重用了。王场长说，你就不要谦虚了，我知道，你是一下子从局级干部落到了这个位置上，是不容易适应的。周子汉说，王场长，这你就有点误会了，我真的没有什么不适应的。只是打了这么多年仗，没有好好种过地，不知道这个队长能不能当好？王场长说，庄稼活，只要舍得力气，舍得汗水，谁都能干好。周子汉说，有王场长做领导，指挥我们干就行了。王场长说，整个农场有一个统一的开荒生产规划，按照这个规划，放开了干。有什么困难，直接打电话给我。周子汉说，干活的农具，还有粮食。王场长说，这些你就不用操心了，全都准备好了。你的任务，就是把这一群男男女女管好。给你说实话,这些人是从各单位抽出来的,多少都有些不太听话。周子汉说,我看他们还挺好的。王场长说,也对,不是说,没有落后的群众,只有无能的干部嘛!周子汉说,干部干部,先干一步,干部带好了头,事情就会好办。王场长说,不愧是城里的来的干部,就是有水平。以后,我得向你多学习。周子汉说,王场长,我可是你的部下,你这么说,就是批评我。王场长说,好了,不多说了,这一摊就交给你了。周子汉说,你要多来检查指导啊!王场长说,我会经常来的。

一群人在闹新房。中间挂了个水果,细绳子拴着,乱晃,让两个人去咬。一咬,两个人的嘴就碰到了一起。一碰到一起,大家就笑起来。又把一个水果糖放在胡小兰的领子里,让吴文乔找,吴文乔要去胡小兰怀里摸。胡小兰脸红了,往一边躲。躲到了叶可楠身后。叶可楠说,好了,差不多行了,时间不早了,让新娘新郎休息吧!一群人还不肯罢休说,不行,不行,还没有闹够了。叶可楠说,没闹够,等你们结婚了再闹吧!走走,都走。叶可楠把一群人轰出了新房。叶可楠说,好了,我的任务完成了,我走了。胡小兰说,你走了?叶可楠说,我不走,老吴不愿意啊!吴文乔嘿嘿地笑着。叶可楠说,老吴,我给你说,你可是要对胡小兰好啊!吴文乔说,这你就放心吧,保证不会打她,不会骂她。叶可楠说,光这就行了?你还得让胡小兰开心,幸福。吴文乔说,好好好。叶可楠说,好了,再不走,你们两个人心里就要一块骂我了。叶可楠转身走出门,替他们把关门。叶可楠顺着大街走着,街上很安静。天上的月亮只有半个,叶可楠抬头看了一眼。这个时候,叶可楠不能不想到周子汉。

队部门前的空地上,竖了一个杆子,上面拴了一面五星红旗。旗杆旁边挂的断树上,挂着了一个废钢圈。天刚亮,周子汉从队部里走出来。伸了一下腰,走到了旗杆下,敲响了钟。随着钟声的回荡,地窝子的门打开了,许多人从里边走了出来。大家拿着农具,在队部门前的操场上站成一片。周子汉说,同志们,从现在开始,我们要做一件事,这是件很了不起的事,怎么说它了不起呢?你们看,咱们脚下的土地,啥都没有。可用不了多久,从这些土里就要长出粮食,长出棉花,长出树木和瓜果。你们说这事是不是很了不起啊?当然,这些东西,是不会自己长出来的,它需要我们的力气,需要我的汗水。而这些东西,我们每个人身上都有。只要我们舍得,脚下的这片土地,就会完全变样。大家舍得吗？大家一齐喊着,舍得。周子汉说,好,出发。一群开荒者迎着初升的太阳行进,周子汉扛着坎土镘走在最前边。开荒者们停了下来,周子汉挥了一下手,所有的人举起了坎土镘。许多坎土镘在霞光中起起落落,闪耀着光芒。

炊事班送水来了。周子汉吹了一声哨子说,休息一会,喝口水。大家一起围向水桶,周子汉没有往前凑。虎妮端了一碗水,走过来说,周队长,给,喝碗水。周子汉说,我不渴。虎妮说,什么不渴,别骗人了,你看你的嘴上干得都裂口子了。周子汉接过来,大喝了几口。杜大胜走过来说,这个虎妮,还挺有眼色。虎妮说,谁像你们,没心没肺的。队长这么劳累,你们也不心疼。杜大胜说,队长,你是指挥员,其实用不着这么干的。只要动动脑子,动动嘴,让我们干就行了。周子汉说,干部不干,就不叫干部了。没事,我身体还行。杜大胜说,行什么呀,我看还不如我呢！周子汉说,凭什么这么说？杜大胜说,你看你的身板,就不如我。周子汉说,身板行不行,不在于粗壮。杜大胜说,要不,试一下,咱俩摔一跤。一听说周子汉和杜大胜要摔跤,有人喊起来说,队长和杜大胜要摔跤了。这一喊,全围过来看。虎妮说,杜大胜,你不要乱来,把队长摔坏了怎么办？杜大胜说,也就是,那就算了,不摔了。周子汉说,不能算了,男子汉说出的话,可不能随便收回去。杜大胜说,我是怕你下不了台。周子汉说,那就试试。杜大胜把外衣脱了,光着膀子。朝着周子汉冲过去,打算把周子汉扛起来。可周子汉一闪躲过去,脚下轻轻一绊,杜大胜就趴到了地上。杜大胜不服,又爬起来,可不管他怎么整,都会被周子汉摔倒,直到坐到了地上,喘粗气。杜大胜说,我服了。队长,你好象会武功啊？周子汉笑了笑,没有多说什么,大家为周子汉鼓起掌来。

天黑透了,别的人睡了,周子汉没睡。点着了小油灯,趴在木桌上,给叶可楠写信。可楠,一来就想给你写信,可一直很忙。没有想到,让我当了队长。队长是个小官,可比我当书记还忙。一百多人,吃喝拉撒,全都要管。还有开荒任务,像打仗一样,一布置下来,不管死活,都要完成。确实苦,也很累,但同志们全是斗志昂扬,干劲很大。不到一个月时间,就开出了一千亩荒地,并且全都播种了冬麦。明年,我们就可以吃上自己种的粮食了,这确实是件让人高兴的事。关于你来这里的事,我看目前条件还不太成熟。这里刚开始建设,什么东西都还没有。没有马路，没有商店，连房子都没有，住的是地窝子，就像是咱们北方老家的菜窖，生活上要比城里差远了，但这只是暂时的，很快这里就会发展起来的。电灯电话，楼上楼上，用不了多久就会有的。等到那个时候，你再来，就不会再受罪了。我在这里一切都好，同志们都很听我的，工作起来，比在城里得劲多了。我觉得在这个地方，我找到了自己的位置，很感谢组织对我的这个安排。不过，就是想你。你身体怎么样？多保重。有什么事，需要帮忙，去找郑其山。还有，我让郑其山去看看赵明义，不知他去了没有？如果去了，问问他，赵明义现在怎么样了？先写到这里吧，太晚了，明天还要早起。写完信，没有马上吹灯。木桌上铺了一块玻璃，玻璃下压着两张相片，一张是和赵明义和郑其山的合影，一张是和叶可楠的合影。一住进来，他就把照片拿了出来。这样，每天都可以看上一会。

接到周子汉的信，看着看着，叶可楠的眼窝湿了，马上拿起笔给周子汉写了回信。老周，看了你的信，更想你了。知道你的情况，让我放心多了。不过，你说现在条件艰苦，不让我去，我是不同意的。两个人好，就是要有难同当，有福同享。我想我在那里，也是一样可以发挥作用的。你们开荒队，还没有卫生员吧？我去了，当一个卫生员还是可以的吧？我想明天就向组织提出申请，要求调到你的身边去。我想你也一定希望我早点过去。还有，我和郑其山一起去看赵明义，但是没有看上。劳改队的干部说，赵明义调到了另一个劳改队，说是去修水库了。

河边，开荒队员在洗衣服。一边是男队员，一边是女队员。边说边笑，边洗着衣服。杜大胜说，虎妮，这洗衣的事，是女人干的。这样吧，我们的衣服，你们全给洗了吧？虎妮说，想得美，时代不同了，男女都一样。再说了，都一样开荒种地，我们又没闲着，凭啥让我们给你们洗衣服？杜大胜说，等你嫁了人，你丈夫的衣服，你给不给洗？虎妮说，那不一样，给自己的丈夫洗衣服，那是心疼，那是爱。杜大胜说，新社会啥都好，就这点不好，女人干什么，都要和男人平起平坐，搞得女人个个狂得不行。虎妮说，还想让我们给你们当丫环呀，门都没有。周子汉拿着几件脏衣服到河边来洗。周子汉说，大家都来洗衣服了？看到周子汉，大家都说，周队长，你还来洗衣服呀！周子汉说，我也要讲卫生啊，不然的话，浑身臭味，你们就会连话都不想听我说了。杜大胜说，来，周队长，这里有一块石头，你坐在石头上洗。杜大胜把自己坐着的一块石头让了出来。周子汉正要往那块石头上坐，虎妮站了起来，走到了周子汉跟前，把周子汉的衣服一把拿了过去。虎妮说，周队长的衣服，不用自己洗，我们包了。周子汉说，这不行，这怎么行啊！虎妮说，你操心多，有空，多想想队上的大事，洗衣服这样的小事，你就不用管了。周子汉说，这可不太好，别人会有意见的。虎妮说，谁有意见，站出来说。杜大胜，你有没有意见？杜大胜说，给周队长洗衣服，当然没有意见。虎妮说，不管是谁，只要当了队长，他的衣服，我们都给他洗。姐妹们，你们说，对不对呀？女人一齐说，对。没有衣服洗了的周子汉，坐在河边，看着滚滚的河水，文教背着挎包走过来。文教说，队长，到处找你，你在这呀！周子汉说，有什么事吗？文教说，有你的信。文教把信交给周子汉，周子汉拆开信来看。叶可楠在信上说，等办好了调动了手续，我会马上赶过去的。别说条件不好，只要饿不着，有地方住，有你在就行了。别的什么东西，我都不在乎了。周子汉心里热乎乎的。杜大胜说，虎妮，你看队长的样子，保准是未婚妻的信。虎妮走过去，想偷看信上写的什么。刚走到跟前，被周子汉发现了。周子汉说，不能偷看呀，偷看别人的信，是犯法的啊！虎妮说，队长，谁给你写的信啊，让你这么高兴，也念给我们听听，替你高兴高兴。周子汉把信装了起来，暂时保密。男女队员把洗好的衣服，晾晒在河边的红柳上。杜大胜说，周队长，有个事，向你请示一下。周子汉说，说吧，什么事？杜大胜说，我们想洗个澡，能不能让这些女人离开这里？虎妮说，凭什么？你们要洗澡，我们也要洗澡。周队长，你让他们这些臭男人离开，我们姐妹们好久没洗澡了。杜大胜说，我们不走，有本事，你们就下水洗。虎妮说，我们也不走，看你们怎么洗？杜大胜朝着使男伴使了个眼色，几个男队员，脱掉了外衣，喊叫着一齐穿着短裤跳进了水里。虎妮说，周队长，你快管管他们，他们要流氓。周子汉笑了笑说，让他们洗吧，等会，他们洗完了，我让他们走，把地方让给你们，再让你们洗。男队员在水里打闹着，用水泼女队员。女队员躲到了周子汉身后，虎妮还拾起了土块，朝水里扔，去砸男队员。杜大胜说，周队长，你也下来洗呀，真的是很痛快呀！虎妮说，队长，你也下去吧，这条河就是咱们开荒队的大洗澡盆子。周子汉有点犹豫，虎妮和几个姐妹推着周子汉，把周子汉往水里推。周子汉说，别推，别推。说着，周子汉也脱掉了外衣，穿着短裤跳进了水里。周子汉在水里游得很快，杜大胜几个男队员想把他追上。虎妮和几个姐妹喊着，周队长，加油加油。

监狱围墙很高,很高的围墙上,还有一个很高的岗楼,很高的岗楼上有一个持枪的哨兵,围墙里的空地上站着劳改队朱队长。朱队长说,赵明义,出来。赵明义从一个监舍里走了出来。朱队长说,你是从三大队调来的?赵明义说,是的。朱队长说,你的材料我看了,立过功,检举过逃犯,表现不错。交给你一个任务。赵明义说,好的。朱队长说,这么多人,每天要用很多水,你负责去拉水,布尔其河离这有几公里远,你每天至少去拉四趟水。赵明义说,坚决完成任务。朱队长说,让你去干这个活,是对你的照顾,也是对你的信任,你要经得起考验,不要有别的想法。你的一举一动,岗楼的哨兵全能看得见。赵明义说,明白。朱队长说,还有,在路上不管遇到什么人,都不要和他们说话。问你什么,你也不要回答。赵明义说,明白。

结了婚的胡小兰来看叶可楠。叶可楠说,我还以为你已经把我忘了呢!胡小兰说,把你忘了,你想得美。这一辈子,你是甩不掉我了。叶可楠,先给我说说,是不是很幸福啊?胡小兰说,不好说。叶可楠说,给我也不好说?胡小兰说,没啥说的,等你结婚了,你就知道了。叶可楠说,不说算了,不够朋友。胡小兰说,反正没有想的那么好,但也没有那么糟。叶可楠说,看来,不是很满意。胡小兰说,还行吧,不管什么时候,不管什么事,实际发生的都没有想象的好。叶可楠说,这倒也是。胡小兰说,我的终身大事是解决了,现在该你了。你的事,打算怎么办?叶可楠说,还能怎么办?跟着老周走呀!胡小兰说,决心拿定了?叶可楠说,你正好来了,你不来,我还打算去找你呢!胡小兰说,需要我做什么,说。对了,老吴又升官了,调去人事处当处长了。叶可楠说,你们家老吴进步可真快。胡小兰说,别看他戴个眼镜,一点儿也不书生气,可会讨上面领导喜欢了。叶可楠说,哎,你说,老吴现在管人事,是不是可以帮我个忙?胡小兰说,当然可以了,你不想干医生了,想换个工作?叶可楠说,不是让他帮这个忙,我是想调到老周那里,让他给个方便。胡小兰说,行,回去,我给他说。叶可楠说,过两天我就去找他。

过了两天,叶可楠真去了。见了吴文乔,叶可楠说,你也忙,就不多耽误你时间了。胡小兰给你说了吧,我要来找你办的事。吴文乔说,说了,说得不太清。叶可楠说,老周去了开荒队,我也想调过去,需要在你这办个手续。吴文乔说,人事的问题,是个重要问题,关系到人的命运前途。这样的事情,我一个人不能决定,要开会研究才行。叶可楠说,用不着吧? 我又不是个什么大干部,就是个普通人。你是处长,可以说了算,只要在我的报告上,签个字,盖个章子就行了。吴文乔说,你说的也太简单了,什么事,都有规章有程序,有制度。当领导的,更要按章程办事了。这样吧,你先回去,过几天你再来。叶可楠说,还要过几天呀!吴文乔说,这是快的了,要是别人来办,至少也得半个月,咱们关系不一样,当然会抓紧时间了。叶可楠说,那我就过几天再来吧! 叶可楠走了,看着叶可楠走出办公室。吴文乔说,这个老周,真是有福气。

赵明义拉着一辆架子车,架子车上放了一个改造过的大汽油筒。把架子车停在了河边,赵明义用水桶把河里的水提起,往车子上的大汽油筒里倒。车子上的油筒装满了水,赵明义折了几个芦苇叶放在了水面上。赵明义走到了河边,蹲在河边,用手掬起了捧水,喝着。他站在河边,往四处看着,没有看到人,却看到了并不太远的地方,有一缕炊烟。岗楼上的哨兵,用望远镜看着赵明义的一举一动。赵明义拉着一桶水,行进在没有路的荒野上,整个人弯着腰,吃力地拉着水车。太阳像火一样在头顶上燃烧,赵明义走了一段,停下来,擦了擦额头上的汗。

周子汉拿着步枪,从队部走出来。周子汉骑到马上,虎妮和几个姑娘走过来。虎妮说,周队长,星期天也不休息啊! 周子汉说,去打一只黄羊,给大家改善一下生活。虎妮说,我们也跟你去。周子汉说,把你们带上啊,我就打不上黄羊了。虎妮说,怎么会呢? 周子汉说,你们的笑声比子弹跑得还快,黄羊听到了,早早就跑得没有影子了,我怎么打? 虎妮说,那我们不跟你去了。周子汉跳上马,奔跑而去。虎妮说,姐妹们,队长去打猎,为咱们改善生活,咱们也得为队长做点什么。我看,咱们去队部,给队长打扫一下卫生。姐妹们说,好。

周子汉骑马顺着布尔其河而行,四处眺望,寻找着猎物。远远看到了一个人拉着水车,在荒野上艰难行进,周子汉想不明白这个地方怎么会冒出一个拉水的人? 于是,骑马走了过去。赵明义低着头,周子汉看不出是谁。周子汉说,喂,你是谁? 赵明义抬起头。两个人都愣住了。谁都没有想到,会在这个地方看到对方。周子汉说,你怎么会跑到了这里来?赵明义说,照顾我,不让我打石头了,让我来这里修水库。周子汉说,怪不得郑其山和叶可楠去看你,说你走了。赵明义说,不走,两个被检举过的家伙,就会要我的命。周子汉说,怎么拉起了水?赵明义说,对我信任,别的犯人会跑,认为我不会跑。周子汉说,你当然不会跑。赵明义说,是的,我不会跑的。有你在,我跑什么?一跑,没有罪也会变得有罪了。周子汉说,是的,你这么想对的。赵明义说,我的事到底怎么样了,什么时候可以放我出去啊?周子汉说,怕还要等一等。赵明义说,什么意思,为什么还要等一等?周子汉说,他们非要说你就是特务,证据确凿。赵明义说,你的意思,是不是我没有指望了?周子汉说,也不能这么说。也许,有一天情况会有变化。赵明义说,我自己也在上诉,已经写了好几封上诉书了。周子汉说,有答复吗?赵明义说,结果都一样,说我认罪态度不好。周子汉说,没有罪,怎么认?赵明义说,你说,现在这个情况,我该怎么办?周子汉说,坚持,真的假不了,假的真不了。总有一天,会有结果。赵明义说,总有一天,会是哪一天?周子汉说,我也说不上。赵明义说,连你都这么说,看来,我不可能走出劳改队了。周子汉说,好多事,会怎么变化,并不能完全预料。比如,想着很难见到你了,结果却在大戈壁滩上,遇见你了。做梦,梦到过你,可做梦没有想到会在这遇到你。什么事都可能发生,你一定不要失去信心。赵明义说,听你的,我相信很快会有好结果的。对了,还没有问你呢,你怎么会跑到这里来?周子汉说,来打猎。赵明义说,从城里跑来打猎。周子汉说,不是的,我就在这工作。赵明义说,在这工作?周子汉说,离开不远,有一个开荒队。赵明义说,你来开荒了?周子汉说,工作需要。赵明义说,什么需要,是发配,是下放。你犯了什么错误了?周子汉说,我在开荒队当队长。赵明义说,队长?你原来可是城建局的书记啊!周子汉说,好了,不说这些了。赵明义说,肯定是我的事,让你受牵连了。周子汉说,不说我了,说说你吧,身体还行吧?赵明义说,不行也得行,那个环境里,得硬撑着活。这两年,光我看着累死的,病死的,饿死的,相互打架打死的,有好几个了。周子汉说,这么大个水桶,你自己拉怎么行?用头驴,用头牛,都行,怎么让你拉?赵明义说,在劳改队,劳改犯就是畜牲。周子汉说,你们队长叫什么?赵明义说,姓朱。周子汉说,我去给他说,不能让你这么干。赵明义说,怕是接下来,我想干,都干不成了。周子汉说,为什么?赵明义说,我们有规定的,不能和外边人说话。只要发现我和外边的人说话了,就不再让我干这个活了。周子汉说,他们怎么知道?赵明义说,岗楼上的警卫,有望远镜,什么都能看见。周子汉说,那你快走吧! 赵明义说,算了,反正他们已经看见了,见你一次,也太不容易了,我们还是多坐一会,多说一会话吧! 你不知道,在劳改队,我一个月也说不了几句话。周子汉说,现在我们离得近了,我可以常见面。赵明义苦笑了一下说,下次不知什么时候再能见面了。周子汉说,只要你能干这个活,我们就可以常见面。赵明义说,这可能是不行了,好了,我得走了,再不走,我就得受大罚了。赵明义拉起水车弯腰继续前行。周子汉站在那里,默默地看了许久。突然他转身骑到了马上,顺着奔流的河飞跑起来。在他看不到他的身影时,从空旷的荒野上传来了一声枪响,一只黄羊栽倒在地。

　　周子汉回到队部,看到屋子打扫得很干净,桌子上一个空瓶子里,还插了一大束野花。桌子上有个纸条。周队长,没有经过你的同意,把你的房子打扫了,还给你放了一束野花,不知道你喜欢不喜欢? 野花很香的。在野花的香味中,可以睡得很香,如果周队长不反对,我们会经常采些野花放你的房间。还有你照片上的那个姑娘,是你的未婚妻吧,长得真好,为你高兴。你的几个女队员。

　　周子汉凑到了野花前,嗅了嗅。接着坐下来,给叶可楠写起了信。楠,你的信收到了。读你的信,好象见到了一样,让我好喜欢。在这里,总是会不断有惊喜,先告诉你一个好消息。你知道我在这遇到谁了? 我遇到了赵明义了,他就在离我们不远的地方修水库。他的任务是去河边拉水,我去打猎时遇到了他,这是好消息。不好的消息是赵明义变得又黑又瘦,一下子老了许多,并且很有可能,他还要在劳改队呆许多年。我不敢把这个话告诉他,怕他听了坚持不住,精神遭受打击。在赵明义的事上,我一直觉得自己是有责任的。可目前的情况来看,我已经没有能力救赵明义出狱了。能做的,就是尽量让他在劳改队里过得好一些。这两天,我就打算去劳改队找他们队长。还有,可楠,你来开荒队的事,我的意思,先不要着急,再等一等。

　　第二天水车又来拉水,只是拉水的不是赵明义了,换了一个人,周子汉骑马拦住水车。周子汉说,赵明义怎么没有来? 劳改犯看看周子汉,不说话。周子汉怎么问,劳改犯都像是个聋子和哑巴。周子汉知道他为什么这样,不再问了,只好骑马朝劳改队奔去。

叶可楠又去找吴文乔,办调动的事。吴文乔说,研究好了。叶可楠说,那就给我办手续吧!吴文乔笑了起来说,叶可楠,不要着急,你首先得弄清楚我们研究的结果是什么?叶可楠说,什么结果?吴文乔说,你这个情况,是不符合调动条件的。叶可楠说,为什么?吴文乔说,你就是冲着老周去的。叶可楠说,是啊。老周不在,我当然不去的。吴文乔说,这就对了。你这种情况,一般来说,为了解决夫妻分居,才会同意调动的。叶可楠说,我们就是分居两地啊!吴文乔说,可你们结婚了吗?叶可楠说,就是打算我调过去以后再办。吴文乔说,但你没有结婚证,不能说明你和老周的关系,所以,大家认为不能给你办调动手续。叶可楠说,我和老周的情况,你是知道。手续是一直在办,结果忙来忙去,一直没有办上。吴文乔说,我知道,没有用,规章制度在那里摆着,谁也没有办法。叶可楠说,这么说,调动是办不成了?吴文乔说,眼下这种情况,是办不成的。叶可楠说,老吴,帮个忙也不行?吴文乔说,这个忙,我不太能帮。叶可楠说,为什么?吴文乔说,说真的,我认为你没有必要调到开荒队去。叶可楠说,我想和周子汉在一起。吴文乔说,你可以把周子汉调回来,把他调回城,不就什么问题都解决了。叶可楠说,说得容易,我要有那么大本事,他就不用去开荒队了。吴文乔说,以前,我帮你忙,帮不上,现在我在这个位置上,给老周在城里找个工作,把他调回来,是不太困难的,只要你肯配合。叶可楠说,老周的脾气我知道,他不会同意这么做的。吴文乔说,他不同意,说明他不爱你。爱一个人,什么事都会愿意做的。叶可楠说,他爱不爱我,只有我知道。好了,我知道,不就是要结婚证吗,我这就去和他办。拿来了结婚证,你们就没有理由不同意了吧?吴文乔说,到时候再说吧!叶可楠说,老吴,你可不能和我过不去呀!吴文乔说,不会的,不会的,我是为你好,戈壁滩上不是过日子的地方,你去看看就知道了。叶可楠说,在什么地方不重要,和谁在一起很重要。

周子汉到了高墙下,站到了大门前对岗哨说,你们朱队长在吗?岗哨说,在。岗哨朝围墙里喊说,朱队长,有人找。朱队长走了出来说,谁找我?周子汉说,我。朱队长说,我不认识你呀!周子汉说,这不就认识了嘛,我是开荒七队的队长周子汉。朱队长说,周队长,欢迎,欢迎。周子汉说,知道你们在这修水库,想来看看你们。你们修水库，是为了我开出更多的荒地，是对我们工作的支持，向你们表示感谢。我想请你去我们开荒队检查指导工作，顺便吃个便饭，表达一下我们的心情。朱队长说，都是为了革命事业，不必这么客气了。周子汉说，朱队长不去，就是不给我面子，看不起我们开荒者。朱队长说，去去，看得出，你也是豪爽的人，就跟你交给个朋友。周子汉说，那就说定了。明天收了工，我派人来接你。朱队长说，好，一言为定。

报社给欧阳芳配了个新照相机，想找个地方练练手，就来找郑其山。郑其山说，我一点不懂照相啊！欧阳芳说，没让你教我。我是想找个地方拍拍照片，把技术练得熟练些。工作起来，就会更顺手。郑其山说，光是这事，好象用不着找我呀！欧阳芳说，本来是用不着找你的，可是考虑到你有车，腰里还别着把小手枪，这样一来，就不但可以把叶可楠拉上，到郊区的南山去拍照，还有你做保镖。你说，不找你找谁呀！郑其山说，这个想法是不错，只是不知叶可楠有没有时间？欧阳芳说，星期天她总要休息吧？郑其山说，那你去给她说。欧阳芳说，行，我去给她说。

队部里，摆着酒菜，周子汉和劳改队的朱队长喝酒，杜大胜和虎妮负责倒水倒茶和端菜。周子汉说，朱队长，和你认识，我真是太高兴了。朱队长说，我也是。在这大戈壁滩上，能交到个朋友，实在不容易。周子汉说，这里什么东西都多，就是人不多。朱队长说，你这好些，一百多个人，大家在一起，像一家人一样，倒也挺热闹。我那就不行了，也是一百多人，可一百多人都是恶人，不能打交道的，要始终和他们保持距离，不然就会有危险。周子汉说，你干的工作，是不容易，很操心，责任也大。朱队长说，那些犯人，死了，跑了，全都是你的事。周子汉说，你辛苦了，来，多喝几杯，解解乏。朱队长说，别看那些犯人，表面在你面前很顺从，骨子里不知有多恨你。不但恨你，还看不起我们。说什么，他们在劳改队，顶多呆十几年、二十年，可我们呆在劳改队，就没有头了，一呆就是一辈子啊！周子汉说，你劳苦功高，来，敬你一杯。朱队长一杯接一杯，很能喝。朱队长说，在劳改队没有事，天天会喝一点，时间久了，酒量就给练出来了。周子汉说，以前，我以为我很能喝酒，现在看来，你要比我能喝多了。大胜，虎妮，朱队长是我们客人，是来给我们修水库的，你们俩也代表我们开荒者，给他敬杯酒。杜大胜和虎妮,各拿了一杯酒给朱队长敬。周子汉说,好了,你们俩忙了这一阵子,也累了,回去休息吧!虎妮说,没事,队长,你看,还需要我们干些什么?周子汉说,不要了,你们回去吧,我和朱队长慢慢喝,慢慢聊。杜大胜和虎妮走了。朱队长说,好久没有这么痛快过了,多亏了你呀,老周。周子汉说,是朋友,我们就不要说客气话。你来到这里,等于到了我的地盘上,尽一点地主之谊,完全是应该的。再说,水库修好了,我们就可以开更多的地了。朱队长说,你真是太够意思了。我那个地方,除了犯人就是犯人,也帮不上你什么忙。你要是有什么用得着我,千万不要客气。周子汉说,既然是朋友,那我就不客气了。朱队长说,你要是客气,就是见外,是不把我当朋友。周子汉说,那我就说了。朱队长说,只要我能做得到的,你尽管说。周子汉说,你放心,犯错误的事,害朋友的事,是决不会让你干的。朱队长说,那还有什么不好说的?周子汉说,你们劳改犯里,是不是有个叫赵明义的?朱队长说,是有一个,你怎么知道?周子汉说,我和他认识,我们曾经一块打过鬼子。新疆解放后,我们一块工作过。朱队长说,后来因反革命特务罪,被判刑了。周子汉说,说真的,他是被冤枉的。朱队长说,什么意思,你不会让我把他放掉吧?周子汉说,当然不会,真要是把他放了,那你就得进劳改队了。朱队长说,只要不是说把他放掉,别的事都好办。他的情况,我知道一些,可以说,对他一直是比较优待的。周子汉说,还让他继续去河边拉水。朱队长说,可他违犯规定了,警卫说,他在路上和别人聊天,聊了很长时间。周子汉说,那个人就是我,没有想到遇到了他,你说,我能不和他说说话吗?朱队长说,原来是和你呀!那行,明天开始,让他继续拉水车。周子汉说,还有,不能让他自己拉,找一头牛拉。路太难走了,那么大个水车,会就把他累坏的。朱队长说,这我就难为了,我们劳改队,除了人,连一头牲畜都没有。周子汉说,我支援给你一头牛,一匹马。牛用来拉水,马当你的坐骑。朱队长说,你真是太义气了,我都不知说什么好了。来,干掉这一杯!喝了酒,朱队长说,不过,让他去拉水是可以的,但你不能去找他说话,这是有规定的。如果警卫看见了,报告给我,我不管,上面知道了,会收拾我的。你要是想见他,可以去劳改队,我们那里有会见室。周子汉说,行。

知道吴文乔一直拖着不给叶可楠办调动,胡小兰有些不高兴。胡小兰说,你什么意思,不是说的好好的吗,怎么又不给叶可楠办了?吴文乔说,你女人家知道个啥。胡小兰说,从城市到农村,现在不就是提倡这个吗?吴文乔说,干什么都要按国家的计划,也不能自己想去什么就去什么地方。胡小兰说,想去的地方,不让去,不想去的地方,非要你去,这就是你说的计划?吴文乔说,叶可楠的理由不充足。胡小兰说,怎么不充足了,想和自己的爱的人一块生活一块工作,这个理由还不充足吗?吴文乔说,当然啊!你这个人理由,是个人主义的。作为党的干部,首先要考虑到,是革命的需要,革命需要你在什么地方就在什么地方。我们的许多同志,为了工作,结婚了多少年了,还会分居两地。她呢,还没有结婚,就要往一块调。这种私心,我们怎么能轻易就满足呢?胡小兰说,你这是什么鬼道理,我看你是故意和叶可楠过不去,不想让叶可楠过上幸福的日子。吴文乔说,你恰恰说错了,要是真想让叶可楠过上好日子,就不能让她离开城市。你知道,她要去的地方,是什么样子的吗?喝的是碱水,吃的是粗粮,住的是地窖。那生活,可以说,要多苦有多苦。她是没有去,一去,她就去知道了。等调去了,再后悔就来不及了。胡小兰说,这么说,你不让她去是对的了?吴文乔说,我也是为你好。她去了,好朋友没有了,你不是也很孤单吗?胡小兰说,这么说,你这么做是为了我们好,我们还要感谢你呀!吴文乔说,当然啊!你可以去劝劝叶可楠,让她别往开荒队调。水往低处流,人往高处走。胡小兰说,听你这么说,我倒是真该好好劝劝叶可楠。你不想让叶可楠走,是有别的想法吧?吴文乔说,胡说,我都和你结婚了,还有什么别的想法?胡小兰说,谅你也不敢。

第十二章　麦子和野草一起生长

正是六月,草坡上野花开得正好。车子开到南山上停下来,郑其山说,你们在这好好照吧,我在车里边等你。欧阳芳说,你是我们的保镖,你不在,我没有安全感啊!叶可楠说,是啊!你想偷懒可不行,你得一直陪在我们身边。欧阳芳,今天,你就把镜头对准他就行了。欧阳芳说,那不行,一个大老爷们有什么拍的。叶可楠,你长得这么漂亮,一定能拍出好照片来。来,咱们到草地上去拍。叶可楠和欧阳芳来到草地上,欧阳芳让叶可楠摆出了各种姿态,不停地给叶可楠拍照。郑其山坐在一棵大树上,看着两个人女人在快乐地拍照。他的目光一会停在了叶可楠身上,一会儿又停在了欧阳芳身上,似乎下意识地在做着某种对比。欧阳芳说,来,我也给你拍几张。郑其山说,我就算了,长这么难看,不拍了。叶可楠说,你摆什么架子,让你拍,你就来拍。郑其山走了过去。郑其山说,这样吧,让我给你们俩照个合影吧?欧阳芳说,你也不会照相,怎么照。郑其山说,你把镜头对好,我捺一下快门,还是可以的吧?欧阳芳和叶可楠坐在草地上,两个人亲密地偎在一起,郑其山捺动了快门。欧阳芳说,来,郑其山,你和叶可楠照一张吧?郑其山说,我们就算了。欧阳芳说,老战友,照张相有什么。叶可楠说,是啊,来,郑其山,咱俩合个影。欧阳芳给两个人照了一张。欧阳芳说,好了,还有一张胶卷,谁再来一张?叶可楠说,你和郑其山照一张。欧阳芳说,我和他照算什么?叶可楠说,算什么,算新战友,新朋友。欧阳芳说,对,也就是,来,郑其山,咱们照一张。可楠,你捺快门轻一点,镜头不能晃,一晃就不清楚了。两个人站好了,叶可楠给欧阳芳和郑其山拍照。

回来的路上,坐在车里,叶可楠说,郑其山,你说要去看周子汉,定下了吗?郑其山说,看你的时间。叶可楠说,我随时都可以。郑其山说,那就下个星期吧!

欧阳芳说，你们要干什么去？郑其山说，去开荒队看老周。欧阳芳说，我也要去。郑其山说，你就算了，别去了。欧阳芳说，为什么不让我去，不行，我一定要去。叶可楠说，把欧阳芳带上，不让我欧阳芳去，我不愿意。欧阳芳说，我也认识老周，和老周也是朋友。我去了，可以拍照片，还可以写稿子，我去是工作。郑其山说，行，行，你去，你去。欧阳芳说，这还差不多。你放心吧，我是不会拖累你的。叶可楠说，什么拖累，有了欧阳芳，会更有意思。

荒野上，赵明义又出现了，还是去河边拉水，只是他不用再弯着腰拉了。拉水车由一头牛拉着，慢慢地走在河流和劳改队之间。周子汉骑着马走过来，走到离拉水车还有一段距离时，周子汉没有再往前走，让马儿停了下来。看到了周子汉，赵明义也停了下来。两个男人彼此凝望着，默默无语。

叶可楠在收拾东西。胡小兰进来说，叶可楠，你在干什么？叶可楠说，你没看见吗？胡小兰说，要出门呀？叶可楠说，去开荒队。胡小兰说，我说老吴了，可他说的也有道理。叶可楠说，你们是夫妻，当然是一个鼻孔出气了。胡小兰说，你可别这么说，我是真心帮你的。叶可楠说，原来想着有你和老吴，我的事会好办，没想到，刚好相反。胡小兰说，不是这样的。叶可楠说，那是什么，明明老吴说一句话，盖一个章子，我就能和周子汉在一起了，可他却一个劲儿地打官腔。胡小兰说，他也是为了你好，他说开荒队太艰苦了，一般人会受不了的。他是怕你受罪，才那么做的。叶可楠说，这么说他是好心？胡小兰说，再说了，我也不想让你去。你还是好好想想，是不是咱们想办法把老周调回来？调老周的事，让老吴去办。他说了，他去办，他是能办成的。叶可楠说，真是夫唱妇随，看来，我调动的事，是没有指望了。没有别的办法了，我只能去和老周先把婚结了。胡小兰说，你还是去看看再说吧！叶可楠说，我已经拿定了主意。胡小兰说，那你要去开荒队结婚呀？叶可楠说，看来，只能这样了。胡小兰说，那我不在，怎么能行？叶可楠说，祝福我就行了。胡小兰说，叶可楠，你是不是生我气了？叶可楠说，我不生气。你看，这个旗袍，这是田老师送给我的。我要穿着它和老周举行婚礼，这是田老师的心愿，我该去完成，这样她在天堂才能睡得好。

周子汉带着开荒队员们收割麦子。男女队员们一字形排开，像一把展开的收割机,随着大家的移动,一片片麦浪变成了一捆捆麦子。虎妮挑着两桶绿豆汤走过来,站在了地头。虎妮说,谁先割到地头,谁就先喝又凉又甜的绿豆汤呀!听到了虎妮这么说,大家就比赛似的,用最大的力气向前割着,都想头一个割到地头。尤其是杜大胜,看到大家你追我赶地割着麦子,周子汉很高兴。周子汉说,大家注意了,光割得快、割得多还不行,还要注意质量,不能漏割一棵。虎妮说,周队长,你检查着,谁割得质量不行,就不给他喝绿豆汤。说着,虎妮端了一碗绿豆汤走到周子汉跟前。虎妮说,周队长,你先喝一碗。周子汉说,你定下的规矩,不能破坏。这第一碗绿豆汤,要给先割到地头的同志喝。虎妮说,那是给他们定下的规矩,你是队长,你除外。周子汉说,这就是你不对了,我是队长,更应该遵守规矩,要起带头作用。来,我也割到头再喝绿豆汤。周子汉弯腰加入到了割麦者的行列。周子汉走过杜大胜身边时说,杜大胜,加油啊,争取得第一啊!杜大胜说,队长,你放心,我保准第一。杜大胜果然割得很快,割在了前边。看到杜大胜快到头了,虎妮给杜大胜加油。虎妮说,杜大胜,再使把劲,你就是第一了。杜大胜说,快把绿豆汤给我准备好。杜大胜割到了地头,举起了双手说,我胜利了。虎妮端着一大碗绿豆汤,走到杜大胜跟前。杜大胜伸手去接,虎妮说,不着急,还要看质量。周队长,杜大胜的割麦质量怎么样?周子汉看了看杜大胜割过的田垅说,合格,可以给予奖赏。虎妮说,我宣布,杜大胜割麦子获得第一,奖给绿豆汤一大碗。大家哄地笑了起来。杜大胜喝绿豆汤的时候,喝得急,汤点溅落在他汗珠子闪耀的胸膛上。虎妮用毛巾帮他擦去了,杜大胜看着虎妮傻笑。

　　吉普车在戈壁滩上行驶,车里坐着郑其山、叶可楠和欧阳芳。欧阳芳说,老周知道我们要去吗?郑其山说,不知道。欧阳芳说,怎么不让他知道?郑其山说,我说要打个电话,叶可楠不让,说要给他一个惊喜。欧阳芳说,是不是不放心,想给他来个措手不及,看有没有什么违规行为。叶可楠说,有了正好。那我就不用调动了,也不用结婚了,倒是省心了。欧阳芳说,可心里却更难受了。郑其山说,老周要是看见我们,肯定是目瞪口呆的。欧阳芳说,还没有看见老周,我先目瞪口呆了,你们往车外看,多荒凉啊!好象到了月球上一样。叶可楠说,戈壁滩就是这样。欧阳芳说,不知老周在那里过得怎么样?郑其山说,老周是个革命的乐观主义者和浪漫主义者,不管什么样的环境,他都能笑脸相对。叶可楠说，他那是穷开心，是傻乐。郑其山说，人太富了，太聪明了，反而不能开心，不能快乐了。欧阳芳说，有道理。

吉普车开到了开荒队地，虎妮和几个姑娘在路边栽树。看到吉普车开过来，她们全不干活了，盯着吉普车看，并且猜着，又是什么首长来检查工作了？吉普车停下来，郑其山先从车里走出来，走到虎妮她们跟前。郑其山说，姑娘们，请问这是开荒队七队吗？虎妮说，当然是了。郑其山说，请问你们队长是周子汉吗？虎妮说，当然是了。郑其山说，请告诉我，他在什么地方？虎妮说，你是干什么的？找他有什么事？郑其山说，我是他的朋友。虎妮说，往前走，看到那个国旗了吗？正对着的房子，就是我们队部，周队长就在里边。这样吧，你们在这等着，我去喊他。不等郑其山说什么，虎妮就跑去叫周子汉了。

队部里，周子汉正在看一张地图。虎妮跑进来说，队长，队长，有人找你。周子汉说，谁找我？虎妮说，不认识，说是你的朋友。周子汉说，朋友？虎妮说，是个男的。周子汉说，男的？周子汉走出队部。周子汉看到郑其山，先是愣了一下，后马上快步走过去，握住了郑其山的手。周子汉说，没想到是你。郑其山说，早该来的。周子汉说，太远了，来一趟太难。郑其山说，再难也得来。周子汉说，就你一个人？郑其山说，还有。欧阳芳挎着照相机从车里下来。看到欧阳芳，周子汉还是有些发愣，显然没有想到欧阳芳会来，跟欧阳芳握手。周子汉说，欢迎，大记者。欧阳芳说，没想到我会来吧？周子汉说，真没想到。欧阳芳，我一是来看你，二是来工作，开荒的故事，正是报纸缺少的。周子汉说，这个地方，没来过记者，你是头一个。欧阳芳说，那我一定会写出好稿子了。周子汉说，走，去队部坐。欧阳芳说，别忙，老周，你给我说实话，这个时候，你是不是更想看到另一个人？周子汉说，你们来了，我就很高兴了。欧阳芳说，不够，还不够让你惊喜。去，把车门拉开。周子汉走过去，拉开了车门，叶可楠从车上走下来。周子汉又惊又喜，不由得大声喊了出来，叶可楠，你真的来了！叶可楠说，再看看，是不是真的？

正在栽树的虎妮看到叶可楠，认出来了她就是照片上的的人，马上叫起来。大家快来看，队长的爱人来了。一听说是队长的爱人，姑娘全围了上去，围到了叶可楠身边。虎妮说，真漂亮，比照片还漂亮。姑娘说，你可来了，我们天天都在盼着吃喜糖呢! 虎妮说,这次来不走了吧? 姑娘说,千万不要走了。被围在中间的叶可楠,不知说什么好,有点无助地看了看周子汉。周子汉说,好了,人家那么远来了,路上累了,先让客人休息一下。虎妮说,哎,姐妹们,咱们也太不像话,周队长和叶可楠同志,刚见面,连句亲热话还没有说呢! 等叶可楠同志休息好了,咱们再好好唠唠。叶可楠说,谢谢大家关心我。一行人跟着周子汉走向队部。

队部里,几个人一块吃饭,周子汉说,没有什么好吃的,粗茶淡饭。郑其山说,这么一桌子,够丰盛了。周子汉说,丰盛说不上,跟城里不能比。不过,这些菜全是我们自己种的,尝尝,保证很新鲜。欧阳芳说,新鲜比什么都好。叶可楠吃了一口说,真好吃。郑其山说,一下子来了这么多人,添了不少麻烦。周子汉说,这叫什么话,这里就是我的家,你们这么远来看我,高兴都来不及,怎么会嫌麻烦。欧阳芳说,我可不是来做客的,我是来工作的,我已经想好了,写了一篇大稿子,还要配上图片。周子汉说,需要怎么配合,你尽管说。欧阳芳说,只要不管我,让我自己采访就行了。周子汉说,行。郑其山,你最近工作很忙吧? 郑其山说,你走了,什么事都是我一个管,忙多了。周子汉说,那你可以多呆几天了。郑其山说,怕不行,后天就要走。欧阳芳说,多呆两天吧,我要采访,明天一天可不行。郑其山说,没事,你就多呆几天,到时候,我让车来接你。欧阳芳说,行,你可得说话算数。郑其山说,男人说话,板上钉钉。叶可楠说,你们全商量好了,不管我了。欧阳芳说,到了这里,我们就管不了你了,你归老周管,我们不管。叶可楠说,白眼狼。欧阳芳,老周,后天就让叶可楠跟郑其山坐车回,你说行不行? 周子汉说,看叶可楠自己的意思。叶可楠说,那我明天就走。周子汉说,那怎么行,好不容易来一趟,怎么也得好好看看,了解了解。欧阳芳说,看看,老周不愿意了吧? 叶可楠说,欧阳芳,你还挺坏的。周子汉说,你们呀,都在这里多呆几天。别看这里很落后,但吃的住的,没有问题。欧阳芳说,让我和那些姑娘住在一起就行了,可以和她们多接触。周子汉说,行,你住到虎妮他们那儿,郑其山和我就住队部。叶可楠,你就住卫生室。原来,男卫生员正好去参加培训了,你就顶替他工作一阵。叶可楠说,抓我公差啊! 周子汉说,也是给垦荒做贡献,也算是帮我的忙吧!

周子汉把叶可楠带到了卫生室。看到一个木架子上放了不少药品,叶可楠说，没想到，还有这么多药。周子汉说，屋子很干净，铺的盖的，都让人换了新的。叶可楠说，还有不少药呢！周子汉说，你累了，要不要早点休息。叶可楠说，坐在车上有点累，一见你，就一点儿也不累了。周子汉说，你说来就来了。叶可楠说，说话数算，说来不来，那算什么？周子汉说，行，来了也好，看一看，也好拿主意。叶可楠说，什么意思，我可是把结婚证明，还有结婚时要穿的衣服都带来了。周子汉说，别急，别急。还是看看再说。叶可楠说，老周。周子汉看着叶可楠，好一阵子两个人都不说话。叶可楠一下子扑进了周子汉的怀里说，老周，你一个人在这受苦了，你真的瘦多了。周子汉搂着叶可楠说，想你，老做梦，梦到你。叶可楠说，以后，你再不用做梦了，我要让你天天看到我。我也要天天看到你，我们再也不分开了。

大路朝天

第十二章　麦子和野草一起生长

206

　　一个地窝子里，一条大通铺上住着许多姑娘，虎妮带着欧阳芳走了进来。虎妮说，姐妹们，欧阳大记者来我们这工作，以后，要和我们一块吃，一块住，还一块干活。欧阳芳说，姑娘，请多多支持帮助我。虎妮说，来，你就住，住在我旁边，有什么事，告诉我。欧阳芳说，我不会有什么事，倒是你们有什么事，一定要告诉我。还有，就算你们不说，我也要问你们。到时候，不管你问什么，你们可不要保密啊！虎妮说，我们这些女人，没有多大本事，就是一点，诚实，有啥说啥，肚子里藏不住话。欧阳芳说，这样的女人才最可爱。虎妮说，你背的这是不是照相机啊？欧阳芳说，是的。虎妮说，那能不能抽空给我们拍张照片？欧阳芳说，行，干活时，到地里给你们拍。拍好了，还要把你们登在报纸上，让更多的人都看到你们。

　　队部里，周子汉和郑其山各躺在一张简陋的单人床上。郑其山说，你咋不陪叶可楠多说会话？周子汉说，你后天要走，咱兄弟俩也有好多话要说呀！郑其山说，没给你带什么，只带了一箱子酒。周子汉说，酒对我来说，就是最好的礼物。郑其山说，在这，真的很好吗？周子汉说，明天，我想先带你们去看看我们开出的荒地和种出的庄稼。你一看，就会明白我为什么会说很好了。郑其山说，一定好好看看。周子汉说，看完了荒地和庄稼，我想，我们一块去看看赵明义吧？郑其山说，能看到他吗？周子汉说，劳改队离这很近，劳改队的队长已经和我成了朋友。他每天都去河边拉水，也可以看到他，但不能和他说话。郑其山说，不会有麻烦吧？周子汉说，不会的。

躺在大通铺上，不习惯，欧阳芳睡不着。欧阳芳说，虎妮，你是怎么来到这里的？虎妮说，唱着歌来的。欧阳芳说，什么歌？虎妮说，我们年轻人，有颗火热的心。欧阳芳说，开荒是不是很苦？虎妮说，苦是苦，可是很快乐。欧阳芳说，说说怎么苦，怎么快乐？对了，先告诉我，有对象了吧？虎妮说，还没有呢！欧阳芳说，有人追求你吧？虎妮说，算是有人吧！哎，明天我指给你看看，你给参谋一下，看，行不行。欧阳芳说，行，给你当参谋。

周子汉带着叶可楠、郑其山和欧阳芳走在田野上。麦子已经收割，棉花和玉米正在生长。周子汉说，刚来时，这里很荒，长满了野草。谁都想不到，一年后，能变成这个样子。欧阳芳说，这是个奇迹。叶可楠说，是用汗水换来的。郑其山说，不容易啊！周子汉说，看着不可能的事，努力，坚持做下去，就能做成。欧阳芳说，有空了，你得给我说仔细点，说说你们怎么坚持的。五个人又往前走了一会，走到了一道铁丝网跟前。周子汉说，看到了那道铁丝网了吧？那边，就是别的国家了。郑其山说，太近了，走过去，就出国了。周子汉说，那可不能随便出去，随便出去就是叛国，抓住坐牢的。前一段日子，我们就配合边防军，抓住了一个潜伏过来的特务。郑其山说，走到这，才真正明白什么叫边疆。欧阳芳说，你们干的事，才真是叫建设边疆，守卫边疆。叶可楠说，老周，你肩上的担子重啊！周子汉说，没事，大家一起分担，就不会觉得那么重了。

河边，赵明义赶着牛车正在拉水，周子汉一行人站在高坡上。周子汉说，你们看，那就是赵明义。叶可楠说，赵明义？看着不像啊！周子汉说，不是原来的样子了。欧阳芳说，上次去劳改队，没有看到他，咱们走过去，和他说说话吧！周子汉说，那可不行，那样做，他就会受惩罚。欧阳芳说，不说话，走近一点总是可以的吧！一行人，朝赵明义走过去。走得很近了，一行人停下来，赵明义也停下来。互相看着，不说话，叶可楠伸出手，朝赵明义挥着。看叶可楠伸出手，郑其山欧阳芳全朝赵明义挥手。赵明义没有挥手，看着他们，看了一会，慢慢转过了身子，继续赶着牛车往前走了。赵明义在荒野中远去，一行人一直看着。叶可楠说，老了，老了很多。欧阳芳说，没有自由，度日如年，怎么不老。郑其山说，听说表现好，无期可以转成有期的。叶可楠说，有期要多少年？郑其山说，不太清楚。周子汉说，听说至少也要二十年。欧阳芳说，二十年出来，一个人还有什么？叶可楠说，和死了又有什么区别。周子汉说，所以，一定要想办法，让赵明义早点出来。欧阳芳说，有办法吗？周子汉说，没有什么好办法。郑其山说，能用的办法了，老周都用了，不能再乱用了，老周就是因为这个事，才被调到了这里来的。叶可楠说，可我们不能不管赵明义。周子汉说，对赵明义来说，他需要的只是自由。欧阳芳说，我会写一份内参的。郑其山叹了一口气，什么都没有说。

　　条田里，农工们在拾棉花，棉田旁边堆了一座棉花的雪山。周子汉一行人走了过来。叶可楠说，真白啊，像雪一样。欧阳芳抓起一把说，好柔软。周子汉说，这里的棉花质量好得很，全国一流。看到了正在拾棉花的虎妮，欧阳芳走了过去。欧阳芳说，来，我给你拍照片。虎妮带着拾棉花的袋子站了起来，欧阳芳给虎妮拍照。欧阳芳说，把姐妹都喊过来，我给你们照一张集体的。虎妮说，姐妹们，快来呀，欧阳记者要给我们照相了。一帮拾花姑娘凑在了一起，欧阳芳给他们拍照。站在一边的叶可楠对周子汉说说，她们可真可爱。周子汉说，个个都很能吃苦，一点儿也不娇气。叶可楠说，我要向她们学习。我能为她们做点什么呢？周子汉说，当然可以，我们一直没有女卫生员。叶可楠说，那快给她们说，她们有什么病，来找我看。周子汉说，姑娘们，这位叶可楠同志，是我的……我的……虎妮说，老婆。周子汉说，不，还不能这么说，叶可楠同志，我们正在谈对象。虎妮说，我们要吃喜糖。姑娘全叫喊了起来说，吃喜糖，我们要吃喜糖。周子汉不好意思了。叶可楠说，姐妹们，我告诉大家，我这次来，就是要来和周队长结婚的，我们已经定下了，下个星期天就举行婚礼。到时候，一定会请大家来吃喜糖的。姑娘们全欢呼起来，包括周子汉在内，郑其山和欧阳芳都吃惊地看着叶可楠。叶可楠说，我没什么本事，我是学医的。从现在开始，身体上有什么不舒服，可以来找我看。虎妮对身边姑娘说说，这下可好了，再有什么不舒服了，就不会不好意思去看了。姑娘说，是啊，原先那个卫生员，是个男的，看起病来真是太不方便了。

　　队部里，周子汉说，可楠，你怎么会突然那么说，让我一点思想准备都没有。叶可楠说，怎么突然，我早就想好了，而且也给你说过了。周子汉说，我觉得你应该再看看,再熟悉了解一下,再做决定。叶可楠说,那些姑娘们来这里以前,谁让她们先了解熟悉了。周子汉说,你和她们不一样。叶可楠说,有什么不一样的,都是女人。周子汉说,我担心,这里的条件这么艰苦,你呆一阶段,会受不了的。到时候,你后悔就会来不及了。叶可楠说,有你在,我就不会后悔。周子汉说,我真的不想你在这里跟我一块吃这个苦。叶可楠说,可不在你身边我会更苦。周子汉说,可楠,那我们就同甘共苦吧!

大树下,阴凉里。欧阳芳说,真没有想到叶可楠会那样当场宣布。郑其山说,叶可楠就是这样一个敢想敢做的女人。欧阳芳,你明天真的要走?郑其山说,这里空气好,风景也好,又能和老周在一起,真想呆下不走了,可是单位那么多事,我不回去不行。欧阳芳说,他们的婚礼你不参加了。郑其山说,我没法参加了。欧阳芳说,我的采访任务还没有完成,我还不能走。郑其山说,那我就一个人先走了。欧阳芳说,你好像心情有些不太好。郑其山说,谁说的,我很高兴啊!欧阳芳说,高兴不高兴,是可以看出来的。郑其山说,我真的为周子汉和叶可楠高兴,可同时也为他们担忧。欧阳芳说,担忧什么?郑其山说,说不上,但愿不会再发生什么,他们能一直平安幸福。

队部里,一盏马灯,散发着昏暗的光,郑其山说了要走的话。周子汉说,不能再多呆两天了?郑其山说,不想走,可是没办法,你知道的,你走了,城建局就我一个人在管事。周子汉说,工作不能耽误,还是早点回去吧!郑其山说,看到你我就放心了。周子汉说,不用为担心,我觉得这里比在城里还好。郑其山说,有叶可楠陪你,会更好。周子汉说,不想让叶可楠这个时候来。这里刚刚建设,虽然变化很大,可条件还是跟城里不能比的。郑其山说,叶可楠是个重感情的女人,不会在乎物质生活的。周子汉说,不过,男人总是该让自己的女人过好日子的。郑其山说,日子能不能过得好,不全在吃上穿上享受上。周子汉说,是啊!郑其山说,不过,有一句话我还是想给你说说。周子汉说,说啊,咱们之间还有什么话不能说?郑其山说,我觉得为了叶可楠,再做有些事,你就不能不再多想想了。周子汉说,这当然了,我得为叶可楠的幸福着想了。郑其山说,比如说,在赵明义的事上,你就不能再凭感情用事了。周子汉说,你的意思……郑其山说,这几年工作,我发现,许多事都会和政治联系在一起。本来你并没有想那么多,可有人就会给你分析,给你进行推断。结果,就把一个小事整成了一个大事。而事情一大,就可能会让一个人命运的发生根本变化。周子汉说,有些道理。郑其山说,你想想,如果你在赵明义的事上,不那么坚持你的看法和做法,你是不会来到这里开荒种地的。周子汉说,你说的对,可直到现在,我并不后悔。郑其山说,那是叶可楠太爱你,要是换个女人,不会跟你到这里来的。周子汉说,这倒也是。郑其山说,所以不管再发生什么事,你不能再让叶可楠受委屈。要不,我都会不愿意的。周子汉说,对,你说的对,不能再让叶可楠受委屈。我想,也不会再让她受什么委屈了。你的担心,虽然有道理,但其实是不可能发生的。郑其山说,你怎么会这么有把握?周子汉说,赵明义已经在劳改队,并且比一般的劳改犯日子要好过一些。我在这里,通过和朱队长的关系,可能保证他不会受到大的委屈。他在里边表现不错,还有立功表现。我上次跟他谈过,他会耐心地等着平反的机会的,他那里不会再出什么事了。郑其山说,这样最好。周子汉说,不过,在赵明义的事上,让我改口,让我说赵明义是特务,我还是不能说,说不出口。郑其山说,不是非要改口,咱们不说行不行?心里明白,嘴上不说,总还是可以做到吧!周子汉说,就怕一着急,激动,就做不到了。郑其山说,说真的,就是担心你这个一着急,一激动。周子汉说,不会了,不会了,今后不会了。郑其山说,过去是个光棍汉,无牵无挂,现在不同了,有了老婆了,以后还会有孩子,得为他们多想想。周子汉说,郑其山,我发现你进步很大,是个当干部的好材料。我这方面,看来已经是不如你了,以后,你得多给我说一些道理。要不,我真的搞不明白。郑其山说,老周,你这是批评我不知天高地厚,我是你领着走上革命道路的。周子汉说,郑其山,你可别乱想,我说的是真心话。你进步快,我很高兴,脸上也有光啊!郑其山说,我就是想看着你和叶可楠幸福。周子汉说,我们会幸福的。郑其山说,那婚礼我就不参加了,提前祝福你们了。周子汉说,别光祝福我了,你的事,是不是也该有点情况了?郑其山说,我还是白纸一张。周子汉说,和这个欧阳芳,有点眉目吧?郑其山说,同志,完全是一般同志。周子汉说,我看欧阳芳不错,你就主动点。郑其山说,这种事,我还是顺其自然,看缘份吧!周子汉说,你就不着急呀!郑其山说,急什么呀,是你的,早晚都会是你的。周子汉说,你什么血型?郑其山说,B 型。周子汉说,怪不得,B 型血人都比较理智。我 A 型的,做事老是会冲动,会感情用事。郑其山说,这个事和血型有关,我还真不知道。

棉花地里,姑娘们在拾棉花,欧阳芳和她们一块拾,边拾边和虎妮聊天。欧阳芳说,干活苦不苦?虎妮说,说不苦是假的。干活哪有坐着躺着舒服?但身体虽然累一点,心里还是很高兴的。欧阳芳说,为什么会高兴?虎妮说,同样干活,在这干活不一样,大家在一起,吃的住的,全都安排好了,什么都不用操心。还有一点,大家不管是男的女的,不管是当官的还是当兵的,全都吃一个锅里的饭,干一样的活,从不受气,不挨骂。想说就说,想笑就笑,有了什么难处,干部帮你,大家帮你,你说能不高兴吗?欧阳芳说,你这一说,我都羡慕你了,干脆我来你们开荒队。虎妮说,这你干不了,你是拿笔杆子的,拿锄头把子不行。欧阳芳说,就没有什么不满意的地方,比如说对你们队长。虎妮说,队长好得可是没有说的。欧阳芳说,怎么好了?虎妮说,能干,再大的困难,难不住他,还有一点也了不起。欧阳芳说,什么?虎妮说,作风好,堂堂正正,和我们这些女同志,从来不开乱七八糟的玩笑。不像有些男人,有了一点权力,总想压着别人,利用权力去占女人的便宜。欧阳芳说,就没有女人喜欢他?虎妮说,喜欢,都喜欢他。可他心里有了爱人,喜欢也只是喜欢。欧阳芳说,对了,你说的那个追你的小伙子,你还没有指给我看呢!虎妮直起腰,看到杜大胜正扛着坎土镘在田边走过。虎妮说,就是他。欧阳芳说,挺好,多魁梧啊!虎妮说,傻大个。说着,喊了大胜一声。听到虎妮喊他,杜大胜飞快地跑了过来。杜大胜说,虎妮,什么事?虎妮说,我的棉花筐子满了,你帮我倒在棉花垛上去。杜大胜说,好嘞,杜大胜背起了很大的棉花筐,往条田边上的棉花垛走去。欧阳芳说,不错,不但壮实,还很憨厚。虎妮问,真的不错?欧阳芳说,真的。虎妮说,不过,我不会轻易答应他的。欧阳芳说,为什么?虎妮说,男怕干错行,女怕嫁错郎。嫁人可是个大事,万一嫁错了,一辈子都过不好。欧阳芳说,对,就算想嫁给他,也不能让他轻易娶到手。虎妮一听笑了。

大树下,欧阳芳从挎包里拿出了一个厚厚的本子,打开来,用笔在上面写下了一行字,一个男人和他的开荒队。接着,又继续写往下写,在新疆的西边的西边,靠近边界线的地方,有一片很大的荒野。有一年的春天,一个叫周子汉的男人带着一百二十三名青年男女来到了这里,他们的任务是一边开荒,一边守卫边防……

荒野上,周子汉和叶可楠骑在一匹马上。高高的天空,无边的大地。叶可楠说,天真大。周子汉说,地也很大。叶可楠说,人是多么小啊!周子汉说,就像一粒沙子。叶可楠说,你说,天和地是不是永远都是这样,不会老也不会死。周子汉说,万物有生也有灭,只是比人活得更长久一些罢了。叶可楠说,人这一辈子,说长,挺长,说短,真是一眨眼就过去了。周子汉说,是啊,所以活着的时候,就要好好活啊!叶可楠说,你说,什么叫好好活?周子汉说,活得痛快。叶可楠说,你说,怎么叫活得痛快?周子汉说,想爱就爱,想恨就恨。叶可楠说,你倒想得挺美,还没有人管你呢!周子汉说,不过,人也得管,不让管,就和奔跑的野生动物一样了。叶可楠说,其实,人就是动物。周子汉说,不一样,不一样,大不一样。周子汉从口袋里掏出了一张刚领到的结婚证明书,朝叶可楠晃动着。叶可楠说,光给我看呀,我又不是不知道。周子汉说,晃给天看,晃给地看,让天和地知道我们是夫妻了。叶可楠说,知道了怎么样,不知道怎么样?周子汉说,知道了,天和地就会为我们高兴。叶可楠说,老周,真的高兴吗?周子汉说,当然高兴啊!叶可楠把脸温存地贴在了周子汉的后背上。叶可楠说,可我看你好象和平常没有什么两样?周子汉把马停了下来,转过身子看着叶可楠,看得叶可楠不好意思了。叶可楠说,看什么看,又不是不认识。周子汉说,你不一样了,你现在是结过婚的女人了,结过婚的女人看起来比平常更好看。叶可楠说,我现在是你的新娘了。周子汉从马上跳下来,朝着叶可楠伸出了双臂,叶可楠从马背上扑进了周子汉的怀里。周子汉抱着叶可楠从沙丘上滚下来,滚到了沙滩上。周子汉说,可楠,我要你现在就做我的新娘。叶可楠突然说,等一等。叶可楠起身拿起了自己的包,走进了一棵胡杨树的后面。不知道叶可楠要干什么,周子汉不解地看着。过了一会,叶可楠从胡杨树走了出来,周子汉看到叶可楠穿了一件红色的旗袍,一步步地走向他。叶可楠说,现在,我可以做你的新娘了。周子汉说,可楠,你太漂亮了。叶可楠说,有一天我会不漂亮的,会变得很老很难看。周子汉说,不,你会越来越漂亮。周子汉拦腰抱起了叶可楠,叶可楠羞涩幸福地闭上了眼睛。叶可楠红旗袍的扣子一个个地被解开,露出了身子,像雪一样白,又像火一样热,周子汉即使比钢铁还要坚硬,也不能不被熔化。

叶可楠穿着白大褂,正在给杜大胜包扎伤口。一群女人涌了进来,吵闹着,争着让叶可楠给她们看病。叶可楠说，大家别急，一个个来，都可以看上的。虎妮说，争什么争，嫂子又不走，以后，我们看病再也不用发愁了。我说的对吧？叶可楠说，虎妮说得对，以后我就不走了，就在这里和大家在一起，为大家看病，女人们一齐鼓掌。虎妮说，你不知道，原来那个男卫生员，不会看女人的病。女人说，就算他会看，谁好意思找她看呀？虎妮说，是啊，好多时候，肚子疼了，什么地方难受了，就忍着。叶可楠说，忍着可不行，小毛病不治，会发展成大毛病的。虎妮说，以后可好了，有了你，我们再不用受罪了。这个事，我们还是得感谢周队长。叶可楠说，你怎么不感谢我，要感谢他呀！虎妮说，当然要感谢他呀，不是周队长，你怎么会来到开荒队呢？就算你来到开荒队，你怎么可能留在开荒队呢？你来了，不但是周队长有了老婆，我们这些女人啊，也从此有了个保护我们的白衣天使。叶可楠说，虎妮，我发现你的小嘴很能说呀！虎妮说，不是我能说，事情本来就是这样，让姐妹们说。女人们说，说得对，虎妮说得对。叶可楠说，好了，不说那么多了，还是抓紧时间看病吧！谁先看。虎妮说，我先看。叶可楠说，你最后看。来，你先来。叶可楠把一个瘦小的姑娘拉到跟前。

屋子里摆设极简单，如果不是墙上了贴了个喜字，看不出是个新房。周子汉在看报，叶可楠进来了。周子汉说，累了吧！叶可楠说，累是累，可心里舒服。周子汉说，快，坐下歇歇。叶可楠说，这些姑娘真可爱。周子汉说，个个都是好样的，真是能干，开荒离不开她们。叶可楠说，不过，老周，就算她们再能干，你也不能把她们当男人使。周子汉说，男女平等，不把她们当男人看，她们自己还不愿意呢！叶可楠说，她们小，不懂事，你是领导，不能不管。给她们看病时，我发现她们有些人的身体已经因为过度劳累，落下了妇女病。周子汉说，真的呀？叶可楠说，可不是，有些病，会影响到她们当妻子当妈妈的。周子汉说，那我可有罪了。叶可楠说，倒还没有那么严重，以后要注意点，有些活不要让她们干。周子汉说，看来，这方面，你还得给我把把关，不要让我在这方面犯错误。叶可楠说，我肯定要管。周子汉说，叶可楠，你的假期是不是已经到了。叶可楠说，不管它，超几天假没有事的。周子汉说，还是先回去把调动手续办好。叶可楠说，你是不是想赶我走？周子汉说，我们都是有组织的人，有组织就得有纪律啊！叶可楠说，人家还想多住几天嘛！周子汉说，我也舍不得你离开呀！说着，扔掉了报纸，把叶可楠抱到床上。叶可楠不动，让周子汉随便动。不过，一会儿，叶可楠就不行了,也跟着一块动了,动得比周子汉还厉害。到了后来,好象整个房子都晃了起来。叶可楠说,真后悔。周子汉说,后悔什么?叶可楠说,后悔没有早几年做你的妻。周子汉说,我也和你一样。

水渠边,虎妮在洗坎土镘上的泥土,杜大胜走过来。杜大胜说,你洗不干净,来,我帮你洗。说着,杜大胜硬从虎妮手中把坎土镘夺了过去。虎妮说,你怎么这么野蛮?杜大胜说,我这是帮你。虎妮说,那么多人,你不帮,咋老是帮我,你是看我软弱无力呀!杜大胜说,我是喜欢你,才想帮你的,要不,理你都没有空。虎妮说,喜欢我干什么?杜大胜说,喜欢你,就是想娶你当老婆啊!虎妮说,你胆子可真大,这种话也敢说。杜大胜说,胆子不太,还叫男人?虎妮说,周队长,还有那个欧阳记者,都说你好,我怎么就看不出你好。杜大胜说,有些好,是看不出来的。虎妮说,什么意思?杜大胜说,今天晚上,等天黑了,我在操场后边的小树林里等你。虎妮说,等我干什么?杜大胜说,到了小树林,你就知道我有多好了。虎妮说,你流氓。虎妮追打杜大胜,杜大胜笑着跑开。边跑边说,不见不散。

队部里,文教拿了一摞报纸进来。文教说,队长,咱们开荒队上报纸了。周子汉说,真的?文教说,好大一版。周子汉拿过报纸看。报纸上大幅标题《一个男人和他的开荒队》很醒目,还配了多幅照片。周子汉说,这个欧阳芳,怎么搞了这么个标题,开荒队怎么是我的了,这样不好。文教说,好好,我看了,写得真好,把我们开荒队战天斗地的事全写出来了,没有一点儿夸大。周子汉说,还是把我说多了,活都是大家干的,要多写大家。文教说,火车跑得快,全靠车头带。没有你带着大家往前跑,开荒队不会取得这样的成绩。周子汉说,这个欧阳记者确实挺能写的,你要向她学习呀!文教说,我一定努力。周子汉说,报纸给大家看了没有?文教说,还没有呢!周子汉说,发到各个班组,让大家看看,都高兴高兴,干起活来就更有劲了。文教说,好的。大家看了,肯定很受鼓舞。

郑其山在办公室里,翻看着新来的报纸,看到了欧阳芳的文章,一看写的周子汉和开荒队,马上认真地看了起来。正看着,欧阳芳来了。郑其山说,正看你文章呢!欧阳芳说,提点意见吧!郑其山说,没有想到,一个开荒队你能做出这么大一个文章。欧阳芳说,不是我想做这么大,是他们值得写的事太多了。郑其山说,能看出来,你是用了心的,下了工夫的。欧阳芳说,不瞒你说,当记者以来,这篇文章,我付出的心血最多,也是我自己最满意的一篇。郑其山说,确实是篇好文章,我一口气看完了。有些地方,看着看着,都想流泪了。欧阳芳说,老周的故事确实让人感动。郑其山说,不过,有一点,我觉得不写可能还好一些。欧阳芳说,什么地方我没写好?郑其山说,不是你没写好,是我觉得可以不写,就是老周和赵明义那一段。你是想写他如何重情义,说赵明义落难了,他还帮助他,但这样写,会让有些人拿来做文章,对老周和你都有些不利。欧阳芳说,写这一段时,我也有些犹豫。但我想,人家老周做都敢做,我们怎么连说都不敢不说一下?这么一想,我就写了。郑其山说,也可能不会有事,我也只是有点担心。欧阳芳说,我知道,你也是为了老周好,为了我好。可楠还没有回来吧?郑其山说,昨天我还去医院问了,说她还没有回来。不过,听院长的口气,好像对她有点不满意。欧阳芳说,叶可楠也真是敢作敢为,真的就在那里把婚结了?郑其山说,爱一个人就是这样,没有不敢做的。欧阳芳说,这样的爱,可不是每个人都可以遇到的。郑其山说,叶可楠那样的女人是难得啊!欧阳芳说,你是不是觉得天下的女人都不如叶可楠啊?郑其山愣了一下,看着欧阳芳笑了笑说,谁说的,优秀的女人很多啊,你就很优秀啊!像你这么能干,能写文章会拍照片的女人也一样难得啊!欧阳芳说,说到照片了,差一点忘了,上次我们上南山还要去开荒队拍的照片洗出来了,我把有你的几张带来了。你看看,行不行?欧阳芳把照片拿给郑其山看。郑其山一张张看着,边看边说,好好,拍得好。欧阳芳说,最好的一张,还是你和叶可楠的合影。你看,要是不知道情况的人看了,准会把你们当成一对情侣。郑其山说,怎么会,我那个丑样子,一看就配不上叶可楠。欧阳芳说,男人没有丑的。郑其山说,到下班时间了,这样吧,一块吃个饭吧,我请你。欧阳芳说,好啊,你还没有单独请我吃过饭呢! 走。

　　劳改队的探视室里,中间放了一张桌子,周子汉和叶可楠坐在一边。朱队长走进来说,来了,周队长,这位是……周子汉说,我的妻子,叶可楠,我们刚结婚。朱队长说,新婚,祝贺祝贺。老周,你不像话,结婚也不请我去喝喜酒。周子汉说,这不,给你带了喜糖和喜烟。叶可楠拿了糖和烟给朱队长。叶可楠说,朱队长,谢谢你了。朱队长说,都是朋友,客气啥呢! 嫂子长得真漂亮。说着,就把烟酒收了起来。周子汉说,过两天,请你去喝酒。朱队长说,自己人,就不客气了。正说着话，外面喊起了报告声，朱队长说，进来。一个持枪的警卫押着赵明义进来了。赵明义直直地站立着。朱队长说，赵明义，你坐下吧！赵明义说，是。赵明义坐下来了。周子汉说，你看，能不能让我们和赵明义单独呆一会？朱队长说，按规定是不行的，不过你来了，破例。说完，朱队长和警卫出去了。周子汉说，老赵，我和叶可楠结婚了，我们看你来了。赵明义说，你们结婚了？周子汉说，是的，刚结的，也就十天吧！赵明义说，你们结婚了？结婚了好，好，结婚了好。叶可楠说，这是喜糖，你吃一个吧！赵明义说，有规定，不能随便吃拿进来的东西。叶可楠拿了一颗水果糖，剥了皮，放到了赵明义嘴里。赵明义说，真甜。好几年了，没有吃过糖了。叶可楠说，我们给你带了一包，你拿着，慢慢吃。赵明义说，慢慢吃不行，只要一拿回去，就马上被抢光了。叶可楠说，怎么会呢？赵明义说，在劳改队，只要是不好的事，都有可能发生。周子汉说，叶可楠打算调到开荒队，再不走了，这样我们就可以经常来看你了。赵明义说，你们好好过日子，用不着常常来看我。叶可楠说，那怎么行，一定要经常来。赵明义说，你们来了，又走了，我会更难受。老周，我的事，有没有进展？是不是还是那样子？周子汉说，还要等一等再说。赵明义说，我知道，还要等一等，还要等一等。赵明义的脸上是死一样的灰白。

一间地窝子，也是新房，周子汉和叶可楠躺在床上。叶可楠说，赵明义那个样子，真让我心里难受。周子汉说，我也是。叶可楠说，真的没有办法能赶快让赵明义走出劳改队吗？周子汉说，很难，很难，好像越来越难了。叶可楠的头枕在周子汉胸膛上。叶可楠说，和赵明义比，我们太幸福了。周子汉说，赵明义也该这么幸福。叶可楠说，人这一辈子，活下来，真不容易，真要好好活。周子汉说，是要好好活。叶可楠说，你说我们接下来，要怎么活？周子汉说，你说呢？叶可楠说，我想生孩子。周子汉说，那你会很辛苦很劳累。叶可楠说，我愿意。周子汉把叶可楠紧紧地搂进怀里，叶可楠软软的像一块化了的糖，粘贴在了周子汉的身上。天窗外，圆圆的月亮在云中穿行。

医院大门前扯了一道横幅：欢迎上级领导检查指导工作。一辆车开过来，吴文乔带着几个人走下来。院长走上前，握手表示欢迎。院长说，欢迎你们检查指导工作。吴文乔说，不用客气，我们还要去别的单位，还是抓紧时间进行吧！

院长说,首长是不是先去医院各个科室参观一下?吴文乔说,科室就不看了,还是去会议室直接听取汇报吧!院长带着一行人,走进了摆着水果的会议室。院长说,我的汇报完了,说有不对的地方,希望各位领导提出批评。吴文乔说,我们这次来,主要是检查各单位在人事、组织纪律方面管理方面存在的问题。听院长汇报,看得出,我们医院做得还是不错的,各项规章制度都能得到较好的落实。这几年来没有发生过重大的事故。医院是治病救人的地方,这方面的要求更应该严格,人命关天嘛,一点失误都可能给党的事业带来重大的损失。院长说,吴处长说得很对,我们会严格要求认真落实的。吴文乔说,我们是不是各方面都做得很好了,是不是还有些疏漏?比如说,有一件事我们就可能没有做好。院长说,希望吴处长能及时指出来,只要存在问题,我们会马上纠正的。吴文乔说,你们这有一个叫叶可楠的吧?院长说,有,是我们的医生。吴文乔说,她现在什么地方?院长说,她去探亲了。吴文乔说,什么假。院长说,婚假。吴文乔说,婚假只有十天,可她去多久了。院长说,她是超假了。吴文乔说,不是超了一天两天,而是二十多天了。院长说,她去的地方很偏远,电话联系不上。吴文乔说,不要强调客观理由,像这种无组织无纪律的行为,性质是很恶劣的。如果姑息纵容,会造成很坏的影响。院长说,我们错了,我们会马上处理的。吴文乔说,我们的队伍为什么能从弱到强,能攻无不克,战无不胜,就是因为我们有铁的纪律。这是我们立于不败不之地的法宝,任何时候都不能丢。

吴文乔坐在床边。胡小兰端了一盆热水走过来,放到了吴文乔脚边。胡小兰说,跑了一天,累了吧?烫个脚,解解乏。吴文乔说,别说,还真是有点累。胡小兰说,去医院了。吴文乔说,去了。胡小兰说,问叶可楠了?吴文乔说,问了。胡小兰说,叶可楠还没有回来呀,好久没见了,快想死我了。吴文乔说,医院方面已经保证,会马上让叶可楠回来的。胡小兰说,不知叶可楠和老周是不是真的结婚了?吴文乔说,这个叶可楠和老周一样,也是个不见棺材不掉泪的人。胡小兰说,你别这样说,叶可楠是个为了爱什么都敢做的人,很了不起的。吴文乔说,这个年头,是不能怎么想,就怎么做的。这样做的结果,不仅得不到想得到的,还会把自己的好日子给毁了。胡小兰说,想做的,不去做,那做什么?吴文乔说,做什么,首先要想这个事能不能做。我告诉你,有些事,想一下是可以的,但去做,就不行。能做什么,不能做什么,是有原则的。胡小兰说,什么原则?吴文乔说,那就要看是不是合乎革命的需要,组织的需要。胡小兰说,不跟你说这些了,说道理,我是说不过你的。胡小兰蹲着,给吴文乔洗脚,洗好了脚,又拿擦脚布,给吴文乔擦脚。吴文乔说,你说,叶可楠会不会给老周洗脚?胡小兰说,你问这个干啥?吴文乔说,想不明白,周子汉有什么好,把叶可楠迷成那个样子。胡小兰说,爱这个东西,没有人能说明白。吴文乔说,我有一种感觉,叶可楠和周子汉不会有好日子过。胡小兰说,有你这么说话吗?你这不是咒人家吗?吴文乔说,不信你走着瞧。胡小兰说,姓吴的,我可告诉你,你要是使什么坏,让叶可楠过不好日子,我是不会饶你的。吴文乔说,我这么善良的人,怎么可能干那种缺德事。

郊外河边的草滩上,吉普车开过来,停下,郑其山和欧阳芳走下来。欧阳芳从后边拿出一个大篮子。吉普车开走了。郑其山说,吃个饭,还搞得这么复杂,随便去一个餐馆吃一下就行了嘛!欧阳芳说,在餐馆吃饭没意思。你就不用管了,我都准备好了,保证让你有吃有喝,度过一个愉快的周末。欧阳芳把篮子放在了地上,拿出一块白布单子铺开来。接着,从篮子里取出了卤的马肉牛肉还有别的小菜,一会就摆满了。郑其山说,你真行,这么丰盛啊!欧阳芳说,请大局长请吃饭,简单了怎么能行?欧阳芳又拿了出一瓶子红酒。郑其山说,喝酒我可不行。欧阳芳说,这是红酒,不辣。郑其山说,听说红酒喝多了,会醉得更厉害。欧阳芳说,没事。来。开吃,开喝。郑其山说,先说说,为什么请我吃饭。欧阳芳说,一是上次你请了我,该我回请你。二是我的那篇写周子汉的文章,得到了这个月优秀稿件奖,受到了表扬,想庆祝一下。三是工作了一周,有些累了,该放松一下了。郑其山说,理由充足,来,祝贺你得奖。二个人举起了酒杯,碰了一下,都一口喝掉了。

在开荒队,周子汉正指挥一群人在盖房子。周子汉说,地基一定要再挖得深一点,房子盖好了,不能用不了几年,就塌了。杜大胜说,周队长,你放心,我在老家盖过房子,保证盖起来的房子牢固得很。周子汉说,好了,以后开荒队盖房子的事就交给你了。杜大胜说,决不会辜负周队长的期望。文教从远处跑过来。文教说,周队长,有你的电报。周子汉说,什么事,还要发电报?从文教手中接过电报,一看,脸变了颜色。电报上写着,请叶可楠速归,若三日内不归,开除干部队伍。

黄昏。落日温暖的余晖中，郑其山和欧阳芳都喝得有了醉意。欧阳芳说，这红酒怎么也这么大劲？郑其山说，怎么样，我说了，红酒也很厉害。欧阳芳说，怎么回事，我的脸像火烧着了一样，热得不行。郑其山说，你是脸，我是心，我的心里像着了火。欧阳芳说，不行，我得去洗洗脸，把脸上的火扑灭。欧阳芳说着站起来，往河边走，脚步有些摇晃。郑其山说，你这样不行，这样你会掉到河里的。欧阳芳说，掉河里正好洗个澡。郑其山说，那可不行，河水很深的，会把你淹死的。郑其山站起来去照看欧阳芳，可自己的脚步也有些不稳。欧阳芳，你不要过来管我，我没事，不用你管。欧阳芳走到了河边，乱晃，就在要栽到河里去时，被赶到的郑其山扶住了。可郑其山自己也站不住了，结果两个人就一块摔倒在了河边的草地上。两个人抱在一起，想一下子站起来，都站不起来，不但没有站起来，反而是越抱越紧。先是郑其山觉得不对劲了，赶紧坐了起来，并把倒在他怀里的欧阳芳往外推。欧阳芳说，别推我，这样好舒服，让我好好睡一觉。郑其山说，这是野外，不能睡觉，咱们走，回去好好睡一觉。欧阳芳说，不，哪也不去，就在这里，你别动，让我睡一会。郑其山说，不行，这样不行，会有人看见的。欧阳芳说，看见就看见了，有什么了不起的！郑其山说，看见了影响不好。欧阳芳说，有什么不好，大不了，就把我们当谈对象的了。郑其山说，可我们没有谈对象呀！欧阳芳说，谈呀！现在可以谈呀！郑其山说，对象怎么可以乱谈？欧阳芳说，什么叫乱谈？难道和我谈对象，还委屈你了？郑其山说，没有委屈。欧阳芳说，这就对了嘛，现在我们就开始谈。谈。郑其山看着欧阳芳，觉得这个姑娘确实挺可爱的。

为了叶可楠，胡小兰找到了郑其山。看到胡小兰，郑其山很意外。胡小兰说，医院要处理叶可楠，你快想个办法。郑其山说，怎么处理？胡小兰说，我刚从医院过来，说叶可楠三天内再不回医院，就要把她开除。郑其山说，这么严重啊？胡小兰说，是啊，所以我才想了办法。郑其山说，叶可楠知道了吗？胡小兰说，医院说发电报了，不知道叶可楠收到了没有？郑其山说，就算知道了，那个地方也不通班车，要赶回来，也得两三天呀！胡小兰说，这可怎么办呀？总不能让叶可楠把工作丢掉吧？郑其山说，行了，这个事，你就不用管了，我来处理吧！胡小兰说，我就知道，你会有办法的。郑其山说，你还过得好吧？胡小兰说，还行，凑合着过吧！老吴那个人，脾气还挺好。郑其山说，这就好。胡小兰说，那叶可楠的事，我就不管了。郑其山说，你可以让老吴给医院说一声，万一叶可楠晚回来一两天，也不要处理得那么狠呀！胡小兰说，行，我给他说。

第十二章　麦子和野草一起生长

第十三章　阳光下也会有泥石流

开荒队的卫生室里,叶可楠看完了电报,扔到了桌子上,脸色很平静。周子汉说,你看,我说,让你早点回去,你偏不听。要不,也不会搞到这么严重。叶可楠说,有什么严重的,大不了,不让我当干部了。没有了工作,我就当家属,还不是一样可以给大家看病。周子汉说,你说得也太轻巧了。开除了干部队伍,你就再也不是组织的人了,你就像一只离开羊群的羊,你还怎么活?叶可楠说,跟着你活呀,你活着,还能扔下我不管。周子汉说,我管,不能代替组织管。没有了组织,就等于没有了家。我们参加革命那么多年,这个道理是早就明白的。叶可楠说,只要有你我这个家,就行了。周子汉说,叶可楠,咱们都是有组织的,有组织,就要有组织纪律性。我看,你明天就回去。叶可楠说,行行,我知道,我不会让你为难的,明天我就走。周子汉说,这也是为了你自己好。叶可楠说,我知道。我也该回去了,正好回去把调动手续办了。上次要办,说要夫妻分居两地,要有结婚证明,这回什么都有了,就可以正式办调动手续了。周子汉说,从这里走出三十里地,有一条公路可以通到乌鲁木齐。明天一大早,我把你送到公路边,搭一个便车回。叶可楠说,怎么都行,要是没有车,我就走着回。真不想走。周子汉说,早去早回。夜里,两个人都不肯睡,不停地做想做的事,说想说的话。到后来,叶可楠不让周子汉做了,说日子长着呢!周子汉说,我想早点看到咱们的孩子。叶可楠说,这个事,可不能着急。周子汉摸着叶可楠光滑的肚皮,说好地呀,肯定会长出好庄稼。叶可楠说,这和种地可不一样,不是一播种就会长庄稼的。周子汉说,那只要播了种,就会长出庄稼。叶可楠说,可能,只能说有可能。周子汉说,播得越多,可能性越大。说着,周子汉又翻起身子,压到了叶可楠身上。

队部门口,树桩上拴了一匹马,周子汉和叶可楠走出来。两个人骑到马上,刚走了几步,遇到虎妮和几个姑娘扛着农具出工。虎妮说,周队长,你这是要嫂子去什么地方?周子汉说,你嫂子要回城,我送她一下。虎妮说,嫂子,你可不能走,你走了,我们看病找谁呀?叶可楠说,我回去办一点事,过不了多久,就回来了。虎妮说,你可要快点回来呀,我们可是离不开你的。叶可楠说,我知道,我也舍不得离开你们呀!虎妮说,你是舍不得离开周队长吧?叶可楠说,乱说。姑娘们一齐笑了起来。

一条新铺了柏油的公路边,马停下来,周子汉和叶可楠从马上下来。周子汉说,这条路,原来是条土路,自从克拉玛依油田开发了以后,这条路就重要了,就铺上了柏油。叶可楠说,铺了柏油,车子就跑得快了。什么时候,柏油路能通到开荒队就好了。周子汉说,会有那么一天的。不时,有车子开过来开过去。开过去的车子周子汉不理,开过来的车子周子汉就会伸手拦一下。拦了三四辆,车子都没有停。叶可楠说,要是没有车子肯捎我怎么办?周子汉说,不会的。这年头,大家都向雷锋学习,只要驾驶室有空座,都会拉的。前边几辆车都坐满了,人家才没有停的。叶可楠说,再过来车子,我来拦。周子汉说,还不一样。叶可楠说,不一样,我是妇女,人家一看,确实有困难,就会帮我了。再过来一辆车子,叶可楠伸手一拦,果然车子停下了。叶可楠得意地说,看,怎么样?叶可楠和周子汉一块走近车子,驾驶室门打开。叶可楠说,师傅,我要去乌鲁木齐,你捎我一下吗?司机看看叶可楠说,你们两个都去吗?叶可楠说,就我一个。司机说,行,上来吧!周子汉说,师傅,谢谢你了。司机说,不用谢了。车门关上,车子开动。叶可楠车门探出头,朝周子汉挥着手说,我很快就会回来的。周子汉点着头,朝叶可楠挥手。车子跑得不见影子了,周子汉才骑上马往回走。

卡车驾驶室里,司机说,送你的,是你丈夫?叶可楠说,是的。司机说,看样子,是在农场干活的。叶可楠说,开荒队的。司机说,看你是个城里人吧?叶可楠说,原来是的。司机说,嫁给他就不是了。叶可楠说,我也是开荒队的。司机说,你长这么漂亮,怎么嫁给开荒队的人了?叶可楠说,你说我该嫁给谁呀?司机说,就算不找个当官的,也得找个工人呀!开采石油的,开车的,怎么也比在农场要坎土镘的强啊!叶可楠说,开荒有什么不好,没有人开荒,城里的人,吃什么呀?司机说,这你就说得不对了。其实,不种地的人,反而吃得好。不但吃得好,工资还很高,最苦的就是种地的人了。叶可楠说,没有想到你会看不起我们开荒种地的人。司机说,不是我看不起,实际情况就是这样的。叶可楠说,你这样看不起人,我不坐你的车了。司机笑了说,嘿,你倒牛了。这荒无人烟的地方,给你个胆子,你也不敢下我的车。叶可楠说,那你的意思,你想说什么,就说什么,想干什么就干什么,我一点儿办法都没有?司机说,当然是这样。叶可楠说,把车停下。司机说,你真的要下车?叶可楠说,把车停下。司机把车停了下来,叶可楠跳下了车。司机开车走了一段,又停下来。司机说,喂!女人,上车吧,开个玩笑不要当真。叶可楠不理他。司机说,这里有狼,狼会把你吃了。叶可楠说,我情愿让狼把我吃了,也不想坐你的车。司机说,真是个傻女人。司机开车走了。叶可楠站在路边,四周的荒野一片寂静,只有风吹着口哨。叶可楠站了一会,没有看到往乌鲁木齐方向开的车,叶可楠顺着公路朝前走,她打算边走边搭车。天上的太阳像火一样,叶可楠出汗了,她渴了,有些走不动了。她坐在路边,一辆吉普车从对面开过来,叶可楠没有在意。吉普车从她身边开了过去,走出了一段又折回头,停在了她的身边。叶可楠不知吉普车为什么要停在她的身边,她有点害怕了。她站起来,往公路下边的荒野上跑。叶可楠跑了没有几步,听到背后有人喊她的名字。她不敢相信,停下来听。一听,真是有人在喊她的名字,并且听起来是那么熟悉。叶可楠回过头,看到郑其山站在吉普车旁边,叶可楠呆住了。同时,腿又发软,有些站不住,跪在了地上,郑其山朝着叶可楠跑过来。

坐到吉普车里,叶可楠放松了。看着郑其山,突然觉得郑其山真的是她的亲人,也明白了,为什么周子汉把他当兄弟。郑其山说,你怎么会一个人在公路上?叶可楠说,老周送我了。郑其山说,老周呢?叶可楠说,老周把我送上车,就走了。郑其山说,那你怎么没在车上?叶可楠说,那个司机说话太难听,我就下来了,不坐他的车了。郑其山说,你怎么能这样做,在这大戈壁滩上,一个人行走是很危险的。叶可楠说,我想另搭一辆车。郑其山说,万一搭不上了呢?叶可楠说,我没想那么多。郑其山说,你万一有个什么事,我们怎么办?叶可楠说,不是没有事了吗,你看,我要是不从那辆车上下来,怎么能遇到你的车呢?郑其山说,你呀,做事怎么还像个孩子。叶可楠说,对了,忘了问你,你怎么会到这里来?是出差,还是路过?郑其山说,不是出差,也不是路过,我是专门开车来接你的。胡小兰跟我说了医院要处理你,就急了,怕你赶不回去,就开车来接你了,没有想到会遇上你。叶可楠说，郑其山，真是得好好谢谢你了。郑其山说，咱们还说这种话，见外。渴了吧，前面就到下野地了。那里的西瓜又大又甜，咱们吃了西瓜再走。叶可楠说，太好了，我真的渴得不行了。郑其山说，就在前面，马上就到了，丁师傅，开快点。

　　叶可楠一回来，胡小兰就进来了。胡小兰说，你可回来了。叶可楠说，想我了？胡小兰说，想死你了。叶可楠说，有了老吴，还会想我？胡小兰说，这是不一样的。叶可楠，来，我让看看。胡小兰凑近了叶可楠的脸看。叶可楠说，有什么好看，又不是不认识。胡小兰说，不一样了，不一样了。叶可楠说，有什么不一样了？胡小兰说，是不一样了，更漂亮了，皮肤更水了，白里透红。叶可楠说，胡说什么呀！还不是和以前一样，你也是结过婚的，结了婚，会有什么变化，你又不是不知道。还用盯着我看。胡小兰说，说的也是。可让我真的没有觉得结了婚，自己有什么变化。看来，女人变化最大的时候，还不是在结了婚以后。叶可楠说，那是在什么时候？胡小兰说，是在生了孩子以后。叶可楠说，是啊，女人一生的大事，除了结婚，就是生孩子。胡小兰说，接下来，等着咱们两个的就是生孩子了。叶可楠说，哎，你结婚一年多了，该有孩子了。胡小兰说，是啊，最近几天，我也在想这个事。叶可楠说，不过，也不全是这样的，有不少人，结婚好几年才有孩子的。胡小兰说，我可不想那么早有孩子，有了孩子太麻烦了，太累了。叶可楠，女人生来就是麻烦劳累的命。我和你想的不一样，越早有孩子越好，这样就可以多生几个孩子了。胡小兰说，你要生几个？叶可楠说，越多越好。胡小兰说，真没有想到你会这么想。叶可楠说，我要做个英雄母亲。

　　周子汉接到王场长电话，说一个首长要来检查指导工作，让他们做好准备。放下电话，周子汉走出门。木桩上拴了一匹马，周子汉走过去，解开了马缰绳，周子汉骑到马上。马朝原野上奔去，一直跑到了五号麦地，杜大胜正扛着坎土镘给麦子浇水。看到周子汉骑着马奔过来，杜大胜迎了过来，周子汉从马上下来。杜大胜说，周队长，你怎么来了，是不是对我干活不放心呀？周子汉说，对你不放心，就不会把一块麦地交给你了，浇水是多重要的活啊！水浇不好，麦子就长不好。杜大胜说，你放心吧，队长，浇水手册我已经背得滚瓜烂熟了。周子汉说，等一会，要来个首长检查指导工作。杜大胜说，那我该干点什么？周子汉说，继续浇你的水就行了。远处响起汽车的喇叭声，能看到飞起的尘土。不一会儿，两辆吉普车开了过来，停在了周子汉跟前。先从车里下来的是王场长，王场长下来后，站在车门前，首长才从车里下来。周子汉一看，首长竟是张书记，王场长带着张书记走到周子汉跟前。王场长说，张书记，这位是开荒队的队长，很能干。周子汉怎么也没有想到张书记会来，一时不知说什么，有点发愣，而一年多的风吹雨打，周子汉的模样有了变化，张书记也没能一下子认出周子汉来，和周子汉握手。周子汉说，欢迎张书记检查指导工作。张书记说，我怎么看你这么面熟？周子汉说，我是周子汉。张书记说，对，记起来了，周子汉。王场长说，你们认识？张书记说，打鬼子的时候，就是我的部下了，是个战斗英雄。王场长说，周子汉，快给张书记汇报一下工作。周子汉说，我们开荒队一共有 150 人，有 87 个男同志，63 个女同志。这个地，我们当年开荒，当年播种，当年就让它长出了粮食。

张书记和一群人准备上车离开。周子汉说，张书记，我想和你说个事。张书记说，那咱们就聊一会，我正想问问你呢！张书记扶着周子汉的肩膀，离开了人群，走到了一棵树下，坐了下来。张书记说，你怎么到这里来了？周子汉说，组织安排的。张书记说，为什么要这么安排？周子汉说，说我在赵明义的问题上，立场不坚定，旗帜不鲜明。让我认错，我又不认错，就把我下放了。张书记说，真是胡来。一个人，难免会犯点错误，犯了错误不可怕，只要改了，还是好同志。把你这样的同志，放到戈壁滩上来，显然是不合适的。周子汉说，我倒没什么，在什么地方都能为国家出力，为革命做贡献。张书记说，这样吧，你想不想再回到城里去，如果你想，写一个报告，直接寄给我，我给你来办这个事。周子汉说，张书记，我想给你说的这个事，不是我想回城。我想给你说的，还是赵明义的事。张书记说，赵明义的事，我看，你以后就不要说了。后来，我又让人去调查落实了。赵明义是国民特务这个事，没有搞错，可以说是铁证如山。周子汉说，张书记，真的是这样了？张书记说，这我就不能不批评你了。我知道，你和赵明义一块打过鬼子，情义很深，但革命的现实有时候很残酷。一块打过鬼子说明不了什么，我们和国民党就一块打过鬼子，可是到了有一天，还是你死我活。不少亲兄弟，在革命还是反革命的问题，最终成了仇敌。不管什么时候，都得搞清楚，谁是我们的敌人，谁是我们的亲人？周子汉说，别人是什么人，我不知道，不清楚，可赵明义是什么，我可以担保。张书记说，唉，你这个同志，什么都好，就是这一根筋，不撞南墙不回头，撞了南墙也不回头。你这样，很影响你不断进步的。周子汉，听我的，赵明义的事，今天就说到这，以后再不要对别人提起了。我知道，你对革命，对党是忠诚的。既然你不想回城，想在这干，也很好。屯垦戍边，也是一个伟大的事业，我们现在很缺粮食，有不少人在挨饿，你们在这里开荒生产，也是为国家分难解忧。周子汉说，我一定会好好干的。张书记说，我还要去另一个农场，不能和你多聊了。除了赵明义的事，你要是有别的事，可以直接找我。周子汉说，谢谢张书记的关心。

土路上，吉普车在行驶。车内，坐着张书记和王场长。张书记说，周子汉是个好同志啊！王场长说，确实是这样，交给他的任务，没有不能完成的。张书记说，让他当个队长，是让他受委屈了。王场长说，可他一点怨言一点情绪都没有。像他这样资历的，还拼命地在戈壁滩干活，出苦力，不多见啊！张书记说，王场长，这个人可以用。王场长说，张书记的意思……张书记说，可以考虑让他负更大的责任。王场长说，我明白。我们现在正缺一个副场长。张书记说，怎么安排，你们决定就行了。不管怎样，对周子汉，你们要多关心，不能再让他再受委屈。王场长说，我们一定会按张书记的意思办。

夜。极黑。队部里，周子汉正在看一份文件，门突然被推开。是谁进来连门都不敲，报告都不喊？周子汉觉得奇怪，转头一看，看到了赵明义。周子汉说，赵明义？赵明义说，是我。周子汉说，你怎么来了？赵明义说，我跑出来了。周子汉说，跑出来了？赵明义说，我从劳改队跑出来了。周子汉说，什么，你逃跑了。周子汉睁大了眼睛，一脸惊愕地看着赵明义。赵明义蹲在那里，闷着头抽烟。周子汉像困在笼子里的兽，来回地在屋子里走动着。周子汉说，有警卫守着，你怎么跑的？赵明义说，警卫没看见。周子汉说，怎么会没看见？赵明义说，我把牢房后墙掏了个洞。周子汉说，你掏洞，没有人发现？赵明义说，朱队长照顾我，我一个人一个牢房。周子汉说，你知道，你这么做，后果有多么严重吗？赵明义说，知道。周子汉说，你本来没有罪，可这一跑，你就有罪了。赵明义说，是的。周子汉说，如果你被抓回去？赵明义说，会受到严惩。周子汉说，知道是这样的后果，你还要跑。赵明义说，是的。周子汉说，你到底是怎么想的，我真不明白。周子汉说，我看，现在只有一个办法，可以救你。赵明义说，你快说。周子汉说，回去，马上回去。赵明义说，好不容易跑出来了，我怎么能再回去？周子汉说，现在回去，算是自首，回去以后，还可以宽大处理。赵明义说，要是那样，我就不跑了。周子汉说，你已经错了第一步，不能再错第二步了。再错，局面就无法收拾了。赵明义说，我不回去，我真的不能再回去了。周子汉说，你回去，我带你回去，凭我和朱队长的关系，给他好好说说，可以让他不追究你，就当什么事都没有发生过。赵明义说，那我也不回。周子汉说，你不回去怎么办，就算能你在这躲一阵子，可你躲得了初一，躲得了十五吗？在这个社会里，一个逃犯，是不可能有藏身之处的。不管你跑到什么地方，都会被抓住的。赵明义说，是的，肯定是这样。周子汉说，你知道是这样，你还跑。赵明义说，有一个办法，可以不被抓住。周子汉说，有什么办法？赵明义说，跑到国外去。周子汉说，你说什么？赵明义说，跑到国外去。周子汉说，你要投敌叛国？赵明义说，不是投敌叛国，你听我说。周子汉一下子把墙上的步枪取了下来，子弹推上了膛。周子汉说，你不要说，什么都不要说，就冲你这句话，我就得把你捆起来，送回劳改队。赵明义说，你要捆我，我没有二话，可你能不能听我把话说完，再捆我？周子汉说，你说，我看你能说什么？赵明义说，我到国外，只是躲一躲，我不会叛国的。周子汉说，只要往国外跑，就是叛国。赵明义说，国外有好多华侨，都是爱国的，在国外也一样可以为祖国出力。周子汉说，这个话，谁信？在国内都出不了力，跑到外边反而能出力了。赵明义说，在国内我不是不想出力，我的情况你是知道的。你说，我在劳改队里能干什么？周子汉说，我知道，你一出去，就会到台湾去找老蒋了。到了那个时候，你不想当特务都不行。赵明义说，你以为台湾会待见我，平叛时的表现，他们早就知道了，我要是落到他们手上，一样不会有好果子吃的，怕是会比现在更惨。周子汉说，这么说，你是早就想好了，要往外边跑。赵明义说，以前没有想，那天见了你和叶可楠后，就想了。周子汉说，你这一说，倒是怨我和叶可楠了。赵明义说，不是怨你们，老周，你听我说，我是怎么想……这时，从屋外的夜色里传来马蹄的声响。两个人不说话了，听着越来越大的声响。赵明义说，肯定是抓我的人来了。周子汉说，朱队长找不到你，肯定会来找我。赵明义说，求你不要把我交给他们。周子汉说，难道我还有别的选择吗？赵明义说，我还有好多话没给你说。周子汉说，你已经没有时间说了。赵明义说，你可以先把我藏起来。周子汉说，把你藏起来，就是我犯罪。马蹄声越来越近了。周子汉说，赵明义啊，你真的不该跑出来呀！赵明义说，你要是把我交给他们，那么我可以告诉你，那这就是我见你的最后一面。周子汉说,什么意思? 赵明义说,那我肯定会死在劳改队。外面传来朱队长的说话声,周子汉看了看赵明义,咬了一下牙,指着床下说,你先进去躲一会。赵明义什么话也没有说,钻进了床底下。响起了敲门声。周子汉看了看屋子里的摆设,把穿好的衣服脱掉,披在了身上,走向门口。

门打开了,朱队长带着几个人,全副武装站在门口。周子汉说,老朱,这么晚了,你怎么这个时候跑来了? 朱队长说,出事了,赵明义跑了。周子汉说,跑了? 怎么会跑了? 朱队长说,是啊,这小子! 我看在你的面子上,对他是很优待的,按说他是不该跑的,周子汉说,你看,需要我做什么?朱队长说,这大戈壁滩,要想跑,也没那么容易的,我们已经在主要的路口设了卡子。我想,如果他万一跑到你这里来,你一定要把他交给我们。周子汉说,这你放心,我不会让他从我手上跑掉的。朱队长说,这我信。周子汉说,进来坐一会,喝口酒再走。朱队长说,这个时候,那有心思喝酒呀! 要是不把他找回来,我这个队长怕是也干不成了。周子汉说,真不好意思,这个赵明义,给你惹麻烦了。朱队长说,这个事,也不怨你。不过,老周,我可告诉你,对这些劳改犯,你可不要同情他们。本来不坏的人,到了劳改队,也会变坏的。周子汉说,知道,知道。朱队长说,打搅你了,休息吧,我们还要继续去找那个可恶的家伙,他把我们两个都耍了。

门又关上了,马蹄声越来越远了,越来越小了,赵明义从床下面爬了出来。周子汉说,你不要以为我没有把你交给他们,是想帮助你逃跑。我这么做,只是想给你个机会,我想,与其让他们把你抓走,不如你自己走回去,这样对你的惩处会轻得多。赵明义说,那我先要谢谢你了。不过,老周,想给你说的,我不会自己再走回劳改队的。周子汉说,那你的意思,非我把你捆起来,交给劳改队。赵明义说,这对你说,很容易。我知道,我是不该来找你的。因为我的事,你已经受了连累,从城里下放到了这里开荒。周子汉说,你还知道呀! 赵明义说,我也不想找你,给你找麻烦。但我也没办法。我什么都没有,穿的没有,吃的没有,也没有交通工具。如果不来找你,很快就会被人发现,就会被抓回去。我只能找你。周子汉说,你怎么知道我就一定会帮你的忙? 赵明义说,如果在这个世界上,连你都不肯帮我的忙,那我就更没有必要活在这个世界上了。周子汉说,但你知道吗,我这么做,就是把我逼到了绝路上。赵明义说,可我已经在绝路上了。周子汉看着赵明义，叹了一口气。赵明义说，我有些饿了，能给我弄点吃的吗？周子汉说，你在这等一会，我去食堂搞些吃的。赵明义说，你去吧，你放心，我不会跑的，我也没有地方跑。周子汉想了想，还是把步枪拿到了手上，走出了门。赵明义摇摇头，苦笑了一下。

　　屋子里，只有赵明义了，看见了挂在墙上的镜框，看到了周子汉和叶可楠的结婚照，还看到了他和周子汉和郑其山的合影。赵明义默默地看着，看了一会，又看到了挂在门背后的衣服，赵明义把周子汉的黄军衣取了下来，把自己的劳改服脱下，换上了周子汉的衣服。换上以后，还上下看了看。过了一会，周子汉提了一大袋食物走了进来。赵明义像饿狼一样，大口大口吃着。没有吃完，还剩了一些。赵明义说，剩的这些，带在路上吃。周子汉说，用得着吗？赵明义说，当然用得着，这一路不知要过多少大山和大河，没有吃的，我怎么往前走啊！周子汉说，这里离劳改队很近，很快就可以走到了。赵明义吃惊地看着周子汉。周子汉说，我想好了，我只能把你送回劳改队。赵明义说，老周，你……周子汉说，我没有办法，我必须这么做。赵明义说，我求你。周子汉说，求我也不行，把你的劳改服换上吧！赵明义说，如果你非要送我回劳改队，你就开枪把我打死吧！周子汉说，打死你，我也是犯错误，我只能把你送回劳改队。赵明义说，你是想我让我死在劳改队，这样你就可以心安理得了。周子汉说，你不用死，你可以在劳改队等着刑满。赵明义说，你告诉我要等多少年？周子汉说，不管多少年你都要等。赵明义说，为什么我要等？周子汉说，因为你被判刑了。赵明义说，如果，我真的犯了什么罪，别说是判我的刑，就是打掉我的头，我也不会说什么的。可我是冤枉的，我是不该受到这样惩罚的。周子汉说，那你就要等平反那一天。赵明义说，如果要20年以后才能平反，我也等吗？周子汉说，当然。赵明义说，你别忘了，我已经是三十出头的人了。等到20年后，我五十多岁了，已经是满头白发了。那个时候，就算我获得自由，可我活着还有什么意义呢？周子汉说，这个世界，历经多少朝代，不知有多少人被冤枉过，一直冤枉到死。赵明义说，可我不想冤枉到死。我来人世一遭，我想和别人一样得到我该得到的一切，自由、爱情和快乐。那天，我看到你和叶可楠，我真的为你们高兴。同时，我就想，我也是个男人，我一直对我的祖国，对我的民族，无比忠诚。我为什么要落这个地步？周子汉说，我也想让你得到。赵明义说，那你就帮帮我。周子汉说，我一直在帮你。赵明义说，再帮我一次。周子汉说，你知道，我和叶可楠已经结婚了，我不想让她再受累。赵明义说，你只要把这些食物给我，再给我一匹马，给我指一下去边境的路，接下来的事情你不用再管了。没有人会知道我们今天见过面，这个晚上，可以让它不存在。周子汉说，边境线上有边防军，不等你过去，就会把你打死的。赵明义说，我宁愿被打死。周子汉说，你为什么非要这么做？赵明义说，为了自由。自由地呼吸，自由地思想，自由地做我想做的事。黑暗中，在队部门口，周子汉牵了一匹走过来，把马交给了赵明义。赵明义上马前，转过身看着周子汉，两个人都不说话。突然，赵明义抱了一下周子汉。赵明义跳上马，朝着周子汉指的方向跑去。

　　天亮了。赵明义骑着马走在树林中。走出了树林，赵明义不知往什么地方走了。不远处，有一队巡逻的边防军。赵明义躲到了大石头后边，但是边防军还是发现了动静。一个士兵说，那边好象有情况。另一个士兵说，过去看看。一个说，好象有个人影。另一个说，是不是有叛逃的。边防军们立刻紧张起来，把子弹推上枪膛。赵明义一看不好，转身上马往树林里逃，边防军追了上去。到了树林里，赵明义不知该往什么地方躲？赵明义闭上了眼睛想，完了，完了。绝望时，周子汉出现了。赵明义说，你怎么来了？周子汉说，我不来，你怎么办？赵明义说，我被发现了。周子汉说，你跟着我，别说话。周子汉迎着边防军走过去。周子汉主动打招呼说，你们辛苦了。带队的班长说，这不是开荒队的周队长吗？你怎么到这里来了？周子汉说，同志们开荒很辛苦，来打两只黄羊，给大家改善生活。班长说，你这位干部对群众很关心呀！周子汉说，也是为了让他们多干活。班长说，刚才我们看见一个人影。周子汉说，就是他，我的手下，头一次出来打猎，有些紧张，手忙脚乱。边防军们打量着赵明义，赵明义朝他们笑着点头。赵明义说，解放军同志好。班长说，按规定边境线一带是不能打猎的。周子汉说，我知道，走着走着，就走到这了，我们马上离开。班长说，希望周队长能打一只又大又肥的黄羊。边防军们继续往前巡逻，周子汉和赵明义相互看了看，没说话，往另一个方向走。

　　山林中，透过草丛隐约可看到一个界碑。赵明义朝界碑走过去，走了几步，又回过身看着周子汉。周子汉说，记住，走到什么地方，都别忘了祖国。赵明义说,不会的。周子汉说,千万不要和国民党来往。赵明义说,我知道。周子汉说,你走吧!赵明义说,你怎么办?周子汉说,你就别管我了。赵明义说,你的日子会不好过。周子汉说,再不好过,也比打鬼子时好过。赵明义说,老周,等着我,我会回来的,我们还要见面。周子汉说,是的,我们一定还要见面,我等着你。赵明义慢慢举起了手,朝周子汉行了个军礼,周子汉也一样回了个军礼。

　　从开荒队回来,叶可楠忙着办调动。对她来说,什么都不想了,只想着赶快去开荒队,和周子汉天天在一起,和那些开荒队的队员一块过日子。要办调动,还要去找吴文乔。叶可楠说,我和老周已经结婚了。吴文乔说,听胡小兰说了,祝贺,祝贺。叶可楠说,我们的喜糖还没有吃吧,我带了几块。叶可楠拿出了几块糖,放到了吴文乔的面前的桌子上。吴文乔说,说,有什么事要我办的?叶可楠说,还有什么事,上次来办调动,说没有结婚证,办不成,这次我把结婚证带来了。叶可楠把结婚证拿了出来。吴文乔拿过结婚证,盯着看,似乎有什么毛病似的。吴文乔说,这么说,你是铁了心,要去开荒队了?叶可楠说,是的。吴文乔说,如果是别人,我马上给他办手续。去开荒,好多人动员都不去,现在有人主动要去,我们当然很高兴啊!叶可楠说,那就赶快给我办呀!吴文乔说,可你不一样,你是我们的朋友,我不能这么随便就把你打发到戈壁滩上去呀!叶可楠说,是我自愿的。吴文乔说,我知道是你自愿的,但有些事,你可能只是感情冲动,没有冷静地想一想。开荒队我没去过,但条件之差是可以想象得出来的。你们在那里,从吃到住到文化生活,都和城市不能比的。叶可楠说,我去看了,那里挺好的。吴文乔说,还有,等有了孩子,孩子要上学,要受教育,在城里可以保证孩子有一个良好的成长环境。叶可楠说,这个事,我倒没有想过。吴文乔说,你好好想想,自己耽误了没什么,可要是把孩子耽误了,就会把孩子的前程给毁掉了。叶可楠说,等有了孩子再说吧!吴文乔说,说什么呀,等你去了开荒队,把孩子生下来了,户口就是农场的了,到了那个时候想再回到城里,怕是就没有那么容易了。叶可楠说,我不管那么多了,你还是先把我调到开荒队再说。吴文乔说,为了对每个同志负责,我不会马上给你办的,半个月以后再说吧!叶可楠说,你这个老吴,怎么老是我和过不去?吴文乔说,不是和你过不去,是为了你好。到了有一天,你后悔就来不及了。叶可楠说,我不会后悔的。

周子汉坐在办公桌前有些发呆,杜大胜来了。杜大胜说,周队长,告诉你个好消息,虎妮同意嫁给我了。周子汉说,好呀,什么时候结婚呀!杜大胜说,打算等到秋天,庄稼丰收了,我们也搞个大丰收。周子汉说,好啊,到时候,我给你们主持婚礼。杜大胜说,当然要你主持啊!周队长,我和虎妮的事,多亏你啊!周子汉说,还是你们有缘份。杜大胜说,周队长,我看你脸色不好,是病了,还是没休息好?周子汉说,我没事,有点疲劳。杜大胜说,周队长,你可是要注意身体,你可是我们开荒队的顶梁柱,大家都说,跟着周队长干活,越干越有劲,苦和累都不觉得了。周子汉说,我哪有那么大本事,是大家支持我的工作。杜大胜,尤其是你,对我的帮助很大呀!杜大胜说,队长,你怎么能这么说,你是队长,你让我干什么,是看得起我,我当然要好好干呀!周子汉说,给你压个更重的担子怎么样?杜大胜说,你尽管说,我的身板好,再重的担子,也能挑得起来。周子汉说,我看你就行。这样吧,上级让我挑个助手,我想让你当开荒队的副队长。杜大胜说,当干部,这我可不行。周子汉说,有什么不行的,我看你行。当干部,只要带头干,只要把公家的事,大家的事放在心上,就能干好。杜大胜说,那我跟你学。周子汉说,行,这个事就这么定了,今天晚上开大会,我给大伙儿宣布一下。杜大胜说,周队长,你真是对我太好了。周子汉说,是你干得好。

公园长椅上,坐着欧阳芳和郑其山,广播里播放着千万不要忘记阶级斗争的社论。郑其山说,你听说了吧,伊犁和塔城那边,有好几万人跑了。欧阳芳说,知道,报纸上不让登。郑其山说,真不明白,他们为啥要跑?欧阳芳说,饿的吧!听说,好些地方都饿死人了。郑其山说,也怪,前两年,到处都说,一亩打了几万斤粮食,怎么还会有人吃不饱?欧阳芳说,彭德怀,知道吧?郑其山说,彭老总我见过,当年在西北打仗,可厉害了。欧阳芳说,就是说了几句真话,成了坏蛋了。郑其山说,这你不能乱说,我看过文件,说他搞了反党集团。欧阳芳说,好了,不说这些了,国家的事,搞不清。郑其山说,别说国家的事,就是身边的事,都搞不清。你说,周子汉,多好一个人,硬是给下放了,倒是像吴文乔那样的小人,很吃香。欧阳芳说,小人得志,什么朝代都有,什么地方都有。你说知识分子,有文化,有修养,可搞起阴谋来,一个人比一个狠。郑其山说,你是不是遇到什么烦心事了?欧阳芳说,也没什么大不了的。说我通过写稿子,和领导套近乎,拉关系。郑其山说,不会是在说咱俩吧?欧阳芳说,说就说去,有什么了不起。走,转转去,看看风景,别老坐这。郑其山和欧阳芳站了起来,欧阳芳自然地挽起了郑其山的胳膊。欧阳芳说,叶可楠回来了,咱们是不是一块请她吃个饭?郑其山说,好啊!我来安排。欧阳芳说,我发现,一说到叶可楠,你就兴奋得很。郑其山说,老周不在,咱们得多关心叶可楠。欧阳芳说,你们三个男人的情义,让人羡慕。郑其山说,你不会又要写成文章吧?欧阳芳说,这种文章写出来了,也没有地方可以发表的。如果有地方发表,我一定会写的。

边界线上,一个岗楼里,站着两个哨兵,其中一个是班长。排长走进来,拿了一张纸,上面印了一个人的像。排长说,你们要提高警惕,前两天,劳改队有个犯人逃跑了,现正在追捕中。如果遇到陌生人,一定要严格盘查。班长说,是。排长说,这里有一张通缉令,上面有照片,到时候可以进行对照。排长把通缉令给了班长。班长拿过通缉令一看,马上就被上面的照片吸引住了。班长说,这个人好像见过呀!另一个哨兵凑过来看说,是有些面熟。排长说,快想想,在什么地方见过。班长想了一会说,那天在早上去巡逻,遇到了开荒队的周队长,那个和他在一起的人长得和他很像。另一个哨兵说,没错,就是他,我想起来了。当时,我看他表情有些不自然,就多看了一会。排长说,你们俩说的是真的?班长说,应该不会有错。排长说,我马上向上级报告。

吴文乔和胡小兰两个人正在家吃饭。胡小兰说,叶可楠调动的事办好了吧?吴文乔说,还没有。胡小兰说,咋还没有办好?吴文乔说,我想让她冷静地再想一想。胡小兰说,有什么可想的,嫁狗随狗,嫁鸡随鸡。男人走到了什么,女人就要跟着去什么地方。吴文乔说,你那是封建思想。新社会了,女人和男人一样,为什么要女人跟着男人走,男人也可以跟着女人走吗?老周完全可以想办法调回城里来嘛!胡小兰说,你说得好听,你不封建,一结婚就给我说,让我做好家务,伺候你。男女人都一样,你咋让我给你洗脚?吴文乔说,这不叫封建,这叫分工,社会有分工,家里也有分工。看起来你是伺候我,实际你是在为党工作。胡小兰说,你不要胡乱联系啊!吴文乔说,你想呀,你把我伺候我好了,我工作起来,就更有精神,更有劲头了,工作就会做得更好。胡小兰说,你可真会分析。吴文乔说,所以,你一定要把伺候我和为党工作联系起来。我有了成绩,就有你的一份功劳啊!胡小兰说,功劳没有想过,只想让你身体好。吴文乔说,胡小兰,最近我的工作可能有些变动。胡小兰说，什么变动？不会是下放了吧？吴文乔说，我怎么会下放？组织部刘部长说，要提拔一个市委副书记，我是其中一个人选。星期天，去他家串个门，带些好烟好酒。胡小兰说，你去，我可不去，送礼的事我干不了。吴文乔说，夫唱妇随，这是妇道，你可得遵守啊！胡小兰说，那你还不让叶可楠随着周子汉走。吴文乔说，这是两回事。胡小兰说，我看你，是不是在心里边舍不得叶可楠离开？吴文乔说，胡说。她是你的朋友，我这么做，是为了你。胡小兰说，可你从来不听我的。吴文乔说，你懂个啥？

开荒队队部里，周子汉和新上任的杜大胜在商量着生产上的事。周子汉说，12号地该定苗了。杜大胜说，让虎妮她们班去干。周子汉说，这是个细活，女同志干合适。杜大胜说，昨天，我去看了一下，六斗渠淤泥很厚了，再不清会影响夏灌了。周子汉说，这个活得马上干。杜大胜说，我带一个排去。周子汉说，行。大胜，干得不错，好好干。一辆吉普车开过来，停在了队部门口。车上下来了三个公安人员，扎着腰带，别着手枪，走进了队部。看到三个公安人员进来，周子汉没有说话。杜大胜说，你们有什么事？公安说，我们找周子汉。周子汉说，我是周子汉。公安拿了一张证说，你被逮捕了。杜大胜说，你们干什么，你们是不是认错人了？公安说，这里没有你的事，请你出去。杜大胜说，我们队长犯什么罪了，你们要抓他？公安说，请不要妨碍我们执行公务。周子汉说，大胜，听公安同志的话，你出去吧！一个公安把杜大胜推出了队部。公安说，周子汉，你知道我们为什么要抓你吗？周子汉不说话。公安在屋里搜查，显然在寻找什么。公安拿出了通缉令说，这个人你认识吧？周子汉说，认识。公安说，几天前他是不是到你这里来过？周子汉说，是的。公安说，他来干什么？周子汉说，让我帮他。公安说，你帮了吗？周子汉说，帮了。公安说，帮他逃走了？周子汉说，是的。公安说，你知道你这么做的后果吗？周子汉说，知道。公安说，知道你还做，现在后悔了吧？周子汉说，不后悔。公安说，你也太猖狂了。一个公安从里边房子走出来，手里拿着赵明义换下的劳改服。公安说，把他捆起来，带走。公安拿出绳子捆绑周子汉。捆好以后，又把他推上了吉普车。

一条道路穿过田野，地里有许多人在干活，吉普车开过来。看到吉普车开过来，干活的人不干了，走到了路中间，手里拿着坎土镘和铁锨把路挡住了，为首是的杜大胜和虎妮。吉普车不停揿喇叭，站在路中间的人好像没有听见。公安从车上下来说，你们把路让开，我们在执行公务。杜大胜说，我们可以把路让开，但你们必须放了周队长。公安说，你们周队长犯了罪，我们必须把他带走。虎妮说，我们周队长是个好人，不可能犯罪，赶快把他放了。众人喊着，快把周队长放了，不放人，你们别想离开。公安说，赶紧把路让开，不要聚众闹事。杜大胜说，谁闹事了，我们是保护我们的队长。公安说，你们的队长现在是犯罪分子了，你们要旗帜鲜明地和他划清界限。杜大胜说，少啰嗦，快放。不放人，我们就不客气了。众人举起了坎土镘和铁锹。公安说，你们这么做是违法的，是要受到严肃处理的。杜大胜说，不要吓唬我们，快放人，不放人，我们就自己动手了。公安拔出手枪，举了起来。公安说，再不把路让开，我就开枪。杜大胜说，你敢开枪，有种的朝这儿开。杜大胜敞开了胸膛，朝公安逼近。大家举着农具全围了上来，眼看一场冲突就要发生，吉普车的门开了，被捆着的周子汉走了出来。一看到周子汉，现场一下子安静了下来。周子汉说，同志们，把路让开吧！虎妮说，周队长，这到底是怎么回事？周子汉说，我有个兄弟，他是个劳改犯。他跑了出来，我帮了他，帮他逃到了国外。不管我有多少理由，但我这么做，确实犯了法。这几个公安同志，是在执行公务，大家不要为难他们，把路让开吧！虎妮说，不，我们不让你走，我们不能没有你。周子汉说，这些日子里，大家对我这个队长，非常支持，我感谢你们。你们好好干，在这块土地上，是可以大有作为的。听党的话，听组织的话，你们的日子会越过越好的。杜大胜，带着大伙儿好好干。虎妮，支持杜大胜，帮助他。不好意思，不能给你们主持婚礼，你们会很幸福的。你们都会幸福的。大家去干活吧，去吧！大家还是围着周子汉不肯把路让开。周子汉说，希望大家再支持一次，把路让开，我谢谢大家了。周子汉朝着大家弯腰鞠躬。大家慢慢地把路让开了，吉普车开了过去。望着吉普车远去，杜大胜捶了一下脑袋，沮丧地蹲在了地上，虎妮和几个姑娘哭了。吉普车里，周子汉转过头，透过后车窗，看着越来越远的人群。他知道，他再也不是开荒队的队长了，以后再也不会是了。

边城的一家小饭馆里，三个人坐在了那里吃饭。叶可楠说，今天这个饭是谁请呀？郑其山说，我请的。叶可楠说，那我不吃。欧阳芳说，我请的。叶可楠说，我也不吃。郑其山说，我们一块请你的。叶可楠说，欧阳芳，是这样的吗？欧阳芳说，是这样的。叶可楠说，这还差不多，这个饭，我要好好吃的。以后，想吃你们的饭，可没有那么多机会了。郑其山说，手续已经办好了？叶可楠说，那个死老吴，老是给我拖着。不过，他已经没理由再拖了，估计下个星期，就可以拿到了调动手续了。欧阳芳说，真的不想让你走。叶可楠说，走了，还一样可以常来常往。不过，到时候，我们就成了乡下人，你们是城里人了，不要看不起我乡下人啊！郑其山说，叶可楠，瞧你这说的，怎么可能呢！叶可楠说，郑其山有车，有空了，就去我们乡下度假。欧阳芳说，只怕是郑局长太忙，抽不出时间。叶可楠说，郑其山，你不可能这样啊，我走了以后，不管你有多忙，都要去看我和老周啊！郑其山说，你们就是我的亲人，我不去看你们去看谁呀！叶可楠说，一定要带上欧阳芳去呀！郑其山说，只要欧阳芳愿意，我一定会带上她。叶可楠说，欧阳芳，你愿意吗？欧阳芳说，当然愿意。叶可楠说，我要走了，说真的，在这座城市，让我最牵挂的，就是你们两个人了。今个儿，你们就给我说个实话，到哪一步了，准备什么时候去领证了？郑其山说，还没有到这一步了。叶可楠说，怎么回事，是不是欧阳芳还有什么想法？欧阳芳说，这是一辈子的大事，不能太着急，还要多了解了解。叶可楠说，这个话，对别人说，我同意。可对郑其山说，我可不同意。郑其山这个人，跟着老周，从打鬼子开始，一路走过来，成长得很快，是个可以信过得，靠得住的男人。郑其山说，叶可楠，我可没有那么好，别把我说过头了。叶可楠说，什么过头话，我说的是实话。你们俩听我的话，不要再多想了，了解了，赶紧去把结婚证领了。真是的，我急个啥呢！好像你们俩是我的孩子似的。这一说，三个人都笑了。

盘山路弯弯曲曲，极难行走，吉普车在山路上颠簸得厉害。山谷里有一条奔流的大河，河水流得很急。吉普车里，周子汉坐在后排中间，两边各坐一个人，押着他。其中一个把一份文件从公文包里拿了出来，在周子汉眼前晃了一下。公安说，如果光凭这份材料，判你死刑都有余。不过，你的认罪态度要是好，看能不能争取宽大处理。就是宽大处理，也得判你 20 年。20 年啊，历史长河中，弹指一挥间。可是对一个人来说，20 年可不是一弹指头就能过去的。你今年 34 岁了。20 年以后，你就是 54 岁了。54 岁了，还能干什么呢！听说你刚结婚，媳妇还挺漂亮，真可惜啊，还没有孩子吧？20 年后，再出来，怕是想有孩子都没有可能了。孩子倒是其次，只怕那个时候，媳妇是谁的都不好说了。周子汉不想听他说,把眼睛闭上了。公安说,不要不想听,这个时候,说什么你都要听。我看你这个人,就是听不进去别人的话。朱队长给你说过多次,对赵明义不能同情,可你一直搞不清楚这一点,结果怎么样?摔了个大跟头。这个跟头太大了,摔下去是再也爬不起来的。其实,你的名字我不是头一次听说。我也当过兵,那会儿咱们是一个师的,你是独立团的。独立团可牛了,军区的报纸上老登你们的事,有一个报道就写到你。说你带了一个班掩护卫生队撤退,硬是挡住了多出几十倍的敌人,完成了任务。你说,像你这样的人,也是老革命了,怎么会犯这么低级的错误?把自己的前程断送了,还把好好一个家给毁了。尽管一句话都没有说,可周子汉的心里在这个时候不知有多难过,公安的话让他不能不想起叶可楠。如果说这个时候让他觉得有谁对不起的话,那就是叶可楠了。他无法想象这件事,会对叶可楠带来什么样打击,会对叶可楠造成什么样的可怕的后果?突然,天空中响起了雷声。过了一会下起了雨,道路变得越来越难走了,山上的石头往下滚落。很大的一块石头滚落下来,直直地朝着吉普车飞过来。司机大叫了一声说,不好。猛打方向盘,大石头是躲开了,可车子朝路坡下飞去。车子完全失去控制,眼看着就要栽进滚滚的河水中。司机说,快,跳车。周子汉身边的两个人拉开车门跳了出去。司机也跟着跳了下去。不等周子汉跳出来,吉普车翻着跟头栽进了河里。三个公安受了点轻伤,站在河边,看着吉普车在河里时隐时现,不一会就被激流冲得不见了影子。公安们互相看了看,一个说,他不可能活了。另一个说,算是提前执行死刑了。一个说,还省了一颗子弹。另一个说,可惜那辆车了,我们得走着回去了。

第十四章 有些寒冷和季节无关

医院门口,叶可楠走出来,心情好,边走边哼着歌,遇到了熟人。熟人说,可楠,去哪里呀,这么高兴。叶可楠说,阳光这么好,让人喜欢。熟人说,不是吧,是不是马上要去和丈夫团聚了,心里高兴啊! 叶可楠说,从城里到农场,有什么高兴的呀? 熟人说,在什么地方并不重要,重要是要看和谁在一起。叶可楠说,你真会说话。熟人说,好了,你去忙吧,我进去拿点药。叶可楠说,好,你去忙吧! 叶可楠顺着大街满面春风地往前走,欧阳芳骑着自行车迎面驶过来。欧阳芳说,可楠,你去什么地方,我带你去。叶可楠说,去人事处办手续。欧阳芳说,人事处还挺远的,走,坐我的自行车去。叶可楠说,你还有事吧? 欧阳芳说,我去采访,正好顺路。快,坐上。叶可楠跳上了欧阳芳自行车的后座。欧阳芳说,吴文乔同意给你办手续了。叶可楠说,昨天我去了他家,胡小兰也帮我说话,他同意了,让我今天去办手续。欧阳芳说,晚上一块吃饭,我请客。叶可楠说,老让你们请客,怎么行,这段日子,你和郑其山老帮我办事,我请你们,你给郑其山说一声。欧阳芳说,你给他说吧! 叶可楠说,你们这种关系,还要我说,你说。欧阳芳说,行,我说。叶可楠说,你们的事,到底什么时候办呀? 欧阳芳说,这个事,我怎么说,看郑其山的,他说了算。叶可楠说,这个事,不能让他说了算,得你说了算,我和老周,我就说了算。欧阳芳说,女人,几个能和你比?

郑其山推开窗子,阳光照进来,照到窗台一盆花上,郑其山拿起了喷壶给花浇水,响起敲门声。主任走进来说,郑局长,有几份新送来的文件。郑其山说,放到我桌子上。主任把几份文件放到桌子上,看到郑其山在浇水,说,郑局长,园林处又新引进了一些花,要不要拿几盆来,放到你这? 郑其山说,不要,不要放我这,放到公园里去,让大家去看。主任说,局长,没有别的事,我就走了。郑其山说,你去忙吧! 主任说,车子就楼下,你可以随时用车。郑其山说,我知道了。
郑其山浇完水,走过来,坐到办公桌前看文件。先看了两份,只是随便翻了翻,
没有太去在意,翻到了第三份时,他的神情一下子变了,眼睛紧盯着文件,整个
人像是被一个惊雷击中了。关于周子汉事件的通报。前市城建局书记、现西屯
农场开荒队队长周子汉,虽然经历过抗日战争解放战争,立下过不少战功,但长
期以来不注意思想改造,忘记了和平年代仍然存在激烈的阶级斗争,让所谓兄
弟之情蒙住了双眼,被国民党特务收买利用,并帮助正在劳动改造的罪犯赵明
义越狱逃跑,在被抓获后对其罪行供认不讳。并在押运送审途中,试图逃脱,在
与押送人员纠缠扭打中,造成吉普车翻滚下山落入河谷中。可周子汉的阴谋没
有得逞,我押送人员三人无一伤亡,反革命分子周子汉却葬身于激流中,得到了
罪有应得的惩罚。特将此事通报各级干部,希望大家引以为戒,从中吸取教训,
不要再犯类似的错误。看完这份通报,郑其山像傻了一样,时间好像停了下来。
郑其山突然想到了什么,一下子醒了过来,拿起文件,冲出了办公室。

　　医院里的走廊里,郑其山遇到了一个护士说,叶可楠医生在吗? 护士说,她
不在,她没有上班。郑其山跑到了叶可楠的宿舍门口,敲门,里边没有回应。旁
边一个门里走出一个人。郑其山说,叶可楠去哪里了。那个人说,不知道。

　　就在郑其山看着那份通报时,吴文乔也在看着那份通报。吴文乔看通报时
的表情,有点兴奋,看完以后,忍不住站了起来,在屋子里来回走动起来。吴文
乔说,这个周子汉,真是太傻了,放着好好日子不过,偏要干这么个事。天底下
怎么会有这么傻的人呢? 对了,等一会,叶可楠要来。叶可楠来了,我该怎么办
呢,我是马上就告诉她呢,还是等一等再说? 这个事,反正早晚她是会知道的。
她要是知道了,会是什么样子呢? 不可想象,不可想象。就在这时,响起了敲门
声。吴文乔去开门。门开了,叶可楠走了进来。

　　医院里没有找到叶可楠,郑其山走了出来,上到了吉普车上。车子刚开出
没出多远,看到了骑着自行车的欧阳芳,郑其山让车子停下。郑其山说,欧阳芳,
欧阳芳。欧阳芳听到叫声,停了下来。看到郑其山,欧阳芳把自行车停下,朝郑
其山走过去。欧阳芳说,你怎么在这,有什么事? 郑其山说,快,你快上来,出事

了。欧阳芳说，什么事？郑其山说，大事。欧阳芳上到了车里。郑其山说，这有份通报，你看一下。欧阳芳接过通报，只看了几眼，就叫了起来说，天啊，怎么会有这样的事？郑其山说，我现在最担心的是叶可楠，我真的不知道她要是知道了这个消息，会怎么样？欧阳芳说，这太可怕了。这会是真的吗，是不是搞错了？郑其山说，你看，这是一份正式文件，不可能错的。欧阳芳说，这可怎么办啊？郑其山说，我去医院去找叶可楠，可她不在。欧阳芳说，刚才我还见她了。郑其山说，她在什么地方？欧阳芳说，她去人事处了。郑其山说，真的吗？欧阳芳说，坐我的自行车去的。把她放到了门口，我就走了，也就是十几分钟前的事的。郑其山说，快，去人事处。

一进吴文乔办公室，叶可楠就说，老吴，今天可以把手续办掉了吧？吴文乔说，本来今天是可以办的，但现在发生了个突然的情况，可能这个事办不成了。叶可楠说，今天办不成，我就明天来办。吴文乔。明天也办不成。叶可楠说，什么意思？吴文乔说，不但明天办不成，你的这个事情，很有可能永远都办不成了。叶可楠说，老吴，你的话，我怎么是越听越糊涂。吴文乔说，是的，这个话你听上去是会糊涂的。不过，如果你看了这个文件，你就会不糊涂了。叶可楠说，什么文件会和我有关系？吴文乔说，按说，这个文件是属于机密的，是不该给你看的，可是，咱们毕竟关系不一样。再说了，这件事，你迟早都是要知道的，既然早晚都要知道，还不如让你早知道了。叶可楠说，老吴，你就别卖关子了，什么文件，快拿给我看看吧！吴文乔拿着文件走向叶可楠说，叶可楠，我们都没有想到会发生这样的事情。你可要想开些。叶可楠拿过文件。她看了一会文件，就坐在凳子上开始摇晃起来。门一下子推开了，郑其山和欧阳芳走了进来。两个人一齐喊着，可楠。叶可楠看了看他们，身子软了一下，倒在了地上。

叶可楠躺在床上，呆呆地望着屋顶，郑其山和欧阳芳守在她身边。欧阳芳端了一杯热茶过来说，喝点热茶吧！欧阳芳摇摇头。叶可楠说，郑其山，你是不是有那份通报材料？郑其山说，是的。叶可楠说，拿过来，让我看看。郑其山说，你不是看过了吗？叶可楠说，拿过来，我还要看。郑其山把通报给了叶可楠。叶可楠看着看着，眼泪一颗颗掉了下来。郑其山说，我们知道，老周不是反革命。叶可楠说，我想一个人呆一会。郑其山说，还是让我们陪着你吧！欧阳芳说，叶可楠,想哭你就哭吧！叶可楠说,我求你们了,让我一个人呆一会。郑其山和欧阳芳无奈地走了出去。叶可楠一下子扔掉了通报,咬住了被角,压抑着不让自己哭出声来。

过道里,郑其山和欧阳芳背靠在墙上。欧阳芳说,老周真的死了吗？郑其山说,看来不会有假,真的死了。欧阳芳说,人呢,埋在什么地方了？郑其山说,没有找到尸体。欧阳芳说,那怎么肯定死了？郑其山说,那条雪水河,只要掉进去,没有活的。欧阳芳说,那就是说死不见尸了。郑其山说,人家说了,掉进了那条河里,活着的没有过,就是死人,也没有找到过。欧阳芳说,老周不该是这样一个结果。郑其山说,谁都没有想到会是这样。欧阳芳说,叶可楠让人担心。郑其山说,这几天,她身边不能离开人。欧阳芳说,我们轮流守着她。郑其山说,行。谁要有事,谁去忙。欧阳芳说,我有个会,要马上赶回报社。郑其山说,你去吧,我在这。欧阳芳说,我忙完了,再过来,顺便给可楠送点饭。

吴文乔回到家,马上把周子汉的事给胡小兰说了,吴文乔说,我早说过,老周如果不改掉他的毛病,早晚会出事的。怎么样,让我说对了,不但出事了,还出了大事了,把命给送了。胡小兰说,天啊,怎么会出这样的事？这一下,叶可楠怎么办啊？刚结了婚,好日子刚开始,就出了这样的事,不行,我得去看看她。胡小兰穿上衣服,拿起包往门外走。快走到门口时,吴文乔说,站住,干什么去你？胡小兰说,去看叶可楠呀！吴文乔说,别去。胡小兰说,为什么呀！吴文乔说,不管为什么,别去。胡小兰说,我和叶可楠那么好的姐妹,出了这么大事,我怎么能不去呀？吴文乔说,什么姐妹,以后再不要和别人说,你和叶可楠是姐妹了。胡小兰说,为什么呀？吴文乔说,为什么,为什么,你不是长了个脑子吗？怎么不会自己好好想一想。周子汉已经定性为反革命分子,作为周子汉的老婆,叶可楠现在是什么身份,你难道还不清楚吗？胡小兰说,什么身份？吴文乔说,至少是个反革命分子家属。胡小兰说,老周人都死了,一人做事一人当,和叶可楠有什么关系啊！吴文乔说,你说得简单。你以为老周一死就没有事了？告诉你吧,和他有关系的人,都会受到牵连的,包括你和我。胡小兰说,有这么复杂啊。吴文乔说,在周子汉这个事上,我们的态度一定要立场坚定,旗帜鲜明。不然的话,我的政治前途就会受到影响。胡小兰说,什么影响？吴文乔说,上次我不是给你说过了吗，最近要提一个副市长，我也是考察人选啊？这个关键时候，一点小小的失误都可能让我错过这个机会。胡小兰说，有这么严重吗？吴文乔说，当然，都知道我是认识周子汉的，还有和你叶可楠的关系，上级会对我进行考验的。胡小兰说，那我就不去了。吴文乔说，这就对了，不但不去了，如果有人问起周子汉的事，你一定不要对他说出什么同情的话。胡小兰说，那我以后来再也不能和叶可楠来往了？吴文乔说，至少这一段不行。胡小兰说，唉，真不知可楠会怎么样？吴文乔说，会怎么样？不会怎么样，女人嘛，再找个人一嫁不就行了，你以为她会为周子汉守寡一辈子呀！胡小兰说，胡说，叶可楠可不是那样的人。吴文乔说，不信，你走着瞧。

叶可楠坐在镜子前，细致地打扮起自己。她像是要出嫁的新娘一样，什么都不再多想，只是想把自己怎么样打扮得更漂亮。打扮好了，叶可楠打开了小箱子，从里边找到了当年周子汉送给她的那个子弹壳。拿在手上看了一会，把箱子合上了。叶可楠走到门跟前，想打开门时，想到了什么，没有开门。转过身，走到了窗子前，打开了窗子，从窗口跳了出去。过道里，郑其山坐在长凳上，看着叶可楠的房门，并不时看一下腕上的表。

到了河边的一个地方，一个和周子汉一块坐过的地方，叶可楠坐了下来。叶可楠说，周子汉，你就这么走了，扔下我不管了？我们不是说好了，再也不分开了吗？你为什么要自己走呢？你说话不算数，你说过，结了婚以后，不管你走到什么地方，都会把我带上，还说你再不管做什么事，都要首先想到我。可你还是为了你的兄弟，把我放到了一边。你还说，我们要生孩子，生好几个孩子，你说到了，可没有做到。我说这些话，不是要责备你，不是要批评你。我知道，我说的这些，其实你想到了。你也不想有这样的事情发生，你一定是没有办法，才会这么做的。你也是很想我们能天天在一起，永远在一起，过着平安幸福的生活。我们的心思都是一样的，你走到这一步，是被逼的。是被你的良心带的，是被你的兄弟情义逼的。我这么说，只是想让你知道，不管别人怎么看，在我心中，你这个顶天立地的男子汉形象不会变的。还有就是，你该先告诉我一声，让我们能在最后的时刻在一起度过。不过，就是这样，也不能阻止我们在一起。你只不过是先走了一步，就像当初你去开荒队一样，你先去打个前站，去把地开好，把房子盖好,这样我去了,我们就有地方住了。那个地方叫什么?对了,它不叫荒野,不叫戈壁滩,它叫天堂。都说,天堂里没有黑夜,没有冬天,天堂里什么东西都不缺,你可不能一个人在那里享福,我们是要有福同享的。你说对吗?好了,如果天堂是个大花园,你就在大花园的门口等着我,我要一进天堂就要看见你,周子汉,我的爱人……

过道里,郑其山看了看手表,已经是中午二点钟了,早过了吃饭的时间了。郑其山走过去,敲叶可楠的门。敲了好一阵子,里边也没有动静。郑其山一下子推开了门,看到屋子里没有了叶可楠的人影。郑其山愣了一下,再一看打开的窗子,马上明白发生了什么。郑其山站在那里想了一会,转过身跑了出去。

河边,坐在草地上的叶可楠站了起来。似乎还有些头晕,她的身子晃了一下,她用手扶住了一棵树。站了一会,叶可楠朝河水走去,河水又平又亮,像一面镜子,把叶可楠映照出来,叶可楠朝水里的自己的看了一眼。顺手把被风吹乱的头发理了一下。叶可楠迈出的脚,把眼前的镜子踏碎了。叶可楠一步步往水中走,水一点点把叶可楠淹没,先淹没了腿,又淹没了腰。叶可楠的脸色是那么的安详,好像正在做一件期待已久的事情。这时,郑其山在叶可楠身后出现了,他正飞跑穿过树林。郑其山看到了叶可楠,大喊了起来说,叶可楠。听到郑其山的喊叫,叶可楠无奈地闭上眼,可是水中的脚步没有停下来,水淹到了叶可楠脖子。郑其山飞奔过来,从后边把叶可楠扯了回来。

旧城墙下,点了一堆火,叶可楠和郑其山坐在火边。叶可楠的湿衣服在火上烤着,穿着郑其山的外套,显得有些肥大。叶可楠说,郑其山,你不该把我拉回来。郑其山说,我不能眼看着你去死。叶可楠说,我不是去死,我是去找老周。郑其山说,那也得老周愿意。叶可楠说,老周说了我们再不分开了,他不管走到什么地方,我都要跟着去。郑其山说,你这么做,老周肯定是不愿意的。叶可楠说,就算他不愿意,我也要这么做。郑其山说,你为什么?叶可楠说,郑其山,你说,我最爱的人不在了,活着还有意思吗?郑其山说,这么说,你死了心了?叶可楠说,准确说,是我的心死了。郑其山不语了。过了一会儿,郑其山说,一个人真要做什么事,别人要拉是拉不住的。这次做不了,下次还会再做,今天没有做成,明天还会再做。叶可楠，如果你铁了心，要和周子汉一块离开这个世界，最终我也是阻挡不了的。叶可楠说，谁也阻挡不了。郑其山说，叶可楠，咱们是不是可以想想，可以不要这么做？叶可楠说，我想过了，想过了。想来想去，好像我能做的，只有这件事。郑其山说，是的，一个人死了，他的亲人很难过，很痛苦，可要从难过中摆脱出来，从痛苦中走出来，并不一定要随着死去的人一同去死。要表达对死者的爱，对死者的怀念，还有别的方式。比如说，更好地去活着，去把死者没有做完的事，继续做完，完成死者的遗愿。或者说，让自己活得更好，让死者在另一个世界里可以安息。叶可楠说，这种道理，我全知道，你不用讲的。可是，好像老周并没有留下来什么事要我去做的。郑其山说，老周一定想让你去活得更好。叶可楠说，我也想这么做，只是没有了老周，我不可能活得更好，只能活得更糟。郑其山说，看来我说什么都没有用的。好了，没有用的话不说了，说了也白说。叶可楠说，那就不说了。郑其山说，不过，叶可楠，有一句话我要说。老周去开荒队时，给我说过，说他不在的时候，让我好好照顾你。如果你就这么走了，我想我是对不起老周的。到有一天，我也去了天堂，见到了老周，老周问起我来，怎么没有照顾好你？我会没法回答的。叶可楠说，你这话是什么意思？郑其山说，你能不能给我机会，让我能完成老周对我的嘱托？叶可楠说，什么嘱托？郑其山说，让我照顾你一段日子。叶可楠说，怎么照顾？郑其山说，让我每天去看看你，和你一块聊聊天，说说话，吃吃饭。叶可楠说，就这么照顾？郑其山说，是的，给我一个月时间，好吗？叶可楠说，不行，一个月太长，我可等不了一个月。郑其山说，那就二十天。叶可楠说，顶多十天。郑其山说，行，那就十天。叶可楠说，说好了啊，十天后，我再愿意干什么，你都不能管。郑其山说，我不但不管，还来给你送行。叶可楠说，你要说话算数。我告诉你，郑其山，你不要指望你这么做，能让我的想法改变。郑其山说，我没有想让你想法改变，我这么做，只是为了我自己。老周是我的恩人，我一直想报答，可一直没有机会。他让我办的事，我从来没有办好过。你要是就这么走了，就留下了我一个人，不管我活成什么样子，我的心里面，都有一个还不了的债，压得我到死都喘不过气来。你能给你这么个机会，让我为老周做一点事，会让我心里好受些。谢谢你了。叶可楠说，好吧，话说到这个份上，我也就不多说了。十天说长，很长，说短，很短，比做一个梦还短。不过，这十天里，你也要答应我一件事。郑其山说，你说，只要我能做的，一定会去做的。叶可楠说，你和欧阳芳把婚结了，这样，我见了老周，也给他带个喜讯,让他也高兴高兴。郑其山说,这个事,怕是我一个人做不了主的。叶可楠说,欧阳芳那边你不用担心,她不会不愿意的。郑其山说,行,我答应你,可楠。现在,让我送你回家吧!叶可楠说,我喜欢野外,喜欢火堆,我们再坐一会吧!

为周子汉的事,成立了工作组,说要查一查,是不是有一个集团,是不是有组织有计划的?一般来说,干坏事的人,很少一个人干的,都是一伙一伙的。先问到了吴文乔。工作组说,你是不是和周子汉接触过?吴文乔说,接触过,不过,不算很熟悉。工作组说,你对这个人怎么看?吴文乔说,早在当年打鬼子时,他就有立场不坚定的毛病,经常分不清谁是真正的朋友,谁是真正的敌人?他走到了这一步,是不奇怪的。工作组说,上级的通报你看了吧?吴文乔说,看了。工作组说,说说你对这个通报的看法。吴文乔说,我坚决拥护上级组织对周子汉的定性。后又问到了郑其山。工作组说,你和周子汉熟吗?郑其山说,很熟。工作组说,你对他怎么看?郑其山说,一个好人。工作组说,说具体点。郑其山说,他是一个好战士,为了革命出生入死;他是一个好朋友,为了朋友两肋插刀;他还是个好丈夫,对爱人体贴关怀。工作组说,你别忘了,他已经定性是反革命分子了。郑其山说,对不起,我还真忘了。工作组说,据我们了解,你和他关系密切,他的一些反革命活动,你应该是有所察觉的。郑其山说,到现在,我也不知道他的哪些行为是属于反革命活动?工作组说,我们会把你的话如实记录下来的。郑其山说,那是你们的事,我只实话实说。工作组说,你知道吗,你的许多话是错误的。郑其山说,没有他,我早死了。现在,我还活着,他却死了。他的命都没有了,我还连一句真话都不敢说吗?我不可能说他一句不好的话。工作组说,这么说,你不同意组织对周子汉的定性了。郑其山说,是的。工作组说,你能对你说的话负责吗?郑其山说,可以。工作组说,请你在这上面签个字。郑其山在记录本上签字。再去问叶可楠。叶可楠说,我只说一句话,周子汉是个英雄,是一个天下最好的男人。工作组离开没有几天,郑其山就接到了降职的处分决定,从局长变成了副局长,不管什么事,不再有决定权。据说,本来是要把他开除干部队伍的,是张书记不同意,才没有通过。

同样,和周子汉有关,欧阳芳也有了麻烦。为了她的事,报社专门开了个会,书记主持会。书记说，同志们，今天我们开个会，一个很重要的会。最近，我们报社出了一个事，一篇文章的事。大家知道，不久前，我们报纸发了一篇文章，题目是《一个男人和他的开荒队》。文章出来了，影响很大，我们给它评了奖。但是，现在的实际情况却是这个男人，根本不是个党的好干部，而是一个和国民党特务勾结在一起搞破坏活动的反革命分子，对这样一个人我们进行了美化和歌颂，确实是一个非常严重的错误。当然，出现这个错误，作为领导我们各级都要负责任。可要对这个事负直接责任的，应该是这篇文章的作者欧阳芳同志。欧阳芳同志一定要对这个做出深刻的检讨，并想办法尽量挽回负面的影响。现在，请欧阳芳同志表示个态度。欧阳芳站了起来说，书记，你是想让我实话，还是让我说套话？书记说，当然要说实话了。欧阳芳说，说实话，我采访他的时候，他的确是开荒队的队长，这个职务是党组织任命的。我不信任他，就是不信任党组织，而通报上所说的事，都是发生这篇文章发表以后，应该说和我没有什么关系，所以，我认为我是不用承担任何责任的。书记说，欧阳芳，你要注意你的态度。欧阳芳说，是你让说实话的。书记说，同志们，我们作为记者，一定有要责任感，对党的宣传负责。我们是党的喉舌，不能乱说话的。欧阳芳，我们也知道你不是故意的，你要是明知道周子汉是什么人，你还这样写，问题就没有这么简单了。这样吧，你可以再写一篇文章，让广大群众知道周子汉的真实嘴脸。欧阳芳说，什么意思，让我写周子汉是怎么样从一个革命战士成为了反革命分子的？书记说，对对，就是写这么个东西。欧阳芳说，对不起，书记，不是我不愿意写，是我确实找不到这样的事实。我不是小说家，我编不出来。书记说，你这样一个态度，是要受到处分的。犯了错误，不认错，这是不行的。欧阳芳说，还不知道是谁错了呢了！书记说，什么，你说是我错了？欧阳芳说，谁错了，现在说了不算。书记说，现在说了不算，什么时候说了算？我宣布，欧阳芳进行停职反省。

郑其山成了副职，一下子闲了，没事干了，正好有时间去陪叶可楠了，他买了些青菜，去叶可楠那里，给叶可楠做饭。看到郑其山会做饭，叶可楠有点吃惊。郑其山说，穷人的孩子，小时候啥都干，做得不好，你就凑合着吃吧！叶可楠说，还不好，你看这个颜色，看着就让人流口水。郑其山说，那就别流了，快点吃吧！叶可楠说，不行，你不说，欧阳芳也要过来吗，还是等她一块来吧！郑其山说，我给她打了电话，她说她不一定，说她要是赶不过来，就不要等她了。叶可楠说，等一会,一定要等一会。门外过道,欧阳芳走过来。走到门口,刚要推门,听到里边传来郑其山和叶可楠的说话声,她有些迟疑了。站了一会,她慢慢地朝后退,退到了一棵大树下。站在大树下,她靠在了大树上,拿出一支香烟抽了起来。屋子里,郑其山说,这么晚了,看来欧阳芳不会来了。叶可楠说,还是再等一会吧!郑其山说,别等了,再等,菜就凉了。叶可楠说,这个欧阳芳也是的,哪有这么谈对象的。人在恋爱时,常常像是掉了魂了一样,不管啥时候,都想看到对方。郑其山说,是吗?叶可楠说,你和欧阳芳就没有这种感觉?郑其山说,好像没有。叶可楠说,不对,不对,肯定有,你只是没有感觉到。郑其山说,今天来了个工作组,问老周的事。叶可楠说,问什么了?郑其山说,能问什么,还是要你表示态度。叶可楠说,该说的话,你还是要说的。郑其山说,老周的事,让我一下子明白了。人这一辈子,活得好不好,不在于吃的什么穿的什么,住的什么,而是在于是不是按自己的心愿在活。大不了,不就是一个死吗?我再也不想说那些违心的话了。叶可楠说,死这个东西,你觉得很可怕,其实想开了,也没有什么大不了的。

再一天,见到欧阳芳,郑其山有点不高兴,说你怎么回事?饭菜做好了,我和叶可楠都在等你。欧阳芳说,出了点事,心情不好,就没有过去。郑其山说,什么事?欧阳芳说,写老周那篇文章,说是歌颂了反革命分子,让我承担责任。郑其山说,这个事怎么会和你扯在一块呀?欧阳芳说,不但扯到了一块,还对我进行了处理。郑其山说,怎么处理的?欧阳芳说,先是停职反省,后又让我去参加一个学习班,说是我要学习,要提高思想觉悟。郑其山说,真是太不像话了。欧阳芳说,我也来给告一个别,学习地点是南山一个山沟里,交通不方便,时间可能很长,以后我们可能没有什么机会见面了。郑其山说,那咱们的事……欧阳芳说,咱们的事,我想就算了吧!郑其山说,这样不太好吧!欧阳芳说,说真的,这段日子,我也想了一下,我觉得我们两个并不太合适。郑其山说,我觉得还挺好的吧!欧阳芳说,我问你,你真的觉得我是这个世界上最好的女人吗?郑其山说,你挺好的。欧阳芳说,我说,是最好的。郑其山说,这个……欧阳芳说,其实,老周不在了,你可以考虑考虑叶可楠。郑其山说,这你可不要胡说,对可楠,我可从来没有想过。欧阳芳说,过去你没有想过,你是对的,可老周不在了,你可以这样想了。郑其山说,叶可楠是我嫂子,我对她好,是老周托付过我。欧阳芳说,我看得出来,你骨子里其实真正喜欢的女人就是叶可楠。郑其山说,欧阳芳,我们还是一块去看看叶可楠吧！欧阳芳说，不用一块去了，我自己去就行了。郑其山说，去学习班什么时候走。欧阳芳说，明天一早就走。郑其山说，要不要我去送你。欧阳芳说，不用了，你还是多关心一下叶可楠，叶可楠现在需要你。郑其山说，你知道，叶可楠不想活了。欧阳芳说，有你在，她会活下来的。郑其山，你是个好人。可好人并不一定会马上过上好日子，但一定会有好报的。郑其山说，你真的走了？欧阳芳说，让我们互相祝福吧。再见。欧阳芳主动伸出手和郑其山握了一下。不过，转过身去的欧阳芳，眼眶里却有泪花闪动。

欧阳芳提了一篮子水果来看叶可楠。叶可楠说，欧阳芳，你再不来看我，我就要骂你了。欧阳芳说，骂吧，我该骂。叶可楠说，可不是，昨天，郑其山做了那么多好吃的，就等你来。欧阳芳说，这不，今天来给你赔不是了。叶可楠说，你来赔不行，你要和郑其山一块来。欧阳芳说，以后我怕不会和他一块来了。叶可楠说，为什么？欧阳芳说，明天我就要出差了，去学习好多天。叶可楠说，这怎么行，我还等着看你们俩办喜事呢！欧阳芳说，你真是太为我操心了。不过，我说了，你不要不高兴，我和郑其山呀，已经吹了。叶可楠说，你说什么，吹了？不谈了，不好了？欧阳芳说，主要是我，我觉得我俩不合适。叶可楠说，你这么说，我可不高兴，你是不是嫌郑其山不好？欧阳芳说，不是，不是，郑其山挺好的。叶可楠说，是啊，郑其山这样的男人不多，你可不能随便就放过了。欧阳芳说，这不是好不好的事，这种事得讲缘份。叶可楠说，你真的和郑其山不行了。欧阳芳说，不过，你放心，不谈对象了，我们还是好朋友。来，吃水果，刚买的，有吐鲁番的葡萄，有库尔勒的香犁。欧阳芳拿出了一个梨给叶可楠。叶可楠说，还是吃葡萄吧，葡萄有点酸，好吃。叶可楠吃了两颗，突然有点恶心，想要吐。欧阳芳说，你怎么了，不舒服了？叶可楠说，没吃什么呀，怎么会恶心得不行呀？欧阳芳说，要不去看看，是不是得了什么病了？叶可楠说，没事，我可没有那么娇气。

自己也是医生，开药不用找别人。可是吃了治恶心的药以后，还是一样恶心。觉得奇怪，和一个年纪大一点的女医生聊起了这个事。女医生说，你是不是怀孕了啊？这一说，把叶可楠说愣了。虽然是结了婚，可算起来，也就是半年时间，她压根儿没有往这方面想。不往这方面想，不等于不会出现这种情况。自己马去查了一下，一下子就查出来了。恶心的原因不是得了什么病，而是真的怀孕了。不过,化验单拿在手上,还是在问自己,怀孕了,真的怀孕了。这时,郑其山来了,看到叶可楠的样子,吓了一跳,问叶可楠怎么了?叶可楠说,我怀孕了。郑其山说,你说什么?叶可楠说,我怀孕了。郑其山呆住了。很安静,空气好像凝结了。突然,郑其山大喊,天意,天意,天意啊!

叶可楠又来到了和周子汉一块常来的地方,背靠在着大树,往天上看。周子汉,你看到我了吗?人家都说,人到了天上,就成了仙了。可以站在云彩上,往人间看,什么都能看到,你肯定也看到我了,你看我是不是有些不一样了?不,这个时候,你还看不出来,什么都看不出来。还是让我来告诉你吧!告诉你一个好消息,我怀孕了。我怀了咱们的孩子。你知道吗?你有孩子了。高兴吧,你肯定是高兴的,你可以当爸爸了。你不要不信,再过一个月,我肚子大起来,你就可以看出来了。你还好吧,想我了吧,我也想你。本来我要去找你的,去陪你的。可是,郑其山把我拦住了,让我晚些日子再走,幸亏他拦住了我。不然的话,我们的孩子就可能永远不能来到这个世界上了。他真的是你的好兄弟。你说什么,他都听。你让他照顾我,他照顾得很好,好像我成了孩子。不过,周子汉,有了这个孩子,就不能去找你了。我想,你也不会愿意让在这个时候去找你的。我听到了,听到你在说,可楠,别乱想了,你现在要做事,只有一个,那就是把我们的孩子健康平安地生下来,养大。

叶可楠一个人呆了不多大一会,郑其山就又来了。说一看你不在,把我吓了一跳,赶紧跑来找你了。叶可楠说,我又不是孩子,一看我不在,就到处找我,好像我会丢,会闯什么大祸似的。郑其山说,你现在不是情况特殊嘛!叶可楠说,你是怕我去找老周呀!郑其山说,有一点,十天过去了,你可以自己做主了。叶可楠说,这一点你放心吧,我不会去找老周了。我已经给老周说了,我要给他生孩子,养孩子。郑其山说,他怎么说?叶可楠说,他当然是听我的了。郑其山说,叶可楠,你不知道,昨天晚上,一夜没睡,激动啊!叶可楠说,你激动啥,又不是你的孩子?郑其山说,我想,真是我自己的孩子,我都不会有这么激动。叶可楠说,为什么?郑其山说,这些年,老周的遭遇,实在让人觉得太不公平了,太不公道。尤其是那个通报,让我的心疼、心碎。这个世界不该是这样的,这样的世界是让人绝望心寒的。好在,我们的头顶上还有一个天,我们的脚下还有一个地,天地是有情的,连它们都看不下去了。你肚子里的孩子,你就是它们的安排。它们要给老周一个安慰,要让老周的血脉延续,同时,也给你一个好好活下去的理由和勇气。叶可楠说,是啊,我一定要把孩子生下来,养大。在他懂事以后,把周子汉的事讲给他听。郑其山说,不过,叶可楠,有些事,我们还要多想一想。叶可楠说,想什么?郑其山说,孩子一定要生下来,可是怎么生,怎么养,还是考虑一下。叶可楠说,这有什么考虑的?生孩子,养孩子,天经地义的事。郑其山说,有些事,你可能还没有想到。叶可楠说,什么事?明天我就去单位,告诉所有人,我怀孕了,怀的就是周子汉的孩子。郑其山说,我知道,你是勇敢的,这个时候,面对全世界,你都不会再害怕什么了。叶可楠说,是啊,这个孩子,给了我力量。郑其山说,不过,你想到过了没有,孩子生下来了,别人会怎么说,怎么看?叶可楠说,怎么说,怎么看?郑其山说,别人看见了孩子,就会说,这是反革命分子周子汉的孩子。问题是孩子大了,懂事了,听到了这些,会怎么想?叶可楠说,我会告诉孩子,你爸爸不是反革命分子,他是个好人,是个英雄。郑其山说,你只有一张嘴,可是孩子走出了家门,面对的是千万张嘴,无数张嘴。到了那个时候,孩子面临的是什么情况?叶可楠说,这我可没有想到。郑其山说,还有,孩子要上学,要工作,要在这个社会上生活。你想,如果她顶着一个反革命黑崽子的帽子,她的权利怎么可能得到保证,她的理想怎么可能得到实现?我们单位有一个职工,就因为父亲被劳改了,找对象,不管是什么样子的,都不肯跟他,至今还打着光棍。叶可楠说,这么可怕呀!郑其山说,你想想,事情是不是这样的?叶可楠说,照你这么说,这孩子生下来,不知要受多少罪了?郑其山说,如果真是这样生下来,受的罪可能比我们想到的还要多。叶可楠说,要是这样的话,那为什么要把他生下来,让他受苦受难呀!我们大人,怎么样都行,不能让孩子受委屈。郑其山说,他是周子汉的孩子,他是一个生命,你没有权利不把他生下来。只是生下来以后,我们要给他幸福和快乐。叶可楠说,可这个现实是没法改变的。只要把他生下来,他就会受到这样的待遇。你说有什么办法可以不让这一切发生呢?郑其山说,好象没有什么办法。叶可楠说,没有什么办法,你说它干吗?本来,我已经想好了,什么都想好了。可是,让你这么一说,我的心全乱了。你说,你还让我生不生这孩子了。郑其山说,好像没有办法了,不是说,一点办法都没有了。叶可楠说,郑其山,你是不是已经有主意了。郑其山说,主意还要你拿,我只能是给提建议。叶可楠说,有什么建议快说,你这个人什么都好,就是有时说话不太痛快,爱兜圈子。郑其山说,我说了,你不要生气呀!叶可楠说,都这个时候了,我还有工夫生气呀!郑其山说,找一个男人,赶紧嫁出去,到时候就说,这个孩子是他的。叶可楠说,你说什么,你再说一遍。郑其山说,找一个男人,赶紧嫁出去,这样……郑其山话还没有说完,叶可楠一耳光打在了郑其山脸上。叶可楠说,你给我滚出去!郑其山说,你听我把话说完……叶可楠说,你给我滚出去!叶可楠把郑其山推出了门。叶可楠气得靠在门板上,眼泪在眼眶里转。郑其山在门外说可楠,你听我说,听我把话说完。叶可楠说,你这样的话,我一个字都不要听。郑其山说,你真的误会我的意思了。

　　叶可楠一直不肯开门,也不肯听他讲,郑其山只能沮丧地离开。郑其山走在大街上,一辆车停在了他的身边,吴文乔从车上走了下来。郑其山说,是吴处长啊!吴文乔说,你这几天是不是没去单位啊,市委领导发生了一些变化,你可能不知道吧?郑其山说,我还真不知道。吴文乔说,不知不怪。现在知道也不晚,我的工作也有了变化,让我当了副市长,负责城建工作,以后有什么事,可以直接找我。郑其山说,我现在是副的了,不管事了。吴文乔说,老郑啊,说起来,咱们也老朋友了。这次副市长的后备人选,有好几个。你可能不知道,你也是其中一个呀!本来,听组织部的人说,你是更有优势的,因为你就是管城建的嘛!但就是最近那次谈话,你表现得不够好。这个时候,你还要说老周的好话,完全没有了党性和立场,你这是自找没趣呀!郑其山说,让我说老周的坏话,我可说不出。吴文乔说,有时候,有些话不说是不行的。不过,你好好干,以后还是有机会的。郑其山说,这么说,我以后要靠你了?吴文乔说,不是靠我,是靠组织。郑其山说,我会好好工作的。吴文乔说,不过,在老周的事上,你不能再犯错误。和叶可楠的关系,你也要注意。不管怎么说,她现在是反革命分子的家属。郑其山说,我知道该怎么做。

　　把郑其山赶走了,可郑其山的话却赶不走,叶可楠越想他的话,越觉得有道理。大人可以不在乎,但不能让孩子受委屈啊!如果她是反革命分子的孩子,就会永远抬不起头,永远受人欺负,就会痛苦一辈子。难道真要找个男人来,才可以让出生的孩子不受委屈。不,不,这决不行,我只爱周子汉,我只属于周子汉。我怎么可能再和另外一个男人成为夫妻呢!那真的不如让我跟随周子汉去另一个世界。可是,现在我肚子里的孩子,是我和周子汉共同的孩子,要是不把这孩子生下来,就算到了天堂,和周子汉见了面,我对他该怎么说呢?不,不,孩子一定要生下。生下来,还不能让孩子受委屈。郑其山说他有办法,也许他真的有办法,我是不是该听他把话说完。这时,响起了敲门声。不用问,肯定是郑其山。叶可楠把门打开了,让他走了进来。郑其山说,你还没吃饭吧?叶可楠说,没有。郑其山说,我给你带了你喜欢吃的凉皮子,放了不少醋。叶可楠说,我想听你把没有说完的话说完。郑其山说,吃了饭再说吧!叶可楠确实饿了,端起凉皮子,几口就吃掉了。叶可楠吃的时候,郑其山给她倒了一杯开水说,不着急,慢慢吃。叶可楠吃好了。叶可楠说,好了,你可以说了。郑其山说,这一次,不管我说什么,你都不能发脾气。叶可楠说,行。郑其山说,不管你爱听不爱听,你都要听我把话说完。叶可楠说,行。郑其山说,我知道,找个男人结婚,你是无法接受的。叶可楠说,知道了,你还要说。郑其山说,可没有别的办法,只能找个男人结婚。不过,你可以假结婚,不用真结。叶可楠说,假结婚?郑其山说,不但结婚,还要让他接受你肚子里的孩子,愿意当这个孩子的父亲。叶可楠大笑了起来说,你可真是会说笑话。天底下,有这样的男人,和你假结婚,还要做别人孩子的父亲,除非这个男人是个傻子。你不会让我去找个傻子吧?郑其山说,如果这个男人不是傻子,还愿意这么做,你会愿意吗?叶可楠说,好了,你不要问我这个问题。首先你这个问题不存在,没有男人愿意会这么做的。郑其山说,这么说,有男人愿意,你就会愿意?叶可楠说,只要这个男人不是傻子。郑其山说,那么,我告诉你吧,这个男人,我已经找到了。叶可楠说,谁?在哪里?郑其山说,他就是我,就在你眼前。叶可楠说,你?叶可楠一下子惊呆了。

叶可楠要和郑其山结婚的消息,比风还要快,几乎在一天里,只要和这两个人认识的都知道了。几乎每一个听到这个消息的人,都没法不瞪大了眼睛,大约只有欧阳芳会心地笑了一下,表现得很平静。最受不了这个事的,是吴文乔,他让人把郑其山喊到了他的办公室。吴文乔说,听说你要和叶可楠结婚了?郑其山说,明天就去领结婚证。吴文乔说,你怎么能这样干?郑其山说,婚姻自由,我想我没有做错什么吧!文乔说,你不违法,可你违犯了道德。郑其山说,我们都愿意。吴文乔说,她是一个弱女人,你别忘了,你是个党员,是个干部,别人刚死,你就把别人的妻子霸占了。郑其山说,叶可楠需要人照顾。吴文乔说,什么照顾,你这是趁人之危。周子汉还是你的兄弟,你这么做,对得起他吗?别人会怎么看你。郑其山说,我不在乎别人怎么看。吴文乔说,你要是个一般群众,这么做,没有人管,可你是个干部,这么做,就是道德败坏,就会造成恶劣的影响,会损害党员干部的形象。郑其山说,没有这么严重吧!吴文乔说,生活作风问题从来都不是个小问题。郑其山说,你想让我们怎么样?吴文乔说,马上和叶可楠断掉。郑其山说,这不可能。吴文乔说,我以老朋友和领导的双重身份劝你,你也不听?郑其山说,我一定要和叶可楠结婚。吴文乔说,你也这么犟啊,你该从老周身上吸取点教训了吧!郑其山说,我比不上老周,我学一辈子,也赶不上他。吴文乔说,中国有句老话,听人劝,吃饱饭。郑其山说,这是我个人的事,我想我自己是可以作主的。吴文乔说,你错了,从你参加革命那天起,在党旗下宣誓那天起,你的一切都不再属于你个人了。郑其山说,我和叶可楠的事,已经不可改变。吴文乔说,我把该说的都说了,你要是不听我也没办法。郑其山说,吴市长要是没有别的事,我就走了。吴文乔说,你告诉我,老周还在时,你是不是就和叶可楠有了一腿?郑其山握着拳头冲向吴文乔。吴文乔往后退说,你要干什么?你要耍野蛮啊!郑其山拉开门走了出去。很快,对郑其山的处理决定就下来了,说郑其山生活腐败,被党内警告和撤职。也就是说,郑其山不再是副局长了,只是个一般干部了。

　　叶可楠在给病人看病。一个人病人看完了病,站起来走了,又一个病人在叶可楠跟前坐了下来。叶可楠一看,这个人竟然是欧阳芳。叶可楠说,是你啊!欧阳芳说,山里边,到了夜里很冷,起来上厕所,受凉了,就请了个假,下山来看病。叶可楠说,来,先量一下体温。欧阳芳说,其实,我更想来看看你。叶可楠说,你来得正好,正好有个事给你说。欧阳芳说,这样吧,你几点钟下班?叶可楠说,还有一个多小时?欧阳芳说,能不能请个假,我们找个地方,好好聊聊。叶可楠说,我给你说的事,几句话就说完了。欧阳芳说,可我要给你说的事,几句话可说不完。叶可楠说,你要给我说什么事?欧阳芳说,停职反省,在山上天天学文件,学不进去。我想写一本书,就以你和周子汉还有郑其山的事为素材,写一部长篇小说。叶可楠说,天啊,你太了不起了,还能写小说呀!欧阳芳说,我觉得不用虚构,你们的事,比小说还精彩。叶可楠说,我们可没有什么可写的。我们又不是英雄,你怎么写,也写不出一本《钢铁是怎么炼成的》。欧阳芳说,那可不一定,不要小看我哟！我可是看过很多书,许多伟大的小说,我都读过,我一直梦想要当一个小说家的。叶可楠说,写好了,一定要先给我看。欧阳芳说,行,你是第一个读者。不过,我有一个条件,你必须把你和周子汉和郑其山的事,不能有一点保留地全说给我。叶可楠说,好吧！不过,有一些事,还在继续中,会怎么样,现在还不好说。

湖边,树下。叶可楠和欧阳芳坐在长凳上。欧阳芳说,你说吧！叶可楠说,怎么给你说呢,你肯定没有想到。欧阳芳说,等等,能我让我猜猜,你要说的是什么事吗?叶可楠说,好吧,你猜吧！欧阳芳说,来,让我看看你眼睛。叶可楠说,眼睛有什么好看的。欧阳芳说,眼睛是心灵的窗户,心里有什么事,透过眼睛都能看出来。叶可楠说,那你看吧！欧阳芳看着叶可楠说,如果我没有说错,你要说的这个事,是一件喜事。这件事,已经让悲伤变成一块石头,埋在了你心灵的山谷中。你将用一种新姿态,开始新的生活。叶可楠说,你还有些神啊！欧阳芳说,但说一句实话,我却不能知道这件事,具体是一件是什么事?因为我想不出,最亲的人离开了,遭受了这样一场巨大的灾难之后,会有什么东西,能让一个人这么快从深渊中走出来,从悲愤中摆脱出来。叶可楠说,那我就告诉你吧！欧阳芳说,你不要说了,是不是你要结婚的事?叶可楠说,连你都知道了。欧阳芳说,没有人不知道。叶可楠说,那和谁结婚,你也知道了吧?欧阳芳说,当然知道了。叶可楠说,有没有觉得太意外?欧阳芳说,没有,只是觉得快了点。好像用不着这么着急。叶可楠说,是啊,我知道,好多人骂我,说老周才走了没几天,我就要和别的男人结婚了,有点薄情寡意。欧阳芳说,让别人说去吧,自己想做的事,就去做。

叶可楠和郑其山结婚了。没有举行婚礼,只是喊了几个熟人来,一块吃了个饭。欧阳芳来了,还有胡小兰也来了。吴文乔本来也说要来的,可是到了跟前,说市委有一个活动,脱不开身,就没有过来。不过,谁都明白,这只是个借口。结婚后,刚刚过了三个月,叶可楠的肚子就挺了起来。别人见了他们,全跟他们开玩笑,说他们真厉害,真能干。他们听了,也不恼,只是笑。又过了七个月,叶可楠就生下了一个孩子,是个女孩子,起名叫青青。孩子一生下来,欧阳芳就认孩子做了干女儿。就在这一年,北京开了一个七千人的大会,这个大会以后,一些农村的农民分到了一点自留地,可以自己在上面种一些东西了。饿死的人,越来越少了。不过,阶级斗争的警钟仍然在不停地敲着,日子并没有根本的变化。

　　时间是一条看不见的河,流得比看得见的河要快得多。不知不觉五年过去了,社会又有了新变化,大街上穿军装和戴红色袖章的人越来越多了。好多人不去种地不去开机器不去上学了,大家都去干一件据说是史无前例的大事。就在这一年, 有一个人走进了边疆的一座城市。他没有穿军装也没有戴红袖章,他穿着有些破旧的皮衣,穿着破旧的皮靴子,一脸的胡子,让人几乎看不清的他的面目,他的样子让人想起了一个遥远荒野上的猎人或者牧人。只是这样一个人,似乎没有理由在这个时候走进这座城市的,因为城市里没有野兽,也没有牛群马群和羊群。

第十五章　天堂的门其实在地上

并不笨的朋友读到这里，一定会猜到我说的那个像猎人和牧人的男人是谁了？没有错，他就是周子汉。周子汉没有死，他不可能死。就算他要死，也不会在这个时候死。他一定要活着，他要是死了，这个故事也就死了。不过，既然他没有死，他为什么要等到五年后才出现呢？现在，我们不得不让时间这条河往回流，一直流到五年前的那一天，让我们看看周子汉在坠落雪水河后到底发生了一些什么事情。

一片开阔的河岸，生长着如浪的青草。一个年轻的女人赶着一群羊，走在河边的草滩上。水芹边放羊边唱着歌，唱着当地的民歌。身边有一只狗，四处乱跑。跑出去的狗，在河边一个地方叫起来。水芹说，叫什么叫，别乱叫。狗不听，还是叫。水芹知道这狗不乱叫，这么叫一定是发现了什么？水芹走过去，狗带着水芹朝水边走。快到水边时，水芹看见一个人趴在水边，上身趴在沙滩上，下半身淹在水里。水芹走过去，看到是一个男人，这个男人就是周子汉。水芹说，喂，喂。周子汉不吭声。水芹说，你怎么不说话，你是个死人，还是个活人呀？水芹蹲下来，用羊鞭捅了捅周子汉，周子汉一动不动。水芹说，是个死人，死人不管。走！水芹喊了一声狗，要带狗离开。可狗不走，绕着周子汉叫。水芹回头再看周子汉，看到了周子汉的身体动了一下。水芹说，啊，这个人还没有死呀！水芹朝远处叫了起来说，土根，土根，快来呀，这里有个人。远处那个叫土根的男人走了过来，两个人把周子汉从河水里拖了出来，拖到了草地上。周子汉满脸是血，看不清长相。水芹拿出毛巾，擦周子汉脸上的血。血很多，一下子擦不干净。水芹去河水里把毛巾洗干净了，继续擦。擦干净了，周子汉额头上有一道破裂的口子，很长，很深。水芹盯着男人的脸看。土根说，看这个样子，他活不成了。算了,咱们别管了,谁知道是什么地方的流浪汉?要不,去公社报告一下,让公社来管。水芹说,公社离这几十公里,来回差不多得一天。把他扔在这里,就算他不会流血死去,也会被狼吃掉。土根说,那你说怎么办?我们总不能把他弄到家里去吧?水芹说,为什么不能?走,快把他弄回家。他马上不行了,虚弱得厉害,身子都快凉透了。土根说,他只剩一口气了,万一死在家里怎么办?水芹说,只要还有一口气,我们就要把他救过来。见死不救,缺大德,老天爷会报应的。土根说,好好,听你的。大水冲来的人,不是逃荒的就是流浪。水芹说,别口嗦了,先把他救活了再说。

毡房里,周子汉躺在床上,水芹给他清洗包扎身上的伤口。在水中的翻滚碰撞,让他全身伤痕累累,血迹斑斑。土根作为助手,帮着水芹。水芹说,伤成这个样子,真是太惨了。土根说,这条河里冲下来的人,没有见过活的。水芹说,去煮一锅羊肉汤,他需要好好补一补。土根说,有一只羊,腿坏了,就把它宰了吧!水芹说,行,就把它宰了。土根走到毡房外边去烧羊肉汤,水芹继续给周子汉抱扎伤口。

土根端了一碗汤过来。水芹接过来,给周子汉喂汤。水芹说,来,喝点羊肉汤。随着一匙匙的羊肉汤喂进了周子汉嘴里,周子汉的脸不那么灰白了。水芹说,好了,没事了。土根,他活过来了。土根说,他的命可真大。水芹说,你是谁?你叫什么名字?周子汉眼睛仍然闭着。水芹说,你怎么不说话呀?你说话呀!周子汉的眼皮子好像动了一下。水芹说,他听到我的话了吗?周子汉看着水芹,脸上一点表情都没有。活过来的周子汉,这个时候其实还是个死人。

十五天过去了,周子汉活着,可以吃东西,可以喝水,可不会说话,对他说什么,他也没有反应。土根说,他会不会得了脑溢血?我们村子里有一个人,得了脑溢血,一下子在床上躺了二十多年。水芹说,咋,你不想管了,告诉你吧,是老天让咱们碰上了他,这是缘份。别说是躺二十年了,就是躺三十年,四十年,只要我不死,他还有一口气,我们就不能不管。土根说,你放心,我会和你一块管他的。水芹说,你敢不和我一块。土根说,我听你的。水芹说,不过,羊不能不放,这样吧,以后,白天放羊我就不去了,你去。我在家照顾他,和给你做饭。土根说,行,你怎么说,我怎么做。水芹说,这还差不多。土根说,如果公社干部来了,看到了他怎么说？水芹说，就说他是我哥。

水芹给周子汉喂水，边喂水边和周子汉说话。水芹说，来，刚吃过饭，菜有点咸吧？这会儿，你一定口渴了，想喝水了。其实，不管饭菜咸不咸，都该喝点水的。喝些水，会觉得舒服的。周子汉仍然闭着眼，可是当水触到了嘴唇时，还是能马上张开嘴唇，把水喝了进去。水芹说，是不是舒服了？来，再喝几口。不着急，慢慢喝。水有一点热，喝急了，会烫你舌头的。是不是？我的话，你都听到了是吧？我知道，你都听到了，你只是睡着了。你不说话，不是不能说，你是太累了，受伤受得太重了。你要休息，你在睡觉，你还没有睡好，等睡好了，你就会醒过来了，是吧。一碗水，全喝了进去。水芹说，你真棒，这么一大碗水，全喝下去了。好，好，太好了。现在吃好了，喝好了，可以好好睡觉了，睡觉会让你的伤口好得更快。已经快全好了，再等几天，就会全好了。睡吧，我要去忙了。土根那个家伙，干活不如我，我得去干一会活，再来做饭，你想吃什么呢！好，今天，我给你做羊肉抓饭。水芹给周子汉盖好被子，走出了毡房。

毡房外，天很高，没有几片云，水芹拿起斧头劈柴。一个很大的树根，不一会就被水芹劈成了一块块木柴。水芹朝着远处的土根大喊说，土根，土根。土根带着狗走过来。水芹说，土根，杀个羊吧！土根说，这些羊是集体的，不能乱杀了。杀了以后，干部会找我们的麻烦。水芹说，就说是让狼咬死了，没事的。土根说，那好吧，这个家伙，可真能吃，已经吃了两只羊了，莫非他就是狼变的。水芹说，胡说什么，你要快一点，我要给他做羊肉抓饭。土根拍了拍狗的脑袋说，黄黄，高兴点，杀了羊，不是一个人吃的，我们都可以跟着改善一下生活了。

水芹给周子汉用毛巾擦脸。水芹说，你看，你看，你好多了，你的脸色不再是灰白了，已经透出红红的血色了，还有你的脉搏，也跳得越来越有力了。可你为什么还不睁开眼了，还不开口说话，你在等什么呢？你躺了多久了，今天是七月九号，你躺了有一个月了。一个人躺一个人月不睁眼，不说话，谁信呀？你不知道，我有多少话想给说呀，可你老是这么睡着，我怎么给你说呀？是不是我做得不好，你不高兴了，所以你就一直睡着不肯醒来。水芹坐在那里，有些发愁地看着周子汉。看了一会，去洗毛巾。洗毛巾时，透过开着的门，看到了外面的天空,她好象一下子明白什么,转过身朝周子汉走去。水芹说,知道了,知道了,我知道你为什么不高兴了。一个月多了,你没见到天空,没有被风吹拂,没有晒过太阳,你怎么会不生气呢?是我错了,我早就该让你出门了。不过,不要紧,从今天开始,我每天都会让你出来晒太阳的。来,来来,我们到外面去。看看阳光有好,空气有多新鲜。水芹边说着,边半抱着周子汉走出了毡房。房门旁边有一堆干草,水芹把周子汉放到了干草上,让他半坐着靠着墙,温暖明亮的阳光落在了他的身上,水芹坐在周子汉旁边。水芹说,现在是上午,太阳刚出来时间不长,照在身上很舒服。等到了中午,太阳就热了,像火一样,到了那个时候,就不能这么晒了,那样会把你晒坏的。现在多晒一会,没事。等一会,我们再进屋子里去。太阳的光芒,像针一样,刺在了周子汉身上。周子汉的眼皮子动了一下,又动了一下。接着,眼睛就慢慢睁开了。周子汉醒了。水芹不知道周子汉醒了,还在说,多晒太阳好,身子骨硬朗,晒治百病,这是我爷爷说的。周子汉说,你是谁?我怎么会在这?周子汉说话的声音很小,可是却像一个炸雷把水芹吓了一大跳。水芹跳了起来,看着周子汉说,你醒了。周子汉说,你是谁?水芹朝着远处大喊说,他醒了,他醒了,土根,快来看呀,他醒了。水芹的喊声在很大的草滩上回荡着。

草滩上,毡房前。醒过来的周子汉坐在木墩上,朝远处看着。似乎还在想,到底发生了什么事?水芹在一边的炉子前烧奶茶。烧好了奶茶,端了过来说,喝点奶茶吧!周子汉看着水芹说,我怎么会在这?水芹说,你是被水冲来的,当时以你已经死了。周子汉说,我是从什么地方冲来的?水芹说,你问我,我还想问你呢?周子汉摇摇头,他想不起来了,一点儿也想不起来了。水芹说,那至少你叫什么,你该记得的吧?他还是想不起来,自己叫什么?一个人醒着,却什么都记不起来了,连自己叫什么都不记不起来了。这种事可真是少见。土根放羊回来了,看到这种情况也说,只是听说,有的人病了或受伤了,一下子把过去的事全忘了,可从来没有见这样的人。过去的记不起来了,倒也罢了。可是没有名字,这就不好办,水芹说得给他起个名字。想了一会,水芹说,就叫傻汉吧!土根说,这个名字好,就叫傻汉。

记不住过去的事,可好象并不影响做眼前的事。很快,周子汉伤口好了,可以站起来了,可以走了。只要不问他过去的事,看不出他和别人有什么不同,周子汉坐毡房前的草垛上晒太阳。水芹说,今天的天气真好。周子汉说,是啊!水芹说,好好晒晒太阳。水芹劈起了柴火。周子汉看了一会,站了起来。走了几步,腿有些软。不过,他还是坚持走到了水芹跟前。周子汉说,来,让我来劈吧!水芹说,你不行,你身体还没有完全养好。周子汉说,我行的。周子汉拿过了斧头,举起来,落下去,却没有力度把柴禾没有劈开。水芹说,来,还是让我来吧!周子汉说,我这个男人,真是没用了。水芹说,你这会儿,要把自己当病人,别把自己当男人。周子汉说,干点活,对我有好处。周子汉继续劈着。水芹说,那你就慢慢劈吧!我去做饭。想吃点什么?周子汉说,你做的什么都很好吃。水芹说,每个人都有自己的口味,都有想吃的东西。你说,不要客气,就把这当你的家。周子汉说,真要说想吃什么,倒没有,不过,倒是真想喝几口酒。水芹说,嗨,酒,家里是没有。不过,供销社有,吃过中午饭,我去给你打一壶。周子汉说,很远吧,算了,不喝也没什么。水芹说,不远,骑马,半天就回来了。

水芹骑马走过来,停在供销社门口。拿了个酒壶,走进去。里边是一个店铺,东西很少。水芹说,有白酒吗?售货员说,有,要多少。水芹说,把酒壶装满。拎着装满了白酒的酒壶,水芹走了出去。刚要上马,看到墙上贴了一个通告。风吹雨打,有些破损。水芹凑近了看,看到了通缉令三个字。上面还贴了照片,是周子汉的照片。上面写着说,反革命分子周子汉在押送途中,逃跑时落入雪水河,沿线的干部群众如果发现该犯的踪影,应马上都要将其扭送公安机关。估计该犯已经死亡,若发现该犯尸体后,请立即向当地公安机关报告,不得知情不报或藏匿。水芹站在通告前看了一会,又朝四周看了看,看到了四周没人,就把通告揭了下来,装进了口袋,骑马离开。

周子汉拿着扫帚清扫着门前的空地,水芹骑着马走过来。水芹下马,刚要说什么,周子汉挥了一下手说,你不要说,我知道你已经把酒打回来了。水芹说,你怎么知道,我告诉你,供销社没开门,酒没有买上。周子汉说,不,你买上了,因为,我闻到酒味了。嗯,好香的酒味。水芹说,看来,你真是爱喝酒呀!水芹拿出了酒壶,周子汉接过来,马上大大地喝了一口。周子汉说,来劲,好喝。水芹走进毡房,把那张通告拿出来,塞到了毡房顶上的夹层里。喝了酒,周子汉有了力气,拿起了斧头,劈起了木头。水芹说,柴禾够用了,不劈了。周子汉说,我不是劈柴禾,我要给自己盖个房子。水芹说,这不是有房子吗,你住在里边就行了嘛!周子汉说,不行的,我在里边已经住了一个多月了,再不能住了。再住,土根就真的要撵我走了。水芹说,行,你走,你知道往什么地方走吗?真是个傻汉。周子汉说,不知道。你连家在什么地方都不知道,你怎么走?周子汉说,我也想一个人住,那样更自在些。水芹说,行,你一个人住,来,我帮你盖房子。到处是大树,是野草,搭建一间房子并不难,用了半天时间,一个小木屋就建成了。周子汉说,水芹,我的身体,已经完全恢复了。能干活了,你也每天给我安排一些活。我不能白吃白住啊!水芹说,行,给你安排活。

小木屋里,月光照进来,照在周子汉身上。周子汉拿出了叶可楠给他的手绢,看着。可周子汉只是看着,既想不起这个手绢是怎么来的,也记不起手绢上的人名是个什么人。他知道这会儿,他一定是把很重要的一些事和一些人给忘了,可这些事是什么事这些人是什么人,他却没法知道。

毡房里,没有了周子汉,土根自在了,扯着水芹,把好些天没有干的那个事干了。水芹也想干,就放任着土根折腾,折腾完了都像散了骨头架子一样,躺着一动不动。身子不动,嘴却在动。土根说,这个傻汉,啥时候让他走?水芹说,不能让他走。土根说,你要养着他呀!水芹说,他比你干活还多。土根说,这么下去,不是办法。水芹说,只能这样了,他家,把亲人全忘了。让他走,他连路都找不到。土根说,要不,把他交给政府。水芹说,别胡说,咱不能给政府增加负担。土根说,那只能这样了。水芹说,不会一直这样的,可眼下只能这样。

冬天快到了,要储备饲料,周子汉和土根拿着大的扇镰在草坡上割草。土根说,到了冬天,这个地方全都是雪,很厚,没过膝盖。那个时候,羊就找不到草吃了,就把这些草拿给它们吃。周子汉说,你们为什么不种地,光是放羊?土根说,那不一样,这里是草原,不种地的,除了放牧,不干别的活。两人个人边说话,边干活,一会儿就打起了好大一垛草。土根说,歇一会吧!两个人坐到了草垛上。土根说,你真的什么都不记得了?周子汉说,是的。土根说,女人,和女人好过了没有,别的能忘了,女人总忘不了吧?周子汉说,女人应该是有的,可怎么都想不起来了。土根说，真是太奇怪了。不过，这样也好，想不起来，也就不那么难受了。

牧业队的队长来了，看到了周子汉，问是谁？水琴说，是我表哥。队长说，过去咋没见？水琴说，刚从老家来，老家太苦，吃不饱。杀了一只羊，还打了白酒，让周子汉陪他喝酒。队长问一些话，一说到过去有关的事，周子汉就呆呆地答不出。队长说，水琴，你这个表哥，是不是有点傻？水琴说，要不，咋叫傻汉呢？队长要带一只羊走，土根去抓羊了。队长趁机去摸水琴的奶子。水琴说，我哥在呢，你咋这么胆大？队长说，你哥不是傻吗？队长说着，手还在水琴胸上纠缠。不想，周子汉一掌打过来，疼得队长哇哇乱叫，水琴却大笑起来。水琴说，我哥再傻，好坏还是分得清的。

很快，有大一半的活，都是周子汉干了。土根没有事了，老往镇上跑，那里热闹，时间好打发。水芹也不那么累了，有了心情，就想做母亲了。再和土根做那事，就像换了一个人，恨不得把土根变成个小人，塞到肚子里。不多久，就怀孕了。知道水琴怀孕了，周子汉更是什么活都干了，连做饭烧菜的事，周子汉都会去做。好多次，土根和水琴说悄悄话，说到周子汉，都说，这会儿，真是离不开他了。还说，要是一直能这样多好。

孩子生下来，水琴要下奶，要吃鱼，周子汉就去河里捉鱼；要吃鸡，周子汉就去捉野鸡。不管是什么，只要是野的，水琴要吃，周子汉总是能搞到。吃了这些东西，水琴的奶水，就像河水一样，流个不停。孩子吃饱了，不吃了。接了一碗，让周子汉喝。周子汉接过来，真的一口喝光了。水琴说，傻汉，我不给土根喝，给你喝。周子汉听了，笑笑。土根要想喝，用不着给，看水琴胀得厉害了，就凑上去，直接叼住了奶头喝。好几回，就当着周子汉的面，土根撩开了水琴的衣服。周子汉看着，样子很平静。

很快，水琴生的孩子三岁了，会说话了。只是还不太会说，比如说，见了土根喊爸爸，见了周子汉也喊爸爸。一听孩子这么喊，水琴就笑得不行。不能怨孩子，眼前的两个大男人，在他眼里，周子汉更像他爸，而那个土根老不在。常抱他带他玩的是周子汉,自然会和周子汉更亲,土根听孩子这么叫,也不生气。当然,周子汉听孩子这么叫,也不会不高兴。孩子一这么叫,他就说,叫伯伯,可孩子老是改不了口。水琴就说,傻汉,他这么叫,你就让他叫吧,你就当他的干爸爸吧!

三岁的孩子还吃奶。不在屋子里吃,想吃了,不管水琴在什么地方,拱到水琴怀里,掀开衣服就吃。水琴正和周子汉说着话,孩子也一样。水琴也不避,掀开衣服,一边让孩子吃,一边还和周子汉继续说话。孩子吃完了,吃饱了,去一边玩去了。水琴说,你要想吃,也过来吃两口,周子汉坐着没动。看周子汉没动,水琴走了过去,坐到了周子汉怀里,抓过周子汉的手,放到了她怀里。可周子汉的手,没有在里边呆,很快又抽了回来。同时站了起来,去羊圈那边干活了。剩下水琴了,水琴也不生气,还在笑。心想,这个傻汉,看来真是傻了。

想着周子汉会一直这么傻下去了。不曾想到有一天,他会突然醒了过来。这一天,看起来和平常一天,没什么两样。没有雨,没有风。一大早,土根又去了镇里,这次是点名让他去的,说青壮年都要去。到了下午,土根回来了。和去的时候不一样,回来的时候,土根的身上背一支步枪。一问,才知道,给好多牧民都发了枪,一是说近来狼多,用它可以打狼。不过,主要不是用来打狼的。近来,和苏联关系不行了,说要和苏联打仗。既然是全民皆兵,当然是要人人发枪的。土根并不太喜欢枪,拿回来后,让周子汉看见了,眼睛一下子亮了。拿过来后,翻来覆去看,不肯放下。土根说,这么喜欢,你就放一枪吧! 荒山野谷间,放枪不用找地方,端起枪就能放。周子汉端起枪,朝着远处就扣动了扳机。枪响了,子弹飞了出去。飞到了什么地方不知道,可周子汉却觉得好像钻进了他的脑袋里,把许多东西都在瞬间击穿了。透过这些弹孔,他看见了他正奔跑在炮火连天的战场上。他扔掉手中的枪,抱着正在爆炸的脑袋,在地上翻滚。同时大叫着,我想起来了,想起来了,我是八路军,我打过鬼子,我是解放军,我打过蒋匪军。

在地上翻滚了一阵,周子汉像死了一样,躺下不动了。土根和水琴跑过来,大声喊着,傻汉,傻汉,你怎么了? 周子汉慢慢睁开了眼睛,看了看土根,又看了水琴。他说,我知道我是谁了,我不叫傻汉,我叫周子汉。我有家,我有老婆,我老婆叫叶可楠。说着，还从口袋里掏出了一个手绢，说这是她送给我的。我还有两个兄弟，一个叫赵明义，一个叫郑其山。不过，赵明义跑掉了，跑到外国去了，我就是因为他被抓了起来的。在押送我的路上，车子翻了，翻到了河里，我被冲到了这里，被你们救了。这个时候，周子汉站了起来，说要马上走，他要回家去，去找他的老婆。可水琴一听他要走，马上说，你不能走，不能走。说着，跑回了毡房，拿出了那张她藏起来的通告。周子汉盯着通告看了好一会，接着问水琴，这么说，你当时就知道我是什么人了？水琴说，是的。周子汉说，你当时，为什么不把我交出去？水琴说，你的面相很善，你不是坏人，你干不了坏事。说你是坏人，肯定是搞错了，是冤枉了你。周子汉说，你们是我的恩人。水琴说，你别这么说，这几年，有你在，我们不知有多快活。土根说，是啊！大哥，你别走了，我们一块过吧！周子汉说，不，我一定要走，老婆一定还在等着我呢！水琴说，五年了，她还在等吗？周子汉说，别的女人会不会等，我不知道。可我知道，一定会等。

说走就要走，可真要走，周子汉又有些舍不得了。水琴的孩子，抱着他的腿，喊着爸爸不让他走，还有土根和水琴那眼睛里不舍的湿润。不过，一会儿，水琴就和土根为周子汉做起了准备。水琴说，你看你胡子那么长了，给你剪一剪吧！要是不剪，你回去，怕是人家都认不出你了。拿过镜子，周子汉自己看了看，笑了，别说别人认不出了，就是自己都有点认不出了。拿过剪子正在剪，周子汉突然想，也许不剪更好些。不管怎么说，都以为自己死了。如果让别人认出来了，会把别人吓坏的。这么一来，周子汉不剪胡子了。于是，在这一天后，又过了十天，我们就在边城的大街上看到了一个猎人、牧人一样的男人。

十天里，周子汉是怎么从一个很远的荒山里走进了都市，这个过程就不多说了，只说一件不能不说的事。因为这件事，影响到了周子汉以后的生活。

很大的戈壁滩上，周子汉大步走着。天很大，地很大，一人走在天地间，显得很小很小。周子汉身上背了一个袋子，里边装的是干粮。水琴一夜没睡，为他烙了许多饼子。他的靴子里，还插了一把刀子，也是水琴给的。水琴说，这是把好刀，是爷爷传给她的。爷爷是左宗棠的兵，收复了新疆后，再没有离开过。有了这些东西，再远的路，周子汉也不会觉得远了，更不会觉得怕了。走了并不太久，遇到了一条水渠，渠里流着水。周子汉觉得热了，累了，渴了，也饿了，走到了渠边，坐下来，先洗了个脸，又捧起水，喝了几口，从袋子拿出了饼子，吃了起来。正吃着，身后响起说话声，喂，你是干什么的？周子汉有些慌乱，回过头，一下子惊呆了。站在渠埂上和他说话的人，竟然是杜大胜。看着杜大胜，周子汉一句话也说不出来。杜大胜说，你从哪里来的？周子汉心想说，难道我走到开荒队了？杜大胜说，你要找谁？周子汉想说，他没有大变化，只是变得更成熟了。杜大胜说，你要去什么地方？周子汉想说，这么说，他一点儿也没有认出我。杜大胜说，你这个人，怎么一句话都不说，你是不是个哑巴？周子汉想说，他把我当哑巴了。也许，现在我做个哑巴，倒是最合适的。周子汉朝着杜大胜点点头。杜大胜说，真是个哑巴呀！你是不是想到这里来找活干？周子汉摇摇头，朝着远处指了一下。杜大胜说，噢，是路过。周子汉点点头。杜大胜说，那就早点赶路吧，这会儿早，天黑前还能赶到沙湾。杜大胜扛着坎土镘走了。周子汉看着杜大胜的背影，像做梦一样，还没有醒过来。过了好一会，周子汉才醒过来，把手里的馕饼子吃完后，走到了渠堤上。站在渠堤上，看到了一片很大的绿洲。这片绿洲是他带着人开发出来的，实在是太熟悉了，他沿着渠堤慢慢走着，同时注视着眼前的绿洲。

周子汉也不是一直走到城里的，他在半路上搭了一个车。朝着开过来的卡车伸手招停，可是大卡车从他身边呼啸而过，没有一辆停下来的。不会有哪个司机，愿意拉一个流浪汉的。周子汉顺着公路走，一辆大卡车抛锚了，司机在路边修车。周子汉走到了他的身边，看着他修车。司机说，妈的，天太热了，开锅了。周子汉拍拍他，指指远处，做有水的动作。司机说，你是个哑巴？周子汉点点头。司机拿了水桶，给周子汉，让他去提水。周子汉没有马上去，做手势，让司机明白，他打来水后，得让他坐到大卡车上。司机说，都说哑巴心眼多，真是不假。行，去打来，打来水，让你坐车。周子汉朝戈壁滩跑去，他知道有一个地方有一眼泉。到了泉水边，周子汉先喝了几口，后又提了一桶水，回到了大卡车旁边，把水桶给了司机。水倒进了水箱，车子重新发动着了。周子汉往驾驶室里坐，司机却让他上到了车厢里。司机说，又不是大姑娘，还想坐驾驶室，想得美。大卡车几乎跑了整整一天，坐在大卡车上的周子汉，才看到了时隐时现的边城。周子汉有些激动，站在车厢前边，朝城里望着。快进到城里时，路上出现了一群人，带着红袖章，拿着红缨枪，把车拦了下来。司机拿出了证件，让这群人检查。红缨枪说，哪一派的？司机说，一直在跑车,哪个组织都没有参加。红缨枪说,回去,马上参加造反派。司机说,好好。红缨枪说,车上拉的人是谁?司机说,是个哑巴。红缨枪扒车车厢看,看到一脸胡的周子汉说,你是干什么的?周子汉用手乱比划。红缨枪不理周子汉了,让周子汉下了车。就这样,周子汉走进了他曾经很熟悉的城市。

城市的早上,并不宁静,大喇叭早就响了。郑其山起得早,他要把早饭早早准备好。摆好了咸菜油条和玉米粥,还有一碗牛奶,对着里屋喊起来,可楠,该起来了,青青还要去学校呢!叶可楠说,我知道,正给青青穿衣服呢!过了一会,叶可楠和青青一块走了出来。青青说,爸爸,早上好。郑其山说,青青,早上好。来,坐下。吃油条,喝牛奶,三个人围在桌子吃早饭。收音机里播着社论,是毛主席写的,叫我的一张大字报。郑其山说,牛奶要凭票,只有一碗,只能给青青喝了。叶可楠说,这日子是怎么回事,买什么都要凭票。郑其山说,都去闹革命了,活都没有人干了。叶可楠说,等会我送她去学校。郑其山,还是我去送吧,反正现在单位也没有什么正经事。叶可楠说,我上医院正好顺路。青青说,我让爸爸送我去学校。郑其山说,青青,快吃,爸爸送你去。

墙上贴着有标语和大字报。有人正在往墙上贴新的大字报。郑其山骑着自行车,青青坐在自行车上。青青说,他们在墙上乱贴东西,把墙搞脏了。郑其山说,他们太调皮了。青青,上学累不累?青青说,爸爸,不累,这次考试,我又考了100分。郑其山说,青青多聪明啊,当然要考100分了。青青说,爸爸,以后上学你别送我了。郑其山说,你还小,你才上一年级,等你上了二年级,爸爸就不送你了。青青说,我不小了,我都可以洗袜子洗手绢了。

吴文乔夹着公文包要出门,嘴里哼着一首造反歌。胡小兰说,你没事吧?吴文乔说,我有什么事?胡小兰说,听说只要是当官的,都要抓起来批斗,还有人被打死了。吴文乔说,那是走资派,我又不是走资派。胡小兰说,那些红卫兵才不管哩,抓住谁是谁。吴文乔说,一群娃娃,哪有那么大胆子,都是上面有人,在暗中指挥他们。胡小兰说,上面的人是谁?吴文乔说,当然也是官了。一些官指挥着他们,去整另一些官。我呢,我就是指挥他们的官中的一个,当然我就会没事了。胡小兰说,你可真行。吴文乔说,识时务者为俊杰,永远正确。我告诉你,这次革命很厉害,那个张书记,很快就会被拉下马。胡小兰说,他下马了,谁上马? 吴文乔说,这还用问,傻女人。

夜里,叶可楠在给青青洗衣服,郑其山推开门走了进来。叶可楠说,怎么才回来?郑其山说,开会。叶可楠说,下了班还会开会。郑其山说,闹革命,没有上下班。叶可楠说,还没有吃饭吧?郑其山说,还没呢! 叶可楠起身从厨房里端出饭菜。叶可楠说,快吃吧,还热着呢! 郑其山坐到饭桌前吃饭。郑其山说,青青呢? 叶可楠说,睡了。好不容易才睡了,非要等你回来。郑其山说,我看看。郑其山走进里间,看着睡得香甜的青青,在青青脸上亲了一下,又帮青青盖好被子。走出来,继续吃饭。郑其山说,这个星期天,咱们得找时间带青青去公园。叶可楠说,孩子的话,不用当真。郑其山说,那可不行,答应了孩子的事,一定要做到。叶可楠走到沙发跟前,把郑其山外套里的东西掏出来。郑其山说,你要干什么? 叶可楠说,看你外套脏得,早该洗了。是我不好,这一阵子,光顾得忙青青了,顾不上你。郑其山说,我可以自己洗的。叶可楠说,行了,我顺手就干了。郑其山说,别的事,你就不管了,只管把青青照顾好就行了。叶可楠说,郑其山,咱们的事咋办?郑其山说,什么咋办? 叶可楠说,你看,青青也大了,我一个人也可以带了,你是不是也可以考虑一下咱们离婚的事了,郑其山说,就这样往下过,挺好。叶可楠说,你说挺好,我可觉得不好。你知道吧,这些天,我一看见你,就觉得心里很难受,就觉得对不住你。郑其山说,别这么说,其实这几年,我没受什么委屈。叶可楠说,怎么没受委屈,为和我结婚,说你道德败坏,该提拔没提拔不说,还给了个降级处分。郑其山说,降了级,不管那么多事了,反而清闲了。叶可楠说,降级就不说了,外人看你是结婚了,找了个老婆。可实际上,还是个单身汉,女人的边还没有沾上,你说你冤不冤,屈不屈? 郑其山说,不冤,不屈,一想到老周,一看到青青,还有一看到你,就觉得很值。叶可楠说,你倒是高尚了,可我呢,不就成了利用男人的卑鄙的女人了吗? 要是别人知道我是这么对你的,别人不把我骂死才怪。郑其山说,别人说什么,咱们不管就是了。叶可楠说,可我也想活得心里踏实点。不行,马上得离婚,这两天,抽个时间,咱们去把离婚的手续办了。手续办了后,你马上给我找个女人结婚。郑其山苦笑着说,行行,听你的。

同时,在胡小兰家,吴文乔也回来得很晚。不过,吴文乔在外边吃过了。胡小兰说，烫个脚吧？吴文乔说，当然要烫。烫脚，比抽烟喝酒好，可以强身，可以提神。胡小兰说，郑其山没事吧？吴文乔说，他官不大，但事不小，光是和周子汉、赵明义的事，就够他喝一壶的了。最近见叶可楠了吧，他们过得怎么样？胡小兰说，见了，过得可好了。那个青青，真是喜欢死了人了，长得好看，嘴巴还甜得很。吴文乔吊下脸说，你是怎么回事？胡小兰说，什么怎么回事？吴文乔说，叶可楠结婚比你晚，可孩子都那么大了，你呢，到现在怎么还一点动静都没有呀！胡小兰说，你问我，我问谁呀？吴文乔说，生孩子是你的事，我不问你，我问谁呀？胡小兰说，可光我也生不出孩子呀！吴文乔说，什么意思，你是说我有毛病？胡小兰说，反正不能怨我一个人。吴文乔说，抽时间，你先去医院看看。

　　胡小兰找到了叶可楠。叶可楠说，病了？胡小兰说，没病。叶可楠说，没病来看什么病？胡小兰说，吴文乔非要让我来看病。叶可楠说，看什么病？胡小兰说，要说没病，也挺怪的。你说我结婚好几年了，怎么会有没有孩子？叶可楠说，咱们都是学医的。有没有孩子，原因很复杂。不能一说没有孩子，就是女人有毛病了。胡小兰说，实际很多时候，是男人有毛病。叶可楠说，不过，你可以先查一下，确实没有了毛病，再给吴文乔说。胡小兰说，真羡慕你。叶可楠说，羡慕我什么，在医院，从早忙到晚，累得贼死。胡小兰说，你看，青青多可爱呀！叶可楠说，也挺淘的。胡小兰说，你好象和郑其山结婚不到一年就生了青青了。叶可楠说，我的产期提前了。胡小兰说，是不是你们那个……也提前了。叶可楠说，去，胡说八道。胡小兰说，郑其山和老周哪个好？叶可楠说，你怎么这么问呀？胡小兰说，这有什么，两个男人，肯定不一样的。叶可楠说，你再说，我生气了呀！胡小兰说，好了，不说了，不说了。真是的，都孩子她妈了，还开不起个玩笑。

　　中午。一脸大胡子戴着草帽的周子汉走在大街上，没有人理他。几个姑娘迎面走过来，看到他，走到了一边，被他的模样吓住，想离他远一些。周子汉走着走着，停了下来。他看到了那个熟悉的医院，看到医务人员和看病的人进进出出。周子汉在医院对面的街道上的树下坐了下来，一队红卫兵喊着口号在大街上走过，周子汉在等待叶可楠的出现。随着太阳的移动，树的影子也在动，周子汉不想被太阳晒，就随着树的影子动。树的影子越来越长了，时间到了黄昏时分。周子汉在这里守了一天，终于看到了叶可楠从医院里边走了出来。她走到了大门口，并没有马上往前走,停了下来,好象在等什么。她抬起手腕,看了看表。周子汉看了一会,不是认不出来了,是心跳得太厉害了,他想稳定一下情绪再走过去,等心跳得不那么急了,他抬起了脚。可是脚抬起后,却没有向前迈,而是又落到了原地。不是他不想走过去,是他看到了一个意想不到的情况。

医院门口,郑其山骑着自行车,驮着青青走过来。叶可楠迎了上去。青青伸出手说,妈妈。叶可楠抱起青青,在青青脸上亲了一口。郑其山推着自行车,叶可楠抱着青青,三个人顺着大街往前走。走了一段,郑其山说,青青,别让妈妈抱了,妈太累了。来,坐在自行车上。青青说,好的,我坐爸爸的自行车。青青坐到了自行车上,三个人说笑着继续朝前走。一直发呆的周子汉看到三个人越走越远,快看不到了,才突然醒了过来,赶紧跟了上去。街上有许多行人,周子汉走在其中,别的人一个也看不见,但他的目光一直没有从三个人身上移开过。三个人走进了一座灰色的三层住宅楼。周子汉没有马上离开,站在楼前看。看到不大一会儿,有一扇窗子亮了。知道了,那是他们的家,他们一家三口回家了。站了很久,直到天完全黑了,周子汉才慢慢走开了。

一个路边的小店,背着行装的,周子汉敲开门。服务员说,干什么?周子汉说,住店。服务员说,五块钱,一张铺。周子汉说,有没有再便宜点。服务员说,三块钱,大通铺。周子汉说,就住大通铺。周子汉掏出了三块钱。服务员没收钱,问有工作证吗?周子汉说,没有。服务员说,单位开的证明也行。周子汉说,证明也没有。服务员说,没有证明不能住。周子汉说,就让我住一夜吧?服务员说,这是规定,你走吧!服务员把周子汉推了一下,把周子汉推出了门。半夜,周子汉走在冷清无人的大街上,看到一个商店开着门,走进去。周子汉说,有酒吗?售货员说,有散酒。周子汉说,给我来二斤。周子汉把一个空水壶递过去,提着装了酒的水壶走了出来,走到了街心花园里。坐在长凳上,他从行装里拿了水芹给他准备的食物,边吃边喝着酒。一只流浪狗走了过来,看着周子汉吃。周子汉看看那只狗,把饼子掰了一块下来,喂了那只狗。周子汉酒量很好,但这一次他很快就喝醉了,看着那只狗,周子汉说,兄弟,你怎么也在街上转悠,你是因为什么有家不能归呢?是不是因为你太调皮了,惹主人生气了,把你赶出来了,还是因为主人有了一只比你更高贵的狗,对你不喜欢了,就把你扔了出来了,让你再也不能回到你原来的那个温暖的窝里了,是不是这样的啊,我的兄弟?狗不说话,摇着尾巴,卧在了他的脚下。周子汉说着说着,说不下去了。他倒在了长椅上,看着星星闪烁的夜空,眼角有泪水流了出来。

早上。离楼房不远的地方,站着周子汉,楼房里不断有人出入。郑其山出来骑上自行车,驶向小吃部。他从周子汉跟前走过,可他一点儿也没注意到他。过了一会,郑其山又骑着自行车回来,挂把上挂着油条和奶瓶子。又过了约两个小时,太阳升起老高了,郑其山和叶可楠带着青青走了出来。青青说,爸爸,我们去哪个公园?郑其山说,去人民公园。青青说,里边有猴子吗?郑其山说,有。青青说,可以坐滑梯吗?郑其山说,可以。三个人同样又从周子汉跟走过,一样没有注意到他。周子汉听到了他们说的话,还看到了他们上了二路公共车。到了公园里,郑其山和叶可楠带着青青去看猴子。猴子的活泼调皮,惹得青青笑个不停,郑其山和叶可楠也跟着笑。看过了猴子,又带着青青坐滑梯。青青滑滑梯时,郑其山守在滑梯边,护着青青。叶可楠说,让她自己玩就行了,不用管她。郑其山说,那可不行,万一摔着到了可不好。这时,在公园门口,周子汉走了过来。要进门,工作人员拦住他说,去买票。周子汉去买了票,工作人员让他走了进去。

草上地,郑其山和叶可楠坐在一条长凳上,青青在他们跟前的草地上玩。周子汉看见了他们,周子汉走了过去,走到了离他们不远的一个长凳上坐了下来。他们几乎是面对面,一抬头,就可以互相看得见。实际上,他们已经相互看见了。青青拿了个皮球拍着玩,皮球在草地上乱滚,滚到了周子汉跟前。周子汉把皮球拾了起来,看到青青走过来,看了一下青青,把皮球给了青青。青青长得可真是漂亮,极像叶可楠。不太像郑其山。青青拿着皮球转身又去玩了。叶可楠说,青青,怎么不谢谢叔叔?叶可楠还是那么好看,要说变,好象变得更丰润了。算一下,也三十五了,可看上去还像个姑娘。青青转过脸说,谢谢叔叔。郑其山看了看周子汉,也说,谢谢你了,同志。郑其山倒是有些变了,变得老成了,不再是个毛头小伙子了。叶可楠悄声说,那个人胡子那么长了,怎么也不刮一刮,郑其山说,可能是个流浪汉吧?叶可楠说,看上去怪可怜的。郑其山说,是啊!叶可楠说,都新社会了,怎么还会有人流浪呢!郑其山说,不管什么时候,都会有过得好,有人过得不好。叶可楠说,走吧!郑其山说,走,带青青吃饭去。叶可楠说,去哪吃?郑其山说,去鸿春园吧,你不是要爱吃糖醋鱼吗?叶可楠说,青青也爱吃。郑其山说,女儿像母亲。郑其山和叶可楠牵着青青的手往公园外面走。周子汉坐在长凳上看着,一直看不到了,周子汉还是坐在那里一动不动。不知过了多久,他把插在皮靴子里刀子拔了出来,放在手里抚摸着。真锋利呀!三个人,每个人都那么幸福。这个年头,能这么幸福可不容易。又过了许久,周子汉才把刀子插到了靴子里。

第十六章　再厚的冰下也有水在流

　　大街上,周子汉漫无目的地走着。看到一群人围着一个躺在地上的人,站下了,也凑上去看。一群人在说,什么人?一个走资派。怎么死了?从楼上跳下来了,真可怜。周子汉挤进人群,一看,躺在地上的是张书记。周子汉蹲下去,去摸张书记的脸,发现张书记已经没有呼吸了。周子汉看着张书记,不敢相信这是真的。一辆小车开了过来,吴文乔从车上下来。几个戴红袖章的人迎了上去。红袖章说,吴主任,张书记自杀了。吴文乔说,他这么做,是畏罪自杀,是自绝于人民。就算他死了,也不影响对他问题的定性,这叫死有余辜。红袖章说,现在怎么处理?吴文乔说,不用开追悼会,火化掉就行了。红袖章说,骨灰怎么办?要不要给他的家人?吴文乔说,先放着再说。几个红袖章把张书记抬到了一辆卡车上,卡车开走了。吴文乔转身要上车,看到了周子汉挡在面前。吴文乔说,你是谁?想干什么?把这个人收容起来,别让他在社会上乱跑。周子汉不说话,站在他面前,死死盯着他看。吴文乔说,这个人是不是精神病?周子汉还是盯着吴文乔看。他想到了刀,他想把刀子拔出来,捅进这个人肚子。可只是想,还来不及做,几个人冲上来把周子汉抓了起来,周子汉只能看着吴文乔坐上车走了。

　　收容站里,一间小房子里,几个人围着周子汉。一个人说,你叫什么?周子汉摇摇头。一个人说,从什么地方来?周子汉还是摇头。另一个人说,问你话,你怎么不说话?周子汉指指嘴,又摆摆手说。一个人说,你是个哑巴?周子汉点点头。一个人说,我看他不但是个哑巴,还是个傻子。另一个人说,这样的人,理他干吗,瞎耽误工夫。一个人说,让他滚吧,在这里还要给他吃,给他喝,浪费粮食。另一个人说,就是,出去后,这种人也活不长,不被冻死,也会饿死。一个人说,还会病死。另一个人说,这种人死得越早越快越好。

　　走出了收容站的周子汉,站在炽热的太阳下,不知道该往什么地方走?一群红卫兵押着郑其山走过来。郑其山说，小将们，你们抓错人了，我不是走资派。红卫兵说，你比走资派还坏。郑其山说，我没有干什么坏事，你们把我放了吧！红卫兵说，我们不是随便抓人的，我们已经掌握了你的罪行。郑其山说，我真的没有干过对不起党和人民的事，请你们把我放了吧，我还有工作要干呢！红卫兵说，闭上你的臭嘴。红卫们们连踢带打地推搡着郑其山，周子汉看着他们从他眼前走过去。

叶可楠正在给病人看病，一个护士急急忙忙走进来。护士说，叶医生，不好了。叶可楠说，什么事，看把你急的。护士说，刚才我在大街上，看到一群人把郑大哥抓走了。叶可楠说，你说什么？护士说，郑大哥被一群人抓走了。叶可楠脱下了白褂子，走出了门诊室。

叶可楠找到了吴文乔，问他，老吴，是不是你让人把郑其山抓起来了？吴文乔说，看你说的，我怎么能干这个事呢？叶可楠说，我问了好多地方，人家都说，要批斗谁，会报告文革小组，得到你的批准。吴文乔说，现在的形势，你也知道。群众运动，什么都是群众说了算。没有领导了，没有权威了，造反派主宰着一切。叶可楠说，人家可不是这么说的，人家说你现在权力可大了，说你和中央的什么人直接联系。吴文乔说，不就是当年在延安时，我给他当过几天秘书吗？叶可楠说，反正老郑的事，我就找你了。你得想办法，赶紧把老郑救出来，让他快回家，我们家青青可是离不开他的。吴文乔说，这样吧，我问一下，看是哪个组织把老郑抓了？等我搞清楚了，我会尽量让他们快点放人的。叶可楠说，那我就先谢谢你了。吴文乔说，咱们是老朋友了，你又和胡小兰那么好，我帮你，是应该的，用不着谢了。叶可楠说，那我就先走了。吴文乔说，不着急，再坐一会嘛！人家都说，女人一生孩子，体形就变了。你不一样，生了孩子，倒变得更好看了。叶可楠说，我还要回去赶着上班。吴文乔说，你还真是个有福气的女人，一个男人死了，马上就有另一个男人顶上了，一天寡都不用守。女人长得好，不管啥时候都吃不了亏。说着，吴文乔靠近了叶可楠，手伸到了叶可楠腰间，说，来，让我看看，你到底和别的女人有啥不一样？叶可楠转过脸，朝着吴文乔的脸上呸了一口，拉开门走了出来。吴文乔说，求别人办事，还这么牛，真是不懂事。说着，拿起了电话，拨了一个号码说，你是大头吧，那个姓郑的，是不是在你手上？好，这个人很坏,对他,要像秋风扫落叶一样残酷无情,让他永世不得翻身。

叶可楠脸色灰白地往医院走,快走到医院门口时,遇到周子汉从医院里走出来。叶可楠没有在意,继续往里走,可以说是和周子汉擦身而过。周子汉不由得停了下来,又慢慢转过身,看着叶可楠走进了医院大门,周子汉站了好久。回到办公室里,叶可楠走进来,穿上白大褂,挂上听诊器,坐到了桌子前,发现桌子上有一张纸条。纸条上歪歪扭扭地写着一行字说,郑其山不会有事,请放心。叶可楠看着纸条,觉得怪。问护士,谁来过?护士说,没看到人来。叶可楠又盯着字条看,字体好象有点面熟,可实在想不出是谁写的。

几个红卫兵在审问郑其山。红卫兵说,看来你是不打算承认了。郑其山说,没有的事,我没法承认。红卫兵说,赵明义是特务吧?郑其山说,我不知道。红卫兵说,周子汉是不是反革命分子? 郑其山说,他真的不是。红卫兵,到了这个时候,你还为他们辩护,看来你是死不悔改了。红卫兵用皮带抽打郑其山,郑其山顿时皮开肉绽。红卫兵打了一阵,打累了说,唉,这天天打人,也挺累人的。你们谁来打,我有些累了,得休息一会。走,大头,出去抽根烟。大头说,我累了,正想抽烟呢! 两个人走出了审问室。黑夜里,烟头明明灭灭。红卫兵说,看来这个家伙,是不会承认的,问下去也没有意思了,不如省点事,把他处理掉算了。大头说,怎么处理? 红卫兵说,不行,就把他活埋了。大头说,这个方法好,人被活埋时,是什么样子,还没见过呢! 红卫兵说,还没有挖坑呢! 大头说,让他自己挖。红卫兵说,走。说干就干。红卫兵朝着里边喊说,把他带出来,再拿把铁锹带上。几个红卫兵推着郑其山往外走。

月光灰暗,几个红卫兵拥着郑其山往野外走。郑其山说,你们要干什么?大头说,不干什么,让你干点活。郑其山说,干什么活?大头说,挖坑。郑其山说,挖坑干什么?红卫兵们笑起来。郑其山从他们的笑声中,听到了一种恐怖。郑其山说,你们把我放了吧! 红卫兵说,坏人是不能放的。郑其山说,我不是坏人。红卫兵说,坏人从不说自己是坏人。郑其山说,你们这么做,是违法的。红卫兵说,现在没法了,我们就是法。我们让谁死,谁就死,让谁活,谁就活。郑其山说,我打过鬼子,参加过解放战争,你们不能乱来。红卫兵说,你说我们是乱来? 说红卫兵是乱来,凭这一条就可以判你死刑了。说着走着,不一会就把郑其山推到了一片野草丛中。就在这时,突然从野草丛中冒出了一个高大的黑影。黑影手持一根木棍,红卫兵们一下子呆住了。黑影猛地冲了过来,把郑其山从红卫兵手里拉过来,扯着郑其山往城里跑。跑出了一段,红卫兵才明白过来,一下子挥舞着刀棒追了过来。黑影把郑其山往前一推,作手势,让郑其山快跑。郑其山跑了,黑影却站了下来,准备拦住红卫兵。郑其山看黑影没跑,也停下来说,你也快跑。黑影朝郑其山摆摆手。郑其山说,你是谁?你叫什么名字?你为什么救我?我见过你,在公园里,你是那个大胡子。黑影不说话,只是朝郑其山一个劲摆手,让郑其山快走。黑影挥着棍棒朝红卫兵迎过去,把红卫兵带到了另一个方向。郑其山站在月色里,看着黑影和红卫兵在荒野里厮杀着的身影渐渐远去,喊叫的声音也越来越小了。郑其山才朝家的方向跑去,边跑边想这个人到底是谁呢?

野外的早上,躺在地上的周子汉醒了过来,他的脸上有多处伤痕,周围散乱着打断的棍棒。周子汉睁着眼睛看着天空,看着变化的云朵和飞来飞去的鸟。过了许久,周子汉坐了起来。又过了一阵,周子汉站了起来。他朝不远处的城市看了一会。他转过身,背向城市,朝着看不到边的荒野走去。他走得很慢,一瘸一拐的,走得很艰难,却很坚定。现在,他可以放心了,叶可楠,还有郑其山生活得很好,接下来他要做的一件事,那就是要去另一个地方,一个只有他一个人的地方,继续活下去,不是他不想死,因为他还有心愿未了,那就是这个世界,还没有还他和赵明义一个清白。再说了,他和赵明义还有个约定,他从来都是说话算数的人,不管发生什么事情,都不能失约。他不怕死,可他不愿在死的时候,还有没有做到的事,让他闭不上眼睛。

郑其山躺在床上,叶可楠在一边给他往伤口上涂药。叶可楠说,这个地方,是我一个病人的房子,一直闲着没用。我救过他的命,他说这个地方很安全,没有人会找到这里的。郑其山说,真是太可怕了。叶可楠说,什么事,都会过去的,先躲过这一阵子再说。郑其山说,你知道,救我的人是谁吗?叶可楠说,是谁?郑其山说,就是咱们在公园里见过的那个流浪汉。叶可楠说,是他。郑其山说,我问他什么,他都不说话,一直没说话,好像是个哑巴。叶可楠说,我也收到了一个纸条,上面写着,让我放心,说你不会有事的。我一直在猜是谁写的?郑其山说,可能这个纸条也是他写的,怕你担心。叶可楠说,这么说,这个人应该是和咱们俩挺熟悉的。郑其山说,是啊,不熟悉怎么可能知道你在什么地方上班,我被抓到了什么地方? 叶可楠说,可我们熟悉的人里,好像没有谁会干这个事的。郑其山说,没有,挨个数过来,一个都没有。下次如果有机会见到这个流浪汉,一定要把他留住,问个明白。叶可楠说,好像这些天,那个大胡子流浪汉,在我眼前晃过好几次,只是我没有在意过。郑其山说,下次可不能不在意了。叶可楠说,那当然了。

只有叶可楠和青青在家。听到敲门声,两个人都有点紧张,叶可楠走过去,透过门缝看。一看,看到了欧阳芳,叶可楠把门打开了,欧阳芳走进来。青青说,干妈,是你呀,把我们吓得不行。欧阳芳说,害怕什么? 来,干妈给你买了新鲜的杏子。青青说,谢谢干妈,我最爱吃杏子了。那天就我和爸爸在家,冲进了一群人,什么话都不说,就把我爸爸抓走了。欧阳芳说,是吗,老郑出事了,现在怎么样了? 叶可楠说,被一个人救了出来,现在藏到了一个地方养伤。欧阳芳说,伤得厉害吗? 叶可楠说,听郑其山说,如果不是被那个人救出来,他就会被活埋掉。欧阳芳说,这个世界,怎么会变得这么可怕? 叶可楠说,多亏了那个人。欧阳芳说,那个人是谁? 叶可楠说,要知道是谁就好了。像个流浪汉,一脸大胡子。欧阳芳说,不认识? 叶可楠说,从来没见过。欧阳芳说,这倒是很奇怪了。叶可楠说,是啊,前些天,在街上走,总能遇到他,可这几天没有再遇到他。欧阳芳说,像小说里的情节。叶可楠说,你的小说写得怎么样了? 欧阳芳说,正在写。

八年过去了,仍然是那个家,仍然是那个老式的收音机,不过播送着的消息是新的。据新华社报道说,在无产阶级文化大革命和批林批孔运动中,我国有将近1000万知识青年上山下乡,走与工农相结合的道路。这在我国青年运动的历史上是前所未有的,是毛主席无产阶级革命路线的伟大胜利。叶可楠从里间房子里走出来,去洗脸刷牙,郑其山买了早餐回来。郑其山把早餐摆在了桌子上,说,青青还睡着呢? 叶可楠说,这孩子,这么大了,还这么贪睡。郑其山说,青青,快,不起来吃饭,就会迟到了。青青从里间走了出来,伸了一下懒腰,青青已经长成了一个漂亮的少女了。郑其山说,快去洗脸,洗好脸,吃饭。青青去洗脸,郑其山和叶可楠先坐到了饭桌前。过了一会,青青洗好脸走出来,三个人围着桌子吃饭。青青说，爸爸，我们班好几个同学有自行车了。郑其山说，可你还不会骑自行车呢！青青说，你教我骑呀！郑其山说，行，我教你。青青说，我要是会骑了，就不用走路上学了。郑其山说，行，休息天我教你。叶可楠说，会骑了有什么用，到哪去买自行车呢？郑其山说，是不好买，要凭票。没事，等青青会骑了，我把我的自行车给她骑。叶可楠说，那你呢？郑其山说，我走着上班就行了。青青说，我才不要你的呢，太旧了，不好看，我要骑新自行车。叶可楠说，你还来劲了，一点儿也不懂事。青青说，爸，你看我妈，又骂我。郑其山说，青青学习多好，多给咱们长面子。孩子要个新自行车，不过分。叶可楠说，你老是惯她。青青说，还是老爸好。到了星期天，郑其山教青青学骑自行车。郑其山在后边扶着车座，不让车子摔倒。青青骑在上面，围着操场转圈。郑其山说，眼睛朝前看，不要低头，不要看车把。对，把胸脯挺起来，挺直了，对，对，就这样，就这样。青青骑得越来越稳了。郑其山说，青青可真聪明，学得真快，爸爸学骑自行车都没有你学得快。青青说，爸，我可以吧？郑其山说，可以，可以，太可以了。青青说，我觉得已经会骑了，爸，你可以松开手了，不用再扶着了。郑其山说，那我就松开了。青青说，松开吧，没事。郑其山松开了。青青自己骑着车在操场上转圈。郑其山说，青青，真行，骑得真好，就这样，多骑几圈，就可以上街骑了。郑其山正说着，一只狗跑了过来，跑到了青青自行车的前边，青青一慌，手忙脚乱了，青青惊叫起来。等郑其山明白了发生了什么，青青已经和自行车一块冲向了旁边林带，撞到了树上。

青青头上和腿上都缠着纱布，半躺在床上看着书。郑其山端了一杯水，走过来，说，趁热，喝了，放了白砂糖。青青说，真的放糖了？郑其山说，当然，不信，你尝。青青端起了喝了一口说，嗯，真甜。叶可楠推门进来。叶可楠说，怎么回事，青青这是怎么了？郑其山说，学骑自行车，不小心撞到树上了。叶可楠说，你是怎么搞的，你没有在一边保护呀！郑其山说，我没有保护好。叶可楠说，我看看，伤得重不重。郑其山说，医生说，没有伤到骨头和筋，不会有大事。叶可楠说，大事，要是有了大事，就晚了。老郑，你这个人真是的，是不是……你不心疼呀……郑其山说，是我不好。叶可楠说，我看你就是没有把青青放在心上。青青说，妈，你不要说爸爸了，是我不好，是我让他松开的。这个事不怨爸爸，怨我的，你老说爸爸干吗？郑其山说，是，是我不好，是我让青青受了委屈了。郑其山说着从里屋走到了外屋。坐到沙发上,头挨着墙,闭着眼。叶可楠走了出来,叶可楠说,对不起。郑其山说,没什么,还是我没有做好。叶可楠说,你不要这样说。郑其山说,我时常问自己,什么地方还没有做好,你是不是可以做得再好一些,你为什么没有做得更好一些?叶可楠说,你已经做得很好了。郑其山说,不,不,我一定还有什么地方没做好。叶可楠说,你如果这么想,那我呢,我该怎么办?郑其山说,你是女人,你已经很了不起了。叶可楠说,可我对不起你。郑其山说,不要这么说,重要的是,我们都要对得起老周。别让青青听见。叶可楠说,她睡了,青青16岁了,长大了,已经懂事了。郑其山说,老周的事,是不是可以告诉她了?叶可楠说,我不知道,给她说了,她会怎么样?我不敢说。她会听得进去吗?她会相信吗?尤其是看到她和你那么好,那么亲,要是她知道了,你不是他亲生父亲,她会怎么样?郑其山说,我也不知道,她会怎么样?叶可楠说,还是等等再说吧!郑其山说,那个大胡子流浪汉,你再见到过吗?叶可楠说,没有。郑其山说,我也没有。叶可楠说,他好像一下子消失了。郑其山说,好像在人间蒸发了。叶可楠说,见到欧阳芳了吗?郑其山说,到我那里来过一次,和我聊了一会,她现在在五七干校劳动。叶可楠说,她说在写我们的故事。郑其山说,是的,上次见我,也是问这问那的。叶可楠说,我想把咱们结婚的真相告诉她。郑其山说,你疯了。叶可楠说,这么下去,我很可能会疯。郑其山,我们真的要离婚,赶紧离婚。你已经四十出头了,不能再拖了。郑其山说,那你呢?叶可楠说,我们不一样的。我有过爱人,有爱情,还有了孩子,作为女人,这一辈子,该有的我都有了。郑其山说,我也有了。叶可楠说,你别骗自己了。听着,我们马上办离婚手续。郑其山说,我听你的。

周子汉又回到了那条河的河边,可没有回到原来的那片草滩。他知道要是回去了,水芹和土根还有孩子,还会对他一样好,他也不会那么孤单,可越是这样,他越是不能回去,他一定要自己来面对眼前的一切。生存下去并不难,河里有水,水里有鱼,河边有树,有草,树林里有跑的和飞的。有了这些,再有一把没有一点锈斑的古刀,就不再会有什么困难,让他活不下去。很快,他就在河边搭起了一个小木屋。故事说这里时,他已经在这个小木屋里住了八年。

八年前的那一天,他找了一根木棍,把刀子绑在棍子上。拿着绑了刀子的棍子,周子汉走到了河边。看着河里游动的鱼,周子汉扎了几次都没有扎中。可周子汉没有停下,又接着扎了几次后,周子汉终于扎到了一条大鱼。周子汉用刀子刮去大鱼的鱼鳞,并剖开了大鱼的肚子,又去林子里捡来了一堆干柴,干柴变成了一堆篝火。周子汉把大鱼切成了块,串在木棍上,用火烤着。八年后,还是拿着梆了刀子的木棍,再来到到河边,却一次都不会扑空,几乎每一次把绑着刀子的棍子扎进水里,都能扎到一条大鱼。不想吃鱼了,还有别的东西可以吃。他趴在野草丛里,看到一只大野兔跑过来,就把绑着刀子的棍子扔出来,准确地扎到了野兔子身上。把吃不完的鱼和野兔子,周子汉了装进一个袋子,背上后,顺着一条小路朝远处走去。走个小半天,就走到了一个开荒队。

一片土房子之间,有几个孩子在玩。周子汉背着袋子走过来,在路边坐了下来,打开袋子,把鱼和野兔子摆了出来。几个孩子跑过来,好奇地看着鱼和兔子,指指点点。周子汉看着他们,脸上没有任何表情,两个带着红袖章的民兵走了过来。民兵说,谁让你在这卖东西的?周子汉抬起头,看看他们。民兵说,你这样的小商小贩,是资本主义的尾巴,要坚决割掉,知道吗?周子汉不理他们。民兵说,你怎么不说话?周子汉指指嘴巴,摆摆手。民兵说,原来是个哑巴。另一个民兵说,哑巴也不能搞资本主义。民兵说,别跟给他□嗦,把东西没收了,让他滚蛋。两上民兵上前去拿他的鱼和野兔子。周子汉伸手挡住了他们,他并没有太用劲,就把两个民兵推得朝后退了好几步。民兵说,敬酒不吃吃罚酒呀?把他抓起来。民兵取下了肩上的枪。这时,杜大胜走了过来,说干什么,干什么,你们这是干什么,发生什么事了?民兵说,队长,这个人在这里摆小摊。杜大胜说,噢,你们不知道,他是个哑巴,已经在这里摆小摊好多年了,你们刚来,不知道,是我让他在这卖的。这些年,他给咱们开荒队的饭桌上增加了不少好吃的东西,他可以说是我们的老朋友了。民兵说,可他这种行为,是不允许的。杜大胜说,这个地方,我说了算,以后你们就不要管了,有什么问题,我来担着。民兵说,我们听你的,队长。孩子说,爸爸,我要吃鱼。杜大胜说,行,这两条鱼,我买了。民兵说,队长,那个野兔子,我们买了,你看行不行?杜大胜说,行啊!杜大胜用手势比划,问周子汉多少钱?周子汉用手比划,说五块钱。杜大胜拿出五块钱给了周子汉,民兵也拿出五块钱,给了周子汉。杜大胜把鱼提起来,给了孩子说,去,让你妈做个红烧鱼。孩子提上边跑连喊说,吃鱼了,吃鱼了。民兵拿上了野兔子,两个人边走边说说,太好了,好久没有吃到肉了,都不知肉是什么味道了,这回咱们可以美美地吃一顿了。

开荒队有一个小卖部,卖东西的是个老头。看到周子汉走过来,老头说,买什么呀?哑巴。周子汉指盐、油等日用品。又拿出了一个空瓶子,放到了柜台上。老头把他要东西拿给了周子汉,周子汉把五块钱交给了他。周子汉背着东西出了门,刚走出门不远,就拿出酒瓶子喝了一口。周子汉走过一片条田,虎妮正带一群妇女在干活。看到周子汉走过来,虎妮朝周子汉挥手,给她打招呼,周子汉笑着朝她点点头。凤莲说,虎妮,你为什么一见这个哑巴,就高兴得不行,好象她是你的什么亲人似的。虎妮说,不是亲人,胜似亲人。亲人这会儿,自己都顾不上自己了。可这个哑巴一来,我们家可以改善生活了,就可以有鱼有肉吃了。凤莲说,还是队长老婆好啊,连哑巴都去巴结。虎妮说,不要胡说,我们可都是拿钱买的,可不是人家白给的。凤莲说,不知这个哑巴有老婆没有?虎妮说,怎么,你想嫁给他了?凤莲说,胡说,看我撕你的嘴。虎妮说,怎么不行,也不是个大姑娘。再说老张走了有两年了,可以再找一个了。凤莲说,我再找,也不能找个哑巴呀!虎妮说,能干的哑巴,比会说不能干的男人强多了。凤莲说,这倒也是。

杜大胜家里,一家人吃着红烧鱼,不能不说到哑巴。虎妮说,哑巴有啥,也就是不会说话,别的方面,比别的男人一点儿也不差。杜大胜说,也倒是的,可是这么些年,他好像就一个人住在野草滩,没有老婆也没有孩子。虎妮,真是挺可怜的,我看咱们得帮帮他。杜大胜说,怎么帮?我给他说过,让他留在开荒队,去喂马喂牛,可他不干。虎妮说,给他说个媳妇。杜大胜说,一般的女的,要嫁个哑巴,怕是不会干吧?虎妮说,凤莲的男的病死好几年了,带着两个孩子,活得挺难的。今天,在地里给她开了个玩笑,我看她没恼,真把她说给哑巴,没准她会愿意的。杜大胜说,那你就去说说,咱们也帮哑巴一个忙。吃了人家那么鱼和兔子肉,也该帮人家做点事了。虎妮说,哪天他来了,留下他来,让他在家吃饭,再把凤莲喊来,这么一撮合,没准就成了。杜大胜说,这个事,关键是凤莲。凤莲只要愿意,估计哑巴不会有啥。虎妮说,他能有啥?他一个哑巴,高兴起来不及呢!杜大胜说,这个哑巴,和一般的哑巴有些不一样。虎妮说,怎么不一样了?杜大胜说,一般的哑巴,都是聋子,可他一点儿也不聋,说什么都能听得很清楚。

虎妮说,好像真是这样的。

放学回来的青青,走到家门口时,听到里边郑其山和叶可楠在吵架,就没有马上推门进去,而是站在门口听了起来。郑其山说,我去问了,要离婚,要先写离婚报告。叶可楠说,那就写嘛!郑其山说,还得写上离婚的理由。叶可楠说,理由?理由怎么写?郑其山说,不好写,写轻了,人家不同意,写重了,得拿出事实。叶可楠说,什么事实?郑其山说,得又打又骂,让街坊邻居全知道。叶可楠说,这可怎么办?郑其山说,这还不算,报告先要双方单位领导签字盖章同意才行。叶可楠说,离个婚,还这么麻烦呀!郑其山说,是啊,想想头都疼。叶可楠说,你什么意思,你是不是不想离?郑其山说,不是不是,我是说真的很麻烦,会闹得满城风雨,还不一定能离得成。叶可楠说,郑其山,我告诉你,你别再耍什么花样,不管你想什么办法,得赶快把这个婚离掉。郑其山说,你这不是逼我吗?叶可楠说,谁逼你了,早说好的事,你不能耍赖。郑其山说,谁耍赖了,你说话不要这么难听。叶可楠说,你不离婚,就是耍赖。就在这时,门被推开了,青青背着书包站在门口,一张小脸涨得通红。两个大人马上像没事一样,全笑着迎向青青。叶可楠说,青青,回来了。郑其山说,青青,累了吧?青青说,你们刚才在说什么?叶可楠说,我们没说什么呀?郑其山说,我们在说青青晚上回来,给青青做什么饭吃。青青说,你们没说什么?我都听到了。郑其山和叶可楠互相看了看。叶可楠说,我们真的没说什么?青青说,你们说,你们要离婚?郑其山说,那是我们在开玩笑。青青说,我可告诉你们,你们要是敢离婚,我就不活了,我就从这个楼顶上跳下去。叶可楠说,你这孩子,胡说什么!郑其山说,我们真的没说离婚,我们不离婚。青青不理他们了,转身走进了她的房间。剩两个大人了,叶可楠看着郑其山,不知说什么。郑其山说,发什么愣,青青回来了,咱们赶紧给青青做饭呀!青青爱吃哨子面,就做哨子面吧!

叶可楠如往常一样走进了里屋,要和青青一块睡觉。这么多年了,她一直和青青睡。青青坐在床上,抱着被子,看着叶可楠。叶可楠说,看什么看,快,铺被子,睡觉。青青还是坐着不动。叶可楠说,这孩子,越来越不听话。说着,叶可楠坐到了床上,去扯青青抱着的被子。青青说,妈,我给你商量个事。叶可楠说,商量什么,说就是了。青青说,你能不能以后不要再跟我一块睡了。叶可楠说,为什么? 青青说,我大了,我想一人个睡。叶可楠说,你长这么大,可是一直跟着我睡的。青青说,是啊,我不可能和你永远一块睡吧! 再说了,你也不该老睡在我的床上。叶可楠说,那我睡在哪? 青青说,还用说,你该睡到爸爸的床上去。过去是我不懂事,我让你睡在这。现在我长大了,做错的事,一定要改正。去吧,妈妈,我们不能老让爸爸睡冷被窝。叶可楠说,这孩子,怎么这么说话,我和你爸……我。青青说,你快出去,快快。青青跳下床,把叶可楠从里屋推了出去,并从里边把门插上了。叶可楠说,这孩子,真是,怎么这样,真是太不像话了。

　　另一个房间里,郑其山躺在床上看报纸,墙上挂着周子汉和郑其山还有赵明义的合影,穿着睡衣的叶可楠进来了。看到叶可楠进来,郑其山一下子坐起来,吃惊地看着叶可楠。这么多年了,叶可楠从没有穿着睡衣,进过这间房子。结了婚的郑其山,住在这里,和一个单身汉没有区别。叶可楠说,青青把我赶出来了。郑其山说,那,你往哪睡? 叶可楠,你说我睡哪? 郑其山把身体往里挪了挪,给叶可楠让出了一块地方,叶可楠躺下了。叶可楠说,报纸上有什么新闻? 郑其山说,有一个新闻,邓小平又出来了,当了副总理,主持国务院的工作。叶可楠说,那个时候,把他批成什么样子,真没有想到他有一天还能出来工作。郑其山说,这说明国家还有大变化呀! 叶可楠说,是得变一变了。郑其山说,再不变,国家就完了。叶可楠说,别胡说,别看了,睡觉吧! 郑其山放下报纸,把灯拉灭了。屋子里黑了一会,不过,有月光照进来,屋子里并不太暗。两个人并排躺着,都没法睡着。叶可楠说,你睡不着? 郑其山说,你呢! 叶可楠说,我也睡不着。郑其山说,睡不着,就说会话。叶可楠说,你说,咋办? 郑其山说,什么咋办? 叶可楠说,青青这孩子,长大了,反而不听话了。郑其山说,她其实挺懂事的。叶可楠说,离婚的事怎么办? 郑其山说,青青说她会跳楼。叶可楠说,就算不跳楼,也不会有个好。郑其山说,这个险不能冒。叶可楠说,能不能另外想个办法? 郑其山说,听你的,你说。叶可楠说,郑其山,你告诉我,你和我结婚,只是为了老周,还是心里边对我……这么说,你不讨厌我吧? 郑其山说,你说什么呢,我怎么可能讨厌你呢! 叶可楠说,那你是喜欢我了? 郑其山说,我一直觉得你是个好女人,没有谁能比得上你。等了一会,叶可楠说,我想,要不,我们做真的夫妻吧? 郑其山好一阵子不说话。叶可楠说,你要不愿意就算了。郑其山说,我不是不愿意,我是不敢想啊! 叶可楠说,有什么不敢想的,我是老虎,是鬼呀? 郑其山说,和老周比,我差得太远了,觉得我配不上你。叶可楠说,你真傻,你和老周都是好男人。郑其山慢慢转过脸,看着叶可楠。两个人的脸挨得很近,都能感觉出对方呼出的气息。两个人一起小心翼翼地伸出了胳膊,突然互相抱在了一起。时间好像在那一刹那凝固了,好象已经没有什么可以阻止一个爱情故事发生了,但就在这个时候,好像有一只无形的却是有力的大手,把两个人一下子给拉开了。郑其山直接从床上滚了下来,靠到了墙边,叶可楠也坐了起来。两个人同时抬头,看着墙上的照片,看着照片上的周子汉。郑其山不知说什么,拿出了一支烟抽了起来。原来不抽烟的,这些年,老是一个人在屋子里,就学会抽烟了。看到郑其山抽烟,叶可楠也说,给我也来一支。说起来,不会有人信。十几年了,一男一女,从三十岁不到住进了一间房子里,天地间,不知发生了多少事,可偏偏在两个人间,什么事都没有发生。没有发生过,不等于没想过。怎么可能呢,一个正常的男人,面对一个正常的女人,一个不但看起来好看,还从心里边喜欢的女人,怎能让他没有一点冲动呢。而这女人,恰恰就在身边,不但白天在身边,黑夜里也在身边。虽然没有在一个卧室里,可到底是在一套屋子里。就算女人再注意,也不能不去上厕所,不去换洗衣服,不在屋子里擦个澡什么的。实际上,连叶可楠自己都知道,一些不该让他看到的东西,还是让他看到过。比如说,有一回,天太热了叶可楠一进屋子就脱起了衣服。忘了坐在沙发上的郑其山了,一脱就把上身脱光了。还有一次,洗澡时,忘了关卫生间的门了,他正好从门口过。谁都无法知道,在这个时候,对于一个强壮的男人来说,他的心还有他的身,会处于什么状态?他可以一次二次三次用理智把握自己,可是百次千次呢,每一次都能把腾升的火焰扑灭,这需要的是什么样的力量啊!没有人知道。可郑其山做到了。是不是郑其山害怕,害怕叶可楠会生气,会翻脸。可又能怎么样呢?就算郑其山一下子把叶可楠拖进他的屋子里,叶可楠会叫吗,会死也不屈服吗,会闹得昏天黑地吗?当然不会,其实叶可楠一开始,是有这个准备的。好多次,青青不在,去上学了,或出去玩了。屋子里只有他们两个了,她就会紧张。就想着,郑其山可能要干什么,会干什么?她该怎么办?想到怎么办了,可从来没有想出过好办法。好象郑其山真要怎么样了,她是一点办法都没有的。也许她会痛苦一阵子,会难受一阵子,之后就慢慢地接受了。再或者,他不能接受,那也是顶多快点把婚离掉,和郑其山不再来往。可实际上,她全是瞎想。郑其山不但没有做出过分的行为,连对她有些暧昧的举动和言语都没有。几年过去了,一直是这样,这让叶可楠不由得对他多了几分敬佩后,又多了些怀疑,这个郑其山是不是生理有问题呀？她是学医的，又和他经常活动在一个不大空间里,要证实这一点并不难。他稍稍注意了一下,就发现,好多次,两个人坐在屋子里说话,他的脸会突然涨红,同时,裤子的前襟处,会明显地被顶起。还有一次,中午睡午觉,叶可楠去郑其山的房子里拿个东西,推门进去,发现郑其山睡着了,可短裤没穿好,让那个东西露了出来。又粗又硬的样子,把叶可楠吓了一跳,不好意思地马上退了出来。也是这次以后,她更觉得对不住郑其山了。她知道,郑其山在这种情况下,是很痛苦的。她不能看着一个人,因为自己痛苦受罪。她必须决定,下决心,要么真的做他的妻子,要么赶紧离婚,让他有自己的妻子。先下的决心,是离婚。这好像容易些,也是早商量好的。可没有想到,半路杀出了青青,让这个看起来很容易的事,变得难了。婚离不成,只能从假变真了。叶可楠暗暗地朝着天空,问过周子汉。好像听到了周子汉说,他是我的兄弟,你可以像对我一样对他。她想到过,她可能会不行了。不过,她不行不是个事,只要咬咬牙,忍一忍也就行了。再说了,她也不一定不行。好几次黑夜里,梦里边,梦到郑其山朝她扑过来,把她摁倒了。她也反抗,可不管怎么反抗,都是失败,都会让郑其山得手。不过,她总是会在郑其山刚得手时醒过来,醒来的她,全身软如泥,热如炭,她会羞得骂自己没出息。她以为,她会不行了,郑其山不会不行。他肯定行,他一直在盼,一直在等。只要她把门打开一条缝,他就会一头钻进来。没有想到,原来她想错了。郑其山不是那样的,完全不是。不过,这么做了一次后,她倒轻松了一些。原先一直把责任归到自己身上,才责备自己,太自私。现在看来这种情况,并不是她一个人的原因,他郑其山也有一份。好多事都是这样,压在一个人身上,太重了,会把人压垮的。要是两个人分担一下,就会好多了。好多了,不等于要一直这么下去,只是清楚了,目前是个什么情况,下一步该做什么么,怎么去做,至少叶可楠清楚了。

坐在河边的干草垛上,周子汉晒着太阳。杜大胜骑着马走过来,马上还挂着周子汉用过的那支老步枪。看到杜大胜,周子汉坐着没动,好像早就知道杜大胜会来似的。杜大胜说,喂,哑巴,你这还挺不好找呀！幸亏有一条小路,是你自己踩出来的那条小路,顺着它我才走到了这里。杜大胜走到周子汉跟前,下了马。从挎包里拿出了一瓶子酒,扔给了周子汉,周子汉接了过来。杜大胜说,这酒可不是白给你的,你得给我弄几条鱼。野兔子嘛,就不用你辛苦了,我带了枪,要干掉几只,你只要带着我找到野兔子就行了。周子汉起身走进了木屋,过了一会,走了出来,手里拿着一根绑着刀子的棍子。周子汉往河边走去,杜大胜跟在后边。杜大胜说,你这真不错,山青水秀的,像花园一样。就是太冷清了,一个人在这,没个伴,怎么能行? 得有个伴,你也老大不小了,该找个女人了,再不找,你就老了。周子汉站到了后边,听到杜大胜还在说,就回过头,伸出手指头,让他不要再说,意思是说话声会把鱼吓跑的,杜大胜不吭声了。周子汉拿着棍刀,作出随时扎刺的动作,沿着河边慢慢走着,寻找着游到浅水处的鱼。周子汉一下子扎过去,扎到了一条鱼。杜大胜说,嗨,太来劲了,扎到了,你可真是太了不起了。不一会,跟着周子汉后边的杜大胜手里就提了五条鱼了。杜大胜说,行了,鱼够了,鱼够了,不用再扎了。现在,我们去打兔子,打兔子,就不用你了,你就看我的吧! 杜大胜说着,拍了拍手中的枪。

两个人钻到了树林里,周子汉手朝前指了一下,一只野兔子跑过。杜大胜说,我看到了。杜大胜举起了步枪。枪响了,兔子却没有倒下,连着出现了五六只兔子,杜大胜一只兔子也没有打上。杜大胜有些恼火,把枪扔到了地上说,这个破枪,太破了,肯定准星出毛病了。杜大胜坐在那里抽起了烟,周子汉把杜大胜扔在地上的枪拾起来,端在手中翻来覆去地看着,好像在看一个宝贝。杜大胜说,那是枪,不是玩具,快放下,小心走火了。周子汉没有听杜大胜的。他把枪举起来,朝着树林中瞄准。杜大胜说,你要干什么? 正说着,枪响了,一只野兔子倒下了。紧接着,又一声枪响,又一只野兔子倒下了,杜大胜吃惊地看着周子汉。周子汉把枪放下,走进了树林中,把打死的野兔子捡回来,放到了杜大胜跟前。杜大胜说,你会打枪? 你怎么会打枪,而且还打得这么好? 接下来,周子汉用枪,很快又打了几只野兔子,把杜大胜高兴得不行,说晚上可以让大伙儿美美吃一顿了。又说,不过,这些东西,我不想给你钱了,你说行不行? 周子汉笑了笑,挥了一下手,意思不要钱了,你全都拿走吧! 杜大胜说,不过,我是队长,是国家干部,是不会随便占群众便宜的,尤其是一个哑巴的便宜。这样吧,我拿一样东西给你换。周子汉指了指枪。杜大胜说,枪不行,枪是国家管着的,一支找不到了,就是大事。周子汉有些失望。杜大胜说,你看,这匹马怎么样? 它以后就归你了。周子汉不敢相信地看着杜大胜。杜大胜说,当然,这些东西,是不能换一匹马的。

所以呢，还有一个条件，你要答应才行。周子汉看着杜大胜，显然想知道是什么条件。杜大胜说，这匹马，以后你想骑上干什么都行，但必须给我们开荒队，每个月供应 30 条鱼，20 只野兔。大家开荒很辛苦，营养一直跟不上，影响抓革命促生产啊！我这个当队长不得不想办法啊！周子汉点了点头。杜大胜说，你答应了，太好了，知道你没有什么经济来源，我们开荒队会每个月补助你 30 块钱。以后，你就算是我们开荒队不在编的队员了，直接听我的指挥，周子汉又点了点头。杜大胜说，不过，今天你得用这马送我回去。

　　走在路上，杜大胜说，你说，你这么个人，这么能干，怎么会是个哑巴呢？你是怎么哑的？周子汉摇摇头。杜大胜说，唉，就算你知道，你也说不出来呀！周子汉停下来，让杜大胜骑到马上去。杜大胜说，你怕我累，要让我骑到马上去，是不是？周子汉点点头。杜大胜说，真懂事。不过，我比你年轻，你能走，我也能走，好像我连你的身体都不如，你这是小看人。周子汉笑了。杜大胜说，别说，你这一笑，还真让我想起一个人。周子汉不笑了。杜大胜说，你让我想起了周子汉，周队长，我的前任。周子汉有些紧张地看着杜大胜。杜大胜说，他是个非常了不起的人，这一片绿洲，就是他带着我们开发出来的。可惜啊，他死了。死得很惨，连同车子一起滚进了雪水河，连尸体都没有找到。听到这个消息时，我们开荒队许多人都哭了。周子汉显得很平静。杜大胜说，他死了几年后，还有人给他写信。从国外寄来的，一定是他的兄弟，他救出去的那个人写来的。周子汉站住了，看着杜大胜，作出手势，问信还在不在，能不能让他看一看？杜大胜说，信早就扔了，人都死了，信留着还有什么用？再说了，就算信还在，也轮不到你看呀！这个事，和你有什么关系呢？不过，那封信，我看了一下。也没写别的，就说他现在有了自己的公司，并且还娶了老婆，生了孩子。还说，想念周队长，希望周队长平安无事。他还不知道，周队长为了他，已经命归黄泉了。周子汉听着听着，停了下来。看到他停下来，杜大胜说，怎么不走了，走啊！周子汉赶紧跟上了杜大胜。

　　到杜大胜家门前，周子汉把鱼和野兔子从马上拿下来，放到了地上，转身要骑马离开，被杜大胜拉住。杜大胜说，你不能走，你成了我们开荒队一员了，是我们高兴的日子，一定喝几杯庆祝一下。周子汉不肯进去。杜大胜说，别忘了，你是队员，我是队长。你要听队长的。队长让你干什么，你就干什么，这是组织纪律，你知道吗？周子汉把马拴到了树桩上，跟着杜大胜进了屋子。屋子里，还有虎妮，还有凤莲。一个小时后，杜大胜家中，桌子上摆了着鱼和野兔子肉，四个大人坐在桌子旁边。杜大胜的儿子趴在一张小凳子上，给他另盛了一碗。虎妮说，哑巴，给你介绍一下，她叫凤莲，是我的姐妹。人长得好，心眼也好，可能干了。周子汉朝凤莲点点头。杜大胜说，来，咱们先喝一杯。吃了一阵子，凤莲说家里还有两个孩子，得回去做饭了。凤莲站起来走了，虎妮跟了出去。虎妮说，怎么样，还不错吧？凤莲说，人是可以，可一个哑巴……虎妮说，哑巴怎么样，要不是哑巴，你想你可能吗？凤莲说，哪倒也是。虎妮说，他多能干啊，跟了他，至少有鱼有肉吃。凤莲说，这个事，我听你们的，你就和队长做主吧！虎妮说，那行，你想，我会害你呀！凤莲说，还不知他是怎么想的呢。虎妮说，这个事，我看只要你愿意，就不会有问题的。这会儿，在屋子里，杜大胜也在给周子汉说凤莲。杜大胜说，你的酒量真是太好了，连脸都不红，我不行了，不行了，不能喝了。周子汉把杜大胜的杯子拿过来，倒进了自己杯子里一些，又放到了杜大胜面前。杜大胜说，不过，你今天是该多喝一点，高兴呀！你真的该高兴呀，不但有了一匹大马。你呀，还有另一个高兴的事。刚才的那凤莲怎么样，好不好？周子汉竖了一下大拇指。杜大胜说，好，你说好。行，有眼力呀！怎么样，让他当你的媳妇怎么样？周子汉不解地看着杜大胜。杜大胜说，今天让你来，其实就是想给你介绍个媳妇。一个人不行，你这么大年纪了。得有个女人在身边照顾你。这个凤莲呀，丈夫前几年在工地干活时，出意外死了，留下了两个孩子，也需要有个男人帮衬一下。杜大胜正说着，虎妮进来了，一脸的高兴。虎妮说，太好了，凤莲愿意了。杜大胜说，你听，人家凤莲都同意了，你有福气呀！这个凤莲，长得可不赖呀，好呀，太好了。我真的为你高兴呀！你怎么回事，怎么脸上连点表情都没有？周子汉朝着杜大胜和虎妮摇摇头。虎妮说，大胜，你看，他说不行，他不愿意。杜大胜说，你是不是没听清楚？这个凤莲，愿意嫁给你，当你老婆，以后，你就可以住在她家里，天天搂着她睡觉。周子汉听清楚了，可是他还是很坚决地摇着头。杜大胜说，他不愿意？虎妮说，你不是说，只要凤莲愿意，他肯定愿意吗？杜大胜说，我也没有想到呀！虎妮说，我看呀，这个男人呀，不但嘴巴有毛病，连脑子都有毛病。

周子汉骑着马,回河边的野草滩。他望着夜空,不由得自言自语起来。给别人不能说话,给自己不能不说,要不真的就是哑巴了。周子汉说,赵明义写信了,给我写信了。他跑出去了,跑到了另一个地方,在那里活了下来,还活得不错。他有胆量,还很聪明,能干大事。好好干吧,不过,希望他能记住我的话,千万别干对不起祖国的事。祖国是我们的母亲,我们都是孝子,要永远做一个孝子。赵明义,别挂念我,我现在也不错,自由自在,没有人管我。不过,在别人面前,在许多时候,我不能说话,我成了哑巴。这是对的,一个死人是不能说话的。我这样说,你听到了吧? 都说,好兄弟,不管离多远,说话是可以听到的。我不能给你写信,也没法写。我只能这样说给你听。对了,还要告诉你,叶可楠另嫁人了,嫁给了郑其山,还有孩子。我看到他们了,生活得很幸福。不过,叶可楠虽然嫁给了别人,可她还在我心里,别的女人走不进来。没有办法,我只能一个人过。赵明义,你不知道,现在我是多么想你呀,什么时候我们能见面呢,能一起喝酒聊天,一起做我们想做的事情啊! 你说,我们能见面吗,什么时候能见面呀?

第十七章　好多大事都发生在秋天

一间小房子里，昏暗的油灯下，欧阳芳正在一个大本子上写着什么，边写边嘴上边念叨。那一年，我们一块打鬼子。一开始，我们并不在一个部队，也互相不认识，我在八路军部队，他在国民党部队，可这并不影响我们打鬼子。当时，我们谁都没有想到，有一天我会成战友，并在漫长的人生道路上，相互都影响到了对方的命运……写了一会，欧阳芳不写了，点起一根烟抽了起来。她走到小窗子前，打开了窗子，有青蛙的叫声传进来，她抬起头，看着星星稀疏的夜空。两天后，叶可楠来了，走进了这间小破土房子。叶可楠说，想到你住的条件会很差，没有想到会这么差。欧阳芳说，古今中外，没有一部伟大的作品是在豪华别墅里写出来的。叶可楠说，什么时候能写出来，真想早日看到。欧阳芳说，想看到这部作品可不容易，我是写给下一代人的。叶可楠说，为什么？欧阳芳说，我想让下一代人知道，我们这一代人是怎么生活的？叶可楠说，这么说，你是写给青青她们看的。欧阳芳说，倒不是不想让你看，这个年头，就是写出来了，也不可能出版的。叶可楠说，可实在没有什么可读，那几本老书也让红卫兵抄家时，全给烧了。欧阳芳说，不可能一直这样的。说吧，有什么事？叶可楠说，没什么事？欧阳芳说，不可能，没有什么事，你不会跑到我这里来的。叶可楠说，欧阳芳，有一件事，憋在我心里，好多年了，憋得我实在难受，再不找个人给说说，我真的会被憋死的。欧阳芳说，那你就找对人了，这一定是个秘密。叶可楠说，是的。欧阳芳说，到目前为止，有几个人知道？叶可楠说，不算你，二个。欧阳芳说，谁？叶可楠说，郑其山和我。欧阳芳说，想好了再说，给我说了，这秘密就有三个人知道了。叶可楠说，就算你知道了，我想你也会坚守这个秘密的。欧阳芳说，我不会再给别人说，但我可能会写到我的小说中。叶可楠说，小说是虚构的，就算你写进去了，别人也不会相信。欧阳芳说，好吧，我现在一句话都不说，听你说你的这个秘密。

秘密很漫长，可要说起来，并不一定很漫长。两个小时后，在这个小土屋子，秘密不再是秘密。叶可楠说，就是这样，到今天，我们已经做了17年的夫妻了。欧阳芳说，17年里，你们住在同一个屋子里，有时还睡在了一张床上，可你们从来没有做夫妻的事？叶可楠说，是的。欧阳芳说，就是为了那个承诺，那个约定？叶可楠说，我们不是没有想过，我们曾试过，想往前走一步，可是这一步，怎么都跨不出去。欧阳芳说，你们也试过离婚？叶可楠说，刚一说到这个事，青青就不愿意了。欧阳芳说，是的，你们离婚，青青就会完了，不知会发生什么？叶可楠说，可这就这么下去，不是个办法。欧阳芳说，这是一件没有人会相信的事。叶可楠说，我就是难受在这。欧阳芳说，郑其山似乎应该更难受。叶可楠说，可他反而在开导我。欧阳芳说，这么做，有道义和良心支持他，他可以坚持下去。可你呢？叶可楠说，我就成了卑鄙的坏女人了。欧阳芳说，可你偏偏不是那样的女人，你也很善良。叶可楠说，所以，我觉得我快崩溃了，快活不下去了。欧阳芳说，秘密我知道了，我却帮不了你。叶可楠说，不，欧阳芳，你可以帮我。欧阳芳说，你真是可笑，这是你们家的事，我一个外人怎么可以帮你？叶可楠说，你不是外人，你始终都是当事人。当初要不是周子汉出了事，我有了孩子，你和郑其山就结婚了，就成了一家人了。我知道，他心里其实是爱你的。你也是爱他的。我希望你能继续和郑其山好。欧阳芳说，你想让我和郑其山结婚？叶可楠说，是的。这并不是不可能的，等青青再大一点，把秘密告诉她，她也许就能接受了。我和郑其山就可以把手续办了，你们就可以结婚了。欧阳芳说，叶可楠，你这个主意倒是不错，对郑其山，说真的，我从来没有反感过。和他结婚，我不是不能接受。叶可楠说，那就太好了，那你们从现在就开始吧，明天我就让郑其山来看你，你们好好谈一谈。欧阳芳说，叶可楠，不是我不想这么做，不是不想帮你，而是我对婚姻有了新的看法。叶可楠说，什么看法？欧阳芳说，一个女人为什么非要结婚？难道不结婚，就不能生活下去吗？就不能生活得更好吗，更有尊严吗，更快乐吗？男人们，多数男人是不能给女人带来的幸福的，相反，他们带来的是灾难。叶可楠说，你怎么会有这样的想法。欧阳芳说，我也不知道。反正，这些年，我不结婚的想法，是越来越坚定了。你知道我拒绝了多少说媒的和追求者吗？叶可楠说，多少个？欧阳芳说，至少不会少于100个。叶可楠说，那你的意思,你是不会帮我了?欧阳芳说,作为你的朋友,青青的干妈,我永远都会帮你的,但是你要帮你的这个忙,至少目前我是做不到的。不过,我还是为你们故事感动,让我知道我的小说往下该怎么写了。叶可楠说,可我怎么办呢,欧阳芳,我求求你,你能不能再考虑一下?欧阳芳说,叶可楠,再坚持一下。不管什么事,都会有变化的,不会总是这种样子。时间很无情,也很多情,很多没法解决的事情,交给时间,时间总是会有办法去解决的。在时间面前,个人的坚持和反抗以及努力往往都是徒劳的。叶可楠说,时间,坚持?叶可楠一脸的失望和无奈。

　　叶可楠决定坚持下去,可郑其山却不坚持了。他说,我们明天就去办手续吧!叶可楠说,青青怎么办?郑其山说,先不要告诉她。叶可楠说,为什么非要这样?郑其山说,青青大了,不需要我照顾了,我该离开了。还有,我说过的话,应该算数。叶可楠说,离开我们,你去哪儿?郑其山说,单位有集体宿舍。叶可楠说,什么,你要一个人过?郑其山说,我一直是一个人。叶可楠说,不,不能这样,为这个家,为孩子,这些年,你付出了多少,就这么走了,你让我良心怎么安宁?郑其山说,说好的,孩子大了,就分开的。我不能说了不算。叶可楠说,我对青青怎么说?郑其山说,告诉青青,她是大人了,懂事了,不会伤害到她的。叶可楠说,不,你留下来,我们可以再努力一下,我愿意做你的妻子。郑其山说,我们努力了,已经不可能了。叶可楠说,可对不起你呀!郑其山笑了笑,你别这么说,其实这些年,我很幸福,一点儿也不后悔。我得谢谢你,给了我机会,能让我活得无悔。叶可楠说,真的只能这样了吗?郑其山说,只能这样了。叶可楠说,求你一件事,办了手续,还住在家,不是为了我,是为了青青。郑其山想了一下,说,好吧!说了这个话第五天,两个人去办理了离婚手续。没有人知道,晚上吃饭时,还是三个人一块吃饭。吃饭时,仍然是说说笑笑,好像一切都和过去一样。不,还是有些不一样。还是在这间屋子里,郑其山和叶可楠好像更自在更放松了,至少他们的内心,有了这样的感觉。

　　这一年春天,结冰的河化冻了。青青高中毕业时,高考恢复了。青青学习一直好,有一阵子,青青说,读书没有用,学习再好,也是下农村当知青。当时,郑其山就骂了她,说没有知识,是活不好的。要想活得好,有出息,就得读好书。那些日子,郑其山天天盯着青青,青青做作业,他就守在旁边。让青青在学习上,不能有一点放松。那天，拿到通知书，一家人一块吃饭，青青说，要不是爸爸，我考不上。说着，在郑其山脸上亲了一下，说谢谢老爸。那天夜里，看着墙上的照片。郑其山说，老周，你女儿考上大学了，你放心吧，她会有出息的。青青上大学后，住到了大学里。青青走了，郑其山也要走，要去住集体宿舍。叶可楠说，不是夫妻，还是亲人，当我是你姐，就不用急着走。叶可楠比郑其山大一岁，听了这个话，郑其山心里一热，不再说走的话了。叶可楠说，去找个女人，找上了，再搬出去住。郑其山听了，笑了笑，不知说什么。接下来的日子，还是一家人一样，谁回来早了，谁就把饭做了。做好了，饿了，也不着急吃，一定要等到另一个人回来一块吃。家里的活，也是一样，换煤气呀，搬家具呀，拖地呀，大活，力气活，郑其山干。洗个碗呀，洗个衣服被褥呀，还是叶可楠干。到了晚上，没有事了，一块看看电视，说说话。也会说到再找一个人的话。叶可楠老问，怎么样，是不是有目标了？郑其山就说，正在找。郑其山也说，你也可以找呀！叶可楠说，我和你不一样，我用不着找了。说过了话，该睡觉了，就分别进到了不同的房间里，各自想做什么就做什么了。最高兴的时候，还是青青放假了，回到了家里。那些天，三个人在一起，像是过节。有一次，青青说了一句话，把两个人吓了一跳。青青说，爸，妈，我的同学，都有哥哥姐姐弟弟妹妹，我怎么没有？我也想有一个妹妹或者是弟弟，你们就再生一个吧！叶可楠说，你不懂，我们是遵守国家计划生育的模范。青青说，我看，是不是你们婚姻有什么问题呀，上大学后，老想起你们，不知为什么，越想越觉得你们好像有什么秘密没有给我说。一听青青这么说，郑其山说，青青，你好好读书，别瞎想。你看，我和你妈多好。青青说，多好，上次怎么还要离婚。叶可楠说，那是说着玩的，不是真的。青青上学走了。两个大人都说，青青也是大人了，得告诉她了。商定下来，下次青青放假回来，就把真相告诉她。

这一年的一天，一架飞机落到了边城。一群海外的富人走出了机舱。是的，在这群富人中，有一个男人叫赵明义。机场出口，扯了一条横幅，上面写着热烈欢迎世界华人投资考察团一行字。吴文乔带着一群官员迎接，与走出来的考察团成员挨个握手，旁边有一群记者在拍照。其中一个记者就是欧阳芳，冰河解冻了，她也解放了。酒会上，吴文乔说，尊贵的先生们，让我代表市委市政府首先对各位的到来，表示最衷心的热烈欢迎。大家知道，我们过去走了一段弯路。

有些闭关自守，耽误了经济发展的机会。现在，我们再不那样做了。我们要改革，要开放。你们身在海外，可你们是炎黄子孙，一定满怀报效祖国的理想。今天你们的理想，可以实现了。这里是一块宝地，你们的投资，一定会得到丰厚的回报。响起掌声。只有坐在席间的赵明义似乎陷入到了某种思绪中。酒会开始，吴文乔挨个敬酒。敬到了赵明义跟前时，随行介绍，这位就是美国大华财团赵董事长。吴文乔说，欢迎，欢迎。赵明义说，吴市长，能否抽点时间，我想单独和你谈谈。吴文乔说，当然可以，当然可以。吴文乔说，赵董事长，我知道，你们这个财团是这次来的财团中实力最强的一个，理应对你们特殊对待。你要有什么想法，有什么要求，你就提出来，我会尽最大努力满足你们的要求的。赵明义说，吴市长，我想单独和你谈的不是投资方面的事。当然也不是一点关系没有，我想在谈投资以前，和你谈谈另一件事。吴文乔说，另一件事？赵明义说，吴市长，你看到我以后，有没有觉得我有点面熟。吴文乔仔细看了看赵明义说，你这一说，我再一看，倒真是有点面熟了。你很像我认识的一个人，不过，想不起来了。赵明义说，看来，要想让吴市长想起我来，是很难了。不过，也不怪你。过去那么多年了，像我这么一个人，你是不可能记住的。但是我如果说出我是谁时，你一定会记起我的。吴文乔说，你是……赵明义说，我叫什么，你可能已经知道了。你一定认真看过那个考察团的名单。吴文乔说，是的，你叫赵明义。赵明义说，我知道，你知道我叫赵明义，可是一定没有想到这个赵明义，是你曾经知道的那个赵明义。吴文乔说，你不是那个……赵明义说，差一点被枪毙，后来又被送进了劳改队。吴文乔说，你是赵明义？赵明义说，是的，我就是那个你认识的赵明义。吴文乔上前一把握住了赵明义的手说，真是你呀，这简直就像做梦呀！没有想到呀，确实是没有想到啊！太好了，太让人高兴了。这叫什么，叫缘份，叫前世有缘。我们的重逢，太有意义了，可以说是有历史意义。赵明义说，我想问你，我当时是逃跑出去的，现在会不会因为这个事再把我抓起来？吴文乔说，这怎么可能呢！赵董事长，变了，一切都变了。过去的很多事，现在看来，我们都做错了，包括在你的事情上。错了不要紧，改了就好了。我们这个党，就这一点了不起，有了错误，勇敢面对，实事求是，坚决纠正。所以，你不要有任何顾虑，过去的一切全一笔勾销了。你现在就是我们尊敬的客人，而且希望你还能过去一样，继续对我们的工作和事业给予支持。赵明义说，这么说，我没事了。吴文乔说，我以我的人格保证，你很安全，一点事都不会再有。赵明义说，那好，很高兴听到你这么说。我想再问你一个事。吴文乔说，都是老朋友了，就不用客气了。赵明义说，请安排我和周子汉见面。吴文乔说，对不起，这个要求，我不能满足你。赵明义说，不见到周子汉，我不会和你们谈投资。吴文乔说，不是我不想让你和周子汉见面，是你没有办法再见到周子汉了。赵明义说，为什么？吴文乔说，周子汉死了。赵明义说，你说什么？吴文乔说，周子汉死了。赵明义上去抓住了吴文乔的衣领说，胡说，周子汉怎么会死了？吴文乔说，你逃走后，他就被抓了起来。在押送的途中，车子翻下了悬崖，坠落到了雪水河里。赵明义说，这不可能，不可能。吴文乔说，对于他的死，我也很难过，他一直是个对革命很忠诚的同志。最近，我已经安排有关部门对他的问题进行了平反，也是为了让他的在天之灵得到了安宁。赵明义一下子坐到了沙发里，悲痛难忍地点起了一支烟。吴文乔说，不过，我可以安排你和叶可楠见面，他曾经是周子汉的妻子。赵明义说，她怎么样了？吴文乔说，她又和郑其山结婚了。赵明义说，什么，她和郑其山结婚了？吴文乔说，就在周子汉死后一个月，当时我还劝过他们，可他们不听。赵明义摆摆手说，别说了，我不想听这些。周子汉埋在什么地方？吴文乔说，没有墓地。赵明义说，怎么会没有墓地？吴文乔说，当时掉进了河里，没有找到尸体。赵明义说，没有找到尸体，凭什么说他死了？吴文乔说，那是条雪水河，掉进去的人，没有一个能活的。赵明义说，一个人，只要没有看到他尸体，你就不能说他死，顶多只能算是失踪。吴文乔说，你有什么打算？赵明义说，找到他，找到周子汉。吴文乔说，如果他真的已经死了呢？赵明义说，那也要找到尸体。尸体不在了，也要找到他的骨头，骨头不在了，也要找到他的骨灰。我要给他修一座墓，立一座碑。吴文乔说，需要我们做什么，请你尽管吩咐，我会全力协助你的。

　　酒店的大厅里，正在吃快餐的欧阳芳，边吃边看相关的一些资料，正在看"世界华人投资考察团名单"。一个个名字看下来，看到了赵明义的名字，欧阳芳的目光停了下来。过了一会，她站了起来，朝服务台走去，拿起了电话。此时，在一个豪华套间里，赵明义坐在沙发上，抽着烟，看着当年他和周子汉的合影。电话声响。赵明义说，喂，什么事？服务生说，先生，有一位记者想见你。赵明义说，行，让她来吧！过了一会，响起了敲门声。赵明义说，进来。门开了，欧阳芳走了进来。欧阳芳说，我是《边城日报》记者。赵明义说，有什么事吗？欧阳芳说，我想问你几个问题？赵明义说，问吧？欧阳芳说，你是不是曾在这个地方工作生活过? 赵明义说,是的。欧阳芳说,你是不是认识一个叫周子汉的人? 赵明义说,你怎么知道他? 欧阳芳说,我是在你进劳改队后认识他的,我们是好朋友,他经常给我说起你。赵明义说,你真是他的好朋友? 欧阳芳说,是的。赵明义说,我没有好朋友,我只有他这一个好兄弟。欧阳芳说,我想,你还会想起叶可楠和郑其山吧? 赵明义说,不要给我说他们,我不想见他们,只想见周子汉。欧阳芳说,可周子汉死了。赵明义说,不,他没有死,没有死,他不会死的。日本鬼子的子弹,把他打成那个样子了,他都没有死,一条河会让他死,不可能。再说了,到现在连他的尸骨都没有找到,凭什么说他死了。欧阳芳说,那你……赵明义说,我要去找他,吴市长已经答应我了,全力配合我去找寻周子汉。欧阳芳说,什么时候出发? 赵明义说,明天做一下准备,后天一大早就出发。欧阳芳说,赵先生,不知道能不能让我和你一块去? 赵明义说,你想去? 欧阳芳说,当然,周子汉一直是我崇敬的人。再说了,我当时拍了好多他的照片,我是可以帮上忙的。还有,听周子汉说了你那么多事,也想能有机会和你当面聊聊。那一年,我去开荒队,你在劳改队,我见过你,你赶着牛车,去河边拉水。赵明义说,好吧,我们一块去找老周。欧阳芳说,我还想把你找寻周子汉的事,写在了报纸上。我们的报纸,是份党报,每一个基层单位都有。这样的话,会对寻找周子汉下落有很大帮助的。赵明义说,这个主意不错。

在胡小兰家,胡小兰正给吴文乔洗脚。吴文乔说,你猜,我今天见到谁了? 胡小兰说,见到谁了? 吴文乔说,你做梦都不会想到,我见到赵明义了。胡小兰说,就是那个反革命国民党特务? 吴文乔说,再别这样说了,人家现在可牛了,成了大老板了。从美国回来了,一下飞机,在北京,就被中央领导请去吃饭了。胡小兰说,那他的事……吴文乔说,你这个人,老是跟不上时代的步伐,现在是改革开放了。什么都要向前看,向钱看。现在,谁有钱,谁就是老大。就得捧着谁,哄着谁。真是三十年河东,三十年河西呀! 谁能想到,当年的反革命特务,摇身一变,成了爱国华侨了,成了座上宾了,还有那些红得发紫的人,成了阶下囚了。就说"四人帮",当时多牛,谁能想到有一天会被押上历史的审判台。胡小兰说,那一阵子,说真的,我也挺为你担心的。吴文乔说,为我担心什么,我和他们是不一样的,根本上不一样的。我这个人,有一点好。不管啥时候,跟党走。还有,有了错误,敢于认错,党还是喜欢我这样的同志的。这些年,不是我转向快,怕是早就和那些抱残守旧的老顽固们一块完蛋了。识时务者为俊杰啊,老祖先的话,不能忘啊! 胡小兰说,不过,你这样活,也挺累的。吴文乔说,你才知道我累呀,从参加革命那天起,我就没有轻松过。不过,为革命工作,再苦再累,也不会在乎的。胡小兰说,别把自己弄得太累了,身体是本钱,别把身体搞垮了。吴文乔伸手摸了摸了胡小兰的头说,你也不容易啊! 抽时间去一趟福利院,我给他们打个电话,去抱一个回来吧! 胡小兰有些激动说,好的,我明天就去。吴文乔说,抱个女孩。胡小兰说,我想抱个男孩。吴文乔说,抱个女的,女的好,听话,好养,长大了,还知道心疼人。胡小兰说,那好吧!

　　还是那间房子,黑白电视换成了彩色的,收音机换成了收录机。收录机里,一盘盒带缓缓转动着,从喇叭里传出了邓丽君的歌。青青趴在收录机跟前,边听边跟着唱,郑其山正在厨房里做饭。叶可楠在洗衣服,看青青那个入迷的样子,忍不住说,青青,你听这是什么歌呀,哼哼唧唧的,哪是唱歌呀! 青青说,妈,你不懂,这是流行歌曲。爸,你说,是不是很好听啊! 郑其山说,好听,我和青青一样,听着就是好听。叶可楠说,你们爷俩不管什么事,都是一个鼻孔出气,别只顾听歌,耽误学习了。郑其山说,青青,这我可支持你妈,上了大学,可不能放松要求呀! 你以后,还要考研究生,考博士呢! 青青说,考考考,小心别把我考糊了。郑其山说,我们青青这么聪明,才考不糊呢! 响起敲门声。叶可楠说,青青,开门去。青青去开门,进来的是欧阳芳。青青说,干妈来了。欧阳芳说,青青真是越长越漂亮了。叶可楠说,你这个大忙人,终于有空来看看你女儿了。欧阳芳说,记者这个活,没有上下班时间,忙起来,前后脚沾不了地。郑其山往桌子上端饭菜说,快,来得正好,一块吃饭。欧阳芳说,做得够不够呀。郑其山说,够,足够。现在不同了,什么东西都有,随便一做,就是一大桌子,几个人坐到了桌子跟前。欧阳芳说,还有红烧排骨啊,真是不敢想,才几年,就变成了这样。郑其山说,可不,什么时候想吃肉,就有肉吃。并且,可以放开吃,想吃多少就有多少。青青说,我可不想吃了,都吃腻了。叶可楠说,看看,这么快就忘本了,这人就得吃苦。郑其山说,青青,不想吃肉,就多吃青菜。你爱吃茄子,爸特意给你做了一个。叶可楠说,多大了,还惯着。欧阳芳说,父母眼里,孩子不管多大了,都是孩子。郑其山说,欧阳芳,你这大记者,又有什么新闻呀! 欧阳芳说,这年头,几乎天天都新闻。等吃过饭,我给你们说。青青说,我吃好了。郑其山说,就吃这么一点啊,再吃一点。青青说,吃饱了,还让人家吃呀,想把人家吃成一个大胖子呀!叶可楠说,这孩子,好歹不知。青青提起收录机往里间走,回过头说,干妈,你慢慢吃呀!我先进去听邓丽君的歌了。欧阳芳说,你们以为我来只是蹭顿饭呀,我是有重要的事情要告诉你们。叶可楠说,什么重要的事?郑其山说,你快说。欧阳芳说,赵明义回来了。郑其山和叶可楠同时说,什么,赵明义回来了?叶可楠说,他现在那呢?欧阳芳说,在宾馆。叶可楠说,为什么不让他来家里?郑其山说,他在哪个宾馆?欧阳芳说,环球。郑其山说,我去接他来。欧阳芳说,算了,你们不要去了,我说了让他来,他不来。郑其山和叶可楠说,为什么?欧阳芳说,他说,他要见周子汉。郑其山和叶可楠说,可周子汉死了呀!欧阳芳说,可他说,他没有死,他不会死的,他一定要找他到。我打算和他一块去找周子汉。青青突然从里间走了出来。青青说,你们刚才说的赵明义,周子汉是谁呀,我怎么不知道?三个人全瞪大了眼睛看着青青。

戈壁滩上,三辆越野车在行驶。赵明义和欧阳芳坐在一辆车里。欧阳芳说,我写的报道,报纸已经登了,欧阳芳给赵明义递过去一张当天的报纸。赵明义看到了标题,周子汉,你在哪里?赵明义说,这个标题好。欧阳芳说,我一口气写了出来。赵明义说,看来,记者的作用,永远不可忽略。随着车子往前行进,一望无际的戈壁在眼前展开。欧阳芳说,对这个地方你并不陌生吧?赵明义说,我在这里打过好多次仗,和民族分裂分子打过,和土匪们打过,还和叛乱的军人打过。欧阳芳说,你和周子汉算是兄弟还是战友?赵明义说,又是兄弟又是战友。欧阳芳说,这么多年,你在海外,是不是一直都在想他?赵明义说,美国有一个地方,地貌和这里很像。我每次走过那里,都会停下来,在那里回想我曾经历过的事。欧阳芳说,当时,你最强烈的愿望是什么?赵明义说,我一定要再回到我流过汗流过血的那片土地上,去和我的兄弟重逢。欧阳芳说,这么说,你这次回来,真正想做的事,并不是投资考察?赵明义说,和钱没有关系。

叶可楠和郑其山两个人相对,坐在沙发上,好一阵子,都没有说话了。叶可楠说,赵明义回来了?郑其山说,他不见我们。叶可楠说,他一定是知道我们结婚了。郑其山说,是啊,他不能接受。叶可楠说,你说他能找到老周吗?郑其山说,但愿能找到?叶可楠说,老周可能还活着吗?郑其山说,按说,是不可能的。

叶可楠说，要是活着，不可能这么多年，他不露面。郑其山说，那个时候，就算他想露面，他敢吗？叶可楠说，那么你认为他可能活着？郑其山说，不管活着不活着，还会发生什么，不能再等了。叶可楠说，你说什么不能再等了。郑其山说，把真相告诉青青。

开荒队的队部里，杜大胜再看一张报纸。看到了欧阳芳写的文章，周子汉，你在哪里？杜大胜念出了声，又一个冤假错案得到纠正，有关部门已经正式作出决定，认为 1965 年给予曾任市城建局书记、西屯农场开荒七队队周子汉问题的定性是错误的。同时，认为周子汉同志是一位经得起考验的革命战士。这个时候，说这种话，还有个屁用呀，人都在不在了。当年，同时受到冤枉的还有他的战友赵明义，赵明义曾在周子汉帮助下，到了海外。现在，他又是回到了祖国，除了要用实际行动报答母亲外，他还有一个心愿，就是要找到救命恩人周子汉。但是，周子汉在十几年前连同吉普车一起掉进雪水河里后，至今没有任何音讯。周子汉，你如果还活着，请你告诉我们，你在哪里？你的兄弟你的亲人你的朋友，都盼望着见到你。我们也在盼望，广大群众如果知道周子汉下落的，请马上与当地政府和报社联系。

不可能，不可能，不可能再找到他了，怕是连骨头都找不到了。这么多年了，就是骨头也变成灰了。这是哪个记者写的，欧阳芳。欧阳芳，好多年前，她来过这里的。她怎么也这么笨呀，写出这么不着调的文章呀！门口出现了一个人影，杜大胜转头看到了周子汉，他把报纸推到了一边。杜大胜说，又送鱼和兔子来了？周子汉点了点头。杜大胜跟着周子汉走出了队部。周子汉从马背上取下了一个袋子，交给了杜大胜。杜大胜打开袋口看了一眼，扔在了地上。杜大胜说，怎么回事？只有两条鱼一个兔子呀！周子汉朝他摊了摊手，好像在说我也没办法。杜大胜说，已经连着好几月了，你都没有完成任务了，而且是越来越少了。你知道吗，我给了一匹马，还每个月给你 30 块钱。你是没理由不完成任务的。周子汉有些不好意思，笑了一下。杜大胜说，如果不是看你是个哑巴，可怜你，我是不会这么照顾你的。再给你一次机会，这个月再完不成任务，马和钱就再没有了。说真的，现在我们开荒队已经不那么缺肉吃了。周子汉连着朝杜大胜点头。杜大胜说，好了，去把鱼和兔子交给食堂。我已经给食堂说好了，让他们给你一袋子玉米面。周子汉又点头，表示感谢。杜大胜转身走进了队部。周子汉低声自语说,不是我不想完成任务,是鱼和兔子越来越少了,打不到那么多了。杜大胜从队部探出头。杜大胜说,谁在说话,我怎么听到有人在说话?周子汉朝杜大胜摇摇头。杜大胜说,真是怪了。周子汉骑着马离开了。

山路上,行进的车队在一个拐弯处停了下来。人们从车子里走出来,几个人围到了赵明义身边。一个警察模样的人说,当时,车子就是从这翻下去的。赵明义说,车子里就他一个人?警察说,别的人跳了出来。赵明义说,当时,他被捆住没有?警察说,没有。赵明义说,后来,你们去下游找过吗?警察说,找过,找到了车子,已经成了一堆废铁了。没有看到人。赵明义说,衣服,或者别的什么,也没有看到?警察说,什么都没有看到。

在接下来的几天里,赵明义一行,沿着雪水河行进,只要见到了人,不管是什么人,都会停下来,拿出三个人的合影,给他们看。他们都看了,只是看过了以后,全是摇摇头,说没有见过这个人。欧阳芳说,我记了一下,已经问过 783 个人了。赵明义说,你是不是没有信心了?欧阳芳,有一点。赵明义说,我倒是和你正相反,问了这么多人,都说没见过活着的周子汉,可也都说没有见到死了的周子汉。不知道的人越多,说明周子汉活着的可能性就越大。欧阳芳说,你为什么会这么说?赵明义说,我注意到这条河,河水很急,不管什么东西都不会在水中停留很长时间,都会被风浪吹到岸边的,死人也一样。在一条河里发现一个死人,这是很大的事,附近会有许多人都知道的,可他们从来没有听说过个这个事,那么只能说明周子汉可能没有死在这条河里。欧阳芳说,你的话听起来,好像很有道理。赵明义说,不是好像,而确实是这样,我们一定要继续问下去,也许我们离真相已经很近了。欧阳芳说,赵明义先生,如果你不太累的话,你能不能给我说说你和周子汉早先的故事?赵明义说,当然可以,许多事,时间过得越久,反而会记得越清楚。

叶可楠和郑其山坐在沙发上。叶可楠大声说,青青,把收录机关了,出来,我们给你说个事。一会儿,里边的收录机不响了。青青走了出来。青青说,爸,妈,你们怎么了,这么严肃。叶可楠说,青青,我们想给你说个严肃的事。青青说,妈,你不要吓我,什么事,需要这么严肃?爸爸,你怎么不说话?郑其山说,青青，这个事，真的很严肃，你要认真听。青青说，是不是要给我说你们离婚的事？要是离婚的事，我想你们还是趁早不要说了，我虽然大了，有了不小的变化，但是在这个问题上，我是一点变化都没有的。叶可楠说，我们不说离婚的事，可这个事，对你来说，很重要。青青说，说吧，我已经等不及了，会有什么重要的事，我到现在还不知道呢！叶可楠拿出了一张他们和周子汉赵明义的合影。叶可楠说，上次你不是问我们，赵明义和周子汉是谁吗？青青说，我只是随口一问，这个事我早就忘记了。叶可楠说，可我们很想告诉你。青青说，可我并不太想知道，他们和我有什么关系，我连见都没有见过他们。郑其山说，青青，有些人虽然你没有见过，可并不等于和你没有关系，不等于不重要。青青说，有多重要，我就不信，能重要过你和我妈！郑其山说，至少他们中有一个人对你来说，是重要过我的。青青说，不可能。郑其山说，你看，坐在中间的那个，和你妈坐在一起的那个人，他叫周子汉。青青说，叫周子汉又怎么样？郑其山说，不是因为他叫周子汉怎么样，而是因为他是你的亲生父亲，所以他的名字对你来说，就不单单是个名字了。青青说，你说什么？郑其山说，这个叫周子汉的，是你真正的父亲。青青说，妈，你看我爸，他是不是发高烧了，尽在那里胡说。叶可楠说，青青，你爸爸没有胡说，他就是你的亲生父亲。郑其山说，这是个很长的故事，你要听我们慢慢说。青青呆住了。

　　车队走到了一个小镇，车子停下来。一个小商店门口，赵明义和欧阳芳拿着周子汉的照片问开店的人说，照片上的人，见过吗？开店的人看了看说，没有。赵明义走到一边去吸烟。还没有找到周子汉，他真的有点着急了。欧阳芳说，好好想想，这些年，来买过你东西的人。开店的人说，真的没有。水芹骑着马走过来，到了小店门口，从马上下来。水芹说，有砖茶和方块糖吗？开店的人说，有，这些东西现在不缺了，要多少有多少。水芹说，放牧的人，一天也离不开这些东西。欧阳芳说，这位大嫂，你从那里来呀！水芹说，从山里。欧阳芳说，这张照片上的人，你看看，见过没有？水芹拿过照片，看了一会说，这个人有点面熟，好像见过。欧阳芳说，真的吗，你好好想想，在什么地方见过？水芹说，他，他是不是姓周？欧阳芳说，是啊，他是姓周。水芹说，那他就是叫周子汉了，欧阳芳说，赵先生，快过来，这位大嫂见过周子汉。赵明义激动地把手中的烟给扔了说，什么，周子汉找到了？赵明义跑了过来，握住了水芹的手。赵明义说，大嫂，快，给我们说,你是怎么见到他的？水芹说,有 20 年了吧,我在河边放羊,看到一个人趴在河边上,就把他救回了家。当时,他全身是伤,一直昏迷了一个月才活过来。赵明义说,后来呢？水芹说,他和我们一块生活了有五年吧！他就走了。这一走,他再也没有回来,我们也再没有见过他。赵明义说,他说他去干什么去了吗？水芹说,他说了,去找他老婆去了。赵明义说,太好了,太好了,至少他没有死在雪水河里。只要没有死在雪水里河里,他肯定还会活着。周子汉活着,周子汉你在哪里呀？我来了,你的兄弟来了,我们说过要见面的,我们一定要见面的。赵明义举着双臂喊了起来。接下来,他把小商店的进来的茶糖全买了下,送给了水芹。他说,这些东西,一点心意,感谢你救了我兄弟。等找到他,我们还会一块来看你的。你放心吧,我们不会再让你过穷日子了。水芹说,不用谢,不用谢,遇上了,是缘份。不过,你们找他,拿这个照片可不行,他离开时,留了一脸的大胡子,和照片上的人,完全是两个人。大胡子？欧阳芳叫起来,她马上想到了叶可楠和郑其山给她说过的事。

周子汉又带着猎物,往开荒队走,他得完任务,不完成任务,被杜大胜骂不说,还会断了他的生活来源。快走到开荒队时,看到一个女人背了一大捆柴禾往家走。周子汉停了下来。女人也抬起头,周子汉一看是凤莲。周子汉拍了拍马背,让凤莲把柴禾放到马上背上去,帮他把柴禾驮回家。凤莲笑了,点点头。周子汉帮她一大捆柴禾从她背上拿下来,又放到了马背上。周子汉牵着马,凤莲跟着他一块往开荒地的一片土房子走去。到了凤莲家门口,停下来,周子汉把马背上的柴禾取下来,放到了地上。凤莲打开门说,太谢谢你了,进来喝口水吧！周子汉摆摆手,表示不喝水。凤莲拉着周子汉胳膊把周子汉拉进了房子。凤莲说,这怎么行,帮我干活了,怎么也得喝口水的。周子汉进了凤莲的房子。凤莲却没有给周子汉端水喝,而是一下子把周子汉抱住了。周子汉一下子被搞得不知发生了什么事情？凤连说,你为什么不愿意娶我,我难道就这么讨人嫌吗？周子汉想把凤莲推开,可凤莲把周子汉抱得更紧了。凤莲说,来吧,来吧,你是不知道我有多好,你知道我有多好了,你就会娶我了,我知道你也是很想我的。凤莲去解周子汉的衣服扣子,周子汉一使劲,把凤莲推倒在地,碰翻了桌子,发出很大的声响。这时,响起了敲门声,有人喊,凤莲,你怎么了,出什么事了？凤莲哇地一声哭了起来。起身冲到门口把门打开了,对两个民兵说说,这个死哑巴,要占我的便宜,我不愿意,他就要强迫我。这个不要脸的哑巴,可让我怎么活呀?民兵上前抓住了周子汉胳膊说,你这个臭流氓,走,跟我们去队部。

　　队部里,凤莲在一边抽泣。杜大胜举起手,朝着周子汉的头使劲打了几下。杜大胜说,你说,你这个哑巴,我们对你多好,你竟然干出这样的事情。周子汉一个劲朝杜大胜摆手。杜大胜说,还不承认。我最讨厌的,就是干了坏事死不认账的人。说着,杜大胜还是不停地打周子汉的头,周子汉抱着头不想让杜大胜打。杜大胜说,让你明媒正娶,你不干,非要干这种偷鸡摸狗的事,真不知道你是怎么想的?民兵说,要不把他送到公安局?杜大胜说,凤莲,干成了没有?凤莲说,差一点。民兵说,这叫未遂?一样会判刑的。杜大胜说,算了,就别判刑了,一个哑巴,判也不好判。要不,就这样吧!放到菜窖里,关他一个星期,让他好好反省反省。民兵说,好。走,死哑巴。周子汉被两个民兵拉着往外走。周子汉回头看杜大胜,好象希望杜大胜能收回他的命令。杜大胜说,看什么看呀,我这是帮你,是不想让你进劳改队。周子汉被拉了出去,凤莲还在抽泣。杜大胜说,哭什么哭,又没有把你怎么样。凤莲说,我太丢人了。杜大胜说,哑巴喜欢你,你应该高兴。凤莲不再抽泣了。

　　一个民兵把菜窖口掀了起来。另一个民兵说,下去,自己跳下去。周子汉有些迟疑,他真的不想跳下去。可是,两个民兵等不及了,他们把他硬推下了菜窖,把菜窖口又重新盖上了。

　　不等郑其山把话说完,青青大叫起来,不可能,决不可能,你是在骗我,我不要听,我不听。说着,转身跑进了自己的房子里,里边传出了青青的哭声。郑其山走到门口,隔着门继续说着,青青,你想想,我怎么样会骗你,有你这样一个亲生女儿,是我多大福气啊,我怎么会随便让一个相片上的男人,来做你的父亲呢?我想,你一定也不愿意,我们把一个和你生命相关的事实,永远隐藏起来吧?听了郑其山的话,又过了一会,青青走了出来。没有哭声,但仍然一脸泪水。她走到叶可楠前面,妈妈,你说,爸爸说的是不是真的?叶可楠没有马上说什么,她转过身,从抽屉里拿出了一张照片和一个子弹壳。叶可楠说,青青,这张照片,是我和你亲生父亲去领结婚证时照的,还有这个弹壳,是你亲生父亲在战争年代送给我的。

你看,上面刻了我和他的名字。青青不说话了,拿过照片和子弹壳,一直看着。好像这样一直看,就能看到发生在过去的许多事情似的。看了很久很久,青青慢慢地抬起了头,朝着叶可楠说,妈,他在哪?叶可楠说,不知道。青青说,你和爸,这么多年,都没有做过真夫妻?叶可楠说,一直是假的。青青转过脸,看着郑其山说,你有没有不把我当亲生女儿?郑其山说,没有。青青说,你愿意永远做我的父亲?郑其山说,愿意。青青大叫了一声,爸爸,扑到了郑其山怀里。郑其山说,青青,你放心吧,不管以后会发生什么,你都是我最亲的女儿。青青抬起头,扯过叶可楠的手,又扯过郑其山的手,说了一句两个人都没有想到的话。你们离婚吧!

开荒队的一个菜窖里,盖子没有盖得很严,有一点阳光透进来。里边潮湿阴凉,周子汉很冷,为了让照进来的一点阳光能暖和到全身,他不得不挪动位置,让一点点阳光一会照在身上,一会照在脸上。当阳光照在他脸上时,他闭上了眼睛,似乎为能享受这一点阳光而满足。周子汉心想,看来,以后日子不好过了。大胜他们把我当流氓了,就不会再让我来开荒队了,也不会要我的鱼和野兔了,不会给我补贴了。到时候,我可怎么活啊? 不行,我也学赵明义,跑出去,跑去找赵明义。周子汉打了自己一个耳光说,怎么能这么想,我真是个混蛋。就算是再苦,再难,也不能这么想。国家是母亲,党是父亲,父母亲不管怎么对待孩子,孩子都不能怪父母,都要做个孝子,越是在这个时候,我越要对父母好。不然的话,父母真的会伤心的。一定会有一天,父母会知道,我一直是很孝顺的孩子。两个民兵提了个篮子走过来,把菜窖口打开。民兵说,喂,哑巴。给你送饭来了。从菜窖口往下看,可以看到周子汉仰起的脸。篮子放下去后,周子汉抓起馒头狼吞虎咽地吃着,看得出来,他饿得太厉害了。民兵说,他这是活该,谁让他要流氓呢! 那天,要不是正好让咱俩遇到,他就干成了。另一个民兵说,不过,也可以理解,你看他的身体,还是挺强壮的,老是不让他碰女人,当然会出毛病了。民兵说,再出毛病,也不能要流氓呀! 另一个民兵说,就是,这一次,得把他彻底教育过来。周子汉吃过了,把饭碗递上来。两个民兵要把菜窖口重新盖上,周子汉用手示意,不让他们盖,并向他们表示,让他们放他出去。民兵看着周子汉说,不行,要出来,得大胜队长下命令才行。说着,又把菜窖口盖上了。

就算是知道了周子汉还活着,周子汉是个大胡子,可要找到周子汉,仍然是件不容易的事。连着五天过去了，又走过了大大小小十几个村镇，赵明义和欧阳芳还是没有打听到周子汉的音讯，就这么一个挨一个地找过来，一直找到了开荒队。还没有到开荒队，说到了开荒队。赵明义就是从这跑掉的，欧阳芳也在这里采访过，而周子汉在这里当过队长，也正是这个原因，他们想来这个地方看看，却对在这里找到周子汉不抱希望。因为这里的人，对他都很熟悉，他如果想把自己藏起来，他是怎么也不会跑到这里来的。两个人商量了一下，说路过看一下就行了，不要多耽搁，还是要抓紧时间去别的地方找周子汉。车子开进开荒队时，杜大胜和几个民兵正靠着墙蹲了一排，他们晒着太阳，卷着纸烟，相互开着玩笑，显得很开心。民兵说，队长，那个哑巴，刚才给他送饭时，他想让我们把他放了。杜大胜说，放了？才关了四天怎么能放，至少也得关他六天。再关两天。民兵说，昨天我碰到凤莲，她还问起了哑巴。说他怪可怜的，可以把他放了。杜大胜说，这个臭娘们，知道人家可怜，当时叫什么。她要是不叫，不就什么事都没了吗？民兵说，没准，她还怨我们呢，怨我们出现得不是时候，巴不得我们再晚一会，再晚一会多好啊！众人大笑起来。几辆车从不远处开过来，带起的烟尘飞得很高。民兵说，队长，好像有人来了。一个民兵站起来，说是小车。杜大胜说，上面没有打电话来说有领导来检查工作呀？民兵说，是不是突然检查呀！杜大胜说，不管是不是，开小车来的，都要认真对待。车子一直开到了队部门口停了下来，杜大胜和蹲在墙边的人全站了起来。赵明义和欧阳芳从车子里走出来，走到了杜大胜跟前。杜大胜认出了欧阳芳说，这不是欧阳记者吗？多年没见了，不过，看到你写的文章了。欧阳芳说，你是杜大胜？杜大胜说，对对，我是杜大胜，现在我是队长。欧阳芳说，这位是赵明义先生。杜大胜说，没见过，但知道，就是他把我们周队长害死的。你不是跑到外国去了吗，你回来干什么？赵明义说，我是回来找周子汉的。杜大胜说，周子汉已经死了，到什么地方去找呀！赵明义说，据我们了解的情况，周子汉并没有死，他就在这一带活着。我们到这里来，就是想看看他在不在开荒队。杜大胜大笑起来说，开什么玩笑，周子汉是我们队长，我们都认识他。他要是能来这里，我们不知会有多高兴啊！赵明义说，这么说，他不在这里？杜大胜说，当然不在，肯定不在。赵明义说，那我问你，有没有一个大胡子来过这里？杜大胜说，大胡子？什么意思？赵明义说，他后来留了大胡子，一般人已经认不出他了。杜大胜和几个民兵互相看了看。杜大胜说，我们这倒是有个大胡子，但不可能是周子汉，那是个哑巴。赵明义说，快，让我们见见他。杜大胜说，这……算了，算了，不可能是周队长，你们就别看了吧！欧阳芳说，杜大胜，快一点，你不知道这件事有多重要呀！杜大胜说，我说你们别瞎耽误工夫了。赵明义说，你还是让我们看看吧！杜大胜说，真是没办法，你们非要看，就看吧，真不明白，一个流氓哑巴，有什么好看的。

赵明义一行跟着杜大胜走到了菜窖口。杜大胜说，我说，你们不用的看的，看也是白看。杜大胜把菜窖口掀开，示意两个民兵说，把他拉上来吧！两个民兵弯下腰，把手伸下去，一使劲把周子汉提了上来。他蓬头垢面，衣服破烂，显得很脏。菜窖里很黑，猛一下看到光亮，周子汉有些不适应，他用手挡了一下自己的眼睛。当他的手放下时，他看到一个男人朝他走过来，用手揉了揉眼睛。周子汉和赵明义对视着，他们似乎都有点不敢相信自己的眼睛。周子汉的样子，真的让赵明义不敢相信眼前的这个人就是他。他努力在这个脏如野人的人身上找周子汉的影子，可周子汉一眼就认出了眼前这个男人就是赵明义。极静。赵明义有些迟疑地问，你，你是周……周子汉轻轻地说，我是周子汉。赵明义大喊了一声说，老周。赵明义扑上来抱住了周子汉，两个男人的眼睛同时流出了泪水。两个人都不说话，只是这么抱着，似乎他们害怕一松开，就会永远失去对方似的。欧阳芳也是满含泪水，不过她没忘记用手中的相机不停地拍照着。过了许久，他们一块转过身，赵明义拉着周子汉手向朝车子走去。

车子停在操场上，转过一排房子的拐角，就是操场了。可一转过拐角，所有的人都愣住了，车子四周的空地上，站了一大片人。站在前边的是杜大胜、虎妮和凤莲。杜大胜走过来，走到周子汉跟前。杜大胜说，周队长……杜大胜突然一下子跪在了地上。杜大胜一跪，一片人全跟着跪了下来。杜大胜说，周队长，我们对不起你，是你带着我们开荒种地，才让我们有了这样一个家园，可是我们却让你在这里这么多年，受了那么多罪，吃了那么多苦。更可恶的是，我们还相信了一个臭婆娘的话，把你关进了菜窖，我们真的是对不起你呀！虎妮说，我们不是人，你打我们吧，骂我们吧！凤莲跪着爬到了周子汉跟前说，周队长，我不是个人，是我冤枉了你，我错了，你骂我吧，打我吧！我不是个人，我就是个猪啊，你当初对我们多好呀，可我们对你……周子汉把凤莲扶了起来，又把杜大胜和虎妮拉了起来说，同志们，开荒队的同志们，请你们站起来。如果你们不站起来，我就给你们跪下来了。听到周子汉要给他们跪下来,大家才慢慢地站起来。周子汉说,同志们,你们没有对不起我。这些年,如果不是你们收留了我,让我能有一口饭吃,我想,我很可能就活不到今天了。所以,我要感谢你们。周子汉朝着一大片人鞠了三个躬。杜大胜说,周队长,不要这样说,你这样说,会让我们羞愧得没法活。你当时为什么不告诉我,你是周队长呢! 要是知道你是谁,我们不会让你受一点苦的。周子汉说,我要说了我是谁,可能大家都不会有好日子过了。大胜,你是个好队长,是个好男人,在你带领下,开荒队建设得多好啊,大家生活得多好啊! 你们对我就更好了。真的很好,那一阵子,割资本主义尾巴,你们却让我卖东西,给我马,每个月还给我三十块钱的补贴,还请我去你家吃饭。虎妮,你的饭做得真好吃。还有你,凤莲,那个事不怨你,你当时没有办法,你是很在乎自己名声的。同志们,开荒队的父老乡亲们,你们没有做错什么,真的没有。我不会忘记,他们来抓我时,你们的举动,给我了多大力量啊! 我感谢你们。感谢你们,永远感谢你们。杜大胜说,周队长,你能不能不要走,就在你创业的开荒队住几天吧,让我们表达一下对你的心意。吃的住的,我们都安排好了,我们不会让你再受一点委屈的。周子汉说,开荒队是我的家,我会再来的,我一定会再来的。大家跟着杜大胜好好干吧,你们的日子一定会越过越好的。我谢谢大家了,谢谢大家对我的帮助和关心。周子汉不停地鞠着躬,不停地和杜大胜一群人握着手,和赵明义还有欧阳芳一块走向小车。杜大胜及一群人围着车子,不肯放车子走。他们把手伸进车子里,去和周子汉握手,几乎每个人都眼含泪水。车子慢慢地开出了人群,开出了开荒队。

第十八章　结束往往也是开始

　　还是那条河,还是那些树,那些草,还是那个小木屋,可不一样的是人多了,到处都是人走来走去。周子汉说,人太多了,我不习惯,我想,不要有别人,只有你和我。赵明义说,和我想的一样。说着,一挥手,让车子和人全走了。

　　别的人,让走就走了,欧阳芳没有马上走。她走过来,和周子汉说了几句话,周子汉认出了她。周子汉说,你是老朋友,你要是不想走,可以不走。欧阳芳说,我得走,不过,我走了,是要回来的。周子汉说,想来就来,这个家欢迎你,你给我写的文章,我一直记着。欧阳芳说,我还要写你。周子汉说,不要写,不要写,写了会连累你。欧阳芳说,经历了那个事,就不会再怕什么了。我想,我要回城里去,你是不是有什么话,要让我带的? 周子汉说,没有。欧阳芳说,至少该给叶可楠和郑其山带句话。周子汉说,告诉他们,我知道,他们生活得很幸福,我为他们高兴。欧阳芳说,你以为你什么都知道了,可能事实并不是这样。周子汉说,不管什么事,都过去了,不用再说了。欧阳芳说,你是不是在十几年前,回去过,见过他们? 你不想再见他们吗? 周子汉说,不说这些了,不,不可能,我们不可能再见面了。欧阳芳说,不,你们应该见面。你们一定要见面,一定会见面。说完,欧阳芳转身走了。

　　都走了,人走了,车子走了,一下子变得很安静,周子汉和赵明义两个人坐在干草垛上。赵明义说,只有我们两个人了。周子汉说,没有想到还会有这样的时候。赵明义说,还会有许多想不到的事都出现的。周子汉说,想干点什么? 赵明义说,想洗个澡。周子汉说,走,跟我来。两个人站起来朝河边跑去。到了河边,两个人脱掉了衣服。周子汉说,水很凉的。赵明义说,我们还会怕凉吗? 周子汉说，每过两天，我都会下河洗澡。赵明义说，我一直洗冷水澡。都脱光了衣服，站在河边，喊着一二三，一块跳到了水中，并像孩子一样水中互相打起了水仗。在水里闹够了，两个人上了岸。一上岸，赵明义把周子汉的衣服全部扔到了河里。看着衣服被激流冲走，周子汉叫起来，你这个家伙，怎么把我的衣服扔了，我可是再没有衣服了。赵明义说，走，跟我走。两上男人光着身子朝帐篷跑去。

帐篷里，堆放着从车子里卸下来的好几个大箱子。赵明义说，穿新衣服前，还要做一件事。赵明义打开了箱子，拿出了剪子和剃须刀。赵明义说，来吧，伙计。新生活开始了，我们也要有个新样子啊！周子汉说，你是想把我的胡子剃掉吧！赵明义说，我们还没有到留胡子的时候。周子汉说，我可真是舍不得它们呀，你知道吧，它们帮了我很大的忙，要不然的话，我可能早就被抓进劳改队了。赵明义给周子汉剃着胡须。电动剃须刀很快，一会儿就把赵明义的胡子全剃掉了。赵明义拿出了一条牛仔裤和休闲衬衫，让周子汉穿上了。同时，自己也换上了和周子汉同样的衣服，两个男人转眼就成了美国的西部牛仔。互相看着，赵明义说，太好了，还是那么精神，有股英雄气，像个打不垮的汉子。现在，你的手中，就差一杆枪了。周子汉说，没有枪，可我有刀。走，我们打猎去。

河边，周子汉和赵明义用那根绑了刀子的棍子扎鱼。扎了鱼，又走进了树林子，追杀奔跑的野兔子。天黑下来，河边烧起了一堆火，坐在火边，周子汉和赵明义在烧烤着鱼和野兔子。赵明义说，香。真香。周子汉说，每次到了这个时候，就会想起你。一个人吃什么，都不香的。赵明义，你再也不会一个人吃饭了。周子汉说，说说你的情况。赵明义说，出去后，费尽周折到了美国。那里有很多华人，生存下去并不难，可要出人头地很难。后来，我遇到了一个人。你知道是谁吗？就是那个我们一起从日本鬼子俘虏营里救出来的刘师长。我后来就娶了他的女儿，他开了好几家工厂，就这样，我也发展起来了。周子汉说，这么说你是不是很有钱呀！赵明义说，不能说很有钱。反正是只要是我想的东西，用钱可以买到的，我都能买到。可你是知道的，这世界上有许多东西，是用钱买不到的。比如说，你和我的情义。比如说，良心。心灵的安宁。在这些东西面前，钱就是一堆粪土了。周子汉说，这次来，有什么打算？赵明义说，我带你走。老周，已经安排好了，那里有世界上最好的房子，最好的风景，最新鲜的空气。你什么都不用再操心，我会让你再不受一点苦，一点罪。周子汉说，不，我不会离开的。赵明义说，现在放开了，不是过去那个年代了，没有人会说你是叛国，可以随便走。周子汉说，那个时候我都没有走，现在我就更没有理由走了。你看，这个地方多好啊，想不出来，还会有什么地方会比这更好，这里就是天堂。赵明义说，你要不走，我也不走了，留下来陪你。周子汉说，这就不用了，你能来看我，我已经满足了。我什么地方都不想去了，别的地方太吵太闹。这里多好，你看，多安静啊，空气多新鲜啊！赵明义说，那我把就这个地方买下来，送给你。周子汉说，开什么玩笑，这样一个地方你可以买下来？赵明义说，钱这个东西，有时候是没有用的，可有时候也是很有用的。周子汉说，买下来就不用了，只要能让我在这住下来，没有人来打扰我，让我安安静静地活下去就行了。赵明义说，让你住下来，并且不再为吃和穿担忧，这我可以做到。但是，让你安静地不受打扰地生活，我怕是很难做到。周子汉说，我已经死了，一个人死人，活人是不会有兴趣的。赵明义说，不，你没有死，你还活着，只要你活着，就不能不和别人打交道。就像我们这样的时刻，别说是长久了，就是保持几天，都会很难的。周子汉说，看来，我们这些人，从来是做不了自己的主的。赵明义说，是啊，活着不容易。周子汉说，是不容易。赵明义说，在哪都一样，在美国也一样，只不过，难处不一样。这次回来，还想去看看田老师。这个女人，我一天都没有给过她好日子。只要一想起她，心就会疼。我一定要抽个时间，去给她扫扫墓，烧一炷香。

郑其山和叶可楠坐在沙发上看着电视。叶可楠说，有什么可看的，关掉吧！郑其山把电视关掉了。叶可楠说，欧阳芳也没有消息。郑其山说，已经去了十天了。响起了敲门声，两个人同时站了起来，郑其山说，一定是欧阳芳。叶可楠急忙去开门。站在门口的，果然是欧阳芳。叶可楠说，怎么样，周子汉找到了没有？欧阳芳说，快，给我杯水，我快渴死了。郑其山说，这正好有杯凉开水，快喝了吧！欧阳芳端起了杯子，一口气把杯子里的水全喝掉了。欧阳芳坐到了沙发上，放下了杯子。欧阳芳说，告诉你们吧，找到周子汉了。坐在沙发上的叶可楠和郑其山，一下子站了起来。这时，青青也从里间走了出来。三个人都站着，看着欧阳芳，听欧阳芳说。欧阳芳说，找到他时，他在开荒队的一个菜窖里，整个人像个野人，一脸的大胡子，把整个脸都遮住了，只能看到两只眼睛，已经完全认不出来了。郑其山说，这么说，那年救我的大胡子是他？欧阳芳说，我问他了，他没有否认。可楠，你能不能坐下来，你这么走来走去，让人看着急。叶可楠说，郑其山，马上去找个车。郑其山说，干什么？叶可楠说，去见周子汉呀！郑其山说，行，我去车队看看。欧阳芳说，慢，不用这么着急的。周子汉已经找到了，想见，什么时候都可以见。叶可楠说，不，必须马上见到他。郑其山说，是啊，以前不知道他还活着，现在知道他还活着，怎么能不赶快见到他呢！欧阳芳说，我不是不想让你们见面。现在的情况是，他给我说了，见面就没有必要了，你们好好过日子就行了。让我带话，祝你们幸福。叶可楠说，他真是这么说的？欧阳芳说，我还能编出来。叶可楠说，你没有说，我们……还有青青的事……欧阳芳说，有些话，我没有说，我想有些话，还是你们自己说更合适。叶可楠说，他生气了，生我们的气了。郑其山说，他该生气的，不管是谁，只要是个男人，这样的情况下，都没有理由不生气。叶可楠说，就是你，我早就说把婚离了，要是早把婚离了，老周也不会这么生气的。郑其山说，我要是知道老周还活着，我怎么可能，唉，我见老周怎么说呢，我就是浑身是嘴，也说不清啊！青青说，有什么说不清楚的？是怎么回事，就怎么说。叶可楠说，青青，大人在商量事，你不要乱插嘴，回屋看书去。青青说，妈，这个事，可不光是你们大人的事了，是和我关系很大啊！别忘了，那周子汉可是我的亲爸爸。亲爸爸出现了，我怎么可能躲起来不见呢？这样吧，你们有什么不好说的话，我来替你们说。我去给他说，我要告诉他，爸爸是和妈妈怎么生活过来的，我要告诉他，我是他的亲生女儿。我让他知道，苦难并不是只落到了他一个人身上。我就不信，到时候，他还会只说一句，祝我们幸福，就让一切过去了。你们要是不去，我自己去，我一个人去。三个大人，全瞪大了眼睛看着青青。

河边的草滩上，几辆小车从远处驶过来。帐篷里，周子汉和赵明义正在睡觉，听到了汽车的声响，两个人醒了。周子汉说，真让你说对了，想睡个懒觉都不行。赵明义说，水来了土掩，人来了，只能是人来挡了。周子汉说，谁呀，这么早跑来了？赵明义说，不管是谁，都是冲着你来的。两个人穿好了衣服，走了出去，几辆在他们跟前停了下来。吴文乔从车子里走了出来，离得老远，就把手伸了出来。吴文乔说，听说，找到了老周，我是一夜没睡好，太激动了。一大早，让司机开上车赶来了。不等周子汉把手伸出来，就把周子汉的手抓住了。赵明义说，老吴现在是市长。吴文乔说，老周，你受苦了，我代表组织向表示亲切的慰问,同时向你表示道歉。我们在曾经有过一段失误,让许多好同志受了委屈。对这些同志,我们一定要加倍的补偿。我这次来,一是告诉你,过去对你的所有处理都是错误的;二是通知你,要恢复你以前的所有待遇。如果你没有什么意见了的话,你仍然可以继续担任市城建局的书记,继续与郑其山同志搭档。现在,就可以跟随我们的车回去上任。这是给你的平反决定书。周子汉接过了平反书,手有些颤抖,盯着上面的了,认真地看着,好像不太相信这个事是真的。过了一会说,想着会有这么一天,可是这一天,真来到了,又有点不大相信了。吴文乔说,这里还有你的任命书。周子汉没有去接任命书,他说,这个我就不要了。这么些年,一个人过着野人的生活,连话都不会说了,已经不会当官了,还是让别的同志去干吧!我更合适在这里放放羊,种种地。放羊种地,也一样为革命做贡献。吴文乔说,老周可真是会开玩笑,这么多年的风吹雨打,还是充满了革命的乐观主义精神,值得我们学习啊。周子汉说,不是开玩笑,是实话。你要是没有别的事,我就去准备干我的事了,我要去河边扎鱼。不过,鱼有点少,人多了,就不够吃了。不好意思,我就没法招待你的大队人马了。说完,周子汉转身走进了帐篷。吴文乔说,可以理解,可以理解。毕竟这么多年,受了太多委屈了。赵董事长,我看,你还是给他说说,一块回城里吧!我已经给你们把宾馆都定好了。很多事情,只有回去才好商量,在这里是没有办法说的。赵明义说,如果你指的是投资的事,很好商量。我现在就可以告诉你,虽然什么项目还没有定,但我至少可以投这个数。赵明义伸出三个人指头。吴文乔说,三百万?赵明义摇摇头。吴文乔说,三千万?赵明义说,不,三个亿。吴文乔说,老赵,太好了,我代表边城的人民感谢你,你的投资将会对边城的经济发展起到巨大的推动作用,是我们改革开放的一个重要成果。赵明义说,不用感谢我,要感谢,你就要感谢周子汉。如果不是找到他,我是不会投这笔钱的。吴文乔说,这我知道。你放心了,只要我在任一天,我是决不会再让周子汉同志受一点委屈的。

周子汉和赵明义两个人坐在草地上,面前放着啤酒和白酒。吃着烤鱼,喝着酒。周子汉喝了一口啤酒说,这玩意,不好喝,有点像马尿,还是白酒来劲。赵明义说,没喝习惯,喝惯了,就会觉得好喝了。周子汉说,这个吴文乔,可真有本事,不管什么时候,都不会受委屈,都活得春风得意。赵明义说,一个人,如果什么都不坚守,良心和道德上,永远都没有一个底线,就可以这样活。周子汉说,偏偏会有许多人喜欢这样的人。赵明义说，因为那些人，和他一样，只是官位大小不一样。周子汉说，他走了，我们是不是可以安静几天了？赵明义说，但愿是这样，可还是会很难。周子汉说，为什么会难，还会有什么事要再来找我？赵明义说，你不觉得，还有该见的人你还没有见吗，还有想见你的人没有见吗？周子汉不语了。赵明义说，给我说说叶可楠和郑其山吧，你一直都没有说他们。周子汉把目光投向远方。周子汉说，赵明义，你说，一个人为什么想把一些事忘掉，却总是不能忘掉。赵明义说，因为，我们的一生，就是由一件一件的事组成的。有一些事情，一旦忘记了，你的人生就断了，就不完整了，就没有意思了。而有些事，一旦发生了，就刻进了你的脑子，你就是进了棺材，都不可能忘掉。周子汉说，叶可楠后来嫁给了郑其山，你知道吗？赵明义说，我听吴文乔说了一句，也没有多问，当时只想找你，别的事顾不上了，到底是怎么回事？周子汉说，这种事，没什么复杂的。我被抓了，又说死在了河里，总不能让可楠守寡吧！郑其山正好是单身，两个人就结婚了。赵明义说，就这么简单啊！叶可楠有多么爱你，我可是知道的。不可能，连你的尸骨都没有找到，就钻进了别的人怀里。叶可楠不是这样的人，这里边是不是有什么隐情你还不知道。周子汉说，会有什么隐情！说真的，我也不信，我想她一定是在等我。躲了三年，我去找她。真的是打算拉上她，跑到这个地方过日子的。可是跑去一看，人家和郑其山已经有孩子了，一家人在一起快乐得不行。你说，我还能说什么，还能做什么，不管心里有多难受，也只能悄悄地离开啊！告诉你，那一阵子，我连死的念头都有了，不但我死，还要想杀死别人。赵明义说，是啊，人一到绝望时，就会想到死。在劳改队，我不止一次想到了死。周子汉说，但许多时候，挺一挺就会过去。天无绝人之路，这句话现在看来，还是很道理的。赵明义说，没有道理，就不会老被大家说了。

荒野上，一辆车子在行驶。车子里，坐着叶可楠、郑其山、青青和欧阳芳。叶可楠说，不知老周会不会把胡子刮了？欧阳芳说，反正那天我离开时，他还没有刮。郑其山说，他身体看起来还行吧？欧阳芳说，还算硬朗吧！叶可楠说，青青，说什么，你真的都知道了。青青说，你就放心吧！叶可楠说，他可是你爸爸，你说话时可要注意点。青青说，你别忘了，我已经是大学生了，还有一年就毕业了。叶可楠说，青青，你爸爸吃了太多的苦，你要体凉他。青青说，妈妈，我知道，在我身上流着他的血，我会疼他的。等会到了地方，你们先不要下来，让我先下去，我去给他说。

看着车子开过来，停在了不远处。看着车门打开，想到了谁会下来，可是等人下来了，周子汉和赵明义都有些愣住了。他们怎么也没有想到，从车子里下来的会是个20岁左右的大姑娘。她下了车，朝他们这边看了看，就走了过来。赵明义说，她是谁？周子汉说，不知道。青青走到了两个人的跟前，看着周子汉？青青说，你是周子汉吧？周子汉说，是的，你是谁？青青说，青青。周子汉说，我不认识你。青青说，你认识我。周子汉说，我没见过你。青青说，你见过我。周子汉说，你是不是记错了？青青说，你是不是在15年前，在一个公园，帮一个五岁的小女孩捡过皮球。周子汉一愣，你是……赵明义说，要不，你们说吧，我去河边转转。青青说，你是赵明义伯伯吧，你不用走，我希望你也能听到我说的话。青青也坐到了草地上。青青说，你们在喝酒？赵明义说，你是不是也喝一点？青青说，给我来一杯吧！周子汉有点吃惊，看着青青。赵明义给青青倒了一杯啤酒。青青说，我不喝啤酒，我喝白酒。周子汉说，白酒很辣的。青青说，可白酒喝起来很痛快。周子汉说，这么说，你是叶可楠的女儿？青青说，是的，我叫青青。周子汉说，青青，你怎么来了？青青说，我听说我爹在这，我来看我爹。周子汉说，你爹是郑其山，他不在这里。青青说，不，我还有个爹，我的亲爹，他叫周子汉。赵明义说，青青，这种话，不可以随便说的。青青说，当然了，没谁会随便认一个男人当爹。周子汉说，大人的事，你不知道。青青说，是的，大人的事，我不知道，可谁是我爹，这是我自己的事，我不可能不知道。周子汉说，你是不是搞错了？青青说，要是搞错了，就好了。我问你，你是不是很爱我妈？周子汉说，是的。青青说，你到了开荒队，我妈是不是跟着去了？周子汉说，是的。青青说，是不是和你结了婚？周子汉说，是的。还领了结婚证。青青说，你们一块住了多久。有两个多月吧！周子汉说，是的。青青说，两个月里，你不会说，没有和我妈亲热过吧！周子汉说，你怎么这么问？青青说，这很重要，因为你和我妈亲热的结果，就可能带来一个新生命。周子汉说，可你妈当时没有说……青青说，从怀上孩子，到知道怀上孩子，要三个月才会知道，这是个常识。周子汉说，我不知道……青青说，你是不知道，连我妈都不知道，因为我妈离开你后，不到一个月，你就出事了。下了文件，说你死了。我妈当时也不想活了，要跳河，是我郑爸爸拉住了他。

再后来，我妈知道她怀了你的孩子，就是我。为了让你根脉能够延续，她坚强地活了下来。周子汉说，可她嫁给了别人。青青说，是的，她是嫁给了别人，可你知道她为什么要嫁吗？她要是不嫁，我生下来，就是黑五类，就是狗崽子，就会被歧视，被欺负，被侮辱。你说，你愿意你的女儿，是这样的命运吗？周子汉说，当然不愿意。青青说，可我妈，太爱你了，太看重和你的情义了，让她再和另一个男人结婚，有肌肤之亲，还不如杀了她。你说，她该怎么办？周子汉不说话了。青青又接着说，这个时候，我郑爸爸站了出来，给我妈说，和我妈假结婚。只是为了我，让我能和别的孩子一样，在正常的环境里生长。你说，我妈怎么办？周子汉说，我没有想到会是这样。青青说，从我生下来，一直到我长大，每天晚上，我妈都是和我睡在一起，可我郑爸爸，对我那个好，我没法说。我只能说，如果不是他，我不会长成现在这个样子，也不会考上大学的。周子汉说，这是真的？青青说，他们商量好了，等我长大了，他们就离婚。可有一次，他们商量离婚的事，被我听到了。我大闹起来，说他们要离婚，我就跳楼。他们不敢离了，就又这样往下过了。可是，就在我上了大学以后，他们还是悄悄地把婚离了。他们这样做，就是因为你，他们不想对不起你。周子汉说，我真没想到。青青说，到现在，我们家都挂着你的照片，我妈都还保存着你送的子弹壳。可是你呢？以前就不说了，说你是反革命，到处抓你，你没有办法，可现在，你没事了，你却不想见我妈，不想见我郑爸爸。你说，你还是个有情有义的男人吗？我知道，你这些年，你受了许多罪，可我妈妈还有郑爸爸，所受的折磨一点都不比你少。那一年，在公园里，我的皮球滚到了你的身边，你还帮我捡了起来。可那个时候，你怎么又会知道我是你的女儿呢！你当时一定内心充满怨恨，并且一直到今天都不肯原谅妈妈和郑爸爸。这些天，妈妈又重新回到了我房间。每天晚上我们躺在床上，她都会给你讲她和你的故事，常常听得我泪流满面。一个子弹壳，你一定还记得吧！如果我猜得没有错，你的口袋里现在一定会有一个手绢，上面绣着字。你能拿出来，把它送给我吗？也许现在把它放在我这儿，会更有意义。周子汉慢慢从口袋里拿出了那个手绢，递给了青青。青青接过手绢，把它摊放在手掌上，把那子弹壳放在上面说，你看，它还是那么白，还是那么新，它们放在一起，是多美丽的一幅画啊！一个手绢，是多少软啊，多么薄啊，可过了多少年，经历了多少风雨，你怎么还会保存着它。保存得那么好，一点残破都没有。如果不是因为你在心里爱着妈妈，还能说明什么！可能你还是不能相信，给你说话的这个姑娘，就是你的亲生女儿,那么我再告诉你一个事实。你知道的,妈的血型,是 O 型。她给你输过血,我知道你的血型是 A 型。而我的血型,也是 A 型,可郑其山爸爸的血型,却是 B 型。B 型和 O 型不可能生出 A 型孩子的。为了这个事,我去问了医学专家。你再仔细看看我,看看我的眼睛,我的嘴,我的鼻子,是不是和你的有点像。还有,你能喝酒,喝烈性酒,我也是。同学们一块喝酒,好多男同学都喝不过我。原来我不知道,我怎么这么能喝白酒。后来,我才知道了,是你能喝,你把这基因传给了我。好了,该说的我都说了,如果你在知道了所有的真相后,仍然不愿意承认我就是你女儿,不肯原谅我的妈妈和我的郑爸爸,那么你将会失去这个世界上最宝贵的东西。青青站了起来,看着周子汉说,不过,不管你这个时候心里是怎么想的,不管你以后会怎么做,我还是想在这个时候,当着你的面,喊你一声爸爸。因为,你毕竟是我的亲生父亲,是你给我了生命。爸爸。青青喊的的时候,泪水不禁夺眶而出。青青转过身,往小车子跟前走。

看着青青的背影,周子汉喊了一声,青青。青青站住了。周子汉说,青青,我的女儿,爸爸对不起你,请你原谅爸爸。青青转身一下子扑到了周子汉怀里,放声喊了一句,爸爸!周子汉抚摸着青青的头。周子汉说,青青,你妈妈,还有你郑爸爸,他们在什么地方? 青青把脸转向停在那里的车子。她挥了一下手后,郑其山和叶可楠还有欧阳芳一块从车上下来了。青青说,爸爸,你不知道,妈妈是多么想看到你啊,周子汉朝叶可楠走过去。看到周子汉走过来,叶可楠也朝周子汉走过去。郑其山和欧阳芳没有跟着叶可楠走。他们知道这个时候,应该让他们俩单独相见。两个人边走边凝望着对方,随着两个人的越来越近,他们的脚步明显加快了。还有几步时,两个人同时停了下来,似乎在确认对方是不是自己心里的那个人。突然,两个人同时伸出了胳膊,拥抱在了一起。叶可楠说,老周。周子汉说,可楠。叶可楠说,你受苦了。周子汉说,不,你受苦了。青青走过来,一家三口抱在了一起。郑其山这个时候,也走了过来,走到了周子汉跟前,欧阳芳举起了照相机。郑其山说,老周。周子汉上前,抱住了郑其山,使劲拍了拍他的背说,兄弟,让你受委屈了。郑其山说,能看到这一天,我高兴。青青上前,两只胳膊分别挽住了周子汉和郑其山说,我是天下最幸福的孩子,因为我有两个伟大的爸爸。赵明义说,青青,你还有一个伟大的伯伯呢! 青青说,赵伯伯,没有你,我们全家人还不知什么时候才能团聚呢! 赵明义说,今天真的是这个世界上最值得纪念的日子。欧阳芳说,这应该是永恒的时刻,来,让我们大家一起合张影吧!

背后是雪山森林,是河流,大家坐在草地上,叶可楠在中间,一边是周子汉,一边是郑其山。青青站在叶可楠身后,脸贴着叶可楠,两只手却分别搭在周子汉和郑其山的肩膀上,周子汉的旁边是赵明义。欧阳芳把相机摆好了,按下了自拍。喊了一声,一二三。转身跑到了郑其山身边,挨着郑其山坐下了。每个人脸上都带着笑。咔嚓一声,闪光灯一闪,每个人都被一下子照亮,同时,一个重逢相聚的画面被永远定格。

故事说到这里,不能不结束了。尽管接下来,这可能会发生一些我们意想不到的事情。但可以肯定的是,我们故事的主人公,不再会有那么多的大苦大难,不再会有什么东西可以让他们分开了。他们将会在通天的大路上一起相拥着往前走,走向属于他们自己的日子……